Dennis wolf

Lobarg –
Wer willst du sein?

Ein Roman über die Selbstfindung in einer Welt zwischen
Fantasie und Realität.

Sonderauflage

- Künstler -

Buchlayout: Dennis Wolf

Sonderauflage © 2020, Dennis Wolf

Dennis Wolf

Lobarg –
Wer willst du sein?

Zu diesem Buch

Lloyd ist ein Mensch, zumindest glaubt er das. Doch sein Leben ändert sich schlagartig. Als er merkt, dass er sich in einen Wolf verwandeln kann, kippt sein Leben komplett.

Wem kann er noch vertrauen? Wer ist Freund, wer Feind? Und wer will er sein? Ein wilder Wolf, ein Mensch? Oder doch ein Leben zwischen diesen beiden Spezies führen?

Gefangen in einem Konflikt zwischen 3 verschiedenen Wolfsclans muss er eine Lösung finden. Doch auf dem Weg dahin bricht das Chaos über ihm zusammen.

Zum Autor

Dennis Wolf ist ein junger Autor, der sich nie zuvor Gedanken darüber machte, dieses Buch wirklich zu veröffentlichen. Er lebt im Süden Deutschlands, der ihn für diesen Roman stark inspiriert hat. In seiner Laufbahn hat er sich erst in einer Ausbildung und dann als Student kaufmännisches Wissen angeeignet, das ihn bis heute überall in seinem Leben begleitet.

Trotz großen Hürden, die ihn durch das Leben begleiten, liebt er es, anderen zu helfen, besonders mit Texten wie diesem Roman.

Außerdem ist er ein Furry.

- Vorwort -

Hiho. Ich möchte mich mit ein paar persönlichen Worten an dich wenden.
Zuerst: Ich bin so unfassbar dankbar, dass du dieses Buch gekauft hast. Es bedeutet mir die Welt.
Dieser Roman ist mehr als nur ein Text mit Worten. Vieles – womöglich mehr, als du denkst – ist wirklich passiert oder beruht auf einer wahren Begebenheit.
Als das Konzept dieses Romans im Jahr 2008 aufgeschrieben wurde, als ich 15 war, hätte ich mir niemals zu träumen gewagt, dass aus diesem Konzept ein Werk entsteht, das Menschen heute lesen würden. Als kleiner Junge, der kaum Freunde hatte, erdachte ich diese Geschichte, um selbst daraus zu lernen, zu wachsen und zu genau der Person zu werden, die ich immer sein sollte, genau wie Lloyd.
In jedem Kapitel finden sich Parallelen zu meinem Leben und bestimmt auch zu Erfahrungen, die du gemacht und Menschen, die du kennengelernt hast.
Selbst der Ort Salbrun ist angelehnt an eine real existierende Stadt im Südwesten Baden-Württembergs, beinahe jeder Charakter basiert auf jemandem, den ich in meiner Jugend getroffen habe.
Ich möchte dir mit diesem Buch zeigen, was alles möglich sein kann.
Wenn du unzufrieden mit deinem Leben bist, ergreife die Chance, etwas zu ändern. Es ist dafür niemals zu spät.
Und bevor du mit diesem Roman beginnst, möchte ich dir eine Aussage mit auf den Weg geben, die mich mein Leben lang begleitet hat: »Definiere dich nicht über das, was du tust. Definiere dich über das, was du bist.«
Lass dich nicht anhand deiner Taten messen. Du bist eine tolle Persönlichkeit und lass dich von niemandem anhand deiner Taten beurteilen.

Schnee. Jedes Mal, wenn ich im Winter nach draußen sah, fragte ich mich, wieso so viele Leute diese Kälte mochten. Er sah zwar schön aus, aber selbst mit der dicksten Jacke war mir immer kalt, wenn ich zu dieser Jahreszeit das Haus verließ.

Ich ließ den Blick über die Straße schweifen. Autos fuhren in Schrittgeschwindigkeit vorbei, während auf den Bürgersteigen einige Kinder Schneebälle formten und sich damit gegenseitig bewarfen.

Einige Sekunden schloss ich meine Augen und ließ die Wärme, die vom Heizkörper unter dem Fensterbrett ausging, durch den Körper strömen. Ich griff zur Kaffeetasse und nahm einen Schluck.

Heute war Samstag. Obwohl ich hätte ausschlafen können, wurde ich unerwartet früh wach. Manchmal spielte mein Körper mir solche Streiche und ich konnte nicht erklären, warum.

Nach einigen Minuten wandte ich mich vom Fenster ab und ließ meinen Blick durch das Schlafzimmer schweifen.

Mein Zimmer war relativ spartanisch eingerichtet. Ich hatte alles dort hingestellt, wo gerade Platz war. Auf dem Nachttisch lagen Papiere, Rechnungen und Briefe von einem Freund, der vor einigen Wochen nach England gezogen war und mir das Gefühl gab, hier in dieser viel zu großen Stadt allein zu sein. Wir hielten regelmäßigen Kontakt. Er hatte zwar versucht, mich zu überreden, zu ihm nach England zu ziehen, aber ich fühlte mich unwohl dabei, Deutschland zu verlassen und in ein Land zu ziehen, in dem ich bislang nicht einmal Urlaub gemacht hatte.

Schlaftrunken rieb ich mir erneut die Augen. Die Anstrengung von gestern saß noch in den Knochen, aber das war nichts, was der Kaffee nicht wieder in den Griff bekommen würde.

Nach einem lauten Gähnen beschloss ich, mir etwas Warmes anzuziehen. Im Schrank kramte ich ein T-Shirt, einen braunen Pullover und eine Jeans heraus und verließ das Schlafzimmer.

»Vielleicht habe ich ja endlich Post von Eric.« Der letzte Brief von ihm war vielversprechend gewesen. Er hatte geschrieben, dass er am folgenden Tag seinen ersten Arbeitstag hätte und mir alles darüber berichten wollte. Obwohl wir theoretisch über WhatsApp in Kontakt bleiben konnten, fanden wir Briefe immer persönlicher. Das war uns dann auch das Porto wert.

Daher beschloss ich, zum Briefkasten zu gehen. Kaum öffnete ich die Tür, blickte meine Nachbarin mir von ihrer eigenen entgegen; eine ältere Frau, die für jeden Menschen ein Lächeln übrighatte, selbst für jemanden wie mich, der mit seinem Leben immer unzufrieden wirkte.

»Morgen, Frau Morrison.«

Sie lächelte mich herzerwärmend an. »Guten Morgen, Lloyd. Wie geht es dir denn?«

Geistesabwesend suchte ich nach dem richtigen Schlüssel. »Gut. Ich konnte heute wenigstens ausschlafen. Wurde gestern einfach wieder zu spät.«

»Ach du Armer. Du solltest dir mal ein paar Tage frei nehmen. Du hast sie wirklich nötig.«

Ich wehrte ab und öffnete den Briefkasten. »Das geht leider nicht. Stattdessen verlangt mein Chef, dass alle Angestellten Überstunden machen. Es kommen viel zu viele neue Fälle herein. Und mehr Leute einzustellen, ist ihm zu teuer.« Ich zog zwei Umschläge heraus. Einer war von Eric, auf dem anderen konnte man keinen Absender erkennen.

Frau Morrison nahm eine kleine Gießkanne und goss die Pflanzen vor ihrer Haustür. »Das ist nicht gerecht.«

Ich zuckte mit den Schultern. »Was soll ich denn dagegen machen? Ich kann doch nicht einfach kündigen. So schnell finde ich nichts Neues.«

»Du solltest dich wenigstens beschweren.«

Mit einem kurzen Seufzen schloss ich den Briefkasten. »Es ist schon okay so. Wir bekommen eine Provision pro Fall. Irgendwie kommt man schon rum.«

Frau Morrison stimmte zu und musterte aus der Distanz die Umschläge in meinen Händen. »Hast du wieder einen Brief von Eric bekommen?«

Mir war heute wirklich nicht nach Reden, doch das konnte ich ihr nicht so direkt sagen. Eigentlich meinte sie es ja gut. Sie wohnte ganz allein und über die Jahre kamen wir immer wieder ins Gespräch. Frau Morrison konnte einem aber schon leidtun. Sie bekam nur selten Besuch von Freunden oder der Familie. Daher versuchte sie jedes Mal, wenn wir uns über den Weg liefen, ein Gespräch zu beginnen, egal, wie abwehrend ich darauf manchmal reagierte. Gelegentlich erzählte sie von den Spaziergängen im Wald, dem Bach, der im Winter oft gefror und im Frühling wieder auftaute. Das Leben hier am Rande der Stadt war friedlich, auch wenn es durch die Nähe zur französischen Grenze immer recht turbulent war.

»Ja, einer ist von ihm«, antwortete ich viel zu spät. Es wunderte sie nicht, dass ich mir Zeit bei den Antworten ließ. Sie kannte mich und wusste, dass Gespräche nicht meine Stärke waren.

»Wie geht es ihm denn in England?«, fragte sie weiter, obwohl ich das Gespräch lieber beenden wollte.

Ehrlich gesagt wollte ich gar nicht mit ihr darüber sprechen, aber da sie sonst niemanden zum Reden hatte, antwortete ich. »Er meinte im letzten Brief, dass ihm die Gegend und seine neue Arbeit gefällt.«

»Das ist doch schön.«

»Mhmm.« Ich nickte. Eric hatte es wirklich schön. Er kam von hier weg, dieser Stadt, die mir trotz all der Jahre immer noch fremd schien. Außerdem arbeitete er in seiner Traumfirma, in die er schon immer kommen wollte. Mein Job war anstrengend und so, wie er schrieb, schien seiner ausnahmslos toll zu sein. Vielleicht wäre es ja eine gute Idee, ihn ein paar Tage zu besuchen, um sich eine Auszeit zu gönnen. Das hatte ja auch Frau Morrison schon vorgeschlagen.

»Also. Ich muss dann auch wieder rein. Ich möchte noch frühstücken«, erklärte ich, um das Gespräch, das mir länger vorkam, als es war, zu beenden.

Sie stellte die Gießkanne ab. »In Ordnung, Lloyd. Wir sehen uns.«

Bevor ich die Tür hinter mir schließen konnte, hörte ich schon die meiner Nachbarin. Im Vorbeigehen legte ich Erics Brief auf die Kommode im Flur, auf der ein Kalender, einige Papiere und Kugelschreiber lagen, und setzte mich ins Wohnzimmer. Ich hatte lange gespart, um mir wenigstens dort einen kleinen Luxus zu gönnen. Ein Flachbildfernseher, eine ausziehbare Couch, eine Playstation. Neben dem Fernseher standen Vitrinen mit Stützbalken aus Holz. Mehr als Bilderrahmen und Krimskrams stand aber nicht drin. Ich betrachtete die Fotos meiner Geschwister und Eltern. Meine zwei Brüder führten schon ihr eigenes Leben. Meine Eltern hatten sich getrennt, als ich dreizehn Jahre alt war. Mein Vater war irgendwann für eine Jüngere abgehauen. Das war das Beste, was uns passieren konnte, da seine Erziehung aus Schreien, lautem Pfeifen und Schlägen bestanden hatte.

Ein Bild aber befand sich im Schrank, worauf er auch zu sehen war. Das war am Tag ihrer Hochzeit. Meine Mutter hatte jedem von uns ein eingerahmtes Bild geschenkt, da sie wollte, dass jeder in ihrer Familie eines besaß. Damals waren sie noch so glücklich gewesen. Sie hielten sich in den Armen und lächelten beide. Es war ein schöner Augenblick und manchmal wünschte ich mir, dabei gewesen zu sein. Jetzt nach all den Jahren fragte ich mich, wie es wohl wäre, wieder Kontakt zu ihm zu haben. Ihn mit der Vergangenheit zu konfrontieren. Würde er seine Fehler bereuen? Oder wäre ihm alles egal?

Ich nahm das Foto aus dem Schrank und betrachtete es genauer. Meine Mutter sah in ihrem weißen Hochzeitskleid so glücklich aus. Als hätte sie den wahren Mann fürs Leben gefunden. Es musste für sie eine bittere Enttäuschung gewesen sein, dass sie sich für den Falschen entschieden hatte.

Dann kam mir der Brief ohne Absender wieder in den Sinn. Ich setzte mich auf das Sofa und öffnete den unbekannten Brief vorsichtig mit einer Schere.

Dass kein Absender auf dem Umschlag war, stimmte doch nicht ganz. Der Name war stark verwischt worden. Als hätte jemand mit einem Füller geschrieben und es dann absichtlich mit der Handkante verschmiert. Es war unmöglich, etwas darauf zu entziffern. Was man allerdings deutlich erkennen konnte, war der Empfänger: Lloyd Vargen.

Ja, meine Eltern waren sehr kreativ bei der Namenswahl, auch wenn ich keine mir bekannten Wurzeln im Ausland hatte. Ich hasste den Namen nicht, er war mir eher egal.

Ich klappte den Brief auf. Er war mit roter Tinte geschrieben worden. Die Worte verwirrten mich: Mein Name, ein Ort in der Nähe und ein Datum. Ich sollte jemanden treffen … in einem Monat im Park am Rand der Stadt.

Was hatte das zu bedeuten? Wer wollte sich denn mit mir treffen und wieso?

Ich überlegte lange hin und her, ob ich es jemandem erzählen sollte. Normalerweise bekam ich keine Briefe. Das hier erinnerte eher an Spam, den ich per E-Mail erhielt. Am besten mit einer Geldforderung nach einem kurzen Nachrichtenwechsel oder für einen Prinzen in Afrika. Ich beschloss, niemandem von diesem Termin zu erzählen. Dennoch interessierte mich, was diese Person von mir wollte, wenn das nicht doch ein Scherz war. Die Neugier in mir gewann schließlich die Oberhand. Was hatte ich schon zu verlieren? Also stand meine Entscheidung.

- 2 -

Erschöpft blickte ich auf die Akte vor mir. Das war ein Fall, der mich noch eine Weile beschäftigen würde. Ich arbeitete in einer Versicherungsagentur und der Chef legte jedem Mitarbeiter morgens einen Stapel Papiere auf den Schreibtisch. Je nach Menge war ich manchmal früher fertig und konnte eher gehen, doch es kam nicht selten vor, dass ich länger am Tisch saß, als die üblichen acht Stunden.

Ich hasste meinen Beruf. Er raubte mir den letzten Nerv und immer, wenn ich dachte, ich wäre gleich fertig, kam ein Fall, dessen Bearbeitung mehrere Stunden in Anspruch nahm. Da genehmigte ich mir jedes Mal einen Kaffee zur Arbeit, den man sich aus dem Automaten im Büro ziehen konnte.

Heute war so ein Tag, an dem gar nichts vorwärts ging. Ich ertappte mich dabei, den gleichen Text der Akte wieder und wieder zu lesen, ohne daraus schließen zu können, wie weiter verfahren werden musste.

Frustriert legte ich die Akte beiseite und rieb mir die Augen. *Das war einfach nicht mein Tag,* sagte ich mir, während mein Blick zu den Kollegen schweifte, die teils mehr, teils ebenso wenig motiviert an ihren Rechnern saßen.

Wenn mein Chef sehen würde, dass ich wieder einmal nicht vorwärtskam, gäbe es sicher Ärger. Vielleicht auch eine Abmahnung. Ich wollte ja heute fertig werden, aber in dieser Verfassung und mit solch komplizierten Fällen ganz sicher nicht.

Der halbe Tag war schon vergangen und ich hatte von meinen Akten geradeso die Hälfte durch. Müde legte ich kurz den Kopf auf den Schreibtisch. Schlafen am Arbeitsplatz war natürlich nicht erlaubt, aber das war mir in dem Moment recht egal.

Kurz vor dem Einschlafen riss ich mich noch einmal zusammen und richtete mich auf, um erschrocken in das Gesicht meines Vorgesetzten zu blicken. Sein stets gepflegter Bart wirkte heute vernachlässigt und ein Kratzer an der Wange war kaum zu übersehen. Sein Gesicht wirkte blass. Auch ihm schien es nicht gut zu gehen.

»Herr Vargen. Denken Sie, der Arbeitsplatz ist das heimische Bett?«

Ich schüttelte den Kopf. »Es tut mir leid, Herr Lanker. Ich hatte gestern einfach nicht genug Schlaf. In letzter Zeit habe ich eine Menge Stress und komme kaum hinterher.«

Er machte eine ausschweifende Handbewegung über alle Kollegen, die im Großraumbüro arbeiteten, durch nichts getrennt außer einem Teppichboden und den Schreibtischen.

»Denken Sie, mir geht es anders? Denken Sie, ich habe ein leichtes Leben? Ich habe mehr Arbeit als Sie. Ich muss ständig im Büro sitzen und dafür sorgen, dass Sie keine Fehler machen. Ich habe Wichtigeres zu tun, als Sie vom Schlafen abhalten zu müssen. Das Leben ist nie einfach und auch selten gerecht. Finden Sie sich damit ab.«

Ich nickte hilflos. Jede andere Reaktion, die mir in den Kopf kam, hätte vermutlich nur zu einer Abmahnung geführt.

Mein Kollege und guter Freund Daniel, den aber alle Danny nannten, tippte mir mit dem Finger an die Schulter, nachdem Herr Lanker wieder wortlos in seinem Büro verschwunden war. »Heute ist er noch schlechter drauf als sonst.«

Das dachte ich mir schon. »Verscherz es dir heute lieber nicht mit ihm«, riet ich Danny.

Dieser wehrte ab. »Das interessiert mich doch nicht. Ich komme so oder so immer durch.«

Ja, das kannte man von ihm. Wenn er zu viele Versicherungsfälle bearbeiten musste, fing er mit einem Kollegen ein nettes Gespräch an und schob ihm dann heimlich Versicherungen unter. So hatte er eine Menge Freizeit, während ich schuften musste. Es war mir schleierhaft, wieso Lanker ihn immer noch nicht erwischt hatte. Vielleicht lag es daran, dass Danny einfach geschickt war und andere durch seine charismatische Art schnell einnehmen und von sich überzeugen konnte.

»Gehen wir heute Abend noch ein Bier trinken?«, fragte er mich. »In der Bar hier gleich um die Ecke. Du siehst nämlich echt scheiße aus. Vielleicht hilft ein Bier. Für dich gibt's notfalls sogar 'nen Cocktail.« Dabei konnte er sich ein Zwinkern nicht verkneifen. Er wusste, dass ich den herben Geschmack dieses Gebräus nicht ausstehen konnte.

Ich zeigte ihm wortlos den Stapel Versicherungen. Er begriff, dass mein Tagespensum heute vermutlich nicht mehr zu schaffen war und ich einen langen Abend im Büro vor mir hatte. Daraufhin kam ein Grinsen über seine Lippen. Er schnappte sich einen großen Teil meines Stapels und legte ihn auf seinen. »Nach der Arbeit um neun?«, fragte er.

Ich nickte schweigend.

»Keine Sorge. Bald sind es nicht mehr meine.« Ehe ich mich versah, begann er schon mit einem benachbarten Arbeitskollegen ein Gespräch und schob ihm allmählich meine Arbeit zu. Ich war ziemlich froh, jemanden wie Danny zu haben, der mir unter die Arme griff. Dank ihm hatte ich schon eine Menge Stunden eingespart und er selbst ebenso, denn er arbeitete fast nie. Seltsam, dass das bis heute nicht aufgeflogen war.

Wenigstens hatte ich heute Abend ein Treffen mit einem Freund auf ein Bier. Oder von mir aus auch einen Cocktail. Das motivierte mich genügend, um gegen 17 Uhr tatsächlich fertig zu sein. Herr Lanker sagte uns immer, dass wir gehen könnten, wenn die Akten, die uns morgens auf den Tisch gelegt würden, abgearbeitet waren. Vertrauensarbeitszeit nannte er das. Aber ob es der Definition wirklich entsprach? Daran zweifelte ich stark. Jedoch hielt ich mich an seine Worte, klopfte Danny freundschaftlich im Vorbeigehen auf die Schulter und verabschiedete mich. Wir würden uns nachher in der Bar sowieso sehen.

Am Straßenrand stand mein dunkelblauer Golf, nichts Besonderes, aber er erfüllte seinen Zweck. Etwas Besseres konnte ich mir bei dem geringen Gehalt nicht leisten und es war auch nicht notwendig.

Ich ertappte mich wieder beim Gähnen. Vielleicht wäre es besser, sich noch einmal hinzulegen, damit ich nachher nicht so müde war und in der Bar einschlief.

Die Autos rauschten förmlich an mir vorbei. Ich nahm sie gar nicht richtig wahr. Es waren nur sich bewegende Objekte, die meinen Weg kreuzten. Obwohl ich sonst nie beim Fahren Radio hörte, gab ich ihm heute eine Chance. Um diese Zeit kam immer der Wetterbericht für die nächsten drei Tage. Trotz der Tatsache, dass ich mein Haus lediglich zur Arbeit verließ, interessierte es mich.

Eine freundliche Männerstimme, die klang wie jede andere, die man im Radio oder TV hörte, drang an mein Ohr als ich den richtigen Sender gefunden hatte:»In den nächsten Tagen ist mit heftigem Schneefall und nur wenig Sonnenschein zu rechnen. In Süddeutschland bleibt es aber milder. Die Temperaturen fallen auf drei Grad. Vereinzelt kommt es zu starken Windböen. Die kommenden Tage bleibt es immer noch winterlich. Das war das Wetter von ...« Ich unterbrach die Stimme durch das Abschalten des Radios. Oh Mann ... Die nächsten Tage würde es wieder schneien; und das, obwohl die letzten Wochen relativ gewesen mild waren. Die Temperaturen fielen auf drei Grad. Das gesamte Jahr hatte es geregnet und gerade jetzt kam der Winter schneller und heftiger, als man dachte.

Plötzlich ertönte ein lautes Gehupe, gefolgt von Reifenquietschen. Links und rechts standen einige Autos, manche aus Frankreich, viele aus Deutschland. Im Auto neben mir wurde das Fenster heruntergelassen. »Qu'est-ce que vous faîtes?!«, schrie er mich wütend an.

Ich wollte nicht antworten, obwohl ich ihn verstanden hatte, denn sonst wäre nur eine Diskussion entstanden. Wobei er mich lediglich brüllend gefragt hatte, was ich tat. Verunsichert kurbelte ich mein Fenster wieder hoch und fuhr geradeaus weiter, so schnell ich konnte.

Daraufhin schlug ich mir gegen den Kopf. *Die Ampel eben war rot und ich bin einfach weitergefahren!* Was war denn los? Ich war direkt gefahren, als das rote Licht aufleuchtete! Mühsam zwang ich mir einen kontrollierten Blick auf. Die Müdigkeit war wohl stärker, als ich dachte. Hoffentlich hatte sich niemand mein Kennzeichen aufgeschrieben, um mich anzuzeigen. Das hätte mir gerade noch gefehlt.

Ich stellte den Wagen vor meinem Haus ab, schloss zu und trat ein. Das letzte, was man von draußen hörte, waren erste Regentropfen, die auf die Frontscheibe des Fahrzeugs prasselten, ehe die Stille meiner Wohnung mich wieder umgab.

Auf dem Sofa versuchte ich, mir bewusst zu werden, was ich getan hatte. Müdigkeit. Das musste es sein. Vielleicht Überarbeitung. Ich würde mich morgen vermutlich krankmelden. Die Woche stand ich sonst nicht mehr durch.

Einen kurzen Moment schloss ich die Augen. Dennoch sah ich meine Umgebung, als wäre ich unter Wasser und würde nach oben blicken. Nur der Brief des Fremden, der war deutlich zu erkennen. Er hatte mein Leben so durcheinandergebracht, dass ich kaum schlafen konnte. Ich hoffte, dass es einen guten Grund gab, mich in den Park zu zitieren. Wenn nicht, würde ich der Person die Hölle heiß machen. Falls es überhaupt jemanden gab, der mich dort erwartete.

Mühsam zwang ich meine Augen dazu, sich wieder zu öffnen. Ich ging ins Schlafzimmer und stellte den Wecker auf acht Uhr. Danach ließ ich mich einfach ins Bett fallen, um den Stress der Arbeit und meines Alltags ein wenig zu vergessen. Es war nicht viel passiert und doch reagierte mein Körper ausgelaugt darauf. Schlafmangel, Überarbeitung, Erschöpfung. Vielleicht Burnout? Die Anzeichen könnten passen, aber dieses Leben sollte mich nicht überfordern. Im Gegenteil. Irgendwas sagte mir, dass dieser Trott mich nicht komplett ausfüllte. Ich war sicher zu mehr fähig, als stumpf zu arbeiten und zu schlafen.

Und dann war da noch dieser Brief, bei dem ich den Absender nicht lesen konnte. Vielleicht war das ja genau die Absicht. Es interessierte mich ungemein, was der Fremde zu sagen hatte und es machte mich völlig verrückt, dass das Treffen erst in einem Monat war. Ich konnte versuchen, mir auszumalen, wie die Person aussehen könnte, was sie tun und sagen würde, aber damit belastete ich mich nur unnötig.

Schlaf war das Einzige, was mir jetzt ein wenig helfen konnte. Wieso fand ich einfach keine Ruhe? Meine Gedanken drehten sich immer weiter und ließen sich nicht stoppen. Nur wegen eines Briefes? Das konnte doch nicht sein. Das war doch sicher ein Streich, den mir jemand spielen wollte, der sich so etwas wünschte, obwohl ich mir nicht erklären konnte, wieso. Es gab sicherlich genug Leute, die Spaß daran hatten, irgendwelchen Leuten eins auszuwischen. Gut, das reichte. Diese Gedanken brachten mich nicht weiter. Sie raubten mir den Schlaf und so blieb mir wohl nichts anderes übrig, als wach zu liegen, bis die Erschöpfung Oberhand gewinnen würde.

- 3 -

Vielleicht sollte ich Danny den Brief zeigen und ihm davon erzählen. Er bekam es sicherlich hin, dass ich mich besser fühlte und wieder schlafen konnte. Das hatte er früher auch immer geschafft.

Ich griff mir das Schriftstück vom Wohnzimmertisch, schloss alle Türen und Fenster und stieg in meinen Wagen. Inzwischen regnete es fürchterlich und trotz Scheibenwischer musste man sich sehr anstrengen, um etwas erkennen zu können. Im Gegensatz zum frühen Abend wollte ich dieses Mal auf Nummer sichergehen und besser auf den Verkehr achten. Eine Unachtsamkeit pro Tag reichte völlig.

Einige Meter entfernt war schon die Reklame der Bar zu erkennen. Ich war sichtlich erleichtert, dass nichts passiert war. Es war nicht zu leugnen, dass ich mein Lenkrad während der gesamten Fahrt umklammert hatte und wie ein Anfänger fuhr. Noch bevor ich ausstieg, sah ich auf die Uhr.

20:50 Uhr.

Noch zehn Minuten. Das reichte allemal, mir zu überlegen, ob ich Danny den Brief verheimlichen sollte oder ob er es einfach als Hirngespinst oder Streich abstempeln würde, wenn ich es nicht tat. So kannte ich ihn zumindest. Er war nie ein Mensch gewesen, der ernst sein konnte. Zumindest war er mir nie so begegnet. Vielleicht hatte ich heute Glück und er verstand, wieso ich so aufgewühlt war und konnte mir einen Rat geben. Ich würde ihm einfach den Brief geben und sehen, wie er reagierte. Ich brauchte jetzt jemanden, dem ich vertrauen konnte und der für mich eine Erklärung suchte, denn ich fand keine. Generell war mir auch nicht klar, warum ich dieses Schriftstück so bitterernst nahm. Hätte es nicht einfach gereicht, es in den Müll zu werfen und die Sache zu vergessen?

Ich starrte auf den Brief, untersuchte jedes Wort, ob vielleicht ein Sinn dahintersteckte, der sich beim Überfliegen nicht erschloss. Trotz aller Bemühungen schien ich keinen zu finden. Was war denn mit diesem Brief los? Oder mit mir? Wieso warf er meinen Alltag so durcheinander? Es waren doch nur ein paar Worte auf einem Stück Papier in roter Tinte geschrieben – und doch wollten sie mir etwas sagen und ich wusste nicht, was. Wieso bekam ein so unbedeutender Versicherungsangestellter denn diesen Brief? Was hatte ich getan, dass man mir so etwas schrieb? Wieso hielt es eine Person für so wichtig, sich mit mir zu treffen? Wieso gerade ich? Wieso nicht Danny, wieso nicht Eric in England?

20:55 Uhr.

Meine Handflächen wurden feucht. Ich machte mir zu viele Sorgen. Eric und Danny hatten den Brief eben nicht erhalten. Damit musste ich zurechtkommen.

Wieso war denn überhaupt die Tinte rot? Was wollte der Verfasser des Briefes damit bezwecken? Vielleicht war es ja ... Blut. Nein, so ein Unsinn. Warum sollte mir jemand solch einen Brief schicken, der mit Blut geschrieben war? Wieso überhaupt in Rot? Blaue oder schwarze Tinte hätte es doch auch getan.

Ich rieb mir den Kopf. Es warfen sich so nur noch mehr Fragen auf. Jetzt würde ich erst einmal mit meinem Freund etwas trinken und kein Brief sollte mir das vermasseln. Es einfach beiläufig anzusprechen und zu sehen, wie Danny reagierte, klang nach einer vernünftigeren Lösung.

20:57 Uhr.

Ich nahm den Brief, steckte ihn in die Jackentasche und betrat die Bar.

Es war stickig und roch nach Alkohol. Heute war die Bar hier gut besucht. Der Barkeeper redete mit einem Kunden am Tresen, einige Leute unterhielten sich laut lachend in den Ecken miteinander. Ich fühlte mich hier gar nicht wohl. Ich war immer mal wieder in Bars gewesen und irgendwie konnte ich dieser Örtlichkeit nie sonderlich viel abgewinnen. Selbst für eine normale Unterhaltung mit einem Drink war es hier einfach zu laut. Rauch lag in der Luft und es war bei dem Lärm schwierig, sich auf seine eigenen Gedanken zu konzentrieren. Wenn ich mich nicht mit Danny treffen würde, wäre ich schon längst wieder draußen gewesen.

Plötzlich sah ich ihn. Er saß an der Bar, allein und nippte an einem Bier. Als er mich sah, winkte er mir zu. Wir gaben uns die Hand; eine Geste, die sich bei uns über die Jahre einfach eingeschliffen hatte. Danny rieb sie sich angeekelt an der Hose ab.

»Mann, bist du verschwitzt. Wo warst du denn?«

»Nur daheim.«

Danny zuckte die Schultern, während der Barkeeper sein Gespräch unterbrach und sich mir zuwandte. Er wirkte sichtlich gestresst und schwitzte stark. Das konnte ich bei der schlechten Luft aber auch verstehen. »Was willst du trinken?«

Ich winkte ab. »Irgendetwas, aber ohne Alkohol.«

Danny zog eine Grimasse. »Junge, wenn du schon hier bist, trink was Gescheites. Bestell doch gleich 'ne Limonade. Oder noch besser: stilles Wasser.« Ein Lachen konnte er sich nicht verkneifen.

»Vielleicht liegt das daran, dass wir morgen wieder arbeiten müssen?«

»Und was interessiert mich das? Ich will heute Abend Spaß haben.«

Langsam begann ich daran zu zweifeln, ob ich ihm den Brief wirklich zeigen sollte. Bei seinem aktuellen Zustand würde er ihn vermutlich sowieso nicht ernst nehmen. Ich entschied mich dafür, es zu tun, aber noch ein wenig damit zu warten.

»Na ja«, fuhr er fort, als er auf sein Getränk blickte. »Ist auch nur ein Radler.«

Ich lächelte. Dass Danny sich nicht gerne betrank, war mir schon recht früh klargeworden.

Der Barkeeper stellte den Cocktail auf den Tresen. Er hatte dabei diesen ›Oh je, der Junge hat wohl noch nie eine Bar von innen gesehen‹-Blick und lief gleich weiter zum nächsten Gast.

Virgin Colada. Der wohl harmloseste Cocktail, den er finden konnte. Ich nippte kurz daran. *Na ja, immerhin kein Alkohol.*

Ich ließ das Glas erst einmal stehen. Stattdessen wandte ich mich Danny zu. »Und, bist du mit meinem oder deinem Teil der Versicherungen fertig geworden?«

Mein Gegenüber grinste hämisch. »Ich nicht, aber die Kollegen. Du kennst mich doch. Du weißt, dass ich nicht gerne arbeite. Vielleicht kannst du dir ja den ein oder anderen Trick bei mir abschauen. Dann musst du dich auch nicht mehr so ins Zeug legen und hast früher Feierabend. Das wäre doch was. Das würde dir guttun. Aber willst du jetzt wirklich über die Arbeit reden?«

Ich kaute auf der Lippe herum. »Ich weiß. Vorgestern früh hat meine Nachbarin gesagt, dass ich viel zu lange arbeite. Man hat es mir wohl angesehen. Sie meinte, ich sollte mir freinehmen.«

»Lloyd. Warum tust du es dann nicht? Du siehst ganz schön scheiße aus.«

Danke? »Es ist nur – « Ich suchte nach den richtigen Worten. »Ich schlafe in letzter Zeit echt nicht gut.«

Danny hakte sofort weiter nach. »Und wieso? Hast du schlechte Träume, zu starken Kaffee oder was ist los?«

Ich überlegte kurz, nahm mein Glas in die Hand und nippte daran. Jetzt müsste ich ihm das mit dem Brief bestenfalls sagen, aber ich wusste nicht, wie er reagieren würde.

Ich nahm ihn aus der Jackentasche und legte ihn auf den Tisch. »Deswegen.«

Danny nahm sich das Papier und las es durch. Sein Gesicht wurde schlagartig bleicher. Schließlich klappte er es wieder zu und legte es auf den Tisch.

»Und? Was hältst du davon?«, fragte ich ihn. Einerseits interessierte mich seine Meinung, andererseits wartete ich quasi nur auf einen schlechten Witz als Antwort von ihm. Das bleiche Gesicht konnte auch gespielt sein. Danny ließ sich für seine Antwort eine gefühlte Ewigkeit Zeit. Zumindest würde sie nicht so ausfallen, wie ich sie erwartet hatte, denn sonst wäre er nicht so ruhig.

»Also – «, setzte er an. Er nahm sich noch einmal den Umschlag und sah auf den Absender. »Weißt du, von wem der Brief ist?«

»Ich habe gehofft, du könntest es entziffern«, entgegnete ich.

Danny schüttelte den Kopf.

Ich hatte von ihm immer noch keine wirkliche Antwort bekommen. Vielleicht war das auch besser so, aber ich hätte mir eine gewünscht und es war mir egal, ob er dachte, dass es ein Scherz von jemandem war oder nicht.

»Weißt du, wieso ich ihn bekommen habe?«

»Weißt *du* es?«, wiederholte er.

Ich schüttelte den Kopf. »Nein. Du kennst mich doch fast so gut, wie ich mich. Kannst du dir irgendeinen Grund zusammenreimen?«

Mit einem Zug trank Danny den Rest seines Radlers leer und rief dem Barkeeper zu: »Nochmal eins!« Dann wandte er sich wieder mir zu. »Sorry. Mir fällt wirklich nichts ein.«

Ich steckte resigniert den Brief zurück in die Tasche. Sein Verhalten als seltsam zu bezeichnen, wäre eine maßlose Untertreibung. So hatte sich Danny noch nie benommen. »Dir braucht nichts leid zu tun. Lassen wir das Thema. Trinken wir lieber einen und reden über andere Angelegenheiten.«

Danny nickte vorsichtig. Ich glaubte es fast nicht. Ein Brief, von dem ich angenommen hatte, er würde ihn für einen Streich halten, hatte ihn komplett verunsichert: Danny, den lebensfrohen Typen, der zu jedem Mist einen Witz riss. Danny, der sich selbst und sein Umfeld nie zu ernst nahm. Jetzt sah er wirklich nicht mehr so aus, als hätte er noch große Lust, mit mir zu reden. Als hätte ich ihm den Abend verdorben.

»Ist es meine Schuld, dass du nicht reden willst?«

Danny schüttelte den Kopf. »Es ist meine.«

Ich zog eine Augenbraue hoch. »Was?«

»Vergiss es einfach. Lass uns trinken. Morgen müssen wir wieder arbeiten und da will ich heute nicht schlechte Laune bekommen.«

Ich seufzte. »Ich gehe morgen nicht arbeiten. Ich nehme mir Frau Morrisons Rat zu Herzen und schlafe den ganzen Tag aus. Kannst du mich entschuldigen? Ich gehe dann zum Arzt und schicke die Krankmeldung hin oder so.«

Danny kaute auf seiner Lippe. »Morgen bleibe ich auch daheim. Ich ruf bei Marco an und melde uns krank.«

Ich wollte gar nicht weiter fragen. Der gesamte Tag lief heute nicht nach meinen Vorstellungen und es war etwas vollkommen anderes eingetroffen als erwartet. Die Lust auf den Cocktail war mir inzwischen vergangen. Ich wollte nur noch nach Hause. Dannys aktuelle Art hätte mir jetzt einen Grund mehr gegeben, mich zu betrinken, denn er hatte sich bisher nie so verhalten. Aber zu jedem Schluck musste ich mich zwingen. Mein Hals war wie ausgetrocknet, die Augen müde, der Körper erschöpft. Ich würde morgen durchschlafen. Oder es zumindest versuchen. Mal sehen, ob es klappte.

»Können wir uns an einem anderen Tag treffen?«, schlug ich vor. »Ich bin müde.«

»Ich auch. Lass uns das auf irgendwann verschieben. Ich ruf dich an.«

»Okay.« Wir nahmen unsere Jacken und verließen die Bar.

Der Regen hatte aufgehört und der Himmel war beinahe wolkenfrei. Die Sterne leuchteten und der Mond erhellte die Wege dort, wo keine Laternen standen. Die Straßen waren menschenleer, die Lichter in den Häusern ausgeschaltet, obwohl es doch noch gar nicht so spät sein konnte.

Ein Blick auf die Uhr half leider nicht wirklich weiter. Sie war um 20:57 stehen geblieben, zu dem Zeitpunkt, als ich zum letzten Mal darauf gesehen hatte.

Erneut klopfte ich Danny auf die Schulter und er ging die Straße entlang. Ich sah ihm nach, bis er verschwunden war. Im Gegensatz zu mir hatte er keinen weiten Weg von seinem Haus zum Arbeitsplatz und zu der Bar. Er konnte zu Fuß gehen.

Ich sah gen Himmel. Es war beinahe Vollmond. Die Sterne leuchteten wunderschön und unerwarteterweise fror ich in dieser Nacht gerade nicht, im Gegenteil. Irgendwie fühlte ich mich wohl. In der Nacht hatten zwar viele Menschen Angst, aber es war meine Lieblingszeit. Hier konnte ich den Gedanken besser nachhängen als zu Hause und solange es nicht regnete, konnte ich noch eine Weile dastehen und die Ruhe um mich genießen.

Ich fühlte mich frei und froh, denn nichts beengte mich hier. Seltsamerweise war ich wieder hellwach. Als hätten mir der Mond oder die Sterne neue Kraft geschenkt.

Mir war sogar durch die Bar noch ein wenig warm. Daher zog ich meine Jacke aus und der Brief fiel auf den Boden. Während ich ihn aufhob, war mir plötzlich danach, ihn im Licht des Mondes und der Laterne noch einmal durchzulesen. Nun hatte ich das Gefühl, ich würde ihn verstehen, den Sinn, der hinter den Wörtern steckte. Meine Finger glitten vorsichtig über das Papier, als würde die Tinte verschmieren, wenn ich nur eine falsche Bewegung machte.

»Die Tinte kann doch gar nicht verschmieren. Die ist doch schon lange trocken«, sagte ich mir. Ich hielt den Brief so, dass der Mond darauf schien. So konnte ich die Worte besser lesen.

Die Tinte glitzerte im Mondlicht und es sah fast so aus, als würde sie einen Schatten werfen, als wäre sie dreidimensional. Ich konzentrierte mich auf die Formen des Schattens. Wahnsinn! Es entstanden vollkommen andere Wörter, die ich vorher nicht hatte lesen können. Es fiel mir zuerst nicht leicht, sie zu entziffern, doch schon nach kurzer Zeit ging es besser.

»In – drei – Tagen – sollst – du – im – Seepark – sein. Um – Mitternacht. Ich – warte – auf – dich.« Mehr stand da nicht. Moment. In drei Tagen? Ich hatte den Brief vorgestern bekommen. Das hieß, ich sollte also morgen im Seepark sein? Um Mitternacht? Jetzt glaubte ich ganz und gar nicht mehr dran, dass das ein Scherz sein sollte. Niemand würde sich solch eine Mühe für einen Witz machen. Aber wie ging das denn mit der roten Tinte? Das musste ein Trick sein, von dem ich noch nicht gehört hatte. Meine Gedanken fuhren Achterbahn. Was sollte das alles? Konnte jemand sich so sicher sein, dass ich die versteckte Botschaft im Brief erkennen würde?

Nach einigen Minuten stieg ich ins Auto und fuhr nach Hause. Ich wollte mich einfach ins Bett fallen lassen und ausschlafen. Es würde mir wirklich guttun, sich morgen freizunehmen.

Bevor ich die Tür öffnete, sah ich in den Briefkasten und es war tatsächlich etwas darin; ein Paket, kaum größer als ein Brief, umhüllt mit dickem Papier. Ich setzte mich auf mein Bett und sah nach, wer mir das Päckchen geschickt hatte. Jetzt war gar kein Absender mehr darauf und auch der Empfänger, also ich, fehlte. Offensichtlich hatte die Person das Paket persönlich eingeworfen.

Mit dem Fingernagel öffnete ich es und holte heraus, was ich darin vorfand. Ein Amulett oder eine Art Kette, kein Brief, nicht einmal ein Zettel. Lediglich dieser metallische Gegenstand. Ich hätte mir eine Erklärung erwartet, irgendetwas, das zeigte, dass es eindeutig mit dem Brief zu tun haben musste, den ich bereits bekommen hatte.

Argwöhnisch hielt ich das Amulett ins Licht. Es glitzerte leicht. In der Mitte war ein jaulender Wolf zu erkennen. Er wirkte erschreckend real, weniger wie eine simple Zeichnung oder eine Gravur. Eine silberne Farbe hinterlegte ihn.

Es wäre garantiert nicht schlau, es jetzt umzulegen; nicht nach diesem Brief, nicht nach Dannys Reaktion und einfach nicht nach allen Umständen. Mein Verstand schrie deutlich: ›Nein, lege das Amulett nicht um. Wer weiß, was das am Ende ist.‹ Womit er recht hatte. Welcher normale Mensch verschenkte denn ein Amulett, das so hochwertig schien, wie dieses hier?

Die Kette ließ sich nicht verstellen. Sie war jedoch gerade groß genug, um sie anzulegen. Irgendetwas in mir trieb mich dazu, es umzulegen, obwohl mein Innerstes sich dagegen sträubte. Doch die Neugier gewann, wie vorgestern bei dem Brief.

Das kalte Metall berührte meine Haut und ließ mich kurz frösteln, nur um sich nach kurzer Zeit warm und pulsierend anzufühlen. Beinahe pochend, als würde es leben und kein toter Gegenstand sein. Durch die Vibration hatte ich das Gefühl, als ob eine unnatürliche Wärme durch meinen Körper strömte. Als wollte dieses Amulett ein Teil von mir sein.

Noch bevor mich dieses Gefühl übermannen konnte, griff ich die Kette und zog sie nach oben. Doch es ging nicht. *Wie jetzt!?* Ich zog wieder und wieder, doch entweder war mein Kopf schlagartig gewachsen oder das Amulett geschrumpft. Es lag sehr eng um den Hals, aber nicht so, als dass ich keine Luft mehr bekommen würde.

Aufgebracht rannte ich ins Bad, betrachtete mich im Spiegel und spritzte mir Wasser ins Gesicht.

»Das ist doch alles nicht wahr!« Mit einem Mal fühlte ich mich unfähig, weil ich dieses verdammte Amulett nicht abbekam. Verzweifelt verließ ich das Bad und warf mich aufs Bett.

Es war wirklich merkwürdig. Es war wie mit dem Brief. Er war ganz plötzlich und unerwartet gekommen und ließ mich nicht in Ruhe. So auch jetzt. Ich musste wohl damit schlafen und es morgen noch einmal versuchen.

»Versuch einfach, es zu vergessen«, sagte ich mir. »Es wird dich nicht weiter stören, wenn du einfach nicht daran denkst.«

Nach einer ergebnislosen Untersuchung des Päckchens legte ich es auf den Küchentisch, damit ich es mir morgen früh genauer ansehen konnte. Da musste etwas an dem Paket sein, irgendeine Spur. Ich war mir so sicher, dass das der anonyme Kerl war, der mir schon den Brief geschickt hatte. Nur was war die Bedeutung dieses Amuletts oder Medaillons? In welchem Zusammenhang stand es mit dem Brief? Was wollte die Person von mir, gottverdammt? Langsam hielt ich diese Gedankenspielereien und Unklarheiten nicht mehr aus.

Müde schloss ich die Augen. Es konnte doch nicht so schwer sein, einfach zu schlafen.

Mit meiner Hand griff ich nach dem Medaillon, als ob ich es lösen könnte, doch das brachte nichts. Das wusste ich, doch ich fühlte mich so irgendwie besser.

- 4 -

Die Sonne schien durch das Fenster herein, meine Bettdecke lag neben mir, die Tür offen, der Schrank durchwühlt.

Grummelnd rieb ich mir den Kopf und versuchte, den letzten Abend Revue passieren zu lassen. Was war denn heute Nacht passiert? War ich einfach zu müde gewesen, um die Tür und den Schrank zu schließen? Gut möglich. Nur kam es mir nicht in den Sinn, dass ich nach etwas gesucht hatte.

Ich blickte in Richtung der Uhr, die normalerweise neben dem Schrank hing, während der Nacht aber auf den Boden gefallen war. Sicher nur ein Zufall oder meine mangelnden handwerklichen Fähigkeiten hatten einfach bei der Befestigung der Uhr versagt. Wäre nicht das erste Mal, wenn ich daran dachte, wie viele Bilder mir kurz nach dem Aufhängen schon wieder entgegengekommen waren.

Langsam stand ich auf. Mir tat jeder Knochen im Körper weh. So schlimm hatte ich mich bislang nie gefühlt. Überall Muskelkater, jede Bewegung war anstrengend. Eigentlich konnte ich noch eine Weile liegen bleiben, wenn ich mich eh schon krankmelden würde. Den Anruf konnte man sicherlich auch am Mittag absetzen. Aber den ganzen Tag im Bett zu liegen, war ebenso keine Lösung. Ich musste heute etwas essen und außerdem später im Seepark sein. Ich konnte endlich Antworten auf die Fragen finden, die sich mir in so kurzer Zeit ergeben hatten. Ich konnte diese Person damit konfrontieren, wieso sie mit diesem Brief mein Leben durcheinanderbrachte. Und wenn das alles wirklich nur ein schlechter Scherz war, dann würde ich das mein Gegenüber spüren lassen.

Ich bestrich mein Brot mit Marmelade. Das Paket auf dem Tisch konnte ich bislang relativ erfolgreich verdrängen. Nur was für Möglichkeiten gab es, was man heute tun konnte? Ich könnte ja Danny anrufen und ihn fragen, ob es ihm heute besser ging als gestern. Warum er sich so merkwürdig verhalten hatte. So war er sonst ja auch nie gewesen. Wobei ... Selbst ich musste zugeben, dass mein Interesse an dem Brief wesentlich stärker war, als es sein sollte.

Während ich auf dem Brot herumkaute, stellte ich fest, dass es trotz des fruchtigen Aufstrichs wenig Geschmack besaß. Nachdem mein Hungergefühl weitestgehend verflogen war, entsorgte ich den Rest in den Mülleimer, räumte ab, duschte und ging zum Telefon. Als ich meine Anrufliste betrachtete und Dannys Namen sah, zögerte ich. War es sinnvoll, ihn jetzt anzurufen? Was sollte ich sagen? ›Hey Danny. Geht es dir besser?‹ oder ›Junge, was war das denn gestern?‹ Beides wohl eine eher schlechte Idee.

Im letzten Augenblick überlegte ich es mir doch anders. Irgendwie fühlte ich mich schuldig. Nicht Danny gegenüber, sondern, weil ich nicht arbeitete, obwohl es möglich gewesen wäre. Immerhin konnte man so auf den Stress und irgendwelche Tiraden von Lanker zu verzichten, der einem beim geringsten Jammern immer erzählte, wie schwer es damals gewesen wäre, einen solchen Job zu bekommen und wie glücklich ich mich doch schätzen sollte.

Nach dem Überfliegen meiner Kontaktliste blieb ein Name bei mir hängen und ich betrachtete ihn mehrere Sekunden. Meine alte Schulfreundin Rebecca, die immer nur Becca genannt werden wollte. Obwohl wir beste Freunde in der Schule gewesen waren, hatte ich sie schon Ewigkeiten nicht mehr gesehen. Ich besaß sogar noch ihre Handynummer. Sie hatte mir immer gesagt, sie wünschte sich einen Job, in dem sie nachts arbeiten konnte, um etwas vom Tag übrig zu haben. Schlaf war für Becca immer überbewertet gewesen. Jetzt, wo es schon halb zwölf war, müsste sie doch eigentlich erreichbar sein.

Nach kurzem Klingeln nahm eine Frau den Hörer ab. »Hochstett?«, ertönte die Stimme im Telefon.

Einen Moment überlegte ich, ob es nicht doch besser gewesen wäre, es sein zu lassen. Sie würde mich zwar noch kennen, aber – ach ... ich wusste es doch auch nicht.

Einige Sekunden rang ich mit mir. Das musste ihr wohl aufgefallen sein. »Hallo?«

»Hi, hier ist Lloyd, Lloyd Vargen.«

»Lloyd!«, rief die Stimme voller Freude. Anscheinend hatte sie mich zumindest nicht vergessen. Das war schon mal ein gutes Zeichen und brachte mir ein Grinsen über die Lippen. »Wie geht es dir denn?«

»Gut. Weißt du, ich wollte dich fragen, ob du vielleicht mit mir heute einen Kaffee trinken gehen willst. Wir haben uns lange nicht mehr gesehen und vielleicht auch ein wenig zu erzählen oder so.«

Obwohl die Wahrscheinlichkeit für eine positive Antwort meiner Meinung nach recht gering war, zögerte sie keine Sekunde. »Gerne, warte mal kurz – « Im Hintergrund raschelte etwas. Es hörte sich an wie Papier. »Wann genau?«, erkundigte sie sich.

»Wäre heute Mittag in Ordnung?«

»Klar.«

»Im Café di Pedro?«

»Ist das bei der Bibliothek?«

Ich bejahte.

»Ah, das kenne ich. Gut, in zwanzig Minuten?«

Wow, das ging jetzt doch schneller als ich dachte. »Auf jeden Fall.« Ehe ich darüber nachdenken konnte, ob es in zwanzig Minuten überhaupt möglich war, dorthin zu kommen, waren die Worte schon aus mir herausgeschossen.

»Gut, bis dann.« Der Hörer klickte.

Einen erleichterten Seufzer konnte ich nun nicht mehr zurückhalten. Es hätte ihr ja auch etwas dazwischenkommen können. Trotz des kurzen Telefonats stellte sich bei mir ein vertrautes und warmes Gefühl ein, das ich gerade sehr genoss. Bei einem Getränk sprach es sich auch besser als am Handy und ich wollte heute Gesellschaft so lange es ging. Das lenkte mich von der noch ausstehenden Nacht ab.

Der Weg zum Café war nicht weit, denn ich wohnte in demselben Stadtteil. Ich zog den Weg durch den Park vor. Die Vögel zwitscherten fröhlich, das Wasser des Teiches plätscherte. Auf den Bänken saßen Anwohner mit Zeitungen oder ihren Smartphones und Senioren, die den Vögeln und Enten Brot zuwarfen. Es war schön anzusehen und es beruhigte mich, dass ich mich mit der mir unbekannten Person heute Nacht an einem normalerweise so malerischen Ort treffen würde.

Und dann kam mir der Gedanke, den ich den gesamten Morgen schon erfolgreich hatte verdrängen können. Hektisch fasste ich mir an den Hals! Es war noch da … Eigentlich hätte ich es mir denken können und auch der jetzige Versuch, mich davon zu befreien, blieb erfolglos. Wieso sollte es dieses Mal klappen, wenn es gestern Abend schon nicht funktioniert hatte?

Mein Magen fühlte sich flau an. Ich war durcheinander und verängstigt und allein der Brief war daran schuld. Einerseits wollte ich die Person ja treffen, die ihn mir geschickt hatte, doch andererseits auch ein gewohntes Leben weiterführen, was sich durch das Treffen ändern konnte. Wenn man mir ein Amulett, Medaillon oder was auch immer es sein sollte hatte zukommen lassen, dann würde das sicherlich kein Scherz sein. Und das Treffen versprach nicht, eine einmalige Sache zu werden. Als ob jemand mir sagte: ›Hier, ein Geschenk für dich. Tschüss.‹ Dass dieses ganze Ereignis einen weitreichenden Einfluss auf mein Leben haben könnte, war mir durchaus bewusst. Nur war ich dafür wirklich bereit?

Ich schüttelte den Kopf. Es brachte nichts, noch weiter daran zu denken. Bis heute Nacht sollte ich das einfach vergessen, mit Becca einen schönen Mittag verbringen und entspannen, denn aus keinem anderen Grund hatten mir meine Mitmenschen geraten, freizunehmen.

Vor dem Café blieb ich stehen und wartete. Becca ließ mir gar keine Zeit, darüber nachzudenken, ob ich doch wieder umkehren sollte, denn kaum war ich da, bog sie um die Ecke und lächelte mich schon aus der Ferne an.

Wahnsinn. Becca sah definitiv nicht mehr aus wie in meiner Erinnerung. Früher war sie blond gewesen, heruntergekommene Klamotten, eine Brille und Pickel hatten sie ausgezeichnet. Es war damals schon klar gewesen, dass jeder, der sich mit ihr angefreundet hätte, genauso unbeliebt wie sie geworden wäre. Wir waren beide genau die Personen in der Schule gewesen, die von allen Seiten gemobbt worden waren. Daher war es nachvollziehbar gewesen, dass wir uns zusammengetan und angefreundet hatten. Ich erinnerte mich gerne an ihre liebevolle und fürsorgliche Art, wie sie sich um ihre eigenen Tiere und fremde auf der Straße gekümmert hatte. Ihre beinahe naive Art konnte ich nie vergessen, doch seit unserem Schulabschluss hatten wir bis heute nicht ein Wort miteinander gesprochen, was schade war.

Wäre ich nicht mit ihr befreundet gewesen, hätte ich Becca kaum erkannt. Jetzt trug sie keine Brille mehr, hatte um einiges abgenommen, ihre blonden Haare braun gefärbt und trug ein bauchfreies Top.

Unsere Begrüßung fiel weniger verhalten aus, als ich zuerst angenommen hatte. Ihre Umarmung war so vertraut, als hätten wir uns lediglich ein paar Tage nicht gesehen.

»Lloyd! Es ist schön, dich wiederzusehen. Ich erkenne dich kaum wieder.«

Dasselbe hätte ich von ihr auch sagen können. Zehn Jahre waren eine lange Zeit und ließen viel Raum für Veränderungen. Es war erstaunlich, wie sehr das bei Becca der Fall gewesen war.

»Dich erkenne ich auch kaum. Du hast ganz schön an dir herumexperimentiert.« Ich lächelte. »Mir gefällt es.« *Herumexperimentiert?* Ja, Smalltalk war wirklich überhaupt nicht meine Stärke.

»Lass uns reingehen. Ich würde gerne mit dir über die alten Zeiten reden. Es freut mich so, mit dir wieder Kontakt zu haben. Wieso hast du mich denn nicht schon früher angerufen?«

Ich kratzte mich am Kinn. Auf diese Frage fiel mir auch nichts ein. »Ich weiß es nicht. Habe es wohl eine Weile vor mir hergeschoben. In letzter Zeit klappt einfach nichts so richtig und dann dachte ich, ich könnte dich mal wieder anrufen. Sorry, dass es erst jetzt passiert ist. Hätte ich echt früher tun sollen.«

»Ach, ist nicht schlimm.« Tatsächlich wirkte sie so, als wäre es in Ordnung.

Ich nickte und wir betraten das Café. Es war gut gefüllt. Mir fiel allerdings sofort auf, dass in einer Ecke jemand saß, der mich direkt nach Betreten des Lokals in Augenschein nahm. Ein finsterer Typ mit langem Mantel, der den Blick nach einigen Momenten abwandte und sich seinem Heißgetränk widmete.

Wir setzten uns an ein Fenster, durch das die Sonne direkt auf den Tisch schien. Als der Kellner uns dann zur Kenntnis nahm, bestellte sie einen Cappuccino und ich einen Latte Macchiato.

»Also sag schon: Was hast du denn aus deinem Leben gemacht?«, erkundigte sie sich. »Was arbeitest du inzwischen eigentlich?«

Ich kratzte mich am Nacken, da ich nach wie vor nicht wusste, was ich sagen sollte. Obwohl Becca sehr hübsch geworden war, schien sie noch wie früher geblieben zu sein. »Ich bin das Mädchen für alles in einer Versicherungsagentur. Mehr schlecht als recht. Und du? Hast du es im Gegensatz zu mir zu was gebracht?« Sofort bereute ich die Worte, nachdem ich sie ausgesprochen hatte. Dieses verzweifelte Selbstmitleid. Ich hasste mich genau dafür. Stets hatte ich das Gefühl, ich konnte nichts und hätte weder die Fähigkeiten, noch die Möglichkeiten, etwas aus mir zu machen. Aber entsprach es nicht auch irgendwo der Wahrheit?

Becca lachte. »Denkst du, ich wäre Model oder sowas? Nein, ich habe eine kaufmännische Ausbildung gemacht und ein Studium drangehängt. Ich verdiene so viel, dass ich ganz gut davon leben kann. Und wie ich sehe, butterst du dich noch genauso unter wie früher.«

Ich staunte. »Ruhiges Leben?«

»Kann man so nicht sagen. Nachtschichten sind jetzt nicht das Gelbe vom Ei.«

Als der Kellner uns die Getränke brachte, griff Becca schon nach dem Cappuccino, noch bevor er ihn auf dem Tisch abstellen konnte.

Während sie einen Schluck trank, musterte sie neugierig meinen Hals. »Was hast du da? Eine Kette?«

Ich schluckte kurz, griff dann nach dem Medaillon und fuhr die Konturen des Wolfs mit den Fingern entlang. Sollte ich ihr sagen, dass ich es nicht freiwillig trug, sondern mehr oder weniger dazu gezwungen war? »Das weiß ich selbst nicht so genau. Da kam so ein komisches Paket gestern. Ich habe das Medaillon – oder was auch immer es genau ist – anprobiert und irgendwas muss sich verhakt haben. Ich krieg das Ding seitdem nicht mehr ab. Kannst du mir da vielleicht helfen?«

»Klar.« Becca ging um mich herum und versuchte sich an dem mysteriösen Mechanismus. Sie drehte daran herum, stocherte mit ihren Fingernägeln im Verschluss und gab es dann auf. »Was für ein komisches Ding. Hast du dich mal an wen gewandt, der sich damit besser auskennt? Mit so einem Ding solltest du auch nicht schlafen. Es besteht ja immer die Gefahr, dass man sich aus Versehen die Luft abschnürt.«

Ich nippte an meinem Getränk. »Ich weiß nicht. Mein Leben ist zurzeit ein wenig kompliziert. Ach egal. Reden wir lieber über früher. Wie sind deine letzten Jahre denn so gewesen?«

Morgen und Mittag verstrichen, nachdem wir ein Getränk nach dem anderen und schließlich dann eine Mahlzeit bestellt hatten, auch wenn es nur einige Stücke Kuchen waren.

Allmählich begann es, zu dämmern. Da es Winter war, setzte die Nacht schon früher ein.

»Es war toll, dich wieder zu treffen, aber ich glaube, so langsam sollte ich nach Hause.« Ich ertappte mich dabei, an den Punkt gekommen zu sein, an dem ich nicht mehr wusste, was ich zu ihr nach all den Stunden noch sagen sollte. »Morgen geht die Arbeit weiter. Ich habe mir heute eine Auszeit genommen, weil gestern einfach gar nichts mehr ging. Ich denke, es war eine gute Entscheidung. Irgendwie haben mir immer mehr Leute geraten, es zu machen. Ich sah wohl ganz schön fertig aus.«

Becca lächelte sanft. »Melde dich doch öfter. War schön, dich wiederzusehen.«

Wir standen beide auf und schoben die Stühle heran.

»Die Rechnung geht auf mich«, entschied ich.

Becca lachte. »Komm, mir geht es besser als dir im Moment. Lass mich das bezahlen.« Obwohl sie es nur gut meinte, merkte sie gar nicht, wie schlecht es mir damit ging, sie die Rechnung bezahlen zu lassen. Es hinterließ ein Schuldgefühl, das sich anfühlte, als müsste ich mich dafür revanchieren.

Ich konnte nicht verbergen, wie unangenehm mir das war, sodass ich rot anlief. »Das musst du nicht. Ich habe auch Geld.«

Sie legte 30 Euro auf den Tresen vor den Kellner, der gerade einen Kaffee vorbereitete. »Das wird den Bedarf für meinen Freund und mich decken. Der Rest ist für Sie.«

Becca hatte mich wirklich ihren Freund genannt? Ich glaubte es beinahe nicht, dass sie mich nach so vielen Jahren nicht nur als Bekanntschaft ansah, sondern immer noch als ihren Freund. Irgendwie machte mich dieser Gedanke glücklich.

Auch der Mann hinten im Café stand auf, was jeder mitbekam, da er mit seinem Stuhl am Tischbein hängen blieb und es zu einem lauten Rumpeln kam. Er war anscheinend so lange dageblieben, wie wir. Wieso überhaupt? Eigentlich sollte es mich nicht interessieren, doch ich hasste es, beobachtet zu werden.

Und wenn er jetzt aufstand, würde es mich nicht überraschen, wenn er entweder Becca oder mir nachstellte. Vielleicht war das nur ein Zufall, wohl ein unwahrscheinlicher, aber es konnte doch auch einer sein.

»Es war sehr schön«, sagte Becca, während wir das Café verließen. »Ich meine, dich wiederzusehen.«

»Auf jeden Fall. Ich werde dich definitiv bei Gelegenheit nochmal anrufen.«

Becca hakte weiter nach. »Versprichst du es?«

»Na klar.«

»Dann ist ja alles gut.« Sie ging einen Schritt weiter auf mich zu und küsste sanft meine Wange.

Die Berührung kitzelte ein wenig und fühlte sich warm an. Ich hatte wirklich einen Kuss bekommen. Erstaunt wurde ich rot und lächelte verlegen. Dann wurde es für mich schnell doch unangenehm. Sie hatte mich auf die Wange geküsst und ich stand wortlos mit offenem Mund da und wusste nicht, was ich sagen sollte. »Ehm, danke.«

Wir verabschiedeten uns mit einer Umarmung und gingen getrennte Wege.

Obwohl ich es womöglich nicht sollte, blieb ich noch einmal stehen und sah ihr hinterher, als sie um die Ecke bog. Auf irgendeine Art bereute ich es, doch es war schön, solange es angedauert hatte. Es war, als hätte ich mich in meine alte Schulfreundin verliebt. Nach einem einzigen Treffen? Unter all den Umständen, den Sorgen, der Angst, die gerade vorherrschten? Ich hatte nicht Zeit, mich zu verlieben. Und jemand wie Becca hätte jemand Besseren haben können als mich. Aber warum dann dieser Kuss? Oh Mann. Ich war mir doch auch nicht sicher.

Zu Hause angekommen fiel mein Blick auf die virtuelle Anzeige der Mikrowelle. Ich hatte noch fünf Stunden. Es war kurz nach sieben.

Teilnahmslos nahm ich die Fernbedienung in die Hand und drückte ein paar Knöpfe, ohne dabei den Fernseher einzuschalten. Mir war gerade nicht wirklich danach, fern zu sehen. Stattdessen legte ich mich auf die Couch und starrte die Decke an. Jetzt dauerte es nicht mehr lange bis zu dem Treffen, das ich so sehnsüchtig erwartete, teilweise aus Angst, teilweise erwartungsvoll.

- 5 -

Die Kirchturmuhr läutete zweimal. Es war halb zwölf. Auch der Alarm, den ich mir zur Erinnerung eingestellt hatte, klingelte und riss mich aus meinen Gedanken. Der Seepark lag einige wenige Kilometer entfernt in einem Teil von Salbrun, den man mit dem Auto nur schwer erreichen konnte.

Ich zog die Jacke an und verließ das Haus. Da der Weg so weit war, hatte ich genug Zeit, um darüber nachzudenken, was hier überhaupt gespielt wurde.

Also: Ich hatte einen Brief bekommen, in dem von einem Treffen in 30 Tagen im Seepark die Rede gewesen war, was aber nicht stimmte, da der Termin ja heute stattfand. Wenige Tage später hatte ich das Medaillon erhalten, es angelegt und konnte es bis jetzt immer noch nicht abnehmen. Als ich den Brief Danny gezeigt hatte, war seine Reaktion so eigenartig gewesen, als kannte er die Bedeutung oder enthielt mir irgendeine Information vor.

Das war alles ineinander verstrickt und ich erhoffte mir endlich die Antworten, die ich gerne gehabt hätte.

Während ich die Straßen entlangschritt, ließ ich die Ruhe der Nacht auf mich wirken. Nachts fand ich mich in der Stadt besser zurecht als tagsüber und fühlte mich auch wohler, wenn nicht so viele Menschen hektisch um mich herumliefen und laute Alltagsgeräusche die Stille unterbrachen.

Dann fiel mir der Brief wieder ein. Sollte ich ihn vielleicht mitnehmen? Nein. Wieso denn auch? Sollte der Verfasser seinen selbstgeschriebenen Brief zurückhaben wollen? Wohl eher nicht.

Lichter schwirrten um mich herum wie Glühwürmchen, als ich an den Häusern vorbeilief. Die Laternen leuchteten hell und in einigen Wohnungen brannte noch Licht.

Ich zwang meine Gedanken, sich nicht mehr um das zu drehen, was bald geschehen würde, sondern ging beinahe emotionslos die Straße entlang und ließ die Atmosphäre der leeren Stadt auf mich wirken.

Und dann kam ich an. Der Park war von einer unheimlichen Schwärze durchzogen und ein leichter Nebelschleier lag in der Luft, der das Gelände düster und mysteriös wirken ließ. Der Park war groß und unübersichtlich, vor allem im Dunkeln. Wenn ich mich recht erinnerte, hatte Salbrun dafür sogar einmal einen Preis bekommen, da er erstaunlich unberührt war und dafür, dass er nicht als Wald zählte, doch ziemlich groß war. Ich ging weit hinein. Vielleicht lag das auch daran, dass ich nicht wusste, wohin ich genau gehen sollte. Sollte ich mich von der Zivilisation Salbruns weiter entfernen oder doch versuchen, in der Nähe der Stadt zu bleiben? Nach einigen hundert Metern erkannte ich eine Parkbank, auf die ich mich setzte und wartete. Da sowieso nicht beschrieben worden war, wo genau im Park man sich treffen sollte, konnte diese Person sicher auch zu mir kommen, während ich hier wartete.

Dann setzte allmählich die Nervosität ein. Bis eben hatte ich erfolgreich meine Angst vor der Dunkelheit verdrängen können, nun kam sie jedoch wieder zum Vorschein. Man hörte ja immer öfter von Fällen, in denen Menschen an einsamen Orten entführt oder ermordet wurden. Und wenn ein Ort gerade einsam war, dann dieser hier.

Zu allem bereit, aber doch unsicher, blickte ich mich immer um. Und tatsächlich! Aus der Ferne kam ein Mann auf mich zu. Man konnte lediglich seine Silhouette erkennen, aber als er näherkam, bemerkte ich, dass es der Fremde aus dem Café war. Sein Blick schien an mir vorbei zu gehen und einen unbekannten Punkt in der Ferne zu fixieren. Das Rascheln der Blätter im Wind legte sich, selbst die Grillen blieben still. Man konnte keine Autos mehr hören, nur noch die Schritte, die der fremde Mann durch das nasse Gras machte. Egal, was jetzt passierte, es würde mir nicht gefallen. Vor mir blieb er dann stehen.

»Bist du die Person, die den Brief geschickt hat?«, fragte ich zögernd.

Mein Gegenüber offenbarte mir nicht einmal sein Gesicht.

»Trägst du das Medaillon?«, fragte er mich. Seine Stimme war furchterregend und vollkommen emotionslos. Sie war tief und er rollte das ›R‹, wie ein Russe, der es nicht anders gelernt hatte. Mir lief es eiskalt den Rücken herunter. In der Großstadt mochte seine Stimme zwar unscheinbar und überhörbar sein, doch hier, kombiniert mit dem Nebel des Parks, der Nacht und seinem schwarzen Mantel, wirkte sie beunruhigend und gefährlich.

Ich fasste an meinen Hals und holte das Medaillon so vor, dass er es sehen konnte.

»Gut.« Mit der Geste eines seiner Finger wies er mich an, ihm zu folgen. Das tat ich dann auch.

Wir liefen lange geradeaus und ich sah Bäume, die ich in diesem Park vorher noch nie gekannt hatte. Mit der Zeit wurde aus diesen paar Bäumen ein ganzer Wald.

Wo waren wir denn überhaupt? Sicher nicht mehr im Seepark. Den kannte ich gut genug, um zu wissen, dass das hier ein anderer Ort sein musste, an dem ich noch nie gewesen war. Aber wie konnte das sein?

Ich sparte mir jede Frage auf, damit ich sie ihm stellen konnte, wenn wir dort waren, wo er hinwollte.

Wir betraten eine dunkle Höhle. Ich hoffte, dass an den Wänden irgendeine Lichtquelle war, wie in den Rollenspielen, die ich gelegentlich auf dem Rechner spielte, doch wir entfernten uns immer mehr von dem Wald und dem einzig verbliebenen Licht der Laternen. Nach einer Weile konnte man absolut nichts mehr erkennen, sodass ich mich an der Wand entlangtastete und an den Schritten des Mannes orientierte. Ich passte mein Schritttempo dem seinen an, damit ich nicht in ihn hineinlief oder zurückfiel.

Als ich nichts mehr hörte, entfernte ich mich einige Schritte von der Wand und blieb stehen.

Ein violett leuchtendes Licht flackerte kurz auf und wurde zu einem pulsierenden Glühen, das von einem bernsteinartigen Gegenstand einige Meter entfernt ausging. Die Konturen des Mannes waren daneben zu erkennen. Während ich mich ihm näherte, erkannte ich einen Sockel neben ihm.

Plötzlich wollte ich einfach hier raus, denn es machte mir Angst, an solch einem Ort zu sein, vor allem um Mitternacht. So gefasst ich bis eben noch gewesen sein konnte: Allmählich konnte niemand mehr leugnen, dass das nicht mehr mit rechten Dingen zuging. Einen Augenblick lang kämpfte ich mit dem Gedanken, wegzurennen, doch meine Beine weigerten sich vor Angst. Sie wollten bleiben und auch ich war neugierig, was sich hier abspielte. Ein Teil von mir wollte rennen, weit weg. Ein anderer, größerer, war zu fasziniert, um jetzt einfach zu gehen.

»Leg deine Hand auf den Stein«, befahl der Fremde.

Damit konnte er nur den Kristall meinen. Verständlicherweise traute ich dem Mann nicht, doch was hatte ich für eine Wahl, als das zu tun, was er sagte? Gegen den Impuls, wegzurennen, wehrte sich mein Körper. Dies war so ein Moment, an dem ich die Zeit zurückdrehen wollte. Einfach den Brief ignorieren und das Amulett verkaufen. Ich hätte beides auch sofort in den Mülleimer werfen können. Solche Momente, wie ich ihn nun fast schon heraufbeschworen hatte, wie es einfach kommen musste, hasste ich. Wieso musste das denn gerade mir passieren?

Der Fremde merkte, dass ich zögerte. »Lege sie auf den Stein. Umschließe ihn mit deinen Fingern.«

Ich tat das, was er sagte, auch wenn ich kein gutes Gefühl dabei hatte. Der Stein war warm und es wurde dunkel, solange er von meiner Hand umschlossen war. Jetzt konnte alles Mögliche passieren. Vielleicht kam jemand von hinten und packte mich? Vielleicht griff mich der Mann an? Bevor ich hysterisch wurde, versuchte ich, mich weitestgehend zu entspannen. Meine Atmung schwankte zwischen panischer Hektik und dem verzweifelten Versuch, Ruhe zu bewahren.

»Spüre, wie dich die Wärme des Kristalls durchströmt. Spürst du, wie er dir Kraft schenkt, sich an dir nährt und dich gleichermaßen stärkt?«

Was redete er da für einen Unsinn? Das hätte ich gerne gedacht, doch seltsamerweise fühlte ich mich genauso, wie er es beschrieb. Ich spürte, wie die Wärme von meiner Hand den Arm hinaufwanderte, bis der ganze Körper davon umgeben war. Sie zehrte an meinen Kräften und ließ meine Beine etwas an Halt verlieren. Ich wollte den Stein loslassen, doch der Mann hatte seine Hand auf meine gelegt. Er drückte nicht fest zu, doch ich besaß nicht mehr die Kraft, mich gegen ihn zu wehren. Mein Körper schwankte zwischen einem Gefühl unbändiger Kraft und Ohnmacht. Wenn ich jetzt die Augen schloss, würde mein Kreislauf nachgeben, da war ich ganz sicher. Ich wollte den Stein einfach nur loslassen, aber konnte es nicht.

»Lass zu, was passiert. Verwehre die Kraft nicht, die dir geschenkt wird. Lehne sie nicht ab. Empfange sie mit offenen Armen. Öffne deine Seele, damit sie eindringen kann. Lass sie rein, lass sie dir helfen.«

Das klang nicht wirklich vertrauenswürdig. Ich würde sicherlich nicht irgendeine ›Kraft‹ in meinen Körper lassen, die mich in Besitz nahm. Vielleicht konnte man dieses komische Gefühl auch anders loswerden. Ich versuchte es so sehr, wie es ging, stemmte mich gegen den Sockel, zog an meinem Arm, um mich zu befreien, doch ich wurde schwächer und schwächer, bis ich kaum noch stehen konnte.

Mit einem Mal zuckte ein stechender Schmerz durch meinen Körper. Ich fiel zu Boden und krümmte mich. Wäre der Sockel nicht so tief gewesen, wäre mein Arm jetzt gebrochen.

Ich wollte schreien, doch es ging nicht. Meine Stimmbänder schienen wie durchgeschnitten, meine Atmung wurde schneller und ich rang nach Luft. Meine Arme, Beine und auch Hände verkrampften sich. Auf einmal hatte ich meine Stimme wieder. »Lass mich los! Hilf mir!«

Ich bekam keine Hilfe und so schnell, wie meine Stimme zurück war, war sie auch schon verschwunden.

Vor Schmerz schloss ich kurz die Augen und versuchte, es zu ertragen, doch das Schließen verursachte größere Schmerzen als das Offenhalten. Man konnte den Atem des Mannes hören, der auf mich herabblickte, wie auf ein kleines Kind. Obwohl es dunkel war, konnte ich ihn erkennen. Kein Funken Mitleid war in seinen Augen zu auszumachen.

Langsam ließ der Schmerz nach. Ich versuchte, richtig aufzustehen, doch ich hatte das Gefühl, als stünde ich schon aufrecht, auf beiden Füßen und meiner Hand.

Der erneute Versuch, aufzustehen, scheiterte. Mir schien ein Teil des Beines zu fehlen.

Endlich ließ der Mann meine Hand los und ich senkte sie ebenfalls zu der anderen auf den Boden. Ich ging einige Schritte vorwärts, fiel aber um. Dann betrachtete ich meine Hand, die er freigelassen hatte.

Fell! Auf meiner Hand war Fell! Das war schon gar keine Hand mehr! Das war eine Pfote! Neben mir lagen die Fetzen meiner Kleidung. Bei all den Schmerzen hatte ich nicht mitbekommen, wie sie aufgerissen war. »Was hast du mit mir gemacht?!«

Wieder keine Antwort. Langsam hatte ich wirklich genug. Ich fixierte den Fremden mit meinen Augen und versuchte, ihn anzuspringen. Geschickt wich er aus und ich prallte gegen die Wand.

Wütend fletschte ich die Zähne. Moment! Ich fletschte die Zähne?! Was zum ... ! Einen Moment atmete ich tief ein und aus und versuchte es ruhiger und gefasster. »Was ist mit mir passiert?«

Dieses Mal bekam ich die gewünschte Antwort. »Nichts, was nicht sein sollte. Sieh an dir herunter. Du bist ein Wolf.«

Ich betrachtete meinen Körper so gut es ging. Ein Schwanz, Pfoten, eine feuchte Nase, Augen, die im Dunkeln sahen. Das war einfach zu viel. Das war doch nicht sein Ernst! Das musste eine virtuelle Realität sein oder etwas Ähnliches! Das hier *konnte* nicht mehr die reale Welt sein! Werwölfe gab es nicht!

»Wieso hast du das mit mir gemacht?«

Das Licht des Steins verblasste wieder, nachdem der Mann ihn in die Hand genommen hatte. Das änderte aber nichts daran, wie gut ich ihn erkennen konnte.

»Sieh es als Gabe. Ich habe dir geholfen und bald musst du uns helfen.«

Obwohl mich sein Akzent extrem störte, hörte ich ihm zu, ohne Fragen zu stellen.

»Lerne, als Wolf zu leben, das zu tun, was sie tun, auf die Jagd gehen und meide ab sofort Menschen, denen du nicht blind vertrauen kannst. Jetzt bist du noch nicht viel wert und wir brauchen dich früh genug.«

»Ich werde dir erst helfen, wenn ich weiß, was hier gespielt wird!« Knurrend fixierte ich ihn mit meinen Augen.

»Ich habe dich und dein Verhalten beobachtet, dich am Arbeitsplatz gesehen, in der Kneipe und im Café mit deiner Freundin. Du bist perfekt. Hör zu. Es gibt drei Clans, die Gibsar, die Pernoy und die Qädro. Du bist jetzt hier bei den Qädro. Ich habe dich zwar gegen deinen Willen geholt, doch wir müssen die anderen beiden bekämpfen, um jeden Preis.«

Ich verstand langsam zumindest einen Teil, obwohl ich es nicht wollte. »Ich helfe also bei einer Fehde verschiedener Clans? Und dafür hast du mich zu *so etwas* gemacht?« Ich blickte an mir herunter und konnte mich mit dem Anblick, ja selbst mit dem schieren Gedanken daran, nicht anfreunden. Er hatte mich zu einem verdammten Wolf gemacht!

»Ja, aber bedenke: Hätten wir dich nicht geholt, dann die anderen. Ich sage dir mehr, wenn du weißt, wie du du mit deinen Fähigkeiten umzugehen hast. Das Medaillon, das du trugst, ist als Mal auf deinem Hals zurückgeblieben. Du musst nur mit Zeige- und Mittelfinger darüberstreichen und du wirst ein Wolf. Am besten machst du das nachts, denn am Tag ist das gefährlich und niemand darf dich sehen.«

»Und wie werde ich wieder ein Mensch?«

»Wenn du noch einmal dasselbe tust mit deinen zwei vordersten Krallen.«

Ich versuchte es, doch er hielt meine Pfote fest.

»Warte.«

Mit einem gezielten Schlag traf seine Hand zwischen mein Vorderbein und die Seite.

Es ging so schnell, dass ich beinahe sofort ohnmächtig wurde.

»Erzähle niemandem von dem Wolf und den Kräften, sonst bin ich gezwungen, dich zu töten.« Er stand auf und drehte sich von mir weg.

Dann sah und hörte ich nichts mehr.

- *6* -

Erst im Bad kam ich wieder richtig zu mir. Während ich mir die Augen rieb, wischte ich den Schweiß von der Stirn. Es war wohl nur ein Traum gewesen. Der merkwürdigste, den ich je hatte. So etwas war mir in einem Traum noch nie passiert. Wer war denn dieser Mann gewesen, der mit mir geredet hatte? Ich kannte ihn nicht und falls das, was mir gerade im Kopf herumspukte, wirklich passiert war, dann war ich mir nicht sicher, ob ich mich damit weiter auseinandersetzen wollte.

Ich rieb mir den Kopf. Das wäre doch verrückt. Es gab lediglich eine Möglichkeit, zu sehen, ob es ein Traum gewesen war. Ich fasste mir an den Hals, doch ich spürte nichts. Puuh. Dann war es wohl doch Einbildung gewesen. Zum Glück. Ich wollte weder in irgendeine Fehde hineingezogen werden, noch mich als Wolf auf eine der Seiten schlagen. Oder überhaupt einer sein. Dieser Gedanke war nicht nur abwegig, er war schlicht und ergreifend verrückt!

Nachdenklich verließ ich das Bad, um im Schlafzimmer ein neues T-Shirt zu holen. Doch was ich sah, ließ mich die Augen aufreißen. Was war denn hier passiert? Der Schranktür stand offen und hatte deutliche Kratzspuren, meine Bettdecke lag auf dem Boden, das Fenster war weit geöffnet.

Auf dem Weg zum Fenster blieb mein Blick beim Bett hängen. Das Laken war förmlich zerfetzt, als hätte sich ein wildes, streunendes Tier daran zu schaffen gemacht. Die Schäden am Schrank versuchte ich, auszublenden, zog ein Oberteil heraus und schloss ihn direkt. Das Laken warf ich geistesabwesend in den Mülleimer.

Beim Prüfen der anderen Räume hoffte ich inständig, dass wenigstens diese unbeschädigt waren. Und ich hatte Glück. Flur, Küche und Wohnzimmer waren unversehrt.

Jetzt ging es daran, wieder zu klarem Verstand zu kommen. Daher ging ich ins Bad, um mich zu waschen.

Das Wasser plätscherte im Becken, während es in den Abfluss lief. Ich ließ meine Hände volllaufen und tauchte das Gesicht hinein. Das Ganze musste einfach ein schrecklicher Traum gewesen sein. Ich erinnerte mich an die höllischen Schmerzen, als dieser Fremde mich mit seinem seltsamen Stein in einen *Wolf* verwandelt hatte. Meine Haut fühlte sich wund an, mein gesamter Körper war angespannt. Entweder hatte ich extrem schlecht geträumt oder das war tatsächlich passiert. Und ich hoffte, dass ich mit der ersten Aussage Recht behielt. Es war nicht nur der erlittene Schmerz. Es war das Wissen, dass ich jetzt teilweise ein Wolf – *also wirklich ein Wolf* – wäre und so unmöglich in mein altes Leben zurückkehren konnte. Nicht, dass ich es gemocht hatte, es war furchtbar gewesen. Aber in diesem Moment wollte ich einfach wieder dahin zurück.

Mehrmals spritzte ich mir Wasser ins Gesicht, merkte jedoch, dass es nichts brachte. Eine Dusche war wohl notwendiger und hilfreicher, um irgendwie in den Tag zu starten.

Während das heiße Wasser über meinen Körper lief und mir das Gefühl gab, wenigstens für ein paar Minuten entspannen zu können, flossen zumindest für einen Moment die Gedanken dahin. Doch nach dem Abtrocknen kam der erneute Schock.

Dieses Mal, von dem der Fremde geredet hatte! Das, worüber ich nur streichen musste und dann ein Wolf wurde! Ich besaß es doch! Und zwar auf der rechten Seite meines Halses. Es bestand aus demselben jaulenden Wolfskopf, der auch die Vorderseite des Anhängers geziert hatte.

Erneut prüfte ich meinen Hals, aber das Medaillon war nach wie vor weg. Dann war das doch kein Traum gewesen. Ich konnte nicht glauben, dass es keiner war. Wie konnte ich nur so etwas erlebt haben?

Geistesabwesend huschte mein Blick über die Armbanduhr. 8:46.

»Scheiße! Ich bin zu spät bei der Arbeit!« Ich rannte aus dem Bad, blieb aber sofort im Türrahmen stehen. Dieses Mal an meinem Hals musste irgendwie noch überdeckt werden. Tattoos waren nicht mein Ding – und vor allem nicht solche. Ich wollte mir gar nicht ausmalen, was die Kollegen hinter meinem Rücken sagen würden, von Danny ganz zu schweigen.

Zum Glück besaß ich im Spiegelschrank einen Abdeckstift für Pickel, der sich wunderbar für dieses ›Tattoo‹ zweckentfremden ließ. Tatsächlich funktionierte es sogar und ich konnte es weitestgehend überdecken.

In Windeseile war ich ins Auto gestiegen und fuhr in Richtung der Innenstadt zur Arbeit.

Gerade noch rechtzeitig bog mein Wagen in den Parkplatz ein, sodass ich ins Gebäude hechten konnte. Wenn ich etwas vermeiden wollte, dann, zu spät zu sein.

Lanker konnte es gar nicht leiden, wenn seine Angestellten zu spät kamen. Beim ersten Vorkommen gab es noch eine Verwarnung, danach folgten bereits

Abmahnungen. Pünktlichkeit war Lankers oberster Grundsatz. Immerhin konnte man ihm anrechnen, dass er sehr großzügig war, was den Lohn anging und abteilungsinterne Streitigkeiten oft über ihn so geklärt werden konnten, dass kein Betriebsrat eingeschaltet werden musste. Ich konnte natürlich versuchen, Lanker zu erklären, was heute passiert war, doch er würde mich für verrückt halten und ich müsste mir einen seiner schlauen Sprüche zum Thema Disziplin und Selbstorganisation anhören. Da war er unerbittlich.

Vor der Bürotür atmete ich noch einmal tief ein und aus, um mir die Erschöpfung des Rennens nicht anmerken zu lassen.

Als ich eintrat, bemerkte mich Lanker sofort. Er stand am Drucker, der dummerweise in Richtung der Tür platziert war, sodass man von dort jeden sehen konnte, der das Büro betrat.

»Es tut mir leid«, entschuldige ich mich. »Mein Wecker hat nicht geklingelt. Ich – «

»Sparen Sie sich die Ausrede«, unterbrach er mich. »Sie sind noch ganz außer Puste. Gehen Sie an Ihren Arbeitsplatz.«

Wortlos folgte ich seiner Anweisung und setzte mich an den Platz neben Danny, während Lanker bereits in seinem Büro verschwunden war.

»Das ist gar nicht gut, Mann«, belehrte mich mein Kollege. »Du weißt doch, wie wichtig ihm Pünktlichkeit ist. Würde mich nicht wundern, wenn er nachher nochmal auf dich zukommt.«

Ich seufzte. »Ja, aber gestern war einfach ein langer Tag.«

»Willst du darüber reden? Ich wollte mir sowieso gerade einen Kaffee holen.«

Ich dachte an vorgestern zurück, als ich mit Danny in der Bar gewesen war und wie komisch er sich da benommen hatte. Wenn ich ihm jetzt noch erzählte, dass ich ein Wolf war oder dieses Mal an meinem Hals war, hielt er mich auch für verrückt. »Ich habe mich gestern mit Becca getroffen. Ist spät geworden.«

Danny setzte diesen ›Du-hast-eine-Freundin?‹-Blick auf. »Wie sieht sie denn aus? Dünn, sexy, wie aus 'ner Zeitschrift?«

Ich verdrehte die Augen und schlug ihm gegen die Schulter. »Und wenn es so wäre?«

»Dann würde ich dir vorschlagen, dass du sie dir holst, bevor sie vergeben ist.« Danny grinste hämisch. »Die gutaussehenden Frauen sind schnell weg. Nur, wenn du früh genug auf den Zug aufspringst, wirst du dein Ziel schnell erreichen.« Er konnte so etwas leicht sagen, schließlich war er ein Frauenheld, ganz im Gegensatz zu mir.

»Mir ist jetzt egal, ob ich den Zug verpasse.« Ich hätte ehrlich gesagt nicht erwartet, dass ich heute wieder den Danny vor mir hatte, den ich kannte und nicht denjenigen, der wegen eines Briefs kreidebleich angelaufen war. Das nahm mir eine Menge Druck und ich vergaß das Mal an meinem Hals schon nach kurzer Zeit.

Während wir uns einen Kaffee aus dem Automaten ließen, entwich mir ein Seufzer, den Danny nicht überhören konnte.

»Du bist heute wohl nicht gut drauf«, stellte er fest.

»Einigen wir uns darauf, dass heute ein scheiß Tag ist, okay?«

Danny zuckte mit den Schultern. »Warum?«, entgegnete er.

Ich wusste selbst, wie unglaubwürdig es klang, dass ich gestern den ganzen Tag mit Becca geredet hatte und heute mit einer Laune zur Arbeit kam, als hätte es zwei Wochen lang geregnet. Danny ging sicher davon aus, dass mehr passiert sein musste, als einfach nur reden. Ich hätte dann eigentlich die Möglichkeit gehabt, früh genug schlafen zu gehen, um heute nicht zu spät zu kommen.

Erwartungsvoll blickte Danny mich an, als wüsste er, dass egal, was ich antwortete, gelogen wäre.

»Ist doch egal«, wehrte ich ab. »Mach jetzt nicht so ein Gesicht. Lass uns heute Abend einfach nochmal in die Bar. Vielleicht bin ich ja mutig und hole mir ein Bier.«

»Du kannst Bier doch nicht ausstehen. Hast du nicht gesagt, jedes Bier schmeckt gleich und vor allem gleich beschissen?«

»Ich kann ihm doch noch eine Chance geben, oder?«

Danny winkte ab. »Heute nicht. Was ist eigentlich wegen dem Brief rausgekommen? Kamst du zu irgendeiner Erkenntnis oder willst du bis zu dem Termin warten? Schmeiß das Ding ansonsten doch einfach weg.«

Ich kaute auf meiner Lippe. Diese Frage kam unerwartet. Ihm schien das Thema wirklich wichtig zu sein, obwohl ich mich so gut wie möglich davon ablenken wollte. »Noch nichts«, log ich. »War wohl doch nur ein Scherz.«

»So ernst, wie du es genommen hast, sicher nicht. Komm schon. Als ob du so etwas einfach als Scherz abtun könntest und es ignorierst.«

»Das mit Becca ist die Wahrheit.« Während des Gesprächs bemerkte ich, wie einige Kollegen zu uns herübersahen. Die Diskussion musste wohl ihre Aufmerksamkeit erregt haben. Lankers Bürotür blieb geschlossen. Zum Glück.

»Können wir das nicht draußen klären?«, fragte ich. Ich wollte nicht im Mittelpunkt stehen. Wenn mich alle beobachteten, konnte ich nie klar denken.

Mit einem Mal brach es aus Danny heraus: »Nein, können wir nicht! Ich will endlich wissen, was passiert ist! Du verheimlichst mir doch was! Ich will die Wahrheit wissen!«

Ich lief rot an und mein Blick glitt in Richtung des noch geschlossenen Büros. »Was ist denn mit dir los?!«, fauchte ich, den Ton kontrolliert leise haltend.

Was zur Hölle war in ihn gefahren? Erst vor zwei Tagen komplett verunsichert und jetzt wütend? Ich hatte ihm doch nichts getan, was ihn hätte auf die

Palme bringen können. Normalerweise kannte ich diese Gefühlsschwankungen von mir selbst, aber doch nicht von einer Frohnatur wie ihm. Mein Gesicht lief rot an und die Situation wurde sichtlich unangenehm, doch Danny hörte nicht auf. »Nichts ist los!«

Noch bevor ich antworten konnte, stand Lanker neben uns. Mein Fokus hatte so sehr auf meinem Gegenüber gelegen, dass ich ihn nicht hatte kommen sehen. »Gibt es irgendein Problem?«

Ich hätte meinem Chef gern gesagt, wer für den Tumult verantwortlich war, doch Danny anzuschwärzen war so ungerecht, wie mich selbst dafür büßen zu lassen. Obwohl er es verdient hätte, war ich lieber still.

Doch dann winkte Danny ab, als wäre nichts gewesen und setzte seine gekonnt freundliche Miene auf. »Vergiss es einfach. Im Grunde geht es mich echt nichts an.«

Ein leises Schnauben entfuhr meinem Rachen. Es war eine spontane Reaktion, aber in Wirklichkeit fühlte ich mich einerseits, als wäre mir eine Last von den Schultern genommen worden, andererseits war ich wütend. Ich wollte nicht mit Danny streiten, doch jetzt benahm er sich auf seltsame Weise anders. Konnte er sich denn nicht einfach so verhalten wie früher, ohne diese plötzlich auftretenden Stimmungsschwankungen?

Wir gingen nach Lankers Aufforderung an unsere Arbeitsplätze und blieben still, damit er sich weder zu sehr einmischte, noch uns weiter maßregeln konnte.

Der sonst so gesprächige Danny blieb den Rest des Tages still und widmete sich starr seiner Arbeit. So hatte ich ihn wirklich noch nie erlebt. Selbst seine Akten schob er nicht mehr an die Kollegen ab, sondern erledigte sie stumpf, ohne auch nur einmal in meine Richtung zu blicken. Das konnte doch nicht der Danny sein, den ich kannte.

Meine Finger flogen so konzentriert über die Tasten, dass ich gar nicht merkte, wie mir Lanker über die Schulter schaute. Ich sah die neueste Versicherung an und kaute nachdenklich auf meinem Kugelschreiber herum.

»Die ist schwer«, sagte er so unvermittelt, dass ich mich hektisch umdrehte. »Nach der können Sie eine Pause machen. Die haben Sie sich verdient. So versessen haben Sie doch noch nie gearbeitet. Ist etwas passiert?«

»Lediglich der Streit von vorhin«, erklärte ich zögernd. Danny schien meine Aussage zu überhören, denn er verzog weder das Gesicht, noch sah er auf.

»Ich möchte ein gutes Arbeitsklima. Kann ich helfen, die Differenzen aus dem Weg zu räumen?«

Sie sicherlich nicht.

Nicht, dass ich keine Hilfe wollte, aber er konnte mir überhaupt nicht helfen. Er würde noch weniger als Danny glauben, dass ich zur Hälfte ein Wolf war oder zu sein schien. Ich glaubte es ja selbst nicht.

»Nein. Unsere Angelegenheiten müssen wir selbst klären.«

»Ich möchte nur Streit vermeiden«, erklärte Lanker. »Wenn Sie mir etwas anvertrauen wollen, was Sie niemandem sagen möchten, dann kommen Sie einfach zu mir. Ich habe immer ein offenes Ohr für die Angelegenheiten meiner Mitarbeiter.« Er ging weiter, nachdem ich zustimmend nickte.

So etwas konnte ich doch Lanker nicht sagen. Er würde mir das niemals glauben. Es war ja schön, dass er gerade den hilfsbereiten Chef gab. Vielleicht hatte er darin wirklich Erfahrung. Ich kannte ihn nicht besonders gut und auch die anderen Mitarbeiter kannten ihn nur, wie er sich nach außen gab. Er schien mich zu mögen und vertraute meiner Arbeit. Ich wollte das nicht ausnutzen oder versuchen, aufgrund von Mitleid einen Vorteil daraus zu ziehen.

Ich konnte zurzeit niemandem so vertrauen, dass ich ihm oder ihr hätte sagen können, was heute Nacht passiert war. Weder Becca, noch Lanker oder Danny. Ich konnte diesbezüglich niemandem vertrauen. In dieser Situation und mit diesem Problem war ich völlig allein.

Vielleicht war es einfach besser, irgendwie zu vergessen, was passiert war. Ich konnte doch auch so ein normales Leben weiterführen. Einfach alles ignorieren und das Mal mit einer verlorenen Wette rechtfertigen. Dann wäre das Thema doch auch vom Tisch. Mit diesem Gedanken setzte ich mich weiter an die Versicherungen und arbeitete bis zum frühen Abend. Mit dem Zuschlagen der letzten Akte beendete auch Danny seine Arbeit. Wollte er doch noch mit mir reden und hatte auf mich gewartet?

Selbst Lanker, dessen Bürotür offenstand und nur wenige Meter von mir entfernt war, legte seine Arbeit für heute nieder und zog die Jacke an.

Wir standen alle drei gemeinsam im Fahrstuhl. Unangenehmer hätte eine Situation kaum sein könnten. Mein besorgter Blick galt Danny, der mich keine Sekunde beachtete und auf seinem Smartphone herumtippte. Möglichst beiläufig versuchte ich, einen Blick auf Lanker zu erhaschen, ohne ihn direkt anzusehen.

Er sah ebenfalls nachdenklich aus, doch ich wagte nicht, etwas zu sagen. Ob es wohl besser wäre, mich hier und jetzt bei Danny zu entschuldigen? Unsere Freundschaft sollte nicht wegen so etwas kaputtgehen, nur, weil er wissen wollte, was ich heute Nacht und gestern gemacht hatte. Ich wurde das Gefühl nicht los, dass er schon etwas ahnte, auch wenn er es gar nicht wissen konnte. Oder er plante etwas, wovon ich noch nichts wusste.

Der Fahrstuhl kam unten an und die automatischen Türen öffneten sich. Mit schnellen Schritten ging Danny hinaus, den Flur entlang, mich immer noch keines Blickes würdigend.

»Warte!«, rief ich. Ich wollte mich doch bei ihm entschuldigen und am besten dann, wenn Lanker in der Nähe war, damit sich dieses Thema endlich erledigte. »Danny. Es tut mir leid!«

Dieser blieb stehen, blickte aber immer noch nicht in meine Richtung. Stattdessen senkte er den Kopf. »Angenommen«, murmelte er so leise, dass ich es beinahe nicht gehört hätte. Verwirrt ließ er mich im Flur stehen und verließ das Gebäude.

Einige Sekunden zögerte ich. Warum konnte sich Danny nicht einfach wieder wie früher verhalten? Wenn wir uns jetzt zerstritten, wen hatte ich noch? Dann wäre ich ganz allein. Es fiel mir sichtlich schwer, einen klaren Gedanken zu fassen.

Lanker musste das bemerkt haben, denn er legte seine Hand auf meine Schulter. »Kann ich kurz mit Ihnen reden?«

Lieber wäre ich nach Hause gegangen, doch es schien ihm wichtig zu sein, was mir seltsam vorkam. Er redete nie wirklich mit mir, doch nun war er der Einzige, der sich anbot, mit mir über meine Probleme zu reden, auch wenn sie wohl nur beruflicher Natur waren. Meine privaten Angelegenheiten gingen ihn ja nichts an und ich würde mich hüten, meine Probleme meinem Vorgesetzten zu beichten.

»Ich sollte eigentlich nach Hause«, wich ich aus.

»Es wird nicht viel Zeit in Anspruch nehmen. Setzen wir uns draußen auf eine Bank. An der frischen Luft kann man sich besser unterhalten.«

Er ging voraus. Ich war so aufgewühlt. Wenn jetzt noch eine einzige Katastrophe über mich hereinbrach, dann müsste ich wohl einen Zusammenbruch zurückhalten. Auch wenn ich immer angab, psychisch belastbar zu sein: Ich war es nicht. Und gerade glich ich einem kleinen, hilflosen Kind, das verloren im Gang stand und alles tat, was eine autoritär wirkende Person ihm sagte.

Ich nahm auf dem kalten Holz der Bank Platz und blickte gen Himmel.

»Ist es in Ordnung, wenn ich Sie mit ›du‹ anrede?«

Mit du? Lanker duzte sonst niemanden seiner Mitarbeiter. Alles klar, dann musste dieses Gespräch noch ernster sein, als ich erst angenommen hatte. Zögernd bejahte ich.

»Mir ist wichtig, dass niemand von diesem Gespräch erfährt. Kannst du das garantieren?«

»Mhmm.«

»Es geht um deine Arbeit. Du hast stark nachgelassen und ich habe mir die Versicherungen angesehen, die du bearbeitet hast. Da sind einige Fehler drin. Doch das ist nicht der Grund, warum ich mit dir reden möchte. Es geht um dich persönlich. Du scheinst abwesend zu sein. Mein Eindruck ist, dass du zwar körperlich, aber nicht psychisch da bist. Du hast früher immer gut gearbeitet, in letzter Zeit lässt das nach. Das ist nicht schlimm, wenn ich weiß, dass es bald wieder bergauf geht. Ich will dich nicht zwingen, besser zu arbeiten. Das funktioniert nicht und das wissen wir beide. Ich kann verstehen, wenn etwas vorgefallen ist, worüber du nicht mit mir reden willst. Dazu zwinge ich dich auch nicht, doch du wirst dich dann besser fühlen. Manchmal habe ich ein Gespür dafür, wenn jemand seelisch aufgewühlt ist. Also, um auf den Punkt zu kommen: Ich möchte, dass du dir einige Wochen freinimmst. Bezahlt. Vielleicht geht es dir danach besser.«

Verdutzt wusste ich erst nicht, was ich antworten sollte. Einige Wochen? Bezahlt? In dieser Aussage war so vieles falsch, dass ich das nicht annehmen konnte. »Ich kann doch nicht einige Wochen nicht zur Arbeit erscheinen. Das geht nicht. Wer übernimmt dann die Akten?«

Lanker wehrte ab. »Ich werde dir die Wochen im Voraus ausbezahlen. Mir ist es wichtig, dass du dich mit deinem Problem so schnell wie möglich auseinandersetzt. Hierbei geht es um dich und nicht diese Versicherungen.«

»Ich kann doch trotzdem zur Arbeit kommen, Herr Lanker.«

Lanker schüttelte den Kopf, als wollte er einem kleinen Kind etwas erklären, was verboten war. »Nenn mich Edward. Und nein, du sollst nicht kommen, solange du nicht in der richtigen Verfassung bist. Es ist unverantwortlich, wenn meine Mitarbeiter große private Probleme haben und dann noch mit dem seelischen Druck ihrer Arbeit fertig werden müssen. Ich weiß, wie schlimm das ist und ich kann verstehen, wie du dich fühlst. Das Gehalt wird dir morgen im Voraus überwiesen. Bleib ein paar Wochen hier weg. Komm mal aus Salbrun raus, gönn dir eine Pause und entspanne dich. Denkst du, ich sehe nicht, wie dir Daniel ständig unter die Arme greift? Ich habe nichts getan, weil auch er dich entlasten wollte. Nimm es also bitte an.«

Ich wusste nicht, was ich sagen sollte. »Danke. Aber ich wüsste nicht, wohin. Zu meiner Familie habe ich keinen Kontakt mehr und ich kenne niemanden außerhalb von Salbrun.«

Lanker nahm eine Visitenkarte aus seiner Brusttasche und gab sie mir. »Eine Freundin von mir hat eine kleine Ferienwohnung zwei Städte weiter. Vielleicht ist das was. Dann kommst du auf andere Gedanken.«

»Danke.« Ich stand auf und gab ihm die Hand. Er reagierte mit einem festen Händedruck.

»Nichts zu danken.«

Ich verabschiedete mich und ging zu meinem Auto. *Du bist wirklich der beste Chef, den ich je hatte ...*, dachte ich.

Während der Wagen in die nächste Straße einbog, blieb Lanker noch stehen und sah hinterher. »Kleiner Qädro. Du verstehst es bald besser.«

- 7 -

Als mein Wagen an einer Ampel hielt, blickte ich kurz auf die Karte und schaltete nebenbei das Radio ein.

Christina Tander, Ruhrstraße 8, 79395 Neudorf. Mehr stand da nicht, also machte ich mich auf den Weg. Währenddessen berieselte mich Musik aus dem Radio, das Geklimper irgendeiner Band, die mir nicht bekannt vorkam. Meine Smartphone-Navigation, die ich schon zum Fahrtbeginn gestartet hatte, zeigte noch 19 Minuten Fahrtzeit an.

Noch vor dem Ortsschild fragte ich mich, ob es eine gute Idee war oder ob es besser gewesen wäre, erst einmal nach Hause zurückzukehren. Ehe die Ampel auf Grün schalten konnte, entschied ich mich vorerst gegen den Besuch bei der Bekannten von Lanker und fuhr in Richtung meiner Wohnung. Christina Tander konnte warten.

Vor meiner Einfahrt hielt ich den Wagen an, stieg aber nicht aus. Mehrmals begutachtete ich die Karte, als ob sich darauf ein Fehler befände, doch sie schien genauso unspektakulär wie noch vor wenigen Sekunden. Es war nur eine Karte. Kein Grund, paranoid zu werden. Lanker hatte sie mir ganz normal gegeben, kein anonymer Absender, keine ›magische Schattenschrift‹, kein Sonst was.

Schlussendlich zerriss ich die Karte. Mir war gerade nicht danach, irgendjemanden zu besuchen. Lieber verbrachte ich den Tag zu Hause, um mein Schlafzimmer wiederherzurichten und mich ein wenig auf mich selbst zu konzentrieren.

Ein Klopfen an die Fensterscheibe riss mich prompt aus meinen Gedanken. »Hallo Lloyd«, sprach mich eine bekannte Stimme an. Es war Frau Morrison. Ich wusste nicht, ob ich mich freuen sollte, dass ihre Anwesenheit mich auf andere Gedanken brachte oder ob es mir lieber gewesen wäre, allein zu sein.

»Hallo.« Ich drehte mich um und blickte in ihr freundliches Gesicht, während meines wohl wahrscheinlich nachdenklich und zerstreut wirkte. Zumindest glaubte ich, dass es so aussehen würde. Mir ging es ja auch nicht gut.

»Wie geht es dir denn? Du siehst aus, als hättest du viel durchgemacht. Hast du dir immer noch keine Pause gegönnt?«

Ich atmete hörbar aus. Vielleicht war ein nettes Gespräch mit meiner Nachbarin genau das, was ich brauchte, auch wenn sich in mir so ziemlich alles dagegen sträubte und ich bereute, nicht schon eher nach Hause gegangen zu sein.

»Schon, doch in letzter Zeit ist viel passiert.«

»Willst du darüber reden?«

Ich schüttelte den Kopf, während ich das Auto verließ und abschloss. Ruhe war eigentlich das Einzige, was ich gerade wollte.

Mit einer Geste bat mich Frau Morrison zu sich herein. »Ich habe gerade Essen gemacht. Du kannst gerne mitessen.«

Ich wusste nicht, ob ich das wirklich wollte, doch es konnte nicht schaden, wenn ich noch ein wenig von meiner Wohnung wegblieb. Ablenkung war sicher ein gutes Mittel, um endlich mal auf andere Gedanken zu kommen.

So betraten wir gemeinsam ihre Haushälfte. Überall waren alte Teppiche, kleine Wandvorhänge und Gegenstände, die heutzutage keiner mehr benutzte. Selbst das Telefon war noch aus der gefühlten Vorsteinzeit. Dennoch war die Dekoration stimmig und strahlte eine vertraute, warme Atmosphäre aus. Der Geruch von Gulasch zog durch die Wohnung, sodass mir das Wasser im Mund zusammenlief.

»Da drüben ist das Wohnzimmer. Das meiste steht da schon. Ich bringe dir noch schnell einen Teller. Setz dich solange hin.«

Wortlos folgte ich ihrer Aufforderung und musterte derweil den Eingangsbereich.

Das Wohnzimmer wirkte noch älter, als der Flur. Ein dreifarbiger Teppich erstreckte sich über den gesamten Boden und die Sessel waren in Richtung eines fast schon museumsreifen Fernsehers gerückt. Der große Ebenholzschrank vollendete das Bild. Beim Zugang zum Balkon war ein langer Tisch, der sich wesentlich besser zum Essen geeignet hätte, als der Couchtisch.

Ich setzte mich auf einen freien Stuhl und wartete. Vielleicht wäre es höflich gewesen, Hilfe anzubieten, doch in dem Moment der Überraschung hatte ich schlicht und ergreifend nicht daran gedacht. Daher war warten jetzt die bessere Entscheidung.

Als sie dann kam, brachte sie zusätzlich zu den Essutensilien noch eine kleine Schale mit. Ich nahm ihr die Teller ab und platzierte sie auf dem Tisch.

»Die Schale ist für die Früchte, die ich noch im Kühlschrank habe.«

»Es ist doch nicht nötig, dass Sie sich wegen mir solche Umstände machen«, wehrte ich ab. »Sie hätten mich nicht zum Essen einladen müssen.«

Frau Morrison blieb aber stur. »Ich habe dich eingeladen, weil ich es so will.« Ich beließ es dabei, keine weitere Diskussion zu starten. »Okay.«

Wir begannen, zu essen und ich ertappte mich dabei, wesentlich mehr zu essen als gewohnt. Als ich mir eine zweite Portion auf den Teller schaufelte, unterbrach Frau Morrison die Ruhe.

»Wie läuft es auf Arbeit in letzter Zeit?«

»Ganz gut.«

»Und wie geht es Daniel?«

Bei dem Namen verschluckte ich mich beinahe an einem Stück Fleisch und musste husten.

Anstatt sich zu erkundigen, ob es mir gut ging, verzog Frau Morrison keine Miene und blickte mich eingehend an. Seltsam. Normalerweise hätte sie nachgehakt oder mir etwas zu trinken gegeben.

Nach einigen Sekunden fing ich mich und trank einen Schluck Wasser. »Danny?«, wiederholte ich. »Ihm geht es gut, denke ich.«

»Denkst du?«, hakte sie weiter nach. Ich bekam langsam das Gefühl, als wollte sie mich ganz bewusst unter Druck setzen. War sie jetzt schon die nächste Person, die sich merkwürdig benahm? Konnten sich nicht einfach alle wieder wie vorher verhalten? Ich wusste zwar nicht, wieso sie gerade auf Danny zu sprechen kam, aber da sie sich für gewöhnlich immer um andere sorgte, sollte es keine Überraschung sein. Seltsam war nur, dass sie ihn eigentlich kaum kannte. Merkte man mir an, dass wir Streit gehabt hatten? Oder hatte ich etwas erwähnt und es einfach wieder verdrängt?

»Ja. Passt schon«, entgegnete ich.

»Mhmm«, sagte sie und kaute auf einem Stück Fleisch herum.

Ich wünschte mir so sehr, dass sie nicht mit einem Thema anfing, das mich an die eine Nacht erinnerte. Zu meinem Glück verhielt sie sich nun wieder so normal, wie sonst.

»Ist das Gulasch gut so?«, erkundigte sie sich.

Zustimmend schob ich ein weiteres Stück mit der Gabel in den Mund. »Ja klar. Schmeckt deutlich besser, als wenn ich mich selbst daran versuche.«

Frau Morrison lächelte. »Das ist gut.«

Es dauerte nicht lange, ehe ich vollgestopft war und verzweifelt auf den halbvollen Teller vor mir blickte. Jeder Gedanke an die noch ausstehende Portion löste in mir ein Gefühl der Übelkeit aus.

Zu meiner Erleichterung legte auch Frau Morrison die Gabel beiseite.

»Danke für das gute Essen. Sowas Leckeres hatte ich schon lange nicht mehr.«

Meine Nachbarin stand auf und kündigte an, den Nachtisch zu holen. Währenddessen griff sie sich zwei Teller.

»Ich bin randvoll«, wehrte ich ab. »Ich kann wirklich nichts mehr essen. Wenn Sie wollen, helfe ich Ihnen noch, den Tisch abzuräumen.«

»Danke, das ist nett.«

Wir verließen beide, die Hände voll mit Tellern, das Wohnzimmer und gingen durch den engen Flur zur Küche. Zu meiner Rechten direkt vor der Küche stand ein altes Schnurtelefon, daneben lagen Notizzettel und ein kleiner Kalender.

Die Küche war extrem eng. Zu meiner Linken stand ein Kühlschrank mit einer Theke daneben, vor mir ein kleiner Tisch und rechts befanden sich Herd und Spülmaschine.

Der Raum wirkte noch um einiges enger, da auf den Tischen viele Dinge standen, unter anderem Tabletten und Ansichtskarten von Freunden. Hinten auf der Spülmaschine waren Toaster und Wasserkocher, darüber die Mikrowelle.

Ungewöhnlich fand ich es, dass sogar hier ein Teppich lag. Ich glaubte, Frau Morrison wollte einfach in jedem Raum einen liegen haben.

Ich wusste nicht, wohin mit den Tellern, also stellte ich sie ins Spülbecken und ging sofort wieder ins Wohnzimmer, um das Essen zu holen. Frau Morrison spülte nicht ab, sondern stellte das Geschirr in die Spülmaschine. Keiner von uns beiden sprach ein Wort, bis alles getan war.

Als ich dann auch ihre Wohnung verließ, zog sie nach einer kurzen Verabschiedung langsam und wortlos die Tür hinter mir zu und bedachte mich noch mit einem warmen Lächeln.

Im Gegensatz zu Frau Morrisons Wohnung wirkte meine regelrecht leer und lieblos gestaltet. Ich zwang mich dazu, noch einmal ins Schlafzimmer zu gehen. Es war sogar noch schlimmer als ich heute Morgen gedacht hatte. Auch die Wand war zerkratzt, der Boden von kleinen Rissen durchzogen und die Tür mit Blut verschmiert. Wenn ich es nicht besser wüsste, würde ich behaupten, dass hier wirklich ein wildes Tier gewütet hätte.

Gegen die Risse selbst konnte ich zwar für den Moment wenig machen, aber ich konnte doch immerhin das Blut an der Tür abwischen und abwägen, ob man die Risse in der Wand überstreichen konnte.

Nach kurzem Überlegen führte mich mein Weg ins Wohnzimmer, wo ich mich auf die Couch fallen ließ und den Fernseher einschaltete. Doch irgendwie lief wie immer nur Mist. Auch den Gedanken, Musik zu hören oder mit jemandem zu telefonieren, verwarf ich recht schnell. Meine Auswahl an Telefonpartnern war sowieso ziemlich eingeschränkt. Mit wem hätte man denn reden können? Mit Danny wollte ich in nächster Zeit nichts zu tun haben und es schien, als ob er der gleichen Ansicht war. Becca wollte ich nicht in meine Probleme mit hineinziehen. Außerdem wäre es sicher irgendwo aufdringlich, wenn ich sie jetzt wieder anrief, zumal sie wahrscheinlich gerade arbeitete.

Es wäre wohl besser gewesen, jetzt schlafen zu gehen, auch wenn es noch nicht spät war. Ich beschloss, möglichst alle Gedanken, die sich um das nächtliche Treffen, Becca, Danny oder meine allgemeine Situation, die aus dem Ruder zu geraten schien, drehten, aus meinem Kopf zu verbannen.

Plötzlich bemerkte ich, wie eine Träne meine Wange hinunterlief. Ich wollte gar nicht so richtig verstehen, wieso. Vermutlich einfach die allgemeine Überforderung, die durch diese Situation ausgelöst wurde. Damit es nicht noch schlimmer wurde, entschied ich mich, zu duschen und dann direkt ins Bett zu gehen.

Das Wasser plätscherte auf meinen Rücken. Es tat tatsächlich richtig gut und ich hatte das Gefühl, eine zweite Haut vom Körper zu streifen, eine schmutzige, die mir nicht gehörte. Während ich mich einschäumte, ließ ich das Wasser weiter auf mich herabtröpfeln. In der Duschtür war mein Spiegelbild zu erkennen. Und leider auch wieder das Zeichen am Hals.

Ich ertappte mich bei dem Versuch, es zu berühren. Aber wenn das stimmte, was passieren würde, hätte ich wirklich keine Lust, als nasser Wolf in der Dusche zu stehen. Was machte ich mir überhaupt vor? Wie sollte es denn bitte funktionieren, sich zu verwandeln, nur durch eine alleinige Berührung der Stelle am Hals? Ich hatte weder Interesse daran, mein halbes Dasein als Wolf zu fristen, noch, mich auf irgendeine Seite schlagen zu müssen, um einen Clankonflikt zu unterstützen.

Na toll. Und schon waren die Gedanken wieder da. Wieso mussten sie sich gerade mich als jemanden aussuchen, der in dieses Geflecht hineingeworfen wurde? Ich war nur ein normaler Mensch mit normalen Problemen, der sich von allem Magischen fernhalten wollte. Mit einem solchen Thema hatte ich mich nie beschäftigt. Aber Werwölfe, Vampire, Drachen? Es war doch verrückt, an so etwas zu glauben, oder? Nur war ich das nicht selbst? Nun blieb mir wohl keine andere Wahl, als daran zu glauben, so durchgeknallt es auch klingen mochte. Es war jetzt gegen meinen Willen ein Teil von mir und so sehr ich es versucht hätte, ich wäre nicht imstande gewesen, es zu vermeiden. Es zu ignorieren, wäre das Einzige gewesen, was ich hätte tun können. Und wie lange hätte ich das mitmachen sollen? Der Mann hatte mir erzählt, dass die Clans dennoch aufgetaucht wären, wenn er ihnen nicht zuvorgekommen wäre. Und wer wusste, ob sie das nicht anders, vielleicht schlimmer und schmerzhafter getan hätten. Es war natürlich furchtbar, was er mit mir gemacht hatte, doch ... Ich war total verwirrt.

Mit dem Wasser versuchte ich, alle meine Sorgen und Bedenken herunter zu waschen, damit ich als neuer Mensch schlafen gehen konnte.

Ich verließ die Dusche und trocknete mich ab, möglichst, ohne an die Stelle am Hals zu kommen. Danach zog ich mein Nachthemd an und ging ins Bett. Ich war so müde, dass mir beinahe sofort die Augen zufielen. Das Bett fühlte sich an wie eine weiche Wolke, die mich langsam in den Schlaf trieb.

- *8* -

Rrrrrinnggggg! Erst nahm ich es nicht richtig wahr, doch nach wenigen Sekunden realisierte ich, dass es tatsächlich an der Tür klingelte. Verschlafen huschte mein Blick über den Wecker auf der Kommode. Es war kurz vor drei.

Grummelnd zog ich eine Hose über und verließ das Schlafzimmer Richtung Flur. Ich machte nicht einmal das Licht an, da das meine Augen nachts immer strapazierte. Wenn sie Dunkelheit gewohnt waren, war das so einfach angenehmer.

Ich öffnete die Tür. Im Grunde war mir ziemlich egal, wer davorstand, denn ich würde die Person abwimmeln, wer es auch immer war. Diese Uhrzeit ... Jetzt hätte ich endlich richtig schlafen können und dann so etwas.

Ein kalter Luftzug strömte beim Öffnen der inneren Eingangstür herein, der mich augenblicklich frösteln ließ. Ein dunkler Schatten war hinter meiner Tür im Treppenhaus zu erkennen. Also musste die Person die Haupteingangstür irgendwie überwunden haben.

»Wer ist da?«, fragte ich, ohne wirklich sehen zu können, wer im Eingang stand. Es war stockfinster, sodass man kaum die Hand vor Augen sehen konnte. Auch der Fremde vor meiner Tür blieb lieber im Dunkeln zu stehen.

Ich öffnete die Tür einen Spalt weiter, bis ein Mann sichtbar wurde, vermummt in einen Mantel, das Gesicht im Schatten verborgen. Eine Kapuze verdeckte den oberen und ein dünner Schal den unteren Teil. Mehr war nicht zu erkennen.

Mir war sofort klar, weshalb die Person hier war. Geschockt blieb ich im Türrahmen stehen, ohne ein Wort zu sagen. Was sollte ich denn auch sagen? Es gab keine Worte, um meine jetzigen Gefühle zum Ausdruck zu bringen. Warum fand diese ganze Misere nicht einfach ein Ende, sondern baute sich immer weiter auf, bis eine Flucht unmöglich war? Musste man mir jetzt schon unheimliche Fremde auf den Hals hetzen? Ich hatte zwar das Gefühl, dass der Mann mir nichts tun würde, das ließ ihn leider auch nicht weniger bedrohlich wirken. Na ja, eigentlich sah er schon mehr als nur verdächtig aus, aber mein Gefühl sagte mir, dass er mir nichts antun würde.

Einfach die Tür zuschlagen, Lloyd, sagte ich mir. *Dann kannst du wieder ins Bett und das hier einfach vergessen.*

Der Mann vor mir strömte eine solche Kälte aus, dass man sich in seiner Anwesenheit fühlte, als wäre tiefster Winter. Ich konnte seinen Atem sehen, wie er als weißer Schleier in meine Wohnung eindrang und sich dort in alle Richtungen ausdehnte, ehe er in der Luft verflog. Selbst sein Atmen war deutlich hörbar. Es klang wie ein schwaches Keuchen, jedoch so tief, dass es einem Knurren ähnelte.

Am liebsten hätte ich die Tür augenblicklich zugeschlagen, doch aus irgendeinem Grund wollte meine Hand nicht gehorchen. Ich wollte nicht mehr mit dieser einen Nacht konfrontiert werden. Die Erinnerung tat nach wie vor weh und war unangenehm. Und doch versuchte die Welt wohl alles, um es mich nicht vergessen zu lassen. Ich wollte weder erneut solche Schmerzen ertragen, noch einmal solche Personen sehen, mit denen man nicht vernünftig reden konnte und die mein Leben aus den Fugen rissen.

»W – was wollen Sie von mir?«, erkundigte ich mich zögerlich. Es war nicht derselbe Mann, der in jener Nacht bei mir gewesen war. Das spürte ich irgendwie sofort. Dieses Mal war es ein anderer, doch mein Gefühl sagte mir, dass es auch einer aus diesem Clan war, der mich mutmaßlich zu einem Wolf gemacht hatte. Ich wollte gar nicht erst herausfinden, ob ich es werden konnte oder ob es Hoffnung gab, dass all das doch nicht die Wirklichkeit war.

»Sicherstellen ... «, entgegnete der Mann. Seine Stimme war tief, ein wenig melodisch, aber auch mysteriös, als ob sie ein Geheimnis barg. » ... dass du das tust, was die Qädro von dir verlangen.«

Ungläubig schüttelte ich heftig den Kopf. »Ich will mit dem Unsinn nichts zu tun haben. Lassen Sie mich einfach in Ruhe.« Ich drückte die Tür zu, doch mit einer Hand stemmte er sich dagegen. Er war so stark, dass ich sie trotz größter Anstrengung nicht wieder schließen konnte.

»Lass mich rein. Ich kann es dir erklären. Wir Qädro wissen, wie durcheinander du bist, doch je schneller du es akzeptierst, desto eher kannst du uns von Nutzen sein.«

Ich atmete tief ein und aus, ehe ich mich entschied. Hatte ich wirklich eine Wahl? Wenn es stimmte, was der Mann gesagt hatte, würden die anderen Clans auch irgendwann auf mich zukommen. Und wer wusste schon, wie sie vorgehen würden? Genau dieser Gedanke machte mir Angst. Obwohl auch die Qädro nicht gerade zimperlich gewesen waren, schien es mir so, als mussten sie es tun, damit ich zu dem werden würde, was ich jetzt anscheinend war. Die Qädro mussten mich sicher beobachtet haben, denn immerhin hatte ich den

Trick mit der Schrift erkannt und war früher zum Seepark gekommen, doch woher wussten sie, dass ich dann auch erscheinen würde? Ich hätte mich bewusst vom Park fernhalten können, das Gespräch mit Becca zum Beispiel in die Länge ziehend, und schon wäre ihre Strategie oder ihr Plan, wie auch immer man es nennen sollte, nicht aufgegangen. Woher konnten sie nur wissen, was ich mit dem Brief anstellte? War es für sie sicher genug gewesen, mich in diesem Café einfach zu belauschen? Hatten sie mich noch auf andere Weise beobachtet?

Ich seufzte und trat beiseite. »Gut. Kommen Sie rein.«

Er trat ein und schloss die Tür hinter sich. Erneut standen wir beide im Dunklen. Lediglich das Licht der Straßenlaterne machte seine schemenhafte Gestalt erkennbar. Obwohl ich Angst hätte haben müssen, kam dieses Gefühl nicht auf. Dabei hatte ich doch sonst immer Angst. Mitten in der Nacht mit einem Fremden in der Wohnung zu stehen. So begannen normalerweise Geschichten, die einen Mord beinhalteten oder Schlimmeres.

Von ganz allein fand der Fremde ins Wohnzimmer und setzte sich auf das Sofa.

»Soll ich das Licht anmachen?«, erkundigte ich mich.

Ich bekam keine Antwort, deutete das aber so, dass er keines brauchte.

Nach einigen Sekunden fand ich den Sessel und nahm Platz.

Sekunden vergingen, in denen niemand auch nur ein Wort sagte und ich seine knurrende Atmung wahrnahm, bis er endlich das Wort ergriff. Entweder hatte er darauf gewartet, dass ich etwas sagte oder selbst nach den richtigen Worten gesucht. »Du warst seit gestern noch gar kein Wolf. Kannst du mir sagen, wieso?« Sein Ton klang bedrohlich und ich hatte das Gefühl, dass er mich bei einer falschen Antwort am Kragen packen und gegen die Wand drücken würde.

Zögernd reagierte ich. »Ich habe dem anderen schon gesagt, dass ich kein Wolf sein will. Dabei bleibe ich.«

»Wie lange?«, hakte der Mann weiter nach.

Diese Frage brachte mich aus dem Konzept. »Was?«

»Wie lange willst du es leugnen?«

Darauf wusste ich keine Antwort, also schwieg ich. Mit wenigen Worten schaffte er es, mich komplett sprachlos zu machen.

Er rückte ein Stück nach vorne und durch das Licht einer Straßenlaterne konnte ich kurz die Silhouette seines Gesichts erkennen. Ernst und kontrolliert. Ohne jegliches Gefühl. »Du bist jetzt ein Wolf, ein Qädro. Wenn du es leugnest, können wir nichts mit dir anfangen, aber das ist nebensächlich. Nun besteht die Möglichkeit, dass dich die Gibsar und Pernoy kontaktieren. Wenn sie sehen, dass du ein Qädro bist, werden sie dich angreifen und vermutlich töten. Und dann interessiert es niemanden mehr, wer du sein willst.«

»Töten? Was?! Wie werden sie mich finden? Wie habt ihr mich gefunden?«, erkundigte ich mich weiter. Die Luft wurde langsam eng und mir wurde heiß.

Wieder antwortete der Mann nicht, doch ich hatte ebenfalls nicht vor, etwas zu sagen, auch wenn ich mir Antworten erhoffte. Daher schwieg ich ebenso lange, den Kopf zu Boden gerichtet und auf seine Antwort wartend, die schließlich kam. »Willst du wissen, wie es zu diesem Konflikt zwischen den dreien kam?«

Das war zwar nicht die Antwort, die ich erhofft hatte, aber besser als nichts. Ich nickte so deutlich, dass er es im dunklen Raum erkennen konnte.

»Hör gut zu. Ich sage das nur ein einziges Mal. Unterbrich mich also nicht. Die Gründer der Pernoy, Qädro und Gibsar waren Brüder, die sich durch einen heftigen Streit verfeindeten. Sie hatten alle eine andere Sichtweise vom Leben, also haben sich die drei voneinander entfremdet und lebten von da an isoliert. Von den Pernoy hat man lange nichts gehört, während die Qädro und Gibsar nach Anhängern ihrer Rudel suchten, um ihre Macht weiter auszubauen. Es war davon auszugehen, dass die Pernoy das genauso versuchten, wenn auch nicht so direkt wie die anderen Clans. Da von ihnen nichts mehr zu hören war, beschlossen wir Qädro, Frieden mit ihnen zu schließen, sollten sie wiederkommen und diesen auch wollen. Die Gibsar führten die Fehde mit uns aber weiter fort und trachteten jedem unserer Mitglieder nach dem Leben. Bis zu der Zeit, in der die ursprünglichen Anführer der Clans alt wurden und ihre Aufgabe an ihre Kinder abtraten. Diese hatten wenig Interesse an einer offenen Konfrontation. Von den Pernoy bekamen wir schließlich gar nichts mehr mit. Sie wirkten wie vom Erdboden verschluckt. Das weckte genügend Misstrauen, um sich nicht sicher zu sein, ob diese nicht irgendwann doch einen Angriff auf die Qädro wagen würden. Die Gibsar agierten unabhängig von uns, ließen jedoch nie komplett von uns ab. Wenn sie uns sehen, greifen sie immer noch an. Allerdings haben wir augenscheinlich unabhängig voneinander entschieden, keine offenen Gefechte unter anderen Menschen zu führen. Als unser Anführer starb, teilte er uns mit, dass es in Salbrun bald einen Mann geben würde, recht jung, schüchtern, unzufrieden mit seinem Leben. Sein Name ist der eines Wolfs. Er könnte irgendwann unsere Fehde beenden, egal, für welche Seite. Vielleicht sind wir ein bisschen rabiat an die Sache herangegangen, doch wir mussten den Clans zuvorkommen.« Der Mann atmete tief aus und blickte mich eindringlich an. Er war fertig.

»Ich bin das entscheidende Glied, um das sich alle streiten?«, fragte ich weiter, als hätte ich es nicht richtig verstanden. Ich wollte nur noch einmal die Bestätigung.

Mein Gegenüber nickte so schwach, dass ich es im Dunkeln kaum erkennen konnte. »Ja.«

»Und der Name eines Wolfs? Mein Name ist Lloyd. Das ist nichts Besonderes.«

»Dein Nachname. Vargen. Der Wolf.«

Darüber hatte ich bislang noch nie nachgedacht. »Und wieso bin gerade *ich* so wichtig?«

Der Mann lehnte sich zurück. »Das kann dir vermutlich keiner wirklich sagen. Ich bin mir sicher, dass die anderen Clans versuchen werden, dich zu einem von ihnen zu machen. Und wenn sie dein Mal am Hals sehen, werden sie dich vermutlich töten.«

»Und deswegen ist es so wichtig, dass ich mich vorbereite? Und dazu dann auch noch ein normales Leben führen? Arbeit, Schlaf, Freundschaften. Wie soll das funktionieren?«

»Du hast doch freibekommen. Ich sehe kein Problem. Du kannst nachts lange genug schlafen, um dich zu erholen.«

Woher konnte er das wissen? Hatte er mich etwa beim Gespräch mit Lanker beobachtet?

Ich stimmte zögernd zu und lehnte mich ebenfalls zurück, während mein Gegenüber sein Gesicht dem meinen näherte, sodass man seines beinahe erkennen konnte. »Du bist in Gefahr. Jeder Tag ist für dich ein Risiko. Bleib zu Hause. Dann kann dir nichts passieren«, flüsterte er.

Das konnte ich nicht. Und das würde ich auch nicht. »Wenn ich mich noch einmal *verwandle* ... Tut das genauso weh, wie beim ersten Mal?«

Er lehnte sich erneut zurück. »Du wirst es noch öfter spüren. Mit der Zeit verschwindet der Schmerz.« Er stand auf. »Können wir anfangen?«

Ich tat es ihm gleich und hielt zögernd meine Finger an die *Tätowierung* am Hals. »Mhmm.« Ich rieb daran und wartete darauf, dass das passierte, was letztes Mal geschehen war.

Ein schmerzhaftes Zucken durchfuhr meinen Körper, während ich auf die Knie fiel und kurz um Luft rang. Aber es war anders. Mir wurde weder beruhigend zugesprochen, noch konnte ich es irgendwie verhindern. Erneut vernebelte der Schmerz meine Sinne und ich keuchte, anstatt zu schreien. Meine Kleidung riss spürbar auf und ich konnte beobachten, wie mein Körper fellartige Haare bekam und sich veränderte. Verkrampft wandte ich den Blick zur Seite, um die Verwandlung nicht sehen zu müssen. Kurzzeitig setzte sogar das Gefühl von Übelkeit ein, doch mit einem Schlag war alles vorbei. Ich schloss nur noch die Augen und ertrug alles stumm, bis der Schmerz nachließ.

Und es hatte geklappt, auch wenn ich mich damit nicht anfreunden konnte. So gerne hätte ich als Mensch ein normales Leben geführt, ohne Verpflichtungen irgendwelchen Clans gegenüber, doch diese Zukunft konnte ich abschreiben. Man sollte die Realität nun einmal akzeptieren, wie sie jetzt war.

Als ich die Augen öffnete, lag ich vor dem Wohnzimmertisch. Selbst nach dem Aufstehen reichte mein Kopf kaum darüber. Es war immer noch ein komisches Gefühl, falsch und unnatürlich. Was wollte man denn auch von mir erwarten? Ich konnte schon stolz darauf sein, dass ich überhaupt in der Lage war, aufzustehen. Oder es einfach zu akzeptieren. Garantiert hätten viele Personen große Probleme mit dieser neuen Situation gehabt.

Ich blickte nach oben, um das Gesicht des Mannes sehen zu können, doch es war nach wie vor nur eine schemenhafte Silhouette.

»Hat es noch weh getan?«, erkundigte er sich.

Ich schabte leicht am Boden. »Nicht mehr so, wie anfangs. Und jetzt?«

Er legte seinen Mantel aufs Sofa und rieb an seinem bis dahin verdeckt gebliebenen Mal. »Zeige ich dir aus erster Hand, was du wissen musst.« Ein Augenzwinkern später war er schon ein Wolf, seine Kleidung verschwunden. Kaum zu glauben, dass es bei ihm im Gegensatz zu mir so schnell gegangen war. Vielleicht spielten hier einfach die Häufigkeit und Gewöhnung mit. Seine Wolfsgestalt schien anders zu sein als meine. Sein Fell war dunkler, sein Gesicht finster. Von seinem linken Ohr fehlte das oberste Stück wie bei einem Hund, der es bei einer Rauferei verloren hatte. Ein Kratzer, der über das rechte Auge verlief, zeichnete sein Gesicht.

Ich hatte gehofft, ihn in seiner Wolfsform besser einschätzen zu können, doch es brachte nur mäßigen Erfolg. Sein wölfisches Gesicht war so finster, wie das menschliche, das man nicht wirklich hatte erkennen können. Das bedeutete nicht, dass es keine Persönlichkeit besaß. Es verriet mir nichts über ihn und ließ mich unsicherer werden.

»Was soll ich zuerst lernen?«, fragte ich zurückhaltend. Das alles hier war neu und fühlte sich nach wie vor surreal an. Wie ein Traum, den ich erlebte und bei dem man darauf wartete, aufzuwachen. Daher spielte ich mit. Gegenwehr hätte sowieso nichts geändert. »Schleichen, jagen, kämpfen?«

Bei meinen Worten rollte der Wolf mit den Augen und schnaubte. »Zuerst«, erklärte er, »wirst du das Laufen lernen.«

Das überraschte mich. Ich war doch kein kleines Kind mehr, das Laufen lernen musste. Um ihm zu beweisen, dass wir das überspringen konnten, wollte ich auf ihn zugehen, knickte aber nach dem ersten Schritt ein.

»Es ist nicht so leicht, wie es aussieht«, belehrte mich der Fremde. »Man kann nicht so gehen, wie man es als Mensch gewohnt ist. Dir fehlt ein Stück deines Beines und daran musst du dich gewöhnen. Dann knickst du auch nicht ein.«

Er machte es mir vor und ich imitierte es, so gut es ging. Es war nicht so leicht, wie anfangs gedacht und meine Beine versagten oft beim Versuch, schneller zu laufen. Ich wollte rennen, jagen können, vermutlich viel mehr, als gerade überhaupt möglich war. Na ja, ein Kleinkind lernte wohl auch erst das Laufen, bevor es das Rennen lernte.

»Wenn du laufen kannst, werde ich dir mehr beibringen«, erklärte der Mann. Skeptisch legte ich den Kopf zur Seite. »Werde ich das heute noch schaffen?«

»Kommt darauf an, wie du dich anstellst.«

Irgendwie kam es mir jetzt so vor, als hätte sich die Persönlichkeit des Mannes verändert, denn er redete anders, als vorher. Mir könnte es eigentlich egal sein. Solange hier jemand war, der mir das zeigte, was ich wissen musste, kam ich irgendwie klar. Es ging gerade nicht mehr darum, zu akzeptieren, dass meine Gestalt die eines Wolfs war. Jeder Gedanke daran kam mir ohnehin surreal vor. Und wenn mir dieser Fremde nicht zeigte, wie ich mich als dieses Wesen in der Welt zurechtfinden sollte, würde es wohl niemand tun. Das alles wirkte so extrem absurd, dass ich es immer noch nicht begreifen wollte. Ich war einfach ein Wolf. Mit Fell, Krallen, feuchter Nase, spitz zulaufenden Ohren. Und ich hörte auf einen seltsamen Mann-Wolf, der mir erklärte, wie ich als solcher überleben konnte. Unglaublich. Unwirklich. Sehr unwahrscheinlich. Aussichtslos entschied ich mich, dem Training zu folgen, das darauf abzielen sollte, aus mir den Wolf zu machen, der ich wohl irgendwann sein sollte.

Erst, als die Sonne aufging, machten wir eine Pause und mein Gegenüber strich sich mit der Pfote über sein Mal. Er bedeutete mir, dasselbe zu tun.

Nur wenige Wimpernschläge später war es schon vorbei und ich stand als Mensch vor ihm, während er bereits dazu übergegangen war, seinen Mantel wieder anzuziehen. Sein Gesicht war meinem abgewandt und wurde nach wenigen Sekunden erneut durch die Kapuze verdeckt.

Ich sah an mir herunter und lief sofort rot an. Mir war völlig entgangen, dass ich nach der Verwandlung keine Kleidung mehr trug. Mein Fokus lag so sehr auf dem Aushalten der Schmerzen, die bei diesem Mal deutlich schwächer waren, dass ich daran gar nicht gedacht hatte. Während ich versuchte, meinen Intimbereich zu verbergen, rannte ich ins Schlafzimmer, um etwas anzuziehen und kam nach einer Minute mit einer Jogginghose und einem noch nicht ganz übergestreiften Pullover zurück, den ich keuchend überstülpte. Mein Besucher war komplett bekleidet. Hatte er sich den Mantel wieder ausgezogen und sich komplett angezogen? Oder gab es einen anderen Grund, warum das so schnell gegangen war?

Der Mann, dessen Gesicht ich immer noch nicht erkennen konnte, machte sich auf den Weg in Richtung Eingangstür.

Ich wollte ihn zurückhalten. »Bleiben Sie doch! Ich weiß über das alles noch viel zu wenig. Mit wem habe ich es zu tun? Wer seid ihr Qädro überhaupt?«

»Früher oder später«, sagte der Mann, während er stehenblieb, immer noch von mir abgewandt, »wirst du es ja doch erfahren. Du willst also wirklich wissen, wie viele Qädro es hier gibt?«

Ich nickte. »Ja bitte.«

Er zuckte die Schultern. »Keine Ahnung. Ich habe sie nie gezählt.«

»Echt?«, wunderte ich mich.

»Nein«, entgegnete er trocken, während er sich umdrehte, sein Gesicht in den Schatten verborgen. Ich glaubte, Ironie zu erkennen, doch er war so ernst, dass ich mir dabei selbst nicht sicher war. »Wir haben wenige Mitglieder, aber ich kenne vermutlich auch nicht jeden. Vielleicht lernst du sie irgendwann kennen.« Er wandte sich wieder der Tür zu.

Hektisch suchte ich nach einem Vorwand, um ihn vom Gehen abzuhalten. Ich wollte noch mehr erfahren. Diese paar Brocken an Information waren zu wenig, um etwas damit anzufangen. »Kaffee! Ich habe Kaffee da. Bleiben Sie bitte. Ich möchte noch mehr wissen.« Ich musste sicherlich verzweifelt und wie ein kleines Kind geklungen haben, aber das war das erste Mal, dass man mir etwas erzählt hatte. Diese Situation wollte ich nutzen. Wenn er mir jetzt schon bei meinem ersten Training geholfen hatte, dann konnte er das doch sicherlich auch erneut tun.

Der Mann griff nach der Türklinke und drückte sie herunter.

Nervös suchte ich nach einem anderen Grund, ihn vom Gehen abzuhalten. »Was ist mit den Pernoy und Gibsar? Was mache ich, wenn sie mich finden?«

Er ließ sie los und wandte sich nach einer Pause zu mir um. »Gut. Ich nehme einen Kaffee. Vielleicht schadet es nicht, dir ein wenig mehr zu erzählen. Eine Bekanntschaft könnte für uns beide nützlich sein.«

Der Fremde folgte mir in die Küche und ich schaltete den Wasserkocher ein. »Kaffee oder Pulver-Cappuccino?«

Bei dem Blick, den ich daraufhin erntete, schämte ich mich fast dafür, überhaupt gefragt zu haben. »Kaffee.«

Ich richtete zwei Tassen mit dem entsprechenden Pulver und lehnte mich gespielt lässig an den Kühlschrank. Das sah zwar garantiert extrem verkrampft aus, aber es war sicher besser, eine lockere Atmosphäre zu schaffen. Oder es zu versuchen. Mit einer Frage, die vermutlich viel zu persönlich war, um sie offen zu stellen, unterbrach ich das brodelnde Geräusch des Wasserkochers. »Warum verstecken Sie Ihr Gesicht?«

Der Mann blickte in meine Richtung. Seine Augen fixierten meine, ehe er den Blick schweifen ließ und nichts sagte.

»Es muss etwas sein, sonst würden Sie es nicht verstecken. Als Wolf konnte ich eine Narbe über dem Auge sehen. Ist es das?«

Der Fremde seufzte. »Ich habe mir in einem Kampf mit einem Gibsar eine üble Wunde am Gesicht zugezogen und möchte nicht, dass jemand sie sieht. Als Wolf kann ich sie nicht verbergen.«

»Ich hätte kein Problem damit«, entgegnete ich so freundlich wie möglich. »Es macht für mich keinen Unterschied, wie jemand aussieht.«

Er nahm die Kapuze herunter und ich konnte endlich sein Gesicht erkennen, das er mir die ganze Zeit vorenthalten hatte. Es war von Krallenspuren gezeichnet, einer großen und drei kleineren. Die größte verlief quer über das Auge, weswegen er es nicht mehr richtig öffnen konnte. Ansonsten hatte der Fremde ein ernstes Gesicht, wirkte aber auf ungewöhnliche Weise ehrlich und nicht wie jemand, dem man nicht vertrauen konnte. Seine Augen leuchteten hellblau und seine Haare waren sauber und makellos, als hätte er sie gerade erst gewaschen. Ohne diese Verletzung wäre er der absolute Frauenheld gewesen, doch er wirkte nicht wie ein Angeber oder Macho, sondern eher wie jemand, der sich ernsthaft Gedanken über das Leben machte. Die Furchen in seinem Gesicht waren sicher das Resultat eines erbitterten Kampfes. Mit einem anderen Wolf?

Irgendwie tat er mir leid, denn sein Gesichtsausdruck wirkte so schmerzvoll, als ob die Narbe immer noch auf seiner Haut brannte. Dennoch erweckte er nicht den Eindruck eines Mannes, der aufgegeben hatte, sondern der kämpfte, wenn es darauf ankam. So einen Menschen hatte ich noch nie gesehen und vermutlich war er der einzige, der meine gegenwärtige Lage zumindest ansatzweise nachvollziehen konnte. Vielleicht war auch das der Grund, warum ich ihn nicht einfach wieder gehen lassen wollte. Er war wie ich. Und das wirkte für mich wie der Strohhalm, an dem ich mich festhalten konnte.

Während mein Blick über sein Gesicht streifte, verzog ich keine Miene. Wäre ich überrascht gewesen, hätte ich ganz sicher irgendetwas Respektloses gesagt. Stattdessen stellte ich eine Frage, die mich genauso beschäftigte. »Wer hat Ihnen das angetan? War es ein anderer Wolf?«

Der Mann seufzte. Es machte den Eindruck, als würde er wirklich ungern darüber reden. »Ein Gibsar hat mich aus dem Hinterhalt angegriffen. Mistkerl. Wir haben uns gegenseitig übel zugesetzt.«

»Wer hat gewonnen?«

»Keiner. Wir sind beide geflohen, als mehrere Menschen in Hörweite kamen.«

»Konnte man die Verletzung rechtzeitig behandeln?« Obwohl ich es sehen konnte, fragte ich noch einmal nach, um sicherzugehen.

Mein Gast schüttelte den Kopf. »Es gab niemanden in der Nähe. Ich habe meinen Kopf in einen Bach gehalten, um das Blut abzuwaschen, das mir schon in die Augen gelaufen war. Selbst als Wolf sind die Kratzer noch da. Das Fell verhüllt sie nur ein wenig. Du hast es vielleicht gesehen.«

Ich konnte mir den Versuch, die Blutung zu stoppen, schon bildlich vorstellen. Blut aus der Wunde, das sich mit dem Wasser des Baches vermischte. Der Moment, als die Verletzung mit dem modrigen Wasser in Kontakt gekommen war und vermutlich wie Feuer gebrannt hatte.

»Es gibt doch heutzutage so viele Hautcremes«, schlug ich vor. »Damit könnten Sie Ihre Verletzung doch einigermaßen überdecken. Oder vielleicht eine OP.«

Mein Gegenüber verneinte. »Verletzungen von den Krallen eines Wolfs sind immer tief und nur schwer zu behandeln, vor allem im Gesicht. Keine Creme ist so stark, das zu überdecken. Und kein Chirurg kann mir wirklich helfen.«

Ich ließ das Thema vorerst lieber ruhen, ohne weiter darauf einzugehen. Der Mann hatte es nicht verdient, damit gequält zu werden, denn ich bemerkte, dass ihn diese Erinnerung nachdenklicher stimmte.

Der Wasserkocher schaltete sich mit einem Klicken ab. Ich füllte die Kaffeeportionen und das Wasser in die Tassen und reichte ihm seine.

»Danke.«

Auf dem Stuhl vor ihm nahm ich Platz. »Wie heißen Sie eigentlich? Sie haben Ihren Namen nie gesagt, glaube ich.«

Er nippte an seinem Heißgetränk. »Sylvio. Und dein Name war Lloyd, richtig?« Kurz verzog er das Gesicht, da der Kaffee anscheinend nicht besonders schmeckte. Na ja, es war schließlich auch nur Pulverkaffee aus einer Tüte, den ich mal für Besucher, die Kaffee mochten, geholt hatte.

»Ja. Der Name ist ein bisschen ungewöhnlich, ich weiß.«

Sylvio rührte mit seinem Löffel im Kaffee herum. »Das stört mich nicht.«

Schon eine Weile lag mir eine Frage auf der Zunge, die mich schon beschäftigte, seit er in meine Wohnung gekommen war und sich als Qädro vorgestellt hatte. Noch bevor ich dem Druck nachgeben konnte, sie herunterzuschlucken, traute ich mich. »Wie ist es bei dir – Ihnen – « Ich fasste mir an den Kopf und Sylvio verzog sein Gesicht zu einem Ausdruck, der einem Lächeln glich.

»Sind wir nicht eigentlich schon längst beim ›Du‹?«

Ich nickte. »Schon. Ich suche nur noch nach den richtigen Worten.«

»Um was zu sagen?«

Überlegend kratzte ich mich am Kinn. »Wie bist du eigentlich zum Wolf geworden? Bist du so geboren worden oder wie war es bei dir? Hat man dich auch dazu gezwungen?«

Sylvio lehnte sich nach hinten, atmete tief aus und lächelte. Es sah fast so aus, als würde ein Raucher versuchen, den Qualm nicht seinem Gegenüber ins Gesicht zu blasen. »Das meinst du also. Ehrlich gesagt wurde ich weder dazu gezwungen, noch habe ich es freiwillig getan. Es war ein Unfall, nenn es einen Wink des Schicksals. Mir kam ein fremder Mann unheimlich vor, weil ich den Eindruck hatte, dass er einer Freundin nachstellte. Eines Nachts beschloss ich nach der Spätschicht, ihm zu folgen. Nach wenigen Metern fiel ihm, wohl versehentlich, ein leuchtender Gegenstand aus der Tasche. Später habe ich erfahren, dass es tatsächlich ein Versehen gewesen war. Ich hob ihn auf und bemerkte, dass es ein lilafarbener Kristall war, der schwach schimmerte. Was dann passierte, sollte dir bekannt vorkommen. Ich konnte mich nicht mehr bewegen, während ständig an meiner Kraft gezehrt wurde, bis meine Beine nachgaben und ich schwach atmend auf dem Boden lag und nach Luft rang. Der Mann hatte das bemerkt, stellte sich vor mich und bemühte sich, mir die aktuelle Lage zu erklären. Ich glaubte ihm erst nicht, bis er mich auf das Mal an meinem Hals hinwies. Und jetzt stehe ich hier und versuche, dir zu helfen. Ich kann mir zwar noch nicht erklären, wieso du bestimmt wurdest, zu uns zu gehören, aber doch besser zu uns, als zu den Gibsar oder Pernoy.«

»Und warum habe ich dann dieses komische Amulett bekommen?«

»Welches Amulett?«

Davon wusste er nichts? »Das, das per Post kam.« Ich zog mein Shirt so weit herunter, dass man das Mal am Hals gut sehen konnte. »Das Zeichen ist an meinem Hals.«

»Ach so, das Amulett. Ob du es gut findest oder nicht: Wir haben es gebraucht, um dich dazu zu bringen, nachts in den Park zu gehen. Die Verwandlung hätte auch ohne das Ding funktioniert. Nur sei ehrlich: Wärst du gegangen, wenn das Medaillon nicht gewesen wäre?«

Zögernd zog ich mein Shirt wieder hoch. »Na ja, vermutlich nicht.«

Er sah mir in die Augen und als Reaktion auf meinen irritierten Blick lehnte er sich erneut nach hinten und lachte ausgiebig.

- *9* -

Den ganzen Tag hielt ich die Fensterläden geschlossen, die Vorhänge zugezogen. Vor mir lief der Fernseher. Irgendeine Soap, die mich sowieso nicht interessierte. Meine Gedanken kreisten um mein sich neu entwickelndes Leben, das langsam Form annahm. Ich wurde aus diesen Qädro einfach nicht schlau, obwohl ich den Konflikt der drei ›Clans‹ oder wie man sie nennen konnte, verstanden hatte. Es war kindisch, sich nur um Macht so zu streiten und sich Anhänger zu suchen, ob freiwillig oder nicht. Ich wollte mit all dem doch gar nichts zu tun haben. Ich wollte weder ein Wolf sein, noch irgendeine hirnrissige Fähigkeit, die kein Mensch besitzen sollte, trainieren. Ich wollte doch nur ein ganz normales Leben führen, auf der Karriereleiter immer weiter aufsteigend. Doch nun ignorierte mich Danny und stritt mit mir, Lanker verhielt sich komisch und ich bekam Besuch von den Qädro. Es brachte nichts, alles zu leugnen. Das wusste ich und das hatte mir auch Sylvio gesagt, doch ich weigerte mich, ein Teil davon zu sein. Es war absurd, an so etwas auch nur zu glauben, doch was blieb mir anderes übrig? Früher hätte ich mich totgelacht über mein Verhalten und dass ich die Qädro nicht einfach abschrieb, doch jetzt beschäftigte mich, was passieren würde, wenn ich ihnen nicht half. Würden mich dann die übrigen Clans attackieren oder würden sie mich in Ruhe lassen?

Angestrengt schlug ich das Kissen über meinen Kopf, als ob ich damit den Fluss an Gedanken unterbrechen könnte. Es brachte zwar nur wenig, aber ich schaffte es sogar, einzudösen und meinen Geist ein bisschen freizubekommen.

Ich hätte ehrlich nicht gedacht, dass die Erschöpfung so groß war, denn als ich auf die Uhr sah und die Rollläden hochfuhren, bemerkte ich, dass es Abend geworden war. Wie viel Schlaf würde ich mir wohl noch gönnen können, bis Sylvio oder jemand anderes vorbeischaute, um mich mit einer neuen Hiobsbotschaft zu konfrontieren oder trainieren zu wollen? Keine Ahnung. Ich war antriebslos und als es an der Tür klingelte, hatte ich kaum die Kraft, um aufzustehen, wohl wissend, dass es vermutlich sowieso wieder Sylvio wäre.

»Einen Moment!«, rief ich, während ich die zerzausten Haare provisorisch richtete.

Als ich meine Haustür öffnete, stand vor mir aber nicht Sylvio.

»Danny, was machst du hier?«, erkundigte ich mich mit einem überraschten Lächeln. Er wäre die letzte Person gewesen, mit der ich gerechnet hatte. Im Grunde wäre mir jeder recht gewesen und ich war nicht wirklich sicher, ob es gut war, dass gerade Danny vor meiner Tür stand. Allein zu sein, wäre mir gerade lieber gewesen, doch das klappte wohl in letzter Zeit nie. Eigentlich sollte ich mich über den Besuch freuen, der Streit von neulich hing mir emotional noch nach und ich wusste nicht, wie ich Danny einschätzen sollte. Vor allem interessierte mich aber, was er von mir wollte, denn ich bezweifelte stark, dass er vorhatte, sich zu entschuldigen. Das wäre wohl das Naheliegendste gewesen, doch Danny war, wie ich schon früher häufig festgestellt hatte, immer für eine Überraschung gut. Bei ihm konnte man auch in der eindeutigsten Situation nie wissen, was er tun würde.

»Komm doch rein«, schlug ich vor, um der Freundschaft willen.

Gerne hätte ich seine Entschuldigung gehört oder zumindest mit ihm über das Thema gesprochen, doch seine Antwort wirkte genauso abrupt wie eindeutig. »Ich möchte, dass du mitkommst. Ich will dir was zeigen.«

»Ich – was?«, stotterte ich. War es eine gute Idee, jetzt das Haus zu verlassen, auch wenn Danny jemand war, dem man vertrauen konnte? Sylvio hatte mir empfohlen, zu Hause zu bleiben. Und selbst wenn es mir nicht in den Sinn kam, darauf zu hören, fühlte es sich nicht sicher an, nachts das Haus zu verlassen. Zumindest nicht allein. Aber genau aus diesem Grund war Danny da und ich musste mir keine Sorgen machen.

Während ich nach der Jacke griff, musterte ich meinen Freund. Er sah müde und abgekämpft aus, wie ein Schatten seiner selbst, leicht zitternd und irgendwie hilflos.

»Klar, kein Thema«, entgegnete ich, während ich nach meinem Schlüssel griff und die Tür hinter mir zuzog.

Wo wollte denn Danny jetzt um diese Uhrzeit noch hin? In eine Kneipe oder Bar? Aber dann hätte er doch etwas gesagt. Also fragte ich nach. »Wo willst du hin?«

Danny drehte sich weder zu mir um, noch bemühte er sich, deswegen lauter zu reden. »Komm einfach mit. Ich muss dir was zeigen. Es wird dir gefallen.« Er schien wohl zu merken, dass ich sein Verhalten merkwürdig fand und zögerte, also drehte er sich doch zu mir um und lächelte verschmitzt. Für einen kurzen Moment schien er wieder genauso zu sein, wie ich ihn kannte. Dieser Moment nahm mir das unangenehme Gefühl, das sich breitzumachen drohte.

Er öffnete die Haustür, was mir augenblicklich die Frage aufwarf, wie er und Sylvio überhaupt hereingekommen waren, ohne das Schloss aufzubrechen oder bei Frau Morrison zu klingeln. Diese Frage behielt ich mir für später auf.

Draußen war es schon ziemlich dunkel. Schnee bedeckte einen Teil der Straßen und es schneite unaufhörlich weiter. Es hatte zwar in den vergangenen Tagen immer mal wieder geschneit, doch wirklich liegen geblieben war er nur bedingt. Viele Stellen waren geräumt gewesen. Selbst beim Treffen mit dem Qädro im Wald war es zwar neblig, aber nicht eingeschneit gewesen.

Die weiße Pracht auf dem Boden schien den Weg vor mir zu erhellen, was auch gut war, da ich mitbekommen hatte, dass Salbrun mit Stromausfällen der Laternen kämpfte und nur schrittweise daran arbeiten konnte, diese zu beheben. In der Straße, in der ich wohnte, hatte man sie gestern wiederherstellen können, jedoch lagen einige Teile Salbruns nachts noch im Dunkeln.

Pausenlos wateten wir durch den Schnee, sodass meine Füße immer nasser wurden. Wo wollte Danny hin? Es war doch sonst nie seine Art gewesen. Normalerweise sprach er mit mir darüber, wo er hin oder, wenn er mir etwas zeigen wollte. Von ›normalerweise‹ konnte man jetzt nur nicht mehr ausgehen, da nichts mehr in meinem Leben zu sein schien, wie zuvor. Es war, wie Eric damals immer gesagt hatte, ein Puzzle aus 1000 Teilen, das man mühsam zusammensetzen musste, bis es vollständig war.

›Dann hat man den Sinn des Lebens gefunden‹, hatte er mir gesagt.

Der Sinn des Lebens war ja schön und gut, doch mir war echt nicht danach, dieses Puzzle zusammenzusetzen. Übertragen darauf fühlte sich meine Situation an, als ob man mir immer wieder Puzzleteile wegnahm und neue hinlegte. Das Leben überraschte mich aktuell so häufig, dass ich das Gefühl hatte, keine Konstante mehr zu haben, an der ich mich orientieren konnte. Und wer wollte sein Leben schon dabei beobachten müssen, wie es nach und nach aus den Fugen geriet?

Die Straßen, zentimeterhoch vom Schnee bedeckt, waren so menschenleer, wie es sonst nicht üblich war. Bei diesem Wetter und um diese Uhrzeit verließ anscheinend niemand das Haus. Es war kalt und stürmisch. Da wollte jeder daheim bleiben, wenn er konnte. Ich eingeschlossen.

Ich stülpte die Kapuze über, damit ich nicht noch nasser wurde. Der Kranz aus Fell daran fühlte sich weich auf meiner Haut an.

Danny führte mich aus der Stadt heraus. Wir überquerten vorsichtig die Brücke über einem gefrorenen Bach. Selbst auf dem Eis lag schon Schnee, so kalt war es.

Die Brücke war spiegelglatt und es war nicht gestreut, sodass ich ins Rutschen kam und kurz erschrocken aufschrie, am Geländer jedoch Halt fand.

»Alles okay? Beeil dich«, forderte er mich bestimmt auf. Seine vorangestellte Frage klang, als hätte er sie instinktiv zwar gestellt, aber nicht ernst gemeint.

»Schneller geht nicht. Sag mir doch wenigstens, wo du hinwillst.«

»Ich habe im Wald was gefunden und wollte, dass wir es zusammen ansehen. Sonst glaubt mir das sicher niemand.«

Was zum?

Vor Danny und mir lag besagter Wald, den ich nur vom Sehen kannte. Seine Größe konnte ich nicht abschätzen, doch schön war er. Die Bäume glänzten silbrig funkelnd vom Schnee und Eis. Sie waren nicht mehr mit Blättern bedeckt und wirkten fast so, als hätte sie jemand aus einem Eisblock geschlagen und an wenigen Stellen dunkelbraun bemalt.

Die normalerweise großen Büsche und Gewächse wirkten so zerbrechlich, als müsste man sie nur berühren und sie zerfielen in tausend kleine Eissplitter.

Der Waldboden war, wie auch anzunehmen war, schneebedeckt. Der Weg war erstaunlich frei – zumindest vermutete ich das bei dem Wenigen, was ich sah – und man hörte nicht einmal mehr Vögel.

Das war wirklich der perfekte Wald für jemanden, der Schnee und Kälte liebte. Es wirkte alles wie aus einem Märchenbuch, beinahe aber schon zu perfekt und akkurat. Jeder normale Mensch wäre überwältigt von dem Eindruck gewesen, doch ich war skeptisch. Wenn mich jemand an einen solchen Ort brachte, würde er wohl seine Gründe dafür haben und die wären es wohl kaum, mit mir dort auf Erkundung zu gehen. Und was gab es hier denn Interessantes zu sehen, das Danny mir unbedingt zeigen musste? Eis war zwar schön und gut, wenn es jemandem gefiel, doch ich war an solchen Orten immer unruhig. Nicht nur, dass es kalt war; es gab nichts, was ich so dringend sehen wollte, dass es wert gewesen wäre, bei diesem Wetter raus zu gehen.

Der Wind wehte meine Kapuze vom Kopf und ließ mich frösteln. Zitternd zog ich sie wieder hoch und folgte Danny. Ich war mir nicht einmal sicher, ob es hier überhaupt etwas gab, das man mir zeigen konnte. Dannys Verhalten war in letzter Zeit seltsam genug gewesen, um ihm nicht zu trauen. Egal, was er vorhatte, ich war mir sicher, es würde mir nicht gefallen.

Unser Weg quer über das Eis endete beim Eingang einer Höhle. Alles sah verdächtig genauso aus, wie bei den Qädro, nur aus Eis gehauen. Diese Höhle war auch nicht aus Erde und Dreck, sondern wirkte wie aus purem Schnee, eine umgebaute Version eines riesigen Iglus, bei der man sich viel Mühe gegeben hatte. Sowohl davor, als auch darin sah man wieder den Erdboden aus dem Schnee ragen, als wäre die Höhle doch nicht künstlich erschaffen worden. Pflanzen gab es keine. Der Boden sah eher so aus, als hätte man mit einem Schaufelbagger Erde auf Eis und Schnee geladen und sorgfältig flachgeklopft.

»Was wollen wir hier?«, erkundigte ich mich bei Danny. Inzwischen konnte ich mir überhaupt nicht mehr erklären, was er mit mir wollte. Klar, vor uns war eine große Höhle. Aber war ich wirklich naiv genug, zu glauben, dass mich hier etwas Positives erwartete? Seit der Erfahrung mit den Qädro war ich froh, keine Höhle mehr sehen zu müssen. Auch sonst war mir in einer feuchten, stickigen, dunklen Höhle, in der man nichts erkennen konnte, sehr unwohl. Es war eine Angst, die ich schon seit meiner Kindheit hatte. Wenn ich auf einen Ort zuging, der dunkel war oder um mich herum Finsternis herrschte, war in mir immer Angst hervorgebrochen. Beinahe Panik. Die Art von Panik, die mich glauben ließ, dass mich im nächsten Moment jemand packen und in die Dunkelheit zerren würde. Ständig hatte ich versucht, mir einzureden, dass niemand kommen konnte, doch von dieser Angst hatte ich mich auch bis heute nie befreien können. Im Gegenteil. Es war sogar noch schlimmer geworden, obwohl ich mich mit Verdrängungsversuchen zunehmend geplagt hatte. Es ging einfach nicht.

Danny antwortete nicht auf meine Frage. Am Eingang der Höhle blieb er jedoch stehen.

Wir sahen beide ins Dunkle, er jedoch wesentlich länger als ich, als würde er dort drinnen irgendetwas suchen. Als ich ihn musterte, bemerkte ich, dass sein Zittern aufgehört hatte und er wesentlich selbstbewusster vor der Höhle stand. Und dabei war es nicht wärmer geworden, eher kälter. Seltsam, dass mir die Veränderung an Danny aufgefallen war. Aber in mir keimte ein noch schlimmerer Verdacht: Wenn ich schon so viele Parallelen zu den Qädro ziehen konnte ... Wer sagte mir, dass Danny kein Gibsar oder Pernoy war? Oder war das nur ein abstruser und abwegiger Gedanke, der aus der Kälte und Ungewissheit resultierte?

Nach einer Weile drehte er sich zu mir um. Sein Gesicht war bleich, mit kaltem Ausdruck, seine Augen strahlten ebenfalls eine Kälte aus, die mich augenblicklich frösteln ließ.

Ich hatte nicht mehr das Gefühl, noch vor dem Danny zu stehen, den ich glaubte, zu kennen. Der hier war anders. Vergeblich wartete ich auf einen seiner Witze ... oder sogar ein wenig Sarkasmus, doch sie blieben aus. Er hatte sich verändert und definitiv nicht zum Guten. Er wirkte wie ein anderer Mensch. Kein Lächeln, keine einladende Geste. Er stand einfach nur da, zu mir gewandt, und durchdrang mich mit seinen blauen Augen.

»Bleib du hier stehen. Ich gehe kurz rein und sehe nach, ob alles so ist, wie es sein soll.« Dannys Mund bewegte sich bei den Worten kaum. Seine Stimme wirkte tiefer und selbstsicherer als sonst. Jegliche Freude und Spontanität war aus ihr verschwunden. Es war keine Stimme, aus der man schließen konnte, wie er sonst immer zu Scherzen aufgelegt gewesen war. Diese war jetzt ernst, skrupellos und schwer zu deuten.

Ich nickte zögernd und er verschwand ohne ein weiteres Wort in der Dunkelheit.

Das wäre die Chance für mich, wegzurennen, doch irgendetwas hielt mich an diesem Ort fest. War es meine Freundschaft zu Danny oder einfach pure Neugier? Ich konnte es mir nicht erklären, doch es schien wichtig zu sein, was mein Freund mir zeigen wollte. Und wenn er nun doch ein Wolf aus einem der anderen Clans war? Unsinn, ich hatte all die Jahre nie eine Tätowierung oder ein Mal an seinem Hals bemerkt. Wenn ich jetzt ging, wäre die Freundschaft wohl für immer zu Ende. Selbst dann, wenn er mir etwas Positives zeigen wollte. Auch wenn Danny sich nicht mehr so verhielt, wie zu dem Zeitpunkt, als wir uns kennengelernt hatten, war er doch immer noch mein Freund. Er hatte sich verändert, wie ich auch. Das musste man einfach hinnehmen. Und vielleicht war es ja kurzweilig und bei der nächsten Gelegenheit war er wieder der Alte. Ich wollte ihn einfach nicht verlieren. Ohne ihn gab es für mich niemanden mehr. Er durfte einfach nicht mein Feind sein!

Ich spähte in die Dunkelheit in der Hoffnung, Danny erkennen zu können, der sich ganz schön viel Zeit dafür nahm, einfach nur zu sehen, ob alles so war, wie es sein sollte. Vielleicht sollte ich einfach nachsehen, ob denn alles in Ordnung war.

Nach einem weiteren Blick in die Dunkelheit musterte ich den vereisten Wald um mich herum und betrachtete die Sterne am Himmel. Wegrennen oder hierbleiben? Mich vielleicht verwandeln? Ehe ich weiter darüber nachdenken konnte, packte mich jemand von hinten am Arm.

Erschrocken drehte ich mich um und seufzte erleichtert auf, als ich in Dannys Gesicht blickte. *Wer auch sonst*, schoss es mir durch den Kopf. »Musst du mich so erschrecken?«

»Komm mit.« Das waren seine einzigen Worte, ehe er mich am Arm in die Höhle zog. Schon nach kurzer Zeit konnte ich nichts mehr erkennen und ließ mich von Danny weiter hineinführen.

Nach einigen Sekunden ließ er mich dann im Lauf los, sodass ich stolperte und zu Boden fiel.

Orientierungslos blieb ich auf den Knien und suchte nach einer Lichtquelle, doch ich wusste nicht einmal, wohin. Beim Sturz hatte ich die Orientierung völlig verloren und konnte gerade noch grob sagen, aus welcher Richtung ich gekommen war.

Für einen kurzen Augenblick – erhellt durch einen schwachen Lichtblitz – erhaschte mein Auge die Umrisse einiger Menschen, die nur wenige Meter entfernt zu stehen schienen. Oder war das Einbildung? Darauf folgte das Geräusch von Schritten. Ich war mir sicher, dass diese Männer auf mich zukamen und die

Schritte im Schnee und auf der Erde klangen, als ob man mich einkreiste. Allmählich bemerkte ich, wie an den Wänden rote Steine – ähnlich denen der Qädro – zu leuchten begannen. Sie schienen in die Wand eingelassen zu sein und strahlten genügend Licht aus, um mich ein wenig mehr erkennen zu lassen.

Die Fremden hatten mich tatsächlich eingekreist. Sie sahen nicht gerade freundlich aus und in mir stieg das Gefühl auf, dass sie nichts Gutes mit mir vorhatten.

Jedenfalls war ich umstellt und hätte sowieso nicht weglaufen können. Während ich auf dem Boden lag – einem kleinen verletzten Kind ähnelnd –, betrachtete ich die Gestalten über mir. Der Gesichtsausdruck von einigen war leer und emotionslos, andere grinsten hämisch und verschlagen auf mich herab.

Bei dem Versuch, aufzustehen, versetzte mir ein Mann einen Tritt und stellte seinen Fuß auf meinen Brustkorb. Er war so muskulös, dass es ihm nicht viel abverlangte, mich am Boden zu halten. Gelähmt und kraftlos von der Kälte konnte ich nichts dagegen tun.

Ich hob den Kopf, um mich im Raum umzusehen, doch der fahle Schein der Wandkristalle ließ keine weite Sicht zu. Nicht einmal die Wand war genau auszumachen. Entweder war diese Höhle einfach nur riesig oder meine Augen hatten bei den Temperaturen zu stark gelitten. Ich sah nicht wirklich mehr als die Männer und den Atem, den sie verbreiteten, der aber auch nicht verflog, sondern als Nebelschwade zur Decke stieg, die man ebenfalls nicht erkennen konnte.

»Bran, geh von ihm runter. Du musst ihm nicht auch noch seine Würde nehmen.«

Ich war so verwirrt, dass Dannys Stimme mir kurz wie die eines Fremden vorkam. Entgegen meiner Hoffnung lag kein Funken Freundschaft oder Vertrauen in ihr. Sie war kalt und berechnend.

Ehe ich darauf reagieren konnte, packte mich eine Hand am Kragen und zog mich auf die Beine. Betäubt blickte ich in die Augen der Person, die vorher über mir gestanden hatte. Es war ein Bär von einem Mann, gut und gerne einen Meter neunzig groß. Sein Gesicht verriet, dass er aggressiver Natur war und sicher nicht selten seine Stärke demonstrierte. Immerhin hatte mich Danny vor möglicherweise Schlimmerem bewahrt.

»Eine falsche Bewegung und du bist dran«, drohte Bran mit einem Knurren.

Danny legte seine Hand auf meine Schulter und ich drehte mich um, damit ich ihm ins Gesicht sehen konnte.

Er lächelte so, wie ich es von ihm kannte und sprach mir freundlich zu. »Lloyd. Ist alles in Ordnung? Du siehst blass aus.«

Na rate doch mal, wie es mir geht. Du hast mich doch hierhergeschleppt. Doch ich brachte die Worte nur gedanklich heraus. Mein Körper war zu schwach und unterkühlt, um sie auszusprechen.

Danny überlegte eine Weile. Er schien mir etwas sagen zu wollen und nach den richtigen Worten dafür zu suchen, sofern es die überhaupt gab. Mir schwante schon Übles. »Also gut – «, setzte er an, doch Bran unterbrach ihn.

»Vergiss es, Daniel! Du bist zu weich, um es ihm vernünftig zu sagen. Du kennst ihn zu gut und bist zu nett. Am Ende lässt du ihn noch laufen.«

Danny verschränkte die Arme. »Wir werden sehen, wer hier wen laufen lässt.«

Bran schüttelte den Kopf und sein abwertender Blick schweifte zwischen Danny und mir hin und her. Er schien weder viel von ihm, noch von mir zu halten. Anscheinend hielt er sich jedoch an das, was Danny ihm sagte.

Dieser legte meinen Arm über seine Schulter, als er merkte, dass ich zitternd etwas eingesackt war und mir sichtlich die Kraft fehlte, um fest mit beiden Beinen auf dem Boden zu stehen. »Es ist alles in Ordnung. Ich erkläre dir jetzt nicht, was wir machen. Ich zeige es dir einfach. Tu am besten genau das, was ich dir sage, dann kannst du wieder schlafen gehen. Ich kann mir schon vorstellen, wie müde du bist und es tut mir leid, dich um eine solche Uhrzeit aus dem Bett geholt zu haben, aber das hier war wirklich dringend.«

Bei diesen Worten schnaufte Bran verächtlich. Er schien nicht viel von Dannys Vorgehensweise zu halten, doch ich wagte nicht, ihn weiter zu beobachten. Er war wie ein wütender Hund, dem man nicht zu lange in die Augen sehen konnte und mein ehemaliger Freund war der einzige mir Bekannte, der nichts Böses zu wollen schien.

Er zog aus seiner Jackentasche einen roten Stein heraus. *Oh nein!* In meinen Kopf schossen sofort die Gedanken, die ich schon viel früher hätte haben sollten. Danny gehörte zu einem dieser Clans, den Gibsar oder Pernoy. Warum gerade er? Die einzige Person, der ich dachte, vertrauen zu können. Meine Gedanken kreisten so sehr darum, dass ich nicht reagierte, sondern apathisch den leuchtenden Gegenstand anblickte. Das Rot pulsierte leicht und Danny hielt ihn in meine Richtung.

Was jetzt sicher gleich folgen würde, konnte man sich denken. Ich wagte nicht, etwas zu sagen oder Danny zu unterbrechen. Ich war keiner von ihnen. Und was würde passieren, wenn sie erfuhren, dass ich ein Qädro war? Würden sie mich töten? Einsperren? Zwingen, bei ihnen zu bleiben? Gehirnwäsche?

»Das ist ein spezieller Rubin, der dafür gemacht wurde, um ungeahnte Kräfte hervorzurufen und – na ja – er wird das freisetzen, was wir brauchen. Es wird nicht ganz so angenehm sein, wie du hoffst, doch dir wird nichts passieren«, sprach mir Danny lächelnd zu.

Ich sah noch einmal zu Bran, doch der würdigte mich keines Blickes und fixierte den leuchtenden Stein. Sein Blick wirkte verschlagen und weiterhin aggressiv.

Natürlich war klar, was folgte, aber mir schossen ganz andere Fragen durch den Kopf. Würde ich mich wieder in einen Wolf verwandeln, wenn ich den Kristall berührte? Vielleicht in einen, der nicht so war wie der, den ich schon kannte? Vielleicht würde ich mich in den Wolf verwandeln, den die Qädro geweckt hatten? Vielleicht würde nichts passieren? Vielleicht würde ich nur grenzenlos leiden? Würde mein Körper das schaffen? Würde ich ... sterben?

Bei diesem Gedanken schloss ich mit einem leidenden Gesichtsausdruck die Augen. Bran glaubte sicherlich, dass ich Angst hätte, und lachte leise und spöttisch.

Ich hatte wirklich Angst, denn wenn sie merkten, dass ich ein Qädro war, würden sie mich wahrscheinlich sofort angreifen. Sylvio hatte mir ja ein wenig über die Gibsar erzählt; wie aggressiv sie waren und, dass sie bis zum Schluss kämpften. Dafür wusste ich über die Pernoy so gut wie nichts. Aufgrund der aktuellen Situation war klar, dass es sich hier um die Gibsar handeln musste. Gerne hätte ich den Kontakt zu beiden Clans für immer gemieden, auch wenn das ein unrealistischer Wunschtraum war.

Dann sickerte die Erkenntnis durch, welche Schmerzen mich vermutlich gleich erwarten würden. Zögernd ergriff ich den Stein und hoffte inständig, dass nichts passieren würde.

Anfangs war er kalt und pulsierte so stark, dass es abwechselnd dunkel und hell in der Eishöhle wurde. Erst dann setzte der Schmerz ein.

»Aaaaaaaaaaaaaaaaaaaaaaauuuuuuu!!!« Mein Schmerzensschrei hörte sich zum Schluss schon gar nicht mehr wie der Schrei eines Menschen an. Es schien, als würden beide Teile von mir schreien, der Wolf und ich. Der Schmerz wurde so stark, dass ich es kaum aushielt, auf die Knie sank und mich krümmte. Meine Knochen fühlten sich an, als würden sie augenblicklich zerbersten, meine Muskeln überdehnt, als würden sie jeden Moment zerreißen.

Bran, Danny und die anderen mussten das Jaulen wohl noch direkter mitbekommen haben als ich, denn sie taten alle einen Schritt zurück und fassten sich schützend an die Kehle.

»Aber das – «, stotterte Bran irritiert, » – kann doch gar nicht sein.«

Mit aller Kraft griff ich nach meiner Hand, um sie vom Stein zu lösen und tatsächlich schaffte ich es, meine Haut von ihm zu trennen. Blut rann mir über die Finger und tropfte auf den Boden. Die Handfläche war feuerrot. Mein Kopf bebte vor Schmerzen und ich stützte mich auf dem eisigen Untergrund ab.

Auf den Knien hielt ich mir den Bauch und spuckte Blut. Diese Schmerzen betäubten mich, ich konnte keinen klaren Gedanken mehr fassen. In mir tobte keine Angst mehr, sondern nur noch Wut und Schmerz.

Ehe ich aufstehen konnte, bekam ich einen Tritt von der Seite, der mich bis zum Rand der Höhle rollen ließ. Mein Magen verkrampfte sich, ich erbrach heftig und bekam Atemnot.

Verdammt! Ich konnte doch nichts dafür, dass ich so war! Ich hatte es mir doch auch nicht ausgesucht!

Danny strich sich nachdenklich durchs Haar und blickte mich finster aus den Augenwinkeln an. Jegliche Freundschaft und Vertrautheit waren gewichen. Vor mir stand ein Fremder.

Erneut versetzte mir Bran, der inzwischen nähergekommen war, einen Tritt. Wieder krümmte ich mich. Die Schmerzen pochten im gesamten Körper und mein Kopf brannte wie Feuer.

Bran lachte hinterhältig, als er mich so leiden sah. Er genoss es regelrecht.

Danny beäugte mich weiter mit einem Blick, der sagte: »Tja. Nun müssen wir dich leider töten.«

Ich musste etwas tun. Ich wollte nicht sterben, nicht hier und nicht jetzt! Und nicht so!

Langsam kämpfte ich mich nach oben, wich Brans Schlag aus und versetzte ihm einen Kinnhaken, der ihn für einen Moment nach hinten taumeln ließ.

Während ich die Chance des Augenblicks erkannte, rannte ich an Danny vorbei aus der Höhle, auch wenn ich wusste, dass sie mich verfolgen würden. Wenigstens hatte mein Konter gegen Bran die Aufmerksamkeit der Anwesenden auf sich gelenkt, denn sonst wäre ich hier sicher nicht einfach so herausgekommen.

Nach einigen Metern drehte ich mich im Laufen nach hinten um, in der Hoffnung, nicht von den anderen verfolgt zu werden. Ich schickte Stoßgebete zum Himmel, dass es wirklich so war.

»Verdammt!« Tatsächlich verfolgten mich keine Männer und auch kein Danny mehr. Stattdessen setzten mir schwarze, laut knurrende Wölfe nach.

- 10 -

Ich kam aus dem Fluchen fast gar nicht mehr heraus, doch meine Lage wurde mir schnell bewusst. Die Wölfe holten auf und ich musste mir irgendetwas einfallen lassen, um sie abzuhängen. Sie waren schneller als ein verletzter Mensch.

Einen Moment lang überlegte ich, mich auch zu verwandeln, aber ich konnte gerade einmal laufen und das nicht wirklich allzu schnell. Das Rennen wurde gerade mit jedem Schritt anstrengender und zehrte an meinen Kräften. Als Wolf hatte ich vermutlich die Möglichkeit, mich schneller fortzubewegen und es in die Stadt zu schaffen. Außerdem kamen die Gibsar in einem bahnbrechenden Tempo näher.

Im Affekt rieb ich meine Stelle am Hals frei, die noch von Creme verdeckt gewesen war und strich mir rasch darüber. Ich hätte es den Qädro nie verziehen, wenn es jetzt nicht funktionierte ... wenn ich dann überhaupt noch die Zeit zum Verzeihen hatte.

Ich wurde zwar nicht enttäuscht, doch war es eine Herausforderung, während der Verwandlung weder auf die Knie zu fallen, noch an den zerreißenden Kleidern hängen zu bleiben. Als ich bemerkte, dass meine Beine sich zu verändern begannen, setzte ich zu einem Hechtsprung an, um hoffentlich schnell genug auf allen vier Pfoten landen zu können. Die Verwandlung war zwar langsamer eingetreten als erwartet und meine Kräfte hätten mich beinahe verlassen, doch sie kamen unglaublich schnell wieder zurück, als ich dann endlich ein Wolf war. Meine letzten Reserven schienen sich in diesem Moment zu mobilisieren.

Wie ein Irrer hetzte ich über den Waldweg, sprang über einen kleinen Bach und hastete am Rand der Stadt entlang. Ich konnte es mir einfach nicht leisten, als Wolf gesehen zu werden, denn so würde ich die Bürger in vollkommene Panik versetzen. Aber es war wohl unausweichlich, zumindest den Rand von Salbrun zu betreten.

Zum Glück schien sich am Rande der Stadt niemand aufzuhalten und ich musste mir kaum Sorgen machen, dass mich jemand erwischte. Doch der

Schein trog. Salbrun wirkte angespannt. Das konnte ich durch meine Wolfsaugen erkennen, auf seltsame Weise sogar irgendwie spüren. Aus den Augenwinkeln konnte ich erahnen, dass Salbruns Stadtkern leider belebter zu sein schien als sonst.

Erneut sah ich nach hinten und bemerkte, wie Danny, Bran und die anderen – zumindest glaubte ich, dass sie es waren – immer näherkamen. Ich hatte keine Wahl. Ich musste in die Stadt und irgendwie in der Menschenmenge untertauchen. Es würde eine Menge Chaos entstehen, wenn tollwütig scheinende Wölfe quer durch die Stadt rannten. Dieses Chaos konnte ich zu meiner Flucht nutzen. Es musste einfach funktionieren. Danny wusste zwar, wo ich wohnte, doch meine Eingangstür war so verstärkt, dass sie durch rohe Gewalt nicht aufzubrechen war. Eine Möglichkeit. Vielleicht die einzige!

Ich schlug eine Schneise quer in die Stadt. Bei dem Gedanken, entdeckt zu werden, stellte sich mir das Nackenfell auf, doch was blieb mir denn anderes übrig? Mein Leben oder ein großer Aufruhr in der Stadt? Da entschied ich mich eindeutig für das Leben.

Mein Weg führte erst durch verwinkelte Gassen, immer näher in den Stadtkern. Aufgrund meiner Ortskenntnis schaffte ich es, dass der Abstand zu den Gibsar sich nicht noch weiter verringerte. Allerdings setzte langsam ein Gefühl der Kraftlosigkeit und Erschöpfung ein. Mir blieb nicht viel Zeit ...

Ich blickte auf. Vor mir lag die große Einkaufsstraße, verschneit, in allen Farben beleuchtet, belebt von lachenden Menschen, die einkauften. Verdammt! Heute waren die Läden bis 24 Uhr geöffnet. *Gerade heute!!!*

Plötzlich und ganz unerwartet stieg mir der stechende Geruch von ›Mensch‹ in die Nase, wie ich ihn sonst nie wahrgenommen hatte. Mir war nicht bewusst gewesen, dass ich ihn als Wolf intensiver wahrnahm, als zuvor. Die vielen Gerüche überforderten meine Nase und es fiel mir zunehmend schwerer, konzentriert zu bleiben.

Aus dem Nichts hallte der laute Schrei einer Frau durch die Gassen. Viele weitere folgten, als sie mich und die anderen sahen. Vielleicht wäre es klüger gewesen, mich vorher zurück zu verwandeln, aber dann war ich nackt, langsamer, verletzlicher und würde nach kurzer Zeit aufgrund der Kälte draußen zusammenbrechen. Ich hätte als Mensch doch nicht einem halben Dutzend Wölfen entkommen können.

Der beißende Gestank der verschiedenen Gerüche und Parfums wurde immer stärker, sodass ich das Gefühl hatte, die Kontrolle über meinen Körper zu verlieren. Dann tauchte ich in die Menge ein, die kreischend in alle Richtungen floh. Unmengen von fremden Gerüchen strömten auf mich ein und betäubten meine Nase. Zimtgebäck, Fastfood, Schweiß, Deo, Parfum ... Ich kämpfte mich dennoch weiter, wohl wissend, was mich erwarten würde, wenn ich stehen blieb.

Ich stieß Menschen um, die mir im Weg standen, denn ich musste einfach fliehen, egal, wie. Ich kam mir vor wie ein Hund, der eine Schafherde zusammentrieb. Alle waren völlig kopflos und wussten nicht, wohin sie rennen sollten, mitten unter ihnen ein Wolf auf der Flucht und schwarze Wölfe, die ihm nachsetzten.

Dann plötzlich entdeckte ich sie direkt, als sie meinen Weg kreuzte und ich sie umrannte: Becca.

Anfangs schrie sie laut und wand sich unter mir, als meine Pfoten auf ihren Schultern standen. Auch wenn mein Herz erst einen Riesensatz machte, musste ich mich auf den Boden der Tatsachen zurückbringen. Ich war ein Wolf! Becca hatte Angst vor mir!

Mein Körper erstarrte. Ich konnte mich nicht mehr bewegen oder von Becca heruntergehen. Hatte ich mich etwa verliebt? Dafür war doch jetzt verdammt noch mal keine Zeit!!!

Ihr Atem vermischte sich mit meinem, ich sah ihr kurze Zeit in die Augen und sie in meine. Keine Ahnung, ob sie mich erkennen würde, denn schließlich war ich gerade ein Wolf, der sich für einen Menschen, der sich vermutlich nie weiter damit auseinandergesetzt hatte, aussah wie alle anderen.

An ihrem Hals konnte man die Adern zwar nicht direkt erkennen, aber das Pochen spüren. Angst. Dieses Gefühl konnte ich beinahe riechen. Doch dann ließ es schnell wieder nach. Ihr Atem wurde ruhiger und mir fiel auch auf, dass sie gar nicht mehr schrie. Erkannte sie mich etwa?

Mein Blick traf ihren und ich betrachtete ihre Augen, obwohl das Adrenalin, das durch meinen Körper schoss, mich kaum ruhig denken ließ. Sie hatte so wunderschöne blaue Augen, die eine solche Wärme ausstrahlten, wie ich sie bisher nie erlebt hatte. Auf einmal weiteten sie sich.

»Lloyd?«, hauchte sie zaghaft. Ihre Stimme strahlte immer noch Angst und Unsicherheit aus, doch keine so große, wie anfangs. Es war eben das Zaghafte darin; dass sie sich nicht sicher war, ob ich tatsächlich Lloyd war. Natürlich hatte sie Recht, aber ich brachte nicht ein einziges Wort heraus.

Mein Herz machte einen noch größeren Sprung als vorher. Auch wenn ich gerade ein Wolf war, musste sie mich erkannt haben. Ich dachte, das wäre für sie nicht möglich, doch da hatte ich mich getäuscht. Mein Puls raste vor Freude. Sie hatte mich erkannt! Sie hatte mich erkannt! Sie musste es wirklich in meinen Augen gesehen haben!

Dann erst wurde mir klar, was das bedeutete. Oh nein! Sie hatte mich erkannt! Ich hätte mich selbst ohrfeigen können.

Schnell sprang ich von ihr auf und rannte geradeaus weiter. Ich mied den direkten Kontakt mit anderen Menschen und sah lediglich einmal nach hinten, ob ich verfolgt wurde. Tatsächlich hatte mein Manöver funktioniert. Weder Danny, noch Bran oder einer der übrigen Wölfe war hinter mir. Doch das stoppte meine Flucht nicht. Ich musste nach Hause kommen; irgendwie und so schnell, wie möglich.

Ich hastete bis zur Tür des Zweifamilienhauses von Frau Morrison und mir. Noch ein kurzer Blick, um festzustellen, ob jemand in der Nähe war, der beobachten konnte, ob ich mich zurückverwandelte. Ich atmete erleichtert auf. Niemand war da. Zum Glück. Höchstwahrscheinlich waren sie in ihre Häuser geflohen und versteckten sich.

Ich seufzte. Was hatte ich nur getan? Ich hätte nicht zulassen dürfen, dass Becca mich erkannte. Niemand durfte wissen, wer ich war. Mit Glück konnte ich es noch abstreiten, wenn sie mich darauf ansprach. Sie hatte es eindeutig gesehen, aber ... Ich wusste einfach nicht, ob sie an menschliche Wölfe glaubte. An Werwölfe! Der Gedanke fühlte sich seltsam und abstrus an. Allerdings war es die Wahrheit. Ich war zwar der lebendige Beweis dafür, dass es Werwölfe gab, doch das machte die Situation weder angenehmer, noch einfacher.

Ein kurzes Streichen über mein Mal und ich merkte unmittelbar nach der Verwandlung, wie nackt ich und vor allem, wie kalt es draußen war. Der Ersatzschlüssel unter der Fußmatte führte mich völlig verfroren und erschöpft ins Haus, der in meinem Briefkasten schließlich in die Wohnung. Der Weg führte mich nicht direkt ins Bad, sondern erst einmal ins Schlafzimmer, um mir etwas anzuziehen.

Mit einem langen Pullover und einer Jogginghose fühlte ich mich ein klein wenig besser. Daraufhin betrat ich das Wohnzimmer, um mich einfach hinzusetzen und meine schmerzenden Beine zu massieren.

Dann erst bemerkte ich die Männer, die dort standen und mich alle sowohl verheißungsvoll, als auch verärgert ansahen. Wie waren sie in meine Wohnung gekommen? Die Balkontür war offen, aber waren sie hierüber hineingeklettert?

Ich erkannte von allen Menschen nur Sylvio. Das bedeutete, dass alle anderen wohl auch Qädro sein mussten.

»Was hast du dir eigentlich dabei gedacht?«, knurrte er mich an, während er einen Schritt nach vorne tat.

Ich keuchte vor Erschöpfung und versuchte, ruhig zu bleiben, doch den Vorwürfen, die jetzt sicherlich auf mich einprasseln würden, konnte ich nichts entgegensetzen.

»Du rennst einfach in Salbrun herum und versetzt alle Leute in Aufruhr. Kannst du dir überhaupt vorstellen, was für eine Massenpanik das auslöst?«, fuhr er mich an.

»Aber ... die ... « Ich suchte nach einer geeigneten Erklärung, nur würden sie mir glauben, wenn ich ihnen erzählte, dass meine Verfolger Wölfe der Gibsar waren, die mich tot sehen wollten? Wohl eher nicht. Trotzdem versuchte ich es mit der Wahrheit. »Ich weiß nicht, ob es die Gibsar oder Pernoy waren, aber sie haben mich verfolgt.«

Ein Murmeln ging durch die Qädro im Raum. Anscheinend hatte ich ihnen gerade etwas gesagt, was sie noch nicht wussten.

»Sag uns alles, was du weißt«, bat mich einer der Männer in ruhigem Ton, wobei man ganz genau heraushören konnte, wie angespannt er war. Er wollte wohl ganz sicher sein, ob es die Clans wirklich geschafft hatten, aus mir jemand *anderen* zu machen; als dass ich dann kein Qädro mehr wäre.

Ich atmete tief ein, um mich noch einmal genau daran erinnern zu können, was alles geschehen war. Sollte ich ihnen vielleicht vorenthalten, dass Danny einer der Gibsar war? Einerseits würden sie diese Information brauchen, andererseits ... Ach, ich wusste es doch auch nicht. »Eine Frage«, unterbrach ich schnaufend die Stille, um zu erklären, was passiert war.

»Dann frag, Junge.«

»Die Höhle, in die sie mich brachten, war aus Eis in einem gefrorenen Wald. Gehört das zu den Gibsar oder den Pernoy?« Eigentlich eine dumme Frage, aber so wusste ich zumindest etwas.

Die Gesichter der Männer verfinsterten sich, als sie das Wort ›Gibsar‹ hörten. Sie waren wohl, wie Sylvio mir bereits gesagt hatte, wirklich nicht gut auf sie zu sprechen.

Niemand wollte antworten. Stattdessen senkten alle die Blicke gen Boden und gaben keinen Ton von sich.

»Zu den Gibsar«, entgegnete eine mir nicht unbekannte Stimme. Ich war mir sogar ganz sicher, wem sie gehörte. »Nur sie bevorzugen Eis.«

Ein Mann stand auf. Eine Kapuze verhüllte sein Gesicht, was jedoch nichts daran änderte, dass ich wusste, wer vor mir stand. Edward Lanker.

»Herr ... Lanker?«, fragte ich zögernd, auch wenn ich sowieso schon sicher war.

Der Mann vor mir nickte und zog die Kapuze zurück.

Es war tatsächlich Lanker! Ich hätte ihn gleich erkennen müssen; an seinem markanten Stoppelbart, seinen dunkelbraunen Augen und dem Kratzer an der Wange!

Ich hätte mit allem gerechnet, aber doch nicht mit Lanker!

Mein Chef grinste und entblößte dabei seine weißen Zähne, wobei die hinteren Eckzähne spitz zuliefen, was sie noch mehr nach Reißzähnen aussehen ließ. »Ich habe doch gesagt, ich könnte dir helfen, egal, wie.«

Ein verkrampftes Lächeln kam über meine Lippen. »Ich hätte nicht damit gerechnet, Ihre Hilfe auf diese Weise anzunehmen.«

Lanker winkte ab. »Die Welt ist klein. Und sag bitte Edward. Ich mag es nicht, wenn du mich mit meinem Nachnamen ansprichst. Wir sind beide Qädro. Wir gehören alle zusammen, also sollten wir auf unpersönliche Floskeln verzichten. Ich nenne dich seit unserem letzten Gespräch ja auch bei deinem Vornamen.«

Mir gefiel es ganz und gar nicht, dass er mich duzte, doch ich musste mich daran gewöhnen, dass das Spiel mit Vorgesetztem und Angestellten vorbei war. Jetzt war er eben ein Qädro. Genau wie ich.

»Wieso hast du mir nicht früher gesagt, wer du bist?«, hakte ich weiter nach. Nun konnte ich meine Fragen endlich stellen. Und ich wollte Antworten. Ausführliche Antworten.

Edwards Lächeln erstarb. »Das hättest du mir niemals geglaubt.«

Gutes Argument. »Wieso hast du mir nicht vorher gesagt, was passieren würde?«

Er schüttelte den Kopf. »Du spielst in einem gefährlichen Spiel mit. Wir müssen uns jeden Zug genau überlegen. Wir haben dich ja schließlich kontaktiert. Es ging nur darum, den anderen Clans zuvorzukommen.«

Ich seufzte. »Die Gibsar ... Daniel gehört dazu.«

Ein weiteres Murmeln ging durch die Reihen. Jetzt wurde es wirklich langsam interessant. Ich wusste zwar nicht, ob ich gerade zu viele Informationen preisgab, aber hey. Ich wäre beinahe ermordet worden. Wenn nicht heute, wann dann.

Edward schlug sich mit der Faust auf die Handfläche. »Verdammt! Ich hätte es wissen müssen! Ich hätte ahnen müssen, dass die Gibsar jemanden schicken, um dein Vertrauen zu gewinnen.«

Sylvio legte seine Hand auf Edwards Schulter. »Niemand hat Schuld. Wir können nur froh sein, dass sie keinen Erfolg hatten.« Er wandte sich mir zu. »Dass du noch lebst, Lloyd, ist großes Glück.«

Mein Blick schweifte in Richtung Boden. »Ich weiß. Eine Minute länger und ich wäre tot gewesen. Ich werde jetzt vorsichtiger sein.«

Einer der Männer beobachtete mich eindringlich. Ich fühlte mich unwohl, als ich bemerkte, wie sein prüfender Blick mich nicht losließ. »Vorsicht allein wird nicht reichen. Du bist inzwischen die Beute zweier Clans. Wir können dich nicht rund um die Uhr beschützen.«

Das habt ihr bisher doch noch gar nicht. Ich biss die Zähne zusammen, um meinen Unmut über diese Aussage nicht zum Ausdruck zu bringen.

»Erzähl weiter«, forderte mich einer der Männer auf. Seine Stimme war dunkel, konnte jedoch nicht die Neugier verstecken, die deutlich hörbar war.

Alle nickten und ich sammelte wieder meine Gedanken, um fortfahren zu können.

Während der Erzählung gab es keine Unterbrechung mehr. Den Qädro schien es furchtbar wichtig zu sein, was die Gibsar mit mir gemacht hatten. Aber viel war noch gar nicht passiert. Sie hatten mich den Stein berühren lassen, wie die Qädro, doch es war dieses Mal anders gewesen. Mein Körper war in keine Wolfsgestalt gezwungen worden. Es hatte bei den Gibsar bedeutend mehr wehgetan. Selbst beim Erzählen bekam ich eine Gänsehaut. Am Ende ließ ich mich erschöpft auf die Couch sinken. Das Licht der Straßenlaternen schien in mein Gesicht und ich rieb mir erschöpft die Augen.

Die anderen waren inzwischen aufgestanden und blickten zu mir hinab, wie auf ein kleines Kind, das etwas gestohlen hatte und jetzt auf seine Strafe wartete.

Edward strich sich über seinen Stoppelbart. »Das ist schlecht, sehr schlecht.«

Einer der Männer stimmte zu. »Sie haben versucht, was wir schon getan haben.«

Sylvio beugte sich zu mir hinunter. »Hat es sehr wehgetan?«

Ich fühlte mich immer mehr wie ein kleiner Junge, auf den alle hinabblickten. Es war wie ein plötzlicher Anfall von Unwohlsein und Angst, dem ich nicht entgehen konnte.

Schluckend nickte ich. Es hatte nicht nur *sehr* wehgetan, es hatte *höllisch* wehgetan. Wenn sie sich vorstellen könnten, wie sehr. Es war der Horror gewesen und mir sträubten sich die Nackenhaare bei dem Gedanken, dass die Pernoy das noch tun könnten und mit Sicherheit auch würden, wenn mich die Qädro nicht beschützten.

Edward räusperte sich. »Wie gesagt. Wir sollten dem Problem irgendwie beikommen. Das, was in der Stadt passiert ist, haben wir gesehen. Du warst nicht gerade schwer zu übersehen.«

Ich senkte den Kopf. »Es tut mir leid.« Die Begegnung mit Becca und die Tatsache, dass sie mich erkannt hatte, unterschlug ich lieber. Wenn sie es wusste, würden mich die Qädro irgendwann noch darauf ansprechen. Ich konnte ihnen das jetzt einfach nicht sagen, ich konnte nicht.

Edward rieb sich über die Stirn. »Ich sehe schon den Zeitungsartikel vor mir. ›Blutrünstige Wölfe überfallen Salbrun‹. Das war gerade das, was wir vermeiden wollten.« Er sah mich kurz nachdenklich an. »Aber wenn du von den Gibsar verfolgt wurdest, hattest du wohl keine andere Wahl, hmm?«

Ich zuckte mit den Schultern. »Ich bin froh, dass ich noch lebe. Sie waren schnell. Ich nicht.«

Ein weiterer Mann stimmte zu. »Das sind sie wirklich. Wir können es dir eigentlich nicht übelnehmen, dass du in die Stadt gerannt bist. Der Aufruhr wird unsere Geheimhaltung stark gefährden, oder noch schlimmer: Die Menschen von Salbrun könnten auf die Idee kommen, die Wölfe zu jagen.«

Sylvio klatschte in die Hände und grinste. Die Ironie war ihm von den Lippen abzulesen. »Das ist ja mal wieder ganz toll. Und was machen wir?«

Einer der Männer ließ sich in den Sessel fallen und lehnte sich zurück, als wäre es sein eigener. »Hier kann er unmöglich bleiben. Es wird zu gefährlich.«

Ich erinnerte mich daran, wie Edward mich aus Salbrun wegbekommen wollte, indem er mir den Zettel von Frau Wie-auch-immer-sie-hieß gegeben hatte. Jetzt erst wurde mir klar, dass ich ihn nicht hätte zerreißen dürfen. »Ich will hier aber nicht weg!«, protestierte ich.

Sylvio setzte sich neben mich und legte freundschaftlich seine Hand auf meine Schulter. »Es wäre das Beste, du würdest gehen. Wenn du bleiben willst, werden wir dich jedoch nicht aufhalten. Es geht nur um deine Sicherheit. Wer weiß, wann die Pernoy kommen.«

»Sie werden mit Sicherheit umgänglicher sein als die Gibsar«, sprach mir der Mann auf dem Stuhl tröstend zu. Leider verfehlte es seine Wirkung komplett.

Edward ging kurz auf und ab. »Es ist das Beste, wenn du deinen Alltag erstmal wie gewohnt weiterführst. Wir haben dich dann im Auge. Wir werden uns heute auch noch darüber beratschlagen. Die Tage bekommst du Rückmeldung. Geh schlafen. Und komm morgen lieber zur Arbeit, das ist sicherer. Dein Arbeitsstapel wird beträchtlich höher sein, das garantiere ich dir. Und zu keinem dort ein Wort, okay?« Er lächelte erneut wie der Boss, den ich kannte und respektierte.

»Gib aber nicht mir die Schuld. Das werden die Spuren sein, die die Gibsar hinterlassen haben.«

Sylvio stand auf. »Edward hat Recht. Du solltest schlafen gehen. Morgen Abend wird weiter trainiert. Dann wirst du dich bald vernünftig wehren können.«

»Jetzt solltest du erst einmal schlafen«, endete Edward. »Du hast es wirklich nötig.«

Was die beiden sagten, stimmte vermutlich. Wenn ich etwas war, dann müde. Sehr müde sogar. Der Kampf, die Flucht, alles hatte an meinen Kräften gezehrt. Mein Körper brauchte eine Pause und Erholung, wenn ich nicht irgendwann kollabieren wollte.

Ich streckte mich auf der Couch aus, schloss die Augen und schlief beinahe sofort ein.

Wind strich mir leicht durch die Haare und legte sich als kalter Schleier an meine Wange. Ein weiterer Luftzug folgte, der mich frieren ließ, gefolgt von einer Schneeflocke, die meinen Handrücken traf und augenblicklich schmolz.

Die Qädro waren weg und die Balkontür geöffnet gewesen. Ich beschloss, selbst einmal etwas frische Luft zu schnappen. Schnee bedeckte das Geländer, aber es war noch dunkel draußen. Vermutlich hatte ich gerade einmal eine Stunde geschlafen. Vielleicht zwei.

Mein Kopf kribbelte merkwürdig, als hätte man dagegen geschlagen. Mir hätten sämtliche Stellen des Körpers wehtun sollen, nur war es nicht so. Ich hatte das Gefühl, als hätte ich zum ersten Mal in meinem Leben etwas richtig gemacht, obwohl so ziemlich alles schiefgelaufen war.

Meine Gedanken drehten sich immer noch um Becca. Es war garantiert nicht der passende Zeitpunkt, an sie zu denken. Sie hatte mich erkannt und trotzdem konnte ich sie nicht aus meinen Gedanken verbannen. Ihre wunderschönen Augen und diese Wärme, wie ich sie bisher nie empfunden hatte. Becca war so ruhig gewesen, als sie realisiert hatte, dass ich es war, der in diesem Moment über ihr gestanden hatte.

Ich zog die Hand zurück und wischte über das kalte Geländer und den noch kälteren Schnee. Becca ging mir einfach nicht aus dem Kopf. Mir war nicht einmal kalt, wenn ich an sie dachte.

Ach Mann! Es war einfach meine Schuld, dass es so kommen musste. Ich sah nicht einmal in den Gibsar die Schuld. Es lag nicht an Becca oder ihnen, sondern nur an mir.

Nach einigen Sekunden führte mich mein Weg nach drinnen, ich schloss aber weder die Tür, noch schaltete ich das Licht ein. Ob ich jetzt im Dunkeln saß oder bei grellem Licht meine Wege suchte, war doch auch egal. Wenn ich gegen einen Stuhl stieß, war es egal. Wenn der Strom ausfiel, war es egal. Wenn ganz Salbrun Feuer fing, war es egal. Nur Becca war nicht egal. Ich bekam sie einfach nicht aus meinem Kopf. Selbst ein heißer Cappuccino brachte einfach nichts. Sie war da und würde bleiben. Damit musste ich mich abfinden. Ich hatte mich verliebt! Als Werwolf! Als Wesen, das es so gar nicht geben dürfte und das niemand für existent halten würde!

Müde quälte ich mich durch meine Wohnung und warf mich aufs Bett. Selbst bei geschlossenen Augen verschwand das Bild, dieser Moment, in dem Becca unter mir gelegen und um ihr Leben gebangt haben musste, nicht. Becca verschwand nicht.

Keine Ahnung, wie lange ich mit diesem Gedanken im Bett lag und die Decke betrachtete. Vielleicht eine halbe Ewigkeit. Doch so konnte ich nicht ewig liegen bleiben. Und Schlaf war gerade wohl auch nicht drin. Unruhig und rastlos führte mich mein Weg schließlich ins Bad.

Bald musste ich sicher zur Arbeit. Das war mir aber herzlich egal. Der Blick in den Spiegel half auch nicht. Ich erkannte lediglich meine schemenhaften Umrisse. Der Rest wurde von der Dunkelheit verschluckt.

Am Ansatz meines Shirts erkannte ich jedoch das, was mir so sehr aufgezwungen worden war. Das, was ich nie gewollt und wobei man mir keine Wahl gelassen hatte. Das, was sich auch nicht wirklich verbergen ließ. Der jaulende Wolf. Man konnte ihn sogar relativ gut erkennen. Langsam wurde es draußen hell. Selbst der Versuch, es mit dem Pickelabdeckstift zu kaschieren, fühlte sich verzweifelt und dumm an. Doch hatte ich eine andere Wahl?

Geistesabwesend griff ich nach meinem Schlüssel. Ich hatte nicht vor, zu Becca zu gehen und auch die Arbeit konnte mir gerade gestohlen bleiben. Dort wollte ich echt nicht hin. Aber wohin denn sonst? Ich wusste es nicht. Die Tatsache, ein halber Wolf zu sein, konnte meine Gefühle nicht verbergen. Ich war hin- und hergerissen zwischen Angst, Wut, Liebe und Verzweiflung. Das war alles viel zu schnell geschehen. Becca würde mich nicht lieben. Da war ich mir sicher. Und ich – liebte ich sie überhaupt? Oder war es nur der Moment, der meine Wahrnehmung auf die Probe gestellt und mich komplett durcheinandergebracht hatte? Egal!

Mit diesen Gedanken schloss ich die Tür hinter mir und blickte nach vorne. Zuerst legte ich den Ersatzschlüssel unter die Fußmatte, um im Zweifelsfall wieder ins Haus kommen zu können.

Salbrun war vollkommen zugeschneit. Das war aber auch zu erwarten gewesen. So viele nervende Zufälle mussten gerade passieren. Es war ja gestern schon nicht mein Glückstag gewesen. Wieso sollte sich das denn heute noch ändern? Außerdem war ich von den Gibsar angegriffen worden. Da passte Schnee doch perfekt dazu. Sie bevorzugten ja Eis.

Verdammt, die Gibsar. Es war garantiert dumm, jetzt das Haus zu verlassen, doch ich konnte gerade nicht anders. Ich musste einfach raus, wohl wissend, dass es sowohl gefährlich, als auch viel zu kalt war. Den Gibsar zum Trotz. Ich musste einfach rennen; im Wald. Ich musste hier weg, zumindest für den Moment.

Es war endlich vorteilhaft, am Stadtrand zu wohnen. Es war nicht weit bis zum Wald. Und dieses Mal schlug ich definitiv eine andere Richtung ein als am Tag zuvor mit Danny. Ich wollte den Gibsar nicht mehr über den Weg laufen und ihn nie wiedersehen.

Die Stadt war wie ausgestorben. Keiner war auf den Straßen, der Geruch und das Gefühl von Angst hingen in der Luft. Man konnte vermuten, was gestern geschehen war und, dass die Gibsar hier sicher gewütet haben mussten. Es roch unangenehm und es war anzunehmen, dass die Wölfe die Menschen sicher angegriffen und verletzt hatten, wenn nicht sogar getötet. Der Gedanke allein war schon furchtbar genug, auch wenn ich verstehen konnte, wie es in dem Moment dazu kommen konnte. Ich war als Wolf völlig überwältigt von den Gerüchen und Eindrücken gewesen. Es war nur zu hoffen, dass Becca nicht unter den Opfern war. Das hätte ich nicht verkraftet.

Ich schlich tief in den Wald und berührte sacht meine Stelle am Hals, ohne jedoch daran zu reiben. Würde mich jemand sehen, wenn ich heimlich durch den Wald schlich? Vermutlich ähnelte mein Körper dem eines jeden anderen Wolfs im Wald. Angeblich sollte es hier im Wald sogar welche geben, auch wenn selbst ich nie einen gesehen hatte.

Hinter einem großen Felsen versteckte ich meine Kleidung, damit sie bei der nächsten Verwandlung nicht wieder zerriss. Dort sollte ich sie später finden.

Für einen kurzen Moment war ich erleichtert, draußen zu sein und nicht eingesperrt in einer kleinen Wohnung. Hier war der perfekte Ort, um als Wolf ein wenig auf und ab zu gehen und ungestört an Becca und an das zu denken, was in meinem Leben in viel zu kurzer Zeit alles geschehen war. Sie war ganz plötzlich in mein Leben getreten – wie der Brief und die Qädro – und hatte alles verändert. Aber der Depp am Ende war ich. Ich musste mir einfach klar darüber werden, ob es nur ein Hirngespinst oder tatsächlich Liebe war.

Ehe ich mich versah, war ich wieder der Wolf, der nicht mehr Lloyd war. Meine Kleidung war gut versteckt und zum ersten Mal versuchte ich, zu begreifen, was ich jetzt wirklich war. War dieser Wolf immer noch Lloyd? War er eine eigene Persönlichkeit? Konnte ich mit diesem Körper überhaupt ich selbst sein? Es war unvermeidlich, dass ich von den Kräften öfter Gebrauch machen musste, als ich es mir zu wünschen gewagt hätte. Mein Leben hatte sich nun einmal drastisch und unwiderruflich geändert. Ich konnte mir und den anderen nicht für alles die Schuld geben. Sie hatten gemacht, was sie machen mussten und ich war wohl ein Teil davon. Damit hatte ich mich inzwischen irgendwie sogar abgefunden. Doch in diesem Körper fühlte sich alles an, als würde ich träumen. Alles wirkte surreal, als könnte man tun, was man wollte, ohne Angst, ohne Konsequenzen. Und das, obwohl es sowohl Angst, als auch Konsequenzen gab. Dieser Wolf war Teil dessen, was die vergangenen Tage geschehen war.

Meine Gedanken kreisten erneut um Becca und den Moment, als ich auf ihr gelegen und in ihr Gesicht gesehen hatte. Sie musste mir irgendwie vertraut haben ... Wie auch immer. Es war ein unbeschreibliches Gefühl gewesen, wie sich ihr Atem mit meinem vermischt hatte. Ihre Augen so warm, ihr Gesicht war so ... perfekt.

Langsam schlich ich vorwärts. Meine Beine knickten leicht ein. Vermutlich waren die Verletzungen immer noch da und ich hatte ihnen nicht genügend Zeit gegeben, auch nur ansatzweise zu verheilen. In meiner Todesangst hatte ich viele Menschen angesprungen, erschreckt und in die Falle der Gibsar gelockt. Ich wollte mir gar nicht ausmalen, ob es Tote gab. Würden diese Monster sie lediglich töten? Oder sogar ... fressen?

Irgendwie war mir gerade nach Jaulen. Aber wie ging das überhaupt? Vielleicht hörte mich ja Becca. Hätte sie dann nicht wieder Angst? Ich war nun mal jetzt ein Wolf. Das ließ sich nicht so eben beiseite wischen.

Fuck. Meine Gefühle überschlugen sich und die Gedanken sprangen jede Sekunde in andere Richtungen. Ich verspürte Trauer gegenüber Becca, war wütend auf die Qädro und Gibsar, verwirrt wegen Lanker ... Edward, enttäuscht von Danny, eingeschüchtert von Bran, verunsichert von Sylvio.

Es waren alles negative Gefühle, die in meinem Kopf ein Wettrennen gegeneinander veranstalteten. Traurig ließ ich den Kopf hängen. Ich fühlte mich schuldig. Ich hatte alle enttäuscht. Und das, obwohl ich doch nur leben wollte, ohne Angst, ohne Veränderung, ohne zu sterben. Und alle drei Komponenten waren jetzt ein tragender Bestandteil dessen geworden.

Die Lust, zu heulen wurde noch größer. Ich konnte es kaum unterdrücken, also stieg ich auf einen abgeholzten Baumstamm und ließ meine Gefühle einfach raus. Als Mensch hätte ich geschrien, doch als Wolf verließ ein ganz anderer Laut meine Kehle. Das einzig Menschliche war das Sprechen, mehr nicht.

Ein langgezogenes Heulen ertönte im Wald. Es war mein Heulen. Ich hätte niemals geglaubt, durch meine Gefühle solch einen schönen und melodischen Laut erzeugen zu können. Es war wie ein Bild, das sich in mir aufbaute; als würde man mit einem Pinsel einen farbigen Schleier in den weißen Wald malen. Es war zwar ein verwaschener Schleier, doch mit einer Farbe, die zum braunweißen eingeschneiten Wald passte. Und obwohl mein erster Gedanke war, dadurch das perfekte Bild zu verunstalten, schien es diesen Ort optimal zu ergänzen. Als gehörte es einfach hierher.

Beim Jaulen schien jeglicher Ballast schlagartig abzufallen. Alle negativen Emotionen schienen mit dem Heulen im Wald zu verschwinden. Die Wut auf Danny, die Qädro und mich.

Ein erstaunliches Gefühl der Erleichterung und Freude schien durch meinen Körper zu strömen, sodass ich begann, so langgezogen zu heulen, dass es einem merkwürdigen Gesang ähnelte. Und tatsächlich bewirkte es etwas: Erleichterung. Natürlich konnte ich nicht mal eben vergessen, was geschehen war, die Gefahr, Liebe, Freundschaft, Schmerz. Doch auf seltsame Weise fühlte sich das Heulen wie ein Cut an, ein neuer Lebensabschnitt. Vielleicht würde morgen ja sogar alles anders werden.

Ich versank so sehr darin, dass es mir anfangs gar nicht auffiel. Träumte ich noch und hatte mir das eben eingebildet? Eine unerwartete Überraschung. Mein Fokus lag so stark auf mir selbst, dass ich damit nicht gerechnet hatte. Es macht mich ironischerweise sogar glücklich. Anfangs wäre ich vielleicht weggerannt, doch hier und jetzt als Wolf war ich mutiger.

Ein anderer Wolf hatte geantwortet. Das war doch nicht möglich. Ich dachte, in der Natur konnte ich allein sein. Niemand sollte mich in diesem Zustand sehen, weder Wolf, noch Mensch. Und auch wenn ich ihn nicht verstanden hatte, antwortete ich nach einigen Sekunden fast schon instinktiv mit einem weiteren Jaulen.

War das alles echt kein Traum? Passierte es in der Realität oder fand es in meinem Kopf statt? Jemand sollte nicht auf diese Weise mit einem Wolf kommunizieren, oder? Aber auch wenn es sich surreal anfühlte, schien es richtig zu sein und das Normalste, was gerade möglich war. Wenn das gerade wirklich wie ein Traum in einem fremden Körper war: Warum nicht weiter träumen?

Ein weiteres Heulen folgte und ich antwortete wieder. Danach blieb es still.

Vielleicht hatte ich mir doch nur alles eingebildet. Die ganze Situation war so unwahrscheinlich, dass sie für mich gar nicht zu greifen war. Der Moment war real, auch wenn er sich wie in einem Traum anfühlte. Die Art von Traum, in dem man all das tun konnte, was man wollte. Ohne Regeln, ohne Grenzen. Doch meine Gedanken wurde jäh durch das Rascheln eines naheliegenden Gebüschs unterbrochen. Vielleicht der Wind?

Ich legte mich hin und wartete hoffnungsvoll auf eine Antwort, doch es kam keine. Vielleicht hatte ich aber auch einfach etwas Falsches gesagt. Bei einer Sprache, die ich nicht verstand, konnte so etwas leicht vorkommen. Über die Kommunikation von Wölfen hatte ich mir bis zum heutigen Tag noch nie Gedanken gemacht. Vielleicht hatte ich ihn beschimpft oder verscheucht.

Das Rascheln wurde lauter und meine Augen begannen, diesen Punkt zu fixieren. Das war definitiv nicht mehr der Wind. Das musste ein Tier sein.

Aus den Schatten stieg langsam ein schneeweißer Wolf. Er war kaum zu übersehen bei dem hellen Leuchten seines weißen Fells. Seine klaren, blauen Augen fixierten mich, während er sich langsam näherte. Auch wenn ich nicht hätte wissen können, ob es ein Rüde oder ein weiblicher Wolf war, wusste ich es irgendwie doch. Die Bewegungen waren so sanft und geschmeidig, wie es kein Rüde geschafft hätte. Es war eine Fähe, eine Wölfin. Ihr Fell, das im Mondschein noch weißer leuchtete, als es normalerweise sein konnte, schien absolut makellos. Ihre perfekt geformte Schnauze rundete das Bild ab.

Ich lächelte und sah nach oben, um mich von etwas zu überzeugen, das jedes Klischee nur bestätigt hätte. *Ha! Wohl doch nicht der perfekte Zufall.* Es war zwar kein Vollmond, doch der Himmel gab die Sicht auf einen beinahe komplett gefüllten Mond und unzählige Sterne frei.

Während ich die Fähe nicht weiter aus den Augen ließ, stand ich auf und näherte mich ihr langsam und zögernd. Mir war klar, dass sie garantiert die Flucht ergreifen würde, wenn sie begriff, dass vor ihr kein reines Tier stand, sondern ein Mensch, der nicht recht wusste, was er tun sollte. Doch nichts geschah. Sie näherte sich weiterhin und verschwand auch dann nicht, als sie in meine Augen sah. Die Wölfin kam sogar bis auf wenige Zentimeter heran. Ihr Kopf näherte sich und sie schnupperte zögernd an meiner Schnauze.

Das kenne ich! In der Schule hatte ich als Kind gelernt, dass Hunde und Wölfe sich nicht nur anhand der Optik, sondern auch am Geruch erkannten. Außerdem war dies Teil der Begrüßung.

Nach kurzem Schnüffeln kam sie weiter auf mich zu und stellte sich direkt neben mich. Ich wusste nicht, was ich tun oder wie ich genau reagieren sollte. Die Situation wirkte auf mich extrem überfordernd, sodass ich regungslos dastand und sie agieren ließ. Es war leichter, auf etwas zu reagieren, als selbst aus eigenem Antrieb tätig zu werden, wenn man nicht wusste, wie man sich verhalten sollte. Sie lehnte sich an mich und rieb an meiner Seite.

Mein Fell stellte sich beim Kontakt mit der Fähe auf. Als Mensch wäre ich sicherlich rot angelaufen. Die Berührung kitzelte und ich fühlte mich tatsächlich ein wenig entspannter und weniger nervös als zuvor. Ich kannte diese Wölfin zwar nicht, hatte aber weder Angst, noch Sorge. Irgendwie wusste ich, sie würde mich nicht verletzen. Von wem sonst konnte ich so viel über Wölfe lernen, wie von den Tieren selbst? Dieser hier war kein Mitglied irgendeines Clans. Es war ein normaler, richtiger Wolf. Einer, wie ich ihn noch nie in freier Wildbahn hatte sehen können und vor denen ich in der Vergangenheit schon immer großen Respekt gehabt hatte. Wölfe waren stark, Rudeltiere, kümmerten sich umeinander und lebten in der Natur die Freiheit, die wir Menschen längst nicht mehr spüren konnten.

Vielleicht war es nicht das passende Wort, um es zu beschreiben – und es fühlte sich in diesem Moment auch falsch an, daran zu denken –, doch ich konnte eindeutig sagen, dass die Fähe mit mir *kuschelte*. Es war ein unbeschreibliches Gefühl. Körperliche Nähe war für mich sowieso noch nie ein Thema gewesen und nun stand ich da, mit einem richtigen Wolf, und *kuschelte* mit ihm! Einerseits gefiel es mir, doch andererseits sorgte es bei meinem menschlichen Part für Unruhe. Unabhängig von Becca: Was tat ich da? Ich war ein Mensch und sollte *auf keinen Fall* mit einem Tier kuscheln, das sich möglicherweise mit mir … paaren wollte? Mein Fell sträubte sich wieder auf. Daran wollte ich nicht einmal denken. Doch so sehr mein menschliches Sein sich gegen diese Situation zu wehren schien, so sehr genoss es der Wolf. Vielleicht war dies die Möglichkeit, ehrliche Zuneigung auf die Weise zu bekommen, wie ich sie nie hatte erwarten dürfen. Mein Wolf wollte einfach Liebe und Aufmerksamkeit. Und wenn er sie jetzt bekam, wollte ich mich nicht dagegen wehren. Es gefiel mir irgendwie ja schließlich auch.

Also gab ich dem Drang nach und reagierte. Mein Körper drückte sich zögernd an die Seite der Fähe. Er kribbelte stärker, es fühlte sich aber erstaunlich gut und beruhigend an.

Wir kuschelten eine Weile, bis ich mich schlussendlich hinlegte. Die Erschöpfung war noch genauso stark wie vor einigen Stunden. Selbst als Wolf war man wohl nicht unbesiegbar. Man musste sich genauso erholen, wie als Mensch. Das war ein Nachteil, den ich in Kauf nehmen konnte.

Die Fähe musste mitbekommen haben, dass es mir gerade nicht gut ging, denn sie legte sich direkt neben mich und leckte sanft über meine Ohren. Ihre Zunge fühlte sich kratzig an, ein wenig wie die einer Katze. Doch hinter dem Ohr … Das war eine angenehme Stelle. Also genoss ich es so lange, wie es andauerte.

Nach kurzer Zeit – glaubte ich zumindest – versenkte sie ihren Kopf in meinem Fell und kuschelte weiter. Mein Zeitgefühl schien in dieser atemberaubenden Situation komplett verloren zu gehen. Nur war mir das gerade einfach egal. Ich war so glücklich, dass ich als Wolf für einen Moment all die Dinge vergessen konnte, die mich belasteten. Warum nicht einfach hierbleiben und dem ganzen Irrsinn entgehen? Klar, das war nicht möglich. Aber zumindest ein schöner Gedanke.

Mein Blick traf den der Wölfin und wir schauten uns tief in die Augen. In mir sah sie vermutlich einen Wolf wie jeden anderen, auch wenn ich keiner war. Ich musste ihr das unbedingt noch klarmachen, nur wusste ich nicht, wie. Dann kam mir eine Idee, die in meinem Kopf mehr nach Verzweiflung als nach einem guten Plan aussah.

Für einen Moment zuckte ich weg und offenbarte der Fähe mein Zeichen am Hals, das man unter dem Fell schwer erkennen konnte. Ich wollte es nicht so rabiat machen und mich vor ihren Augen in einen Menschen verwandeln. Dann würde sie unnötig Angst bekommen oder mich angreifen. Und das wollte ich vermeiden.

Anstatt irgendwie zurückzuweichen, wie ich es erhofft hatte, blickte die Wölfin auf mein Mal und leckte darüber. Es kitzelte so sehr, dass ich den Kopf zur Seite drückte, damit sie mich dort nicht weiter ableckte.

Zum Glück konnte ich mich anscheinend nur zurückverwandeln, wenn ich mir selbst mit den beiden längsten Krallen über die Stelle am Hals strich. Durch andere Einflüsse gelang das wohl nicht, warum auch immer. Sonst würde ich hier plötzlich als nackter Mensch neben einem wilden Tier liegen. Eine abstruse Vorstellung.

Erneut *kuschelte* sie mit mir. Länger, ausgiebiger und intensiver. Ich genoss jeden Moment und wäre so gerne liegengeblieben, doch ich konnte nicht. Ich wollte dableiben, aber ich musste zurück nach Hause. Diese Situation war so schön und so falsch. Sie durfte nicht weitergehen.

Ich stand auf, doch meine Beine knickten sofort wieder ein, sodass ich nicht einen Meter hätte laufen können. Vielleicht waren sie eingeschlafen oder einfach noch zu schwach. Mein Körper konnte wirklich eine Pause vertragen. Ich hatte ja nicht einmal geschlafen und war einfach nur ausgelaugt. Mein Kopf sank eauf die Pfoten, da ich jetzt nicht wusste, was ich tun sollte. Als Wolf konnte ich gerade weder aufstehen, noch wegrennen. Und mich in diesem Moment in einen Menschen zurückzuverwandeln, war keine Alternative. Das musste ich mir wieder und wieder klarmachen. Ich wollte kein Risiko eingehen.

Doch kaum war ich in meine Gedanken vertieft, holte die Wölfin mich direkt wieder in diese Welt zurück, indem sie mich erneut zärtlich hinter den Ohren leckte. Die Fähe musste wohl mitbekommen haben, wie sehr es mir gefiel, dort liebkost zu werden.

Verdammt! Ich muss weg!, dachte meine menschliche Seite in einem klaren Moment. *Was mache ich hier? Das kann ich nicht machen, ich bin ein Mensch!*

Meine wölfische Seite hätte sowieso nicht gehen wollen. Sie schien den Moment eher zu genießen. Es war zum Haare ausreißen. Jetzt stritt ich schon mit mir selbst. Was hielt mich denn davon ab, einfach da zu bleiben und zu warten, bis es richtig hell wurde?

Ich seufzte. »Becca«, flüsterte ich nachdenklich vor mich hin. Wenn ich ihr nicht begegnet wäre, würde mich nichts davon abhalten, einfach wegzugehen. Doch ich war ihr nun mal begegnet ... und ein Idiot. Ein einziges Treffen und schon verliebte ich mich in jemanden, den ich nach all den Jahren doch kaum noch kannte.

Die Wölfin hörte auf, mich abzulecken, blieb aber weiter neben mir liegen. Sie versuchte, in meine Augen zu sehen, doch ich wich ihrem Blick aus. Jetzt dachte ich an Becca; und zwar noch mehr, als zuvor. Der Moment in Salbrun war wieder völlig präsent. Ich war doch in den Wald gekommen, um mich zu beruhigen. Stattdessen bebten mein Herz und Körper im Takt. Ich hätte mich nur entspannen können, wenn ich innerlich nicht so aufgewühlt gewesen wäre.

Ich musste wirklich weg, bevor ich wahnsinnig wurde, doch mein Körper versagte mir den Dienst. Mehr als einen verzweifelten Blick zu Boden bekam ich nicht hin. Irgendwie glaubte ich nicht daran, dass die Fähe hier ein Qädro, Gibsar oder Pernoy war. Es war eine normale Wölfin. Genauso, wie ich gerade ein normaler Wolf war, der menschliche Gedanken hatte. Wären die jetzt weg, würde wohl endlich etwas Druck von mir abfallen. Ich würde nicht die ganze Zeit Becca im Hinterkopf haben, wenn ein anderer Wolf mit mir Zeit verbrachte. Vielleicht würde es auf Sex herauslaufen. Das wollte ich mir gar nicht erst vorstellen.

Trotzdem mochte ich die Fähe. Mit ihrem Blick schien sie zu verstehen, was in mir vorging. Aber ein Tier konnte nicht begreifen, was ein Mensch fühlte. Wölfe waren einfacher gestrickt und dachten nicht derart komplex. War vielleicht auch besser, da sie sonst verstehen würden, dass man ihnen an vielen Orten der Welt keinen Platz geben wollte und man sich immer noch nicht darüber einig war, wie mit der Rückkehr der Wölfe in die heimischen Wälder verfahren werden sollte.

Die Augen der Fähe strahlten eine solche Selbstsicherheit aus, eine solche Freude. Dagegen waren meine wahrscheinlich traurig und selbstzweifelnd. Ja, das traf es sicherlich ganz gut. Selbstzweifel waren ein tragender Teil meiner Persönlichkeit.

Mit einem Kopfschütteln versuchte ich, alle verwirrenden Gedanken zu verbannen und eine klare Entscheidung zu treffen. Seufzend versenkte ich meinen Kopf im Fell der Fähe. Es war so unglaublich weich und geschmeidig, weicher als jedes Kopfkissen. Auf ihm konnte man sicher gut einschlafen, wenn meine Gedanken mich nur lassen würden.

Nachdenklich drehte ich mich auf den Rücken, sodass mein felliger Bauch frei lag.

Die Fähe ließ sich dieses unbeabsichtigte Angebot nicht entgehen und kuschelte sich direkt hinein. Dabei war sie derart forsch, dass ich direkt erschrak und nach Luft schnappte. Das war wohl dieses ›Kampfkuscheln‹, was man immer mal gehört hatte. Einerseits war sie bei den Berührungen unfassbar liebevoll, andererseits wusste ich nicht, ob ich mich dabei unwohl fühlen oder diesen Moment einfach genießen sollte. Außerdem konnte ich nachvollziehen, wie sich Becca gefühlt haben musste, als ich auf ihr lag; bedrängt und eingesperrt, obwohl ich ihr – genau wie die Wölfin mir – nicht wehtun wollte.

Nach einigen Sekunden wurde die Luft knapper und ich röchelte kurz, was die Fähe zu verstehen schien und von mir herunterstieg. Ich atmete tief ein und sie legte sich neben mich, ihren Kopf auf meiner Brust ruhend.

Ich legte den Kopf zurück und blickte in Richtung Mond. Er war beinahe komplett ausgefüllt und ich konnte einige dunkle Flecken auf ihm erkennen. Wie war es wohl dort oben, weg von der Welt und ihren Problemen? Könnte Leben dort irgendwann möglich sein? Wäre es umsetzbar, diesem Ort hier für immer zu entfliehen?

Anscheinend war es mehr als offensichtlich, dass ich nachdachte, sodass die Wölfin mir zärtlich über den Hals leckte. Wollte sie mich wirklich ablenken? Und das immer wieder und auf solch eine stumpfe Weise? Vielleicht war das sogar ihr Plan, denn so fing sie meine Aufmerksamkeit direkt ein und ich rieb meine Nase an ihrer.

Meine menschliche Seite hatte es inzwischen aufgegeben, irgendetwas zu sagen. Sie überließ der wölfischen beinahe vollkommen das Ruder und sorgte lediglich dafür, dass es nicht zu ernst wurde oder außer Kontrolle geriet. Wenn ich nur nicht so eifersüchtig auf mich selbst wäre. Anscheinend schlugen nun doch zwei Herzen in meiner Brust. Gespaltene Persönlichkeit, Wolf und Mensch in einer Person. Psychotherapeuten würden sich garantiert über diesen Fund freuen.

Während ich meinen Hals anzog, um dort nicht weiter abgeleckt zu werden, fuhr die Wölfin mit dem Gesicht fort. Sie war beinahe wie ein Hund, der verzweifelt um Aufmerksamkeit bettelte. Fast schon nervig, wenn ich als Mensch damit zu kämpfen gehabt hätte. Doch als Wolf schien es komplett anders zu sein. Ein Moment, den ich tatsächlich genießen konnte, auch wenn mir jede Sekunde bewusster wurde, dass es Zeit wurde, zu gehen.

Ich versuchte das sogar immer wieder, doch es schien aussichtslos. Ich war kraftlos, konnte mich kaum bewegen. Der Wolf in mir wollte sich auch gar nicht mehr gegen diese Situation wehren, sondern forderte mich förmlich dazu auf, mich fallen zu lassen und einfach zu entspannen. Aber das konnte und wollte ich einfach nicht. Die Fähe hatte erstaunlich schnell erkannt, wie man mich dazu brachte, das zu tun, was man wollte. Man durfte mir keine Wahl lassen. So war es doch bei jedem anderen Menschen auch, oder? Wenn einem keine Wahl gelassen wurde, musste man das tun, was verlangt wurde, ob es einem gefiel oder nicht.

Das Lecken an den Lefzen hörte nicht auf, sodass ich meinen Kopf zur Seite drehte. Es war ja süß, nur gerade einfach nicht das, was ein Teil von mir wollte.

Es war feucht, warm und irgendwie auch kratzig wie eine Hundezunge. Wichtiger fand ich es, darauf zu achten, die Schnauze geschlossen zu halten. Es sollte nicht ausarten. Das konnte ich einfach nicht zulassen, doch egal, wo sie mich ableckte: Es gefiel mir ...

Für einen Moment hielt ich vollkommen still. Weniger, um der Fähe die Möglichkeit zu geben, mich komplett an der Schnauze abzulecken, als um Energie zu sammeln. Ich musste hier einfach weg! Noch ein paar Minuten und es würde das geschehen, wogegen sich meine Psyche die ganze Zeit sträubte. Ich wollte den Gedanken nicht in Worte fassen. Es war ein schöner, wenn ich doch nur ein vollkommener Wolf gewesen wäre, doch das war ich einfach nicht. Punkt!

Unterm Strich war ich ja auch das, was in den Sagen immer wieder als Werwolf bezeichnet wurde. Bei dem Gedanken daran kam mir aber sofort das Bild in den Kopf, wie ein Mensch in Wolfsgestalt durch die Wälder hetzte, jaulte, Blut auf dem Fell hatte und jeden angriff, der ihm über den Weg lief. Das war einfach so unfassbar weit weg von der Realität. Die Vorstellung, dass drei Clans gegeneinander kämpften, war wesentlich erträglicher als der Gedanke, dass sich Werwölfe gegenseitig mit ihren scharfen Krallen niedermähten. Nein, so war es zum Glück nicht. Nur waren wir, abgesehen von der menschlichen Diplomatie, wirklich so weit davon entfernt? Außerdem: Wenn man den Horrorgeschichten Glauben schenken durfte, hatten sich Werwölfe keine Sekunde unter Kontrolle, waren einfach in einem Blutrausch, unfähig, Gefühle außer Hass, Hunger und Blutdurst zu empfinden. Am nächsten Tag wachten sie dann seelenruhig als Menschen auf, um festzustellen, dass die halbe Nachbarschaft zerfetzt worden war. Nein danke, darauf verzichtete ich gerne. Wenn ich je ein Werwolf in dieser Art wäre, würde ich mir selbst bereitwillig eine silberne Klinge ins Herz jagen. Und damit hatten wir künstliche Melodramatik erschaffen. *Gut gemacht, Lloyd. Ich bin stolz auf dich.*

Ein Biss auf die Zunge war meine Belohnung. Inzwischen war meine wölfische Seite auch alles andere als begeistert davon, dass die Fähe nicht aufhörte, mein Gesicht abzulecken. Der Wolf hatte wohl Vorstellungen, die ich selbst leider nicht teilte. Ich versuchte ein letztes Mal, eine Pfote zu befreien, doch wieder legte sie genau in diesem Moment einen Teil ihres Körpers darauf ab. Diese Wölfin war viel zu intelligent, um auch nur eine Sekunde *nicht* zu beachten, was ich tat. War das Instinkt oder schien sie zu spüren, dass ich fliehen wollte? Selbst meine menschliche Seite begann allmählich, Gefallen an ihr zu finden. Ich hätte einfach nie für möglich gehalten, wie intelligent diese Tiere sein konnten.

Allmählich wuchs aber der Drang, zu fliehen und ich konnte einen Teil meines Körpers durch geschicktes Winden und einen hohen Kraftaufwand dann doch befreien. Erleichtert seufzte ich auf.

Plötzlich fuhr der Kopf der Fähe nach oben, gefolgt von ihrem restlichen Körper und sie schnüffelte stark. Ein Schuss war gefallen. Ein Gewehrschuss.

- *12* -

Verwirrt hob ich den Kopf und sah, wie am Gebüsch ein Mann stand und ein Gewehr nachzuladen schien. Er hatte anscheinend keinen von uns getroffen, aber wer wusste, wie lange unser Glück anhalten würde? Vielleicht war das lediglich ein Warnschuss gewesen, um uns zu vertreiben. Wenn er nur gewusst hätte, dass das nicht so leicht ging. Wir waren schließlich halbe Wölfe. Uns musste man anders davon überzeugen, diesen Ort zu verlassen. Wobei Flucht in der aktuellen Situation gar nicht so übel klang. Nach der gestrigen Situation konnte ich es ihm nicht einmal übelnehmen. Die Gibsar hatten sicher ganz schön gewütet und es war nachvollziehbar, dass sich die Menschen an uns rächen wollten. Moment! Die Menschen? An uns? Ich war doch selbst einer! Seit wann unterschied ich hier?

Die Fähe knurrte. Sie wollte den Mann nicht angreifen, sondern ihm anscheinend die Chance geben, von selbst zu fliehen, ehe er eine weitere Kugel auf uns abfeuern konnte.

Er hätte diesen Rat befolgen sollen, denn einem wütenden Wolf, der nicht angreifen wollte, konnte man leichter entkommen, als zwei, die ihm nachsetzten. Wobei ... Doch nur einer, ich konnte ja kaum aufstehen. Der Fremde jedoch ließ mit seinem Gewehr nicht von der Fähe ab. Er strahlte nicht gerade den blinden Hass aus, den man hätte erwarten können. Eher wirkte er verzweifelt. Sein ganzer Körper zitterte spürbar. Er hatte wohl Angst vor Wölfen. Und trotzdem stellte er sich gegen sie, um sie umzubringen? Das war nicht mal mutig. Eher dumm.

»Ihr Mistviecher!«, brüllte der Mann wütend. »Ihr habt meine Frau getötet! Scheiße! Ich hasse euch! Und wenn ich euch alle einzeln töten muss!« Seine Stimme bebte bei den Worten. Er hatte anscheinend nichts mehr zu verlieren und setzte alles auf eine Karte. Dass er selbst dabei sterben könnte, schien er in Kauf zu nehmen.

Doch in dem Moment übernahm der Wolf in mir die Kontrolle. Einen Augenblick später stand ich auf meinen Beinen und knurrte in Richtung des Fremden. Die Überraschung darüber, doch noch so viel Kraft zu haben, wurde schnell von Wut überschattet. Er sollte verschwinden, solange er die Möglichkeit dazu hatte. Ich wusste nicht, wie lange die Wölfin ruhig blieb.

Plötzlich setzte wieder jenes menschliche Denken ein, das sofort mein Handeln hinterfragte. Ich wollte ihn nicht töten. Er war ein Individuum wie ich. Auf eine traurige Weise verstand ich sein Schicksal sogar. Ihm war das Wichtigste genommen worden und jetzt hatte er nichts mehr zu verlieren. Der Mann war unberechenbar und mit einer Waffe auch sehr gefährlich. Sein Finger zuckte am Abzug und er bewegte das Gewehr hektisch zwischen der Wölfin und mir hin und her.

Aus dem Knurren der Fähe war inzwischen ein wildes Zähnefletschen geworden. Der Mann schien trotz ihrer Warnung nicht gehen zu wollen, wurde jedoch unsicherer und zitterte stärker. Das bedeutete, dass er vorhatte, uns umzubringen, auch wenn ich mir nicht sicher war, ob er das wirklich fertigbrachte. Er hätte auf die Wölfin hören sollen.

Ihr Zähnefletschen verebbte schlagartig. Im selben Moment stürzte sich die Fähe auf den Mann, der mehrmals in Todesangst abfeuerte, dabei aber an ihr vorbeischoss. Eine Kugel schlug unmittelbar neben mir in den Boden ein. Die zweite streifte meine rechte Vorderpfote.

Ehe ich mich versah, setzte der Schmerz ein. Ich jaulte auf und der Jäger setzte mit seinem Todesschrei mit ein. Doch seiner endete früher als meiner. Er wurde zu einem verzerrten, gurgelnden Würgen, gefolgt von einem Schnaufen und dem Geräusch seines leblosen Körpers, der nach hinten umfiel. Die Wölfin hatte ihm einfach die Kehle herausgerissen. Einfach so. Ohne mit der Wimper zu zucken. Das über den Boden spritzende Blut war eine Sache, der Anblick des Mannes eine andere. Den konnte ich nicht ertragen. Schnell wandte ich mich ab und würgte.

Der Boden, wo der Mann gestanden hatte, war blutrot. Das Blut lief einige Zentimeter in meine Richtung, ehe es im Boden versickerte. An den Bäumen und Büschen waren rote Flecken. Es sah mehr nach einem Gemetzel aus als nach einem stillen, heimlichen Tod. Und ehrlich gesagt hatte ich noch nie einen Tod selbst erlebt. Und vor allem keinen solchen!

Die Wölfin schmatzte, als sie das Fleisch in ihrem Maul herauswürgte, um es nicht zu fressen. Es hörte sich widerwärtig an. Der Würgereiz war kaum zu unterdrücken.

Und dann wandte sie sich auch noch mir zu. Ihre warmen Augen wirkten in diesem Moment eiskalt, von ihrer Schnauze tropfte Blut, vermischt mit Speichel. Auf ihrem weißen Fell waren viele rote Stellen, die im schwach gewordenen Mondlicht schimmerten. Ihre Zähne waren ebenfalls blutverschmiert.

Langsam ging sie auf mich zu. Ich wusste, sie würde mich nicht töten wollen. Sie würde vermutlich dort weitermachen, wo wir aufgehört hatten. Doch dieser Moment war für mich endgültig vorbei! Ich wollte weg, sofort! Das musste augenblicklich aufhören!

»Verschwinde!!!«, drohte ich. Kaum zu glauben, dass meine Stimme endlich zurückgekehrt war, doch ich wollte alles tun, damit sie sich mir nicht mehr näherte. Dieses Monster hatte einfach einen unschuldigen Mann umgebracht! Verdammt, sie war ein wildes Tier!

Die Fähe schritt näher auf mich zu, die Lust entfacht in ihren Augen. Doch mich interessierte nicht mehr, was sie wollte.

»Hau ab! Geh weg!«, drohte ich erneut, doch mit einer sehr großen Unsicherheit. Sie würde nicht einfach so gehen. Sie würde mich nicht verstehen, egal, was ich sagte. Verwunderlich war nur, dass es sie nicht beeindruckte, dass ich eine menschliche Stimme hatte und nicht irgendwie knurrte oder heulte. Kein verwunderter Blick, kein wütendes Knurren, nichts. Lediglich ihr Blick und ihre Pfoten, die sie Schritt für Schritt voreinander setzte.

Ich wandte mich ab und versuchte, mit meiner letzten verbleibenden Kraft, die Flucht zu ergreifen. Doch als ich sie aus den Augen verloren hatte, setzte plötzlich ein pochender Schmerz ein. Die Zähne der Wölfin bohrten sich in das Fleisch meines Schwanzes und ich brach mitten in der Drehung schmerzerfüllt ab.

In diesem Moment begriff ich, dass Flucht das letzte Mittel war, das mir gerade blieb und ich alles tun musste, um sofort hier weg zu kommen. Als plötzliche Reaktion auf den einsetzenden Schmerz trat ich mit der Hinterpfote und deren ausgefahrenen Krallen so heftig zu, wie ich konnte.

Auch wenn ich ihre Reaktion nicht sehen konnte, hörte ich ihr Jaulen. Der Druck um meinen Schwanz ließ augenblicklich nach. Diese Gelegenheit nutzte ich geistesgegenwärtig zur Flucht. Ich wollte einfach nur weg, weg von dem Toten, weg von der verrückten Wölfin! Weder sah ich zurück, noch verlangsamte ich meine Geschwindigkeit. Scheiße, ich wollte nicht sterben und dieses verdammte Monster sich an mir vergehen lassen.

Nach einigen Minuten des verzweifelten und schmerzerfüllten Rennens, das schon nach wenigen Metern eher ein Humpeln, als ein Rennen war, erreichte ich das ausgestorbene Salbrun. Versteckt in einer Ecke rieb ich mir – ungeachtet der Kälte – die Stelle am Hals und stand Sekunden später als Mensch aufrecht hinter einer Hauswand versteckt.

Hektisch hechtete ich zurück zu meiner Wohnung und griff unter die Fußmatte. Zum Glück hatte ich an den Ersatzschlüssel gedacht. Meine Kleidung und den Hauptschlüssel musste ich irgendwann aus dem Wald bergen, ehe alles eingeschneit war.

Und dann schoss mir die eben erlebte Szene wieder in den Kopf. Diese Fähe hatte den Mann tatsächlich getötet, jemanden, der nichts mehr zu verlieren gehabt und mit Sicherheit nicht den Tod verdient hatte. Momentan hasste ich Wölfe, hasste die Qädro, hasste mich selbst.

Meine Hände zitterten vor Kälte und Angst – was auch immer davon gerade überwog – so stark, dass ich den Schlüssel kaum ins Schloss bekam. Mit der anderen Hand versuchte ich, sie ruhig zu halten, um zumindest meine Wohnung betreten zu können. Ich musste mich beeilen. Wer wusste schon, ob die Wölfin mich nicht doch noch finden würde? Nur hier war ich wirklich sicher.

Kaum war die Tür geöffnet, schlug ich sie direkt hinter mir wieder zu. Das Gefühl, etwas zwischen diesem Monstrum und mir zu haben, verschaffte mir ein wenig Erleichterung, sodass ich aufseufzte und kurz die Augen schloss. Zum Glück war die Situation für mich so glimpflich ausgegangen.

Und dennoch beschlich mich dieses starke Gefühl, immer noch beobachtet zu werden. Zum Teufel mit meiner Paranoia. Mich konnte niemand mehr sehen. Trotzdem sah ich in jedem Zimmer nach, schloss überall die Fenster, ließ die Rollläden herunter und knipste alle Lichter an. Erst dann zog ich die Klamotten aus dem Schlafzimmerschrank an und ließ mich erleichtert aufs Sofa sinken.

Hier war niemand, nicht einmal die Qädro, die in meinem Haus ein- und ausgingen, wie sie gerade wollten. Keiner außer mir. Und das war auch gut so. Ich fühlte mich, als wäre ich der letzte Bewohner der Welt, einer Welt voll von Wölfen. Über kurz oder lang würde ich ihnen nicht entkommen können.

Mit einigen gezielten Atemzügen versuchte ich, mich zu beruhigen. Wenn ich jetzt nicht die Kontrolle behielt, würde ich sicher irgendwann noch wahnsinnig werden. Ich hatte gerade gesehen, wie Wölfe Menschen töteten. Es war einfach furchtbar gewesen. Die Fähe hätte ihm doch nicht gleich die Kehle herausreißen müssen. So viel Blut, so viel Leid. Und dann dieses widerliche Gurgeln, als er trotz durchgebissener Kehle nach Luft geschnappt hatte.

Was hatte ich mir nur dabei gedacht, in den Wald zu gehen? War es wirklich die richtige Entscheidung gewesen? Ja, das Jaulen war toll gewesen. Nun gab es neue Konsequenzen, mit denen ich weder leben konnte, noch wollte, auch wenn es nicht meine Schuld gewesen war. Aber jedes Mal, wenn ich mir etwas vornahm, brach die Hölle über mir zusammen. Wie konnte ich denn so noch vor die Tür gehen, ohne Angst haben zu müssen, dass wieder etwas passierte, das alles einfach durcheinanderwarf oder sogar zu sterben, wenn ich nur den kleinsten Fehler machte?

Mann! Ich verstrickte mich in meinen eigenen Gedanken. Das hatte ich mir doch schon durch den Kopf gehen lassen. Noch einmal darüber nachzudenken, würde auch nichts bringen.

Wütend warf ich mein Sweatshirt auf das andere Ende der Couch und begutachtete meinen rechten Arm.

Beinahe hatte ich vergessen, dass mich der Schuss des Jägers dort gestreift hatte. Glück im Unglück. Eine rote Schürfwunde zog sich von meinem Handrücken bis zur Pulsader im Ellenbogen. Es war ein riesiger Zufall, dass sie nicht verletzt worden war. Mein Zustand war davor ja schon kritisch gewesen. Bei einer solchen Wunde wäre ich vermutlich im Wald gestorben und hätte es gar nicht mehr hierher zurückgeschafft. Im Wald hätte ich mich auch nicht selbst versorgen oder eine Blutung stoppen können.

Im Bad ließ ich mir Wasser über die Wunde laufen, um sie auszuwaschen. Es tat zwar weh, doch ich musste sie unbedingt säubern, um einer Infektion vorzubeugen. Währenddessen kramte ich aus meinem Verbandskasten unter dem Waschbecken eine Mullbinde heraus. Das sollte erst einmal reichen. So schnell würde ich mich definitiv nicht mehr leichtsinnig in Gefahr begeben.

Ich stellte das Wasser ab und setzte mich in der Küche an den Esstisch, in der linken Hand hielt ich einen Verband. Es war wirklich eine Kunst, ihn um die verwundete Stelle zu bekommen. Irgendwie klappte es aber doch. Erst dann kam ich auf die Idee, vielleicht doch besser zu duschen.

Lloyd, du bist aber auch einfach zu blöd!

Genervt wickelte ich den Verband wieder ab und ließ ihn auf dem Küchentisch liegen, während ich ins Bad ging. Inzwischen war es schon beinahe zu einem Ritual geworden, mein Gesicht im Badspiegel zu betrachten, wenn ich es betrat. Es war dreckig, meine Augen müde. Die Haut wirkte spröde und allgemein sah ich ziemlich abgekämpft aus. Während ich in meine Augen sah, glaubte ich, den Wolf darin erkennen zu können.

Den Wolf? Unsinn, der Wolf war schließlich immer noch ich, oder? Keine neu entstandene Persönlichkeit, die sich verzweifelt einen Weg aus mir herauskämpfen wollte.

Mit nassen Händen befreite ich mein Gesicht vom gröbsten Dreck. Den nervösen Ausdruck in meinen Augen konnte ich jedoch nicht loswerden. Den Eindruck, dass durch sie ein Wolf sehen konnte, der nur darauf wartete, sein neu entstandenes Leben in mir auskosten zu können.

»Hmpf.« Was für ein Unsinn. Ich war ich. Da gab es niemanden, der mich dazu brachte, zum Wolf zu werden, wenn ich es nicht selbst wollte. Und jetzt als Mensch zu duschen, war meine Entscheidung und nicht seine.

Im Vorbeigehen erhaschte ich einen Blick auf den Kalender, der im Flur hing. Jeder Seite, die einen Monat darstellte, wurde durch einen Spruch untermalt. Für den Dezember stand folgendes: ›Du darfst dich nie verlieren. Du wirst dich sonst nicht wiederfinden.‹

Wenn der Verfasser dieses Spruchs nur gewusst hätte, wie Recht er damit gerade hatte. Klar, ich gab nicht auf und kämpfte. Selbst vorhin bei der Fähe. Noch besaß ich zu jeder Zeit die Kontrolle über mich. Aber wie lange? Im Wald hatte ich immer wieder das Gefühl, meinen Körper nicht auf die Weise kontrollieren zu können, wie ich es wollte.

Ich lächelte, doch es wurde von einem Gähnen unterbrochen. Dabei war es gerade erst Morgen geworden und die Sonne ging auf. Na toll. Eine weitere Nacht ohne Schlaf.

Obwohl die Rollläden heruntergelassen waren, spürte ich die Strahlen der Sonne auf meiner Haut, die sich durch die schmalen Schlitze ihren Weg in meine Wohnung bahnten. Sie waren warm und kitzelten.

Erneut gähnte ich und ließ den Rollladen wieder hochfahren. Vor nicht einmal einer Woche hatte ich noch ein ganz normales Leben führen können. Und obwohl ich sie immer so gehasst hatte, sehnte ich mich gerade nach diesen Momenten zurück, wie ich mich auf der Arbeit über die Versicherungsakten beschwert hatte oder mit Danny etwas trinken gegangen war. Wobei, eine Sache war damals nicht besser gewesen. Becca war noch nicht in mein Leben getreten. Das war das Einzige, was ich bereut hätte, doch die Zeit ließ sich nicht mehr zurückdrehen. Ich war ich und ich war hier.

Mein Blick huschte über die Wanduhr, dessen Zeiger seelenruhig und unbeirrt von Ziffer zu Ziffer sprang. Wenigstens eine Sache, die gerade eine Konstante war. Die Zeit. Kurz vor sieben. Um acht Uhr begann die Arbeit. Lanker – Edward meinte ja, es wäre besser, dort zu sein, als allein zu Hause. Obwohl ich mir ungern vorschreiben ließ, was das Beste für mich war, erschien sein Vorschlag plausibel genug, um ihn umzusetzen.

Hoffentlich hatte auch niemand bemerkt, dass ich heute Nacht doch das Haus verlassen und auf eigene Faust ein eigenes ›Abenteuer‹ erlebt hatte. Ich wollte den Qädro nicht erklären, was passiert war. Ich wusste es ja selbst kaum. Okay, kurze Bestandsaufnahme: Ich hatte mit einer Wölfin beinahe Sex gehabt. Der Mann, der ansonsten uns erschossen hätte, war tot. Und wir hatten … *gekuschelt*. Bei dem Gedanken bekam ich Gänsehaut. An mehr wollte ich mich auch gar nicht mehr erinnern.

Geistesabwesend blickte ich aus dem Fenster ins Freie. Egal, wohin ich sah, überall lag Schnee. Garantiert ein Paradies für die Gibsar, aber nicht für mich. Ich hasste es, zu frieren und Zeit draußen in der Kälte verbringen zu müssen, die einem nichts brachte. Wenn ich etwas mit Schnee und Eis assoziierte, dann war es der sichere Kältetod. Gar nicht so unwahrscheinlich, wenn man bedachte, wie oft ich aktuell in dünner oder komplett ohne Kleidung durch den Wald gerannt war.

Mit einer Mischung aus Hautcreme und Abdeckstift gelang es mir dann wieder, mein Wolfstattoo zu verbergen. Und wie erwartet fühlte sich dieser Prozess mit jedem Mal unnötiger an, sodass ich es am liebsten komplett gelassen hätte. Es funktionierte auch nur halbwegs und deckte das Symbol so spärlich ab, dass es jetzt aussah, als hätte ich ein ernst zu nehmendes Hautleiden. Dafür waren Hautcremes und Pickelstifte wohl einfach nicht ausgelegt.

Dann nahm ich mir die Zeit, richtig zu frühstücken, obwohl ich das sonst immer ausgelassen und belegte Brote zur Arbeit mitgenommen hatte. Solange es möglich war, wollte ich mich wenigstens ein bisschen wie ein normaler Mensch fühlen. Zumindest so lange, bis ich am Arbeitsplatz war. Dort würde ich von Edward schnell genug auf den Boden der Tatsachen zurückgeholt werden. Vielleicht war er aber gerade auch einer der Wenigen, bei dem ich wusste, dass sie es nicht auf mich abgesehen hatten. Wem konnte ich denn außer den Qädro sonst noch vertrauen? Vielleicht Becca? Und wenn sie auch einem dieser Clans angehörte und ich es nur nicht wusste?

Mit einem Tastendruck auf mein Küchenradio hallte erst kurz ein Rauschen und dann die Stimme des Sprechers durch die Küche. Vielleicht konnte mich das ein wenig ablenken.

Was machte ich mir denn für Illusionen? Ich würde die nächsten Tage im Radio absolut *nichts* Normales mehr hören. Die Gibsar hatten Menschen getötet. Die Unruhe und Stille in der Stadt waren wie unsichtbare Nebelschwaden, die selbst bis in meine Wohnung vorgedrungen waren. Immerhin würde so auf makabre Weise den Medien nicht langweilig werden. Wäre ja nicht das erste Mal, dass ein furchtbares Thema für die Quoten zum Leid Aller ausgeschlachtet wurde. Es ließ sich nicht vermeiden, den Tod mehrerer Personen zu vertuschen, vor allem in einer Kleinstadt, wo es auch jeder sehen konnte.

Anscheinend hatte ich wohl genau den richtigen Moment erwischt. Im Radio lief gerade ein fröhliches Lied. Na immerhin. Eigentlich sollte es mich überraschen, dass gerade nicht darüber berichtet wurde, dass Menschen – heute Nacht sogar einer mehr – gestorben waren. Vielleicht wollten die Medien das auch nur vertuschen. Egal, was es war; es machte mich ein wenig glücklicher.

Ich tunkte meinen Löffel in die Schüssel und schob die ersten Cornflakes in den Mund.

Es war zu viel passiert, was sich nicht mehr vertuschen ließ und auch zu viel, wovon niemals jemand erfahren durfte. Die Qädro und die Bevölkerung Salbruns waren ernsthaft in Gefahr geraten, da die Gibsar offensiv gehandelt hatten. Salbrun würde möglicherweise nie mehr die friedliche Stadt werden, die sie einmal gewesen war.

Wenn ich jetzt zur Arbeit ging, war dann alles wieder normal? War es überhaupt möglich, Edward so ins Gesicht zu sehen, wie es noch vor einigen Tagen möglich gewesen war? Vielleicht war ja sogar Danny da. Wobei ... das wäre nicht klug. Hier waren viel zu viele Menschen und wir konnten uns wahrscheinlich nicht unter die Augen treten, ohne dass er mich töten wollte. Und dann würde sich Edward mehr als nur verbal einmischen. Ich hätte nie gedacht, dass ich ihm gegenüber solch ein Gefühl hatte, doch es bestand kein Zweifel: Ich hatte Angst vor Danny. Weniger vor der Tatsache, dass er ein Gibsar war, als vor der Tatsache, dass er mich belogen hatte und meinen Tod ohne Skrupel in Kauf genommen hätte. Ich konnte und wollte ihm das nicht verzeihen. Er hatte einfach mein Vertrauen missbraucht. Einem Fremden wäre ich vermutlich niemals so weit gefolgt. Wobei, doch. Dem Qädro war ich damals auch gefolgt. Vielleicht war ich einfach zu naiv und blöd gewesen, immer wieder in dieselbe Falle zu tappen. Wenn ich die freie Wahl zwischen Gibsar, Qädro und Pernoy gehabt hätte ... ich wäre zu den Pernoy gegangen. Bei den anderen Clans war es zu persönlich. Diesem Druck konnte ich nicht standhalten. Aber hätte ich stattdessen lieber gegen Edward und Danny gekämpft?

Ich aß auf, räumte ab und blieb dann vor meiner Küchenschublade stehen. War es angesichts der Lage klug, ein Messer mitzunehmen, um mich verteidigen zu können? Nicht, dass es mir bis jetzt viel genutzt hätte, nur so würde ich mich zumindest ein bisschen zuversichtlicher und weniger hilflos fühlen. Vielleicht war es irgendwann doch die richtige Zeit, mich damit zu verteidigen, wenn ich mich als Wolf nicht wehren konnte und so einen Angreifer kurzfristig abschütteln konnte. War ich schon so verzweifelt, zu einem Messer greifen zu müssen, um nicht zu sterben?

Mit einem Griff in die Schublade zog ich ein Fleischmesser heraus, das ich irgendwann mit einer Sammelpunkte-Aktion des örtlichen Discounters bekommen hatte. Irgendwie fühlte ich mich damit nicht sicherer. Aber was war auch meine Erwartungshaltung? Ein Messer aus Silber vielleicht? »Genau. Am besten für Werwölfe und Vampire.« War der Gedanke absurd? War ich denn das, was man als Werwolf bezeichnete oder ein normaler Mensch, dem man eine Gabe aufgezwungen hatte, die mir im Alltag nichts brachte und ich mein Leben lieber danach ausrichten wollte, sie nicht nutzen zu müssen?

Geistesabwesend fiel mir auf, dass meine Finger über das Smartphone gewandert waren und der Link zu einem silbernen Messer geöffnet war. Anscheinend waren meine Gedanken so präsent gewesen, dass ich es wirklich in Erwägung gezogen hatte, so etwas zu kaufen.

»Scheiß drauf.« Ich versetzte mein Handy in die Tastensperre und betrachtete das Fleischmesser in meiner Hand. Immerhin war es scharf. War bei dem Preis, den es angeblich wert gewesen sein sollte, aber auch zu erwarten. Jetzt stellte sich nur noch die Frage, wohin damit. Im Rucksack war es vermutlich gut aufgehoben. Wobei, vielleicht doch lieber nah am Körper?

Nachdem ich in meine Schuhe geschlüpft war, versteckte ich das Messer in einer Socke. Doch vorher schützte ich die Klinge und mich mit dem Klingenschutz des Messers. Ich hätte nicht gedacht, dass es sich auszahlen würde, ihn wirklich zu behalten, nachdem ich ihn immer wieder wegwerfen wollte.

Mit der Jacke und dem Schlüssel in der Hand fühlte ich mich plötzlich sehr unwohl dabei, eine Waffe so nah am Körper zu tragen. Natürlich hoffte ich, sie nicht benutzen zu müssen. Doch so konnte es einfach nicht weitergehen. Zu solchen Maßnahmen greifen zu müssen, war ja schon ziemlich drastisch. Aber welcher normale Mensch musste auch um sein Leben bangen, wenn er das Haus verließ? Ich musste unbedingt den Anführer der Qädro finden und ihn fragen, was es mit all dem auf sich hatte. Es gab so viel, was ich wissen musste. Wieso gerade ich? Wieso tat die Verwandlung am Anfang weh, dann nicht mehr? Waren wir Werwölfe? Konnte man uns mit Silber töten? Konnte man uns überhaupt töten? Na ja, wenn ich bedachte, wie verletzt ich war, vermutlich schon. Ich hätte schon längst zum Arzt gehen sollen, nur wie erklärte man all diese Verletzungen? Hatten die Qädro vielleicht einen Arzt in ihren Reihen, der meine Wunden versorgen konnte?

Bevor ich das Haus verließ, warf ich einen Blick auf mein Smartphone. Vielleicht wartete da ja eine Nachricht von Edward, dass ich doch daheim bleiben konnte.

Ein Nachrichtensymbol wurde tatsächlich angezeigt. Es war eine, aber weder von ihm, noch von Sylvio oder Danny, sondern von Becca.

Verwundert rief ich sie auf, obwohl ich schon wusste, worum es gehen würde.

- 13 -

Becca ...

Sofort kamen die Erinnerungen an gestern wieder hoch. Sobald ich an Becca dachte, dachte ich auch an diese Fähe, die so liebevoll zu mir gewesen war, wie niemand zuvor. Und dabei war es vermutlich nicht einmal Becca. Fuck. Das war keine 24 Stunden her. So viel konnte doch an einem einzigen Tag nicht passieren, oder?

Egal, wie oft ich versuchte, die beiden zu trennen; es funktionierte nicht. Ein verzweifeltes Grinsen kam mir über die Lippen.

»Lloyd«, hallte Beccas Stimme blechern im Anrufbeantworter. Sie hörte sich ziemlich traurig an. Ich hatte das Gefühl, ihr das Herz gebrochen zu haben. »Wir müssen unbedingt reden. Ich komme morgen Abend zu dir nach Hause. Bitte sei da.« Mit diesen Worten endete die Nachricht. *Bitte sei da.* Es hatte wie ein Flehen geklungen. Ich konnte eindeutig hören, wie nahe Becca den Tränen gewesen sein musste.

Mit einem heftigen Kopfschütteln versuchte ich, mich auf den Boden der Tatsachen zurückzubringen. Becca ... und die Fähe. Verdammt! Ich musste jetzt unbedingt meine Laune heben. Der Anruf hatte mich gerade völlig aus der Bahn geworfen. Das durfte so nicht bleiben, wenn ich mich gleich auf den Weg zur Arbeit machte.

Mein Blick fiel auf die Uhr des Smartphones. Ich hatte noch mehr als genügend Zeit, also nahm ich sie mir, um ausgiebig Zähne zu putzen und mit dem Handy auf YouTube ein Video anzusehen.

Tatsächlich! Der Humor der stumpfen Sketch-Videos ließ mich für ein paar Momente diese furchtbare Zeit vergessen und ich fühlte mich ein wenig besser. Es hatte also doch etwas gebracht.

Ich blieb noch eine Weile mit geschlossenen Augen bei ruhiger Musik sitzen und verließ dann das Haus.

Der Anblick der Straße ließ mich die kurzfristige Fröhlichkeit vergessen. So tot Salbrun vorhin noch gewesen war, so lebendig schien es nun. Eltern zogen ihre Kinder an den Armen hinterher, niemand ging mehr allein durch die Straßen. Der Schnee war an manchen Stellen mit Blut bedeckt. Aber immerhin war kein Toter mehr zu sehen. Sie waren wohl alle schon weggebracht worden.

Auf der gegenüberliegenden Straßenseite stand eine Frau, ihren leeren, glasigen Blick auf den Weg gerichtet, ehe ihr ohne eine emotionale Regung eine Träne die Wange hinunterlief. Das war der verkrampfteste Ausdruck von Trauer und leid, den ich je gesehen hatte.

Die Menschen hier taten mir so unendlich leid. Eigentlich war es meine Schuld, dass diese Leute tot oder schwer verletzt waren. Ich hatte, um mein Leben zu retten, das anderer in Gefahr gebracht. Das war nicht mehr einfach nur dumm gewesen. Das war egoistisch und scheiße.

Nach einem kurzen Ruckeln startete der Motor meines Wagens. Glücklicherweise war er trotz der Kälte nicht ausgefallen. Wenigstens etwas Positives an diesem Tag.

Während ich mich schleichend durch die Stadt kämpfte, entschied ich mich dazu, einen Umweg zu fahren, um zu meinem Arbeitsplatz zu gelangen. Menschen – und vor allem trauernde – konnte ich gerade einfach nicht gebrauchen. Meine Schuldgefühle waren sowieso schon groß genug.

Leider kam ich so aber auch nicht darum herum, den Wald der Gibsar zu sehen, der tagsüber noch lebloser wirkte als nachts. Instinktiv drückte ich das Gaspedal durch, um schneller an diesem Ort vorbeizukommen.

Nach einer weiteren Straße stand ich dann vor dem riesigen Versicherungsgebäude. Ich parkte und stieg aus. Ich kam heute sogar pünktlich, auch wenn mir klar war, dass viel Arbeit auf mich zukommen würde.

Vor dem Gebäude standen einige Leute, die sich um die Eingangstür drängten wie bei einem Supermarkt, der in wenigen Minuten öffnete. Sie fluchten und drückten, doch vor den Türen standen Wachleute, die alle entschieden zurückwiesen. Edward hatte wohl rechtzeitig daran gedacht, den Sicherheitsdienst zu postieren. Es würde genügend Leute geben, die sich Einlass erzwingen wollten, um den Todesfall zu erwähnen. Das ergab aber nicht einmal Sinn. War die Kundenhotline ausgefallen oder waren manche Menschen so verzweifelt, dass sie persönlich den Todesfall melden wollten, um sicher zu gehen, dass die Versicherung auch zahlte? Makaber. Das erste, woran ich denken würde, wäre die Beerdigung des Toten und nicht, wie ich an das Geld der Versicherung kam.

Tief ein- und ausatmen. Ein so soziophobes Individuum wie ich musste sich jetzt durch eine solche Menge an Menschen kämpfen? Na geil. Doch da es sich nicht vermeiden ließ, schritt ich unbeirrt in Richtung der Eingangstür. Die Sicherheitsleute kannten mich und würden mich ohne zu zögern hineinlassen.

Mitten im Laufen wurde ich am Arm gepackt. Eine hysterische Frau zog mich zu sich heran, mich dabei beinahe anbrüllend, um sich Gehör zu verschaffen. »Sind Sie auch hier, um reinzukommen?! Wir müssen rein! Es sind Menschen gestorben und die Hotline funktioniert nicht!«

Sichtlich irritiert schüttelte ich den Kopf. »Es tut mir leid. Ich bin nur einer der Mitarbeiter.«

Ein Lächeln kam über die Lippen der Frau, deren Haar in zerzausten Strähnen bis zu den Schultern hing. Ihr trauriges, rot angelaufenes Gesicht schien kurz hoffnungsvoll aufzuschimmern. »Dann können Sie mich doch mit reinnehmen.«

Ich verengte meine Lippen zu einem Schlitz. So sehr ich auch verstand, warum sie hineinwollte, konnte ich dem einfach nicht nachkommen. Zum einen war es unfair gegenüber allen anderen Leuten, die draußen warteten und außerdem hatte es sicherlich einen Grund, dass gerade niemand hineingelassen wurde. »Ich befürchte, ich darf Sie nicht mit hineinnehmen«, erklärte ich. Keine Ahnung, ob ich so etwas durfte, aber aus diesem Grund standen wohl die Wachmänner auch draußen. Sie hätten sich um die Frau kümmern müssen.

»Bitte«, flehte sie. »Ich war mit meinem Sohn Felix einkaufen und da wurden wir von den Wölfen angegriffen. Sie haben sich auf ihn gestürzt und ... « Ihre Stimme war immer bebender und weinerlicher geworden. Bei den letzten Worten gab sie laute Schluchzer von sich und weinte.

Es war ja nicht so, dass ich nicht verstand, wie es ihr ging und wie wichtig es ihr schien, hineingelassen zu werden. Zu gerne hätte ich ihr auch geholfen. Und wieder war das Bild im Kopf, wie ich als Wolf durch die Stadt gerannt war und die Aufmerksamkeit der Gibsar auf all die unschuldigen Menschen gelenkt hatte. Es war meine Schuld.

Während die Frau sich mit einem Taschentuch die Tränen wegwischte, bemühte ich mich, Fassung zu bewahren. »Es tut mir leid um Ihren Sohn. Ich kann lediglich versuchen, sie hereinzubringen. Versprechen kann ich nichts.«

Die Frau hob den Kopf. Sie strahlte übers ganze Gesicht. »Wirklich?«, fragte sie erst ungläubig, bis sie es realisierte. »Danke, danke, danke!«

Irgendwie war ich ihr das schuldig. Das war das Mindeste, was ich in der aktuellen Lage für sie tun konnte. Zwar hatten auch die anderen Personen ein Familienmitglied zu betrauern, doch diese Frau tat mir besonders leid. Ich konnte sie nicht einfach draußen im Schnee stehen lassen.

Bei den Wachleuten angelangt, quetschte ich mich mit der Frau durch die Menschen. Ich wurde ohne Widerworte durchgelassen, als ich meinen Mitarbeiterausweis zeigte und deutlich machte, dass die Frau zu mir gehörte. Von den anderen erntete ich dafür zwar wütende Blicke, doch ich ignorierte sie, bis wir um die Ecke zum Fahrstuhl bogen. Und dann fuhr die fremde Frau direkt mit ihrer Erzählung fort. Nicht, dass es mich nicht interessiert hätte, doch ich wusste gut genug, was an diesem Tag passiert war.

»Sie hätten sehen sollen, wie die Wölfe meinen Felix angefallen haben. Erst waren sie weit weg, aber Felix hat angefangen, zu schreien. Er ist weggerannt, doch sie haben ihn überholt und sich auf ihn gestürzt. Er war ... komplett zerfetzt.« Erneut weinte die Frau und ich stand wie ein begossener Pudel neben ihr, da ich nicht wusste, wie man auf eine solche Situation reagieren sollte. Das war zu viel soziale Interaktion für mich. Diese ganze Szene war einfach ... unangenehm.

Und was würde passieren, wenn sie bei Edward war? Er würde sie ja nicht gleich wieder rauswerfen, nur konnte er ihr anders helfen, als diese ›Akte‹, diesen ›Fall‹, genauso zu bearbeiten, wie alle anderen, die morgens auf unseren Tischen lagen?

Immerhin fiel ihr nicht auf, dass ich verletzt war. Dann war das doch besser zu verstecken als gedacht.

»Waren Sie gestern auch draußen?«, erkundigte sie sich, während ich den Knopf für die oberste Etage drückte und die Türen sich langsam schlossen.

Natürlich! Ich war der Wolf gewesen, wegen dem dein Sohn gestorben ist! Das darf ich dir nur leider nicht sagen.

»Nein«, log ich. »Ich habe ferngesehen.«

Die Frau seufzte erleichtert. »Dann hatten wenigstens Sie Glück.« Wieder begann sie, zu schluchzen, und erneut setzte bei mir diese hilflose Schockstarre ein. Ich gab es auf, sie trösten zu wollen. »Aber – Wie haben Sie sich am Handgelenk verletzt?«, hakte sie weiter nach.

Daran hatte ich gar nicht mehr gedacht. Schnell zog ich den Pullover über die Stelle. »Das war ein Unfall beim Kochen.« *Toll, Lloyd. Beste Lüge überhaupt!* »Ich habe zwei linke Hände. Da kann das schon mal passieren.«

»Okay.«

Ich war erleichtert, als sich die Türen öffneten und ich ins große Büro eintreten konnte.

Es ging sehr hektisch zu. Überall rannten meine Kollegen herum, tippten energisch und telefonierten aufgeregt. Die Akten auf jedem Tisch stapelten sich mehrere Zentimeter hoch.

Mir war gar nicht bewusst, wie *viele* Menschen überhaupt gestorben waren. Hatte es halb Salbrun erwischt?

Edwards Büro stand weit offen, sodass man erkennen konnte, dass er buchstäblich mit dem Telefon kämpfte. Sobald er aufgelegt hatte, rief sofort jemand Neues an, bei dem er sich notierte, was geschehen war und dann das Gespräch beendete. Doch es hörte einfach nicht auf.

Wütend schlug er den Hörer nach dem letzten Telefonat auf die Halterung und rief aus dem Büro: »Jessica! Leite alle Anrufe an die Zentrale um. Die sollen nur an mich verbinden, wenn es wirklich dringend ist!«

Während Jessica, unsere Empfangsdame, auf den Tasten ihres Telefons herumtippte, warf sich Edward eine Brausetablette in ein Wasserglas. Garantiert etwas gegen Kopfschmerzen.

Dann erst sah er mich und winkte mich heran. Ich hatte plötzlich das ungute Gefühl, dass ich nicht hätte kommen dürfen oder gerade fehl am Platz war.

»Lloyd!«, rief er erleichtert aus. »Gott sei Dank sind Sie da.« Edward achtete in dieser Situation tatsächlich noch darauf, dass er mich wieder höflich ansprach? Wow, der Mann wusste, was er tat.

»Herr Lanker. Diese Frau ist wegen ihres toten Sohns da«, erklärte ich.

Man konnte förmlich beobachten, wie sein Gesicht bei dieser Aussage einschlief. »Gut. Das dachte ich mir schon. Setzen Sie sich hier hin und erzählen Sie, was passiert ist. Ich nehme Ihren Fall auf. Gehen Sie solange an ihren Arbeitsplatz, Lloyd. Sie haben viel zu tun. Die Akten liegen auf dem Tisch.«

Ich konnte ein Seufzen ebenfalls nicht unterdrücken und schlurfte zu meinem Arbeitsplatz neben dem von Danny. Glücklicherweise war er heute nicht zur Arbeit erschienen. Dann hätten entweder er oder ich diesen Tag nicht mehr lebend überstanden.

Mein Tisch war auch nicht gerade ›versicherungsfreier‹, als der meiner Kollegen. Im Gegenteil. Wollte Edward mir mehr Arbeit geben, um mich von dem abzulenken, was mir widerfahren war?

Während ich nach der ersten Akte griff, ließ ich mich auf den Stuhl fallen. Darin stand leider das, was ich schon wusste und verdrängt hatte. Und in jeder verdammten Akte stand haargenau dasselbe!

Immer wieder haderte ich mit mir, nicht auf ›Copy & Paste‹ zurückzugreifen. Den geschriebenen Text zu kopieren und einzufügen, schien effizienter, als ihn mit abgewandelten Worten mehrfach neu zu schreiben. Doch leider sollten die Akten individuell bearbeitet werden. Normalerweise war das ja in Ordnung, aber heute war so ein Tag, an dem ich das Wort ›individuell‹ wirklich hasste. Das bedeutete mehr Arbeit, als ich mir erhofft hatte.

Und das Schlimmste: Mir fiel einfach auch nichts mehr ein. Ich hatte keine Lösung für diese Fälle. In meinem Kopf drehte sich alles gerade um ganz andere Dinge. Es ging dieses Mal nicht um Becca oder Edward, sondern rein um die Hetzjagd durch Salbrun. Jede Akte erinnerte mich aufs Neue daran. Dann auch noch diese Behauptungen in den Akten lesen zu müssen, dass die Menschen forderten, ausnahmslos alle Wölfe erschießen zu lassen.

Sie wussten, dass einige von ihnen einen einzigen verfolgt hatten, doch wieso, konnten sie sich mit Sicherheit nicht erklären. Gleich alle töten zu lassen, war dumm, aber auch nachvollziehbar.

Ein Arbeitskollege blieb nachdenklich neben mir stehen. Er warf einen Blick auf meine Akte und ich sah fragend zu ihm hoch. Sein Name war Paul, glaubte ich. Wir hatten nie viel miteinander zu tun gehabt. In seiner Hand war eine zusammengerollte Zeitung. Das Tagesblatt von heute.

»Was gibt es?«, erkundigte ich mich.

»Nichts. Hast du schon einmal einen Blick hier reingeworfen?«

»Nein?«

Er warf mir die Zeitung zu, sodass ich deutlich das lesen konnte, was auf der ersten Seite stand: ›Wolfsangriff auf Salbrun. Wölfe – Faszination oder Mordmaschinen?‹

»Dass die Presse das so ausschmückt, dachte ich mir.«

Paul legte die Stirn in Falten. »Dich lässt das ja ziemlich kalt.«

»Nein. Ich hatte von der Presse nur so etwas erwartet.« Ich lächelte zurückhaltend, auch wenn es dazu keinerlei Anlass gab. »Natürlich sind viele Menschen gestorben, doch dass die Presse übertreibt, wissen wir.« Was sagte ich da denn gerade? Wieso reagierte ich so unterkühlt? Einfach, um alle glauben zu lassen, es sei nicht so schlimm? Oder, um von meiner ausweglosen Allgemeinsituation abzulenken? Aber Edward hatte Recht gehabt. Hier fühlte ich mich zumindest sicher ohne Danny, auch wenn es gerade nicht sonderlich angenehm war.

Mein Gegenüber wusste nicht, wie er auf die Aussage reagieren sollte, also schnaufte er kurz und suchte nach Worten, um seinen Unmut zum Ausdruck zu bringen.

Ich nahm sie ihm ab. »Es ist nicht so, dass ich die Leute nicht bedauere. Denkst du, die Polizei wird jetzt Jagd auf Wölfe machen?«

Um Pauls Mundwinkel zuckte es. »Das ist anzunehmen. Wölfe greifen eine Stadt an. So etwas habe ich auch noch nie erlebt. Was für eine kranke Scheiße.«

»Eine Ausnahme?«, fragte ich weiter, obwohl ich die Antwort schon kannte. Die Gibsar, Qädro und Pernoy waren Ausnahmen. Wir waren weder richtige Wölfe, noch richtige Menschen. Wir waren beides je zur Hälfte.

Paul zuckte die Schultern. »Vielleicht.«

In dem Moment öffnete sich die Tür zu Edwards Büro und die Frau schritt mit gesenktem Kopf heraus. Mein Gesprächspartner unterbrach die Konversation sofort und ging direkt weiter, ohne, auch nur ein weiteres Wort zu sagen. Dabei schweifte sein Blick zwischen Edward und der Frau hin und her. Er wollte keinen Ärger bekommen, indem er mit jemandem sprach, während sein

Vorgesetzter das sehen konnte. War die Lage hier so angespannt, dass man sich keine zwei Minuten unterhalten konnte?

Die Frau sah nicht gerade glücklich aus. Anscheinend war nicht das eingetreten, was sie sich erhofft hatte.

»Wie ist es gelaufen?«, fragte ich, als sie an mir vorbeigehen wollte.

Traurig schüttelte sie den Kopf. »Danke für Ihre Hilfe.« Dann drehte sie sich um und rannte zum Fahrstuhl.

Ihr Auftritt hatte im ganzen Büro ein unangenehmes Schweigen ausgelöst. Ich sah ihr kurz nach und blickte in das Büro von Edward. Er lehnte in seinem Stuhl, die Hände über dem Kopf zusammengeschlagen. Als er mich sah, winkte er mich zu sich heran. »Lloyd, kommen Sie mal bitte zu mir?!«

Ich konnte mir schon denken, was er sagen wollte. Obwohl alle Blicke auf mir ruhten, ging ich unbeirrt zu seinem Büro und zog hinter mir die Tür zu. Wenigstens war nun eine Barriere zwischen den Blicken und mir.

Seufzend lehnte sich mein Chef nach vorne und stützte sich auf seinem Schreibtisch ab. Dann griff er zu dem Glas mit der aufgelösten Tablette und trank alles in einem Zug aus. Erleichtert setzte er das Glas ab.

»Was haben Sie der Frau gesagt?«

Edward füllte sein Glas wieder mit Mineralwasser, ehe er antwortete. »Nichts, was ich nicht jeder anderen Person sagen würde. Wir haben gerade nicht die Möglichkeit, zu priorisieren. Viele Tote waren vorher versichert gewesen und jetzt wollen die Angehörigen Geld. Nur so viel ist gerade nicht auf Anhieb verfügbar. Außerdem muss ich das immer noch mit der Buchhaltung abklären.« Dann lehnte er sich nach vorne und blickte mir in die Augen. »Hast du schon einen Blick in die Zeitung geworfen?«

Ich nickte.

»Und auch gelesen?«

»Noch nicht.«

»Dann solltest du das mal machen.«

Was versprach sich Edward davon, wenn ich einen Blick in die Zeitung warf, um mir den meterlangen Bericht über den Wolfsangriff durchzulesen? Dort würde nichts stehen, was ich nicht schon wusste. Die Menschen konnten nicht verstehen, wieso die Wölfe sie angegriffen hatten. Eigentlich wussten sie nichts darüber, was geschehen war, konnten sich lediglich mit dem Ergebnis dieses Angriffs auseinandersetzen und wilde Interpretationsversuche starten, die ja doch alle zu falschen Schlüssen führten. Umso beunruhigender war es jetzt, dass mich Edward dazu aufforderte, genau hinzusehen.

Während ich die Zeitung in die Hand nahm, sah ich den Abschnitt, den er wohl meinte, eingerahmt mit einem gelben Textmarker.

›Am selben Tag wurde im Wald nahe Salbrun eine weitere schreckliche Entdeckung gemacht. Ein Mann mit einem Gewehr lag zerfleischt in einem Gebüsch. Ein Passant hat ihn beim Spazierengehen entdeckt und sofort die Polizei gerufen. Das Gewehr war leer, drei Patronenhülsen wurden gefunden, doch keine Spur von der Leiche des Tieres. Es ist davon auszugehen, dass dieser Mord mit dem Angriff der Wölfe auf Salbrun in Verbindung steht. Die gesicherten Patronen geben uns mehr Aufschluss. Sie bestehen aus Silber. Nun stellt sich die Frage, ob wir es mit normalen Wölfen oder Werwölfen zu tun haben. War dies nur ein Verrückter, der auf kranke Weise Selbstjustiz üben wollte oder haben wir es hier mit Fabelwesen zu tun, die uns allen gefährlich werden können? Die örtlichen Behörden sind dem weiter auf der Spur.‹

»Scheiße!«, kam es instinktiv aus mir heraus. Ich benutzte dieses Wort zwar nicht oft, doch gerade jetzt fiel mir nichts anderes ein. Ich hatte gedacht, dass zumindest die Aktion von heute Nacht ohne Folgen bleiben würde. So wie nichts gerade in meiner Welt, ließ sich auch das nicht verschleiern.

»Ganz genau«, stimmte Edward zu. »Hast du mir etwas zu sagen?«

Ich biss mir auf die Unterlippe. Klar hätte man diesen Jäger irgendwann gefunden, aber ich hatte nicht damit gerechnet, dass das so bald passieren und dann auch auf mich zurückfallen würde. Nur wie erklärte ich ihm die Situation, ohne die Fähe zu erwähnen? Egal, ob Wolfsmensch oder nicht, ich wollte das vorerst geheim halten.

»Du warst noch mal draußen, Lloyd. Obwohl wir gesagt haben, du solltest drinbleiben. Warum hörst du nicht auf uns?«

»Ich – Ich musste einfach raus. Das Ganze einen Moment lang vergessen. Eigentlich wollte ich im Wald nur auf und ab gehen, um nachzudenken.«

»Und dabei hast du den Mann getötet?«

»So war das nicht! Damit habe ich nichts zu tun!«

Edward verschränkte die Arme. Jetzt hatte er mich genau da, wo er mich haben wollte, in die Ecke gedrängt, wie ein ängstliches Tier, das nicht mehr fliehen konnte. »Sondern?«

Na gut. Dann sagte ich eben die Wahrheit. »Ein anderer Wolf.«

»Welcher andere Wolf?«

Edward zog mir jedes Wort aus der Nase. Ich wollte ihm einfach nicht erzählen, was passiert war. Es war nicht seine Angelegenheit. Was ich nachts in einem Wald machte, war doch meine Sache und hatte ihn nicht zu interessieren.

»Keine Ahnung, wer der Wolf war, aber sie hat den Mann getötet. Dabei bin ich weggerannt.«

»Mhmmm.« Edward war anzusehen, dass er mir nicht glaubte. Was hätte ich ihm denn sonst sagen sollen? Die Wahrheit? Ich hatte mir Zuflucht vor der Wirklichkeit bei einem anderen Wolf gesucht.

»Du willst mir nicht sagen, was passiert ist? Ich kann dir ganz genau sagen, was du gemacht hast. Du hast die Nacht bei ihm verbracht.«

Ungläubig riss ich die Augen auf. »Woher weißt du das?!«

»Weil ich das beim ersten Mal auch gemacht habe.« Es zuckte um seine Mundwinkel. Ich war mir nicht sicher, ob er lachen wollte oder einfach nur einen Teil von sich in mir wiedererkannte. Ich hatte Edward noch nie lachen sehen. Und heute würde das auch nicht passieren.

Doch dann wurde er wieder ernst, richtete sich auf und blickte in meine Augen. »Es kann dabei schnell passieren, dass du dich selbst vergisst. Wenn du nicht mehr auf das hörst, was dir deine Gedanken sagen. Wenn das passiert, wirst du ein richtiger Wolf und wirst auch für immer einer bleiben.«

Nachdenklich kaute ich auf der Lippe herum. »Das wäre beinahe passiert.«

»Dann musst du aufpassen, dass das nicht noch einmal vorkommt. Du bist zur Hälfte ein Mensch. Das darfst du nie vergessen.« Seufzend blickte Edward aus dem Fenster. »Die ganzen Leute. Alle tot.«

Ich senkte den Kopf. »Es tut mir leid. Ich hätte nicht in die Stadt rennen dürfen.«

Er warf mir einen abschätzenden, aber verständnisvollen Blick zu. »Es ist nicht deine Schuld. Anders hätten sie dich erwischt. So bist du wenigstens noch am Leben.«

»Doch gerade deswegen sind so viele Leute gestorben.«

»Du musstest das für dein Leben tun. Sieh es ein. Du kannst dir nicht für alles die Schuld geben.« Er stand auf und legte mir freundschaftlich die Hand auf die Schulter.

War mein Leben also mehr wert als das der anderen? War es das, was er mir sagen wollte? Hatte mich der Egoismus dazu getrieben, in die Stadt zu rennen, einfach, um zu überleben? Die Situation war zwar unangenehm, aber ich musste zugeben: Vielleicht hatte Edward recht. Es war nun einmal passiert. Das konnte ich nicht mehr ändern. Ich konnte die Menschen bedauern, vielleicht auch meine Taten bereuen, mehr jedoch nicht.

»Bitte hör nächstes Mal darauf, was die Qädro dir sagen«, riet er mir schlussendlich.

Zustimmend nickte ich andeutungsweise. Dann stellte ich ihm die Frage, die mir auf der Zunge lag. »Kann ich den Anführer kennenlernen?«

»Puuuh.« Edward seufzte, ehe er einen Schluck Wasser nahm. Das war vermutlich weder eine angenehme Frage, noch etwas, das sich so leicht umsetzen ließ. »Das ist nicht so einfach. Ich habe ihn erst ein paar Mal gesehen. Er ist, wie alle anderen auch, jemand aus dieser Stadt, doch selbst als Mensch kommt man nicht an ihn heran. Hohes Tier in der Wirtschaft, weißt du? Und selbst da kommt man als Normalsterblicher wie du und ich nur mit einem wichtigen Anliegen heran.« Nachdenklich legte er den Kopf auf seinen zusammengefalteten Händen ab. »Für dich ist es jetzt das Beste, wenn du misstrauisch gegenüber Fremden bist und nicht jedem bereitwillig folgst. Gefahr kannst du dir gerade nicht leisten. Ich bin mir sicher, dass heute Nacht Sylvio zu dir kommt. Renn bitte wenigstens nicht wieder weg.« Edward schien mich nicht nur zu bitten, sondern eher zu flehen. Es war ihm wirklich ernst, dass mir nichts geschah. Entweder tat er das für die Qädro oder, weil er mich schon als einen Freund ansah und ich ihm etwas bedeutete. Wir kannten uns auf berufliche Weise zwar schon einige Jahre, aber das war für mich noch keine Basis, jemandem so wichtig zu sein, dass man sich Sorgen um ihn machte.

»Was ist mit Danny?«

Edwards Gesicht fror bei dieser Frage förmlich ein. Anscheinend hatte er schon über Danny nachgedacht, war aber noch zu keinem brauchbaren Ergebnis gekommen. »Ich bin froh, dass er heute nicht da ist. Eine Krankmeldung hat er nicht abgegeben und angerufen auch nicht. Vielleicht kommt er die Tage wieder. Er kennt außer dir keinen der Qädro. Und er ist der erste Gibsar, von dem wir mehr wissen als nur einen Namen. Die Clans kennen die Mitglieder der anderen nicht mehr, vor allem nicht diejenigen, die neu dazugekommen sind. Wir wissen nicht, wie sie in Wirklichkeit aussehen. Ich werde darauf Acht geben, dass dir nichts passiert, solange du hier bist. Und für größere Notfälle werden die Qädro dich im Blick behalten.«

»Eine Frage habe ich noch«, fügte ich hinzu. Anderen Leuten wäre ich mit meinen Fragen auf die Nerven gegangen, doch bei den Qädro hoffte ich, dass man Verständnis dafür hatte, dass ich mehr wissen *musste*. Einfach, um zu überleben. Es gab so viele Fragen, die noch unbeantwortet waren. »Sind wir sowas wie Werwölfe? Gefangen zwischen dem menschlichen Körper und dem eines Tieres? Sterben wir durch Silberkugeln, wie es in der Zeitung steht?« Das klang garantiert genauso dumm, wie es sich in meinem Kopf anhörte. Klar war es nur ein Klischee, dass sich Werwölfe durch Silber töten ließen. Außerdem waren wir ja vielleicht gar keine. Dann erübrigte sich diese Frage.

Edward grinste. »Mit dieser Frage bin ich vor vielen Jahren zum Anführer gegangen und habe ihn genau dasselbe gefragt. Wir sind quasi wie eine Art Werwolf, nur *anders*. Wir können uns kontrollieren, während wir Wölfe sind. Auch wenn dieses Wort von so vielen Vorurteilen durchzogen ist, solltest du deine Vorbehalte ablegen. So wie wir zu sein, bedeutet nicht, dass wir Monster sind.«

Monster? Dieses Wort erinnerte mich wieder an den Gedanken, der mir gekommen war, als ich die Fähe im Wald mit den blutüberströmten Lefzen gesehen hatte. Wie sie langsam auf mich zugekommen und zu dem wilden Tier geworden war, das alle immer in den Wölfen sehen wollten.

Edward zog sein Hemd am Hals herunter, sodass ich seinen jaulenden Wolf am Hals sehen konnte. »Wir sind nicht auf die Nacht beschränkt, um ›Werwölfe‹ zu werden. Und wir töten nicht. Weder, weil wir müssen, noch, weil wir wollen. Unser Leben ist vergleichbar mit dem aller Personen. Du hast doch jahrelang auch nichts bei mir geahnt. Einfach, weil ich mich nicht von den anderen Menschen im Alltags- und Arbeitsleben unterscheide.«

Diese Worte schnürten mir die Kehle zu, auch wenn sie erstaunlich viel Sinn ergaben. Dennoch sorgte das Wort ›Werwolf‹ für einen Kloß in meinem Hals. Wer wurde schon gerne als solches Monster bezeichnet? Ich hatte enorme Angst vor diesen Kreaturen. Und nun war ich selbst eine. Das wurde ja immer besser.

Mein Gegenüber bemerkte meinen irritierten, leicht nervösen Gesichtsausdruck und seufzte. »Das mit den Werwölfen ist so eine Sache. Das ist eine Erfindung der Menschen. Man kann das zweiseitig sehen. Einerseits ist jeder, der zur Hälfte ein Mensch und zur anderen ein Wolf ist, ein Werwolf. Allerdings reicht es, wenn du sagst, du seist zur Hälfte einer. Es klingt für dich sicher grausam und abstoßend, wenn du das Wort Werwolf hörst. Du musst es nicht benutzen. Ich tue das auch nicht. Ich sehe mich als ›Vermittler zwischen Tieren und Menschen‹. Das hat mir früher geholfen, zu akzeptieren, was aus mir geworden ist.«

Von dieser Seite hatte ich das noch gar nicht gesehen.

»Und um auf deine Frage mit dem Silber zurückzukommen: Das weiß ich selbst nicht genau. Ich bin nie mit Silber verletzt worden. Ich weiß nicht wirklich, welche Auswirkungen es auf uns hat.«

Dann fiel mir direkt die Wunde am Arm ein. Ich krempelte meinen Pullover nach oben und entblößte sie. Obwohl ich sie heute Morgen mit reichlich Wasser ausgespült hatte, war sie jetzt dunkelrot, feucht und berührungsempfindlich. »Diese Wunde ist von einer silbernen Kugel. Der Mann im Wald hat mit seinem Gewehr auf mich geschossen.«

»Dann sei froh, dass er dich so knapp verfehlt hat. Das sieht interessant aus«, murmelte Edward, als er meinen Arm hielt und mit prüfendem Blick die Wunde untersuchte. Er tastete leicht darauf herum und fragte mich, ob ich Schmerzen hätte. Jedoch spürte ich nur seine kalten Finger, mehr nicht.

Nach einer Weile setzte sich Edward wieder auf seinen Stuhl und zog aus einer Schublade eine Akte heraus. Dann wandte er sich mir zu. »Wie geht es dir eigentlich? Konntest du dich von den Verletzungen der Gibsar erholen?«

Danke für die Erinnerung. Kaum sprach er es an, wurde mir schmerzlich bewusst, dass ich noch verletzt war. Die blauen Flecken auf meinem Oberkörper, die ich in der Dusche ignorieren konnte, kribbelten und drückten. »Vermutlich sollte ich zu einem Arzt. Aber wie erkläre ich, wie es dazu kam? Häusliche Gewalt? Ich wohne allein.«

»Nimm dir einfach Zeit und bring dich nicht weiter in Gefahr. Dann sollten die Verletzungen bald verheilen.« Er wandte sich wieder der Akte zu und blätterte in ihr herum. »Silber. Silber. Wo haben wir es denn?« Er zog eine Seite heraus und las sie sich in Ruhe durch. »Wie ich es mir dachte. Schürfwunden haben anscheinend kaum Einfluss auf den Körper. Das war eine Theorie der Qädro, die nie weiter überprüft wurde.« Er sah in mein Gesicht. »Jeder direkte Treffer wird dich schwerer verletzen als nur eine Blei- oder Stahlkugel.«

Das beunruhigte mich genug, um mit dem Pullover direkt die Wunde zu verdecken. Was wäre, wenn der Mann im Wald mich richtig getroffen hätte? Ein Schuss auf die Pfote und ich hätte sie vielleicht verloren. Und bei der Hauptarterie den ganzen Arm?

Edward schlug die Akte wieder zu. »Das muss ich den anderen Qädro später sagen. Und was dich angeht: Hast du noch eine Frage? Ich werde mein Bestes geben, sie dir ausführlich zu beantworten.«

In Bezug auf Werwölfe gab es wirklich eine letzte Frage, die ich loswerden musste, ehe ich es akzeptieren konnte. Diese Frage hatte mit Becca zu tun. Und obwohl ich die Antwort wusste, blendete ich die kindliche Naivität dahinter aus. Das hier musste ich klar wissen. »Werden Menschen Werwölfe, wenn wir sie beißen oder unser Blut sich mit ihrem vermischt, ohne dass wir sie dabei töten?«

- 14 -

Mit dieser Frage schaffte ich es, Edward ungewollt aus der Fassung zu bringen. Er stand nachdenklich auf und schritt zum Fenster, aus dem er hinunter auf die Straße blickte.

Ich wartete geduldig ab, während er nachdachte. Er sollte genügend Zeit haben, es mir genau zu erklären. Wenn er wirklich etwas wusste, wollte ich ihn nicht mehr unter Druck setzen als notwendig. Hauptsache, ich bekam eine Antwort. Es ging darum, ob Becca ein Werwolf geworden wäre, wenn ich sie in der Stadt gebissen hätte. Würde ich sie denn beißen wollen, damit sie so wurde wie ich? Damit wir unser Leben zusammen verbringen konnten? Fuck, wir hatten uns doch gerade ein Mal getroffen. War ich ein so hoffnungslos verliebter Fall? Vielleicht würde ich sie auch gar nicht beißen. Könnte ich ihr überhaupt wehtun? Außerdem hatte sie mich erkannt. Wenn sie wusste, dass ich ein Wolf war, würde sie überhaupt noch mit mir reden? Würde sie mich vollkommen ignorieren? Würde sie meine Lage verstehen? Würde sie darauf bestehen, dass ich sie biss? Wohl eher nicht. Sie wollte zwar mit mir reden, doch ich würde entweder alles abstreiten oder es ihr beichten. Dann würde sie mit mir vermutlich nie wieder ein Wort reden.

»Ja und nein«, erklärte Edward, während er mit einem Kugelschreiber in der Hand herumspielte. »Wenn du jemals einen Menschen mit der Absicht beißt, damit er so wird, wie du, wird das wahrscheinlich nicht gut gehen. Es wird sich kein Zeichen am Hals bilden. Die Person könnte danach für immer ein Wolf sein. Sie könnte so werden, wie du es gerne hättest. Oder zu einer blutrünstigen Bestie. Versuch es einfach nicht. Es geht nicht gut. Menschliches Blut verträgt sich nicht gut mit wölfischem, wenn es so übertragen wird.«

Was zum ... ? Das war nicht sein Ernst. Ein schlechter Scherz, ganz sicher. Eigentlich hatte ich gehofft, dass er meine Frage klar verneinen konnte. Er sollte es nicht noch schlimmer machen, indem er mir erzählte, dass wir Monster erschaffen konnten. Nicht nur, dass diese Vorstellung furchtbar war, mit diesem Wissen konnte ich einfach gerade nicht umgehen. Das war zu viel.

Edward seufzte traurig. »Auf diese Weise habe ich meine Frau verloren. Ich war schon Qädro, als ich sie kennen lernte. Irgendwann erzählte ich ihr davon und ihre Liebe war so groß, dass sie sich von mir beißen lassen wollte, ungeachtet der Konsequenzen. Und ich biss sie. Erst krümmte sie sich vor Schmerzen, dann verwandelte sie sich. Diesen Anblick werde ich nie vergessen.«

Ich schluckte. Einerseits interessierte es mich, wie die Geschichte weiterging, andererseits wollte ich das genaue Ende gar nicht hören. Das konnte doch alles nicht wahr sein. Was erzählte er mir da?

Mein Gegenüber fuhr fort: »Sie verwandelte sich vor meinen Augen. Sie war wunderschön, als sie als Wolf vor mir stand. Aber sie war nicht mehr dieselbe. Von der Frau, die ich kannte, war nichts mehr zu erkennen. Sie knurrte mich an und sprang verwirrt aus dem Fenster. Danach konnte ich nur noch das Quietschen von Reifen hören. Ich verwandelte mich zurück, rannte ihr sofort hinterher und sah Lisa am Boden liegend im Scheinwerferlicht des Autos. Der Fahrer wendete und fuhr rücksichtslos in die andere Richtung weiter. Mit meinen Armen stützte ich den Oberkörper und hielt ihren Kopf. Ihre Augen funkelten hoffnungsvoll, so leuchtend wie der Mond, der von oben auf uns herunterschien. Für einen Moment erkannte ich meine Lisa wieder. Dann schlossen sich ihre Augen. Ihr Herz hörte auf, zu schlagen.« Edwards Gesicht war inzwischen leichenblass geworden, seine Stimme stark betrübt, beinahe weinerlich. Dieses Mal war ich es, der die Hand auf seine Schultern legte, um ihn zu trösten.

Er lächelte sanft. »Versuche niemals, jemanden zu beißen. Du kannst dir das Leid gar nicht vorstellen.«

Jetzt verstand ich erst, was Edward durchgemacht und wie er sich gefühlt haben musste, seine Liebe zu verlieren. Auf traurige Weise konnte ich ihn sogar ein wenig verstehen. Es war alles einfach so unvorstellbar, unglaublich, fantastisch. Keines dieser Worte konnte es wirklich beschreiben.

Entgegen meiner Erwartung schlug Edwards Laune schlagartig und beinahe verkrampft um. Er ging zum Fenster, öffnete es und stützte sich auf der Fensterbank ab. Die negativen Gefühle, die er mir offenbart hatte, waren wie weggeblasen.

Entfernt konnte ich das Wehen des Windes und das Heulen der Frauen und Kinder wahrnehmen. War das alles auf diesen einen Moment in der Stadt zurückzuführen? Was hatte ich da bloß angerichtet?

»Die Leute werden bald fertig sein mit dem offiziellen Trauern. Danach wird alles wieder mehr oder weniger seinen gewohnten Gang gehen. Ich denke nicht, dass die Wölfe im Wald angegriffen werden. Vermutlich ist jeder jetzt erstmal mit sich selbst beschäftigt.« Er seufzte erneut. »Wenigstens etwas Gutes.« Dann entließ er mich, damit ich mich weiter um meine Versicherungen kümmern konnte.

Ein mulmiges Gefühl beschlich mich, als ich seine Tür öffnete und zu den Mitarbeitern ging, die mich alle erwartungsvoll ansahen. Sie waren wohl überrascht, dass ich so lange bei Edward gewesen war. Gekonnt ignorierte ich ihre Blicke. Ich musste vor niemandem Rechenschaft ablegen. Es war nötig gewesen, dieses Gespräch zu führen. Ich hatte endlich einige Antworten und Anhaltspunkte. Anhand dessen, was ich jetzt wusste, würde ich Becca niemals beißen, auch wenn meine innere Stimme sich etwas anderes wünschte.

Während ich mich setzte, nahm ich ein belegtes Brot von meinem Tisch und biss hinein. Die Süße der Marmelade vertrieb ein wenig das mulmige Gefühl, das meine Speiseröhre bis zur Zunge hinaufgekrochen war.

Nun konnte ich endlich wieder vernünftig arbeiten. Ermutigt nahm ich mir die nächste Versicherung und bearbeitete sie in Rekordgeschwindigkeit. Der eine Bissen hatte meine Laune etwas gehoben. Oder eben die Tatsache, dass ich jetzt einfach mehr über mich und die Umstände meines Lebens wusste.

Ehe ich mich versah, war ich dann auch schon fertig. Es ging schneller, als erwartet. Und das, obwohl es heute keinen Danny gab, der mir unter die Arme hätte greifen können. Er hätte mir sowieso nie mehr geholfen, selbst wenn er noch zur Arbeit erschienen wäre. Ich war erleichtert, dass ich mit ihm nichts mehr zu tun hatte. All die Lügen … meine Freundschaft schamlos ausgenutzt. Nur, um an mich heranzukommen. Er wollte mich alleinig für die Gibsar. Hatte unsere gesamte Freundschaft lediglich diesem einen Zweck gedient? Immerhin war er jetzt weg und so musste ich mich mit dieser Situation nicht auch auseinandersetzen.

Während ich meine Jacke anzog, warf ich einen Blick in das Büro von Edward. Ich hätte mich gerne noch bei ihm für seine freundliche Hilfe bedankt, doch durch die offene Tür war zu erkennen, dass er schon wieder am Telefonhörer hing. Als er sah, dass ich dabei war, das Gebäude zu verlassen, nickte er mir lächelnd zu und widmete sich dann weiter seinem Gespräch. Bedanken konnte ich mich auch noch zu einem anderen Zeitpunkt.

Vor dem Bürogebäude war in der Dämmerung keine Menschenseele mehr zu sehen. Besser so, denn mir war gerade nicht danach, mich noch einmal durch diese aufgebrachte Meute durchkämpfen zu müssen.

Auch wenn die Straßen leergefegt waren, hatte ich das Gefühl, beobachtet zu werden. Ich rechnete das normalerweise meiner leichten Paranoia an, doch anhand der aktuellen Lage war es ja auch nicht unwahrscheinlich, dass man mich verfolgte. Sicher fühlte ich mich nirgendwo mehr so richtig.

Klick. Kaum war der Wagen offen, wurde ich nervöser und sah mich um. Zwischen zwei Hauswänden im Dunkeln vermutete ich das Aufblitzen von zwei gelben, schlitzförmigen Augen. Augenblicklich rieb ich meine eigenen, um sicherzustellen, dass dort wirklich nichts war. So schnell, wie die Augen da gewesen waren, waren sie auch wieder verschwunden. Vielleicht hatte ich sie mir doch nur eingebildet. Bei dem Druck, der gerade auf mir lastete, kam das sicher schon mal vor. Das war nicht ungewöhnlich.

Nachdem ich die Tür geschlossen und das Radio eingeschaltet hatte, ließen der Druck und das unangenehme Gefühl ein wenig nach. Ich ließ den Motor an und legte den Rückwärtsgang ein. Zu Hause würde ich mich garantiert besser fühlen. Das war quasi mein Safe Space.

Die Straßen waren auch endlich wieder belebter. Klang es seltsam, wenn es sich gut anfühlte, an Zebrastreifen zu halten, damit Menschen passieren konnten? So war es doch besser, als wenn die Straßen vollkommen leer waren. Der alte Tagesrhythmus war anscheinend weitestgehend eingekehrt. Vielleicht verlief mein Alltag jetzt auch wieder reibungsloser.

Die Stimme des Radiosprechers drang an mein Ohr, während ich mich hinter den Autos einreihte. Er erzählte von der aktuellen politischen Lage in der Welt, bewarb irgendwelche Produkte und riss unnötige Witze. Doch das interessierte mich reichlich wenig.

Als mich nur noch wenige Meter von der Wohnung trennten, erkannte ich Frau Morrison. Meine ältere Nachbarin stand gerade vor der Tür und goss Blumen, die auf der Fensterbank standen. Ein verkrampftes und geschauspielertes Lächeln kam über meine Lippen, als ich zu ihr ging und die Blumen betrachtete. Aus irgendeinem unerklärlichen Grund beruhigte mich dieses kurze Bild von ›Normalität‹. Vermutlich war es genau das, was ich gerade brauchte und das, was mich zur Ruhe bringen konnte, wenn mein Leben mal wieder aus den Fugen geriet.

»Hallo, Lloyd«, begrüßte sie mich mit einem Lächeln. Auch sie strahlte übers ganze Gesicht. Entweder gab es einen neuen Krimi im Fernsehen oder einer ihrer Verwandten hatte sie besucht. Es lag ganz sicher nicht an den gestrigen Ereignissen.

»Hallo, Frau Morrison.«

»Du siehst verändert aus. Hast du dir jetzt ein paar Tage freigenommen?«

Verändert? Tolle Umschreibung für paranoid, scheiße und zerstört. Ich nickte. Wenigstens versuchte sie, das Positive zu sehen. Da wollte ich diese Illusion nicht zerstören. »Ja. Hat ein wenig geholfen.«

Mit einigen kurzen Bewegungen öffnete ich den Briefkasten. Dieses Mal befand sich kein Brief darin. Zum Glück. Ich wollte nicht sofort wieder einen Dämpfer kriegen, wenn ich mich gerade zumindest kurzzeitig ein wenig besser fühlte.

»Ist kein Brief von Eric dabei?«

»Ich muss doch nicht jeden Tag einen kriegen, oder?« Oh Mist. Klang das zu schroff und unhöflich? Seit dem letzten Aufeinandertreffen wollte ich einfach den Kontakt mit ihr etwas meiden. Sie war so merkwürdig gewesen, dass ich gerade jetzt ein wenig Abstand brauchte.

Nach einer kurzen Verabschiedung ließ ich sie im Flur stehen und zog die Wohnungstür hinter mir zu.

Also, was stand denn heute an? Fernsehen? Auf Sylvio warten? Abendessen? Dann kam mir plötzlich die Erinnerung daran, dass Becca heute Abend noch herkommen wollte. Sie würde mir vermutlich vorhalten, dass sie mich als Wolf gesehen hatte. Ich würde alles abstreiten und sie würde mich hassen. Tolle Aussicht. Oder war das eine zu pessimistische Schlussfolgerung?

Wenn Becca schon kam, dann könnte ich sie doch auch gleich zum Essen einladen. Das war ich ihr sowieso schuldig. Das letzte Menü hatte sie gezahlt. Aus diesem Grund deckte ich den Tisch für zwei Personen.

Ein Blick in den Kühlschrank brachte mich wieder auf den Boden der Tatsachen zurück. Butter, Eier, Wurst, Käse, saure Gurken und Milch. Na klasse. Dann konnte ich Becca nicht einmal etwas zu essen anbieten. Spiegeleier wirkten vermutlich wie eine Rechtfertigung für einen leeren Kühlschrank und ein verzweifeltes Leben.

Vielleicht waren Teelichte ja die bessere Alternative. Ich räumte den Tisch ab und stellte stattdessen zwei Teelichte dort hin. Blaubeere. Ja, ich hatte mal so eine Phase, wo ich mich für Duftkerzen interessierte. Und Blaubeere war tatsächlich interessant gewesen. Ein bisschen Restgeruch haftete sogar noch an ihnen.

Mit einem Feuerzeug zündete ich die Kerzen an und entschied, Spiegeleier für mich selbst zu machen, ehe Becca kam.

Während ich aß, fiel mein Blick auf die Kerzen. Die Flammen der Teelichte faszinierten mich. Wenn ich pustete, tänzelten sie. Man konnte eindeutig sehen, wie lebendig sie waren. Immer wieder strich ich mit der Hand so über die Flammen, dass kurz das Gefühl von Hitze zu spüren war. So vertrieb ich mir die komplette Zeit, in der ich auf Becca wartete. Wusste sie überhaupt, wo ich wohnte? Ich glaubte, irgendwann hatte ich mich ins Telefonbuch eintragen lassen. Das konnte durchaus sein. War rückblickend betrachtet wohl nicht so schlau, da mich auf diese Weise auch die Gibsar finden konnten, wenn Danny es nicht schon gewusst hätte. Oder irgendwann tauchten die Pernoy hier auf.

Die Zeit bot mir die Möglichkeit zu überlegen, was ich Becca sagen sollte. Sollte ich ihr sagen, dass ich der Wolf war, der über ihr gelegen und sie zu Tode geängstigt hatte oder sollte ich alles abstreiten? Beide Möglichkeiten fühlten sich falsch an. Sie erwartete sicherlich Ehrlichkeit von mir und ich wollte sie auch nicht belügen. Das hieß, ich musste ihr sagen, dass ich sie gestern fast verletzt hätte. Na toll. Sie würde mir eine Ohrfeige geben und gehen, ohne, dass ich die Chance hatte, auch nur irgendetwas zu erklären. Nein danke. Allerdings konnte ich es nicht einfach abstreiten. Ich war ein verdammt schlechter Lügner. Sie würde mich sofort enttarnen und dann auch feststellen, dass ich gelogen hatte und doch der Wolf aus der Stadt gewesen war.

Zwei Wege und dasselbe Ergebnis. Becca würde mich hassen.

Also musste ich einfach darauf warten, wie sich die Dinge entwickelten. Vielleicht hatte ich Glück. Es konnte durchaus sein, dass sie gar nicht deswegen hier war. Vielleicht wollte sie mir sagen, dass sie mich auch liebte. Oder es war etwas vollkommen anderes passiert.

Mein Herz schlug bei dem Gedanken schneller. Dann käme ich jedoch wieder in die Situation, dass ich sie beißen müsste, damit sie so wurde, wie ich. So könnte ihre Psyche starken Schaden nehmen, wie die von dieser Lisa. Jedoch *könnte* das passieren. Es war nicht in Stein gemeißelt. Sollte ich das Risiko wirklich eingehen, nur, damit es mir besser ging? Das wäre egoistisch und außerdem würde ich sie auf jeden Fall vorher fragen. Wenn ich jedoch außer Kontrolle geriet und es einfach tat?

Dann war Becca verloren. Und dann war ich verloren.

Rrrriiiiiiinggggggg!!!

Obwohl ich damit gerechnet hatte, zuckte ich zusammen. Die Klingel war in meiner stillen Wohnung viel zu laut. Vermutlich war ich so sehr in Gedanken versunken gewesen, dass ich Raum und Zeit vergessen hatte. Die Wanduhr zeigte schon 20:32 Uhr an.

Ich öffnete die Tür.

»Becca!«, rief ich voll Freude, als ob nicht zu erwarten gewesen war, dass sie es war. Ich bat sie herein und bot ihr eine Umarmung an, die sie aber ablehnte. *Unangenehme Situation Nummer eins. Hoffentlich geht das nicht so weiter.*

Sie zog ihren Mantel aus und hängte ihn an meinen Kleiderhaken an der Tür.

»Wie geht's dir denn?«, fragte ich. Es sah ihr nicht ähnlich, so nachdenklich zu sein, auch wenn ich gut verstehen konnte, wieso. Dennoch setzte mich die Situation unter Druck und machte mich nur noch nervöser, als ich sowieso schon war. Auch wenn sie lächelte, erkannte ich in ihren Augen die Unsicherheit, die ich gespürt hatte, als ich als Wolf über ihr gestanden war.

»Gut«, entgegnete sie kurz.

Das kaufte ich ihr zwar nicht ab, aber ich ersparte mir jegliche Widerworte. Ich wollte sie nicht verärgern. Nicht jetzt.

Wir setzten uns an die gegenüberliegenden Seiten des Tisches. Ein bisschen Smalltalk wie im Café? War das eine gute Idee? Ich hätte nicht erwartet, dass sie so etwas sagte, wie: ›Schönes Haus. Wohnst du etwa allein? Mann, ist deine

Wohnung ungemütlich.‹ Nichts davon geschah. Die ersten Sekunden schwiegen wir uns einfach nur an.

Die Stimmung erdrückte mich. Ich musste etwas dagegen tun, damit sich die Situation entspannte. Beccas triste Stimmung steckte mich an und machte mich noch melancholischer, als ich sowieso schon war. Das musste ich unbedingt verhindern. »Kaffee?«

Es zuckte um Beccas Mundwinkel. Ich vermutete ein Lächeln, war mir aufgrund des Kerzenflackerns jedoch nicht sicher. »Ja, gerne.«

Während ich an ihr vorbeiging, löste sie den Schal, setzte ihre Mütze ab und schüttelte den Kopf, um ihre Haare glattzustreichen. Und was für Haare es waren! Ich hätte so gerne hindurchgestrichen. Aber nein, das durfte ich jetzt nicht.

Mein Verschwinden in der Küche bot Becca die Gelegenheit, sich in Ruhe umzusehen. Nicht, dass ich etwas zu verbergen gehabt hätte. Jeden anderen außer ihr hätte ich hier nie allein gelassen.

Die Kaffeemaschine brauchte ewig, um das Wasser auf Temperatur zu bringen. Ich blickte ins Wohnzimmer, wo ich Becca sah, die sich kaum bewegte. Sie hatte mir den Rücken zugekehrt und sah anscheinend in das Kerzenlicht.

Sie tat mir so leid. Ich nahm die vollen Tassen in die Hände und kam wieder zu ihr. Im zweiten Anlauf brachte ich ihr Zucker und Milch. »Bedien dich«, bot ich ihr an. Ich musste sie unbedingt von dem ablenken, woran sie gerade dachte, was auch immer es war.

Während mein Blick über ihr Gesicht huschte, entdeckte ich einen Kratzer an ihrem Hals. Ein plötzlicher Husten ließ mich den Kaffee verschlucken. Ich betrachtete meine Finger. Die Kratzwunde stammte vielleicht von mir.

Becca ... Die Fähe ... Der Wald ... kuscheln ... Der Jäger ... Silber ... Blut ... tot ... Hass ...

Alles jagte jetzt durch meinen Kopf. Alles, wovon ich gehofft hatte, mich nie wieder daran erinnern zu müssen. War es möglich, dass Becca auch ein Wolf wie ich war? Vielleicht sogar *der* weiße Wolf? Nein, das konnte nicht sein! Das musste eine andere Verletzung sein, ganz sicher.

Ich deutete auf meinen Hals. »Hast du dich hier verletzt?«

Sie lächelte. Ich war mir sicher, dass sie wusste, dass die Verletzung von mir kommen musste. Oder sie hatte sich nur ungeschickt verletzt. Trotzdem hasste ich diese Geheimniskrämerei. Ich konnte offen zu Becca sein, aber nicht *so* offen. Und sie anscheinend mir gegenüber auch nicht.

»Es ist nichts Ernstes. Das kam von einem Pickel. Hat ziemlich gejuckt.«

Ach echt? Noch bevor ich das laut fragen konnte, hielt ich meine vorlaute Klappe. Vielleicht hatte sie ja doch Recht. Ich war in letzter Zeit zu paranoid, um das Wahre vor Augen zu sehen. Becca war eine Person mit Fehlern. Ich musste aufhören mir vorzustellen, dass jeder in der Nähe ein Wolf war. Das würde mich nur verrückt machen. Wenn ich das nicht sowieso schon war. Okay, dann redeten wir lieber über ein anderes Thema. Egal, worum meine Gedanken kreisten, ich kam nicht von dem Thema weg.

»Warst du auch draußen, als gestern Wölfe durch die Stadt rannten und Menschen angegriffen haben?«

Ja, das war sie. Rhetorische Fragen sollte ich mir sparen.

»Nein, ich war zu Hause und habe ferngesehen. Dann bin ich durch das Geschrei aufmerksam geworden und auf den Balkon gerannt.« Becca log fantastisch. Ich wäre beeindruckt gewesen, wenn es nicht so traurig gewesen wäre, dass sie meinte, mich anlügen zu müssen. Hieß das, dass sie die Aussage, dass ich es war, der auf ihr gelegen hatte, gar nicht zur Sprache bringen wollte?

»Ich schon. Wollte ein wenig wegen Weihnachtsgeschenken schauen.« Verdammt! Jetzt log sogar schon ich. Wo sollte das noch hinführen? Könnten wir uns nicht einfach die Wahrheit sagen? »Du hast am Telefon gesagt, du wolltest mit mir reden? Worüber denn?« Nervös kaute ich auf meiner Lippe herum.

»Über dich.«

»Wie meinst du das?«

»Vielleicht hätten wir uns nicht treffen sollen.« Ihre Stimme wurde immer leiser, bis sie beinahe flüsterte.

Ich schluckte. Hasste mich Becca jetzt? »Aber ... wieso? Habe ich was falsch gemacht?«

Sie schüttelte den Kopf. »Du nicht. Es ist in letzter Zeit zu viel passiert.«

Das kannst du laut sagen.

»Ich glaube, ich mag dich mehr, als ich sollte«, gestand sie schließlich.

Mir fiel buchstäblich die Kinnlade runter. Sie mochte mich? Sie liebte mich? Hatte ich vielleicht doch noch eine Chance? So niedergeschlagen, wie sie war, sicher nicht. Das musste ich unbedingt herausfinden.

»Dasselbe Gefühl habe ich auch. Können wir nicht offen darüber reden?«

»Nein.«

»Aber wieso nicht?«

Becca legte ihre Hände auf meine. Ihre waren außergewöhnlich warm, meine sicher eiskalt. Trotzdem schaffte sie es, mich zumindest kurzzeitig zu trösten. Auf eine eigenartige Art und Weise hatten wir uns gerade unsere Liebe gestanden. Trotzdem küssten wir uns nicht, kuschelten nicht oder lächelten uns an. Es war merkwürdig. So, wie Becca wirkte, hatte sie ein Geheimnis. Und sicher *nicht* das Wolfsein. Meine Paranoia machte mich noch wahnsinnig. Ich musste für einen Moment von diesem Wolfstrip runterkommen. In der Welt ging es auch um andere Dinge und ich musste lernen, Menschen wieder zu vertrauen, wenn ich nicht vollkommen allein enden wollte. Becca war verdammt noch mal *kein* Wolf, auch wenn alles dafürsprach. Die Wunde wäre Beweis genug, doch ich glaubte ihr, dass sie nicht von mir stammte.

»Du würdest nicht verstehen, was ich gerade durchmache.«

Ich strich ihr mit den Daumen über den Handrücken. »Vielleicht doch.«

Sie lächelte verlegen, ohne, dabei rot zu werden. »Es hat nichts mit dir zu tun.«

»Wenn es unsere Freundschaft zerstört, dann schon.« Ich merkte, wie nervös ich Becca machte, also lenkte ich sofort ein. »Es tut mir leid. Es geht mich wirklich nichts an.«

Oh Mann! Wieso machst du es uns so schwer?

Becca hielt ihre Hand an meine Wange. »Ich habe für dich Gefühle, die ich nicht haben dürfte.«

Sie liebte mich, aber sie wollte mich nicht lieben? War es das? Dann könnte sie es doch gleich sagen und mir das Herz brechen. Ich war ein hoffnungsloser Fall. Mit dieser Enttäuschung würde ich schon irgendwie klarkommen. Es war ja nichts Neues für mich, allein zu sein.

Ich trank meine Tasse in wenigen Zügen aus. Auch wenn die heiße Flüssigkeit mir sicherlich die halbe Speiseröhre verbrannte, brauchte ich jetzt eine Wärme, die mir Becca nicht geben konnte. Und was sollte ich sagen? Sie hatte mir endgültig die Sprache verschlagen.

»Es tut mir leid, Lloyd.« Becca streichelte kurz meine Wange und ließ dann ab. »Ich habe einen Fehler gemacht.«

»Aber vielleicht kann ich ihn verstehen. Wieso kannst du es mir nicht sagen?«, bettelte ich. Nun war ich Wachs in ihren Händen. Sie hätte alles mit mir machen oder sagen können, doch sie tat es nicht.

Becca schüttelte erneut den Kopf. Es hätte sie eigentlich stören sollen, dass ich die ganze Zeit wieder und wieder nachfragte, doch das tat es anscheinend nicht. Becca stand auf, nahm ihre Mütze und den Schal, die ihre Verletzung verdeckt hatten.

Ich hielt ihren Arm fest. »Bitte geh nicht.« Meine Stimme wurde flehend. Ich wollte von ihr so dringend wissen, was los war, auch wenn sie nicht bereit war, es mir zu sagen. Das war vielleicht meine einzige Chance.

Becca riss sich los. »Ich muss«, entgegnete sie. Dann zog sie sich den Schal und die Mütze an und verließ das Haus. Ich hielt sie nicht auf und sah ihr wortlos hinterher.

Da war jetzt gerade nicht wirklich passiert, oder? So viele Situationen, die ich mir ausgemalt hatte, nur war es doch alles anders gekommen. Ich blieb einfach so sitzen. Ich hätte sie nicht aufhalten können. Ich war in sie verliebt und sie in mich. Aber sie wollte mich nicht lieben. War es meine Schuld? Ich hatte alles versucht, damit sie mich mochte. Und nun wollte sie den Kontakt zu mir ganz abbrechen, nur, weil sie sich in mich verliebt hatte? Sie durfte mich außerdem nicht lieben? Entweder war schon jemand anders ihr fester Freund, von dem sie mir noch nichts erzählt hatte oder sie war dafür nicht bereit dazu.

Was davon zutraf: Keine Ahnung. Aber es tat schrecklich weh, dass sie auf diese Weise von mir davonlief. Ich hätte mit der Wahrheit, was auch immer sie war, umgehen können. Wenn sie mir erzählt hätte, sie würde zu den Gibsar oder Pernoy gehören: Ich hätte sie in den Arm genommen. Wenn sie mir erzählt hätte, dass ihr Leben in Scherben lag: Ich wäre für sie dagewesen. Ich hätte mich nie über sie lustig gemacht. Genauso wenig, wie ich sie hätte beißen können. Sie war kein Wolf, auch wenn mein Gefühl etwas anderes sagte. Doch die Vernunft sprach dagegen und darauf vertraute ich. Um so zu werden wie ich, hätte ich sie beißen müssen. So unglücklich, wie sie gewesen war, hätte ich ihr dieses Leid nicht antun können. Ein Biss wäre niemals in Frage gekommen. Das hatte sie nicht verdient.

Ein Luftzug fegte durch das Wohnzimmer. Er war so stark, dass das Kerzenlicht kurz flackerte. Während ich mich umdrehte, warf ich einen Blick nach draußen. Es schneite wieder. Kleine Schneeflocken taumelten vom Himmel und trafen auf die Erde. Dort blieben sie liegen und ließen die Fußspuren der Menschen allmählich verschwinden. Vermutlich auch die Blutspritzer.

Links und rechts von mir brannten die Flammen der Kerzen weiter. Ich spürte nach wie vor das warme Gefühl von Beccas Hand auf meiner Wange. Sie kribbelte immer noch leicht. So schön dieses Gefühl gewesen war, es konnte mich nicht wirklich trösten.

Vielleicht konnte es zwischen Becca und mir auch keine Zukunft geben. Eigentlich hatten wir uns nur in einem Café getroffen und ineinander verliebt. Was verdammt stand dazwischen?! Was hielt sie davon ab, mit mir glücklich zu werden? Sie liebte mich und hatte Angst davor, das offen zu zeigen. Oder sie wollte es nicht zeigen. Doch die Art, wie sie mir das mitteilen musste, tat so furchtbar weh. Sie hatte versucht, es schönzureden, doch ich wusste, was der zentrale Punkt ihrer Aussage gewesen war.

Ich blickte zur Tasse, die Becca auf der anderen Seite des Tisches nur wenige Zentimeter von mir entfernt stehen gelassen hatte. In ihr schwappte noch Kaffee. Sie war nicht einmal eine halbe Stunde hier gewesen.

Um das Bild aus meinen Gedanken zu bekommen, legte ich den Kopf auf den Tisch und schloss die Augen. Wieso hatte es unbedingt so kommen müssen? Wieso musste ich als Wolf ausgerechnet Becca umrennen? Wieso hatte sie mich erkennen müssen? Ob sie wusste, dass ich das war, konnte ich zwar nicht mit Gewissheit sagen, doch es war keine schöne Vorstellung. Hätte ich ihr doch alles gestehen sollen? Hätte sie mir vielleicht verziehen oder mich verstanden?

Beccas Blick war wie ein Pfeil gewesen, der mein Herz durchbohrte. Ihr Blick so warm, aber auch verängstigt, als ich auf ihr gestanden und überlegt hatte, sie zu beißen. Sie hatte meinen Namen voll Angst ausgesprochen und sich nicht gegen mich gewehrt. Sie hatte weder geschrien, noch geweint, sondern mich lediglich angesehen und verstanden, wer ich war. Wenn es doch nur länger angedauert hätte.

Becca war weg. Ich hatte verloren. Ich hatte verloren in einem Spiel, das ich niemals gewinnen konnte.

- *15* -

Als ich das Fenster schloss, wurde es vollkommen still. Nur das Rauschen des Windes und das Flackern der Kerzen war zu hören und zu spüren. Die Zeit schien förmlich an mir vorbeizurennen, denn als ich den nächsten klaren Gedanken fasste, waren die Kerzen schon ziemlich heruntergebrannt. Gerade diese Zeit musste ich gebraucht haben, um alles zu verstehen. Ich musste Becca und meine Liebe zu ihr vergessen. Einfach alles vergessen.

»Lloyd?«, erkundigte sich eine Stimme aus Richtung meiner Haustür.

Weder erschrak ich, noch wunderte ich mich darüber, dass Sylvio zur Tür hereinkam und diese wieder schloss. Becca hatte sie wohl nicht richtig zugezogen. Besorgt musterte er mich. »Was ist denn mit dir passiert?«

Ich seufzte. Vielleicht war es gerade das, was ich jetzt brauchte: Jemanden zum Reden. »Becca ist passiert.«

Sylvio setzte mich neben mich. »Wer ist Becca?«

»Meine ehemalige Freundin.« Ich blickte nach oben mit glasigem Blick, die Tränen befeuchteten meine Augen, ich wischte sie jedoch weg, bevor sie meine Wange hinunterlaufen konnten. Männer weinten nicht und vor allem ich nicht. »Sie liebt mich, kann aber nicht mit mir zusammen sein.« Mich störte selbst, gerade so emotional zu sein, doch ich musste Sylvio das Offensichtliche nicht auch noch sehen lassen.

Er legte mir freundschaftlich den Arm auf die Schulter. »Mach dich doch deswegen nicht so fertig. Sie weiß nicht, wer du bist.«

»Hätte ich es ihr sagen sollen?«

»Hätte es etwas geändert?«

Ich zuckte mit den Schultern. »Wahrscheinlich nicht.«

»Dann ist es besser, dass du es ihr nicht gesagt hast. Wenn sie dich verlassen hätte, hätte sie vielleicht in der Stadt herumerzählt, dass sich Menschen nach Belieben in Wölfe verwandeln könnten.«

»Nicht Becca«, widersprach ich. So etwas würde sie mir nicht antun. Sie hätte vielleicht trotzdem gesagt, dass sie mich liebte und nicht mit mir zusammen sein konnte. Aber Becca hätte sicher nicht der gesamten Stadt von meinem Geheimnis erzählt. Oder doch? Verdammt, der Gedanke machte mich wieder unsicher. »Sie würde doch niemals so etwas in der Stadt herumerzählen, oder?« Dieses Mal zuckte Sylvio mit den Schultern. »Das musst du am besten wissen. Becca muss wohl eine tolle Frau sein, wenn sie dir so viel bedeutet.«

»Das ist sie. Und sie mag mich auch. Wieso kann sie dann nicht mit mir zusammen sein?«

»Familie, Freunde, irgendein anderer Druck?«

»Vielleicht.«

Sylvio nahm seinen Arm wieder von meiner Schulter. »Sollen wir heute das Training ausfallen lassen? Wenn du willst, können wir über Becca reden und über alles, was passiert ist.«

Ich schüttelte den Kopf. Vermutlich war es wichtiger, zu trainieren, anstatt über sie zu reden, auch wenn er mir vielleicht hätte helfen können. Ich musste so viel trainieren, wie ich konnte. Mein Privatleben durfte keinen Einfluss auf das Leben mit den Qädro haben. Ich musste beides strikt auseinanderhalten.

»Warte hier.« Ich ging ins Bad, um mich auszuziehen, bevor ich mich in einen Wolf verwandelte, damit nicht noch mehr Kleidung von mir kaputt ging. Allmählich hatte ich keine mehr. Es war ja nicht das erste Mal, dass das passierte.

»Wenn es dir darum geht, dass deine Kleidung zerreißt, wenn du dich verwandelst, dann kannst du beruhigt sein. Ist nur anfangs so. Deine Kleidung ist als Wolf dein Fell. Was du als Mensch hast, hast du auch als Wolf.«

»Das – macht nicht mal Sinn.«

»Doch, ein wenig«, erläuterte Sylvio. »Es ist nicht ganz nahvollziehbar, aber sobald dein Körper sich daran gewöhnt hat, Fell zu tragen, wird sich im Rahmen der Verwandlung auch alles daran anpassen. Die Kleidung wird zu deinem Fell und du nach der Verwandlung wieder zum Menschen mit genau dieser Kleidung.«

Ein unsicheres Lächeln kam über meine Lippen. »Das klingt mehr nach Magie, als dass es realistisch ist.«

Sylvio wich meinem Blick Richtung Decke aus. »Vielleicht ist es das auch. Hab' mir ehrlich gesagt nie genaue Gedanken darüber gemacht. Um dich nicht weiter zu verunsichern, habe ich beim ersten Mal die Kleidung ausgezogen, als ich mich verwandelte.«

Ich rieb die Stelle an meinem Hals von der Creme frei und blickte erneut ins Kerzenlicht. Neben den flackernden Lichtern stand Sylvio und beobachtete mich verheißungsvoll. Ich wusste nicht, ob es ihm lieber gewesen wäre, jetzt mit mir zu trainieren oder mich einer Gesprächstherapie zu unterziehen. Vielleicht brauchte ich inzwischen tatsächlich Hilfe, aber wer konnte mir schon helfen? Edward, der zur Zeit viel zu viel zu tun hatte oder Sylvio, der eigentlich hier war, um mich zu trainieren?

In dem Moment, als ich mir an das Mal fassen wollte, hielt der Qädro meine Hand fest. »Gehen wir raus. Dort lässt es sich leichter trainieren. Außerdem kriegt man da einen freien Kopf.«

»Na gut.« Ich stimmte zu und folgte ihm nach draußen. Die Tür ließ ich angelehnt, damit ich nachher wieder nach drinnen kam, nahm jedoch vorsichtshalber meinen Ersatzschlüssel mit. War es nach all dem, was Edward erzählt und ich selbst erlebt hatte, wirklich eine intelligente Entscheidung, nachts nach draußen zu gehen? Auch wenn Sylvio dabei war und ich meinen Wolfstrieb sicherlich unter Kontrolle hatte, fühlte ich mich einfach nicht wohl bei dem Gedanken.

Draußen fiel Schnee auf meinen Kopf. Es hatte noch nicht begonnen, richtig stark zu schneien. Aktuell war es halbwegs erträglich.

Wir gingen ein wenig in den Wald hinein, in dem ich das schreckliche Erlebnis mit der Fähe gehabt hatte. Innerlich sträubte ich mich davor, jemals wieder dort hineinzugehen, doch in den eisigen Wald wollte ich erst recht nicht mehr. Wenn ich konnte, machte ich einen Bogen um alles, was mit den Gibsar zu tun hatte.

Irgendwann blieb Sylvio dann stehen. Wir waren schon ziemlich tief im Wald. Die Blätter raschelten, in der Ferne vermutete ich das Jaulen von Wölfen. Sie hatten uns wohl gewittert. Wir waren Menschen, Feinde. Noch.

Sylvio strich sich über die Halsstelle und verwandelte sich augenblicklich, damit wir keine Zeit verloren und nicht von den Wölfen als Zweibeiner gesehen wurden. Ich tat es ihm gleich, ohne meine Kleidung auszuziehen, die tatsächlich nicht zerriss, sondern zu grauem Fell wurde.

Der Gedanke, hier in der Natur, in der Nähe von Wölfen zu trainieren, fühlte sich nicht vertrauenerweckend an. Anscheinend waren wir nicht weit von ihnen weg. Ich hätte nicht gedacht, dass es so viele waren, die sich in den nahegelegenen Wäldern rund um Salbrun aufhielten.

Jede Sekunde, die verging, machte mich nervöser. Keine Ahnung, was ich von dieser Situation halten sollte oder was Sylvio plante. Doch nur nach wenigen Augenblicken spürte ich, wie die Distanz zwischen den wilden Tieren und uns immer geringer wurde. Was war, wenn die Fähe der letzten Nacht mit dabei war? Würde sie mich erkennen, vielleicht angreifen oder dort weitermachen, wo sie aufgehört hatte? Wären Wölfe in dieser Hinsicht wirklich so ... dumm?

Aus den Gebüschen näherten sie sich langsam; erst ein Rascheln, dann ließen sich allmählich die Silhouetten ausmachen, Sekunden später ihre Körper. Es waren Wölfe in verschiedenen Farben und Größen, jung und alt, die auf uns zuschritten, als würden sie uns in ihrer Runde willkommen heißen. Einige musterten uns neugierig und wedelten mit den Ruten. Anscheinend waren sie froh, Artgenossen zu sehen. Der Unterschied zwischen uns war wohl geringer, als ich angenommen hatte. Was ich mir dieses Mal aber stets vor Augen hielt: Ich war ein Mensch und kein Wolf. Meine animalische Seite durfte nicht die Oberhand gewinnen.

Sylvio nickte mir zu, als wollte er sagen, dass wir nicht sprechen durften. Das ergab ja auch Sinn. Erstens würden uns die Wölfe nicht verstehen und zweitens würden sie uns vielleicht attackieren, wenn sie merkten, dass wir anders waren.

Nach dem Schnuppern wandten sich die Tiere langsam ab und liefen tiefer in den Wald. Einer blieb stehen und sah zu uns zurück. Das bedeutete wohl, dass wir ihnen folgen sollten.

Skeptisch suchte ich Rat bei Sylvio, doch der war bereits losgelaufen. Ich tat es ihm gleich. Eine richtige Wahl hatte ich ja nicht, wenn ich nicht allein dastehen wollte.

Wir umrundeten einen kleinen See und betraten einen Bau, der in einen Hügel hineingegraben war. Er schien eine Höhle zu sein, die schon vorher existiert zu haben schien und von den Wölfen lediglich vergrößert worden war. Als Mensch hätte ich nichts gesehen, doch mit Wolfsaugen kann man sich auch in der Dunkelheit ziemlich gut orientieren. Sie waren wahrscheinlich noch nicht so gut, wie sie hätten sein sollen, doch wenn ich mich konzentrierte, konnte ich alles wie durch ein schwaches Nachtsichtgerät sehen.

Der Gang mündete in einen großen Bereich, von dem mehrere kleine Wege in weitere Bereiche führten. Auch in dem mittleren saßen und lagen Wölfe, die miteinander rauften, *kuschelten* oder an Tierfetzen nagten. Ich hätte nie gedacht, dass sie solch eine Gemeinschaft bilden konnten. Ich hätte alles gedacht, nur nicht so etwas. Wölfe lebten zwar im Rudel, aber ich hatte immer gehört, dass es dort Machtkämpfe gab. Anscheinend doch nicht oder zumindest nicht allzu häufig.

Zusätzlich war die Form des Lagers eigenartig. Ich hatte immer gedacht, die Wölfe hätten ihre Behausungen anders, doch so war es viel interessanter. Vielleicht war das hier ein Ausnahmerudel. Ich war noch nie nahe genug an einem dran gewesen, um zu sehen, wie sie sich ihr Lager einrichteten. Auf jeden Fall faszinierend und unvergesslich.

Selbst die Tatsache, dass diese Behausung in einer Höhle war, leuchtete mir ein. In Salbrun gab es viele Jäger und die Wölfe hatten auf diese Weise eine Möglichkeit gefunden, sich vor ihnen zu verbergen. Ich wusste ja, dass diese Tiere schlau waren, nur das übertraf all meine Vorstellungen.

Als Neuankömmlinge wurden wir teils freudig begrüßt, teils aber auch ignoriert. Einige Wölfe strömten heran und überrannten mich beinahe. Sylvio wurde von einigen wenigen überhaupt zur Kenntnis genommen. Er war wohl nicht zum ersten Mal hier im Wolfsbau.

Als mich ein Wolf von ganz hinten entdeckte, stand er auf und rannte förmlich auf mich zu. Ich erkannte sofort, wer er war. Die drei Kratzspuren am Hals konnte man nicht so einfach übersehen oder vergessen.

Eine mir viel zu bekannte Fähe stürmte zu mir, brach durch die Wölfe und warf mich um. Der Aufschlag auf dem Boden war schmerzhaft und ich hatte das Gefühl, sie würde mir das Brustbein brechen. Die Wölfin stellte sich sofort auf mich. Das war der Moment, in dem mir auf schmerzliche Weise meine Verletzungen wieder bewusstwurden, auch wenn ich inzwischen in der Lage war, mich weitestgehend normal fortzubewegen.

War sie noch wütend auf mich? Würde sie mich einfach in den Hals beißen und fertig? Das hätte Sylvio dann wohl doch zu verhindern gewusst. Die Kratzspuren am Hals waren nicht wirklich verheilt. Es tat mir im Grunde leid, die Wölfin verletzt zu haben, doch sie hatte mich immerhin in den Schwanz gebissen und zu Tode verängstigt. Ob man davon noch etwas sah, wusste ich zwar nicht, aber es hatte sich in meinem Kopf festgesetzt und gebrandmarkt. Einen Wolf an der Rute zu packen war schlimmer, als jemanden einfach nur zu kneifen. Es tat nicht direkt stark weh, man fühlte sich jedoch verletzlich und der Instinkt zur Selbstverteidigung setzte ein.

Die übrigen Wölfe reagierten abweisend, als sie merkten, dass die Fähe sie nicht an mich heranließ, um mich weiter zu mustern. Sie knurrte jeden einzelnen Wolf an. Diese reagierten zwar entsprechend, entfernten sich aber ein Stück von uns.

Die Fähe sah mir wieder in die Augen und schien zu lächeln. Wollte sie mich denn nicht beißen? Nach all dem, was ich getan hatte? Der Kratzer war sicherlich nicht spurlos an ihr vorübergegangen. An ihrer Stelle wäre es doch völlig normal gewesen, sich zu rächen. Warum tat sie es dann nicht? Weil sie anders war, als ich?

Sie leckte mich am Hals, was dazu führte, dass ich meine Schultern hochzog, um ihn vor ihr zu verbergen. Da die Fähe wusste, dass sie meinen Hals nicht erreichen konnte, leckte sie nun wieder über die Schnauze.

Dieses Mal schwieg mein Gewissen. Auch wenn Becca mich liebte, hatte sie mich sehr direkt abgeschrieben. Also war ich der ›einsame Wolf‹, der sich keine Gedanken darüber machen musste, was andere über ihm dachten? Musste ich mich vor niemandem rechtfertigen und konnte den Moment einfach genießen, ohne Schuldgefühle haben zu müssen?

Ein inneres Lächeln setzte ein, das sich bei meinen Lefzen nur durch ein Zucken bemerkbar machte. Ich musste Becca abschreiben, denn sie wollte mich nicht lieben und wir konnten uns sowieso nicht wiedersehen. Vielleicht sollte ich meine Prioritäten anderweitig setzen und mich darauf konzentrieren, ein Wolf zu sein, der sich auch verteidigen konnte. Wahnsinn, wie schnell mein Kopf in diesem Moment mit der bedrückenden Situation von heute Abend abschließen konnte. Es war wohl eine Art Verdrängungsmechanismus.

Sylvio war inzwischen zu mir gekommen und schubste die Fähe herunter, damit ich aufstehen konnte. Da ich auf dem Rücken lag, war das zwar nicht ganz so einfach, aber es war ja auch nicht der erste Versuch. Nur beim letzten Mal hatte der Fluchtinstinkt eingesetzt. Das war jetzt nicht mehr der Fall. Immerhin war die Wölfin sauber und friedfertig. Ich hätte sofort das Weite gesucht, wenn sie als blutüberströmtes Monster über mir gestanden hätte.

Die Fähe knurrte, aber Sylvio wich nicht zurück. Sein Knurren war weitaus bedrohlicher, als ihres. Daraufhin ging sie in einen der kleinen Räume und legte sich hin, sodass ich endlich ungehindert aufstehen konnte.

Sylvio wandte sich einem der anderen Wölfe zu und sie schienen auf ihre Weise eine stille Unterhaltung zu führen. Sie deuteten auf Stellen, wedelten mit den Ruten, knurrten, fletschten leise die Zähne und jaulten kurze Momente. Dieser Prozess schien einige Minuten anzudauern und sich als richtiges wortloses Gespräch zwischen den beiden zu entpuppen.

Dann kehrte Sylvio zu mir zurück. Mit einem Nicken in Richtung Ausgang wies er mich an, den Bau zu verlassen, also tat ich das. Er folgte mir.

»Sie haben dich als Rudelmitglied akzeptiert«, erklärte der graue Wolf.

Mir fiel die Kinnlade runter. »Moment. Moment. Was haben sie?«

Sylvios Maul deutete ein Grinsen an. »Sie fänden es toll, wenn du in ihrem Rudel wärst.«

»Aber – ich bin ein Mensch.«

»Na und?«

Ich trabte ein wenig auf und ab. »Darf man das einfach so?«

»Wieso denn nicht? Du bist zur Hälfte ein Mensch. Was du als solcher in der Gesellschaft bist, bist du als Wolf im Rudel. Nur mit dem Unterschied, dass du in der Gesellschaft eine unbedeutende Ameise bist, je nach Umfeld manchmal auch eine Schachfigur. Hier bist du einer von wenigen und wirst anerkannt.«

Ich blinzelte. Vielleicht war es genau das, was ich brauchte. Eine Gemeinschaft, eine Familie. Ich hatte schon so lange darauf verzichten müssen. Mein einziger Freund war immer Danny gewesen, der Heuchler, der mich verraten hatte. Jetzt könnte ich wieder Freunde haben. Was hielt mich also davon ab, einfach zuzustimmen, solange ich die Möglichkeit dazu hatte? Waren es Schuldgefühle? Mein Bewusstsein, dass ich eigentlich ein Mensch war und in dieser Welt nichts verloren hatte? Becca? Ich glaubte, nicht. Trotzdem fiel es mir schwer, mich in diese neue Gemeinschaft einzufinden.

»Aber ich verstehe ja nicht einmal, was ihr sagt.« Von dem, was Sylvio und der andere Wolf diskutiert hatten, verstand ich nicht ein einziges Wort. Es war eine Zeichensprache extremster Art. Sie hatten wirklich alles dazu benutzt, was man als Wolf dazu hätte benutzen können. Dummerweise half mir das kein bisschen.

»Das kommt schon noch, Lloyd. Den Wölfen warst du von Anfang an sympathisch. Außerdem werden sie dir immer genügend Freiheiten lassen. Du kannst bei ihnen wohnen und mit ihnen jagen. Wie kann man denn alles besser lernen, als wenn man mit Wölfen unterwegs ist? Die Sprache wirst du früher oder später schon verstehen. Sie ist nicht weiter kompliziert. Manchmal muss man ein wenig hineininterpretieren, aber es ist echt nicht so schwer.«

Als Reaktion darauf wollte ich mit den Schultern zucken, merkte jedoch, dass das als Wolf gar nicht so leicht möglich war, sodass es eher in ein seltsames Zucken ausartete. »Wenn du das sagst.«

Sylvio stand auf und sprang mit einem Mal in den anliegenden See. Er tauchte unter und wieder auf. Dann prustete er etwas Wasser aus. »Komm doch auch rein. Wenn du schwimmen willst, musst du nur paddeln wie ein Hund.«

Nickend folgte ich Sylvio ins Wasser und schwamm mit ihm einige Runden, ehe wir es verließen und unser Fell trocken schüttelten. Das Mondlicht strahlte eine eigenartige Wärme aus, auch wenn man den Mond zwischen all den Wolken kaum erkennen konnte.

»Gehen wir wieder rein«, schlug ich vor.

Sylvio stimmte zu und wir kehrten zu den Wölfen zurück.

Als wir bei den anderen waren, kam die Fähe erneut auf mich zu und leckte meine Schnauze. Dann lehnte sie sich an mich und kuschelte. Zumindest war sie jetzt weniger aufdringlich.

Mit einem weiteren Versuch, zu lächeln, wollte ich Becca aus meinen Gedanken verbannen. Hier konnte ich *richtig* entspannen. Hier gab es nichts, was mich davon abhielt, das alles zu genießen. Da war es schon beinahe schade, nur zur Hälfte ein Wolf zu sein. Das Leben als Mensch hatte mir so wehgetan, in jeglicher Hinsicht. Aber ich konnte kein ganzer Wolf sein. Ich durfte mein wahres Ich nicht vergessen, auch wenn es ein verlockender Gedanke war. Andernfalls würde ich zu einem normalen Wolf, ohne jegliche menschliche Regung. Vielleicht könnte ich mich dann sogar von meinen quälenden Gedanken verabschieden. Würde ich nur noch wie ein Tier denken? Würde ich mich daran erinnern, je ein Mensch gewesen zu sein?

Ich stand zwischen den Fronten und wusste nicht so richtig, was ich tun sollte. Dann traf ich eine Entscheidung. Ich würde das hier und jetzt genießen, aber niemals vergessen, dass ich ein Mensch war. Dafür würde im Endeffekt auch Sylvio sorgen.

Trotzdem gab ich mein Bestes, einmal jene *animalischen Instinkte* zuzulassen, die ich so verzweifelt unterdrückt hatte. Ich fuhr meine Zunge aus und leckte der Fähe über die Schnauze. Ihre Nase war kalt und feucht im Gegensatz zu ihrem Fell. Es war warm und weich. Nun wusste ich, was Wölfe daran fanden, sich gegenseitig abzulecken und aneinander zu liegen. Es war unbeschreiblich.

Ich wedelte mit der Rute und senkte den Kopf. Auf meine Weise wollte ich ihr sagen und zeigen, dass es mir leidtat. Ich hatte nur solche Angst vor ihr gehabt, als sie blutüberströmt und wild auf mich zugekommen war. Und jetzt verhielt sie sich so, als wäre es gar nicht passiert. Oder die Wölfin hatte mir längst verziehen.

Die Fähe lehnte sich so stark an mich, dass ich aufgrund meines geschwächten Zustands das Gleichgewicht verlor und wieder umfiel. Das gab ihr erneut die Chance, auf mich draufzusteigen. Ich hatte schon das Gefühl, dass sie das gerne tat. Sie mochte es wohl ein wenig zu sehr, mich zu ärgern. Obwohl es mich beim letzten Mal gestört hatte, wollte ich es nun zulassen und mich nicht mehr wehren. Mein gebrochenes Herz sehnte sich nach Zuneigung. Vielleicht konnte die Fähe es heilen.

Mein wölfisches Ich schien sie auf jeden Fall ziemlich zu begehren, denn mein Herz schlug schneller, ich wedelte unaufhörlich mit der Rute und zitterte am gesamten Körper.

Sylvio trat neben die Wölfin und deutete auf die Höhlenwand. Daraufhin stieg sie von mir hinunter und ging an dort hin, um zu graben.

Mein Gegenüber konnte mir zwar nicht direkt sagen, was er ihr mitgeteilt hatte, aber es schien, klar zu sein. Sie mochte mich und wollte mir beim Graben eines Ganges zu helfen.

Unzufrieden stand ich auf und folgte ihr zur Wand. Es war mein Gang, also musste auch ich graben. Nur wie machte man das als Tier? Unsicher stemmte ich mich mit einer Vorderpfote gegen die Wand und wühlte mit der anderen im Dreck.

Die Fähe drehte sich sofort zu mir um und sah bei meiner unbeholfenen Aktion zu. Ich hatte das Gefühl, sie würde mich auslachen, wenn sie gekonnt hätte. Doch stattdessen beobachtete sie mich neugierig und reagierte nicht.

Als ich bemerkte, wie wenig Erfolg meine Technik hatte, sah ich beschämt zu Boden. Ich war echt ein Idiot. Sylvio hätte es mir zuerst zeigen sollen, dann hätte ich mich jetzt nicht blamiert.

Alle weiteren Versuche, der Fähe beim Graben zu helfen, wurden von ihr abgewehrt. Sobald ich ihr zu nahe kam, stieß sie mich zurück und ließ mich nicht näherkommen. Sie wollte das wohl allein machen.

Erschöpft legte ich mich an eine Stelle, wo sich gerade keine Wölfe rauften oder man das Nagen am Fleisch hören konnte.

Der Wolf legte sich neben mich und flüsterte: »Du solltest irgendwann noch mit dem Alpha sprechen, um wirklich zu diesem Rudel gehören zu können. Aber vorher musst du die Wölfe erst mal verstehen. Ich werde dir dabei helfen. Dann hast du die Sprache in ein paar Tagen drauf.«

»Hoffentlich«, wisperte ich. »Ich habe verstanden, was die Wölfin mir mitgeteilt hat.«

Sylvios Lefzen zuckten. Vermutlich wollte er grinsen. »War auch mehr als offensichtlich. Keine Sorge, du findest dich schon rein. Was du noch nicht kannst, werden dir die anderen beibringen.«

Einer der Wölfe deutete auf einen Knochen mit etwas Fleisch und schob ihn uns übertrieben auffällig zu.

»Das ist ... nett von ihm«, kam es flüsternd aus mir heraus, während Sylvios Blick zwischen dem Fleisch und mir hin und her glitt. Ich biss zögernd hinein und riss ein grobes Stück davon ab, auf dem ich mühsam herumkaute. Es war schwer, den Würgereflex zu unterdrücken, da es für einen Menschen mehr als widerlich war, auf einer rohen Fleischkeule herumzubeißen. Ich musste mich durch Knorpel, Sehnen und Blut kämpfen. Der Geschmack war sehr gewöhnungsbedürftig.

Sylvio schnappte nach einem Knochen, der in der Ecke lag. Es wirkte so, als wäre das eine Art Snack für Zwischendurch.

Er kaute gelangweilt darauf herum, während er mich dabei beobachtete, wie ich mit dem Restfleisch klarkam. Sicher hätte er als Mensch über mich gelacht, dass ich mich so unbeholfen anstellte und Probleme mit dem Verzehr von rohem Fleisch hatte. Nicht, dass Fleisch eine schlechte Idee war. Aber dann bevorzugte ich doch lieber ein gebratenes Steak. Mit rohem Wild konnte ich nicht viel anfangen.

Mein Blick galt nach kurzer Zeit wieder der Wölfin, die ihr Buddelprojekt eifrig fortführte.

»Sie mag dich«, stellte Sylvio fest.

Ach was. Über die Lefzen kamen dann doch andere Worte. Sarkasmus war sicher nicht angebracht. »Kann schon sein.«

»Und attraktiv auch noch – für einen Wolf.«

Das erinnerte mich daran, was Danny gesagt hatte, als er mich nach Becca ausgefragt hatte. Ich sollte sie mir schnappen, ehe sie vergeben war. Die Chance war wohl weg. Sollte ich stattdessen diese hier nutzen? Wurde Sylvio vielleicht der ›neue Danny‹? Der beste Freund, den ich jetzt nicht mehr hatte und nach dem ich nun auf der Suche war? Wollte er sich überhaupt mit mir anfreunden oder war unsere Bekanntschaft rein ›beruflicher‹ Natur?

Um diesen Gedanken zu entgehen, stand ich auf und half der Wölfin beim Buddeln, ungeachtet ihrer Reaktion darauf. Anfangs knurrte sie mich an, da sie dachte, ich wäre wieder einer der Wölfe, der ihr helfen wollte. Als sie jedoch feststellte, dass es der eine war, den sie zu mögen schien, zog sie die Rute ein und hörte mit dem Buddeln auf. Dann leckte sie kurz über mein Fell und grub weiter.

Nachdem sie bemerkte, dass es beim zweiten Anlauf besser funktionierte, gruben wir gemeinsam und beendeten das Projekt schon nach wenigen Minuten. Es hatte nicht so lange gedauert, wie gedacht. Auf seltsame Art und Weise schien ich langsam sowohl die Fähe, als auch die anderen Wölfe um uns herum zu verstehen. Die Verständigung war wirklich nicht so schwer, wie ein Mensch vermuten konnte, der sich mit diesen Tieren vorher noch nie auseinandergesetzt hatte. Es war zwar nicht immer leicht in Worte zu fassen, was sie sagten, doch ich konnte endlich halbwegs antworten, nachdem ich die Wölfe beim Kuscheln und Raufen hatte beobachten können.

Die Fähe stupste mich an und blickte in Richtung des Ergebnisses unserer Grabung. Der Bereich, in dem ich schlafen sollte, war quasi fertig – glaubte ich zumindest. Die Wölfin hatte sich größte Mühe dabei gegeben. Ihr weißes Fell war inzwischen leicht bräunlich von der Erde und dem Dreck. Ehrlich gesagt hätte ich nicht erwartet, dass sich jemand so viel Mühe für mich gab. War ich das wirklich wert?

Zum ersten Mal diesen Abend wurde mir klar, wie erschöpft und müde ich war. Ich hatte keine Uhr, auf die ich hätte sehen können. Wären wir draußen gewesen, wäre es leichter gewesen, die Tageszeit zu bestimmen. Am Tag schliefen die Wölfe. Nur ich nicht. Tagsüber war ich wieder der normale Mensch, der zur Arbeit ging und sein Leben mit einem launischen Chef und gleichgültigen Arbeitskollegen fristete. Nichts Besonderes. Aber hier fühlte ich mich auf eine eigenartige Weise besonders. Respekt war wohl das richtige Wort. Man war dankbar über meine Anwesenheit und betrachtete mich nicht als Störfaktor, wie es der Rest der menschlichen Zivilisation tat. Als Person war es nichts Ungewöhnliches, übersehen zu werden. Deutschland hatte über 80 Millionen Einwohner. Und ich war nur einer davon. Dieses Rudel bestand aus schätzungsweise zehn Wölfen. Und bald würde ich ihm vermutlich angehören. War das ein Erfolg? Etwas, worauf ich stolz sein konnte? Oder wäre es sowieso passiert?

So viele Gedanken, so eine große Müdigkeit. Nur durfte ich hier auch schlafen oder sollten wir wieder gehen?

Hilfesuchend sah ich mich nach Sylvio um, doch der raufte gerade aus Spaß mit einem anderen Wolf. Zumindest glaubte ich das. Seine Narbe am Auge war normalerweise unverkennbar, doch ich konnte das Gesicht bei der Rauferei nicht erkennen. Auf jeden Fall saß er nicht mehr bei seinem Knochen und beobachtete mich dabei, wie ich mit der Fähe kuschelte. Sylvio war anscheinend ein ziemlicher Haudegen. Wenn man ihn dabeihatte, konnte es einfach nicht langweilig werden. Außerdem war er ein großartiger Lehrer. Niemand hätte mir das Wolfsein besser beibringen können. Obwohl ... doch. Ein normaler Wolf hätte es besser gekonnt, wenn ich ihn verstanden hätte. Und selbst darum hatte er sich gekümmert. Sonst wären wir nicht hier. Er wusste also, was er tun musste, um mein Interesse zu wecken und mir dabei zu helfen, zu akzeptieren, was ich war.

Erschöpft tapste ich in meinen ruhigen Bereich der Höhle und ließ mich nieder. Es war klar, dass die Fähe mich vermutlich wieder überrennen würde, sobald ich meinen Bauch freigab. Auch wenn ich auf dem Rücken lag, hätte es mich nicht überrascht, wenn sie mich nicht in Ruhe lassen würde.

Doch dieses Mal war sie nicht so stürmisch. Stattdessen schlich die Fähe in meine Richtung und kuschelte sich direkt neben mich. Sie lächelte, leckte mit ihrer kratzigen Zunge hinter meinem Ohr und legte dann den Kopf daneben. Ich war so furchtbar müde. So ... furchtbar ... müde.

Ich schloss meine Augen und legte die Ohren an. Jetzt konnte ich endlich ... richtig schlafen.

Ein letztes Gähnen kam über mich, ehe ich mich dem Schlaf hingab, der unausweichlich über mich hereinbrach, wie eine riesige Flutwelle, der man nicht entkommen konnte.

- 16 -

Ein Ziehen an meinem Ohr ließ mich nach oben schrecken und ich blickte in das Gesicht des Wolfs mit der Narbe am Auge.

»Was ist?«, grummelte ich.

»Wir müssen zurück«, entgegnete Sylvio, der alles andere als froh darüber war, dass ich schlafen wollte.

Mühsam stand ich auf und folgte ihm nach draußen, auch wenn der Drang groß war, noch im Wolfsbau zu bleiben. Mir ging es gerade ausnahmsweise echt gut. Dieser Moment sollte so lange andauern wie möglich.

Von draußen schien die Sonne herein und blendete mich. Erst kniff ich die Augen zusammen, ehe sie sich nach einiger Zeit an das helle Licht gewöhnt hatten.

Als ich mein Maul zum Protestieren gegen seine Entscheidung öffnen wollte, schlug Sylvio mit der Pfote auf die Schnauze, was von mir knurrend erwidert wurde. »Schsch«, flüsterte er. »Halt ja die Klappe.« Dann sah er sich einige Male um, ehe er seufzte. »Salbrun ist im Ausnahmezustand. Es gab wieder einen Angriff.«

Ehe ich mich versehen konnte, verwandelte er sich zurück.

Ich folgte ihm noch einige Meter auf vier Pfoten, ehe ich mich aufrichtete und ihm als Mensch folgte. »Von wem kam der Angriff? Von den Gibsar oder den Pernoy?«

Sylvio schnaubte, während er weiter rannte. »Keine Ahnung. Komm einfach mit.«

Wir hetzten durch die Stadt und mir wurde allmählich klar, warum er hier her zurückkommen wollte. Es sah einfach furchtbar aus. Einige Leute flohen in verschiedene Richtungen, einige Schaufenster waren eingeschlagen. Blut bedeckte die Straßen. Im Schnee waren Furchen von Krallen, das Blut war in die Abwasserkanäle geflossen und spiegelte das Licht der Sonne auf der Straße wider. Die Autos waren einfach so stehen gelassen worden. Es gab einen Unfall, doch niemand war da. Fast alle waren sie in ihren Häusern. Ich konnte nicht eine einzige menschliche Leiche entdecken. Stattdessen lagen an manchen Ecken erschossene Wölfe und ›Halbwölfe‹. Das waren Clanmitglieder, teilweise getötet mitten in der Verwandlung. Manche von ihnen wirkten grausam verstümmelt. Der Anblick war einfach zu abstrus, um weiter hinzuschauen.

Oh mein Gott! Wie konnte das nur passieren?!

»Scheiße«, fluchte Sylvio. »Das sind sowohl Gibsar, als auch Pernoy.«

»Der Krieg der Welten hat begonnen«, kam es pseudophilosophisch aus mir heraus.

»Das ist nicht lustig«, knurrte Sylvio. »Das ist das Schlimmste, was hätte passieren können. Eine offene Konfrontation.«

Mein Sarkasmus war eindeutig fehl am Platz, also besann ich mich auf die Tatsachen. Ich war aber kein Polizist und keiner von irgendeiner Spurensicherung. Mir war nicht einmal so richtig klar, was hier passiert sein musste. Es lagen an vielen Stellen tote Wölfe. Ich wusste nur, dass es Clanmitglieder waren. Und immerhin fielen wir als Menschen nicht auf oder mussten befürchten, erschossen zu werden.

Sylvio beugte sich über einige Wesen, die zur Hälfte noch nicht verwandelt waren.

»Da haben die Versicherungsagenturen zu tun.« Natürlich war dieser Sarkasmus gerade fehl am Platz, merkwürdigerweise ließ es mich kalt, wenn sich zwei Clans gegenseitig ausrotteten. Gerade um die Gibsar tat es mir nach all dem, was passiert war, nicht Leid. Und da die Pernoy sicher Ähnliches im Sinn hatten, fand ich es nicht tragisch, dass sich die beiden Clans selbst dezimierten. Nur, dass Salbrun und deren Einwohner zu Schaden gekommen waren, ließ mich nicht ganz so kalt.

»Halt einfach deine scheiß Fresse«, fluchte Sylvio, während sein prüfender Blick über die Körper der leblosen Wesen glitt. Seufzend setzte er sich auf. »Scheiße. Ich hätte nie gedacht, dass die beiden Clans so weit gehen.«

»So viele Clanmitglieder zu töten?«, hakte ich weiter nach.

Sylvios Ausdruck zu urteilen hätte ich lieber still sein sollen. Wütend kam ein knurrendes Geräusch über seine Lippen, das mich zurückschrecken ließ, auch wenn er gerade kein Wolf war. »Die Gibsar und Pernoy haben Menschen gebissen, um sie zu verwandeln.«

Ungläubig riss ich die Augen auf. »Was?! Wieso sollten sie so weit gehen?«

»Die Lage spitzt sich zu. Wer weiß, wie viele Menschen das überlebt haben.« Sylvio richtete sich plötzlich auf und rannte los. Vor einer Tür blieb er stehen, nahm einen Schlüssel aus der Tasche und schloss sie auf. Es sah erst so aus, als ob er sich wahllos ein Haus ausgesucht hatte, doch es war das einer bestimmten Person, jedoch nicht sein eigenes, so wie es schien.

Ich kannte den Bewohner allerdings und wusste, dass er hier in der Nähe wohnte. In Windeseile standen wir im Hausflur.

»Mach sofort die Tür wieder zu!«, rief Edward aus einigen Metern Entfernung.

Noch bevor ich auf das achten konnte, was er sagte, sah ich nach draußen und suchte nach dem Grund, weswegen Sylvio so gerannt war. Die Rollläden waren heruntergelassen, aber durch die kleinen Löcher konnte ich erkennen, dass draußen ein Wolf stand, der uns beobachtete. Er beugte sich über einen toten Artgenossen und fraß, als ob es seine Beute wäre. Sein Fell war voll Blut. Den Hass in seinen Augen konnte ich selbst auf die Entfernung noch spüren.

»Gut, dass du in der Nähe wohnst«, bemerkte Sylvio, nachdem er die Tür zugeschlagen hatte.

Ich drehte mich wieder um und sah in das ernste Gesicht von Edward. »Scheiße, was ist passiert?!« Das war doch alles ein Scherz. Menschen wurden zu Halbwölfen gemacht? Das, wovor er mich gewarnt hatte. Waren die Clans so verzweifelt, Mitglieder zu gewinnen, dass sie eine ganze Stadt ausrotten würden? Und wenn dann das ganze verdammte Land Jagd auf uns machen würde? Fuck, wo war ich hier hineingeraten? »Ich könnte niemals so einen Kampf führen. Wir sind verloren. Das können wir doch nicht gewinnen. Ist das alles überhaupt noch wegen mir?«

»Wir sind nicht verloren«, weigerte sich Edward und überging dabei meine letzte Frage. »Solange es die Qädro noch gibt, ist nichts vorbei. Das Einzige, was hier verloren ist, ist Salbrun.«

Ich sah mich in Edwards Haus um. Die teuer anmutenden Möbel waren beiseitegeschoben, damit man genügend Platz hatte und sich wehren konnte, falls es zu einem Angriff kam. An der Wand lehnten zwei Gewehre. Anscheinend besaß er einen Waffenschrank. Ich wusste nicht einmal, dass Edward einen Jagdschein besaß.

»Wie konnte das denn passieren?«, erkundigte ich mich. »Ich weiß ja, dass beide Clans nach Anhängern suchen, aber doch nicht so. Warum so offen? Mit diesen komischen Steinen hätte das geklappt, ohne, dass es zu einem solchen Massaker kommt.«

Sylvio und Edward seufzten gleichzeitig. Schließlich ergriff mein Chef das Wort. »Hör zu. Ich sage das nur einmal. Diese Steine, wie du sie nennst, sind sehr selten. Man kann nicht mal eben jeden verwandeln. Die Gibsar und Pernoy waren wohl das Warten leid. Ich habe dir gestern schon gesagt, wie man andere auch auf seine Seite bekommen kann; aber auf eine skrupellose Art. So gehen sie jetzt an die Sache heran. Es werden Wölfe und Menschen sterben.«

»Und es ist nicht mehr aufzuhalten«, warf Sylvio ein.

»Wir können nichts machen?«

Edward blickte in Richtung Decke. »Na ja.«

»Wir greifen keine unschuldigen Bürger an«, bemerkte Sylvio.

»Und was wird aus der Stadt?«

Beide dachten über meine Frage nach, ehe Sylvio antwortete. »Salbrun wird garantiert nicht aussterben. Es wird eine Stadt bleiben. Es wird allerdings eine Stadt, in der nur Wölfe leben werden. Oder niemand, wenn hier erst einmal das Militär war und uns alle getötet hat.«

Uns alle? Töten?

Edward deutete auf die Gewehre. »Schadensbegrenzung?«

War das sein verdammter Ernst? Wir konnten doch nicht einfach hinausrennen und alles abknallen, was nach Gefahr aussah. Ich war kein Mörder und wollte auch keiner werden, um eventuell andere zu retten. Was, wenn ich einen ›normalen‹ Menschen tötete? Oder aus Versehen einen Qädro? War das der einzige Weg, um zu verhindern, dass sich das hier wie ein Virus ausbreitete?

Moment. Waren wir schon ein beschissener Virus? Wenn Wölfe nach Belieben Menschen töten oder verwandeln konnten, sich selbst abschlachteten und es sich von hier aus über das ganze Land verbreiten könnte? Ja klasse. Vor wenigen Stunden war die Welt noch in Ordnung und jetzt brach wieder alles zusammen? Verdammt, das war wie ein Krieg. Ein Krieg! Wir würden bei der Scheiße doch alle draufgehen!

Selbst Sylvio zweifelte dieses Mal daran. Wenigstens vertrat ich nicht allein diese Meinung. »Ich halte das für keine gute Idee. Wir sollten hier warten, bis sich die Lage beruhigt.«

Edward zog eine Augenbraue hoch. »Ich hätte das von dir als letztes erwartet, Sylvio. Sieh dir dein Gesicht an. Das sollte dich doch genug daran erinnern, warum ich so denke. Wir müssen schnell etwas tun, bevor die gesamte Stadt aus Werwölfen besteht.«

Er wusste nicht, wie sehr er mich damit ins Herz traf. Ich hasste das Wort Werwölfe mit jeder Faser meines Seins, doch im Grunde waren wir nicht mehr als das. Egal, ob Monster oder *Bote zwischen Mensch und Tier*. Wir waren Monster. Etwas, das man töten sollte, bevor es weitere erschaffen konnte.

Sylvio zögerte und betrachtete argwöhnisch das Gewehr. Dann nahm er es doch in die Hand und nickte. Noch passierte gar nichts.

Edward wandte sich mir zu und reichte mir eine mittelgroße Pistole. Ich hatte solch ein Ding noch nie in der Hand gehabt und wollte das in meinem Leben auch nicht ändern. Für den Notfall besaß ich das Messer. Das würde doch sicher reichen, oder?

»Ich habe kein Silber mehr. In kurzer Zeit konnte ich nicht so viele Kugeln besorgen«, gab Edward zu.

»Vergesst es, ich bleibe drinnen! Da draußen gehen wir doch drauf!«

»Lloyd, wir müssen weg. Wenn das wirklich die Gibsar und Pernoy waren, dann werden sie uns finden, wenn wir uns hier verstecken.«

Zögernd zog ich das Messer aus meiner Socke. Ich hätte nicht gedacht, dass es nach der Verwandlung immer noch dort wäre. Anscheinend war hier doch eine Art Magie im Spiel. Anders konnte ich mir das alles nicht erklären. »Kann ich das benutzen?«

Edward verengte die Augen zu Schlitzen. »Bete, dass du das nicht brauchst. Wenn einer von ihnen zu nahe an dich rankommt, während du ein Mensch bist, hast du schon verloren. Mit dem Silber haben wir wenigstens noch eine Chance.«

Ich untersuchte die Pistole. Moment. Ich musste erst einmal begreifen, was los war. Vor wenigen Stunden lag ich schlafend in einer Höhle und hätte beinahe vergessen, was es bedeutete, ein Mensch zu sein. Dann hatte mich Sylvio geweckt und die Stadt geführt. Und was war hier passiert? Gibsar und Pernoy hatten nicht nur gegeneinander gekämpft, sondern unschuldige Personen angegriffen, um sie zu einem von ihnen zu machen. Zu abnormalen Monstern, richtige Wölfe, aber auch Kreaturen gefangen im Zustand zwischen Mensch und Tier. Überall lagen Leichen, niemand war mehr auf den Straßen, hier war ein Krieg ausgebrochen. Und jetzt stand ich bei Edward in der Wohnung, wir hatten Waffen und wollten uns diesen Monstern tatsächlich stellen? In was für einen falschen Film war ich hineingeraten?

Edward entsicherte meine Pistole und ich wartete darauf, dass irgendetwas passierte. Nur worauf warteten wir? Es musste irgendein Zeichen geben. Ich wusste es nicht, aber wenn es kam, würde ich es auf jeden Fall erkennen.

In meinem Kopf tobte es. Es war nach wie vor schwer zu realisieren, was passiert war. Im Grunde war ich noch gar nicht richtig da. Kaum hatte ich neben der Fähe im Bau gelegen, schon stand ich neben Edward, der uns darauf vorbereitete, auf Wolfsjagd zu gehen. Eigentlich waren es ja keine Wölfe, sondern halbe; wie wir eben. Sie waren Mitglieder eines Clans, den ich hassen sollte. Gut, ich hasste die Gibsar, aber die Pernoy kannte ich nicht. Trotzdem waren sie Wölfe. Ich konnte doch nicht einfach Menschen oder Tiere umbringen. Klar hatten die Clans gewütet und anscheinend die Salbruner angegriffen, doch es waren immer noch Menschen. Niemals in meinem Leben hätte ich gedacht, mit einer solch ausweglosen Situation konfrontiert zu sein. Ich wollte sie nicht töten. Doch nach meiner Meinung ging es nicht ...

Die Gibsar, die Qädro und die Pernoy. Ich hatte jetzt ein vollkommen verschiedenes Bild von ihnen bekommen. Ob es richtig war, konnte ich schwer sagen, doch auffällig genug war es gewesen.

Die Qädro waren eine Reihe von Personen, die zusammenhielten. Wenn sich jedoch Gewalt umgehen ließ, benutzten sie sie auch nicht, zumindest bis heute. Das war der Weg, wie ich zu ihnen gestoßen war. Sie hatten mich nicht gebissen.

Die Gibsar waren augenscheinlich eher eine Hand voll Leute, jedoch gingen sie ihre Pläne immer rabiat und gewalttätig an. Keinen von ihnen sollte man vermutlich unterschätzen. Sie alle waren gefährlich und töteten nicht allein aus dem Zwang heraus. Sie waren daran schuld, dass viele Menschen bei dem ersten und zweiten Angriff ihr Leben lassen mussten. Zudem wollten sie mich auch töten.

Die Pernoy waren die mysteriösesten und gerissensten von allen, glaubte ich zumindest. Zugegeben, ich wusste nichts über sie. Sie mussten wohl ziemlich unter Druck stehen, sonst hätten sie sich kein offenes Gefecht mit den Gibsar geliefert.

Alles in allem konnte ich den gesamten Krieg schon nachvollziehen, wenn man ihn überhaupt einen Krieg nennen konnte. Und ich stand nun mitten drin. Anscheinend war ich auch nicht mehr hinauszudenken. Sylvio hatte mir schon bei unserer ersten Begegnung erklärt, ich wäre ein wichtiger Part für das Ende des Krieges. Was genau das für mich zu bedeuten hatte, wusste ich ja leider nicht. Niemand war mir gegenüber offen gewesen. Vermutlich wäre es der Anführer der Qädro, doch wie viel er mir sagen könnte, war fraglich. Ich durfte nicht einmal mit ihm sprechen. Wie sollte er es mir dann mitteilen können?

Mann! Es war ziemlich zermürbend, so wenig zu wissen. Ich musste meine Eindrücke selbst gewinnen, um mich hier einigermaßen zurechtzufinden. Aber die reichten vielleicht nicht. Ich wusste viel zu wenig über die Pernoy, um mit Sicherheit sagen zu können, was genau sie planten. Sie waren in der Verborgenheit geblieben. Das war einer der Gründe, wofür ich sie beneidete. Ich hatte immer gedacht, sie würden sich einigermaßen aus diesem Kampf heraushalten, doch es war beschämend, dass ich jetzt wusste, wie intensiv auch sie an diesem Kampf beteiligt waren.

Ein Jaulen zerriss die Ruhe. Wie aus dem Nichts bretterte etwas Schweres gegen die Tür, mehrere Male, bis sie aufschlug.

Edward brüllte und Sylvio feuerte sofort das Etwas an, das sich wütend auf meinen Chef gestürzt hatte. Ein Heulen ertönte, bei dem man buchstäblich wackelige Knie bekam und sich einem die Nackenhaare aufstellten.

Ein dumpfer Schlag auf den Boden und schon war es vorbei. Der Wolf war tot. Aber es war nicht der weiße, den ich gesehen hatte. Es war ein schwarzer. Demnach musste der andere noch draußen sein.

»Alles okay?«, erkundigte ich mich erschrocken und verunsichert.

Mit einer Geste brachte mich Edward zum Schweigen. Er schnaubte und wischte sich das Blut vom Arm. Dann stürmte er hinaus. Sylvio und ich folgten ihm, die Waffen gezogen.

Kein Wolf war im Moment zu sehen. Das hieß jedoch nicht, dass keine da waren. Es *mussten* noch welche da sein. Es hatte nicht nur einer gejault.

»Wir teilen uns auf. So kriegen wir am meisten«, schlug Edward vor.

Ist das dein Ernst?! Das war eine sehr schlechte Idee. Ich wollte weder allein jagen, noch überhaupt jagen. Verdammt, ich war kein Mörder und wollte auch keiner werden. In was für einer kranken Scheiße war ich hier denn hineingeraten?

Wir gingen in drei unterschiedliche Richtungen, alle die Waffe gezogen.

Schon nach wenigen Sekunden waren Sylvio und Edward hinter Ecken verschwunden. Kaum später hörte ich Schüsse fallen. Erschrocken widerstand ich dem Drang, meinen Kollegen zu folgen und bog stattdessen um eine weitere Ecke, die Hauswand im Rücken. Dann sah ich ihn. Den weißen Wolf, der vorher mitten auf der Straße gestanden hatte. Bedrohlich knurrte er mich an. Obwohl ich wusste, dass er eigentlich ein Mensch war, blieb mir wohl nichts anderes übrig. Ich musste ihn töten.

Nach einigen Atemzügen knurrte er wütender, als wollte er mich jeden Moment anspringen.

Mein Finger zuckte am Abzug, aber ich konnte nicht abdrücken. Ich würde weder Wolf noch Mensch oder etwas dazwischen töten können. Ich war kein Monster. Es musste doch auch irgendwie anders gehen, ohne, das Leben von etwas oder jemandem zu beenden.

Meine gesamte Hand zitterte und der Wolf fletschte die Zähne. Merkwürdigerweise griff er mich nicht an. Wollte er mir etwa eine Chance zur Flucht geben? Oder wartete er darauf, dass ich zuerst schoss? Das ergab aber nicht einmal Sinn, denn er würde wohl einer der Wölfe sein, die dieses Massaker hier angerichtet hatten. Wieso wollte er sich dann eventuell töten lassen? Begriff er, was er getan hatte? Oder war für einen Moment die Menschlichkeit zurückgekommen, die ihn verstehen ließ, dass der Tod das Einzige war, was ihn aus dieser Situation befreien konnte?

Plötzlich traf mich unvorbereitet ein heftiger Schlag von der Seite. Im letzten Moment konnte ich den Sturz mit einer Hand abfedern.

Keuchend und starr vor Schreck blickte ich in wild gefletschte Zähne. Hinter mir war noch ein Wolf gewesen, der die Situation genutzt hatte, mich überraschend anzugreifen. Verwirrt suchte ich nach meiner Pistole, die mir beim Aufprall aus der Hand gefallen war.

Beide Wölfe knurrten unisono und fixierten mich eindringlich mit ihren Augen.

Mein Versuch, aufzustehen, wurde direkt mit einem schmerzhaften Biss in den linken Unterarm erwidert. Ich spürte, wie mich dort augenblicklich die Kraft verließ. Gleichzeitig schwand auch mein Wille. Binnen weniger Sekunden könnten mir die Wölfe die Arme brechen, wenn sie wollten, aber das schien nicht ihre Absicht zu sein. Der Biss war nicht stark genug gewesen, um meinen Arm schwer zu verletzen.

Zwei weitere von ihnen kamen aus den seitlichen Gassen und stellten sich zu uns. Sie waren wohl nur dazu da, mich zu bewachen, zumindest fletschten sie nicht die Zähne.

Plötzlich schnappten die Wölfe nach meinen Hosenbeinen und begannen, mich wegzuschleifen. Als mein Arm hierbei freigegeben wurde, setzte ein stechender Schmerz ein. Blut quoll aus der Verletzung, doch ich verbiss mir einen Schmerzensschrei. Moment! Vielleicht war der genau jetzt angebracht!

Mit einem tiefen Atemzug setzte ich zu einem Schrei an, doch sofort knurrte einer der Wölfe und fuhr mir mit den Krallen über das Bein. Meine Hose riss an den Stellen auf. Blut lief aus den Kratzspuren. Der Wolf würde mich eindeutig quälen, wenn ich auch nur eine Sekunde schrie. Das waren ja tolle Aussichten. Dennoch erschreckend menschlich. Das waren keine wilden Wölfe, das waren Clanmitglieder. Ganz sicher die Pernoy, denn die Gibsar hätten mich schon längst getötet.

Ich musste mir gut überlegen, ob ich schrie oder nicht. Falls ich mich dazu entscheiden würde, würden mich Edward und Sylvio vielleicht finden und retten. Aber dann konnte ich auch schon tot sein. Und wenn ich nicht schrie, würden mich die Qädro wahrscheinlich nicht finden. Sobald die Pernoy merken würden, dass ich keiner von ihnen mehr werden konnte, würden sie mich auch umbringen.

Das bedeutete, dass ich die Wahl hatte zwischen Tod und Tod. Natürlich war die Trennung eine schlechte – Arghhh, der Schmerz!

Ich entschied mich für das Einzige, das meiner Meinung nach Sinn ergab.

»Hilfeeeeeeeeeeeeeeeeeeeeee!!!«

Sofort bekam ich die Strafe für mein Vergehen.

Der Biss ins Bein tat unvergleichlich weh und ich spürte, wie mein Blut quoll und die Knochen kurz davor waren, zu brechen. Lange würde ich das nicht mehr überstehen.

Eine Antwort blieb aus. Hatten mich Sylvio und Edward vielleicht überhört? Würden sie mich zurücklassen, wenn ich einfach so starb?

Ich spürte jeden Augenblick, wie schnell ich schwächer wurde, daher sammelte ich die letzte Kraft für einen zweiten Schrei. Alles, was ich herausbrachte, war ein schmerzverzerrtes Keuchen, gepaart mit einem verängstigten Schnaufen.

Gleich darauf folgte ein Biss in das andere Bein. Es tat höllisch weh und ich schrie nur noch ein leises Mal vor Schmerz. Meine Stimme war weg. Kurze Zeit später waren meine Arme taub, gefolgt von den Beinen und dem ganzen Körper. Dann wurde mir schwarz vor Augen.

Ein Lichtstrahl. Er wurde größer, sodass sich meine Augen langsam öffneten. Nach einigen Sekunden schreckte ich hoch. Unglaublich! Ich lebte ja noch! Vielleicht – vielleicht war das auch alles lediglich ein ganz schlimmer Traum gewesen?

Der Schmerz ließ mich jedoch schnell wieder in die Realität zurückkehren. Meine Arme und Beine waren blutverschmiert und ich konnte sie kaum bewegen, aber immerhin lebte ich noch. Nur wieso? Glaubten die Pernoy wirklich, mich zu einem von ihnen zu machen?

Unsicher ließ ich meinen Blick durch den Raum schweifen. Ich lag auf einem Dreckhaufen. Um mich herum war es dunkel. Wo der plötzliche Lichtstrahl hergekommen war, blieb ein Rätsel. Man konnte kaum etwas erkennen und meine Arme taten zu sehr weh, als dass ich sie zum Hals hätte bewegen können. Immerhin waren sie nicht gebrochen, glaubte ich.

Vor mir stand eine Kreatur, geschützt in der Dunkelheit. Mehr war kaum zu erkennen. Das war als einfacher Mensch auch nicht überraschend. Als solcher war ich dieser Situation hilflos ausgeliefert. Meine Arme waren wie gelähmt, die Beine so schwach, dass ich nicht einen Schritt vorwärts hätte gehen können.

Der Wolf knurrte, als er bemerkte, dass ich bei Bewusstsein war. Sein Speichel berührte meine Haut. Würde ich jetzt sterben?

Das Knurren des Tieres wurde leiser und ging in ein Jaulen über, dem einige weitere folgten. Sie waren dumpf. Ich musste in einer Höhle sein. Schon wieder.

Ich hörte, wie einige andere Wölfe binnen weniger Sekunden hereinkamen und mich umzingelten. Im Dunkeln konnte ich nicht ausmachen, wie viele es waren, doch ein halbes Dutzend sicherlich.

»Was habt ihr mit mir vor?«, würgte ich hervor. Vielleicht konnten die Pernoy als Wölfe genauso sprechen, wie die Qädro. Die Hoffnung machte ich mir zumindest.

Es folgte keine Antwort. Stattdessen setzte wieder ein Biss in meine Beine ein und ich wurde nach draußen gezerrt. Der Schmerz war kaum zu unterdrücken und ich brachte nur noch ein leidendes Stöhnen heraus.

Draußen schien das Abendrot auf den Waldboden, wo Schnee hätte liegen müssen. Scheiße, schon Abend? Hatten mich die Wölfe hier so lange gefangen gehalten?

Um mehr sehen zu können, hob ich den Kopf leicht an. Als ich jedoch erkannte, wer vor mir stand, ließ ich ihn augenblicklich wieder fallen und schloss verkrampft die Augen. Vor mir stand ein Rudel Wölfe.

Scheiße! Das konnten doch nicht alles Pernoy sein, oder?

Sie schienen auf etwas zu warten, auch wenn ich nicht sagen konnte, was genau es war. Ich hatte prinzipiell noch nie erlebt, dass Wölfe oder Werwölfe einfach nichts taten, nicht einmal hecheln, knurren oder irgendetwas in der Art. Das bewies, dass ich diese Tiere zu schlecht kannte.

Die beiden Wölfe ließen meine Beine los, gingen zu den anderen und unterhielten sich gestikulierend und ohne Worte. Waren es vielleicht doch keine Pernoy?

Einige wenige Fetzen konnte ich verstehen. Töten ... Rudel ... Feuer ... Wolf ... Das klang ja toll. Entweder wurde ich ein Teil ihres Rudels oder ich musste sterben, wahrscheinlich sogar schmerzhaft. Weit weg davon war ich ja nicht mehr.

Doch ein schlimmerer Gedanke wurde mir erst jetzt bewusst. Wenn die Pernoy wirklich mit den Gibsar zusammenarbeiteten, wussten sie dann nicht auch, dass ich keiner mehr von ihnen werden konnte? Das bedeutete, sie würden mich so oder so töten. Aber warum überhaupt verschleppen? Gab es einen anderen Grund, mich noch am Leben zu lassen? Hatten sie die Hoffnung, dass ich mich ihnen doch anschließen würde, wenn sie mich nur mit Gewalt dazu zwingen konnten? Und warum Feuer?

Die Wölfe begannen, zu diskutieren, denn sie knurrten, fletschten die Zähne und jaulten, stampften mit den Pfoten auf und wechselten wütende Blicke.

Wenn ich Glück hatte, verging ein wenig Zeit, bis sie sich entschieden hatten, was sie mit mir machen wollten. Dann könnten mich Sylvio oder Edward suchen, falls sie mich gehört hatten und überhaupt noch lebten.

Das wollte ich mir gar nicht vorstellen. Die beiden waren inzwischen zwei wenige Personen, denen ich vertrauen konnte, denn sie verstanden die missliche Lage, in der ich mich befand. Wenn sie mich nicht fanden, würde es niemand tun.

Plötzlich fiel ein Schuss.

Die Köpfe der Wölfe fuhren herum und erblickten voll Schreck ihre Gegner.

Auch ich hob meinen Kopf an und was ich sah, ließ mich vor Freude fast jaulen. Sylvio und Edward! Sie waren endlich gekommen!

Weitere Schüsse folgten. Wölfe heulten und dumpfe Schläge trafen auf den Boden.

Ich konnte nicht in Worte fassen, wie erleichtert ich war, die beiden zu sehen.

Es fielen noch einige Schüsse, ehe die Wölfe ihre Lage erkannten und angriffen.

Ich rollte auf die Seite und stützte mich mit den verletzten Armen, um sehen zu können, was vor sich ging. Sylvio hatte seine Munition schon verschossen, sein Arm war mit einem Verband umwickelt und er benutzte das Gewehr als Nahkampfwaffe, die er den Pernoy in die Kehlen rammte. Edward blieb ebenso fokussiert und setzte gezielte Schüsse mit dem Gewehr.

Als Sylvio merkte, dass er mit der Waffe nicht mehr viel ausrichten konnte, warf er es weg und strich sich über den Hals. Keine fünf Sekunden vergingen, als am Waldrand der Wolf stand, dem ich mein Leben zu verdanken hatte. Er nutzte sofort das Überraschungsmoment und schnappte nach den Kehlen der irritierten Widersacher.

Mühsam quälte ich mich auf die Knie. Mir fehlte die Kraft, sicher zu stehen, doch ich musste auch irgendetwas tun, um zu helfen. Mit meinem rechten Arm stützte ich den linken und hob ihn bis zum Hals an. Unter großer Anstrengung gelang es mir sogar, über die Stelle zu streichen.

Ich raufte mich noch einmal zusammen und konzentrierte mich darauf, gleich auf allen Vieren zu stehen. Mein Körper überstand die Verwandlung gerade so, doch selbst die Gestalt als Wolf konnte nichts an den schweren Verletzungen ändern, die mir immer wieder die Besinnung nahmen. Ich musste mich zusammenreißen, nicht unter dem Schmerz zusammenzubrechen. Direkt nach der Verwandlung sickerte durch, was eigentlich geschehen war. Ich konnte gerade einfach nicht das Tier sein, das mich beinahe getötet hatte. Ich konnte einfach nicht. Solch ein Monster ... Das war ich nicht und würde es auch nicht mehr werden wollen.

Gegen jede Vernunft strich ich mir ein zweites Mal über das Muster und kaum später befand ich mich wieder in meinem menschlichen Körper. Nur mit dem Unterschied, dass es mir noch schlechter ging, als vorher; der Beweis, dass die Verwandlung mich stark beanspruchte.

Dann kam mir der Gedanke, dass ich zwar keine Pistole mehr besaß, aber das Messer trotz all der Verwandlungen noch in der Socke sein könnte. Und es war tatsächlich da. Ich zog es heraus und nahm den letzten Rest meiner Kraft zusammen, um mich Edward und Sylvio zu nähern.

»Aghhhh – « Nach wenigen Schritten brach ich zusammen und stürzte auf den harten Boden. Meinen Kopf in Richtung des Kampfplatzes geneigt, blieb mir nichts übrig, als zu beobachten und zu hoffen, dass die beiden das schaffen würden. Verdammt! Warum gab mein Körper gerade in diesem Moment nach, in dem ich helfen wollte?

Edward gab seinen letzten Schuss ab und warf das Gewehr ins Gebüsch.

Der übrig gebliebene Wolf jaulte kurz und blieb verkrampft auf dem Boden liegen.

In diesem Moment blickte ich hoffnungsvoll zu den Qädro. Sie hatten mich gefunden und gerettet. Die Freude darüber überdeckte für einen kurzen Moment den unfassbaren Schmerz, der in meinem Körper heiß pochte und mich alle paar Sekunden zusammenzucken ließ.

Sylvio rannte auf mich zu, während Edward sich mir mit langsamen Schritten näherte. Dennoch war er es, der mir aufhalf, während sein Gefährte mich nur mitleidig beobachtete.

»Alles okay?«, erkundigte er sich.

»Nghhh. Sehe ich etwa so aus?« Eigentlich war Ironie gerade unangebracht, doch vielleicht würden mich einige alte Verhaltensmuster geistig zurück in das Leben holen, das ich geführt hatte, bevor mich all das hier beinahe in den Tod geführt hatte.

»Du bist ernsthaft verletzt. Wir bringen dich zu einem Arzt«, befahl Edward.

»Ich wusste, dass die Trennung vorhin eine schlechte Idee war.«

»Lässt sich jetzt nicht mehr ändern.«

Das konnte man wohl tatsächlich nicht mehr, aber es hätte doch nicht so weit kommen müssen. Ich hatte schon aufgehört, zu zählen, wie oft ich für oder wegen der Qädro mein Leben riskiert hatte.

»Ich habe gehofft, es würde diesmal alles gut gehen.«

»Hmm«, entgegnete ich. Mir war egal, was meine Antworten für Konsequenzen hatten. Dieser Schmerz musste einfach endlich nachlassen! »So, wie ich aussehe, wird mich doch kein Arzt behandeln. Für ihn bin ich ein Werwolf – ein Monster.«

»Nicht für einen Qädro.«

Ich lächelte verkrampft, ehe ich durch ein weiteres Pochen das Gesicht verzog. Mir wurde immer deutlicher bewusst, wie meine Kraft weiter schwand und mir kälter wurde, als nach und nach das Blut aus meinem Körper rann. »Ihr habt echt auch einen Qädro als Arzt?«

Sylvio zuckte mit den Schultern. »Wir haben so ziemlich alles, was nötig ist.« Er und Edward halfen mir auf und trugen mich stützend nach draußen. Auf dem Weg in den Wagen, der nur unweit der Höhle stand, überlegte ich, wie es jetzt Salbrun erging. Die Menschen waren entweder teilweise tot oder verwandelt durch die Gibsar und Pernoy. Aber wer wusste schon, wer alles gebissen wurde. Vielleicht war die gesamte Stadt infiziert. Dann würde wirklich ganz Salbrun untergehen oder regiert werden durch Werwölfe. Das hier würde die gefürchtetste Stadt im ganzen Land, vielleicht sogar im ganzen Kontinent werden. Und ich war das Glied, das diesen Kampf verstärken oder ihn endgültig beenden konnte. Schon klar.

Sylvio stupste mich an, als wir beide auf der Rückbank saßen und aus dem Fenster schauten. »Ich habe da mal eine Frage.«

Ich fuhr durch die Berührung erschrocken zusammen, ehe ich mich ihm zuwandte. Ich hatte gerade nicht damit gerechnet. Es gab gerade einfach zu viele Dinge, über die ich nachdenken musste.

»Hmmm?«, entgegnete ich.

»Du hast dich doch in einen Wolf verwandelt. Warum bist du dann wieder zu einem Menschen geworden?«

Dass er mich das fragen würde, überraschte mich tatsächlich ein wenig. »Ich wollte den Pernoy nicht als Wolf gegenübertreten. Ich wollte es als Mensch. Ich – konnte sie einfach nicht als Tier töten. Ich bin nicht so wie sie. Das war vielleicht dumm von mir. Ich hätte als Wolf größere Chancen gehabt. Du kannst mir ruhig sagen, wie dumm das war. Es war bescheuert, einfach zu glauben, es als Mensch zu schaffen. Lach mich ruhig aus.«

Sylvio schüttelte den Kopf und ich beäugte ihn skeptisch.

»Was ist?«

»Du bist nicht dumm.« Sylvio lächelte.

»Was dann?«

»Menschlich.«

- *17* -

Mit viel zu hoher Geschwindigkeit bog Edward in eine Seitenstraße ein, um schnelle Hilfe zu organisieren. Die Stadt war so leer wie noch nie. Im Hintergrund konnte man erkennen, wie Menschen mit Messern und allem, was man so als Waffe hätte benutzen können, standen und mit viel Eifer damit beschäftigt waren, einen Schutzwall zu errichten, um sich vor den wilden Tieren zu schützen. Als ob das eine Lösung war. Vielleicht hätte man ihnen sagen sollen, dass das gegen die Intelligenz von Wölfen wie uns – uns, wie sich das anhörte – kein bisschen half, doch ich musste nicht auch noch unnötig Aufmerksamkeit auf mich ziehen. Wenigstens lenkten diese Gedanken von den starken Schmerzen in meinem Körper ab.

Nach kurzer Zeit war die Arztpraxis erreicht. Dafür, dass sie einem Qädro gehörte, war sie sehr öffentlich gehalten. Es war ja keine Überraschung, dass vermutlich alle Qädro, Gibsar und Pernoy normalen Berufen nachgingen. In diesem Fall der eines Arztes.

Edward hielt an, ließ uns aussteigen und betätigte die Klingel der Praxis.

Mit einem surrenden Geräusch öffnete sich die Tür und wir traten ein. Mein erster Impuls nach Betreten der Praxis war Flucht. Es roch stark nach Desinfektionsmittel. Zu allem Übel erinnerten mich Arztbesuche immer an den Einsatz von Spritzen. Und wenn es etwas gab, das ich hasste, dann waren es Spritzen. Die Folgen danach waren mir immer halbwegs egal, doch das Piksen, auch wenn es noch so klein war, führte als Kind zu einem leichten Trauma.

Der Flur war so sauber, dass sich die Neonröhren an den Decken darin spiegelten. Nicht einmal in den Ecken war auch nur ein Körnchen Staub zu erkennen.

Nach einigen Metern erreichten wir den Empfangsbereich, der jedoch leer war. Die Praxis wirkte wie ausgestorben. Waren wir hier richtig? Gab es jemanden, der mir helfen konnte? Schleppend kämpfte ich gegen den Drang meines Körpers an, wieder ohnmächtig zu werden.

»Da drüben ist eine Liege frei«, bemerkte Edward und half mir, in diesen Raum zu kommen. »Ich kümmere mich darum, dass dir jemand hilft.« Dabei sah er sich auffällig um. »Wenn ich sie finde.«

Sylvio und Edward verließen den Raum, nachdem sie mich auf die Liege gelegt hatten. Schlagartig bemerkte ich, wie ruhig es um mich wurde. Das gab mir Zeit, die Verletzungen meines linken Arms und der Beine zu betrachten. Die Hose war zerfetzt und gab den Blick auf die Unterschenkel frei. Es wäre zu viel gewesen, sie als ›zerfleischt‹ zu bezeichnen, aber diese Verletzungen gingen weit über eine simple Schürfwunde hinaus. Wenn ich Pech hatte, mussten diese Wunden genäht werden.

Ich schluckte bei dem Gedanken. Wenn mich eine Vorstellung noch mehr verunsicherte als Spritzen, dann war es diese hier.

Die Ruhe, die mich umgab, bot mir zusätzlich die Möglichkeit, mich umzusehen. Dieser Behandlungsraum wirkte wie der eines jeden anderen Arztes, jedoch ein wenig rustikaler, älter, beunruhigender. Es befand sich auch nicht viel hier, was den Raum persönlicher hätte wirken lassen können: Die Liege, auf der ich lag, ein Schreibtisch und ein Schrank mit Medikamenten, Nadel, Faden, Spritzen und allem, was ein Arzt brauchte. Ich wusste nur zu gut, was sich darin befand.

In meiner Kindheit war ich oft beim Arzt gewesen. Teilweise lag das daran, dass ich oft krank geworden war, noch öfter jedoch an Verletzungen, die mir mein Vater zugefügt hatte. Es gab gute Gründe, warum ich heutzutage nicht ein Wort mehr mit ihm wechselte. Meine Kindheit war hart gewesen. Es waren damals zwar eher kleinere Verletzungen gewesen, aber häufig genug, um entsprechende Aufmerksamkeit zu erregen, sodass der Arzt mich ernsthaft fragte, wie ich sie mir zugezogen hatte. Anscheinend war wohl offensichtlich gewesen, dass sie nicht vom Spielen gekommen waren.

Die Tür wurde geöffnet und eine Frau schritt selbstbewusst herein. Ihre Stöckelschuhe klackten auf dem Boden, ihre langen Haare wehten hin und her, während sie sich der Liege näherte. Ihr schmaler Körper wurde ein wenig durch einen Arztkittel verdeckt, der jedoch so sporadisch zugemacht war, dass man ein leuchtend rotes Kleid darunter erkennen konnte, welches ihren knallroten Lippenstift farblich ergänzte. Auf ihrem ernsten Gesicht zeichneten sich Stärke und Selbstbewusstsein ab, vermischt mit einigen Altersfalten. Sie musste älter als Edward sein, auch wenn ich nicht sicher war. Er und Sylvio stürmten ihr hinterher.

»Leila, nicht so schnell.«

Leila? Das klang nicht nach einem deutschen Namen.

»Wir wussten ja selbst nicht – «, schnaufte Sylvio, wurde aber prompt unterbrochen.

»Tu nicht so scheinheilig«, keifte sie. »Du weißt gut genug, was in der Stadt passiert ist.«

»Darum sind wir hier.« Edward deutete auf mich und dann auf meine Wunden an Beinen und Armen. »Kannst du dir das mal ansehen?« Seine Stimme blieb ruhig und beherrscht, während Sylvio sich von der Ärztin sichtlich verunsichern ließ.

Leila schob ihre Brille ein wenig höher, blickte jedoch über deren Ränder hinweg. Sie wirkte wie eine Frau, die zwar wusste, was sie tat, aber nicht sehr umgänglich war, wenn es um den Kontakt mit anderen Menschen ging. »Das ist mein Job.«

Während sie die Wunden untersuchte, verzog sie nicht eine Sekunde das Gesicht oder reagierte angeekelt, wie es wohl bei den Meisten der Fall gewesen wäre. Ihre Reaktion auf die Blutergüsse und Hautfetzen war nüchtern und kühl. Sie zog ihre Brille ab und legte sie auf einen nahestehenden Tisch. »Wölfe.«

Alles klar, diese Frau war tough. Die würde so schnell wohl nichts aus der Bahn werfen.

Edward nickte und lehnte sich an die Wand.

»War klar, dass du wegen so was kommst. Du kannst dich gerne auch mal mit einem fröhlicheren Anlass melden.« Kurz huschte ein Lächeln über ihre Lippen, das jedoch schneller erstarb, als es gekommen war. Sie seufzte, als sie meine Wunden untersuchte. »Sieht übel aus.«

Bei dem Versuch, sie zu beobachten, während sie mich untersuchte, stützte ich mich auf die Arme, die beinahe direkt nachgaben. Aber ich wollte wissen, was sie tat und wie sie es tat.

Bestimmend schob Leila meinen Oberkörper auf die Liege, ohne dabei zu rabiat zu sein. »Bleib liegen, Herzchen.« Plötzlich klang ihre Stimme weich und mitfühlend. *Herzchen?* Okay, somit hatte ich ein neues Wort, das ich niemals mit mir in Verbindung bringen wollte. Es fühlte sich einfach unangenehm an. *Herzchen,* wer war ich denn? Ihr Enkelkind?

Eindringend begutachtete sie nicht nur die Wunden, sondern auch mein Gesicht, Arme, Bauch, Beine, Füße und anschließend den Hals, wo man das Zeichen der Qādro deutlich sehen konnte. Sie konnte sich ein Grinsen nicht verkneifen, das sie Edward zuwarf. »Das ist er also.«

Dieser näherte sich und betrachtete meine Wunden ebenso eindringlich.

»Was können wir gegen die Schmerzen tun?«, fragte ich kontrolliert höflich. Meine Verletzungen ließen nicht genügend Kraft für langes Sprechen übrig und ich wollte nicht unnötig viel davon verschwenden.

Leila kicherte kurz. Eine mittelalte Frau, die kicherte? Gruselig. »Eindeutig neu. Du hast absichtlich meinen Namen vermieden, weil du nicht wusstest, ob du mich duzen darfst, richtig?«

Verdammt. Sie war gut. Zögernd schluckte ich und nickte zurückhaltend.

Selbstsicher schob sie ihre Brille wieder hoch und untersuchte meine Beinwunden eingehender. »Sieht aber böse aus«, stellte sie fest, ohne ihre vorher gestellte Frage zu beantworten. Dieser Fakt verunsicherte mich nur noch mehr.

»Deswegen sind wir hier«, unterbrach sie Sylvio.

Ihre Augen fuhren unmittelbar zu ihm wie ein Pfeil, der sein Opfer durchbohrte. Ein leichtes Schnauben kam aus ihrer Kehle. »Wie dem auch sei.« Sie stand auf und ging zum Schrank, aus dem sie ein Fläschchen und eine Pipette herausholte.

Puuuh! Keine Nadel und kein Faden! Trotzdem war es reichlich merkwürdig, was sie nur mit einer Flüssigkeit erreichen wollte.

Anscheinend hatte Leila meinen Blick bemerkt, denn sie legte ihre Stirn in Falten. Auf eigenartige Weise wirkte ihr Gesicht so ein wenig freundlicher. »Vertrau mir, Herzchen.« Als sie sich auf den Stuhl setzte und die Flasche öffnete, stieg mir ein beißender Geruch in die Nase.

»Urghhh. Was ist das?«

Leila lächelte. Anscheinend war es wohl mehr als deutlich, dass ich den Inhalt nicht kennen konnte. »Es würde zu lange dauern, dir das zu erklären. Es hilft bei Wolfsbissen.« Mit ihrer Pipette zog sie ein wenig der Flüssigkeit heraus und träufelte etwas davon auf meine verletzten Beine.

Als die Flüssigkeit in die blutende Wunde sank, fuhr ein kalter Schauer durch meinen Körper. Der Schmerz ließ zwar nicht nach – was hatte ich auch erwartet –, aber ich vertraute Leila, dass sie wohl wusste, was sie tat. Obwohl sie so seriös wirkte und einen Arztkittel trug, weckte sie in mir eher Vorstellungen von einer Giftmischerin, als einer Ärztin.

Gleichmäßig verteilte mein Gegenüber alles auf den Wunden und zog einige Verbände hervor, mit denen sie die Verletzungen endlich sicher verbergen konnte. »In ein paar Stunden wird es dir bessergehen. Nach ein paar Tagen verschwinden auch die Wunden«, diagnostizierte sie.

Seltsamerweise beeindruckte es mich nicht, dass die Qädro gegen Wolfsbisse eine Art Wundermittel besaßen. Magie war ja wirklich ein Thema, obwohl ich immer noch nicht glaubte, dass das alles existieren konnte. Wir waren hier in der realen Welt und nicht in irgendeinem Fantasyroman. Trotzdem waren die Qädro immer für eine Überraschung gut.

»Was sollen wir jetzt machen?«, erkundigte ich mich. Die gesamte Lage war inzwischen ja *komplett* aus dem Ruder geraten. Immerhin wusste ich noch, wer und was ich war und verstand auch den Krieg der drei Clans, doch nun war alles durcheinandergekommen. Es hatte eine offene Konfrontation gegeben, einen monströsen Angriff auf Salbrun. Für die Überlebenden war es nicht mehr sicher. Dasselbe galt für mich und die anderen Qädro. Bislang hatten wir alle vermutlich gut ausblenden können, was das Ziel dieses Angriffs war. Klar, um mehr Mitglieder für den Clan zu bekommen und Menschen allgemein zu Wölfen zu machen. Und in nächster Instanz? Uns anzugreifen. Vielleicht, mich zu töten. Das war ja auch schon Dannys erklärtes Ziel.

Sylvio wandte sich an Edward, der sich inzwischen auf einen freien Stuhl gesetzt hatte. »Gute Frage eigentlich.«

Dieser nickte. »Wir sollten uns mal mit dem Anführer unterhalten.«

Als ich dieses Wort hörte, stemmte ich mich mit aller Kraft nach oben, brach jedoch augenblicklich wieder zusammen.

Leila bedachte mich mit einem Lächeln und drückte meinen Oberkörper fester auf die Liege. »Zwing mich nicht, dich da festzuschnallen, Herzchen. Du solltest dich nicht bewegen, um das Medikament wirken zu lassen.«

»Jaja«, knurrte ich, hatte aber kein Interesse an dem, was sie sagte. Vielleicht war das die Chance, den Anführer kennenzulernen und zu verstehen, warum das hier alles so vor sich ging. Und die wollte ich nicht verstreichen lassen, nur, weil ich verletzt war. »Darauf warte ich schon die ganze Zeit. Ich habe das Gefühl, ich weiß nichts über meine Rolle in diesem Konflikt. Ich will endlich alles wissen!«

Die Ärztin ließ mich wieder los, doch ich besaß nicht mehr die Kraft, um mich aufzustemmen und Sylvio und Edward etwas entgegenzusetzen. Die Wölfe oder Werwölfe – was auch immer sie jetzt waren – hatten mir zu übel zugesetzt, als dass ich bedenkenlos aufstehen und aus dem Raum spazieren könnte. Trotzdem ließ mich die Neugier nicht los und der Andrang, einfach aufzustehen und mir den Weg zum Anführer der Qädro beschreiben zu lassen, wurde immer größer. Allerdings wusste ich nicht, ob jemand wie Leila ihre Drohung wahrmachen und mich tatsächlich an der Liege festschnallen würde. Ihr komplettes Wesen vermittelte mir, dass sie hemmungslos genug war, das letztendlich wirklich zu machen.

»Du bleibst hier«, entschied Edward, nachdem ihm ein Seufzer entfahren war. Er konnte sich wohl durchaus vorstellen, wie gerne ich mit dem Anführer gesprochen hätte.

Ich wollte einen Einwand einbringen, doch Leila hatte schon wieder ihre Handfläche gegen meine Brust gedrückt und schüttelte nur den Kopf, als ich sie wortlos betrachtete. Mir fehlten die richtigen Worte, um das zum Ausdruck zu bringen, was ich gerade empfand: Enttäuschung über die Qädro, Edward und mich. Es war wohl auch nicht schlau, jetzt gleich unterwegs zu sein, obwohl ich nicht einmal laufen konnte. Mit dem Kopf durch die Wand. Nicht gerade mein bester Plan.

»Was soll er dann machen?«, erkundigte sich Sylvio mit der Frage, die ich auch zu gerne gestellt hätte.

Edward blickte an ihm vorbei zu Leila. »Kann Lloyd bald wieder laufen?«

Die Ärztin zuckte mit den Schultern. »Vermutlich.«

»Dann sollte er dringend aus der Schusslinie der Gibsar und Pernoy. Wir könnten – «

»Nein!«, entfuhr es mir. »Nehmt mich mit! Ich will ihn endlich kennenlernen!«

Bei diesem Ausruf wandten sich mir alle direkt zu. Sylvio wirkte hierbei noch am Verständnisvollsten. Edward wirkte einfach nur erschrocken und Leila besah mich mit einem Blick, als ob ich ein kleines Kind wäre, das unbedingt sein Spielzeug haben wollte. Allen drei war klar, wen ich mit ›ihn‹ gemeint hatte, doch keiner von ihnen war sich wohl sicher, ob ich den Anführer kennenlernen durfte oder nicht.

Edward lächelte. Vielleicht verstand er mich doch ... wenigstens ein bisschen. »Erst gehen wir nach Hause und dann sehen wir weiter.«

Seufzend willigte ich ein. Was blieb mir denn für eine Wahl? Rebellieren war schwierig, wenn man sich nicht bewegen konnte und auf die Hilfe anderer angewiesen war. Sie hätten mich auch einfach hierlassen können, damit ich hier die Nacht verbrachte. In dieser Arztpraxis hätte mich wohl niemand vermutet. Übernachten in einer Arztpraxis, gefangen auf einer Liege in einem sterilen Behandlungsraum, entfernt von allem, was sich ansatzweise vertraut anfühlte. Danke, aber nein danke. Zu Hause war es zwar auch nicht mehr so sicher, ich fühlte mich dort jedoch bedeutend wohler.

Während Leila uns verabschiedete, stützten mich Edward und Sylvio wieder, ehe ich auf der Rückbank Platz nahm und der Motor gestartet wurde. Kurz darauf fuhren wir zu mir nach Hause.

Die Ankunft fühlte sich an, als ob wir einen Ort betraten, den ich jahrelang nicht mehr gesehen hatte. Eigentlich sollte ich froh darüber sein, daheim zu sein. Doch dieser Ort fühlte sich komischerweise überhaupt nicht danach an. Hatte ich denn noch ein Zuhause? Gab es einen Ort, an dem ich mich so wohl fühlte, dass ich gerne dorthin zurückkehrte? Die Tür war angelehnt, die Wohnung aber glücklicherweise leer. Selbst das Sofa, auf das ich mich legte, wirkte erschreckend fremdartig. Sylvio reichte mir auf meine Bitte eine Decke, die ich schützend über mich legte wie ein Kranker, dem Bettruhe verordnet wurde.

Die beiden Qädro setzten sich an den Esstisch wenige Meter entfernt und ich blickte sie verheißungsvoll an. Wir alle drei stellten uns die Frage, doch keiner wagte, sie auszusprechen. Nach einigen Sekunden entschloss ich mich dazu, das Schweigen zu brechen. »Und jetzt?«

Sylvio tippelte mit seinen Fingern auf dem Tisch herum, während Edward eine der Kerzen fixierte, die relativ abgebrannt war.

»Ist es in Ordnung, wenn wir gehen?«, schlug Sylvio vor, der das Warten leid war. Ich konnte ihm deutlich ansehen, wie nervös es ihn machte, einfach nur herumzusitzen. Er war jemand, der immer unterhalten werden musste, der nie ruhig sitzen konnte. Aber in der Hinsicht war ich ihm ähnlich. Man konnte mich auch nie zu Geduld animieren.

Edward erhob sich und schlenderte zu mir. »Natürlich gehst du ab jetzt nicht mehr arbeiten.« Er lächelte so, wie ich es von meinem Vorgesetzten kannte. »Du bleibst zu Hause. Wir gehen zu dem Anführer und falls etwas passiert, teile ich es dir mit. Ich kann nicht immer kommen. Ich ruf dich an, wenn es etwas Neues gibt.«

Unsicher glitt mein Blick zur Tür. »Und was ist, falls Danny kommt?«

»Das wäre sehr dumm«, warf Sylvio ein. »Wir schließen deine Balkontür ab und werden dein Türschloss nachher austauschen. Einfach, um sicherzugehen.«

»Im Wald liegt irgendwo noch ein Schlüssel zur Wohnung. Als ich einmal nachts draußen war, habe ich ihn mit meinen Klamotten versteckt.«

Edwards Blick wurde ernst. »Dann sollten wir das Schloss erst recht austauschen! Wir werden dir einen Schlüssel auf den Tisch legen, den anderen nehmen wir. Und du solltest dich jetzt ausruhen.«

Nachdenklich stimmte ich zu und mir wurde bewusst, wie erschöpft ich war. Wann hatte ich das letzte Mal richtig geschlafen? Es fühlte sich an, als wäre es schon Tage her. Das war vermutlich gar nicht so falsch. Im Grunde hatten die beiden ja Recht, auch wenn es seltsam wirkte, sie so einig zu sehen.

Meine müden Augen bekamen kaum noch mit, wie die beiden das Haus verließen. Nur wenige Augenblicke später fielen sie zu und ich gab mich dem Schlaf hin, den ich so dringend brauchte.

Das Telefon klingelte, mitten in der Nacht.

Müde öffnete ich die Augen und sah mich um, ehe meiner Kehle ein leises Grummeln entwich. Konnte man mit einem Anruf denn nicht bis zu der Uhrzeit warten, an der es hell wurde?

Ich erhob mich träge und schlurfte zu meinem Smartphone, das auf dem Tisch lag und aufgrund des Anrufs vibrierte. Keine Ahnung, ob ich es selbst irgendwann dort liegen gelassen oder ob einer der Qädro es gefunden und dort hingelegt hatte. Es wurde eine unbekannte Rufnummer angezeigt, aber ich entschied mich dennoch, dranzugehen.

»Hmm?« Ich war noch immer zu fertig, um klar artikulieren zu können oder zu wollen, daher beließ ich es dabei. Wer mich anrief, wusste sicher, mit wem er es zu tun hatte.

»Lloyd?«, ertönte Sylvios Stimme am anderen Ende.

»Mhmm.«

»Wir haben mit dem Anführer gesprochen.«

Auf einen Schlag war mein Geist hellwach und ich riss hoffnungsvoll die Augen auf. »Und? Was hat er gesagt?« Plötzlich war mir egal, dass er mich mitten aus dem Schlaf gerissen hatte, obwohl er mir diese Nachricht auch in Ruhe am Morgen hätte sagen können.

»Er meint, er will dich bald treffen.«

Ich hechtete sofort zu meinem Schreibtisch und suchte nach Kugelschreiber und einem Zettel, um diesen wichtigen Termin nicht zu vergessen, auch wenn ich ihn mir garantiert merken würde. »Wann und wo?«

Sylvio überlegte kurz. Zumindest glaubte ich das, denn einige Sekunden hörte ich nichts am Ende der Leitung. »Morgen Nacht«, entgegnete er. »Im Seepark. Weißt du, wo das ist?«

Ich nickte, auch wenn er es nicht sehen konnte. Mit einem Mal schossen mir Bilder vom damaligen Treffen durch den Kopf, selbst wenn es erst wenige Tage her war. Zurück zum Ausgangsort. Das konnte ja lustig werden. »Ja, das kenne ich.«

Sylvio beendete das Telefonat und ich lief ins Schlafzimmer. Mein Gang war sicherer und ich war erstaunt, wie gut ich vorankam, obwohl ich gestern nicht einmal wirklich humpeln konnte. Dieses Mittel der Qädro hatte wahre Wunder bewirkt.

Um mich ein wenig abzukühlen, öffnete ich das Fenster und ließ die eisige Luft von draußen ins stickige Zimmer. Nach einem tiefen Atemzug fühlte ich mich erstaunlich befreit, legte mich in mein Bett und zog die Decke bis zum Kinn. Ich hätte sowieso nicht schlafen können, so aufgeregt, wie ich jetzt war. Doch mein Körper war noch erschöpft, sodass der Schlaf trotz der Nervosität einsetzte. »Endlich ... Antworten.«

- *18* -

Die Sonne blendete mein Gesicht und ich hielt die Hand vor die Augen, damit diese die Zeit hatten, sich an das Licht zu gewöhnen.

Unruhig wälzte ich mich einige Male hin und her. Nun war endlich die Gelegenheit, zu schlafen. Wieso konnte ich es dann nicht? Das bald anstehende Gespräch mit dem Anführer der Qädro setzte mich wohl zu sehr unter Druck. Auch wenn sich Edward nach dem ersten Angriff – an dem ich schuld war – größte Mühe gegeben hatte, mir alles zu erklären, war noch vieles nicht geklärt. Ich wollte alles wissen. Für mich war immer nicht klar, warum gerade so jemand wie ich zum Qädro geworden war. Edward hatte mir das nicht vernünftig erklären können. Es waren zu viele Fragen offengeblieben und er war bei dem Thema des Todes seiner Frau so unglücklich gewesen, dass ich nicht weiter nachhaken wollte, egal, worum es ging. Edward hatte sich mir gegenüber noch nie so traurig und verletzlich gezeigt. Er war immer der Mann gewesen, den nichts aus der Fassung bringen konnte, der allem standhalten konnte. Und jetzt war er verletzlich geworden. Genauso, wie ich auf das Thema Liebe verletzlich reagierte. Mein unruhiges Herz fand immer noch keine Erklärung dafür, warum Becca mich nicht lieben konnte, auch wenn sie es wahrscheinlich tat. Sie war mir in meinem Leben beinahe wichtiger, als ich selbst. Hoffentlich war ihr bei dem Angriff der Gibsar und Pernoy nichts geschehen. Ich würde mir nie verzeihen, wenn sie mit Fell durch die Gegend rennen und unschuldige Bürger töten würde. Oder, wenn sie unter den Wölfen gewesen war, die Sylvio und Edward erschossen hatten. Nein, das konnte und durfte nicht sein. Wie konnte ich diesen Gedanken die ganze Zeit nur verdrängen?

Ein kalter Windzug fegte durch mein Zimmer, sodass ich aufstand, um das Fenster zu schließen. Der Fußboden war eiskalt, der ganze Raum wirkte kühl und fremdartig.

Gegen den äußeren Frost half Kleidung, innerlich leider nicht. Ich zog mir etwas über und ging in die Küche. Das Erste, was ich tat, war, das Radio anzuschalten und darauf zu warten, dass die Stimme des Radiosprechers darüber spekulierte, was geschehen war. Dass eine unbekannte Menge Menschen plötzlich verstorben wäre und dass er allen, die noch lebten, riet, in ihren Häusern zu bleiben und darauf zu warten, dass sich alles normalisierte. Wie bei einer Seuche, die jeden ergriff, der sich auf die Straße traute. Nur war es jetzt zu spät für vermeintliche Hamsterkäufe. Vermutlich würde ich dann so Floskeln hören wie ›Warten Sie ab, alles wird wieder besser‹ oder ›Es ist lediglich eine Frage der Zeit.‹

Denselben Optimismus hätte ich auch gerne. Wenn ich nichts unternahm, würde sich nichts zum Besseren wenden. Im Gegenteil. Salbrun wäre verloren. Überall rannten nun Werwölfe herum, die mit Sicherheit keine Gelegenheit versäumten, einen alten Mann oder ein unschuldiges Kind anzufallen, das sich nicht wehren konnte. Leichte Opfer. Selbst normale und gesunde Menschen würden vor ihnen nicht sicher sein. Dass sich binnen weniger Tage einfach alles ändern konnte. Wahnsinnige Wolfs-Mensch-Mischwesen auf den Straßen, Leute verängstigt in ihren Häusern, das Militär sicher schon auf dem Weg, um jedem von uns den Garaus zu machen, ohne zu wissen, wer wirklich für das hier verantwortlich war.

Ich blickte von dem Fenster aus auf die Straße. Es war alles wie ausgestorben. Noch immer wagte sich kein Mensch nach draußen, der nicht darauf hoffen wollte, auch ein Werwolf zu werden oder zu sterben. Salbrun war inzwischen zum Massenfriedhof geworden. In den Gassen und auf dem Stadtplatz, den ich entfernt noch sehen konnte, nahm ich Knochen wahr, die wohl die Wölfe zurückgelassen hatten. Zumindest konnte ich mir so den verstörenden Anblick halbverwandelter Menschen ersparen.

Wie erwartet war der lokale Radiosender Salbruns tot. Ich hörte lediglich ein Rauschen. Und irgendein Popgedudel, das auf den anderen Sendern lief, konnte ich mir echt ersparen.

Während ich aß, schweifte mein Blick suchend durch die Küche, auch wenn nicht klar war, wonach ich überhaupt suchte. Gab es denn nicht in den Untiefen des Wissens der Qädro irgendein Mittel, womit man Werwölfe aufhalten oder einfach nur ihr Dasein beenden konnte, ohne sie zu töten? Etwas, das vielleicht sogar eine Rückverwandlung zuließ, sodass wir alle wieder wie vorher werden konnten? Es ließ sich wohl darüber streiten, inwiefern es ein Segen oder ein Fluch war, sich in einen Wolf verwandeln zu können, der sich von seinen realen Artgenossen nicht unterschied. Doch einem Normalsterblichen, wie ich einer gewesen war, ergab sich ein grausames Bild zum Dasein als Werwolf. Und lag ich damit so falsch? Nach dem, was die Gibsar und Pernoy getan hatten, waren wir letztendlich nicht mehr als Monster, vor denen die Menschen in der Stadt zurecht Angst hatten. Klar, nicht alle waren so. Jedoch auf jeden Fall genug.

Eventuell war es ja auch nur eine Frage der Zeit, bis ganz Salbrun Fell tragen würde.

»Es muss doch etwas geben«, fluchte ich, als ich auf den ersten Blick nichts fand. Aber was hatte man in einer spartanisch eingerichteten Küche auch zu erwarten. Hier gab es nichts, womit man eine Verwandlung rückgängig machen konnte.

»Um Werwölfe zu töten?«, meinte plötzlich eine Stimme hinter mir.

Hektisch drehte ich mich um und fiel beinahe vom Stuhl. Dieses Mal war ich doch überrascht, Sylvio so bald wieder in meiner Wohnung zu sehen. Und das auch noch unverletzt. Es war doch jetzt schon Selbstmord, das Haus zu verlassen, geschweige denn nur einige hundert Meter allein draußen zu gehen. Die Werwölfe waren dort noch irgendwo. Den Anführer zu treffen, war der einzige Grund, für mich das Haus zu verlassen. Selbst das war dann nur eine Ausnahme. Ich konnte mein Leben nicht aufs Spiel setzen, wenn es doch für die Qädro und das Ende dieses endlos scheinenden Kampfes angeblich so wichtig war.

Lächelnd schüttelte ich den Kopf. »Habt ihr schon das Schloss ausgetauscht?«

Sylvio grinste mich nickend an und gab mir einen Schlüssel. »Nicht, dass ich nicht auch so hier reingekommen wäre. Im Schlösser öffnen bin ich ziemlich gut. Harte Kindheit, wenig Geld. Da musste man sich durchkämpfen und notfalls aus dem eigenen Kinderzimmer ausbrechen.«

»Waren deine Eltern so schlimm?« Anscheinend war es bei den Qädro fast schon üblich, dass alle Mitglieder Narben aus grauer Vergangenheit aufwiesen.

»Ich wollte nur raus. Meine Eltern haben mich immer eingesperrt, wenn ich nicht das gemacht habe, was sie wollten oder nach Dingen fragte, die mich anscheinend nichts angingen.« Er schüttelte den Kopf. »Lassen wir das Thema. Ich bin hier, um dir etwas zu sagen. Der Anführer will, dass du ihm als Wolf gegenübertrittst und nicht als Mensch.«

Ich zog eine Augenbraue hoch. »Wieso das? Hat er einen bestimmten Grund dafür?«

»Er will wohl ausschließen, dass du Gibsar oder Pernoy bist. Oder er mag keine Menschen. Frag mich doch nicht. Ich sollte es dir lediglich sagen.«

Über Sylvios Unsicherheit konnte ich gerade nur lächeln. So hatte ich ihn ja noch nie erlebt. »Okay. Trotzdem klingt das für mich ziemlich seltsam. Ich kann nach wie vor nicht glauben, was mit mir passiert ist. Oder mit Salbrun. Jetzt setz dich schon hin!« Da es mich nervös machte, wie Sylvio vor sich hin tippelte, bot ich ihm lieber eine Sitzgelegenheit an. Inzwischen hatte er als mein Freund den Platz von Danny eingenommen. Und dieser war nun der Feind. Wie passend.

»Du hasst nicht mehr, was du bist?«, erkundigte sich Sylvio skeptisch. »Ich habe mich ziemlich lange gehasst und dafür geschämt, was ich seit diesem Zeitpunkt war.«

Irgendwie war ich ein wenig glücklich, mit jemandem ungezwungen darüber reden zu können, der wohl etwas Ähnliches durchgemacht hatte. Allmählich sah ich es auch als selbstverständlicher an, mich zu verwandeln, selbst wenn ich mich nicht daran gewöhnen konnte, zu kämpfen oder sogar ... zu *töten*. Salbrun war ein Schlachtfeld. »Ich versuche nur, meine Situation zu akzeptieren. Ich habe noch nicht gesagt, dass ich es gerne bin.«

»Tja«, summte Sylvio. »Wäre auch zu schön gewesen.«

Die Sonne schien durch das Fenster und ließ mich im Licht sitzen, sodass ich meinen Stuhl näher an seinen heranschob, um nicht geblendet zu werden. »Hast du eine Ahnung, wie viele Menschen jetzt verwandelt oder tot sind?«, fragte ich nach. »Der Angriff gestern war ziemlich heftig.«

Sylvio schüttelte den Kopf. »Es war schon gefährlich genug, nur hierher zu kommen. Ich denke, dass viele Salbruner tot sind, mehr, als wir vielleicht ahnen.«

»Was können wir tun?«

Ein Schulterzucken war die Reaktion. »Momentan nicht viel. Edward überlegt hin und her, doch er weiß auch nichts. Wie sollen wir gegen einen Gegner kämpfen, deren Anzahl und Kampfkraft wir nicht kennen?«

Gute Frage. »Und der Anführer hat keine Idee?«

»Nicht wirklich. Er hat nur gesagt, dass auch er gerne mit dir reden würde. Anscheinend hegt er an dir ein großes Interesse.«

Das beruht auf Gegenseitigkeit. Ich stand wieder auf und lief unruhig durch den Raum. »Ich will einfach wissen, wieso genau ich zum Qädro werden musste.«

»Das ändert doch nichts an der Tatsache, dass du einer bist.«

Ein Seufzen entfuhr mir. »Nein. Nicht mehr.«

Sylvio, der erkannte, wie trist meine Stimmung wurde, sprach augenblicklich weiter. »Hast du Lust, zu den Wölfen zu gehen? Wir müssten uns zwar durchkämpfen oder verstecken, aber den normalen Wölfen müsste es so gut gehen, wie sonst auch.«

War das sein Ernst oder nur der verzweifelte Versuch, mich abzulenken und aus dem Haus zu bringen? Dachte er, ich würde irgendwann depressiv werden, wenn ich mich in Anbetracht der Lage zu lange hier drin verschanzte? Ich wehrte ab. »Mich würde mehr interessieren, ob es Becca gut geht.«

Sylvio schnappte sich eines der Toastbrote von meinem Tisch in der Küche, ohne zu fragen und kaute unbekümmert darauf herum. Ich ließ ihn das einfach so nehmen, denn er war ein Freund. Das waren zwar schlechte Manieren – aber hallo! Manieren! Wer achtete schon auf Manieren, wenn sich vor der Haustür Werwölfe tummelten!?

»Das Mädchen, das du liebst? Ich hoffe für dich, dass es ihr gut geht.«

»Ich würde jetzt gerne rausgehen, nur will ich kein Risiko eingehen. Heute Nacht muss ich sowieso raus.« Bei dem Gedanken daran wurde meine Atmung tiefer und beschwerlicher. Mir war es gerade lieber, einfach nicht weiter über Becca nachdenken zu müssen. Jedes mögliche Szenario wirkte schlimmer als das andere.

Sylvio klopfte mir freundschaftlich und ermutigend auf die Schulter. Jeden hätte es schon genervt, wenn ich so unglücklich war, er schien sich jedoch immer wieder zu freuen, wenn er mich aufbauen konnte. »Dann komm. Wenn ich dabei bin, wird es kein Risiko geben. Außerdem sind es neue Werwölfe. Sie können uns wahrscheinlich nicht einmal schnell folgen.«

»Ich bin auch neu.«

»Aber erfahrener.«

Na ja, vielleicht ein wenig.

»Komm jetzt.« Sylvio stand auf. »Du hast es doch letztes Mal bei den Wölfen auch gut gefunden.« Er zwinkerte mir zu. »Du weißt schon, wen ich meine.«

Es war wohl mehr als offensichtlich gewesen, dass ich mich *gut* mit der Fähe verstanden hatte. Ich unterdrückte ein Grinsen. »Okay.«

Wir verließen das Haus und verwandelten uns augenblicklich in die grauen Wölfe, die uns als Qädro auszeichneten. Um nicht ungewollt Aufmerksamkeit zu erregen, schlenderten wir nur langsam durch die Stadt zum Wald. Aus den Ecken funkelten mich bedrohliche Augen an, doch ich bemühte mich, sie zu ignorieren. In manchen Gassen konnte ich die Wölfe sehen, wie sie an Knochen nagten. Es waren teilweise groteske Gestalten dabei. Zu groß, zu klein, gerupft wie ein Huhn oder mit zu viel Fell, sodass sie eher wie ein Pudel wirkten. Da konnte man kaum hinsehen. Zum Glück waren nur die wenigsten Werwölfe so und sie schienen auch kein sichtliches Interesse an uns zu haben.

Als wir dann im Wald waren, fühlte ich mich viel wohler, auf eine seltsame Weise jedoch sicherer. Ich wedelte mit dem Schwanz, auch wenn ich wusste, dass mich die Gibsar und Pernoy vermutlich immer noch beobachteten.

Erst, als wir im Bau waren, fühlte ich mich sicher. Wieder wurden wir freudig begrüßt, die Fähe leckte über mein Gesicht und kuschelte sich an mich, was ich dieses Mal erwiderte, ohne zu zögern. Meine Laune schoss in einem solchen Tempo nach oben, dass mir schwindelig wurde. Sylvio wusste, wie sie sich heben ließ.

Die nächsten Stunden verbrachte ich damit, den anderen Wölfen bei ihrem Treiben zuzusehen und Zeit mit der Fähe zu verbringen. Ich würde sie vermutlich immer noch hassen, wenn mich Sylvio nicht ein erneut mit ihr konfrontiert hätte. Er war wirklich so eine Person, die für mich die richtigen Entscheidungen traf, wenn ich es gerade nicht selbst konnte oder wollte. Ohne ihn wäre ich verloren gewesen und wäre nicht hier. Ihm verdankte ich auch, dass ich keiner der verrückten Werwölfe war, der in der Stadt herumlief und die übriggebliebenen Einwohner in Angst und Schrecken versetzte. Er hatte dafür gesorgt, dass aus mir keines der blutrünstigen Monster wurde. Oder ich tot war.

Während Sylvio gerade mit einem Wolf interagierte, leistete ich den beiden Gesellschaft. Es wirkte so, als sprächen sie über Essen oder die Jagd, aber genau sagen konnte ich es nicht. Ich verstand zwar einigermaßen, was sie von sich gaben und erkannte auch den Sinn dahinter, doch es war und blieb eine Fremdsprache, die es zu lernen galt.

Der Versuch eines Lächelns kam über meine Lefzen, was sich sehr verkrampft und unnatürlich in diesem Körper anfühlte. Auf seltsame Art und Weise war es einfach schön. Es war schwer, dem Drang zu widerstehen, einfach hier zu bleiben, dem turbulenten Leben als Mensch zu entsagen und meine Zeit bei der Wölfin zu verbringen. Erst mal schauen, was Sylvio so trieb, ehe ich wieder zur Fähe ging, um den Stress von mir abfallen zu lassen. Allmählich hatte ich daran nämlich Gefallen gefunden und wurde immer glücklich, wenn sie mir Aufmerksamkeit schenkte oder über mein Fell leckte.

Sylvio stupste mich überraschend an und deutete auf den Gang, der zurück nach oben führte.

Was wollte er denn jetzt schon wieder von mir? Ich verengte skeptisch die Augen. Allmählich war es etwas störend, wenn er mich gerade als Wolf davon abhielt, das zu tun, was ich gerne machen würde. Er sollte mich nicht die ganze Zeit herumscheuchen oder aus solchen Situationen herausholen, wenn er schon derjenige war, der mich dazu überredet hatte, überhaupt hier her zu kommen. Als Wolf war ich frei. Da wollte ich mir selbst von Sylvio nichts vorschreiben lassen. Aber er war mein Mentor und Freund. Wenn ich ihm folgen sollte, hatte das auch sicher einen Grund. Falls ich die Kontrolle verlieren würde, würde ich ein normaler Wolf bleiben, der vielleicht niemals wieder in der Lage war, selbstständig wie ein Mensch zu denken.

Auf dem Weg nach oben glitt mein Blick durch den Gang, ehe er sich verbreiterte und wir den Bau verließen. Vor einem kleinen See blieb er stehen und blickte ins Wasser.

Eigentlich wollte ich ihn fragen, was los war, doch in dem Moment entwich meiner Kehle ein ungewolltes Knurren. Verdammt! Irgendetwas zog mich wieder zurück in die Höhle, zurück zu der Fähe. Wurde ich langsam irre? Jeder

Laut, den ich versuchte, herauszubringen, war ein Knurren. Daher entschied ich mich, meinen Gefährten stumm zu betrachten. Vielleicht wurde ich schon zum richtigen Wolf und würde es auch immer bleiben. Nein. Das durfte nicht passieren! Ich würde alles dafür tun, dass ich blieb, wer ich war! Ein Mensch!

Sylvio drehte sich zu mir um. In seinen blauen Augen spiegelten sich Sorgen wider. Wegen mir? »Lloyd.« Er schritt auf mich zu. »Ist alles in Ordnung bei dir?«

Kopfschüttelnd wich ich zurück und erschrak über mein eigenes Verhalten. Während Sylvio weiter auf mich zuschritt, atmete ich kontinuierlich tief ein und aus und rang mich zu einem zögerlichen Nicken durch.

»Bei dir ist nichts okay. Ich glaube, es tut dir augenscheinlich doch nicht gut, wenn du zu viel Zeit mit den Wölfen verbringst.«

»Unsinn!« Ich knurrte weiter, auch wenn ich mir innerlich immense Vorwürfe machte. Mein Körper lenkte meine Schritte wieder in Richtung Bau, um dieser unangenehmen Situation zu entfliehen, doch Sylvio versperrte mir den Weg.

Mit traurigen Augen blickte er in meine. Er versuchte mir zu helfen, so gut es ging. Das merkte man. Aber meine Gedanken waren woanders. Ich dachte an das Rudel. Ich dachte an die Fähe. Ich dachte an *mehr*.

»Lloyd. Edward hat mir alles erzählt. Erinnerst du dich an nichts von dem, was er dir gesagt hat?«

Mir wurde immer heißer. Meine Nervosität stieg, während meine menschliche Seite darum rang, die Kontrolle wiederzuerlangen. Jetzt gerade war ich ein normaler Wolf, der sprechen konnte. Ich verstand auch, inwiefern die Werwölfe in Salbrun zu unkontrollierten Monstern hatten werden können, statt so zu werden, wie ich. Sie besaßen einfach keine Kontrolle mehr über sich selbst. Dass sie auf diese Weise Monster werden könnten, hätte ich mir denken können. Mir ging es doch auch nicht besser und das erste Mal mit der Fähe war schon das Anzeichen dafür, dass ich dabei war, die Kontrolle zu verlieren. Aber ich musste sie irgendwie wiedererlangen!

Mit meiner Vorderpfote scharrte ich im Boden. »Ja, nein. Ich weiß nicht.« Hilflos blickte ich zu ihm hinüber. Ich war vollkommen verwirrt. Dass ich meinen Namen noch wusste, war schon ein kleines Wunder.

Sylvio legte mir Mut machend seine Pfote auf die Schulter.

Irgendwie half das weniger, als er sich vielleicht vorstellte. Stattdessen verunsicherte es mich noch mehr. »Ja. Ich glaube, er hat da so etwas gesagt.« Langsam kehrten die Erinnerungen zurück. Zum Glück.

»*Was* hat er gesagt?« Sylvio legte sich hin und blickte mich aus großen Augen erwartungsvoll an.

Ich dachte nach. Das hätte ich nicht verdrängen sollen und es war wichtig, es stets im Kopf zu behalten. Umso kritischer, dass es mir gerade so schwerfiel. Ich wollte mich auch wieder beherrschen! Mann! Wenn ich nur wollte, würde ich es schaffen! Und ich wollte! »Er hat gesagt, dass ... es als Wolf schnell passieren kann ... dass ich die Kontrolle verliere ... «

Er nickte. »Und weiter?«

Mein Blick wanderte zum Himmel, wo er von Wolke zu Wolke sprang. »Mehr war da nicht, glaube ich.«

»Glaubst du?«

»Ich weiß es!«, bestätigte ich selbstsicherer.

Sylvio entfernte sich wieder einige Meter von mir. Immerhin hatte ich verstanden, inwiefern er mich testen wollte. Doch dieser Test war für mich alles andere, als angenehm gewesen. Es zuckte um Sylvios Lefzen, als er mich beobachtete. »Sieh dich an. Sieht so der Lloyd aus, den ich kennen gelernt habe? Würde er sich so verhalten, wie du dich jetzt verhältst?«

Ich kniff nachdenklich die Augen zusammen und vermied seinen direkten Blick. Diesem Druck wollte ich mich nicht aussetzen. »Ich denke, nicht.«

»Denkst du?«

»Ich weiß es!«

Sylvio spielte offensichtlich Katz und Maus und forderte meine menschliche Seite mit seiner Art geradezu heraus. Damit warf er mir auf bewusste oder unbewusste Weise gerade die Rettungsleine zu, die ich brauchte, um aus dem Loch zu kommen, in dem ich gerade steckte. »Du musst endlich aufhören, an dir selbst so stark zu zweifeln. Wenn du das machst, wird es irgendwann nicht aufzuhalten sein, dass du einer der Wölfe wirst, die gerade in Salbrun sind.« Er bemühte sich, zu lächeln, doch er war gerade so ernst, dass es ihm nicht richtig gelang. »Das willst du doch nicht, oder?«

»Nein ... « Ich schüttelte den Kopf.

»Dann zeige, dass du ein mutiger Mann bist, der vor nichts zurückschreckt. Du musst unbedingt zuversichtlicher und selbstsicherer werden. Wenn du nichts an dir änderst, wirst du ein Wolf und nicht mehr viel Zeit auf dieser Welt haben, vielleicht sogar zu einem Monster werden. Und genau dann werde ich es sein, der dich von dem Leid erlösen wird. Das Beste wird es sein, wenn du es aber allein schaffst.«

Ich nickte. Wenn Sylvio vorhatte, mich von meinem Leid zu befreien, hieß es, dass er mich töten würde. Dessen musste ich mir endlich bewusst werden.

»Hast du endlich verstanden, wie wichtig es ist, dass du akzeptierst, wer du bist und was du leisten kannst? Ich habe nicht damit gerechnet, dass sich alles so schnell entwickeln würde. Dachte, wir hätten mehr Zeit.« Er lächelte. Und dieses Mal war es nicht so versteift, wie vorher. »Und du wohl auch.« Sylvio deutete mit seinem Kopf auf den Bau. »Ich geh rein und erkläre, dass wir heute keine Zeit mehr haben, um bei ihnen zu sein. Du bleibst hier. Ich komme gleich wieder.« Ohne auch nur auf eine Antwort von mir zu warten, ging er in den Bau und ließ mich allein mit meinen Gedanken zurück.

Seufzend legte ich mich auf einen Felsen an den kleinen See, vor dem wir standen. Ich starrte in den Himmel und bemerkte, wie sich die Wolken langsam und gemächlich immer dichter übereinander schoben und kaum noch Sonnenlicht durchließen. Immerhin waren es keine Gewitterwolken.

Dann die erste Schneeflocke, obwohl der Himmel gerade so erst dicht genug war, um überhaupt Regen oder Schnee vermuten zu lassen. Das Wetter änderte sich viel zu schnell. Ich spürte die erste, langsam tanzende Schneeflocke, wie sie auf meiner Schnauze landete und augenblicklich dahinschmolz, wie Butter in der Sonne.

Es begann also doch schon so schnell, wieder zu schneien! Das hieß, bald würde es den Werwölfen und den anderen missgebildeten Gestalten im Freien elendig gehen, wenn sie ihr Dasein auf den Straßen von Salbrun fristeten und keinen Unterschlupf fanden. Es sei denn, sie bauten ihre eigenen Unterkünfte. Dann würden sie vermutlich doch überleben. Waren sie dazu schlau genug? Wenn sie schon einander fraßen, war ich mir dies bezüglich nicht so sicher.

Noch war es nicht so kalt, als dass ich als Wolf frieren würde. Bis jetzt war mir warm, was aber auch daraus resultieren konnte, dass ich ziemlich unter Druck stand. Wenigstens hatte ich die Kontrolle wieder! Wäre mir das ohne Sylvio gelungen? Eigentlich hielt ich mich für gefasst genug, um stets die Kontrolle zu behalten. Das war in der Kindheit schon so und diese Eigenschaft hatte ich über die Jahre auch nicht abgelegt. Ohne sein Zutun wäre ich möglicherweise zum richtigen Wolf geworden, hätte ganz langsam vergessen, was es hieß, ein Mensch zu sein. Es war wohl auch naiv, zu glauben, das wäre ein langsamer Prozess, sodass man noch früh genug hätte einschreiten können. So leicht konnte man sich da wohl irren. Ich wäre ein Monster geworden ohne ihn – ein blutrünstiges Monster ohne Herz und Seele?

Die Gedanken in meinem Kopf verschwanden so schnell, wie sie gekommen waren, als ich an Salbrun dachte. Wie ging es wohl den Salbrunern, die es geschafft hatten, dem Angriff zu entgehen? Oder auch denen, die nicht entkommen konnten und der Verwandlung durch die Gibsar und Pernoy schutzlos ausgeliefert gewesen waren? Klar, ich dachte viel zu oft darüber nach. Allerdings mussten diese Gedanken doch auch irgendwo hinführen. Diejenigen, die den Angriff als Wolf überlebten, unterschieden sich kaum von mir. Entweder waren sie komplett wie ich oder doch einfach nur wilde Bestien, die selbst die beiden Clans nicht mehr zähmen konnten. Im Gegensatz zu ihnen hatte ich mich unter Kontrolle. Glaubte ich zumindest. Es war ernüchternd, zu sehen, wie schnell man doch die Kontrolle verlor. Wäre ich dazu verdammt, für immer ein Werwolf zu sein, wie die Dorfbewohner, was wäre dann? War dieses einfachere Leben denn so viel schlechter? Oder würde es darin enden, dass ich auch verrückt wurde?

Aus dem Augenwinkel erhaschte ich den Blick auf einen Wolf, wie er an einem Haus vorbeihuschte und Speicheltropfen hinter sich zurückließ. Er hatte mich nicht einmal richtig wahrgenommen, was mir auch durchaus lieber war. Nein, in diesen Wesen war wohl doch nichts Menschliches mehr. Das waren einfach nur Monster. Sie sahen zwar aus, wie harmlose Tiere, auch wenn sie einst Personen gewesen waren, doch jeder Funken Menschlichkeit hatte ihren Körper verlassen. Genau, wie es Edward vorausgesagt hatte.

Im Hintergrund ließen sich noch mehr Wölfe mit weißem und schwarzem Fell ausmachen. Merkwürdigerweise griffen sie sich aber nicht an, obwohl sie Feinde waren. Seltsam. Planten sie etwas? Wurden sie von den richtigen Gibsar und Pernoy doch im Zaum gehalten, um schlussendlich auf uns Qädro Jagd zu machen?

Dann war es verständlich, dass der Anführer mit mir reden wollte. Sollten wir einem Zweifrontenkrieg ausgesetzt sein, hätten wir keine Chance, egal, wie stark wir waren. Ein Bündnis konnte man nicht so einfach zerschlagen.

Nach einer gefühlten Ewigkeit kam Sylvio aus dem Bau zurück. Er tapste zu mir herüber und ich sprang vom Felsen herunter.

»Können wir los?«, erkundigte ich mich.

Mein Gegenüber nickte und ich folgte ihm wieder in die Stadt. Die Werwölfe auf den Straßen und versteckt in den Gassen und hinter Hauswänden, beobachteten uns skeptisch.

»Sylvio?«, entwich es mir. »Ich muss dir was sagen.«

»Nicht jetzt«, knurrte er. War das der falsche Zeitpunkt? Hatte er vielleicht auch nicht gehen wollen?

»Es ist wichtig.«

»Nachher.«

Nachher war es vielleicht zu spät. Ich nahm schon aus den Augenwinkeln wahr, wie die Werwölfe uns gefräßig beobachteten und nur darauf warteten, dass einer von uns nicht Acht gab. Sie knurrten leise, was man ihnen ansah. Ich wurde immer nervöser, denn es würde auch nicht lange dauern, bis sie uns tatsächlich angriffen. Ich musste Sylvio warnen; und zwar sofort.

Die Werwölfe hinter uns schotteten den Rückweg komplett ab, indem sie sich beinahe in einer Reihe aufstellten, um niemanden durchzulassen. Immerhin konnte man ihnen anrechnen, dass sie nicht dumm waren. Schlechte Voraussetzungen für uns.

Ein Blick zurück bestätigte meine Befürchtung, dass eine Flucht zurück ausgeschlossen war. Verdammt! Wir mussten verschwinden!

Die Tiere machten sich sprung- und rennbereit. Auch Sylvio wirkte, als hätte er den Braten gerochen. Wenigstens hatte es sich einmal gelohnt, paranoid und vorsichtig zu sein.

Ich entschied mich dazu, Sylvio zu überholen und es ihm ins Ohr zu flüstern, doch er machte sich schon bereit, loszustürmen oder zu fliehen.

»Hau ab!«, knurrte er mich kurz an. »Bring dich in Sicherheit! Ich lenke sie ab!«

Was!? Bist du verrückt geworden!? »Du bringst dich um!«

»Verschwinde!!!«, knurrte der graue Wolf weiter, während er in Angriffsstellung ging. »Wir können es uns nicht leisten, dass du noch schwerer verletzt wirst!«

Die Werwölfe schlichen immer näher an uns heran. In wenigen Sekunden würden sie einen Kreis um uns herum gebildet haben. Das waren die wenigen Sekunden, die mir noch verblieben, um zu entkommen und Sylvio im Stich zu lassen. Aber das konnte ich nicht. Er hatte mich gerettet. Jetzt würde ich ihn retten. Außerdem hatte ich mit den Biestern noch eine Rechnung offen. Ich wusste ja, dass es früher Menschen gewesen waren, nur waren sie davon inzwischen weit weg und das für immer. Lediglich Tiere. Daher war es wohl das Beste, wenn man sie von ihrem Leid erlöste. Aber konnte ich das wirklich? Wusste ich, wie man kämpfte und sich gegen solche Wesen zur Wehr setzte, wenn sie in der Überzahl waren? War mein Verhalten mutig oder doch einfach nur dumm?

»Beeil dich!«, knurrte Sylvio dieses Mal lauter, um mich zur Flucht zu zwingen, doch ich blieb, wo ich war.

»Ich renne nicht weg und lasse dich hier im Stich.«

Der Kreis war beinahe geschlossen. Noch konnte ich entkommen. Wieso Sylvio es nicht rechtzeitig getan hatte, wusste ich nicht. Er wollte mir wohl den Weg ebnen. Nur konnte ich nicht einfach tolerieren, dass er dabei starb oder schwer verletzt wurde.

»Hau endlich ab!«

»Vergiss es!«, entgegnete ich kühn. Vielleicht würde ich es bereuen, nicht geflohen zu sein, als es noch die Möglichkeit dazu gab, aber ich wollte Sylvio nach dem, was er alles für mich getan hatte, nicht seinem Schicksal überlassen.

Der Kreis schloss sich. Wir waren von über einem Dutzend Pernoy und Gibsar umzingelt. Streng genommen waren es doch alles wilde Wölfe ohne Erfahrung, die gerade einmal laufen und fressen konnten? Vielleicht hatten wir ja eine Chance.

»Ich hoffe, du hast dir das gut überlegt.« Um Sylvios Mundwinkel zuckte es, als wollte er lächeln.

»Habe ich.« Irgendwie machte mir das Mut. Ich musste jetzt kämpfen. Die Werwölfe waren ganz sicher wegen mir hier. Dann würde ich ihnen auch auf meine Art zeigen, was ich von ihnen hielt.

So, wie ich Sylvio kannte, war er der Erste, der angriff. Dennoch verließ ich mich nicht darauf oder imitierte ich ihn beim Kämpfen. Noch hatte mir niemand gezeigt, wie man sich verteidigte. Beißen, treten, springen. Das war alles, was ich bislang konnte. Aber vor uns standen dumme Tiere, glaubte ich. Sie strahlten nicht diese Gefahr aus, wie es beispielsweise bei den richtigen Gibsar gewesen war, als sie mich in ihrer Höhle töten wollten. Vielleicht konnte man sie austricksen und weniger kämpfen als man musste. Gezielte Angriffe und kein wildes Beißen.

Die Wölfe preschten vor und ich hörte das Brechen von Knochen und das Platschen von Blut. Sylvio war schon voll in Fahrt. Dann wurde es für mich auch Zeit.

Im letzten Moment, bevor ich mit einem meiner Gegner zusammengestoßen wäre, drehte ich mich um und zog ihm die Hinterpfote übers Gesicht; mit den Krallen voraus. Während der nächste Wolf auf mich zu rannte, sprang ich auf seinen Rücken, um mich abzustoßen und im vollen Flug den dahinter anzugreifen. Mit einem festen Biss in die Kehle war er tot. Ich musste einfach nur meinen Kopf dafür ausschalten, um nicht vom Ekel überwunden zu werden.

Erneut stürmten die Werwölfe auf uns ein. Ich wich nach rechts aus und rammte einen von der Seite, der daraufhin davonschlitterte und jaulend liegen blieb. Tot war er aber ganz sicher nicht; noch nicht.

Auf die Nächsten stürzte ich mich wie eine Katze auf eine Maus. Zuerst kamen die Krallen, dann folgte das weit aufgerissene Maul.

Es war erstaunlich, wie leicht sich die Werwölfe besiegen ließen. Oder täuschte ich mich etwa?

»Nghh!«

Ein Pfotenhieb traf mich von der Seite und ließ Blut über mein Fell strömen. Ich drehte mich sofort um und holte zeitgleich mit der Pfote aus, mit der ich den Wolf so verletzte, dass er winselnd wegzuckte und sich von mir abwandte.

Nach einigen Momenten stieß Sylvio zu mir. Ich hatte nicht mitbekommen, wie schnell er mit seinen eigenen Gegnern fertiggeworden war. Da war doch irgendetwas faul. Es konnte einfach nicht sein, dass der Kampf so leicht war. Ich war Anfänger. Es musste doch einen Haken geben. Ein so guter Kämpfer war ich nun auch nicht. Was machte diese Wölfe so schwach? War es wirklich die Tatsache, dass sie ohne Übung einfach das taten, was ihnen ihre Instinkte vorschrieben? Noch unbeherrschter, als reale Wölfe in der Natur?

Die wenigen letzten Werwölfe, die lebten, taten einen Schritt zur Seite und griffen uns nicht weiter an. Hinter ihnen erschienen beinahe der Reihe nach schwarze und weiße Wölfe, Gibsar, wie auch Pernoy; aber richtige und erfahrene. Das erkannte man sofort. Jetzt wurde es also hitzig. Vielleicht sollten wir nun doch wegrennen? Gegen überlegene Gegner in dieser Anzahl hatten wir keine Chance. Wir könnten ein oder zwei verletzen und waren dann tot.

Die Gibsar und Pernoy blieben einige Meter vor uns stehen.

»Ach kommt. Reichen eure Lakaien nicht aus, um uns umzubringen?«, spottete Sylvio. Anscheinend wollte er sich sogar gegen sie auf einen Kampf einlassen. War der Kerl lebensmüde?

»Sylvio«, summte ich. »Sei lieber still.«

Ein Gibsar trat nach vorne. Er kam mir auf irgendeine Art bekannt vor. Seine Gesichtszüge kannte ich, obwohl ich sie weder kennen wollte, noch als Wolf jemals gesehen hatte. Sie waren dunkel und verschlagen, ein klein wenig wahnsinnig und unnatürlich vertraut. Und das hieß nichts Gutes. »Lloyd hat Recht. Sei lieber still.«

»Danny!«, knurrte ich. Gerade an ihm wollte ich mich noch richtig rächen. Er hatte mich verraten, hintergangen und wollte mich töten. Wenn jemand den Tod verdiente, dann er. Obwohl ich immer friedfertig gewesen war und sonst niemandem etwas Böses wollte, hatte es dieser Drecksker einfach verdient.

Der schwarze Wolf grinste bösartig und entblößte dabei seine spitzen und blutigen Zähne. Sein Fell war schwarz wie die Nacht. »Du hast schon wieder

Recht, Lloyd. Dein Urteilsvermögen ist hoch, aber leider lässt deine Menschenkenntnis zu wünschen übrig. Oder sollte ich sagen: Wolfskenntnis? Macht es Spaß, so wie wir zu sein?«

Dieses irre Grinsen. War dieser Typ wahnsinnig? Vielleicht schon die ganze Zeit? Was war das für ein Spiel, das dieser Psychopath mit mir trieb? Hatte ich ihn all die Jahre immer falsch eingeschätzt? Plötzlich war ich froh, mit ihm abgeschlossen zu haben. Ich knurrte ihn an, wie ein Wachhund einen Einbrecher, bevor er sich auf den ungebetenen Eindringling stürzte. »Solltest du!«

Danny lachte kurz und entblößte dabei wieder sein scharfes Gebiss. »He, wieso so bissig? Ich hab' doch noch gar nichts gemacht.«

Nein. Niemals. Du Penner wolltest mich töten! »Spar dir das! Ich werde mich euch weder anschließen, noch habe ich vor, mich von euch töten zu lassen!«

Sylvio wich ein Stück zurück, zeitgleich, wie ein Pernoy. Wieso, wusste ich nicht. Hatten die beiden etwa Angst? Bei Sylvio konnte ich verstehen, wie der Keim der Unsicherheit langsam wuchs, doch warum ein Pernoy? Hatte er Angst vor *mir*? Nein! Sonst wäre er nicht hier.

Danny unterdrückte ein weiteres Lachen und brachte stattdessen ein leises Bellen heraus. »Ach komm. Ich wollte mit meinem alten Freund doch nur nochmal reden.«

»Worüber?«, schnaubte ich.

Die Gibsar und Pernoy, die neben ihm standen, setzten sich hin, da sie anscheinend schon ahnten, was jetzt passieren würde.

»Du sollst vor deinem Tod wenigstens nicht unwissend sein. Das bin ich dir schuldig.«

Warum hörte sich der letzte Satz weniger wie ein Versprechen, als eine Drohung an? Ich entgegnete ihm knurrend. »Du musst mir nichts sagen. Ich will nicht mit dir reden.«

»Wenn du an deinem Leben hängst, solltest du das.« Danny drehte sich kurz um und deutete nach hinten. Zwei Pernoy kamen heran und zerrten einen gefesselten Menschen an Seilen mit sich. Neben Danny setzten sie ihn ab. Es war eine Frau, um die 50 Jahre alt, wahrscheinlich ein wenig älter. Sie hatte dunkles Haar, ihre Augen waren voll Tränen, ihre Kleidung zerrissen. Sie war überströmt mit Blut, vermutlich schwer verletzt. Sie erweckte den Eindruck, als wäre sie nicht nur misshandelt worden. Auf die Distanz konnte ich nicht erkennen, wer es war.

»Wer ist die Frau und was hast du mit ihr vor?«

Danny entblößte wieder seine scharfen Reißzähne. Er fuhr mit seinen Krallen der verstörten Frau über den Hals, wo blutige Spuren zurückblieben. Ihr Wimmern wurde dabei zunehmend weinerlicher. »Du kennst sie wirklich nicht?

Sie ist nach wie vor so gut, wie beim ersten Mal. Wenn man es als Wolf treibt, sogar noch besser.«

Was für ein kranker Scheißkerl. Was hatte dieser Psychopath mit der Frau vor? Warum wollte er mich auf diese Weise provozieren?

Meine Augen fixierten das Gesicht der Frau, dann genauer ihre Augen. Und ich erkannte meine eigenen. Dort lag ein Mensch, den ich seit vielen Jahren nicht gesehen hatte, weil sie meine Geschwister mir bis heute vorzog und ich sie nach einem heftigen Streit nicht mehr sehen wollte. Das war ... meine Mutter. Sie hatte immer noch dieselben traurigen Augen, die mich nicht mehr losließen, da ich sie immer selbst im Spiegel sah. Diese Frau liebte mich nicht, das war mir schon als Kind klar gewesen. Und dennoch hatte Danny sie entführt? Vielleicht sogar ... vergewaltigt? Egal, was ich für diese Frau empfand und welcher Redebedarf noch bestand: Sie war meine Mutter. Ich musste sie beschützen, wenn ich konnte.

Der Drang, Danny anzufallen, setzte ein und wurde sekündlich stärker. Wie konnte er ihr nur so etwas antun? »Du Monster! Was hast du mit ihr gemacht?!«

Dannys Grinsen wurde breiter. Er schien sichtlich Freude daran zu haben, meiner Mutter und mir wehzutun. Wenn er nicht aufhörte, würde ich ihn aber angreifen und töten, auch wenn ich mich dagegen sträuben wollte, einen alten Freund anzugreifen. Zweifellos: Er war ein Monster.

»Sie lebt doch. Reg dich nicht auf. Ich habe mich nur gefragt, ob sie noch so gut ist, wie vor einigen Jahren, kurz, nachdem du den Kontakt abgebrochen hast. Das ist sie in der Tat.« Bei diesen Worten leckte er sich gespielt lüstern über die Lefzen.

Verdammt! Er hatte sie tatsächlich vergewaltigt! Ich würde ihn gleich hier und jetzt töten! »Mama ... «, wisperte ich.

»Ach, ist so ein Familientreffen nicht schön?«, spottete Danny.

»Du gehörst nicht zur Familie! Was weißt du schon!?«

Er war inzwischen einige Schritte näher an mich herangetreten. Sylvio wollte mich an der Rute zurückziehen, doch ich war geblieben, wo ich stand.

»Eine Menge. Schließlich kenne ich sie ähnlich gut, wie du, Bruder. Ja, du hörst richtig. Ich bin dein Bruder.«

»Bullshit!!!« Meine Gedanken fuhren Achterbahn. Ich schüttelte den Kopf. Danny *musste* lügen! Er konnte nicht mein Bruder sein! Abgesehen vom Ödipuskomplex, der das alles nur noch kranker und perverser machte. Danny und ich waren nicht verwandt! Und wenn ich einen Bruder gehabt hätte, dann hätte sie mir das doch in meiner Kindheit schon gesagt! Alles Lügen von ihm! Wieso machte ich mir darüber überhaupt Gedanken? Er konnte es nicht sein und Ende. »Lüg mich nicht an!!!« Wenn ich nicht wüsste, dass Danny mir überlegen war, würde ich ihm dafür die Kehle herausreißen, Selbstkontrolle hin oder her.

»Du solltest es nur wissen. Was du damit machst, ist deine Sache.« Er merkte, wie ich ihn anstarrte und fügte hinzu: »Ach, komm schon. Mama hat dir ganz viel nicht gesagt. Vielleicht kriegst du ja irgendwann die Chance, sie danach zu fragen.«

Ich schritt geradeaus vor. »Halt endlich die Schnauze!«

Die Pernoy und Gibsar knurrten mich an, doch ich ließ mich davon nicht beeindrucken. »Mut allein führt nicht immer zum Ziel«, tadelte mich Danny. »Außer, du hast vor, zu sterben. Den Wunsch kann ich dir erfüllen.«

Ich sprang nach vorne vor, um ihm endlich das zu geben, was er verdiente, doch zeitgleich rammte mich in der Luft ein Pernoy und landete auf mir. Der nasse Atem seines Mauls streifte meine Kehle.

»Was habe ich gesagt?«, lachte Danny.

Sylvio wollte auf mich zugehen, während ich wütend schnaubend in der Ecke lag, doch bei der ersten Bewegung knurrten ihn die anderen Wölfe an. Aus dieser Situation kam ich so einfach nicht mehr raus.

Aus den Augenwinkeln konnte ich noch meine Mutter erkennen, wie sie neben mich gezerrt wurde und mich aus tränenden Augen ansah. Irgendwie tat sie mir mehr leid, als ich mir selbst. Klar machte das nichts aus der Vergangenheit ungeschehen, aber verdammt! Sie war meine Mutter!

Danny schlich um mich herum. Seine Bewegungen waren geschmeidig wie die einer Katze, jedoch mit Bedacht gewählt. Doch so hatte er sich immer schon ein wenig bewegt, bereits als Mensch. Immer vorsichtig, immer bedacht, auch wenn er nichts wirklich ernst genommen hatte. Danny war auf seine eigene Art und Weise anders, doch damals hätte ich mir nicht ausmalen können, was das für mich bedeutete. Vor einer knappen Woche hätte ich nichts von Werwölfen geahnt und hätte jeden für bescheuert erklärt, der behauptet hätte, dass sie unter uns lebten. Aber so war es nun eben einmal. Ich konnte, auch wenn ich noch so sehr wollte, nichts daran ändern. Monster bevölkerten Salbrun, wie es Edward prophezeit hatte.

»So. Du hast ein paar Sekunden. Hast du mir noch etwas zu sagen? Dann tu es jetzt!«

Ein Schnauben entwich meinem Maul. Ich hätte ihm alles zu sagen gehabt. Mir lag so viel auf der Zunge, doch ich schluckte es herunter. Danny an den Kopf zu werfen, was ich von ihm hielt, machte mich doch auch nicht besser, als ihn.

Der Pernoy ließ von mir ab, sodass Danny seine Position einnehmen konnte. Er beugte sich über mich und fuhr mit seiner Kralle über meine Stirn. Man merkte, wie es ihm sichtlich Freude bereitete, mich hier in dieser Situation quälen zu können.

Plötzlich spürte ich einen starken Ruck und merkte, wie Danny weggeschleudert wurde und davonschlitterte. Ich riss die Augen auf. Ein grauer Wolf stand vor mir und beschützte mich. Ich blickte mich um, aber es war nicht Sylvio.

Danny blickte erst ungläubig in die Richtung seines Angreifers, stand dann jedoch sofort wieder auf. Er knurrte wild denjenigen an, der mir gerade das Leben gerettet hatte. »Du!!! Dafür wirst du büßen!«

Sofort sprang Danny den Wolf vor mir an. Ich entging nur knapp dem Gerangel, als ich aus ihrem Aktionsradius rollte und zu Sylvio hastete.

In der Nähe des grauen Wolfs waren noch welche mit derselben Fellfärbung aufgetaucht, die allesamt die Gibsar und Pernoy angriffen. Die Qādro! Ich hätte nie gedacht, dass sie kommen und mir helfen würden.

Sylvio nickte mir zu. Ich verstand das als Aufforderung, ebenfalls anzugreifen. Nun hatten wir Verstärkung. Wir konnten es schaffen. Oder vielleicht doch fliehen? Nein, Flucht brachte jetzt auch nichts mehr.

Wir stürmten wieder in den Kampf, der begonnen hatte, und nahmen uns die schwächlicher wirkenden Gibsar und Pernoy vor, die wohl aus dem Angriff auf die Stadt ›entstanden‹ waren. Sie sollten denen, die uns halfen, nicht in die Quere kommen.

Sylvio deutete auf mich und schüttelte den Kopf, ehe er sich dem Gemetzel widmete. »Befrei deine Mutter, ehe wir nicht mehr die Chance dazu bekommen!«

Zustimmend verwandelte ich mich wieder zurück in einen Menschen und löste die Knoten, mit denen meine Mutter festgehalten wurde. Glücklicherweise waren die Wölfe, die sie bewacht hatten, ebenfalls in den Kampf verwickelt, sodass ich bei dem Befreiungsversuch nicht angegriffen wurde; zumindest beinahe.

Aus den Augenwinkeln nahm ich wahr, wie ein feindlicher Wolf sich an mich heranpirschte, ehe er sich mit voller Wucht auf mich stürzte und zu Boden warf. Er knurrte und versuchte, nach meiner Kehle zu schnappen, doch ich hielt ihm mit aller Kraft die Schnauze zu und stemmte meine Beine nach oben, um ihn über mich zu werfen.

Wenn ich nur so viel Glück gehabt hätte.

Der Pernoy war schwerer als gedacht. Ich bekam ihn nicht richtig hoch. Es gelang mir lediglich, seine Schnauze aus meiner Reichweite zu bringen und ihn ein Stück weit nach hinten zu werfen. Moment, da war doch ein Messer in meiner Socke! *Bitte lass es jetzt da sein, wo es sein sollte!* Ich griff instinktiv nach dem Messer, das tatsächlich noch in dort war. *Scheiß auf Magie, wenn sie mir das Leben rettet!* Verzweifelt umklammerte ich die Stichwaffe und stach blind zu.

Der Wolf heulte und ließ von mir ab. Ich bohrte das Metall tiefer in sein Fleisch und merkte, wie der physische Druck des Tieres auf mir langsam nachließ, sodass ich mich unter ihm hervorwinden konnte.

Er lief einige Meter, jaulte ein letztes Mal, knurrte mich an und brach zusammen. Er war tot, glaubte ich.

Sichergehend näherte ich mich. Auch wenn ich es nicht tun sollte, empfand ich einen kurzen Augenblick Mitleid für den Wolf. Anscheinend war er doch ein *richtiger* Pernoy. Sein Fell war blutverschmiert, sein Gesichtsausdruck verriet Wut und Fassungslosigkeit. Fassungslosigkeit vor allem darüber, wie ein Mensch wie ich ihn hatte töten können. Das sah man ihm unmissverständlich an. Es war nicht das erste Mal, dass ich dieses furchtbare Gefühl hatte. Doch jetzt war es viel schlimmer. Ich empfand Angst, Wut, Verzweiflung. Dann wurde mir erneut bewusst, dass meine Verletzungen doch noch nicht so verheilt waren, wie es das Adrenalin, das gerade durch meinen Körper schoss, wirken ließ. Mir ging es überhaupt nicht gut, aber ich fühlte mich gefasst genug, um nicht gleich wieder zusammenzubrechen.

Ich zog das Messer aus dem Bauch des Pernoy und benutzte es, um den letzten Knoten der Fesseln meiner Mutter zu lösen. Kaum war sie frei, wirkte sie noch elender, wie sie den Blick auf den Boden richtete und mich keine Sekunde wirklich wahrzunehmen schien. Apathisch saß sie da und reagierte kaum auf mich.

Sylvio drehte sich um und rannte auf mich zu, nachdem er sich den Weg freigekämpft hatte.

Der Qädro heulte so langgezogen, dass es in meinen Ohren wie eine Polizeisirene widerhallte.

Dann wusste ich, dass ich mich wieder zurückverwandeln sollte. Meine Transformation in den grauen Wolf fand inzwischen so unmittelbar statt, dass ich mir darüber kaum noch Gedanken machte und dieses Heulen mit meinem eigenen ergänzte. Es fühlte sich richtig an und ließ die übrigen Gibsar und Pernoy einen Moment innehalten. Sie jaulten weder mit, noch griffen sie in dem Augenblick an. Eher schienen sie Respekt vor uns zu haben.

Nach und nach wurde unser Heulen leiser, bis es sich in der Ferne verlor. Jetzt wusste ich, wofür ich kämpfte. Ich kämpfte für die Wölfe, den Bestand dieses Clans. Ich kämpfte gegen den Krieg. Wir waren eine Einheit, etwas, wovon die übrigen Clans nichts verstanden. Sie waren zwar in ihrem Auftreten eine Einheit, wenn es jedoch um das Rudel und dessen Sicherheit ging, kämpften sie allein. Keiner schien dem anderen zu vertrauen.

Die Qädro hatten ihre Entscheidung, wie der Kampf ausgehen sollte, getroffen und machten sich alle daran, zu fliehen. Sie entfernten sich allmählich aus den Kämpfen, verteidigten sich nur noch defensiv. Das bot mir die Möglichkeit, der so vertrauten wie fremden Frau meine Adresse zuzuflüstern und sie bestimmt aufzufordern, dort hinzurennen und auf uns zu warten.

Vielleicht war meine Wohnung ein guter Ort, sich zu verstecken. Die Qädro kannten ihn und er lag in der Nähe. Das Schloss war auch ausgetauscht. Also rannte ich zielgerichtet in Richtung Stadt, um dem Kampf zu entkommen und die Qädro in meinem Haus Unterschlupf finden zu lassen. Jetzt mussten sie mir lediglich folgen.

Mitten im Lauf wandte ich für den Bruchteil einer Sekunde den Kopf nach hinten. Wir wurden nicht verfolgt. Die Gibsar und Pernoy blieben, wo sie waren und ließen uns entkommen. Ich verstand nur nicht, warum.

Danny entblößte seine Zähne erneut zu seinem finsteren Grinsen, das einem Angst machen konnte. »Wir werden dich kriegen und wenn wir dich bis in deine Träume verfolgen müssen! Wir werden dich kriegen, wenn du hilflos bist! Du kannst uns nicht entkommen!« Daraufhin setzte sein Jaulen ein, das einem den Atem nahm. Es klang eindrucksvoll, aber zeigte auch, was für Absichten er hegte. Es bedeutete nichts Positives, sondern Angst, Schmerz und Qual.

- *20* -

Wir rannten wie verrückt durch die menschen- und inzwischen auch werwolfleere Stadt. Alle wilden Monster, die es bis jetzt in der Stadt gegeben hatte, waren anscheinend zu diesem Ereignis gekommen, das wohl niemand wieder vergessen würde. Die Straßen und kleinen Wege waren wie ausgestorben. Viele der ehemaligen Einwohner waren dafür tot. War es dieses Opfer wirklich wert? Vielleicht waren sie auch erlöst von diesem furchtbaren Dasein zwischen Mensch und Tier. *Hmm, kein zufriedenstellender Gedanke.*

Da wir meine Mutter schon eingeholt hatten, rannte ich bewusst ein wenig langsamer, damit sie mir folgen konnte. Es war ohnehin wohl schon schwer genug, mich von den anderen Wölfen zu unterscheiden, die alle in dieselbe Richtung rannten. Wie sollte man unter all den Wölfen auch auffällig sein? Zum Glück wurden wir nicht verfolgt. Alle Gibsar und Pernoy waren zurückgeblieben und hatten uns ziehen lassen. Mir war nur noch nicht klar, wieso.

Ich strich über mein Zeichen am Hals und verwandelte mich zurück, um mit dem Schlüssel das Haus aufzuschließen und für meine Mutter leichter erkennbar zu sein. Alle Qädro taten es mir gleich und verwandelten sich zurück in die Menschen, die sie eigentlich waren, ehe sie eintraten.

Beim Vorbeilassen ins Haus versuchte ich, mir ein Bild von jedem einzelnen zu verschaffen, was bei all diesen verschiedenen Persönlichkeiten nicht einfach war. Von den Qädro, die da waren, erkannte ich aber nur eine Person, wenn man von Sylvio absah. Und das war Edward. Dass er sich solch eine Gelegenheit, gegen Pernoy und Gibsar zu kämpfen, nicht entgehen ließ, war mir erst klar gewesen, seit ich ihn besser kannte. Ehrlich gesagt konnte ich ihn auch nicht so richtig einschätzen. Anfangs hatte er den Anschein gemacht, Kämpfe grundlegend vermeiden zu wollen, jetzt war er bei quasi jedem mitten drin. Oder lag das daran, dass die Kämpfe einfach gar nicht mehr vermeidbar waren? Den Rest des Clans hatte ich – wenn überhaupt – mal beiläufig im Alltag auf den Straßen Salbruns gesehen. Kein Gesicht löste ein Déjà-vu in meinem Kopf aus.

Edward blieb neben mir stehen und bedachte mich mit einem vorwurfsvollen Blick. Um den Weg nicht zu blockieren, hatte er alle übrigen Qädro vorgelassen. »Wenn du und Sylvio unterwegs seid, fliegen am Ende immer die Fetzen, oder?«

Abwehrend lächelte ich verlegen. »Jetzt wirf aber bitte nicht mir vor, dass ich Schuld daran habe, dass wir angegriffen wurden und ihr uns retten musstet. Ich konnte nichts dafür.«

»Warum hast du überhaupt das Haus vor dem Abend verlassen?«

Mir war klar, dass ich Sylvio anschwärzen konnte, doch ein Freund wie er hatte es nicht verdient, zumal wir ja nicht wussten, was uns erwarten würde. Immerhin war ich ihm ja aus freien Stücken gefolgt, was mich mitschuldig machte. Doch wenigstens hatten wir es geschafft, zu überleben und zu fliehen, wie es fast schon zur Normalität geworden war. Kaum verließ ich das Haus, brach die Welt wieder über mir zusammen.

»Mir war danach«, log ich.

Edward atmete deutlich hörbar aus. »Wie sollen wir dir eigentlich helfen, wenn du dich ständig dagegen wehrst?«

»Ich wollte wissen, ob es Becca gut geht. Und raus zu den Wölfen.«

»Wer ist Becca?«

Vielleicht hatte ich zu viel verraten. »Eine Freundin.«

Edward bedachte mich mit einem Blick, der sagte: »Warum suchst du nach deiner Freundin? Warst du dir des Risikos bewusst? Du wärst beinahe gestorben.«

Ich ließ seinen Blick über mich ergehen und folgte ihm dann nach drinnen. Meine Mutter saß vollkommen geistesabwesend auf dem Sofa und blickte zum Boden. Die Qädro hatten es sich in der Küche bequem gemacht, redeten jedoch kaum, sondern schwiegen sich eher gegenseitig an. Es gab vermutlich eine Menge zu bereden, aber diese Mühe machten sie sich gerade nicht. Entweder lag es an mir oder am Schock der Situation.

Erst, als Edward sich zu ihnen gesellte, wurde das Schweigen gebrochen. Nachdem er die Tür zuzog und auf meine Mutter deutete, die nicht einmal hochgesehen hatte, hörte man im Nebenraum leise Gesprächsfetzen.

Sylvio stand noch auf dem Balkon, der an das Wohnzimmer grenzte – die Tür hatte er zugezogen – und starrte in die Dämmerung und über die Häuser der Stadt.

Also war ich jetzt ganz allein mit meiner Mutter. Na toll. Schweigend setzte ich mich neben sie und warf ihr einen mitleidigen Blick zu. Sollte ich sie in den Arm nehmen, so, wie es ihr bei mir immer schwergefallen war? Auch wenn sie mich nie wirklich geliebt hatte, konnte ich über die Jahre lernen, was es hieß, zu lieben. Sollte ich das Gefühl an sie zurückgeben, um ihr zu zeigen, dass ich es konnte, auch wenn es bei ihr nicht der Fall war?

Aus dem Nichts brach sie wieder in Tränen aus und warf mir aus dem Augenwinkel einen hilfesuchenden Blick zu.

Mitfühlend nahm ich sie in den Arm. Es fühlte sich befremdlich an, beinahe aufgesetzt. Nach all den Jahren, in denen sie mir nie körperliche Zuneigung gezeigt hatte, war es einfach ein komisches Gefühl, seine Mutter zu umarmen. »Linda ...« Ich brachte es gerade einfach noch nicht fertig, sie Mama zu nennen.

»Lloyd. Du hast mir ... so gefehlt.« Ihre Stimme war rau, vermischt mit einem ständigen Schluchzen, doch ich ließ ihr für jedes einzelne Wort die Zeit, die sie zu brauchen schien. Wenn wir gerade etwas hatten, war es Zeit – glaubte ich zumindest.

»Du mir auch.« Ein unsicheres Lächeln kam mir über die Lippen. Konnte die Situation für mich noch unangenehmer werden? Vielleicht konnte ich jetzt ja alle Schwierigkeiten aus dem Weg räumen, die sich über die Jahre angehäuft hatten. Oder am besten einfach fliehen. Auch das klang nach einer guten Lösung für den Moment. »Stimmt es, was Danny gesagt hat? Ich meine, dass er mein Bruder ist?« Bei dem Gedanken erschauderte ich wieder und bekam Gänsehaut. *Daniel! Ich werde ihn ab sofort nicht mehr Danny nennen.* Danny war eine Lüge. Dieser Wahnsinnige war Daniel. Ein Mann, der mir die ganze Zeit etwas vorgespielt hatte. Den Freund, den ich die ganze Zeit geglaubt hatte, zu kennen, gab es wohl nie.

Linda schüttelte den Kopf und mehr Tränen liefen ihre ohnehin schon feuchten Wangen hinunter. Ihr Haar wirbelte ein wenig auf. Sie waren dreckig und sahen so aus, als hätte man sie zu lange nicht gewaschen, sodass sie strohig und struppig waren.

»Aber er hat dich ...« Ich brachte das Wort nicht heraus.

Stattdessen tat sie es selbst. »... vergewaltigt, ja.« Sie fiel mir noch einmal in die Arme, sodass mir auch die Tränen kamen und ich ihr aufbauend auf die Schultern klopfen musste. Meine Gedanken kreisten in diesem Moment jedoch um eine ganz andere Sache. Ich hätte Danny – Daniel – an die Wand nageln können. Es war schwer, in einem Herz Liebe zu empfinden, das gerade nahezu vollgestopft war mit Hass auf Daniel, die Pernoy und Gibsar. Bei der nächsten Gelegenheit musste ich dieses Monster *töten*. Da war mir sogar egal, ob meine Moral das verbieten würde. Ich wollte einfach nur, dass er von dieser Welt ging, egal, wie. Dieser Psychopath war irre, krank, gestört. Wie konnte ein einzelner Mensch so viel Schaden und Zerstörung in so kurzer Zeit bewirken und dabei immer noch so bedacht und fokussiert bleiben? War das alles Teil seines Plans? Mich zu zermürben, um es später leichter zu haben, erst mich und dann meinen gesamten Clan zu töten?

»Als Wolf oder als Mensch?«, brach es recht spät aus mir heraus.

Ich bekam keine Antwort. Die brauchte ich jedoch nicht, um zu wissen, dass ersteres wohl doch stimmte. Vergewaltigung allein war ja schon schlimm genug, aber als Wolf? Davon konnte und wollte ich mir einfach kein Bild machen. »Er ist ein Monster.«

Sie schluckte, auch wenn ich wusste, dass sie jedes Schreiben darüber bereitwillig unterschrieben hätte. Kaum auszudenken, was sie hatte durchmachen müssen. Und das allein, um an mich heranzukommen?

Dann kam mir schlagartig ein anderer Gedanke, ein Thema, über das wir auf jeden Fall noch reden mussten. Bei den folgenden Worten deutete ich auf mich selbst. »Du hast gesehen, was ich bin. Hältst du mich auch für ein Monster?« Meine Stimme wurde traurig bei den Worten. Linda hätte mir garantiert niemals ins Gesicht sagen können, dass sie mich dafür hasste, was aus mir gegen meinen Willen geworden war. Doch ich würde es ihr ansehen, wenn es so war und sie versuchen würde, es zu verheimlichen. Dann würde ich das Gespräch langsam beenden, sie gehen lassen und nie wiedersehen. Es war schon schwer genug, selbst damit zu leben, was aus mir geworden war. Da wollte ich mich nicht auch vor der Person rechtfertigen müssen, die allen Grund hatte, mich dafür zu verurteilen.

Meine Mutter legte ihre Hände auf meine. Das war wohl ihre Art, mir Mut zu machen. Oder sie wusste sich gerade nicht anders zu helfen. »Ich würde dich niemals für ein Monster halten. Du bist mein Sohn.«

Ich glaubte nicht, dass sie log. Trotzdem wollte ich sichergehen. Mit einem Nicken deutete ich auf die Küche, in der sich gerade die übrigen Qädro aufhielten. »Findest du, dass sie Monster sind?«

Linda lächelte schwach und ich bemerkte, wie ihr apathisches zu Boden Starren langsam abnahm und sie wieder nach einer Person aussah, die voll und ganz psychisch anwesend war. Sie schien überaus froh, dass wir nicht über das vorherige Thema sprachen. Nur war sie wirklich glücklich darüber, mich wiederzusehen? Sie hatte auch andere, *normale* Söhne, mit denen sie sich schon in der Vergangenheit wesentlich besser verstanden hatte, als mit mir. Warum sollte es sie kümmern, was mit mir war, wenn sie einfach nach all dem zu ihrem alten Leben zurückkehren konnte?

»Lloyd. Sie sind, was du bist. Ihr seid sowohl Menschen, als auch diese Wölfe. Die Zeit hat viel verändert. Und bei dir gehörte das dazu. Es lässt sich nicht ändern. Und du hast es akzeptiert. Ich bin stolz auf dich.«

Hatte ich da gerade richtig gehört? Sie war stolz auf mich? Das klang einerseits so falsch, jedoch merkte ich, wie mein Herz einen Sprung machte. Kein Vergleich zu dem Mal bei Becca, als sie mich enttarnt hatte oder, als mich die Fähe liebte. Ich stufte zwischen zwei Arten von Liebe ein; der mütterlichen und der, die man für einen anderen nicht verwandten Menschen empfindet. Es schien wohl so, als ob Linda mich doch liebte. Aber mehr als 20 Jahre zu spät. So hart es war: Ich wusste nicht, wie es war, von seiner Mutter geliebt zu werden. Ein ›Ich hab' dich lieb‹ hatte sie noch nie herausbekommen. Dass sie stolz auf mich war, konnte ich da definitiv als Schritt in diese Richtung interpretieren. Wer hätte gedacht, dass sie das auch jemals aussprechen konnte? Erstaunlicherweise war ich dieses Mal froh, mich in ihr getäuscht zu haben.

Instinktiv lehnte ich mich ein wenig an sie, was jedoch nicht erwidert wurde. Erschrocken zuckte sie zur Seite und entfernte sich einige Zentimeter von mir.

»Was ist los? Habe ich etwas falsch gemacht?«

Wortlos zog sie ihr Oberteil aus, sodass nur der weiße BH ihren Oberkörper bedeckte, und offenbarte mir einen langen und tiefen Kratzer, der sich über ihren Arm zog und immer noch blutete. Ihr Bauch war ähnlich verunstaltet. Überall waren Furchen, die wohl Danny und die Gibsar hinterlassen haben mussten.

Dann schoss mir doch wieder das Bild in den Kopf, das ich unbedingt hatte vermeiden wollen. Danny – Daniel, wie er Sex mit meiner Mutter gegen ihren Willen als wildes Tier gehabt hatte. Ich erinnerte mich daran, dass er behauptet hatte, es ihr sogar als Wolf besorgt zu haben. Daher die Kratzer. Die Vorstellung war einfach zu grauenhaft. Meine Mutter hatte Fürchterliches durchgemacht. Wie konnte Daniel sie nur so quälen. Er war zweifellos ein Monster. Wie konnte ich damals so blind sein und auf seine Heuchelei hereinfallen. Er war das genaue Gegenteil von dem, wofür er sich immer ausgab, wenn er bei der Arbeit gewesen war. Und keiner hatte es gemerkt. Konnte man Wahnsinn erkennen? Hätte mir klar sein müssen, dass Daniels frühere Persönlichkeit nur eine Maske war, die er aufgesetzt hatte? Dieser Typ beherrschte sein Spiel so gut, dass er selbst Edward in die Irre führen konnte.

»Tut es sehr weh? Ich habe Verbandszeug da. Ich kann mich um die Wunde kümmern.«

Sie wehrte ab, strich sich jedoch weiter leicht über die Schulterwunde, als ob sie juckte. Ihrem Gesicht konnte man deutlich ansehen, wie sehr es wohl wehtun musste. Das hinterließ sicher nicht nur körperliche, sondern auch seelische Narben.

»Bleib sitzen.« Bestimmend stand ich auf. »Ich hol es dir.«

Linda wandte nichts ein, als ich aus dem Zimmer trat und sie zurückließ. War es richtig, sie in diesem Moment allein zu lassen, auch wenn es lediglich kurz war? Mir war nach wie vor nicht wirklich klar, was in ihrem Kopf vorgehen musste. Sie wirkte schwer traumatisiert, manchmal mehr, dann aber wieder weniger bei sich. Gleichgültigkeit war ein Gefühl, mit dem ich ihr Verhalten beschreiben wollte, weil es das vertrauteste war, das ich ihr zuordnen konnte. Aber das war es nicht. Es kam einem vielleicht so vor, nur ich glaubte, tief in ihrem Inneren war ihr das alles nicht gleichgültig. Linda war eher ... überfordert. Mit allem, was passiert war und vielleicht auch noch passieren würde.

Als ich nach minutenlanger Suche aus dem Bad zurückkam, saß sie nach wie vor auf dem Sofa, die Hände vors Gesicht geschlagen. Sylvio kniete vor ihr und versuchte, meine Mutter zu trösten und weitestgehend zu beruhigen.

»Was ist passiert?«, fragte ich, nachdem ich mich neben Sylvio kniete und meine Mutter besorgt betrachtete.

»Keine Ahnung.« Er zuckte die Schultern. »Ich kam wieder herein und da hat sie sich die Hände vors Gesicht geworfen und angefangen, zu weinen.«

Meine Stimme wurde flüsternd. »Mama.«

»Es ist wohl noch der Schock«, meinte der Qädro.

Nickend bemühte ich mich, den Verband auszurollen und ihren Arm zu verarzten, so gut es möglich war.

Das Schluchzen meiner Mutter verebbte nach wie vor nicht. Es wurde lauter, sodass mir schlussendlich nichts übrigblieb, als Linda verzweifelt zu trösten.

Sylvio deutete auf die Küchentür. »Soll ich gehen?«

»Ich weiß nicht. Vielleicht.« Dann blickte ich wieder in das verzweifelte Gesicht von Linda und wusste, dass sie einfach überfordert war. »Ja, geh mal kurz zu den anderen, bitte.«

Er verließ das Zimmer und zog behutsam die Tür hinter sich zu, ehe er sich dem Gerede der Qädro in der Küche anschloss, wovon nur wenig bis hierher vordrang.

Vorsichtig griff ich nach den Händen meiner Mutter und zog sie von ihrem Gesicht weg auf den Schoß. Ihre Handflächen waren tränennass. Ihre Augen waren rot geschwollen, ihre Wangen aufgequollen von all den Tränen, die darüber geflossen waren.

Mir gingen allmählich die Ideen aus, wie man Linda noch aufbauen konnte, doch ich versuchte mein Bestes. So konnte man sie doch nicht sitzen lassen. Ich müsste lügen, wenn ich sagte, dass ich nicht überfordert war. »Ist es wegen Daniel?«

Obwohl sie zustimmte, hörte ihr Schluchzen nicht auf und sie schaffte es außerdem nicht, mir in die Augen zu sehen. Verdammt, sie wurde wieder apathisch. Ich musste sie zurückholen.

»Das muss furchtbar gewesen sein. Ich kann es mir zwar nur schwer vorstellen, aber du sollst wissen, dass ich für dich da bin, okay?«

Linda sah auf und berührte mich an der Wange. »Lloyd.«

»Ja?« Vielleicht war es ungünstig, darauf zu antworten, doch ich wusste gerade nicht, was in solch einem Augenblick zu tun war. Konnte ich ihr als Sohn doch irgendwie helfen?

»Ich hab' dich lieb.«

Meine Augen weiteten sich. Das war der Satz, auf den ich das ganze Leben gewartet, ihn aber nie gehört hatte. Ich hatte früher irgendwann aufgehört zu glauben, dass er noch kommen würde und jetzt kam er, ganz plötzlich in einer solchen Situation. Ich wollte mir gar nicht vorstellen, was das für eine Überwindung gewesen sein musste für jemanden, der diese Worte mir gegenüber noch nie benutzt hatte. Vielleicht war unsere gemeinsame Vergangenheit nicht ohne Fehler. Vielleicht hätte sie mir früher sagen sollen, dass sie mich liebte, damit mir Jahre der Trauer über meine Kindheit erspart geblieben wären. Doch die Vergangenheit war um. Ich war nur überglücklich, dass sie es mir jetzt endlich sagen konnte.

»Ich dich auch.« Diese Worte waren nicht einmal gelogen. Ich war ihr Sohn und wollte immer von ihr wirklich und ehrlich gemocht werden. War heute der Tag, an dem wir die unglückliche Vergangenheit einfach hinter uns lassen konnten?

Als ich aufbauend ihre Schulter streichelte, wurde das Schluchzen lauter. »Bitte hör auf zu weinen«, tröstete ich sie. »Du kannst zu mir kommen. Ich werde dafür sorgen, dass Daniel sich nie wieder an dir vergreift. Ich werde ihn aufhalten, glaub mir.«

Meine Mutter schüttelte den Kopf. »Bitte räche dich nicht. Rache führt zu mehr Leid. Das will ich nicht.«

Es brauchte nur eine kurze Überlegung, um ihr eine Antwort zu geben, auch wenn es nicht die war, die sie hören wollte. »Er hat es verdient.«

Sie sah mir in die Augen. Ich erkannte, wie ihre blaugrauen Augen mich anfunkelten. Sekundenlang versuchte ich, ihren Blick zu lesen. War es Vertrauen? Angst? Trauer? Doch ich fand den Grund nicht und mied unsicher den Augenkontakt.

»Versprich mir, dass du dich nicht an ihm rächst.« Sie senkte ihren Blick wieder, um mich von dem Druck, den sie gerade auf mich ausgeübt hatte, zu befreien.

Erst nickte ich zögernd. Vermutlich glaubte sie mir dabei nicht, dass ich es ernst meinte. Ein zweites Mal tat ich es selbstsicherer. »Ich verspreche es.« Aber ich wusste, dass ich dieses Versprechen nicht halten konnte.

- 21 -

Die Küchentür zum Wohnzimmer wurde geöffnet. Sylvio und Edward fanden mich Arm in Arm mit meiner Mutter wieder. Wir hatten uns gegenseitig Mut und Vertrauen gespendet. Dabei hatte ich die Zeit komplett aus den Augen verloren und war einfach erleichtert, ein paar vertraute Momente mit dem Menschen zu teilen, dem ich früher immer egal gewesen war.

»Ich sage es zwar nicht gerne, aber es ist Nacht.« Edwards ernste Miene sorgte dafür, dass ich meine Mutter losließ und mich aufrichtete.

War das nicht genau die Nacht, in der der Anführer mit mir sprechen wollte? Beinahe hatte ich vergessen, was mich die vergangene Nacht nicht hatte schlafen lassen. Verdammt, 24 Stunden fühlten sich an wie eine ganze Woche. Freude überkam mich und ich lächelte meiner Mutter aufbauend entgegen. »Ich muss gehen, aber ich verspreche, zurückzukommen.«

Linda wischte ihre Tränen weg und besah mich mit einem zuversichtlichen Gesichtsausdruck. »Pass auf dich auf.«

Tatsächlich hatte ich es geschafft, sie ein wenig aufzuheitern. Dafür, dass es wie ein aussichtsloser Fall gewirkt hatte, war ich froh, etwas bewirken zu können.

Zustimmend stand ich auf und folgte Edward und Sylvio, die schon ungeduldig warteten. Langsam schloss ich hinter mir die Tür.

»Geht es ihr besser?«, erkundigte sich Sylvio besorgt. »Vorhin war sie ja völlig fertig. Ich habe gehört, was Danny in der Stadt gesagt hat. Lag es daran?«

»Daniel. Aber ja.« Ich nickte. »Lassen wir das Thema lieber.«

Die beiden stimmten zu und wir gingen nach draußen. Es herrschte dichter Nebel. Die Kirchturmuhr läutete erst vier und dann elf Mal. War es schon so spät?

Meine Gefährten strichen sich über ihre Halsmarkierung und geleiteten mich als Wölfe in Richtung des Waldes, der im Schutze der Nacht und des Nebels noch bedrohlicher wirkte, als er es sowieso schon war. Wer wusste schon, ob nicht wieder ein unerwarteter Angriff auf uns warten würde? Doch mein Gefühl – es war seltsam *wölfisch* – sagte mir, dass wir heute Nacht sicher waren. Ich strich nach einigen Metern ebenfalls über den Hals, da ich wusste, dass mich der Anführer nur als Wolf willkommen heißen würde.

»Ich kenne einen Schleichweg zum Seepark. Ich glaube nicht, dass ihn die Gibsar und Pernoy kennen«, schlug ich vor.

»Wir folgen dir«, stimmte Edward zu.

Gemeinsam schritten wir, drei stolze graue Wölfe, in den Nebel hinein und ließen die Wohnung mit Linda und den übrigen Qädro hinter uns zurück.

Es war schwer zu sagen, wie weit wir im Nebel und in der Dunkelheit schon gegangen waren, und, wie gut ich mich in den Seitengassen auskannte, aber es war ein erleichterndes Gefühl, dass kein anderes Lebewesen unseren Weg kreuzte. Die gesamte Stadt war wie leergefegt. Anscheinend hatten sich Pernoy, wie auch Gibsar zurückgezogen. Warteten sie den geeigneten Moment ab, um uns anzugreifen? Wieso taten sie es dann nicht jetzt, wenn wir nur zu dritt waren? Wollte mich Daniel mit seinem Psychospielchen mürbe machen, um es später leichter mit mir zu haben? Ob meine Mutter es mir verboten hatte oder nicht; ich wollte Rache und würde sie auch bekommen.

Selbstsicher schritten wir durch die engen Gassen. Neben uns erhoben sich die Wohnblöcke meterhoch. An den Seiten standen und lagen Mülltonnen, Kleiderfetzen ließen sich in den Ecken erahnen und alles war voll Dreck und Schnee. Ein Pappkarton mit einigen Stofffetzen, Einkaufstüten und einem halb zerrissenen Sofa ließen auf das Zuhause eines Bettlers schließen. Dort war jedoch niemand. Wie war es ihm wohl ergangen? Wollte ich es tatsächlich wissen? Die Wölfe würden ihn aufgespürt und gebissen oder getötet haben. Zumindest hatte es etwas für sich. Die Bettler waren von ihrem Leid auf der Straße befreit. Ob der Tod dafür aber die passende Lösung war?

Wir verließen die engen Gassen und beginnen wieder eine normale Straße, wo wir zielsicher in der Mitte liefen, als ob uns etwas von rechts und links bedrohte. Es gab nichts, außer vielleicht ein paar neuen Werwölfen, die das Leid ihrer Kollegen, mit denen wir gekämpft hatten, teilten. Wären da richtige Gibsar und Pernoy, würden wir nicht mehr in der Lage sein, einfach so über die Straße zu laufen, als wäre nichts. Auf diese Weise hatten wir genügend Abstand zu den Schatten der Stadt und konnten fliehen, falls es notwendig war.

Der Nebel wurde zunehmend dichter, sodass man bald selbst mit Wolfsaugen nur noch schwache Konturen von den anderen erkennen konnte und sich ständig mit einer Pfote die vom Nebel feucht gewordenen Augen reiben musste, um überhaupt etwas sehen zu können. Ich war nicht einmal mehr sicher, ob wir überhaupt noch auf dem richtigen Weg waren. Ich kannte mich zwar in Salbrun aus, doch wenn man quer durch die Stadt ging und beinahe nichts sehen konnte, war man selbst an einem bekannten Ort ziemlich hilflos. Aber man erwartete von mir, dass ich zielsicher weiterging, also tat ich das auch. Es wirkte eher wie eine Prüfung, der ich mich stellen musste. Menschen hatten Angst, wenn sie nicht sehen konnten, was vor ihnen lag. Dunkelheit, Einsamkeit. Diese Umstände verunsicherten viele Personen, es durfte mich jedoch nicht davon abhalten, weiterzugehen.

Bald lichtete sich der Nebel ein bisschen und die Finsternis durchdrang wieder Salbrun. Das half jedoch wenig. Wolfsaugen konnten lediglich dann mehr sehen, als sonst, wenn wenigstens etwas Licht herrschte. Das einzige hätten die Sterne geben können, da die Straßenlaternen nicht mehr funktionierten. Allerdings war der Nebel zu dicht, um auch nur einen davon sehen zu können.

Behutsam setzte ich eine Pfote vor die andere und versuchte, mich an Sylvio und Edward zu orientieren. Sie hatten sich hinter mich zurückfallen lassen und folgten mir wortlos. Jeder Schritt ließ mich unsicherer werden, als würde ich über ein Minenfeld laufen und jeder Meter der letzte sein könnte.

Dann berührten meine Pfotenballen endlich Erde statt Asphalt. Hinter mir vernahm ich erleichterte Seufzer, die mich einen Moment lächeln ließen. Ich beschloss, die Stille zu brechen. »Könnte sein, dass ich mich ein wenig in der Richtung geirrt habe. Eigentlich hätten wir schon früher da sein sollen«, gab ich verlegen zu.

»Du bist schon auf dem richtigen Weg. Vertraue deinem Instinkt und er wird uns genau dahin bringen, wo wir sein sollen«, entgegnete Edward.

Sylvio nickte zustimmend. »Wir bleiben hier und passen auf, dass keine unangenehmen Überraschungen kommen. Geh du weiter. Den Anführer wirst du schon finden.«

Edward stimmte Sylvio zu und schob mich ein wenig nach vorne, um mich zu bestärken. »Angst ist etwas ganz Normales. Du wirst es schaffen, sie zu überwinden und mit ihm zu sprechen. Davon bin ich überzeugt.«

Unsicher ging ich vorwärts, bis die beiden Qädro hinter mir im Nebel verschwanden. Mein Fell streifte die Bäume, das nasse Gras auf dem Weg, den Schnee und die Pflanzen, die übersät mit Tropfen waren und meinen Pelz immer feuchter werden ließen.

Der Wind strich durch mein Fell, Blätter fielen mir vors Gesicht, die Pfoten wurden schwerer, als sie sich mit Wasser vollsogen und bei jedem Schritt mehr Dreck hängenzubleiben schien.

Dann erkannte ich die Bank, bei der ich noch vor einigen Tagen auf diesen Mann getroffen war, der mich zu einem Wolf gemacht hatte. Erinnerungen jagten wie wild durch meinen Kopf. Dieser Ort schien der passende zu sein. Ich war nicht wirklich sicher, warum es so war, aber auf eine sonderbare Art und Weise fühlte er sich *richtig* an. Das war der Ort, an dem ich sein sollte, um auf den Anführer zu warten. Also blieb ich neben der Bank sitzen, wandte meinen Kopf gen Himmel und wartete.

Als Wolf war es leicht, das Gefühl für die Zeit zu verlieren, wenn es keine Uhr und kein Handy gab, auf das man sehen konnte. Waren es zehn Minuten, vielleicht eine halbe Stunde? Mir wurde allmählich kalt – obwohl ich ein Wolf war – und meine Knie schlotterten. Ich sehnte mich nach der Wärme meines Bettes. Ja, die Verlockung, einfach umzukehren, war da, aber es war ebenso klar, dass es nichts bringen würde und ich warten musste, um die Antworten zu bekommen, die ich ja immer hatte haben wollen. Von diesem Gespräch könnte meine Zukunft oder die der Qàdro abhängen. Wenn sie starben, hatte das auch unweigerlich zur Folge, dass ich starb und ich wusste inzwischen, wie kostbar ein Leben in dieser Welt war, wie schnell man es beeinflussen oder sogar verlieren konnte. Selbst Liebe war ein Thema in dieser kaputten Welt geworden. Becca und die weiße Wölfin. Etwas in mir hoffte immer noch, dass es sich hier um ein und dieselbe Person handelte. Es war nicht das leichteste Leben, aber niemand hatte behauptet, dass es einfach werden würde. Ich hatte schon über so manche Klippen springen müssen, schon einige Male meine Angst zu bekämpfen und war mehrfach gerade so dem Tod entronnen. Ja. Ich könnte sogar ein Buch über mein Leben schreiben, wenn es so weiterging. Das Einzige, was mich inzwischen überraschte, war, dass ich nun doch die Rolle des Tieres anzunehmen schien, die man mir aufgezwungen hatte.

»Wolf.« Die Stimme erklang aus einer Richtung, die ich nicht eindeutig bestimmen konnte.

Irritiert ließ ich den Blick schweifen, drehte mich nach rechts, links, nach vorne und hinten. »Wo bist du?«

Ehe ich mich versah, stand mein Gesprächspartner als stiller Jäger vor mir, sein Haupt erhoben. Er zeigte kein Zeichen von Angst, Schwäche, Vertrauen, Misstrauen. Ich bewunderte ihn schon von der ersten Sekunde an.

War er eine Autorität? Wollte er als solche begrüßt und behandelt werden? Wie sollte ich auf seine Anwesenheit reagieren? Ich senkte meinen Kopf vor ihm, sodass er fast den Boden berührte.

Der Wolf hob eine seiner Pfoten, um meinen Kopf wieder nach oben zu bringen. Er wollte nicht, dass ich mich verneigte. Nur wieso?

Sein fixierender Blick verriet Stärke. Während ich ihm in die Augen sah, versuchte ich, genauso wenig Schwäche zu zeigen, wie er. Keine Ahnung, wie man es als Wolf oder Mensch hinbekam, vollkommen gefühllos und gleichzeitig mächtig, erhaben und weise zu wirken. Seine Brust war nach vorne gestreckt, sein Schwanz baumelte bauschig nach unten, von seiner Schnauze tropfte kein Speichel, seine Nase war nicht feucht, sein Fell nicht nass. Er war weder erschöpft, noch glücklich, mich zu sehen.

Seine Pupillen fixierten mich, wie ein Jäger seine Beute fixierte, ehe sie mich wieder losließen und er den Kopf drehte und in den Nebel deutete. »Komm mit.« Selbst seine Stimme war unglaublich stark und sicher. Es lag kein Gefühl darin, das ich mit Sicherheit bestimmen konnte, ohne im Nachhinein meine Einschätzung zu hinterfragen. Es war eine Stimme, die so anders war, dass man sie nicht beurteilen konnte. Es machte einem sogar etwas Angst. Ich bekam Angst vor dem Gespräch, das ich mit ihm führen würde, Angst davor, dass er noch weitere Worte sagen würde. Vielleicht war ich auch nur ein bisschen durch den Wind. Ich hatte akzeptiert und verstanden, was aus mir geworden war, doch vielleicht war ich einfach nicht bereit, mich auf neue, unbekannte Dinge einzulassen. Das war möglicherweise eine Schwachstelle, mit der ich mich lieber nicht auseinandersetzen wollte.

Meine Gedanken hatten mich für einen kurzen Moment so sehr aus der Wirklichkeit gerissen, dass ich beinahe vergaß, dem Wolf hinterherzulaufen. Von ihm war nur noch eine Silhouette zu erkennen, als ich seine Verfolgung aufnahm.

Auch wenn ich mich an den Bäumen und an der Rute des mir vorauslaufenden Wolfs orientierte, war der Weg relativ bekannt. Wir betraten den Eingang einer Höhle. Nein, es war nicht eine Höhle, es war *die* Höhle. Ich wollte sie als Mensch nie wieder betreten. Wer hätte gedacht, dass es jetzt als Tier anders wäre.

Dann gingen wir einige Meter in die Dunkelheit. Nach wenigen Schritten war er nicht mehr zu sehen. Ich hörte kein Tapsen des anderen Wolfs mehr. Nur ein flaches, leises Atmen, das bewusst flach gehalten wurde oder das Ergebnis von jahrelanger intensiver Meditation war. Wollte ich es hinterfragen? Nein, dafür waren wir nicht hier.

Mühevoll erkannte ich die Silhouette des Wolfs, wie er sich zu mir umdrehte. »Du wolltest mich sprechen?«

Mir schossen wieder die Gedanken über seine Stimme durch den Kopf, die mich einen Moment zurückweichen ließ. »Ja. Und ich habe gehört, du willst mich auch sprechen?« Hmm ... Hätte ich ihn siezen sollen?

»Das ist wahr«, fuhr er fort. »Und damit uns keiner belauscht, sind wir hier. Niemand wird reinkommen, ohne, dass ich es merke.«

Behutsam atmete ich tief ein und aus. Es war schwer, die richtigen Worte zu finden, um das Gespräch zu beginnen, ohne gleich mit der Tür ins Haus zu fallen. War das wichtig? Ich beschloss, geradeheraus die Dinge zu erfragen, die mich schon seit dem Anfang meiner Wolfszeit beschäftigten. »Ich weiß immer noch nicht genau, warum gerade ich ein Qädro geworden bin. Edward und Sylvio konnten es mir auch nicht erklären. Niemand konnte es bisher.« Ich erinnerte mich daran, wie mein ehemaliger Chef in seinem Zimmer auf und ab gegangen war, den Tränen nahe, und dabei an seine Frau gedacht hatte, wie sie ein Werwolf geworden und gestorben war. Langsam senkte ich bei den Gedanken den Kopf.

»Dass du das wissen willst, habe ich mir gedacht. Es beschäftigt dich wirklich sehr, wieso du zu dem werden musstest, was du jetzt bist. Du hast nicht davon gesprochen, dass du es verachtest und es am liebsten vermeiden würdest, ein Wolf zu sein.«

Anfangs wollte ich es aber.

Ehe ich dazu kam, meine Gedanken auszusprechen, fuhr er fort. »Die Qädro sind dir eine vernünftige Erklärung schuldig. Sylvio wird dir von einer Prophezeiung erzählt haben, so, wie ich es ihm sagte, doch genauer gesagt haben die Raben deinen Namen gerufen. Sie kamen zu mir und die ersten Wörter waren ›Lloyd‹ und ›Vargen‹. Der Wolf.« Seine letzten Worte waren so leise geworden, dass ich mir Mühe geben musste, sie überhaupt noch zu verstehen. Trotzdem hatte seine Stimme ihre Sachlichkeit beibehalten, als nähme er nicht den geringsten Anteil an meinem Schicksal, beinahe, als wäre es ihm egal. Andererseits merkte ich, wie wichtig es ihm doch war. Wie konnte man nur so klingen? Von mir hing das Überleben des Clans ab. Wenn ich sterben würde, wären kurz danach die Qädro tot, hatte mir Sylvio gesagt. Lediglich eine Sache brachte mich bei seinen Worten zum Stutzen.

»Wieso Raben?«, hakte ich nach.

»Hast du noch nie von den Legenden über die Wölfe gehört?«

Bislang hatte ich mich nie mit den Tieren und der Lore drum herum beschäftigt. Nervte es ihn, dass ich es nicht wusste? War es etwas, das jeder Qädro wissen sollte? »Nein«, entgegnete ich. Vergeblich wartete ich auf das geringste Zeichen der Unzufriedenheit mit meiner Antwort, sei es auch nur ein Seufzen, ein Schlucken, ein tiefes Ausatmen. Doch es war nichts zu hören.

»In sämtlichen Legenden und Märchen wird erzählt, dass Raben die einzigen Lebewesen seien, die die Wölfe nicht nur akzeptieren, sondern auch respektieren. Tatsächlich ist das wahr. Ein Mann hat diese Tiere einmal eingehend studiert, ohne, zu intensiv in ihren natürlichen Lebensraum einzudringen und seine

Erfahrungen in einem Buch verarbeitet. Er hat geschrieben, dass die Raben das Auge der Wölfe im Himmel wären. Die Raben würden im Himmel nach Beute suchen, sie ihnen zeigen und dabei dürften sie an der Beute mitfressen. Und genauso war es auch. Davon wird inzwischen in vielen Geschichten und Märchen gesprochen. Und wir haben nichts dagegen. Dass Menschen die Wahrheit über das Verhalten unserer Spezies erfahren, ist nicht von Belang für das, was wir tun.«

Sinnloses Kämpfen? Überleben? Leben? Auch wenn der Anführer bei seiner Beschreibung einige Pausen gesetzt hatte, um mir Zeit zum Überlegen zu geben, zogen meine Gedanken immer noch weite Kreise. Sylvio wäre amüsiert darüber, Edward hätte es ganz sicher gestört. Nur dieser Wolf hier war anders. Ihn störte nichts, ihn amüsierte nichts. Er empfand so viel wie ein Stein, wenn man ihn über das Wasser flippen ließ.

»Was dein Schicksal angeht, habe ich die Raben gefragt, wie sie darauf kämen, doch sie konnten mir lediglich sagen, dass der Wind deinen Namen gerufen hat.«

War das eine Antwort, wie ich sie erwartet hatte? Sie half überhaupt nicht, aber nach allem, was passiert war: Änderte sie etwas? Sollte ich vielleicht einfach versuchen, mein neues Leben anzunehmen, um das alte, das man nicht mehr erreichen konnte, hinter mir lassen zu können? Plötzlich hatte ich keine Fragen mehr. Seine Worte ergaben Sinn, auch wenn sie eigentlich mehr Fragen aufwerfen sollten.

»Hast du noch irgendwelche Fragen? Ich werde mein Bestes geben, um sie dir zur Zufriedenheit zu beantworten«, bot er an.

Ein unbehagliches Gefühl überkam mich, als mir nichts mehr einfiel, obwohl ich eine Menge Fragen gehabt hatte. Ich hätte ihn fragen können, ob ich auf irgendeine erdenkliche Methode wieder ein Mensch werden konnte. Nur wollte ich das auch? Als normale Person müsste ich irgendwie aus Salbrun entkommen. Als solcher war ich hier nicht sicher. Ich würde gebissen und zu dem werden, was ich gerade war oder zu einem gefräßigen, nicht mehr eigenständig denkenden, Pernoy oder Gibsar. Es war eindeutig besser, wenn ich blieb, was ich war.

»Nein.« Wenn ich doch nicht so fasziniert seinen Worten gelauscht hätte. Mein Kopf war erschreckend ... leer. »Ich habe keine Fragen mehr.«

Es blieb einige Sekunden still, ehe er mich mit seinem Schwanz streifte und sich an den Höhleneingang setzte. Der Nebel hatte sich weitestgehend verzogen. Man konnte wieder den Himmel erkennen. Und auch die Sterne und den Mond, die es uns ermöglichten, in der Nacht so viel sehen zu können, wie ein Mensch bei Tag.

Der Anführer setzte sich hin und hielt die Brust immer noch herausgestreckt. Er zeichnete sich eindeutig durch solch eine Pose von den anderen Qädro und *normalen* Wölfen ab.

Neben ihm ließ ich mich nieder. Ob ich durfte, wusste ich nicht, doch ich tat es einfach. Er sollte nicht mit jemandem reden, der hinter ihm in der Dunkelheit saß.

»Mir wurde berichtet, was sich in Salbrun zugetragen hat zwischen dem Gibsar und dir«, begann er.

Würde er mir nachtragen, was passiert war? Die Kämpfe, das Leid, der Tod? Wir beide wussten, dass es meine Schuld war. Wollte er das hören? Sprach er es deswegen an?

»Keiner hätte wissen können, dass sich das alles so entwickelt. Doch du lebst. Du hast dich unter diesen Umständen zurechtgefunden und nicht den Verstand oder die Nerven verloren, so, wie es viele in deiner Situation getan hätten. Du hast es geschafft, auf diesen Moment hier hinzuarbeiten.«

Ähhhh, danke. Doch ich wagte nicht, diese Worte auszusprechen und ihn dabei so respektlos zu unterbrechen.

Der Anführer ließ seine Brust ein wenig sinken, hielt den Kopf aber dem Mond entgegengerichtet. Es erweckte den Eindruck, dass er mehr mit ihm sprach, als mit mir. Dennoch wirkte er hierbei so deutlich fokussiert auf mich und das, was er sagte, dass ich es nicht infrage stellte.

Einen Moment lang glaubte ich, er würde gleich jaulen, unmittelbar danach, er würde sich zu mir umdrehen und mich so eingehend fixieren, wie vorher. Doch nichts davon geschah. Seine Augen waren fixiert auf ein anderes Ziel. Sie rissen sich von dem Anblick des Mondes nicht mehr los.

Meine Augen folgten den seinen, doch ich konnte ihm nichts abgewinnen. Ich zählte die einzelnen Krater, wobei ich den Eindruck hatte, dass es immer mehr wurden und ich mich immer wieder verzählte. Gab es dort etwas zu sehen, das meine Augen nicht wahrnahmen? Der Farbton, die Größe, die Krater?

»Der Mond. Was ist so faszinierend an ihm?«, traute ich mich schließlich zu fragen.

Sein Kopf und der gesamte Körper wandten sich mir zu. In seinen Augen spiegelte sich Trauer wider, die ich klar erkennen konnte. Doch wieso war ein so stolzer Wolf traurig? Über das, was passiert war?

»Der Mond ist der einzige Platz, an dem es keinen Krieg gibt. Wenn wir wüssten, dass er bewohnbar wäre und nur die Möglichkeit bekämen ... wir würden verschwinden und nie wiederkommen.«

Sofort stellte sich mir die nächste Frage und ich verlor keine Zeit damit, sie auch zu stellen. »Es heißt, Wölfe und Werwölfe würden den Mond anheulen. Ist es so, wie die Leute sagen?«

Der Anführer seufzte. Seine Augen wandten sich kurz dem Boden zu, dann den Sternen, die man durch den sich zurückziehenden Nebel allmählich immer klarer erkennen konnte. »Auf dem Mond gibt es nichts, was es hier gibt. Unsere Welt ist verseucht von den Menschen, die denken, die Erde gehöre ihnen. Doch das tut sie nicht. Die Natur wird zerstört, unnötige Kriege aufgrund des Glaubens und der Gier nach Macht werden geführt. Der Mond strahlt den Frieden aus, den wir uns so lange schon wünschen. Jede Nacht denke ich daran, dass es diesen unerreichbaren, friedlichen Ort gibt, fern von dieser sich selbst zerfressenden Welt.« Er wandte sich wieder mir zu, was wesentlich unangenehmer war, als wenn er die Sterne begutachtete, die hell strahlten und sich in unseren Augen verloren. »Was das Vorurteil angeht ... Es ist schwer zu sagen, inwieweit es stimmt. Niemand ist gezwungen, den Mond anzuheulen, weder wir, noch die Gibsar, Pernoy oder die Wölfe im Wald. Vielleicht ist es der Wunsch nach Frieden, der manche antreibt. Der Wunsch, diesem Leben hier zu entfliehen. Aber das ist keine Lösung. So schwer das Leben ist: Wir müssen es akzeptieren, sonst wird es uns zerstören. Wir existieren in dieser Welt und jeder von uns muss seinen Platz auf ihr finden. Wir werden immer anders sein, als all die Lebewesen um uns herum, Teil einer Welt, die nur für uns existiert. Ein Stück dieser Welt, das all die Menschen niemals sehen werden. Und dennoch: Wir leben und das ist das Wichtigste.«

Das klang erstaunlich tiefgründig. Beim Nachdenken über diese Worte bemerkte ich, wie sehr sie mein Leben zusammenfassten. Ja, ich lebte auf dieser Welt. Als sich alles änderte, wollte ich zurück, obwohl ich wusste, dass es nicht möglich war. Und jetzt stand ich hier, an dem Punkt, an dem ich vielleicht immer sein sollte, führte ein anderes Leben und hatte begonnen, es zu verstehen und zu akzeptieren. Nur was war mein Platz in der Welt? »Werden Menschen und Wölfe je in Frieden leben können?«

Der Qädro nickte zustimmend, jedoch ohne eine Miene zu verziehen. »Wir sind der lebendige Beweis dafür, dass sie das können. Du und ich, wir sind Wölfe. Und zeitgleich Menschen. Das, was uns auszeichnet, ist aber nichts von beidem. Du bist und warst immer derselbe, lediglich die Umstände haben sich geändert. Ob du in Frieden mit den Wölfen und Menschen leben wirst, dich vielleicht sogar für eine Seite entscheidest, hängt davon ab, ob du deinen Frieden mit dir findest. Du glaubst vielleicht, es ist ein Krieg, der hier ausgefochten wird zwischen den Gibsar, den Pernoy und uns. Aber es ist nur ein Krieg, der entscheiden wird, wie der zweite, der größere ausgehen wird. Sollten wir verlieren und die Clans gewinnen, wird der Krieg, der daraufhin mit den Menschen ausgefochten wird, unvermeidbar. Eine der beiden Spezies wird sterben.«

»Und wir wollen das vermeiden?«

»Mit allem, was wir können. Wenn wir einfach die Möglichkeit bekämen, den Menschen klarzumachen, was sie anrichten und wer wir sind. Sie sollen wissen, dass Wölfe keine Monster sind. Wir wissen es schon, auch wenn wir nur zum Teil diese Tiere sind. Die restlichen Menschen müssen mit Worten überzeugt werden und ich bin zuversichtlich, dass wir das schaffen. Spürst du nicht, wie das Bewusstsein des Wolfs mit deinem interagiert? Triebe, die du vorher nie gespürt hast und die dich manchmal zu übermannen scheinen? Zwei Seelen, die für den Moment der Verwandlung zu einer werden? Jeder Wolf hat ein Bewusstsein, auch derjenige, der dich nun darstellt. Ihr beide seid stark. Mit der Zeit werdet ihr lernen, miteinander zu leben.«

Es war einfach erstaunlich, wie viel Weisheit in seinen Worten steckte und mit wie viel Bedacht sie gewählt waren. Er offenbarte mir einen Standpunkt, von dem ich nie ausgegangen war. Es hatte tatsächlich Momente gegeben, in denen ich geglaubt hatte, von diesem Tier, das ich gerade darstellte, geleitet zu werden. Teilte ich meinen Geist also wirklich mit einem Wolf? Musste ich mir Sorgen machen oder ermöglichte er mir, genauso zu werden, wie ich es schon immer sein sollte? Sollte ich es einfach akzeptieren? Gegen allen Widerstand, den ich anfangs aufgebracht hatte, tat ich das aus langsam. Der Wolf schien aus mir den Menschen zu machen, der ich vielleicht schon immer sein sollte. Wir wollten etwas verändern. Ob wir es konnten, war eine andere Frage.

Der Anführer streckte seine Brust wieder heraus und ich fühlte mich im selben Moment sicherer, als ich es jemals war. Alles, was er sagte, ergab Sinn. Der Qädro wusste gar nicht, wie sehr er mir mit seiner Erklärung half, zu verstehen, was um mich herum und vor allem mit mir selbst geschah.

»Hast du noch weitere Fragen?« Er ließ seine Augen suchend über den Himmel schweifen, doch er besah nur die Sterne und nicht mehr den Mond. Er wollte sich wohl gedanklich mit ihm nicht mehr auseinandersetzen.

Kopfschüttelnd verneinte ich.

»Die Gibsar und Pernoy werden vermutlich bald aufhören, dich gezielt zu jagen.«

Moment, was? Ich war verwirrt. »Warum sollten sie das tun?«

»Du bist ein Wolf, ein Qädro. In dir lebt der Geist des Tieres, das du verkörperst. Es gibt nur zwei Wege, dich jetzt noch zu einem von ihnen zu machen. Der eine wird deinen Wolf für immer töten, der andere seine Seele so stark vergiften, dass er einem ähnlichen Wahnsinn verfällt wie die wilden Wölfe auf den Straßen der Stadt. Beide Möglichkeiten wurden viele Jahre nicht verwendet, aber ich bin davon überzeugt, dass die beiden Clans noch von ihnen wissen. Um deinen Wolf zu töten, ohne den Menschen dabei zu verlieren, muss man dir mit Feuer das Mal am Hals ausbrennen, sodass eine Narbe für immer dort zurückbleibt.«

Diese Worte ließen mich sichtlich zusammenzucken und mich überkam eine so starke Gänsehaut, dass sich die Fellhaare aufstellten. Dieses Bild in meinem Kopf war grausam und furchtbar.

»Die zweite ist es, dich gegen einen Qädro kämpfen zu lassen und ihn zu töten. Sein eigenes Rudel auf diese Weise zu verraten, vergiftet die Seele eines jeden Wolfs. Er wird beeinflussbar, manipulierbar. Das werden sie nutzen, um dich zu einem von ihnen zu machen, während der innere Konflikt, der dann in dir herrscht, dich von innen auffrisst.«

Die eine Vorstellung war ja schlimmer als die andere. »Ich würde niemals gegen einen von uns kämpfen.«

Mein Gegenüber reagierte auf die Aussage nur indirekt. Seine Schultern und Brustkorb senkten sich ein wenig. Er nahm mit der Pfote ein wenig Dreck auf und begutachtete ihn wie einen Schatz, den er gefunden hatte. »Das sagt sich einfacher, als es schlussendlich sein könnte. Sie werden versuchen, dir keine Wahl zu lassen.«

Den Gibsar würde das mit Sicherheit Freude bereiten, mich leiden zu sehen, egal, ob physisch oder auf seelische Weise. Über die Pernoy wusste ich zu wenig. Würden sie beide wirklich so weit gehen, mir das Mal auszubrennen, um mich zu einem von ihnen zu machen? Warum war das so wichtig für sie?

»Allerdings ... «

Meine Ohren stellten sich auf und wandten sich dem Wolf zu. Konnte das von ihm geschilderte Szenario noch schlimmer werden?

» ... macht dich ersteres zu einem normalen Menschen. Und wenn sie dich dann beißen ... «

» ... bin ich verloren.«

Er nickte. »Dein Leben ist bereits ein Katz-und-Maus-Spiel. Du wirst dir keine Fehler leisten dürfen, wenn du nicht zu einem der übrigen Clans gehören oder sterben willst. Ich wünschte, ich könnte dir etwas anderes sagen.«

Diese Worte hörte ich nicht zum ersten Mal, doch ich verstand. Sterben war keine Alternative und langsam wurde mir klar, was ich war und wie ich meinen Platz in dieser Welt finden konnte, mit einem Rudel und Freunden wie Sylvio und Edward.

Der Qädro hob wieder den Kopf und setzte zu einem Heulen an, das ich noch nie zuvor gehört hatte. Es war nicht vergleichbar mit allem zuvor. Es war eindrucksvoll und nicht so erschreckend grausam, wie das von Daniel. Es war eine melodische Stimme in der Ruhe der Nacht.

Mein Instinkt – der Wolf – trieb mich dazu an, mitzumachen. Es fühlte sich besser an, sogar befreiend. Es war dieser Moment, in dem ich spürte, wie Mensch und Tier in mir für einen Moment eins wurden. Das Heulen erfüllte die Bäume, die Blumen, das Gras, die Häuser, die Straßen, die Stadt. Ich hatte das Gefühl, als würde ich mit einer Farbe, die leuchtender und kräftiger war als der Regenbogen, auf einer weißen Leinwand malen. Wie ein Künstler, der ein Bild in verschiedensten Farben darstellte. Unser Jaulen erzählte eine eigene Geschichte, eine traurige, mit Höhen und Tiefen, Freude und Leid, Hass und Liebe, Angst und Vertrauen, gemischt mit dem Gefühl von Wärme, Freundschaft und Familie.

- 22 -

Auf dem Weg zurück zu Edward und Sylvio ging mir viel durch den Kopf. Ich hatte so viel erlebt als dieses Tier. Glückliche und furchtbare Momente. Obwohl ich Gefahren ins Auge sehen musste, hatte ich immer gehofft, ein Leben als normaler Mensch weiterführen zu können. Bis vor einem oder zwei Tagen war es mein Antrieb, wieder so zu werden wie früher. Vor wenigen Tagen hätte ich bereitwillig alles, was mit den Clans und dem Wolf zu tun hatte, an den Nagel gehängt. Doch jetzt, nach dem Gespräch, war mir vieles klargeworden. Es fühlte sich gut an, so sein zu können. Das Gefühl, eine Wolfseele in mir zu tragen, fühlte sich eher beruhigend, als beängstigend an. Es war wie ein Fluch und Segen, der mir gegeben worden war. Das wollte ich mir nicht mehr nehmen lassen. Der Anführer hatte offenbart, wie ich vielleicht wieder ein normaler Mensch werden konnte. Durch das Ausbrennen des Mals an meinem Hals. Aber dieser Gedanke fühlte sich absurd und falsch an. Mir hatten die Gedankengänge des Anführers gefallen, die Visionen und Träume, die er mit mir geteilt hatte. Ich wollte alles dafür geben, dass sie endlich verwirklicht werden und wir in Frieden leben konnten, doch wie er schon sagte: Das würde ein hartes Stück Arbeit werden und für mich war es zu aller erst wichtig, am Leben zu bleiben. Mein eigenes Leben war beinahe so wichtig, wie der Bestand der Qädro. Ich war ein Teil dieses Rudels, meine Existenz wurde nicht nur geduldet, sondern sogar wertgeschätzt. Man wollte mich nicht verlieren und hatte mich in dieser doch so fremdartig wirkenden Gemeinschaft akzeptiert.

Es war die richtige Entscheidung, zu bleiben und zu akzeptieren, was und wer ich war. Ich wollte keinem Clan angehören, der den Krieg zwischen Menschen und Tieren mit roher Gewalt beenden wollte. Und ich wollte nicht tolerieren, dass der Krieg dazu führte, dass eine Spezies von beiden ausgelöscht würde. Wir waren ›Halbwölfe‹. Würden wir eine Spezies töten, wäre das dann nicht irgendwo auch unser Ende? Wie realistisch war es vor allem, dass einige wenige Wölfe die Menschheit ausrotten würden? Vielleicht war es das, was die Gibsar und Pernoy nicht verstanden oder verstehen wollten. Vielleicht wollten sie einfach keinen Frieden. Aber wer will Krieg, wenn er doch zu nichts führt? Einfach, um sich als stärkeres Wesen über die anderen zu stellen? An der Spitze der Nahrungskette zu stehen?

Gerade diese Vorstellung ging mir nicht mehr aus dem Kopf. Ewig zu versuchen, die Menschheit auszurotten, was doch ein hoffnungsloses Unterfangen war. Klar hatten wir Fehler gemacht, die Natur verraten, die Wölfe angegriffen. Das waren wirklich große Fehler, doch wir Qädro waren bereit, zu verzeihen. Wir waren nicht auf Wut, Hass und Zerstörung aus. Uns ging es um Versöhnung und Brüderlichkeit.

Okay, das klingt dann doch zu sehr nach Kirche. Aber es stimmt.

Die Menschen konnten das Unrecht, das sie begangen hatten, vielleicht wieder geradebiegen. Sie würden aufhören, die Wälder abzuholzen, stattdessen in Koexistenz zu leben. Sie würden die Natur nicht weiter vergiften, sondern ihr Bestes tun, respektvoll auf ihr leben zu können.

Sobald sich Menschen und Tiere verstanden – und das nicht in Form von Herrchen und Haustier – würde es endlich den langersehnten Frieden geben, den sich alle wünschten. Aber war das nicht ein wenig zu hoch gegriffen? Aktuell wurde ja sogar noch debattiert, ob man Wölfe nicht wieder aus Deutschland verbannen sollte. Wäre es in Anbetracht der Umstände dann nicht besser, erst einmal zu verstecken, was wir sind, ehe wir damit vor die Menschen traten? Sollten wir nicht in erster Linie versuchen, den Konflikt der Clans beizulegen?

Nach kurzer Zeit waren Edward und Sylvio wieder zu erkennen, wie sie gelangweilt auf mich warteten und mir wedelnd entgegenliefen, als ich in Sichtweite war. Sie hatten sich immer noch nicht in zurückverwandelt, um nicht unnötig aufzufallen oder das Augenmerk der Wölfe auf sich zu ziehen.

»Und wie war es?«, wollte Sylvio wissen.

Verlegen versuchte ich, meine Lefzen zu einem Lächeln zu bringen. Mir ging es so viel besser, nachdem ich endlich mehr über mich selbst und die Veränderungen erfahren konnte. Eine wirkliche Antwort, warum das alles mit mir zu tun hatte, war leider ausgeblieben, aber irgendwie war das auch nicht mehr wichtig. Das Gespräch würde ich nie wieder vergessen. »Es war atemberaubend.«

Die beiden besahen mich mit einem Blick, der mir zeigte, dass sie die Freude zu teilen schienen, und nickten mir zuversichtlich zu.

»Gehen wir nach Hause. Ich kann euch später noch erzählen, was er mir gesagt hat.«

Der Weg zurück verlief so reibungslos, dass meine Gedanken wieder umherschweiften und die Konzentration nachzulassen schien. Daher bemerkte ich in der Euphorie nicht einmal, wie Edward und Sylvio einige Meter zurückfielen.

»Sollen wir es ihm sagen, bevor er zu Hause ist?«, flüsterte Sylvio.

»Es wäre nicht unbedingt besser.«

»Aber wird er ihr nicht misstrauen?«

»Das wird sich zeigen.«

Mein Haus kam in Sicht und ich verwandelte ich auf den letzten Metern zurück in den Menschen Lloyd, der ich immer schon war. Und diese Verwandlung fühlte sich für einen kurzen Moment unnatürlich an. Fast, als wäre ich wieder zu lange ein Wolf gewesen, als würde die Seele das physische Dasein als wildes Tier ein wenig zu sehr genießen.

Als wir hineintraten, waren alle Türen geschlossen. Edward und Sylvio entschuldigten sich und betraten die Küche. Sie wollten mich nicht stören, wenn ich noch einmal zu meiner Mutter ging, um ihr eine gute Nacht zu wünschen. Die Müdigkeit war als Mensch doch deutlich spürbarer, als wenn man ein Wolf war. Die Qädro waren schon gegangen und so wurde es nach dem Schließen der Küchentür erschreckend ruhig in der Wohnung. Ich hörte kein Gemurmel und kein anderes Treiben. Die Uhrzeit verriet, dass es schon kurz vor zwei war. Mit der anhaltenden Euphorie würde es zwar schwer finden, Schlaf zu finden, aber dennoch freute ich mich darauf, endlich wieder in mein weiches Bett zu gehen.

Nur noch ein letztes kurzes ›Gute Nacht‹ zu Linda und morgen würden wir schauen, wie wir mit der gesamten Situation umgehen würden. So euphorisch und optimistisch war ich schon lange nicht mehr gewesen.

Der Platz auf der Couch neben meiner Mutter war jetzt allerdings belegt. Davor kniete jemand, den ich nur zu gut kannte, es jedoch auf den ersten Blick nicht wahrhaben wollte. Ich erkannte sie an ihren Haaren, ihrem Schal, der zierlichen Figur und sogar an ihrem Geruch, der mir in die Nase stieg.

»Becca?«, fragte ich verwundert, aber ich war nicht wütend, als ich sie erkannte und sich unsere Blicke trafen.

»Lloyd!« Sie drehte sich erschrocken zu mir um, als hätte sie nicht erwartet, dass ich hier auftauchen würde. Ihre Augen strahlten eine Wärme aus, wie ich sie noch nie erlebt hatte. Andererseits wirkten sie aber verletzlich und gebrochen. Eine Art Glanz, wie sie ihn vorher gehabt hatten, war verschwunden. Stattdessen gaben sie Schwäche preis. Was war nur mit ihr seit unserer letzten Begegnung passiert?

Hinter ihr schlief meine Mutter, ihre Wunden schienen ein wenig besser versorgt zu sein. Becca musste sich um sie gekümmert haben, als ich weg gewesen war. Hatten die Qädro sie reingelassen, als ich beim Anführer war? Das musste es wohl sein.

Ich besah ihren Kratzer am Hals, der noch nicht ganz verheilt war, und glaubte nach wie vor nicht daran, dass er durch Zufall entstanden war. Ganz sicher nicht. Dann fiel mir die Wölfin wieder ein, die sich so sehr um mich gekümmert hatte. Meine Krallen hatten ihr ähnliche Kratzer zugefügt. War es nicht vielleicht doch möglich, dass ich mich geirrt hatte? Das galt es herauszufinden.

Aber was tat sie dann hier? Ich hatte sie vergessen, wusste nicht einmal, ob ich sie wiedersehen wollte oder ob in meinem Leben dafür gerade Platz war. Falls sie doch kein Wolf war, war es in meiner Nähe zu gefährlich, als dass ich ihr erlauben könnte, zu bleiben. Nur wie sollte ich jetzt reagieren? Glücklich? Skeptisch? Ja, ich wollte sie die ganze Zeit wiedersehen. Waren das die richtigen Umstände? Warum war sie zurückgekehrt? »Was machst du hier?«

Man erkannte, wie schnell ihr die Situation, auf mich zu treffen, unangenehm wurde. »Ich ... habe mich um deine Mutter gekümmert.«

Das konnte sie doch gar nicht wissen, oder? »Woher weißt du, dass sie hier ist?« War sie bei diesem Kampf dabei? Also doch ein Pernoy oder Gibsar! Meine Freude erstarb und ich wurde ernster. Konnte ich ihr vertrauen? Hatte sie mich belogen? Liebte sie mich überhaupt? Gott, war ich dumm!

»Lloyd. Ich muss dir unbedingt etwas sagen.«

»Ich will erst deine Antwort hören!«, platzte es aus mir heraus. Kaum eine Sekunde später bereute ich es schon wieder. Warum schrie ich sie an? Ich hasste sie nicht ...

Verunsichert stand sie auf und blickte in meine Augen. »Ich war dabei. Ist es das, was du hören wolltest?!«

»Was?!« Sie war dabei gewesen und hatte mir nicht geholfen! Ich hätte sterben können! War ich ihr so egal? Wie konnte sie nur so etwas tun?! Hatte sie lediglich herumgestanden? Meine Gefühle überschlugen sich. Ich war wütend auf sie und mich. Wütend auf alle. Ich misstraute Becca einen Moment und im anderen, als ich in ihre Augen sah, hätte ich sie am liebsten sofort freundschaftlich in den Arm genommen. Nein, in dieser Situation musste ich hart sein. »Was bist du?! Ein Pernoy oder ein Gibsar?«

»Lloyd, ich ... Es tut mir leid.«

Es tut ihr leid? Das kaufte ich ihr nicht ab. Wütend wandte ich mich ab und umklammerte den Türpfosten mit aller Kraft, um nicht gegen die Wand zu schlagen. Wieder eine Person mehr, der ich nicht vertrauen konnte. Und dann gerade sie? Fuck everything!

»Lloyd«, flehte sie, doch ich wollte ihre Worte nicht hören.

»Geh!«, befahl ich. Vielleicht hätte ich ihr die Chance geben sollen, alles zu erklären. Nein! Das konnte ich nicht! Ich wollte ihr gar nichts geben. Sie war eines der Monster, das gebissen wurde und gerade so die Kontrolle behalten konnte! Oder noch schlimmer: Sie war von Anfang an eines dieser Monster und hatte mich genauso verarscht wie Daniel! Und jetzt glaubte sie, ich würde ein einfaches ›Es tut mir leid‹ akzeptieren? Wie konnte sie mir nur so etwas antun?

Dann kam mir ein Gedanke, der mich komplett aus der Bahn warf. Ich war doch keinen Deut besser, hatte ihr keine Sekunde erzählt, was passiert war. Wie konnte ich von ihr erwarten, dass sie es tat? Wenn ich sie als Monster beschimpfte, musste ich das nicht auch bei mir selbst tun? Hätte ich anders gehandelt an ihrer Stelle? Sie war doch genau dasselbe, nur, dass sie in ihrem Clan andere Ziele verfolgte. Wurde sie dort auf Wut und Zerstörung getrimmt? Hatte sie mir genauso etwas vorgemacht, um sich mein Vertrauen zu erschleichen, wie Daniel? Würde sie mir auch in den Rücken fallen in der Hoffnung, mich zu ihrem Clan zu ziehen oder zu töten? Ich wusste absolut gar nichts mehr. Weg … Ich musste einfach weg, das alles verarbeiten. Aber nicht hier! Ihre Worte dröhnten in meinem Kopf, doch ich wollte sie nicht hören.

Beccas Flehen wurde lauter. »Lloyd. Bitte hör mir zu.«

Ich streifte meine Jacke wieder über.

Sie trat an mich heran. Ihr Atem streifte meine Wange. »Bleib bitte hier.«

Nein. Ich kann nicht.

Wütend schlug ich die Eingangstür hinter mir zu. Sie sollte bloß nicht zu nahe kommen! Wenn ich ihre Nähe spürte, würde ich erneut schwach werden! Und das durfte ich einfach nicht mehr. Sie war ein Monster der Pernoy oder Gibsar. Becca sollte mir einfach fernbleiben. Sie hatte Recht gehabt. Wir konnten uns nicht lieben.

Verwandelt in einen Wolf schritt ich in die Kälte, die ich nach wie vor nicht ganz von mir abgeworfen hatte. Kein Wunder, ich war ja gerade einmal fünf Minuten in der Wohnung gewesen. Und dabei kam ich erneut zum Nachdenken über Becca und einen ihrer Clans. Sie würde wohl auch die Ansicht einer Alleinherrschaft der Wölfe vertreten. Im Gespräch mit dem Anführer hatte ich gelernt, niemandem mehr blind zu vertrauen, bei dem ich mir nicht sicher war. Und seit dem Vorfall mit Daniel war ich mir nur bei Sylvio und Edward sicher. Man konnte niemandem mehr vertrauen. Ich konnte es nicht mehr. Weder sterben, noch in Gefahr geraten und auch Becca nicht mehr lieben, nachdem sie meine Liebe ausgeschlagen hatte.

Vor der Haustür blieb ich stehen. Merkwürdigerweise war mir Becca nicht gefolgt, aber ich wusste auch nicht, ob sie das überhaupt tun würde. Vielleicht hatte ich sie zu sehr verletzt, indem ich einfach gegangen war. Sollte ich umdrehen?

»Nein!« Ich hastete in den Wald, ließ jedes Haus, jeden Baum und jedes Tier hinter mir, fand den Wolfsbau und rannte hinein. Inzwischen war es kein Rennen mehr, sondern eher ein Schleppen. Erschöpfung war gerade mein Todfeind. Es ging mir nur darum, wegzukommen. Ich wollte allein sein! Niemand sollte daran etwas ändern!

Die übrigen Wölfe, die im Bau dösten, nahmen mich zwar wahr, schienen aber zu spüren, dass ich Ruhe haben wollte. Geistesabwesend schleppte ich mich zu meinem Teil des Baus. Dort ließ ich mich fallen und die Ohnmacht mich ereilen, die den gesamten Weg hatte warten müssen.

»Mhhhh.« Meine Nase zuckte. Müde öffnete ich die Augen und erkannte weißes Fell vor mir. Eine Schnauze ... und Kratzer. Die Fähe. Oder Becca. Ich wusste es nicht. Verdammt, warum konnte man mich nicht mal hier allein lassen, wo es keine Menschen geben sollte, die mir Gesellschaft leisten mussten?

Erschrocken stand ich auf und wich zurück. Die Wölfin schien weiter zu schlafen und bemerkte meine Bewegungen nicht. Unruhig betrachtete ich das ruhende Tier. War das wirklich Becca? Hatte sie sich neben mich gelegt und gehofft, alles würde wieder gut werden? Und vor allem: War das gestern ich? So wutentbrannt und fassungslos bezüglich einer Tatsache, die ich schon die ganze Zeit vermutet hatte? Hasste ich, was sie war? Weil sie anders war? Weil ich sie nicht verstehen wollte? Sie hatte nicht einmal die Möglichkeit gehabt, mir alles zu erklären.

»Feigling. Erbärmlicher Feigling«, murmelte ich, während ich mich auf den Weg machte, den Wolfsbau zu verlassen. Wieder und wieder entwich mir dieses Wort, keine Ahnung, wie oft. Es wäre besser gewesen, mich der Situation zu stellen, anstatt einfach fluchtartig das Weite zu suchen.

Am Eingang des Baus blockierte – schon aus der Distanz erkennbar – ein weißer Wolf den Weg.

Erschrocken blickte ich zurück, ob die schlafende Fähe aufgewacht und an mir vorbeigelaufen war, doch sie lag noch an ihrem Platz. Dann galt mein Blick erneut dem Tier vor mir. Es unterschied sich kaum von dem anderen. Der Blick war mitfühlend und erschreckend menschlich.

»Du bist kein Feigling«, antwortete das Wesen vor mir. Leider – oder zum Glück – erkannte ich die Stimme sofort. »Ich kann dir nicht übelnehmen, dass du weggerannt bist. Ich verstehe das. Bin ich ja schließlich auch.«

Verunsichert sah ich mich um, ob uns nicht ein Wolf bei dem Gespräch beobachten konnte und ging einen Schritt auf mein Gegenüber zu. Meine Atmung war leise und flach. »Becca?«

Die Fähe stimmte zu. »Ich hatte Angst, du würdest etwas tun, das dir später Leid tut. Ich wollte dich sehen, um mit dir über gestern zu reden.«

»Hmm.« Langsam lief ich an ihr vorbei, meine Rute berührte dabei versehentlich ihr weiches Fell und sie wandte den Kopf, um mir hinterherzusehen. Einerseits überschlugen sich in mir die verschiedensten Gedanken, andererseits konnte ich sie nicht greifen, sodass ich mein Bauchgefühl – den Wolf – entscheiden ließ, was das Richtige war. »Ich hätte nicht weglaufen sollen.«

Man konnte ihre Erleichterung förmlich spüren. »Das ist dein Rückzugsort, ich weiß. Sylvio hat es mir gesagt. Niemand ist dir böse, dass du hier bist.«

»Hier fühlen wir uns sicher.« Es fühlte sich immer noch gruselig an, von einem ›Wir‹ zu sprechen. Der Anführer hatte mir geraten, diese Seele als Teil von mir zu akzeptieren. Dieses Wort fühlte sich zwar gruselig an, irgendwie aber auch richtig.

»Das will ich dir gar nicht nehmen.« Ihr Blick schweifte wieder in Richtung des schlafenden Tieres im Hintergrund der Höhle. »Sie war mehr für dich da, als ich.«

Etwas drängte mich danach, ein paar Schritte auf Becca zuzugehen. »Weißt du, was lustig ist?«

»Was denn?«

»Eine ganze Weile habe ich gedacht, ihr wärt ein und dieselbe.«

Sie richtete ihren Blick gen Boden. »Ich wünschte, es wäre so gewesen.«

Für einen Moment setzte Schweigen ein. Es war diese unangenehme Stille, in der wir beide nicht wussten, was wir sagen sollten. Mein Wolf sehnte sich nach der Nähe der Fähe, die hinter mir lag, ich als Mensch jedoch nach Becca als Person. Musste ich mich also zwischen den beiden entscheiden? Irgendetwas in mir wollte ihr das alles verzeihen. »Du bist ein Pernoy«, stellte ich fest.

Stumm nickte sie.

Mit meiner Schnauze stupste ich ihr Kinn an und zwang sie, mich anzusehen. »Du hast mich nie angegriffen. Du warst auch nicht bei meiner Entführung durch die weißen Wölfe beteiligt.« Obwohl ich Fragen formulieren wollte, schien es nun so zu sein, als beantwortete ich mir diese gerade selbst.

Ihr Blick wurde vertrauter, sie mied es jedoch nach wie vor, mir in die Augen zu sehen.

»Ich hasse dich nicht, selbst wenn du ein Pernoy bist.« Es fiel mir schwer, so etwas zu sagen, aber ich hegte die Hoffnung, sie würde anders sein, als die anderen; und wenn auch nur ein bisschen. Das wäre genug. Sprach ich hier aus Liebe oder war es einfach das Vernünftigste, ihr zu verzeihen? Ich hatte mich bemüht, sie in den letzten Tagen zu vergessen, zu akzeptieren, dass ihr und mein Leben nicht miteinander verbunden wären. Wollte ich sie denn überhaupt wiedersehen?

Becca sah zu mir hoch. Es war offensichtlich, dass sie noch viel für mich empfand. Doch beruhte das auch auf Gegenseitigkeit? Dieses Gefühl von Wärme, Vertrauen und Zuneigung galt es, zurückzuerlangen.

Ihr Zittern wurde schwächer. Vielleicht würde ich in wenigen Augenblicken über alles reden können, was wir uns bis dahin nicht hatten sagen können. Ein Seufzer kam über ihre Lefzen. »Ich hätte niemals gedacht, dass du ein Qädro bist. Bis zu dem Zeitpunkt in der Stadt, als die Gibsar angegriffen haben.«

»Und ich wollte nicht wahrhaben, dass du ein Wolf sein könntest. Du warst bei dem Angriff der eine Pernoy, der zurückgewichen ist, oder? Du hast mich nie verletzt. Der Jäger im Wald ... Das warst du auch nicht.«

Erneut nickte Becca. Das Zittern verschwand, was jedoch nicht hieß, dass sie bereit war, mit mir über alles zu reden.

So langsam ergab alles Sinn. Es war gut, endlich die Wahrheit zu kennen. Aber ich musste zugeben, dass es leichter gewesen wäre, wenn sie genau diese eine Fähe gewesen wäre. Und das warf ein neues Problem auf. Wenn ich Becca liebte und der Wolf die Fähe ... Für wen würde ich mich dann entscheiden?

- 23 -

»War das der Grund, weswegen du bei mir warst und gesagt hast, dass du mich nicht lieben kannst? Waren die Pernoy daran schuld?«, platzte es aus mir heraus. Nach einigen Sekunden der Stille stimmte sie zu. Ein Schlucken entwich ihrer Kehle, gefolgt von einem traurigen Seufzen. Sie drückte sich näher an mich und ich rieb meinen Kopf an ihrem. Es fühlte sich befremdlich an. Als wollte der Wolf nicht ihre Nähe teilen, sondern die der Fähe hinten im Bau. Doch dieses Mal behielt ich die Oberhand.

»Was ist passiert?«, hakte ich nach.

Sie wollte nicht antworten. So gerne ich eine Erklärung wollte, respektierte ich das. Es war ihre Sache, ob sie etwas preisgab, was sie mir nicht erzählen durfte oder wollte. Es ging mich nichts an. Ich war einfach nur froh, sie bei mir zu haben und endlich offen mit ihr reden zu können. Dieses Gespräch war überfällig, auch wenn ich nicht sicher war, ob es überhaupt möglich war, sie in Anbetracht aller Umstände, die gerade vorherrschten, zu lieben.

»Du wolltest nicht gegen mich oder einen anderen Qädro kämpfen, oder? Spätestens dann nicht mehr, als dir klar war, dass ich einer von ihnen war, oder?«

Becca nickte und ich spürte allmählich ein vertrautes Gefühl zurückkommen. Sie wollte mit mir reden, das merkte ich. Nur irgendwie schien sie nicht richtig zu können. Etwas hielt sie davon ab. Hatte meine Schulfreundin doch ein Geheimnis, über das sie nicht sprechen konnte? »Ich wollte dich wiedersehen. Dir alles erklären.«

Ich aber nicht. Ich habe versucht, dich zu vergessen.

Doch diese Worte konnte ich einfach nicht aussprechen. War das denn, was ich wirklich dachte? Wollte ich sie noch vergessen oder sollte ich die Gelegenheit nutzen, sie als Teil meines Lebens akzeptieren zu können? Immerhin war sie entgegen meiner Erwartungen doch kein Mensch, so, wie ich es die ganze Zeit angenommen hatte. Nur reichte es, um sie zu lieben und mit ihr zusammen zu sein?

Ganz ehrlich, das war eine rosarote Brille.

Als ich mich daran erinnerte, wie ich sie vor einigen Tagen einfach nicht vergessen konnte und reagiert hatte, als ich beim Angriff auf ihr stand ... Das war blinde, hoffnungslose Liebe. Doch jetzt, nach einigen Tagen, konnte ich das reflektierter betrachten, uns eine faire Chance geben, uns richtig kennenzulernen, ohne, ihr wie ein Dackel hinterherzulaufen. Vielleicht war es an der Zeit, ihr genau das auch zu sagen.

»Becca. Das alles braucht Zeit. Ja, gestern habe ich falsch reagiert, aber ich bin einfach nicht sicher, ob das in meinem Leben gerade einfach funktioniert. Erst die Wölfin, nun du. Kannst du verstehen, dass ich einfach nicht weiß, für wen ich was empfinden soll? Jeder in meiner Nähe ist gerade in Gefahr. Schon schlimm genug, dass Edward und Sylvio sich diesem Risiko aussetzen.« Dabei wandte ich meinen Kopf in Richtung der aufgegangenen Sonne, die durch die Blätter auf unsere Felle schien. Mir war gar nicht aufgefallen, wie wunderschön die Morgendämmerung war.

Als ich den Kopf wieder senkte, erkannte ich, wie ihre Augen sich in meinen verloren. Man konnte erkennen, wie verletzt sie war und wie verzweifelt sie dieses Gefühl überspielen wollte. »Ich liebe dich, Lloyd.«

Verdammt, ich weiß ...

Diese Aussage machte es für mich nicht leichter. »Ich weiß nicht, ob ich das gerade kann. Es ... tut mir leid.« Das tat sicherlich extrem weh und ich hätte diese Gedanken lieber nicht ausgesprochen, doch es war wichtig, in dieser Hinsicht ehrlich zu ihr zu sein. Liebte ich sie denn? War das überhaupt noch möglich? Ich hatte, was ich wollte ... *wen* ich wollte. Doch es hatte sich einfach zu viel in kurzer Zeit verändert.

»Hey.« Als sie bemerkte, wie ich ihrem Blick auswich, versuchte sie, vertrauensvoll zu klingen. »Das ist in Ordnung, wirklich.«

Nein, das war es nicht und das merkte man. Ich fühlte mich schuldig, ihr weder die Liebe, von der ich nicht wusste, ob sie stark genug war, gestehen zu können, noch, ihr eine bessere Antwort gegeben zu haben. Es machte sie ganz sicher traurig. Und egal, was sie mir bedeutete, niemand hatte es verdient, auf diese Weise verletzt zu werden.

»Außerdem,« unterbrach die Fähe die tobenden Gedanken in meinem Kopf, »müssen wir über die Pläne der Gibsar und Pernoy reden.«

»Du weißt was darüber?« Mit dieser Aussage schaffte sie es, mich von diesen quälenden Fragen in meinem Kopf zu befreien. »Sie haben einen Plan?« Wieso überraschte mich das. Daniel war noch nie in seinem Leben unstrukturiert an etwas herangegangen. Dass es einen Plan gab, war nur logisch.

Becca richtete sich auf und sah mir wieder in die Augen, dieses Mal eindringlich und konzentriert. »Die beiden Clans arbeiten zusammen. Sie haben dich in den letzten Stunden auch nicht mehr angegriffen. Das hat einen Grund.« Dann zögerte die Fähe, als würde sie gleich eine Information enthüllen, die alles ändern sollte. Ihre Stimme wurde leiser, beinahe zu einem Flüstern. »Was sie wollen, bist du, Lloyd.«

»Hmm.« Diese Aussage schockierte mich weniger, als sie sollte. Dass die beiden Clans hinter mir her waren, war doch nichts Neues. »Sie wissen, dass sie mich nicht bekommen können. Ich bin ein Qädro. Ich würde mich ihnen nie anschließen!«

Becca schüttelte den Kopf. »Nicht so. Es gibt zwei Möglichkeiten, dich doch zu ihnen zu bekommen.«

»Ich weiß.« Zogen die Rudel nun das in Betracht, wovor mich der Anführer eindringlich gewarnt hatte? Erschreckend genug, dass sie davon zu wissen schienen, aber wollten sie das tatsächlich durchziehen? Das würde ich nicht zulassen! Nicht, solange ich mich noch wehren konnte!

»Ihnen war klar, dass ich dich liebe. Deswegen sollte auch ich dich zu den Gibsar und Pernoy bringen, damit sie dir das Zeichen am Hals herausbrennen können. Ich konnte das nicht. Das war einer der Gründe, warum ich gestern da war. Den Qädro konnte ich klarmachen, dass ich niemandem schaden würde, deswegen konnte ich in deine Wohnung. Einer von ihnen ist ein Bekannter von mir. Er hat Sylvio angerufen, der mir erlaubt hat, mich um deine Mutter zu kümmern.«

Meine Augen verengten sich zu Schlitzen. Ja, ihre Geschichte ergab Sinn und ich wollte sie glauben. Aber konnte ich mir ganz sicher sein, dass sie mich nicht wie Daniel hintergehen würde? Konnte das nicht Teil eines weiteren, weitreichenderen Plans sein, den man nicht sofort durchschauen konnte? »Keine Ahnung, ob ich hier noch irgendwem vertrauen kann. Wer sagt mir, dass du mich nicht anlügst?«

»Wie hätte ich es sonst in deine Wohnung schaffen sollen? Dort waren viele Qädro. Ich wäre tot, wenn sie mir nicht zumindest ein kleines Bisschen vertraut hätten.«

Diesen Punkt hatte ich nicht bedacht. Ich deutete ein Nicken an.

»Dann habe ich die Frau auf der Couch gesehen, wie sie geschlafen hat. Man hat mir gesagt, dass sie deine Mutter ist. Ich hatte vor ein paar Monaten einen Erste-Hilfe-Kurs. Daher wusste ich, wie man ihre Verletzungen besser versorgt.«

»Mhmm, verstehe ich.« Natürlich war ich ihr für die Versorgung dankbar, aber leider fiel es mir schwer, mich gerade darauf zu konzentrieren. Das eigentliche Thema des Gesprächs, den Plan der Gibsar und Pernoy, hatten wir völlig außer Acht gelassen. »Und was haben die Clans vor?«

Becca stand auf und deutete in Richtung des Waldes. »Lass uns ein Stück gehen.«

Zustimmend folgte ich ihrem Vorschlag und wir machten uns auf den Weg, das Wolfsrudel hinter uns zu lassen.

»Sie haben ihren Gedanken, dich zu einem von ihnen zu machen, noch nicht verworfen. Wenn du nicht gegen einen Qädro kämpfst, werden sie versuchen, dir das Zeichen auszubrennen. Daniel war doch mit dir befreundet, oder?« Sie zögerte einen Moment, ehe sie weitersprach. »Das, was er deiner Mutter angetan hat, muss schrecklich gewesen sein.«

Verunsichert sah ich an den Bäumen vorbei. Mein Blick verlor sich in den Weiten des Waldes. »Darüber möchte ich nicht reden.«

»Das verstehe ich.«

Leicht demotiviert blieb stehen. Als Becca neben mich trat, konnte ich die negativen Gefühle nicht mehr zurückhalten. »Warum muss das alles passieren? Weißt du, ich will nicht kämpfen. Ich will nicht sterben.«

Becca kuschelte sich an meine Seite. »Du wirst nicht sterben.«

Leider bauten mich ihre Worte weniger auf, als sie sollten. Deprimiert zu sein, half nicht weiter, sondern würde mich nur in den verzweifelten Zustand von vor einigen Tagen zurückversetzen. Ich musste weitermachen, zusammen mit dem Wolf, den Qädro ... und vielleicht auch ihr. Falls die Clans es nicht schafften, mich zu einem von ihnen zu machen, würden sie mich angreifen wie die Pernoy zuvor. Und das überlebte ich allein nicht.

»Ist alles okay?«, erkundigte sich Becca besorgt, als ich nicht antwortete.

Obwohl ich nickte, kannte sie sicher meine Antwort. Es war nichts in Ordnung, bis dieser sinnlose Krieg endlich vorbei wäre. Es sollte auf keinen Fall soweit kommen, dass die Menschen auf uns Jagd machten, wie dieser Jäger. Aber war dieser Zug nicht bereits abgefahren? War es nur noch eine Frage von Stunden, bis das Militär hier auftauchen und die komplette Stadt abriegeln würde?

Und schon wieder hatte Becca mich zum Nachdenken gebracht. Ich wusste, dass sie mich noch aufsuchen würden, um mir das Mal am Hals auszubrennen, mich zu beißen und mit ihrer Art von Virus zu infizieren. Das bedeutete also das ›Feuer‹, von dem die Pernoy bei meiner Entführung gesprochen hatten. Sie hatten mich nicht getötet, um mich verwandeln zu können. Endlich ergab das Sinn. Nun gab es nur noch eine Sache, die geklärt werden musste.

»Wann werden sie kommen?«

»Heute Nacht.«

»So früh schon?« Das reichte nicht. Wie sollten wir uns darauf vorbereiten? Bei mir zu Hause? Musste ich jetzt verzweifelt Feuer meiden? Wie viel wussten die Clans über mich, um mein Verhalten einschätzen zu können? Daniel kannte mich schon seit Jahren. Aber ich war nicht mehr der unsichere Mensch von vorher. Seitdem der Wolf mich in allen Entscheidungen unterstützte, bemerkte ich, wie mein Selbstbewusstsein wuchs. Ich wusste, wer ich nun war.

Becca nickte wortlos.

»Du hast mir das alles erzählt. Werden sie dich nicht töten, sobald sie merken, dass du nicht mehr auf ihrer Seite stehst?«

»Das ist mir egal.« Becca sagte das mit solch einer Gleichgültigkeit, wie ich es nicht erwartet hatte. War ihr das eigene Leben denn nichts wert? Wollte sie nur meines beschützen? War sie echt so naiv?

»Lass uns zu mir nach Hause gehen.« So langsam fühlte ich mich hier im Wald nicht mehr wohl. Selbst wenn die Clans nachts angreifen würden, hieß das nicht, dass ich tagsüber draußen sicher war.

Die Wölfin stimmte verunsichert zu.

Wir kehrten um und wandten uns der Stadt zu. Ich wollte kein Risiko mehr eingehen. Verdammt! Ich wollte nicht sterben!

Fasziniert betrachtete ich das Feuer des Dekokamins, den ich vor Jahren gekauft hatte. Betrieben mit ein wenig Ethanol brannte ein Feuer, in dessen Anblick ich mich immer wieder gerne verloren hatte. Becca saß neben mir und streichelte über meine Schulter. In meinem Kopf ging ich diverse Eventualitäten durch. Wie verteidigten wir uns? Sollten wir angreifen? Aber wo? War ich überhaupt in der Lage, zu kämpfen? Wie viele von ihnen gab es überhaupt?

Becca bemerkte meine Unruhe und lehnte sich seufzend an mich. Wir beide beobachteten das Feuer, wie sich die Flammen ineinander wanden, sich wieder losließen, um sich erneut ineinander zu winden. Funken sprangen über und prallten an der schützenden Glaswand ab.

Ich sah zu Becca und entdeckte ihre Kratzer, bei denen ich die ganze Zeit davon ausgegangen war, sie selbst verursacht zu haben. »Ich habe die Fähe im Gesicht verletzt. Die ganze Zeit dachte ich, deine Verletzung wäre von mir gewesen.« Es war wohl doch nicht so einfach, das Thema ruhen zu lassen, wie ich erst angenommen hatte.

Becca seufzte. Ihr Blick fixierte das Feuer und ließ es nicht mehr los, als könnte sie durch ihren Willen die Intensität der Flammen beeinflussen. »Du hast nicht mich erwartet. Enttäuscht es dich so sehr, dass ich nicht das Tier bin, das du erhofft hast?«

Ja. »Ich ... weiß noch nicht so richtig, wie ich damit umgehen soll.«

»Du hast Zeit. Aber meine Verletzung hat einen anderen Grund, als du denkst. Bran hat mich geschlagen, als ich mich weigern wollte, dich zu den Gibsar zu bringen.«

216

»Hmm.« Es war nicht wirklich überraschend, dass Bran sich so verhielt. Es war besser, dass sie sich nicht daran gehalten hatte und für mich eingestanden war. Wer wüsste, wie sich alles verändert hätte, wenn es anders gelaufen wäre?

Becca hob ihre Hand und fuhr über mein Zeichen an der rechten Halsseite. Ich spürte ihre kalten Finger, wie sie die Linien des jaulenden Wolfs an meinem Hals entlangfuhren. Es fühlte sich eigenartig an, von jemand Fremden dort berührt zu werden. Außerdem führte es interessanterweise keine Verwandlung herbei. Ihre vorsichtigen Bewegungen verrieten, dass sie es auch nicht provozieren wollte, mich einem Wolf zu machen. Es war ganz angenehm, zu wissen, dass ihre Berührungen mich nicht gleich wieder zu diesem Tier machten, denn in diesem Moment war ich mehr als froh, ein Mensch zu sein.

»Wie fühlt es sich für dich an, so zu sein?«

»Ein Wolf?« Was denn sonst? Vielleicht meinte sie ja auch die Qädro.

»Mhmm.«

Nachdenklich ließ ich meinen Blick durch den Raum schweifen. Außer Becca und mir war niemand hier. Edward, Sylvio und meine Mutter waren in den anderen Zimmern. Ich war ihnen dankbar, dass sie mich in der aktuellen Lage nicht allein lassen wollten. »Er – «, setzte ich an, » – hat seinen eigenen Willen. Das spüre ich jedes Mal ein bisschen mehr, wenn ich mich verwandle. Manchmal habe ich das Gefühl, seine Präsenz und Persönlichkeit nehmen mich völlig ein. Ich weiß auch nicht. Komme damit noch nicht so klar, wie ich es will.«

Mein Gegenüber betrachtete bei den Worten fasziniert meine grünen Augen, in denen sich die Flammen des Feuers spiegelten. »Glaubst du, man kann diese Seele töten? Der Wolf sein, ohne seine Gegenwart zu spüren?«

»Keine Ahnung.« Interessante Frage, die ich bei der nächsten Gelegenheit sicher dem Anführer stellen würde, wenn ich ihn noch einmal sah. Und ob das der Fall war, wusste ich nicht. Jemand, der sich aus dem gesamten Konflikt herauszuhalten schien und dem Rest der Qädro den Kampf gegen Gibsar und Pernoy überließ, schien nicht die Person zu sein, die man in Anbetracht der derzeitigen Umstände wiedersehen würde.

»Ich spüre sie schon lange nicht mehr. Vielleicht ist sie gegangen. Oder ich habe sie getötet. Wenn ich mich verwandle, dann sehe ich selbst im Spiegel nur mich. Keine Stimme in meinem Kopf, keine Triebe, die gegen meine sprechen. Ich bin mir nicht mal mehr sicher, ob es nicht schon immer so war.«

Mitfühlend legte ich meine Hand um ihre Schulter. »Vielleicht ist sie nicht weg. Einfach ... vernachlässigt und wartet auf den Moment, in dem du ihr wieder Aufmerksamkeit schenkst. Ich glaube nicht, dass du noch zu einem Wolf werden könntest, wenn sie nicht mehr da wäre.«

»Bist du sicher?«

Doch auf diese Frage wusste ich keine Antwort. Lügen war keine Option, daher senkte ich meinen Kopf und streichelte ihr Mut machend über die Schulter. »Wo ist denn dein Zeichen und wie sieht es aus?«

Becca legte meine Hand beiseite und zog ihr T-Shirt ein wenig herunter, um das Zeichen zu entblößen, das ein wenig weiter unter dem der Qädro war. Ihres sah anders aus: Ein Wolfskopf, dessen Augen direkt geradeaus sahen. Kein Anzeichen von Wut, Trauer, Freude.

Vorsichtig glitt ich mit meinen Fingern über das Muster, spürte aber wie bei einem Tattoo keine Erhebungen oder Vertiefungen. »So sieht das Zeichen der Pernoy also aus.« Meine Finger entfernten sich wieder von ihrem Hals und fuhren vorsichtig über Beccas Wange. »Wie ist das der Gibsar?«

»Ein zähnefletschender Wolf, bereit für den Kampf.« Sie senkte den Kopf.

»Wie die Gibsar selbst.« Gedanklich stellte ich alle drei Zeichen nebeneinander und bemerkte den Zusammenhang. Es ergab sich das Muster eines Wolfs, der auf der Jagd war. Das Jaulen, um die Rudelmitglieder zu versammeln, das Beobachten des Opfers, um gezielt den Schwachpunkt zu finden, und der Angriff, der den Tod zur Folge hatte.

»Deiner Mutter müsste es inzwischen bessergehen«, merkte Becca beinahe beiläufig an. »Ich denke, ich konnte einen Teil dazu beitragen, dass ihre Verletzungen heilen. Es werden Narben bleiben, aber immerhin lebt sie.«

Ein Lächeln kam über meine Lippen. Dass sie das getan hatte, bedeutete mir viel. »Danke.«

»Nach all dem, was passiert ist, bin ich dir das schuldig.«

Meine Augen erhaschten die Uhr, die im Flur hing und konstant vor sich hin tickte. Kurz nach halb zehn. Nicht, dass ich nicht fit war, aber der Gedanke, mich irgendwann mit Daniel messen zu müssen, beruhigte mich überhaupt nicht. Allein schon das Jaulen, als wir geflohen waren, dieses verängstigende Geräusch. Es verfolgte mich in meinen Gedanken. Und das konnte ich nicht vergessen. Doch es war nicht das einzige Heulen, das sich in meinem Kopf festgesetzt hatte. Es gab da mein eigenes im Wald, das von Sylvio und mir und das des Anführers.

Also gab es nicht nur negative Eindrücke. Es war etwas Wunderschönes und einfach, weil dieses Ungeheuer es auf seine Art zu etwas Schrecklichem gemacht hatte, musste das nicht heißen, dass das immer so war. Ich würde wieder jaulen. Es war das Geräusch, das einen Wolf auszeichnete und bei dem mich eine Wärme erfüllte. Meine zweite Seele hatte darauf reagiert, als würde ich mit ihr und durch sie sprechen. Das Gefühl, vollkommen zu sein, ohne, dass mir etwas fehlte. Wenn ich damals das Gefühl gehabt hatte, ›vollständig‹ zu sein, war das etwas anderes. Vermutlich wusste niemand ohne diese zweite Seele, wie es sich anfühlte, vollständig zu sein. Oder völlig allein. Dieses Gefühl würde ich nie wieder vergessen.

Plötzlich stand Becca auf, nahm sich eine Gabel, die in Reichweite lag und wischte sie mit einem Tuch sauber. Daraufhin hielt sie diese ins Feuer des Dekokamins.

Die Flammen zuckten an der Gabel vorbei, deren Zinken immer heißer wurden. Mehrere Minuten hielt sie den metallenen Gegenstand ins Feuer und wir schwiegen einander an.

»Es gibt noch eine Sache, die getan werden muss.«

Ich stutze, da sich mir nicht direkt erschloss, was sie meinte. Oder ich hatte es verdrängt. »Und was soll das sein?«

Sie seufzte und senkte die Gabel ein wenig, um zum heißesten Punkt der Flammen zu kommen. Dann griff sie mein Handgelenk und gab mir den heißen Gegenstand am Griff in die Hand. Ich wusste jetzt, was die Sache war und wovor sie Angst hatte.

Becca zog ihr Shirt am Kragen nach unten und legte ihren Kopf auf die linke Schulter, um mir das Merkmal der Pernoy vollkommen zu entblößen ... damit ich es auch ja nicht verfehlen konnte.

»Brenn mir das Zeichen aus!«, verlangte sie.

- 24 -

»Bist du verrückt?! Das kann ich nicht machen.« Bei diesen Worten legte ich die Gabel auf den Tisch, sodass es zu einem zischenden Geräusch kam.

Ihre Augen strahlten eine solche Stärke aus, dass mir klar wurde, dass das eine Entscheidung war, die sie sich schon lange durch den Kopf hatte gehen lassen. »Das musst du!«

Als ich aufstehen und mich vom Tisch entfernen wollte, hielt Becca meine Hand fest. »Bitte. Ich will das Zeichen Pernoy loswerden! Ich bin keiner mehr von ihnen und will nicht immer wieder daran erinnert werden«, flehte sie.

»Aber ich kann dich nicht verletzen.«

Während meine Freundin den Kopf schüttelte, konnte man erkennen, wie Tränen ihre Wangen herunterliefen. »Du verletzt mich nicht. Damit befreist du mich.«

So verständlich diese Entscheidung war, ich konnte das nicht machen. Ich hatte schon genügend Leute verletzt und konnte ihr das jetzt nicht auch antun. »Kannst du es nicht selbst? Ich will dir nicht wehtun.«

Becca lächelte sanft mit einer beinahe unheimlichen Zuversicht. »Das wirst du nicht.«

»Und was passiert, wenn das Zeichen weg ist, hmm? Dann bist du ein normaler Mensch. Sie werden dich beißen oder töten.«

»Nein. Das werden sie nicht. Vorher sollst *du* mich beißen. Ich werde nie wieder ein Pernoy. Ich will wie du ein Qädro werden.« Bei diesen Worten schloss sie die Augen und eine weitere Träne lief ihre Wange hinunter.

War es das? Wollte sie nur aus diesem Grund eine solche Verletzung hinnehmen? War sie verrückt? Es wäre doch nicht schlimm, ein Pernoy zu sein und einen Qädro zu lieben. Wenn es danach ging, konnte ich sie einfach nicht verletzen. Bei dem Gedanken, wie ich gegen diese wahnsinnigen Monster gekämpft hatte, wurde mir ganz übel. Und sich dann auch noch vorstellen zu müssen, dass Becca genauso wurde? Nein, das konnte ich nicht zulassen!

Entschlossen warf ich die Gabel in das Ende des Raums.

Becca öffnete ihre Augen, als sie das metallene Geräusch der Gabel hörte, wie sie auf dem Boden aufschlug. »Was machst du? Wieso brennst du mir das Zeichen nicht aus?!« Sie klang eher wütend darüber, dass ich es nicht gemacht hatte, als erleichtert.

»Ich werde das nicht tun. Ich kann dich nicht zu einem normalen Menschen machen und dann beißen. Wenn ich an all die Monster da draußen denke und mir vorstelle, dass du genauso sein wirst ... Vergiss es, das kann ich einfach nicht machen.«

Als sie aufstehen und sich nach der Gabel auf dem Boden umdrehen wollte, hielt ich ihr Handgelenk fest.

»Lloyd! Lass mich! Ich will nicht länger diesem furchtbaren Schicksal ausgesetzt sein. Hast du eine Ahnung, was es heißt, ein Pernoy zu sein? Zu töten, weil man denkt, dass genau das der einzige Weg ist, umgeben von manipulativen Leuten, die dir verdrehte Moralvorstellungen vorschreiben?! Dieser Clan hat mich manipuliert, Lloyd! Jetzt habe ich verstanden, dass ich so nicht weiterleben kann!«

Das kannte ich irgendwoher. Sie würde alles tun, um diese Bürde loszuwerden. Um wieder der Mensch sein zu können, der sie vor alldem gewesen war. Aber das ging nicht mehr, für niemanden von uns. Wir hatten diese ›neue Welt‹ kennengelernt, waren ein Teil von ihr geworden und konnten sie nicht mal so eben vergessen oder verdrängen, nur weil unser Leben dann vermutlich leichter wurde. Ich würde es irgendwann zu bereuen, wenn ich mich von allem löste und mir das Zeichen ausbrannte, um auf Biegen und Brechen zu meinem alten Leben zurückkehren zu können. Das wäre ja ohnehin nicht mehr möglich gewesen. Also einfach abhauen und das alte Leben hinter sich lassen? Meins wäre doch nur wieder genau wie vorher, einsam, unsicher und instabil.

Natürlich wäre es mir lieber gewesen, Becca als Qädro zu wissen. Aber diesen Umstand konnte man nicht so einfach ohne Risiko oder negativer Konsequenzen ändern. Zu ihrer eigenen Sicherheit musste sie zumindest aktuell bleiben, was sie war. Ein Pernoy. Ich mochte ihr weißes Wolfsfell und ihre traurigen, aber wärmenden Augen. Dass sie in diesem Clan war, hatte sie sich vielleicht nicht ausgesucht. Nun konnte sie frei entscheiden, wer sie sein konnte. Vermutlich würde selbst der Anführer verstehen, dass sie zu den Qädro gehören wollte.

»Bleib ein Pernoy. Bleib der weiße Wolf. Um nicht mehr zu ihnen zu gehören, musst du mir und dir selbst nichts beweisen. Für mich bist du auch so ein Qädro, weil du mir hilfst, diesen Wahnsinn zu beenden. Du sollst dir kein Zeichen herausbrennen oder mich es machen lassen. Wenn ich dich beiße, während du ein Mensch bist, stirbst du wahrscheinlich ... oder Schlimmeres. Und das möchte ich nicht, okay?«

»Lloyd.« Sie fiel mir buchstäblich um den Hals und begann, bitterlich zu weinen.

Als ich spürte, wie ihre Tränen meine Wangen berührten, drückte ich meine Freundin an mich. Sie sollte einfach wieder glücklich werden. Ich hatte Becca so voll Lebensfreude kennengelernt und nun sollte alles dahin sein? Sie war stark und würde das schaffen. Wir zusammen bekamen das hin. Ich würde nicht zulassen, dass ihr etwas passierte. Niemals. Becca würde physisch ein Pernoy bleiben, aber ihr Herz und ihre Seele waren Qädro. Und nur darauf kam es an.

»Es ist alles in Ordnung,« sprach ich ihr beruhigend zu. »Wir werden uns nicht von den anderen töten lassen. Vielleicht haben wir heute Nacht die Möglichkeit, etwas dagegen zu tun. Wir werden nicht sterben. Wir werden helfen, das zu retten, was uns wichtig ist.«

Becca sah zu mir auf und wischte sich dabei mit ihrem Oberteil über die Wange. »Denkst du echt, dass es so einfach wird?«

Natürlich nicht. Ich habe eine scheiß Angst vor heute Nacht. »Es wird nicht leicht. Im Gegenteil. Aber zusammen können wir es schaffen.« Ich stand auf. »Komm mit. Wir fragen Sylvio und Edward jetzt, ob wir trainieren können, bevor es soweit ist.«

Ehe ich losgehen konnte, brach sie wieder in Tränen aus und zog mich zu sich, um ihren Kopf an meine Brust zu drücken. Verunsichert legte ich die Arme um ihren Oberkörper und streichelte zärtlich ihren Rücken.

Für einen Moment blieben wir so stehen, bis ich Becca in die Augen sah und bemüht versuchte, zu lächeln. »Komm.«

Sie nickte zögernd und ich öffnete die Tür zur Küche.

»Sylvio?«

Beim Hereintreten erkannte ich Edward, der auf einem nahegelegenen Stuhl saß und rauchte. Der andere Qädro hatte sich mit einer Hand auf den Tisch gestützt und sah mir entgegen, als ich die Tür öffnete. »Ja?«

Die beiden sahen erstaunlich fit aus, wenn man bedachte, dass sie über die allgemeine Lage mindestens genauso beunruhigt sein mussten, wie ich. Ein paar Snacks aus meinem Kühlschrank lagen auf dem Tisch, zwei Minutenterrinen aus dem Schrank standen halb gegessen daneben.

Sylvio deutete auf die Fertiggerichte.

»Es macht dir doch nichts aus, dass wir – «

»Ach Quatsch.« Ich grinste verlegen. »Können wir noch einmal ein Training einlegen? Es wird nicht lange dauern, bis es Nacht wird und wir uns verteidigen müssen. Wir haben uns nie damit beschäftigt, wie man kämpft. Ich will mich wehren können.«

Edward drückte seine Zigarette aus und schaute Sylvio verheißungsvoll an. Dieser setzte ein gewinnbringendes Lächeln auf und nickte mir zu.

Anscheinend machte allein der Gedanke daran, mit mir trainieren zu gehen, ihm schon Spaß. Es war aber auch einfach wichtig, zu trainieren. Wenn ich ehrlich war, konnte ich mich gerade einmal verteidigen und selbst das nicht besonders gut. Ich wollte einfach nicht sterben, ohne mein Bestmögliches gegeben zu haben. Die Möglichkeiten, mich zu einem von diesen Monstern zu machen, waren für mich auch keine wählbaren Optionen. Und dann wäre ich einer der willenlosen Werwölfe. Nein. Darauf wollte ich es nicht ankommen lassen.

»Wenn du findest, ein letztes Training ist wichtig, werden wir genau das machen. Doch nur, damit du es weißt: Wir werden nicht gegeneinander kämpfen. Ich kann nicht verantworten, dass jemand von uns verletzt ist, wenn die anderen Clans angreifen ... Für den Fall, dass wir alle überleben«, fügte er flüsternd an, setzte dann aber in seinem gewohnten Tonfall fort. »Um die wichtigsten Fähigkeiten zu schulen, sollten wir ein schwaches Tier jagen. So lernst du am ehesten, was es heißt, ein Wolf zu sein und dich auf deine inneren Instinkte zu verlassen.«

Was sollte das heißen? Sylvio war nicht zuversichtlich? Das war doch sonst nicht seine Art. Normalerweise würde er alles daransetzen, zu überleben. Er war doch nicht der Typ, der einfach aufgab. Er konnte sich doch nicht hängen lassen, auch wenn wir noch nicht wussten, was vor uns lag.

»Niemand von uns wird sterben«, sprach Becca ihm aufmunternd zu. Sie klang viel überzeugter, als ich es könnte. So aussichtslos es vielleicht schien, weil wir nicht wussten, wie und wo die Gibsar und Pernoy angreifen würden: Wir hatten eine Chance. Und wir mussten sie nutzen.

Edward stand auf und deutete zur Tür. »Gehen wir. Es macht keinen Sinn, über Eventualitäten zu diskutieren.«

Als wir vier die Wohnung verließen und in Richtung des Waldes liefen, konnten wir immer noch diese wilden Bestien beobachten, wie sie an Knochen – ich wollte gar nicht wissen, wessen das waren – nagten, miteinander kämpften oder uns sabbernd betrachten. Man sah ihren fokussierten, aber gleichzeitig leblosen Augen an, dass nur töten ihre Gier befriedigen würde. Daniel hatte ihnen wohl gesagt, dass wir nicht einfach ohne Plan angegriffen werden sollten und daran schienen sie sich notgedrungen zu halten.

Diese Viecher. Sie waren einmal Menschen gewesen und jetzt fraßen sie das, was sie einst waren. Salbrun war tot, genauso wie alles darum herum. Jede Person, die lebte, war verdammt. Das war der Grund, weswegen ich diese Monster hasste. Wir hatten ihnen nichts getan. Diese ... Wesen hatten weder mit Menschen, noch mit den richtigen Wölfen viel gemein. Ihr Körperbau war zwar anthropomorph, doch überall wurde die Haut von Fell unterbrochen. Es waren leblose Tiere ohne Verstand und Moral, angetrieben von dem Willen, zu töten und zu fressen. Sie wären mir als normale Wölfe so viel lieber gewesen. Viele waren zwar physisch welche, aber die wenigen, die noch eine halbwegs menschliche Erscheinung besaßen, waren genau die Monster, vor denen kleinen Kindern in Horrorbüchern Angst gemacht wurde.

Vielleicht wäre das alles nicht passiert, wenn man die Wölfe damals und heute in Ruhe gelassen hätte. Ich war einfach nicht sicher, was das primäre Ziel war. Krieg gegen die Qädro zu führen oder gegen die Menschen? Wir wollten friedlich leben und sie nicht bekämpfen. Diese Kämpfe waren unnötig. Und auch wenn man Daniel nicht mehr zur Besinnung bringen konnte, war es vielleicht möglich, das alles aufzuhalten, wenn man nur ihn aufhielt. Es musste kein Massensterben geben.

Ehe ich mich versah, standen wir im Wald, umgeben vom Plätschern eines Baches, dem Singen der Vögel und Rauschen der Blätter im Wind. Wir waren weiter hineingegangen, als ich es bisher getan hatte, um Abstand zu den Wölfen zu gewinnen und in ein Gebiet zu kommen, das ich nicht kannte.

Becca hatte sich in ihrer tierischen Gestalt an mich gedrückt, Sylvio und Edward standen uns auf ihren Pfoten gegenüber. Beide fixierten mich mit ihren Blicken, die so viel sagten, wie: »Verschwendet keine Zeit. Wir müssen uns beeilen.«

Ich nickte den beiden zu und sie kamen ein Stück näher und horchten, ob uns niemand gefolgt war. Becca entfernte sich von mir.

Edward blickte nach oben. »Wir haben schon Mittag. Wir sollten zusehen, dass wir wegkommen.«

Sylvio holte hörbar Luft und plusterte stolz seinen Brustkorb auf. »Was das Jagen angeht, so ist es für einen werdenden Wolf ein zentrales Element. Wer nicht jagen kann, wird nicht überleben. Die Hauptnahrung für einen Wolf sind Rehe, Hirsche, Hasen. Im Grunde alles, was ausreichend Fleisch zum Überleben für ihn und sein Rudel bietet. Rehe und Hirsche sind selten geworden. Das heißt, ihr müsst eure Nasen stärker denn je benutzen, um Rehe zu wittern. Einen Hasen zu jagen, ist keine wirkliche Herausforderung. Wenn wir Glück haben, finden wir sogar eins.«

»Ich versuche es«, bestätigte ich nachdenklich, während Becca nicht von meiner Seite wich und uns beobachtete.

Meine Schnauze fuhr suchend nach oben und sog alle Gerüche ein, die ich wahrnehmen konnte. Aber konnte ich denn überhaupt wissen, wie Reh roch? Die Chance, es im Alltag zu probieren, hatte sich mir noch nie geboten, obwohl ich es schon diverse Male im Discounter gesehen habe und einfach hätte zuschlagen können. Vielleicht hätte ich das in der Vergangenheit machen sollen.

Roch gekochtes oder gebratenes Reh so wie ein noch lebendes im Wald? Wohl nicht.

Einige Vögel, das Harz der Bäume, die Beeren, die an den Sträuchern hingen ... und so viele Dinge, bei denen ich mir nicht sicher war. Ein süßlicher Geruch, der mich an Erdbeeren erinnerte, stieg in meine Nase, vermischt etwas Sauren. Das könnten Beeren sein. Danach war ich aber nicht auf der Suche.

Reh. Reh. Reh. Ich musste ein wenig unspezifischer denken. Aus was bestand Reh? Aus Fleisch. Und wie roch Fleisch? Deftig und herzhaft. Aber nur gebraten, wenn es gebraten war. Vielleicht blutig? Das würde ich lediglich riechen können, wenn das Reh auch blutete. Und roch ich etwas in der Art?

Einen Moment lang sog ich tief die Luft ein.

Ja, da war etwas, das nach Fleisch roch. Ich glaubte, dass das eher die anderen Wölfe um mich herum waren, die mich erwartungsvoll beobachteten. Dann waren da noch überall schwache Fleischgerüche, die so verschwindend gering waren, dass das Reh entweder weit weg war oder ich nur Vögel und Hasen witterte.

Verflucht. Ich hätte in meinem Leben vielleicht einmal Reh essen sollen, um den Geschmack zu kennen. Mit einem Kopfschütteln versuchte ich, diese Gedanken loszuwerden. Im Grunde würde ich auf diese Weise kein Reh finden. Also könnte ich es auch gleich sein lassen, aber ich gab nicht auf. Es musste doch irgendeine Spur geben. Irgendetwas, das nach einem Berg Fleisch roch.

Nein ... Da war nichts.

Edward stellte sich vor mich. »Hast du noch nie Reh gegessen oder sie zumindest mal in einem Wildpark gesehen?«

»Nein.«

Mein Gegenüber seufzte und wandte sich ab. »Dann hast du es natürlich verhältnismäßig schwer. Sag das doch gleich.«

Hätte ich vielleicht tun sollen.

»Wir haben nicht die Zeit, um sie zu verschwenden«, sprach er über die Schulter zu mir zurück.

Hey, kein Grund, sich aufzuregen! Warum war er denn so patzig?

Sylvio gesellte sich zu mir, während Edward sich bezüglich des Themas an Becca wandte, um herauszufinden, wie viel sie über die Jagd wusste.

»Was ist denn mit dem los?« Leise schnaubend legte ich den Kopf schief.

Sylvio versuchte, zu beschwichtigen. »Edward ist angespannt wegen des Kampfes. Er hat von uns allen am wenigsten Zuversicht«, erklärte mein Freund. »Er kam noch nie in die Situation, in der er um sein Leben bangen musste und mit nichts rechnen konnte. Er versucht immer, cool zu bleiben, aber – «

» – die Fassade bröckelt. Er glaubt, wir werden sterben, oder?«

Der Wolf nickte. »Bitte behalte zumindest du die Zuversicht. Ich kann nicht sicher sagen, was passieren wird und wie es ausgeht. Vielleicht sterben manche von uns wirklich. Nur wenn, dann nicht ohne Kampf. Bin dem Tod ja schon ein paar Mal von der Schippe gesprungen.« Er lachte kurz. Dem schloss ich mich eher nervös, als zuversichtlich an.

Edward wandte sich uns wieder mit einem leicht genervten Gesichtsausdruck zu. »Wenn ihr es dann bald habt ... Rebecca hat etwas gewittert.« Selbst ihren Namen sprach er genervt aus. Die aktuelle Lage schien ihn mehr als nur ein wenig zu beunruhigen. Natürlich, das konnte ich verstehen. Aber wenn wir jetzt die Nerven verloren, dann würde es für uns auf keinen Fall gut ausgehen.

Verkrampft versuchte ich, einen ermutigenden Blick aufzusetzen. Obwohl er als Chef so etwas gewohnt sein sollte, stand Edward genau unter der Art Druck, wie er ihn wohl nicht kannte. Und damit konnte er offensichtlich nicht umgehen. Ich hätte gerne auch nur einmal mit ihm den Platz getauscht, als ich noch in der Versicherungsagentur gearbeitet hatte. Im Gegensatz zu meinem Leben hatte seines als Chef immer recht reizvoll und angenehm gewirkt.

Meine Gedanken wurden jedoch jäh unterbrochen. Becca ging zielgerichtet mit zum Schnuppern gesenktem Kopf, vorwärts und wir alle folgten ihr.

»Wölfe erlegen ein Beutetier immer gemeinsam, da es sich entweder wehrt oder flieht«, erklärte Sylvio beiläufig flüsternd. »Deswegen machen wir das hier zusammen. Weder jetzt, noch heute Nacht werden wir dich der Gefahr allein aussetzen. Wir sind eine Gemeinschaft, eine große Familie.« Sylvio wusste wohl, dass er mich mit solchen Worten beruhigen konnte, jemanden wie mich, der nie wirklich gespürt hatte, wie es sich als geliebter und wertgeschätzter Teil anfühlte. Den letzten Rest meiner Familie, zu dem ich noch Kontakt hatte, zählte ich zwar schon irgendwie als Familie, aber ich glaubte, dass das Verhältnis zu meiner Mutter nicht das war, das ich als Sohn haben sollte, der in seiner Kindheit geliebt wurde. Da ich nun die Gelegenheit nutzen konnte, meine Mutter auf eine offene Weise neu kennenzulernen, wollte ich das nicht auch noch verlieren.

Nickend bestätigte ich Sylvios Erklärung.

Wir hetzten eine ganze Weile durch den Wald, drangen immer tiefer in ihn ein und ich hatte zunehmend ein heimisches Gefühl, das ich in meiner eigentlichen Wohnung in letzter Zeit nur noch selten hatte. Es war als Wolf sehr befreiend, in einem Wald herumzustreunen. Das war ja bereits schon an dem Tag so gewesen, als ich nachts gejault hatte und auf die Fähe getroffen war. War das der Wolf, der sich in der Natur einfach wohler fühlte, als ich? Er war spürbar da, fühlte sich in der gesamten Zeit präsent an, als würden er und ich zusammenarbeiten. So langsam verstand ich ihn und die Tatsache, dass er mir durch seine Anwesenheit helfen wollte.

227

Tiefer im Wald ließ sich tatsächlich ein Reh erkennen, das zwischen den Bäumen graste, komplett allein. Wir wurden langsamer und pirschten uns im Schutz des Dickichts an, sodass es uns nicht bemerkte. Kaum zu glauben, dass es so einfach war. Nur fühlte ich mich bereit, zu jagen? Ich musste ein wildes Tier töten. Konnte ich das? Oder wir?

Bei dem Gedanken setzte ein warmes und sicheres Gefühl ein. Es schien, als würde der Wolf mir Mut zusprechen und zeigen, dass wir das gemeinsam schaffen würden. Die Tatsache, dass er positiv gestimmt schien, nahm mir ein wenig die Anspannung.

Als wir uns weit genug genähert hatten, deutete Edward auf das Kitz. Wie ein Blitz schoss ich aus dem Gebüsch und rannte auf unser Opfer zu, bis mich nur noch wenige Meter von ihm trennten. Es erkannte mich beinahe sofort und setzte zur Flucht an. Logisch.

Das Kitz war jung. Das merkte man daran, wie schnell man es einholen konnte. In der Zwischenzeit waren meine Gefährten ebenfalls aus dem Busch gesprungen und planten, dem Tier den Fluchtweg abzuschneiden.

Edward war der erste, dem es gelang, das Wild anzuspringen und sich in seinem rechten Bein zu verbeißen. Sylvio stieß es dabei um, sodass es weder jemanden verletzen, noch fliehen konnte. Nun wurde mir klar, warum die anderen beiden das Tier nicht getötet hatten. Wenn ich jagen lernen sollte, dann war das jetzt meine Aufgabe. Den Ekel und die Abscheu überwinden und das Reh möglichst schnell und schmerzlos töten. Das war der Moment, als ich dem Wolf in mir die Kontrolle für einen Moment völlig übergab. Ich sprang dem Reh an die Kehle und schnappte einmal kraftvoll zu, während es mir aber nicht gelang, die Augen dabei offen zu halten. Mein Körper wurde getreten von Vorder- und Hinterläufen, die immer schwächer wurden, bis das Tier bewegungslos dalag. Der Brustkorb hob und senkte sich ganz langsam, das Schnaufen wurde zu einem flachen und hilflosen Atemversuch, bis es schließlich tot war.

Adrenalin schoss durch meinen Körper und ich fühlte mich unfassbar mächtig und stolz über das, was ich geschafft hatte. Das Reh war tot – wegen mir. War das die Vorbereitung auf heute Nacht? Nur das hier war ein Tier. Wenn man gegen die Gibsar und Pernoy kämpfte, hatte man es nicht mehr mit Tieren, sondern eigentlichen Menschen zu tun. Oder sollte ich in ihnen die wilden Tiere sehen, die sie darstellen, um weniger Skrupel zu haben, sie vielleicht töten zu müssen?

Das war jetzt für einen kurzen Augenblick völlig egal. Mein Blut kochte und es fiel mir extrem schwer, einen klaren Gedanken zu fassen. Der Wolf genoss das Gefühl und ich gab mich ihm soweit hin, dass ich zwar die Kontrolle im Hintergrund behielt, ihn aber agieren ließ. Fast, als würde man sein eigenes Leben als Film betrachten.

Man merkte Edward und Sylvio die Wildheit ihrer inneren Wölfe, die sie nach außen kehrten, ebenfalls an, da sie sich kaum zurückhalten konnten, als das tote Reh am Boden lag. Nicht, dass sie es einfach fressen wollten, als seien sie wilde Tiere. Sie wirkten auf eine Weise mit sich selbst überfordert, schnüffelten an dem Blut des Tieres und wirkten unruhig.

Becca schob mich plötzlich ein wenig in Richtung des Rehs und deutete auf den Bauch. Es war wohl Zeit, zu fressen.

Zögernd nahm ich – wieder mit geschlossenen Augen – einen Bissen und schluckte ihn widerwillig herunter.

Der Geschmack war eigenartig und ließ sich nicht so richtig in gut oder schlecht einteilen. Aber nach dem Bissen hatte ich genug und ließ die anderen beiden Wölfe gewähren.

Meine Kollegen machten sich sofort daran, von dem Fleisch zu fressen, während ich mich an Becca wandte, die bei der Jagd keinen aktiven Beitrag geleistet hatte. Ich bemerkte, dass mein Wolf von ihrem Verhalten enttäuscht war. Dieses Gefühl schwappte auch auf mich über. »Wieso hast du uns nicht geholfen?«

Sie seufzte. »Ich habe das bei den Pernoy schon unzählige Male gemacht. Und außerdem bin ich nicht hungrig. Ich hätte euch helfen müssen, wenn es nach den Regeln der Wölfe geht. Aber ich habe gesehen, dass ihr es auch allein schafft und meine Hilfe eigentlich nicht braucht.«

»Du spürst wohl immer noch nichts, oder?«, setzte ich nachdenklich an.

Die Wölfin schüttelte den Kopf und wandte sich ab.

Obwohl ein Teil von mir enttäuscht war, akzeptierte ich ihr Verhalten, legte mich hin und beobachtete Edward und Sylvio. Allmählich ließ der Adrenalinschub nach. Es wurde zunehmend faszinierend, zu sehen, wie ihnen die kurze Jagd gutgetan hatte. Die Ablenkung von unserem eigentlichen Problem war eine Sache, aber irgendwie machte es mich auch glücklich, zu sehen, wie sie ihren inneren Wolf nach außen kehrten und gewähren ließen. Als Mensch wäre es kaum vorstellbar gewesen, zu beobachten, wie andere Personen in wilder Jagdlust ein Reh erst töteten und roh fraßen. Aber in genau diesem Moment fühlte es sich nicht falsch an.

Langsam setzte die Dämmerung ein. Da es Winter war, verschwand die Sonne recht früh. Die Wölfe hatten eine ganze Weile an dem Kitz gefressen und mir dann noch ein paar weitere Tipps gegeben, wie ich mich gegen wölfische Angreifer im Ernstfall verteidigen konnte.

Becca lag an einen Felsen gelehnt und leckte ihr weißes Fell, Edward und Sylvio vertilgten die letzten Reste des Rehs und ich? Ich stand einfach herum und beobachtete sie. Wenn man keinen Hunger auf Reh hatte, gab es gerade einfach nicht viel zu tun. Meine Schnauze wäre noch blutüberströmt gewesen, wenn Becca und ich nicht im nahegelegenen Bach unsere Felle von den Resten des Rehs befreit hätten.

Ein Seufzer kam mir über die Lefzen, als ich tiefer über alles nachdachte. Jeder der drei spielte eine wichtige Rolle in meinem Leben.

Sylvio hatte mir alles gezeigt und war der Freund, den ich mir nach dem Verrat von Daniel immer gewünscht hatte. Wenn ich so an unsere erste Begegnung zurückdachte, in der er ziemlich einschüchternd gewirkt hatte, erkannte ich ihn jetzt kaum wieder. Er war wesentlich warmherziger, als zunächst vermutet und verstand meine Lage besser als so manch anderer. Selbst als ich beinahe die Kontrolle über mich verloren hatte, war er es gewesen, der mich zurück auf den Boden der Tatsachen geholt und mir die Konsequenzen vor Augen geführt hatte.

Becca war die Ursache meiner anfänglichen Unsicherheit. Das lag jedoch auch daran, dass ich es nie für möglich gehalten hätte, mich in einen Menschen zu verlieben, der schlussendlich genauso war, wie ich. Ihr Verhalten war seitdem ... anders geworden, was ich noch nicht komplett verstand. Aber vielleicht könnte ich auch einfach die Klappe halten und die Chance nutzen, mit ihr glücklich zu werden.

Edward hatte ich wohl mitunter am meisten zu verdanken. Nicht nur, dass er schon in der Agentur immer unterstützend als Chef war, selbst danach war er ein treuer Gefährte und immer noch eine Autoritätsperson, die ich respektierte. Er war mutig, wenn es sonst keiner war und stets besorgt darum, dass es allen gut ging. Diese Gutherzigkeit hatte er bis heute auch nicht verloren.

»Worüber denkst du nach?«, hörte ich die Stimme von Becca hinter mir.

Mein Blick galt weiter den beiden Freunden vor mir, die für einen Moment ruhend auf dem Boden lagen und verdauten. »Ich habe ein bisschen über mich und das, was passiert ist, nachgedacht.«

Becca leckte über mein Ohr und legte sich neben mich. »Es muss alles wohl sehr wehtun. Das mit Daniel und deiner Mutter.«

Vielleicht verstand sie gar nicht, worüber ich nachgedacht hatte. »Das ist es nicht. Ich denke an die Zeit zurück, als ich zum Qädro wurde und was in den letzten Tagen alles passiert ist. Vor einer knappen Woche habe ich noch ein ganz normales und langweiliges Leben geführt.«

»Willst du darüber reden?«

Wollte ich das? Würde ich jemandem alles erzählen können? Becca konnte ich wohl schon vertrauen. Vor den Qädro gab es kein Geheimnis, das ich haben musste. Edward und Sylvio hatten viel Verständnis für meine Lage gehabt. Oder ich wurde einfach verrückt. Aber wenn ich es Becca nicht erzählen konnte, wem dann? Ich dachte so viel über alles nach. War es nicht Zeit, einfach mal darüber zu sprechen?

»Ich weiß nicht, ob sich darüber so einfach reden lässt.«

Beccas Augen funkelten ein wenig und sie stupste meine Schnauze mit ihrer an. Es fühlte sich mit dem Wissen, dass ihr Verhalten menschlich getrieben war, eigenartig an. Wenn mein Wolf das tat, war das richtig. Nur wenn ein Mensch das machte, wirkte es eher unangenehm. »Du vertraust mir doch, oder?«

Ich war irritiert. »Ja, aber – «

»Dann rede mit mir. Manchmal hilft das und ich will auch diesen Teil von dir besser kennenlernen. Ich werde weder lachen, noch irgendetwas tun, was du nicht willst.«

Das könnte sein, was ich brauchte. Jemanden, dem ich es erzählen konnte, dem ich mein Herz ausschütten konnte, damit es mir endlich besser ging. Mit einem tiefen Atemzug sog ich die Luft ein. »Ich versuche es«, meinte ich und begann, ab dem Zeitpunkt an zu erzählen, als ich den Brief bekommen hatte.

Nur einige Szenen ließ ich aus, nämlich die, in denen ich pausenlos an Becca denken musste.

- 25 -

Während meiner Erzählung setzte sich Sylvio zu uns, um zuzuhören. Ab und an fügte er etwas ein, das er für wichtig hielt und ließ mir in der Erzählung der letzten Woche freie Hand. Da er selbst nur das wusste, was wir zusammen erlebt hatten, interessierte es ihn wohl auch, wie mein Leben bis heute verlaufen war.

Bei den letzten Worten seufzte ich erleichtert, als hätte ich mir alle Last von meiner Seele geredet. Es war ein tolles Gefühl gewesen, nicht mehr einem gewissen Druck ausgesetzt zu sein, niemandem etwas über meine Gefühle und Ängste erzählen zu können. Ich wusste lange einfach auch nicht, wem ich auf diese Weise genug vertrauen konnte. Umso beruhigender, dass solche Menschen um mich zu wissen, die mich in meinen Ängsten, Sorgen und Hoffnungen verstanden. Meine Zuhörer bestätigten mich in diesen Gedanken und Sorgen und meinten, dass es ihnen in ihrer Vergangenheit bezüglich der Clans ähnlich gegangen war und sie immer noch Schwierigkeiten damit hatten, alles um sich herum völlig zu akzeptieren.

Becca besah mich freundlich und leckte mir aufmunternd über die Schnauze. Sie schien mich dieses Mal wirklich zu verstehen. Zum Glück. Ich wüsste nicht, was ich getan hätte, wenn es nicht der Fall gewesen wäre.

»Es ist schon eine ganze Menge passiert«, meinte Sylvio. »Du hast, dafür, dass du noch nicht lange Qädro bist, verdammt viel erlebt. Das können nicht viele von sich behaupten. Dadurch wächst du schneller zu einem Wolf, als wir es alle gedacht hatten.«

Edward gesellte sich zu uns und blickte gen Himmel, die Sonne war bereits untergegangen. »Ihr habt es tatsächlich geschafft. Es ist Nacht. Jetzt glaube ich nicht mehr, dass wir noch viel trainieren können.«

Das war es mir wert. Wenn ich diese Worte ausgesprochen hätte, hätte ich Edward aber nur unnötig verärgert und das wollte ich lieber vermeiden. Falls dies unser letzter Tag werden würde, sollten wir ihn nicht im Streit miteinander beenden.

»Was ist also unser Ziel?«, fragte ich in die Runde. »Sollen wir uns auf Daniel konzentrieren und hoffen, dass die anderen dann zurückweichen? Gibt es bei den Gibsar einen Anführer?«

Das war der Moment, in dem Becca mehr sagen konnte, als wir. Daher fuhr sie fort. »Den gibt es, aber der wird vermutlich nicht eingreifen. Ist es bei den Qädro nicht auch so, dass man den Anführer kaum kennenlernt?«

Warum eigentlich nicht? Sollten sie nicht an vorderster Front stehen? »Ich muss zugeben, ich habe ihn nur ein paar Mal getroffen.«

Ehe wir auf den Gedanken kommen konnten, die Anführer zu hinterfragen, fügte Edward ein. »Wenn die Anführer sterben, bricht das Rudel auseinander. Auch wenn wir ihn selten sehen, hält er es zusammen. Seine Rolle kann wohl so bald niemand einnehmen.« Er sah erneut nach oben zu den Sternen. »Ich glaube nicht, dass er uns helfen wird. Aber auch die Anführer der Gibsar und Pernoy werden sich wohl nicht einmischen.«

»Und die übrigen Qädro?«

»Werden in Hörweite bleiben. Während ihr euch Geschichten erzählt habt, habe ich dafür gesorgt, dass sie im Falle eines großen Angriffs in der Nähe sind. Wir sind sozusagen die Vorhut, der Spürtrupp.«

Becca sah ebenfalls nach oben, als würde sie im Himmel etwas erkennen, das Edward entgangen war. »Wir haben noch ein wenig Zeit. So, wie ich die Pernoy und Gibsar kenne, kommen sie erst mitten in der Nacht. Und bis dahin bleiben uns ein paar Stunden.«

Edward schnaubte kurz und wandte sich ab.

Sylvio und ich warfen uns verdutzte Blicke zu, während Becca um meinen ehemaligen Chef herumlief, um ihm ins Gesicht schauen zu können. »Wir müssen unbedingt reden. Jetzt.«

»Es gibt nichts zu bereden.«

Oh doch und am liebsten würde ich es selbst tun. Dieses genervte Verhalten war kaum auszuhalten. So kannte ich ihn nicht und auf diese Weise konnten wir nicht so zusammenarbeiten, wie wir sollten. Ja, ich hatte auch Angst vor dem Tod, Angst davor, von Daniel gequält zu werden, ein Monster zu werden oder einen der anderen für immer zu verlieren. Aber mit fehlendem Vertrauen war niemandem geholfen.

Sylvio zog mich ein wenig zurück, sodass meine Aufmerksamkeit nun wieder ihm galt. »Nehmen wir etwas Abstand, Lloyd. Wenn sie etwas zu bereden haben, sollten wir sie dabei nicht aufhalten. Wir können die Zeit für das Training nutzen«, flüsterte er mir ins Ohr.

Ich nickte und folgte meinem Freund. Becca und Edward ließen wir allein zurück, während sie uns nur einen kurzen Moment hinterhersahen und sich dann einander zuwandten.

***

»Ich weiß nicht, was mit dir los ist, aber es hat mit mir zu tun. Weil ich ein Pernoy bin? Ist es das? Ihr braucht mich, sonst werden sie euch alle töten. Verstehst du das nicht?!«

Ihr Gegenüber knurrte verärgert. »Ich habe gesehen, wie hinterhältig sie sind. Auch wenn du etwas anderes sagst, weiß ich, dass sie uns jeden Moment angreifen, uns vielleicht gerade beobachten könnten. Wer sagt mir, dass du nicht Lloyds Naivität für deine Zwecke missbrauchst? Uns sogar in eine Falle führst?«

Becca schüttelte den Kopf. »Das ist absurd! Ich bin bei den Pernoy nicht, weil ich das unbedingt will. Sie kennen nur Manipulation. Du merkst gar nicht, wie schnell du zu Dingen bereit bist, die du nie machen wolltest und wie sehr du dich an diesen Clan bindest, wenn du dich nicht dagegen wehrst.«

Edward verengte die Augen. »Ach und du hast dich plötzlich gewehrt? Fällt mir schwer, das zu glauben. Wie lange kennst du Lloyd jetzt? Ein paar Tage vielleicht? Eine Woche? Wenn du von Manipulation sprichst, wer sagt mir, dass sie dich nicht dazu manipuliert haben, uns in den Rücken zu fallen? Wer sagt mir, dass du verdammt noch mal auf unserer Seite stehst?!« Ihm entfuhr ein weiteres leises Knurren.

»Wenn ich Lloyd zu den Pernoy hätte bringen wollen, hätte ich es schon längst getan. Wenn ich ihn hätte töten wollen, wäre er tot. Ich habe euch vom Plan der Pernoy und Gibsar erzählt. Reicht dir das nicht als Vertrauensbeweis?« Bei diesen Worten fixierte Becca ihn eindringlich, ehe ihr Blick ein wenig trauriger wurde und sie dann ihren Kopf senkte. »Es war schwer, einfach von ihnen wegzugehen, wenn sie dich dazu bringen, zu denken, dass du ohne sie nicht mehr existieren kannst. Ihnen kann man nicht vertrauen. Mir aber schon, Edward.«

»Nein«, entgegnete er kalt. »Das alles sieht zu sehr nach einer Falle aus. Ich kann dir einfach nicht vertrauen. Du warst die gesamte Zeit bei den Pernoy und spazierst eines Tages einfach so zu uns und erzählst, du hättest dich geändert? Sylvio und Lloyd sind leichtgläubig genug, ich bin es aber nicht. Falls ihr uns in eine Falle locken wollt, werde ich nicht zögern, dich zu töten, bevor du fliehen kannst.«

Becca seufzte und ihre Stimme wurde leiser. »Wenn du mich töten willst, dann tu es. Denkst du, ich habe weiter Lust, auszusehen, wie – « Bei diesen Worten sah sie abfällig an sich herunter. » – wie das hier? Lloyd hat etwas Besseres verdient. Er meint, dass ich auch mit dem Körper eines Pernoy ein Qädro sein kann. Einer von ... euch.«

Edward wandte abfällig den Blick ab. »Du bist kein Qädro und wirst auch niemals einer sein.« Dann ging er zwei Schritte von ihr weg. »Du weißt, dass ich dich allein schon wegen Lloyd nicht angreifen werde. Aber wenn ich sehe, dass du sein Vertrauen missbrauchst und uns wirklich verrätst, werde ich dir nicht die Chance geben, diese Entscheidung zu bereuen.« Wütend schritt er an ihr vorbei und ließ sie ohne weitere Diskussion stehen.

***

»Also gut, Lloyd. Es ist schwierig, dir explizit etwas beizubringen, da deine Instinkte im Kampf oft wichtiger sind, als die bloße Technik. Es macht Sinn, auf deinen inneren Wolf zu hören, ihn aber auch im Zaum zu halten. Ihn herauszulassen und zu kontrollieren, ohne dabei wie ein wildes Tier zu sein, ist nicht einfach. Erinnerst du dich an die Situation bei den Wölfen? Als dein Wolf dich für einen Moment übermannt hat?«

»Mhmm.« Auch wenn mein eigentlicher Fokus auf Becca und Edward lag, bemühte ich mich, Sylvio zuzuhören. Er hatte ja Recht. Es ging nicht darum, Techniken zu lernen, wie man sich verteidigte, sondern sich auf das zu verlassen, was einem die Wolfseele, die man in sich trug, riet. Es war nur einfach schwer, zu akzeptieren, dass sie ein Teil von mir war und wie ich mit ihr umgehen sollte. Noch mehr verunsicherte mich gerade der Streit zwischen Becca und Edward. Wenn wir etwas gerade nicht gebrauchen konnten, war es das.

»Lloyd, hörst du mir zu!?«

Bei seinem Ausruf zuckte ich zusammen. »Was? Ehm, ja klar.«

»Tust du nicht.« Er kam einen Schritt auf mich zu und sah mir eindringlich, aber zeitgleich besorgt ins Gesicht. Das strahlende Blau seiner Augen beunruhigte mich. »Die beiden haben ihre Probleme, nur sind sie jetzt gerade egal. Was nicht egal ist, seid ihr.« Bei diesen Worten tippte er mir auf die Brust. »Wenn dein Wolf und du nicht zusammenarbeitet, dann werden wir diese Nacht vielleicht nicht überleben. Also nochmal, Lloyd. Hör auf ihn.«

»Ja, das hat der Anführer auch gesagt«, gab ich verlegen zu.

Sylvios wandte seinen Blick so lange nicht ab, ehe ich zur Seite sah, um dem Druck langsam zu entgehen. »Und er hat Recht. Ich kann dir nicht so viel beibringen, wie ich gerne würde. Hör auf ihn, er ist der beste Ratgeber, den du hast. Manchmal äußert er sich als Bauchgefühl, manchmal aber auch als direkter Impuls oder eine innere Stimme. Ich weiß nicht so richtig, wie ich es dir beschreiben soll. Das ist bei jedem ein wenig anders.« Bei den folgenden Worten deutete er wieder auf sich. »Mein Wolf ist anders als deiner. Er hilft, uns zu den Menschen zu machen, die wir vielleicht immer sein sollten. Bei dir, wie bei mir. Versuch es einfach. Kämpfe mit ihm, statt gegen ihn und dann haben wir heute Nacht eine Chance.«

»Nein, nicht du auch noch.« Edward schritt von der Seite auf uns zu und unterbrach harsch die Erklärung. Ich wusste nicht, wie lange er zugehört hatte, aber wohl doch lange genug, um einiges mitzubekommen. Nur war das, was Sylvio sagte, falsch? Nach dem, was der Anführer mir schon gesagt hatte, fühlte es sich richtig an. »Erzähl mir bitte nicht, dass du auf dein Gefühl hörst und nicht nach Strategie kämpfst.«

Mein Gesprächspartner nickte zuversichtlich und zugleich bestimmend. »Sicher doch und Lloyd wird das auch tun. Edward, du weißt ganz genau, dass ich Recht habe. Strategie ist eine Sache, und ich will dir das nicht absprechen, aber Lloyd muss lernen, mit seinem Wolf zu arbeiten, statt gegen ihn.«

Leise grummelnd wandte dieser sich ab und widersprach nicht. Wow. Ich hätte es niemals für möglich gehalten, dass Sylvio hier besonnener war als die Person, die diesem Stress doch eher gewachsen sein sollte. Edward schien nicht mehr derselbe zu sein, wie noch vor einer Woche. Und auch mein Freund war nicht mehr derselbe. Er wirkte nicht mehr so verschlossen und beängstigend wie an dem Tag, als wir uns kennengelernt hatten.

»Wie auch immer.« Obwohl ich nicht wusste, was er mit Becca besprochen hatte, musste es wohl zu keinem guten Ergebnis gekommen sein. Dass er sich als Qädro anders verhielt, als mein ehemaliger Chef, wusste ich und konnte es sogar verstehen, aber wieso so eine starke Wendung? Sollte ich ihn darauf ansprechen? Vielleicht lag es am Druck, der auf ihm lastete. Sylvio hatte man das zwar auch angemerkt, doch er konnte besser damit umgehen, als Edward. Dessen Kommentare waren gerade ziemlich fehl am Platz. Was war nur mit ihm passiert? Sollte ich Becca fragen?

Apropos. Wo war Becca?

Beim Umsehen entdeckte ich sie abseitsstehend und in Richtung des Himmels schauend, daher ging ich zu ihr. »Hey, ist alles in Ordnung?« Ich sah in ihre Augen und merkte sofort, dass etwas nicht stimmte. »Was habt ihr besprochen? Was hat er dir gesagt?«

Mein Gegenüber sah unglücklich auf den Boden. »Er vertraut mir nicht. Das ist alles.«

Da war noch mehr. Ihre Augen sprachen eine eigene Sprache. Er hatte sie verletzt, schwer verletzt, in ihr alles hervorgerufen, was sie seit dem Gespräch mit mir verdrängt hatte. Edward bezweckte sicher etwas. Oder dachte er, Becca würde uns einfach hintergehen? Wir hatten wirklich keine Zeit dafür, also ließ ich das Thema widerwillig ruhen. Ich würde Edward später fragen, wenn dieser Kampf endlich vorbei war.

Wir stießen wieder zu den beiden. Dabei behielt ich immer ein Auge auf Edward, den ich aufgrund dieses Gesprächs und seiner Stimmungsschwankungen einfach nicht mehr einschätzen konnte.

Er bemerkte meinen Blick. »Was ist?«

»Können du und Becca euch nicht einfach vertragen?«

»Lloyd ... « Als sie merkte, dass es nun doch zu diesem Gespräch zwischen Edward und mir kam, schien sie es wohl doch unterbinden zu wollen.

Mein ehemaliger Chef sah zu mir hoch. Sein Blick war kälter als Eis. »Sie ist ein Pernoy. Ich habe jeden Grund, ihr nicht zu vertrauen.«

»Ah ja.« Ich nickte. Becca würde uns nicht verraten. Ganz sicher nicht.

»Belass es einfach dabei, Lloyd. Vielleicht kann sie sich mein Vertrauen ja erarbeiten. Ihr vertraut ihr und ich werde einfach wachsam sein.«

Nachdenklich musterte ich den grauen Wolf, dessen Fassade deutlich zu bröckeln schien.

Mein Blick schien in ihm etwas auszulösen, sodass er seufzen musste. »Weißt du, wir alle wollen nicht sterben. Ich bin ehrlich zu dir. Ich habe Angst davor. Ich habe den Tod schon gesehen.«

Lisa, seine Frau. Ja, ich erinnere mich.

»Es ist eine Sache, ein Vorgesetzter zu sein, ein Kollege, ein Freund. Aber hier ist es mehr. Ein Fehler und wir sind alle tot, versteht ihr das nicht? Ich habe eine scheiß Angst davor!«

Bei diesen Worten trat Sylvio an seine Seite. »Ed, wir verstehen das. Wir haben alle eine Angst. Und nun müssen wir genau deswegen zusammenhalten.«

»Lasst uns bitte einfach das Thema wechseln.« Er blickte nach oben. »Wir müssen jetzt gehen.«

Edward war sichtlich unruhig und wer wusste schon, ob er diesem Druck standhielt. Während wir uns auf den Weg zurück machten, versuchte ich, ihn ein wenig auf andere Gedanken zu bringen. Dabei kam mir ein Gedanke, den ich schon vorher immer wieder gehabt hatte.

»Wenn wir vier ein Rudel wären: Wer, denkst du, wäre Alpha?«

Diese Frage riss ihn aus seinen Gedanken. »Alpha? Das ist eine gute Frage. Wenn es nach mir ginge, würde ich ... « Er dachte nach, aber ich ließ ihm die Zeit. » ... Sylvio an dieser Stelle sehen.«

Nun war ich baff. Er wollte Sylvio dahinstellen, wo er sich selbst anfangs immer positioniert hatte? Anfangs hätte ich ihn ohne zu zögern in dieser Position gesehen, aber je brenzliger die Lage geworden war, desto deutlicher konnte man sehen, dass es ihm nicht gelang, die Nerven zu bewahren. Vielleicht hatte er damit Recht, dass Sylvio das besser konnte.

Ich musste Edward nicht fragen, was der Grund dafür war, seinen Gefährten als Alpha zu betrachten. Sylvio hatte das Zeug dazu, aber wir waren keine richtigen Wölfe und bei uns würde es auch keinen Alpha geben müssen. Selbst wenn es in Deutschland nicht anders war. Wölfe hatten einen Rudelführer, wir hatten Politiker, einen Bundeskanzler. Das bedeutete, dass wir nicht von Grund auf verschieden waren.

»Und wen würdest du als Alpha wählen?« Edward blickte mir verheißungsvoll entgegen, als erwartete er von mir eine umfangreiche und durchdachte Antwort. Nur konnte ich auch nicht viel mehr dazu sagen.

»Sylvio hält unsere Gruppe zusammen. Wenn ich jemandem vertrauen kann, dann ist er es.«

»Denke ich auch.« Edward nickte. Es zuckte um seine Mundwinkel. Es schien, als wollte er lächeln, verkniff es sich aber noch im letzten Moment. »Danke, Lloyd.«

Bei diesen Worten setzte das erleichternde und befreiende Gefühl ein, ihm tatsächlich geholfen zu haben. Ich deutete auf Becca, die sich mit Sylvio unterhielt. »Du kannst dich garantiert auf sie verlassen. Er vertraut ihr auch, siehst du?«

Er sah zu den beiden und blickte mir dann zuversichtlicher in die Augen. »Vielleicht hast du Recht.«

Ich habe Recht.

Am Stadtrand blieben wir stehen und warfen einen Blick auf die Straßen. Sie wirkten ruhig, ein wenig zu ruhig.

Edward setzte sich aufrecht neben uns. »Die Qãdro sind ganz in der Nähe. Sobald wir von den Pernoy und Gibsar angegriffen werden, werden wir sie in die Zange nehmen. Das wird sie stark genug verwirren, um uns eine Chance auf Erfolg einzuräumen. Möglicherweise können wir so auch ein Blutbad verhindern.«

»Guter Plan.« Soweit ich das verstanden hatte, klang es überzeugend. »Nur wo werden sie angreifen?«

Alle Blicke richteten sich auf Becca, die uns von dem Plan erzählt hatte. »Hier in der Stadt. Ich weiß aber nicht, wo genau.«

Aus dem Augenwinkel konnte ich Edwards Augenrollen beobachten, ignorierte es aber weitestgehend.

Der Wolf sah nach oben. »Gleich sind wir zurück in Salbrun. Haltet euch bereit.«

Wir spitzten die Ohren und stellten uns so auf, dass ich von keiner Seite, außer von vorne getroffen werden konnte. Ich hatte beinahe vergessen, dass das primäre Ziel dieses Angriffs ich war. Wir alle behielten auch die Seitengassen im Blick. Die übrigen Qädro waren so vorsichtig, dass ich nicht einmal sie bemerkte. Die Monster der Stadt waren weg, die Menschen auch. Keine Passanten, keine Polizei, einfach niemand.

Der Wind wehte um unsere fellbedeckten Köpfe. Die Vögel sangen nicht mehr so laut, wie vor einigen Stunden, Äste knackten nicht mehr, es stiegen kaum noch fremde Gerüche in meine Nase. Es war Nacht. Der gesamte Wald und die Stadt legten sich schlafen, nur wir nicht. Wir waren hellwach, in steter Erwartung, dass endlich etwas passierte.

Plötzlich sprang unter einem Pappkarton ein schwarzer Wolf hervor, der sich mit einem Mal direkt auf Edward stürzte. Dieser sprang zurück und ich nutzte die Gelegenheit, meinen Kopf in die Seite des Viechs zu rammen. Bei der Berührung seines Körpers merkte ich, wie ausgedörrt er war und wie Knochen brachen, als er winselnd über den Boden rutschte.

Die anderen wollten hinterherspringen, aber ich hielt sie zurück. »Er ist schon so gut wie tot. Das sah nicht aus wie ein Plan, eher wie ein Zufall. Das kann nicht alles gewesen sein.«

Wir tapsen vorsichtig und mit aufgestellten Ohren weiter durch die Stadt, der Wolf blieb regungslos hinter uns auf dem Boden liegen. Dieses Tier war ein jämmerliches Etwas, das sich gerade noch an das Leben geklammert und jetzt sein tragisches Ende gefunden hatte. Das war sicher keiner der eigentlichen Gibsar. Daniel war nicht so plump. Dahinter musste ein größerer Plan stecken.

Kurz vor dem Ende der Stadt konnte ich etwas erkennen. Ich war erst nicht sicher, was es war. Ein schwarzer und ein weißer Punkt. Erst bei näherer Betrachtung erkannte ich, wer sich dort hinten befand.

Ein weißer Wolf, verletzt auf dem Boden, über ihm ein schwarzer, eine Pfote auf dem Hals des schwach keuchenden Tieres. War das Daniel?

»Na sieh mal an, wer gekommen ist.« Der Wolf grinste verschlagen und ich brauchte nicht lange, um zu erraten, wer dort hinten stand.

»Bran!« Der Mistkerl, der mich in der Höhle der Gibsar beinahe getötet hätte.

Als Becca ihn erkannte, versteckte sie sich schlagartig hinter einem Haus und atmete so flach wie möglich. Edward warf ihr einen wütenden Blick hinterher und behielt sie im Auge, damit sie nicht fliegen konnte. Hatte er Recht damit, dass sie uns hintergehen würde? Oder war es Angst? Leider blieb mir nicht die Zeit, sich darüber Gedanken zu machen.

»Ich habe wohl einen bleibenden Eindruck hinterlassen.« Der Wolf hielt eine Pfote immer noch auf Kehle des verletzten Tieres. »Wie geht's der Narbe, Sylvio?«

Bei diesen Worten schnaubte mein Gefährte. Anscheinend hatte nicht nur ich eine Rechnung mit ihm offen.

Edward blieb von uns am gelassensten. »Was hast du mit der Fähe vor?«

»Ach die?« Er fuhr mit seinen Krallen ihre Kehle entlang und sie zuckte schwach. »Ich dachte, dass Lloyd sie noch einmal sehen will.«

Die Fähe! Sie hatte mit alldem nichts zu tun und dieser Penner zog sie einfach mit rein. Bei dem Gedanken an sie fiel es mir extrem schwer, meinen Wolf zurückzuhalten und auf Bran zuzustürmen. Die Durchtriebenheit der Gibsar war einfach widerlich.

»Lass sie gehen!«, rief ich, als ob es etwas ändern würde.

»Daniel hat sich schon gedacht, dass du so reagieren würdest.« Als er bemerkte, dass wir langsam näherkamen, legte er seine Krallen an ihre Halsschlagader. »Das würde ich an eurer Stelle nicht tun. Es ist fast süß, wie ihr drei dasteht und denkt, dass ihr irgendetwas erreichen könntet. Aber hey, immerhin lebt ihr alle noch. Mein Beileid. Oder sollte ich mich lieber freuen, dass ich die Chance habe, es selbst zu beenden?«

»Versuch es doch«, entfuhr es mir knurrend, während ich zwar stehen blieb und mein Gegenüber, das noch einige Häuserlängen entfernt war, eindringlich beobachtete.

Der Wolf nahm die Tatze vom Hals der Fähe und senkte langsam seine Schnauze. Mit einem tiefen Atemzug sog er ihren Geruch ein. »Wenn Tiere in ihrem Überlebenskampf sind und genau auf dieser Schwelle zwischen Leben und Tod stehen ... Das zu beobachten, ist faszinierend.« Dann sah er hoch, den Kopf in Reichweite ihrer Kehle. Seine Augen richteten sich auf meine und ich konnte den verschlagenen, aggressiven Menschen dahinter sofort erkennen. Bran kannte keine Gnade. »Folge mir, wenn du kannst«, flüsterte er gerade laut genug, dass ich es hören konnte.

Das ließ sich mein Wolf nicht zweimal sagen. Mit einem Satz sprang ich vorwärts und beging dabei den Fehler meines Lebens.

- 26 -

Dabei hatte ich Brans Aggressivität und Hinterlist völlig unterschätzt. Im Sprung bemerkte ich den Fehler, den ich gerade beging und nicht mehr rückgängig machen konnte.

Seine Schnauze, die vorher bedrohlich auf der Kehle der Fähe geruht hatte, schnappte wie eine tödliche Falle zu. Blut quoll unter den Zähnen hervor, während seine Augen mich unentwegt im Blick hatten.

Die Wölfin auf dem Boden gab ein gurgelndes Geräusch von sich, ehe sie nach einmaligem Aufzucken reglos liegen blieb, die Augen hilfesuchend auf mich gerichtet. Kein Blinzeln mehr, keine Anzeichen auf Atmung, der Brustkorb hob und senkte sich nicht mehr, der Blick wurde glasig und stumpf.

Er ... hatte sie getötet. *Getötet, verdammt!* Dafür musste er bezahlen! Bestürzt rannte ich auf Bran zu und übersah alles, was um mich herum passierte. Niemand sollte mich davon abhalten, die Wölfin zu rächen, koste es, was es wolle.

Das Grinsen des Gibsar wurde ein wenig breiter, ehe er sich umdrehte und davonrannte, ich nur wenige Meter hinter ihm.

Als ich an der Wölfin vorbeihuschte, warf ich aus dem Augenwinkel einen kurzen Blick auf sie. Ihre Augen waren nach wie vor geöffnet, sie lag einfach regungslos da. Ob sie noch atmete, konnte ich nicht sehen. Ich befürchtete das Schlimmste ...

»Bleib stehen!«, brüllte ich Bran hinterher, der sich jedoch nicht mehr zu mir umdrehte und in Richtung des Stadtrands sprintete.

Er hat sie getötet! Das werde ich ihm nicht verzeihen. Sie war das wichtigste, was ich hatte! Von dem Ziel, ihn einzuholen, ließ ich mich jetzt nicht mehr abbringen. Er war vielleicht schneller, aber das würde mich nicht aufhalten. Die Gibsar waren alle Monster und wenn niemand der anderen sich gegen sie stellte, dann würde ich das notfalls allein machen.

»Bran!« Er reagierte auf mein Rufen zwar nicht, ließ sich jedoch so weit zurückfallen, dass ich ihn nicht aus den Augen verlieren konnte. Er wollte buchstäblich, dass ich ihm folgte. Das brauchte er mir nicht zweimal zu sagen. Dieses Monster würde ich töten! »Ich werde dich – nghhhh!«

Ehe ich meinen Satz beenden konnte, traf mich etwas Hartes von der Seite. Ich stolperte, fiel und landete mit voller Wucht auf dem Boden, wo ich mich noch einige Meter überschlug, bis ich laut schnaufend liegen blieb. Was war das?

Hektisch sah ich mich um und versuchte, aufzustehen, um wieder die Verfolgung aufnehmen zu können. Das Adrenalin schoss wie ein zusätzlicher Antrieb durch den Körper und ließ mein Blut förmlich kochen. Zwei Pfoten drückten mich gegen meinen Willen auf den Boden. Der Versuch, mich unter ihnen herauszuwinden, brachte nichts. »Lass mich gehen!«

»Nein.«

Meine Ohren stellten sich auf. Ich kannte diese Stimme und würde sie so schnell auch nie wieder vergessen. Als ich realisierte, wer dort über mir stand, wollte ich mich beruhigen, konnte es aber nicht. Bran musste bezahlen! Daran sollte auch er nichts ändern.

»Ich muss. Bran ... er muss büßen!«

Der Wolf über mir schüttelte den Kopf. »Nicht heute.«

Die Situation wurde zunehmend unangenehmer, als ich spürte, wie andere Wölfe zu uns kamen und mich betrachteten wie einen Wahnsinnigen.

»Du bleibst hier. Wenn du mir das versprichst, werde ich von dir runtergehen«, fügte der Wolf hinzu.

Leicht knurrend nickte ich. »Na gut.« Bran war jetzt sowieso weg. Dieser Körper war einfach noch viel zu schwach und untrainiert, um ihm einfach folgen zu können.

Als der Wolf von mir herunterstieg, richtete ich mich sofort auf und blickte in die fesselnden Augen des Anführers. Gerade er war es, der mich davon abgehalten hatte, dem Gibsar zu folgen. Er sah mich zwar nicht an, wie ein Kind, aber dennoch fühlte ich mich wie ein Welpe.

»Er hat – « In dem Moment realisierte ich, dass es etwas Wichtigeres gab. »Was ist mit der Fähe? Wie geht es ihr?« Unsicher sah ich mich nach ihr um und rannte zu ihr.

Sie lag dort – unverändert. Ihr Körper lag einfach da, keine Regung, keine Zuckung, friedlich, als wäre sie eingeschlafen und hätte das erreicht, was sie immer gewollt hatte: Für mich da zu sein und mich zu verlassen, als es notwendig war.

Leila kniete als Mensch über ihr und besah ihre Wunden. Als ich mich näherte, konnte ich erkennen, wie sie die Augen der Wölfin geschlossen hatte, damit man nicht mehr diesen leeren Blick sehen musste. Der Moment, als sie realisierte, dass es vorbei war und sie sterben würde ... Die Ärztin der Qädro sah zu mir auf und schüttelte den Kopf. »Sie ist tot, Herzchen«, gab sie in mitleidigem Ton von sich.

Fuck, ich war nicht ihr Herzchen! »Tu was. Nimm dein Wundermittel, egal, was. Rette sie!«

Leila legte eine Hand auf meine Schulter und sah in meine Wolfsaugen. »Ich kann nichts mehr für sie tun, Lloyd.«

»Nenn mich nicht Lloyd.« Nervös und frustriert lief ich um die Wölfin herum und musterte sie von allen Seiten. Das durfte einfach nicht passiert sein! Sie war nicht tot. Ohne sie hätte ich nie so leben können, wie ich es seit der ersten Verwandlung konnte. Sie *durfte* nicht tot sein. Zu wem sollte ich denn gehen, wenn dieses menschliche Leben uns überforderte?

Die Qädro richtete ihre Brille und stellte sich wissend hin. Anscheinend wusste sie ganz genau, was mit mir los war.

Um ihren Blick nicht ertragen zu müssen, legte ich meinen Kopf auf den des Tieres und vergoss eine Träne. Als der Drang, zu jaulen einsetzte, gab ich dem nach und sendete meine Nachricht der Trauer an die gesamte Stadt. Niemand sollte überhören, was hier passiert war.

Mehrere Minuten sagte niemand etwas oder reagierte anderweitig. Alle hörten auf mein Heulen, das die Wege und Straßen der Stadt erfüllte, Menschen, die unsicher hinter den Fensterscheiben standen und auf mich hinuntersahen, wie auch die Qädro, die mich betrachtete. Dann setzten die übrigen mit ein und wir füllten jeden Winkel in dieser Stadt mit unseren Worten der Trauer und des Abschieds.

Ruhe. Endlos wirkende Stille.

Als das Jaulen zu Ende war, wurde es so still, dass man eine Stecknadel hätte fallen hören können.

»Lloyd, ich ... « Rebecca schritt dabei langsam auf mich zu und stupste mich vorsichtig und zurückhaltend an.

Hatte ich nicht eben schon gesagt, dass ich nicht Lloyd war? Seufzend drehte ich mich zu ihr um. »Wisst ihr, dieser Mensch, Lloyd, hat so sehr gelitten. Es ist eine Sache, ihm wehzutun, eine andere, *mir* wehzutun. Die Gibsar wussten genau, was sie taten.« Ich warf einen Blick in die Runde. Edward hatte den Kopf gesenkt, Sylvio stand direkt neben dem Anführer. Dieser war mir zugewandt und verzog keine Miene. Leila sah an mir vorbei in die leeren Straßen.

»Keiner von euch hat geholfen oder auch nur versucht, Bran aufzuhalten.« Hier waren alle schuldig. Jeder hätte etwas tun können. Vielleicht nicht unbedingt die Fähe retten, doch wenigstens diesen Gibsar aufhalten.

Erneut warf ich einen Blick in die Runde, doch wieder antwortete niemand. »Ihr wisst alle, dass wir so nicht weitermachen können. Seitdem ich bei Lloyd bin, sehe ich, wie die Gibsar und Pernoy alles verwüsten oder uns gegeneinander ausspielen. Vielleicht bin ich noch nicht lange hier oder ein Wolf, aber zu sehen, dass sie all das mit uns machen können, ist nicht richtig. Ihr seid alle Wölfe.« Bei diesen Worten begutachtete ich Rebecca. »Manche von euch halten ihn zurück, andere nicht. Du, Sylvio, sagst, wir sollen uns von unseren Instinkten treiben lassen. Ich bin gerade der lebende Instinkt. Ihr solltet euch allen vertrauen und gemeinsam können wir etwas machen und uns nicht von einer Situation wie dieser entmutigen lassen. Ihr seid doch Wölfe wie ich. Warum habt ihr dann nichts gemacht? Ihr – «

»Bist du fertig?« Die Stimme des Anführers hallte in meinen Ohren. »Es ist schön, dass du es nun auch nach draußen schaffst, Wolf, aber was du sagst, ist nicht rational. Sie ist tot und niemand kann das ändern. Wir hätten nichts dagegen tun können. Du sprichst aus Emotionen und das verstehen wir.«

Er konnte sehen, was ich war? Hmpf, natürlich konnte er das.

»Es war eine Falle. Wärst du ihm gefolgt, dann hätten sie genau das gemacht, wovor ich euch beide gewarnt habe. Dich und Lloyd. Ich weiß, dass du zugehört hast. Du hast alles erlebt und gesehen, was Lloyd widerfahren ist und es ist nachvollziehbar, dass du wütend bist, was ihm und dir angetan wurde. Schade, dass wir uns erst unter diesen Umständen kennenlernen.«

»Bran hat sie getötet ... « Der Wald, in dessen Richtung er gelaufen war, schien leer. Der Gibsar war verschwunden. Die einzige Erinnerung an ihn lag vor mir auf dem Boden.

Instinktiv glitten meine Krallen über das Mal am Hals und ich verwandelte mich in den Menschen zurück, auch wenn ich eigentlich keiner war. Ich vergrub mein Gesicht im Fell des ewig schlafenden Tieres und weinte bitterlich. Bran hatte sie mir genommen. Die Fähe hatte niemandem etwas Böses getan. Sie wollte nur helfen, mich glücklich machen, ohne, je eine Gegenleistung zu erwarten. Sie war völlig umsonst gestorben. Einfach durch diese Falle. Immer mehr Tränen wanderten meine Wangen hinunter und ich bekam kaum Luft, wollte ihren Körper aber dennoch nicht loslassen, sondern für immer bei mir halten. Ich konnte ihren Tod einfach nicht akzeptieren. Wenn es nur eine Möglichkeit gäbe, sie zurückzuholen.

Langsam bemerkte ich durch eine aufkommende Gänsehaut, wie der Wolf Stück für Stück die Kontrolle an mich zurückgab, bis ich sie völlig besaß. Meine Tränen versickerten im weichen Fell, ich spürte ihre Wärme, einen kurzen Moment der Geborgenheit, wohl der letzte, den ich jemals bei ihr spüren würde. Auch wenn ich es nie wollte, liebte ich dieses sanfte Wesen, das nie etwas von mir verlangt und mich ebenso geliebt hatte.

Wieder vergingen Minuten, in denen niemand agierte oder mich in meinen Gedanken unterbrach.

Becca legte sich vorsichtig als Wölfin neben mich, ließ mich aber in Frieden und drängte sich nicht auf. Sie wollte wohl einfach da sein, auch wenn es nicht das gleiche war wie mit der Fähe. Es gab niemanden, der sein konnte wie sie. Das musste ich einfach akzeptieren. Ihr Tod war endgültig.

Als ich endlich realisierte, wie die Situation um mich herum gerade war, sah ich zu Becca. Ihre blauen Augen blickten in meine, ehe ich vorsichtig eine Hand hob und über ihr Fell strich. Es fühlte sich nicht im Ansatz an wie das der Wölfin, aber es beruhigte mich, zu wissen, dass sie da war.

»Wir werden uns alle an sie erinnern. Niemand wird sie vergessen. Ich bin für dich da. Auch wenn es das nicht leichter macht. Egal, ob du glücklich oder traurig bist, sicher oder in Gefahr, ich werde da sein.«

Ja, ich war wieder Lloyd. Ein gruseliges Gefühl, einfach so den Geist eines Wolfs herausgelassen zu haben und nun wieder ›da‹ zu sein. Seine Seele fühlte sich wie ein warmes Gefühl in meinem Körper an. Erneut kamen mir die Tränen, ich richtete mich aber auf und sah in die Runde. Keine Ahnung, was ich zu Becca sagen sollte, nachdem sie versucht hatte, mir Mut zuzusprechen. Danke? Das wirkte irgendwie deplatziert, also entgegnete ich mit einem Nicken.

Sylvio, Edward und Leila hatten sich zurückverwandelt und besahen mitfühlend das tote Tier unter mir. Ihre Blicke zeugten von tiefstem Mitleid für uns beide – uns drei. Alle übrigen Qädro hatten sich zurückgezogen, nur der Anführer blieb in seiner Wolfsgestalt da.

»Du wirst deine Chance bekommen, Lloyd«, erklärte er, sodass meine Aufmerksamkeit wieder ihm galt. Als er bemerkte, dass der Wolf sich zurückgezogen hatte, nickte er mir aufbauend zu.

Daraufhin wurde es still. Der Anführer verabschiedete sich und Becca verwandelte sich zurück. Sie, Edward, Sylvio und ich blieben allein auf der menschenleeren Straße.

»Und jetzt?«, entfuhr es mir seufzend.

»Wir sollten uns bei dir beratschlagen, was wir als Nächstes machen.«

Edward hatte zwar Recht mit dem, was er sagte, meine Aufmerksamkeit galt aber dem toten Tier auf dem Boden. »Wir sollten sie begraben. Wenigstens das will ich noch für sie tun können.«

Eine Hand wurde auf meine Schulter gelegt und ich blickte in das zuversichtlich lächelnde Gesicht von Sylvio. »Natürlich.«

Um mir die körperliche und mentale Last zu ersparen, die Wölfin in den Wald tragen zu müssen, übernahmen das Edward und Sylvio, sodass ich einige Meter hinter ihnen herlief und Becca unsicher Richtung Boden sah.

»Hast du sie so sehr geliebt?«, erkundigte sie sich zögerlich, doch ich schüttelte den Kopf.

»Er hat sie geliebt. Sie haben wohl gewusst, dass sie ihn provozieren können, wenn sie ihr wehtun und sie töten. Ich hätte nicht damit gerechnet, dass es solche Konsequenzen hätte.«

Becca nahm meine Hand, um mir Mut zuzusprechen. »Wir hätten nichts tun können, um das zu verhindern. Ich verspreche dir, für dich da zu sein, damit ihr sowas nicht wieder durchmachen müsst.«

»Wie gesagt«, unterbrach ich sie. »Mir geht es damit nicht so furchtbar, wie dem Wolf. Er fühlt sich schuldig und leidet. Das kann ich spüren. Ich kann immer noch nicht so richtig fassen, was da vorhin passiert ist.«

Nachdenklich hob meine Begleiterin den Kopf und blickte zu den Sternen. »Er wollte raus. Du hast ihn ja auch lange zurückgehalten.« Dann schwieg Becca ein paar Sekunden, ehe sie fortfuhr. »Aber Lloyd?«

Mein Blick galt ebenso dem Himmel, dessen Sterne klar leuchteten. Der Mond schien beinahe komplett ausgefüllt und leuchtete uns den Weg. Es fühlte sich beruhigend an, nachts durch den Wald zu laufen und alles um mich herum auf mich wirken zu lassen. Es schien dem Wolf auch genügend Raum zu geben, seine Trauer rauszulassen. Ich spürte nur ein bedrückendes Gefühl, ganz tief in mir. »Hmm?«

»Wie hat es sich angefühlt, als er da war? Hattest du die Kontrolle oder er?«

Ach das wollte sie wissen. Ehrlich gesagt war es das erste Mal, dass er so aus mir hervorgebrochen war und ich verstand selbst noch nicht so recht, wie man damit umgehen sollte. Er konnte sprechen. Allein das hielt ich schon für seltsam genug, sodass ich es nicht verstehen konnte. Aber war es nach dem, was ich erlebt hatte, so verwunderlich, dass meine animalische Seele in der Lage war, durch mich zu sprechen? War das die ganze Zeit schon möglich gewesen und ich hatte seine Stimme einfach nicht hören können? »Ich bin mir nicht ganz sicher. Es war ein komisches Gefühl. Einerseits war mir die ganze Zeit bewusst, was ich – was er gemacht hat. Andererseits war ich aber wie ein Zuschauer. Es ist – du kannst es dir vorstellen wie ein Filmsaal. Du allein sitzt in diesem Kino und dein Leben ist der Film. Als er die Kontrolle hatte, konnte ich den Film schauen, ohne, ihn aktiv zu beeinflussen. Ich wusste, ich hätte jederzeit aus dem Saal gehen können, um das, was passierte, selbst zu erleben. Klingt vielleicht komisch, ich kann es jedoch nicht anders beschreiben. Ich war da, aber auch nicht, wie in einem Traum. Ich konnte alles sehen, was er gesehen hat, konnte jedes Gefühl, das er hatte, direkt miterleben.«

Becca nickte, als ob sie verstand, was ich versuchte, zu beschreiben. Dabei war es mir selbst nicht so richtig klar.

»Ich hatte keine Angst oder so. Er hat mich völlig ausgefüllt und mir das Gefühl gegeben, ich weiß nicht, mächtig zu sein? Alles schaffen zu können? Unbesiegbar zu sein? Ich weiß, das ist Quatsch, aber genauso hat es sich angefühlt, als er die Kontrolle hatte. Wir waren ... vollständig, vollkommen.«

Erneut stimmte sie zu. Verstand sie wirklich, was in mir vorging oder nickte sie nur, um Mitgefühl zu zeigen? Immerhin hatte sie selbst gesagt, sie würde ihre Wölfin nicht mehr spüren. Hatte sie jemals eine Situation erlebt, in der der Wolf den Menschen übernahm, ohne, dass man es beeinflussen oder verhindern konnte? Er war hervorgebrochen, ohne, dass ich etwas dagegen tun konnte und ich hatte ihn gewähren lassen, ohne, dass ich mir dessen bewusst war. Vermutlich hätte ich es auch nicht verhindert, wenn ich es aktiv gekonnt hätte.

»Hey, ihr zwei. Hier ist eine gute Stelle, denke ich«, unterbrach Sylvio meine Gedanken. Er zeigte auf den Boden und die beiden ließen die Wölfin behutsam sinken.

»Hat jemand Schaufeln?«, bemerkte Becca fast beiläufig.

Edwards Reaktion war ein Grinsen. »Macht euch darum keine Sorgen. Der Boden ist weich und matschig. Sylvio und ich bekommen das hin.«

Ehe ich etwas einwenden konnte, verwandelten sich die beiden und gruben Stück für Stück ein passendes Loch für die Wölfin. Becca bemühte sich derweil, ein paar Äste und Blumen zu finden, um das Grab ein wenig mehr Würde zu verleihen. Doch der Winter war erbarmungslos. Es gab kaum Blumen und die Äste waren weich von der Feuchtigkeit des Schnees der letzten Tage. Ihr Ehrgeiz bei der Suche war ermutigend und zeigte mir, dass entweder die Fähe eine Bedeutung für sie hatte oder das alles uns zuliebe machte.

Als sie in ihrem Grab lag, bedeckt mit ein paar Blumen und Zweigen, kamen mir wieder die Tränen. Keine Ahnung, ob ich das war oder ob in diesem Moment der Wolf durchkam, aber ich ließ es zu, während ich andächtig die Hände vor mir verschränkte.

Entgegen meiner Erwartung entschied Becca, ein paar Worte zu sagen, auch wenn sie von uns die Wölfin wohl am wenigsten kannte. »Es tut uns allen leid, dass wir nichts tun konnten, um deinen viel zu frühen Tod zu verhindern. Du warst ein tolles Lebewesen, hast Lloyd und die anderen stets mit Respekt und Liebe behandelt. Wir können nicht erwarten, dass du uns hörst, aber du sollst wissen, dass wir dich niemals vergessen werden. Dein Tod war unnötig und ich verspreche dir, dass er gerächt wird.« Dann wandte sie sich mir zu, den Kopf gesenkt. »Darf ich noch ein paar persönliche Worte sagen?«

Stumm nickte ich, während eine Träne meine Wange hinunterlief.

»Du warst die Wölfin, wie ich sie nie sein konnte und ich habe dich dafür beneidet. Ich wünschte, ich hätte deinen Mut besessen, um einfach so frei sein zu können, wie du. Du hast mir und uns allen gezeigt, was es heißt, sich frei und als Wolf zu fühlen. Ich werde mich an dich erinnern, auch wenn ich nie die Chance hatte, dich richtig kennenzulernen. Ich hoffe, du kannst im Himmel mit all deinen Brüdern und Schwestern leben und dort Frieden finden.« Das waren ihre abschließenden Worte.

Ich wandte mich ihr zu und nahm sie liebevoll in den Arm. »Danke, Becca. Ich glaube, das bedeutet meinem Wolf viel, was du gesagt hast.«

Für einen Moment standen wir, alle in unserer menschlichen Gestalt, da und sahen auf das friedlich schlafende Tier, das so aussah, als würde es gleich wieder aufwachen.

»Ich hoffe, du wirst, wo auch immer du jetzt bist, glücklich ... «

»Lloyd?«

»Ja?«

Ihre Stimme wurde ruhiger, aber nicht weniger gefasst. Sie hatte wohl eine Entscheidung getroffen. »Ich werde zu den Gibsar und Pernoy gehen, um herauszufinden, wie es weitergeht. Bevor du mich unterbrichst: Ja, das ist eine dumme Idee. Wir wissen nicht, was sie planen und es ist vielleicht der einzige Weg, es überhaupt herauszufinden. Deswegen habe ich mich vorhin vor Bran versteckt. Es kann sein, dass sie nicht wissen, dass ich zu euch gehöre.«

Edward schüttelte den Kopf. »Ich denke, das wissen sie schon. Bist du sicher, dass du dieses Risiko auf dich nehmen willst?«

»Haben wir denn eine andere Wahl, Ed? Schau sie dir an. Sie sieht nicht aus, als ob sie sich davon abbringen lässt«, merkte Sylvio an. »Ich respektiere deinen Mut, Rebecca, und hoffe für dich, dass sie es wirklich nicht wissen.«

Vertrauensvoll warf Becca einen Blick in meine Richtung. »Geht nach Hause. Ich komme nach, sobald ich etwas weiß und von den Clans wegkomme. Solange könnt ihr euch überlegen, wie es weitergeht. Vielleicht schaffen wir es so, ihnen einen Schritt voraus zu sein.«

»Keine Einwände«, bestätigte Edward, der ihr wohl immer noch nicht vertraute, aber einen Vertrauensvorschuss zu gewähren schien. »Du bist unsere letzte Möglichkeit, etwas rauszubekommen. Wir verlassen uns auf dich.«

Auch ich nickte ihr hoffnungsvoll zu, um sie in der getroffenen Entscheidung zu bestätigen. Ich wollte Becca eigentlich nicht gehen lassen, nur wenn wir etwas erfahren wollten, war das möglicherweise die einzige Chance. Hoffentlich würde sie es unbeschadet zurückschaffen.

Als Becca unsere Gruppe verließ und ich mit meinen Gedanken allein war, nutzte ich die Gelegenheit, noch einmal über Edward und Sylvio nachzudenken, ehe ich mir wieder den Kopf über die aktuelle Situation zerbrach. Mein Wolf war gerade sowieso mit der Verarbeitung des Tods der Fähe beschäftigt.

Mein ehemaliger Chef wirkte nur noch wie ein Schatten der Person, die er bis vor einer knappen Woche gewesen war. Kaum zu glauben, dass geradeso eine Woche vergangen war. Edwards Dreitagebart war etwas länger, sein Gesicht wirkte müde, seine Augen matt, seine Lippen trocken und etwas wund. Das waren wohl die Folgen der Verletzungen, die man unter den Kämpfen und dem Stress hinzunehmen hatte. Sein Gang war nicht mehr so beherrscht wie sonst, er wirkte erschöpft und ausgelaugt.

Auch Sylvio schien sichtlich angeschlagen, selbst wenn er sich bemühte, die Haltung zu bewahren. Seine Kleidung war ramponiert und voll Blut, ein Kratzer verlief seinen Arm entlang. In seinen Augen spiegelte sich zwar noch immer der Kampfgeist, den man von ihm kannte, aber es war nicht zu leugnen, dass er genauso ein paar Tage Ruhe vertragen könnte, wie jeder von uns.

Mit ein paar Klopfern befreite ich mich von Staub und Dreck. Dass ich nicht auch blutverschmiert war, überraschte mich selbst ein wenig. Meine Wunden, die ich vor einigen Tagen hatte und die von Leila behandelt worden waren, konnte man kaum noch erkennen.

Vor einer Pfütze am Wegesrand blieb ich stehen und betrachtete mich in der Spiegelung. Mein Gesicht wirkte dreckig, die Haare zerzaust, die grünen Augen leuchteten mehr, als sie es bislang immer getan hatten. Mir war selbst ein Dreitagebart gewachsen.

Neugierig berührte ich mein Gesicht, als wäre es nicht mehr das, das ich kannte. Die Unsicherheit war gewichen, in den Augen spiegelte sich zwar immer noch Trauer, aber dieses Mal nicht, weil mein Leben so furchtbar war. Es hatte Bahnen geschlagen, die ich nicht wollte, mir Wege eröffnet, die ich nie hätte gehen können und ich hätte jeden Grund, dieses Leben zu leugnen, selbst wenn das jetzt nichts mehr brachte. Es schien, als hatte ich endlich ein Ziel, dem ich folgen konnte und verstand, wer ich war und auch sein konnte.

Dem alten Lloyd ähnelte ich kaum noch. Und das war gut so.

- 27 -

Klick. Ich drehte den Schlüssel im Türschloss und gab den Eingang in den gemeinsamen Hausflur von Frau Morrison und mir frei.

Den gesamten Weg zu meiner Wohnung war nichts mehr geschehen. Weder Qädro, noch Gibsar oder Pernoy hatten unsere Route gekreuzt, die Stadt blieb weiterhin unheimlich leer. Bereiteten sich die Clans mit ihren willenlosen Anhängern wieder auf etwas vor?

Kaum zu glauben, dass die Bundeswehr noch nichts unternahm, um die derzeitige Lage zu entschärfen. Werwölfe hatten eine Stadt angegriffen, schon vor einigen Tagen und es gab kein Polizeiaufgebot, nichts. Wusste man nicht, wie man die Menschen aus ihren Häusern holte, ohne hier alles über den Haufen zu schießen oder von wilden Tieren angegriffen zu werden?

Klar, Deutschland war ein vorsichtiges Land und polizeiliche Ausschreitungen in Situationen, die man nicht einschätzen konnte, waren eher weniger an der Tagesordnung. Und normale Streifenpolizisten hätten gegen die verwandelten Pernoy und Gibsar kaum eine Chance gehabt, wenn sie nicht in großem Aufgebot hier aufgeschlagen wären. Der Feind war unbekannt. Es war eine Sache, gegen diese verwandelten Wesen zu kämpfen, die man nicht mehr retten konnte und sich selbst überlassen müsste. Anders war es, wenn die ›richtigen‹ Gibsar und Pernoy, die sich in der Stadt vermutlich auskannten und gerissen genug waren, sich Pläne zu überlegen, die Polizei gezielt angriffen. Es musste sich sicher schon überall im Land herumgesprochen haben, was hier passiert war und sich wohl auch nicht mehr aufhalten oder rückgängig machen ließ. Vermutlich würde es nie wieder wie früher werden. Wenn das alles vorbei war, blieb uns dann noch etwas übrig, als für immer zu gehen? Salbrun war verloren, wenn man es so sehen wollte.

Was hieß das also für uns? Ein geplanter militärischer Zug, um alle auszurotten, ungeachtet von schuldig und unschuldig? Wenn das so sein wollte, dann mussten wir hier weg, bevor es ein Blutbad gab. Nur hatten wir ja gerade ein ganz anderes Problem.

»Hey Lloyd. Sie kommt ganz sicher wieder und mit dem Plan der Pernoy und Gibsar«, versicherte mir Sylvio, während ich in Gedanken vertieft war. Daran dachte ich zwar gerade gar nicht, aber womöglich hatte er Recht. Wenn Becca etwas herausbekommen konnte, war es vielleicht möglich, all dem ein Ende zu setzen, bevor das Militär hier irgendetwas anrichtete. Nickend folgte ihm in die Küche, um Kaffee aufzusetzen und mich an die Spülmaschine zu lehnen, während Edward am Fenster saß und die Decke betrachtete.

Aus dem nichts begann mein Magen, zu knurren. Hektisch hielt ich mir den Bauch, während Sylvio lachen musste. Leider verstummte es dadurch nicht. Keine fünf Sekunden später ging es weiter.

»Wir haben wohl alle viel zu lange nichts mehr gegessen«, bestätigte Sylvio grinsend.

»Stimmt«, gab ich zu, während ich den Kühlschrank öffnete. Ein trostloser Anblick. Seit dem letzten Mal, als ich für Becca kochen wollte, hatte sich nichts geändert. Und auch Konserven besaß ich aktuell kaum. Ein paar Tütensuppen, Bohnen, Nudeln, passierte Tomaten. Bei der Spüle standen noch ein paar Weihnachtskekse, die mir Frau Morrison vor drei Wochen gegeben hatte. Ich griff danach und öffnete die Plastikverpackung. »Reicht das für den Anfang?«

»Eigentlich nicht«, kommentierte Edward skeptisch. »Aber besser als nichts. Über eine richtige Mahlzeit können wir uns ja Gedanken machen, wenn Rebecca wieder da ist.«

»Und was machen wir in der Zwischenzeit?« Ich gähnte kurz und lehnte mich an den Kühlschrank.

Sylvio lächelte. »Was du jetzt machen wirst, weißt du hoffentlich. Es ist immer noch Nacht. Wir sollten eigentlich alle schlafen.«

Nur konnte ich wirklich schlafen, wenn ich nicht wusste, wie es Becca ging? Würde sie es sicher von den Gibsar zurückschaffen? Auch wenn ich müde war, wusste ich, dass meine Gedanken mich nicht einschlafen lassen würden. Erst, wenn Becca wieder da war. Ich wollte wissen, was sie über den Plan wusste, und ob sie wohlauf war.

Plötzlich wurde die Küchentür geöffnet und für einen Moment glaubte ich, es wäre Becca, auch wenn das nicht sein konnte. Stattdessen betrat meine Mutter den Raum. Ich hatte beinahe vergessen, dass sie die ganze Zeit in der Wohnung hatte ausharren müssen, ohne zu wissen, wie es mir ging. »Lloyd. Schön zu sehen, dass es dir gut geht, aber die beiden haben Recht. Leg dich hin.«

Was für eine Begrüßung. Entweder überspielte sie, wie es ihr ging oder sie war wieder in den Mutter-Modus übergegangen, in dem ich nichts mehr zu sagen hatte und sie froh war, mich herumkommandieren zu können. Tatsächlich fand ich es irgendwie schade, dass sie sich nicht mehr freute, mich unverletzt zu sehen.

Als ob sie meine Gedanken lesen konnte, reagierte sie darauf. »Ich mach mir nur Sorgen um dich. Schön, dass du wohlbehalten hier bist. Aber denk mal daran, wie viel passiert ist.«

Ja, es war viel zu viel passiert und eigentlich brauchte ich ein wenig Erholung, vor allem dann, wenn ich meine Kraft für die kommenden Tage und vielleicht auch den Kampf gegen Daniel brauchte. Schlaf würde mir vielleicht doch guttun. »Von mir aus. Dann geh ich eben schlafen«, grummelte ich widerwillig.

Gähnend schlurfte ich ins Schlafzimmer, zog notdürftig meine Kleidung aus und warf mich ins Bett.

Für einen Moment versuchte ich, Becca zu vergessen und mir zu versichern, dass es ihr gut ging. Sie war bei den Pernoy, die nicht wussten, dass sie im Grunde uns und nicht ihnen half. Aber dieser dünne Strohhalm reichte nicht, um mich daran festzuhalten.

Unruhig schlief ich ein und wurde von einem Albtraum heimgesucht.

Ich war im Wald, Becca vielleicht 20 Meter entfernt von mir. Wir waren beide in unserer Wolfsgestalt. Sie wollte zu mir rennen, doch genau im Weg erschien ihr der schwarze Wolf Daniel, der sie nicht zu mir durchließ. Ich wollte ihn von hinten rammen, um der Wut gegen ihn freien Lauf zu lassen, doch meine Pfoten bewegten sich keinen Meter. Ich musste zusehen, wie Becca vor ihm wegrannte und er ihr hinterherhetzte. Aber er war schneller. Als der Wolf Becca eingeholt hatte, sprang er sie in den letzten Metern an und beide überschlugen sich. Am Ende stand er über ihr und fletschte belustigt die Zähne. Becca keuchte erschöpft, knurrte und versuchte, sich zu befreien, doch sie hatte nicht genügend Kraft, um sich zu wehren. Erst sah Daniel zu mir, grinste bösartig und legte eine Pfote auf Beccas Hals, die begann, zu röcheln und Atemnot zu bekommen. Er wusste, dass er mich dadurch quälen und das Bild der Wölfin hervorrufen konnte. Mit einem einzigen Biss grub er nach Sekunden, die mir wie Jahre vorkamen, seine Zähne in das Fleisch von Beccas Hals und aus dem Röcheln wurde ein Keuchen, bis schließlich ihre panisch geöffneten Augen sich langsam schlossen. Der Gibsar stand wieder auf und tapste hämisch grinsend in meine Richtung. Ich wollte wegrennen oder ihn angreifen, auf jeden Fall irgendetwas tun. Selbst knurren konnte ich nicht. Mein Körper war so starr, dass ich nur zusehen konnte, wie er langsam und bedrohlich näherkam. Auf den letzten Metern lachte er und sprang auf mich zu. Seine Zähne gruben sich in mein Fleisch und noch bevor ich schreien konnte, fiel ich. Freier Fall, bis ich in einem Loch wieder zu mir kam. Als ich nach oben sah, erkannte ich einige Gesichter. Becca, Edward, Sylvio, Bran, Daniel. Alle sahen auf mich herab, die Gibsar grinsend und die Qädro traurig. Es war mein Grab, der Ort, von dem ich nicht fliehen konnte. Ich sprang, aber es reichte nicht, um herauszukommen. Mein Gefängnis war mindestens fünf Meter tief und es war nicht möglich, mich zu befreien. »Lebewohl, Lloyd«, spottete Daniel. Dann wurde alles schwarz.

Im Schock schlug ich die Augen auf. Das Bett war schweißnass, meine Stirn fühlte sich an, als hätte mir jemand mit einem Brett eins übergezogen. Meine Kehle gab nur ein lautes Keuchen her, als wäre ich einen Marathon gelaufen. Solch einen Albtraum hatte ich noch nie gehabt. War es die Angst, dass die Gibsar Becca töteten? Oder dass Daniel mir ein Ende setzte? Dass man mich beerdigte wie zuvor die Wölfin und ich nichts dagegen tun konnte.

»Brrr, grauenhafte Vorstellung.« Wenigstens war ich jetzt nicht mehr müde.

Es war Mittag. Meine Wanduhr war heruntergefallen, auf dem Boden waren tiefer Kratzer, an den Schranktüren ebenfalls. Die Bettdecke lag neben mir, der Inhalt meines Wäschekorbs im Zimmer verteilt. Was war denn passiert?

Vor dem Schrank blieb ich stehen und fuhr mit meinen Fingern die Kratzer entlang. Es waren tiefe Furchen über Nacht entstanden. Ich starrte auf meine Fingernägel. Von mir?

Fellhaare von einem Tier – vermutlich Wolf – waren überall auf dem Boden. Waren die auch von mir? War ich geschlafwandelt? Das hatte ich doch zuletzt als Kind gemacht. Ich dachte, das hätte sich seitdem erledigt. War das mein Wolf? Hatte der Albtraum ihn so sehr mitgenommen?

Während ich mich anzog, betrat ich den Flur, um herauszufinden, wie es den anderen ging und, ob nur in meinem Schlafzimmer gewütet worden war.

Im Wohnzimmer lagen Edward und Linda schlafend auf der Couch, während Sylvio auf dem Boden lag und zu dösen schien. Zumindest zuckte es um sein vernarbtes Auge, was mich vermuten ließ, dass sein Schlaf nicht tief war.

Auf dem Weg zum Balkon stieg ich vorsichtig über Sylvio, der allerdings nicht reagierte. Vorsichtig öffnete ich die Tür nach draußen und verließ für einen Augenblick die Sicherheit meiner Wohnung. Becca war immer noch nicht da. Wo blieb sie denn? Ich dachte, sie wollte nur den Plan anhören und verschwinden. Dann müsste sie doch schon längst wieder da sein, oder?

Draußen wehte ein ziemlich kalter Wind. Man merkte deutlich, dass noch Winter war, auch wenn Regen und Sonne viel von dem Schnee hatten schmelzen lassen. So im T-Shirt fühlte man sich wie in einem Tiefkühlhaus. Ein Blick nach oben verriet, dass es wohl einfach eine Frage der Zeit war, bis es schneite. Na klasse. Ich rieb meine Arme, setzte mich auf einen Stuhl und blickte zu den Bergen, die man am Horizont hinter den Bäumen erkennen konnte. Auf ihnen lag noch Schnee. Dort war ich früher Skifahren gegangen. Aber das war schon eine gefühlte Ewigkeit her. Seit einem Skiunfall vor einigen Jahren wollte ich nicht so bald ins Gebirge. Mit Eric war ich bis dahin immer gerne dort gewesen. Seit seinem Umzug nach England wusste ich, dass das so bald nicht mehr möglich war, selbst, wenn wir die Pisten mieden und einfach nur wanderten. Der Gedanke daran fühlte sich an wie Kindheit. Aber diese Zeit würde nie wiederkommen. Alle Freunde oder Bekannte, die in Salbrun geblieben waren und nicht zu einem der Clans gehörten, hatten jetzt einen Pelz oder lagen als vergammelte Halb-Mensch-halb-Wolf-Reste in den Ecken oder den Wegen der Stadt, teilweise tot, teilweise nicht weit davon entfernt.

Ein plötzliches Sturmklingeln durchbrach die Stille. Alle Köpfe schreckten nach oben. Instinktiv rannte ich hinein, um zur Tür zu kommen. Vielleicht hatte es Becca ja geschafft. Niemand hielt mich auf oder folgte mir. Vermutlich waren alle noch zu benommen und schlaftrunken.

Als ich die Haustür öffnete, konnte ich nicht viel erkennen. Erst, als ich das Licht im Hausflur anschaltete, vermutete ich durch das verstärkte, milchige Glas der Außentür einen schemenhaften Körper, der sich an die Tür presste. Das sah nicht nach einem Angreifer aus. Als ich die Tür schlussendlich öffnete, fiel mir eine aufgelöste und erschöpfte Becca in die Arme. Sie keuchte schwach und bat mich verzweifelt, sofort die Tür hinter ihr zu schließen. Genau rechtzeitig.

In dem Moment, als ich sie schloss und den Schlüssel herumdrehte, schlug ein schwerer Körper dagegen. Ich schreckte zurück und stolperte beinahe über die Treppenstufe im Hausflur. Durch das semitransparente Glas konnte ich lediglich einen dunklen Schatten erkennen, der erst an der Eingangstür kratzte und nach einigen Sekunden verschwand.

Wir hatten wahnsinniges Glück gehabt, dass nichts passiert war und der Wolf nicht hier hineinkommen konnte.

»Oh Gott, Rebecca.« Meine Mutter stand an der Schwelle zur Wohnung und betrachtete uns mit besorgtem Blick. Ihre Haare waren noch vollkommen durcheinander, Oberteil und Hose nur auf die Schnelle angezogen, um nachzusehen, was sich hier draußen abspielte. Den Ausdruck der Überraschung auf ihrem Gesicht konnte sie jedoch kaum verbergen. Sie rannte sofort zu uns und stützte Becca, die immer schwächer zu werden schien und noch völlig neben sich stand.

Auf der Couch legten wir sie vorsichtig hin. Inzwischen war dieser Platz in meiner Wohnung der zentrale Ort für alle Personen, die ankamen und versorgt werden mussten, aber jetzt galt es, herauszufinden, was Becca widerfahren war und wie man ihr helfen konnte.

»Was ist passiert, Kleine?«, erkundigte sich meine Mutter besorgt, während sie die Verletzungen in Augenschein nahm.

Becca antwortete nicht und keuchte weiter stark vor Erschöpfung. Es rief in meinem Kopf den furchtbaren Traum hervor, den ich noch vor wenigen Minuten gehabt hatte. Wäre Becca nicht auf diese Weise wiederaufgetaucht, hätte ich ihr bestimmt davon erzählt. Vielleicht war er ja gerade dabei, wahr zu werden. Nein. Dann wäre sie nicht hier. Oder Daniel bei ihr. Ich würde Becca mit meinem Leben beschützen, auch wenn mir noch nicht klar war, was ich für meine ehemalige Klassenkameradin empfinden sollte.

Edward und Sylvio betraten das Wohnzimmer wieder, nachdem sie im Bad Verbandszeug und Wundcreme geholt hatten. Zum Glück besaß ich einen zweiten Erste-Hilfe-Kasten fürs Auto.

Meine Mutter riss Edward die Creme förmlich aus der Hand, legte sie auf den Wohnzimmertisch und öffnete sie. Zwei Fingerspitzen verteilte sie auf den Verletzungen, zog an einigen Stellen die Kleidung von Becca etwas zur Seite, um an die Verletzungen zu kommen, und verstrich alles sorgfältig. Dann nahm sie sich geschickt Pflaster und Verbände und versorgte die Wunden.

Ich erinnerte mich. Was war der Beruf meiner Mutter gewesen, als ich noch bei ihr gewohnt hatte? Krankenschwester. Sie *musste* sich mit so etwas ja fast schon auskennen. Allmählich kehrten vergangene Erinnerungen zurück, die ich seit der Kindheit erfolgreich verdrängt hatte. Sie war beinahe täglich, auch an den Wochenenden, arbeiten gegangen, um uns versorgen zu können. Mein Vater hatte seine Zeit zu Hause vor dem Fernseher verbracht und sich nicht für meine Brüder und mich interessiert, während Linda ihn bedienen sollte. Aufgrund der Arbeit war das bei meiner Mutter ähnlich gewesen. Liebe kannte ich daher nicht. Umso ungewohnter, jetzt zu bemerken, dass sie mich doch zu lieben schien und ihre Sorge um Becca sich auch wie eine Sorge um mich anfühlte.

»Lloyd, kannst du den Verband mal festhalten?«

»Wie, was?« Meine Mutter hatte mich mit diesen Worten völlig aus den Gedanken gerissen.

»Den Verband. Hier.«

Mit beiden Händen hielt ich ihn fest, während meine Mutter damit gekonnt Beccas Arm umwickelte.

»Danke. Ihr geht es bald wieder besser. Sie sollte ein wenig schlafen, um die Verletzungen verheilen zu lassen. Nichts Bedrohliches, keine Arterie wurde verletzt. Eher Schürfwunden und Prellungen«, riet meine Mutter ähnlich eloquent wie Leila, als ich vor kurzem noch auf der Liege in ihrer unheimlichen Arztpraxis gelegen hatte. Linda versorgte die letzten Wunden und legte mir dann ihre Hand auf die Schulter. »Ist alles in Ordnung?«

Selbst wenn ich gedanklich gerade versucht hatte, mich selbst abzulenken, nickte ich. Es würde mir nicht so nahe gehen, wenn es diesen bescheuerten Traum nicht gegeben hätte. Was auch immer Becca hier passiert war, konnten wir erst erfahren, wenn sie ansprechbar war. Jetzt lag sie mit geschlossenen Augen langsam ruhiger atmend da und erholte sich. Schlimm genug, dass sie verletzt wurde, aber möglicherweise hatte sie etwas in Erfahrung bringen können. Egal, was es war: Es würde nur darauf herauslaufen, dass ich die Pernoy und

Gibsar noch mehr hasste und am liebsten nie wiedersehen wollte, vor allem Daniel.

Kontrolle. Ich musste meine Wut unter Kontrolle behalten. Einfach hinausspazieren und mich dabei vermutlich töten zu lassen, würde niemandem etwas bringen. Die Genugtuung würde ich hoffentlich dann bekommen, wenn dieser Psychopath das nächste Mal vor mir stand.

Meine Mutter wandte sich wieder uns zu, um Edward und Sylvio sanft, aber bestimmt, in Richtung der Küche zu schieben. Ihrer Ansicht nach brauchten wir wohl alle Ruhe, nicht nur Becca. Mein ehemaliger Chef bot sich an, vor dem Haus Wache zu schieben und Sylvio bot an, rauszugehen und Lebensmittel zu organisieren, damit wir im Zweifelsfall die nächsten Tage klarkämen und nicht jeder von uns das Haus verlassen müsste.

»Jetzt geht keiner nach draußen«, antwortete Edward ernst.

Sylvio schwieg daraufhin und sprach es nicht mehr an, wohl wissend, dass der Qädro streng genommen Recht hatte. Linda gestattete aber auch ihm nicht, draußen Wache zu halten, sondern drinnen zu bleiben. Ungewöhnlicherweise hörte er auf sie, warf ihr einen respektierenden Blick zu, kippte ein Fenster und setzte sich auf den Stuhl. Sofort entflammte er eine Zigarette und Rauch quoll nach oben. Sylvio hob sich die Hand vor den Mund und wedelte mit ihr davor herum.

Linda musterte Edward abschätzend, ehe sie besonnen lächelte. »Du solltest das Ding wieder ausmachen.«

Wieso sprach sie ihn denn mit ›Du‹ an? Hatten die beiden sich näher kennengelernt und es war an mir vorbeigegangen oder war es in Anbetracht der Lage hier normal, dass wir uns sowieso alle duzten?

Edward schnaubte kurz und Sylvio musste erneut lachen. »Ja, Mama«, spottete der Qädro, aber sie setzte nur einen zufriedenen Blick auf, während er seine Zigarette wieder ausmachte.

Kaum war sie wohlauf und stand nicht mehr völlig neben sich, war sie die Herrin im Haus, die uns alle herumkommandierte. Wow. In solchen Situationen wünschte ich mir fast die apathische Mutter zurück, die mich entscheiden ließ und sich ansonsten aus meinem Leben heraushielt. Beinahe wieder wie in meiner Kindheit, mit nur einem Unterschied. My house, my rules. Das letzte Wort hatte immer noch ich.

»Ich lass euch mal ein paar Minuten allein«, meinte Sylvio leicht zwinkernd, während er ins Bad ging. »Könnte länger dauern.«

Edward blicke ein wenig hilfesuchend zu meiner Mutter. Linda nahm seinen Arm, betrat die Küche und schloss hinter sich und meinem ehemaligen Chef die Tür, um Becca und mir Zeit für uns allein zu lassen.

Schlagartig wurde es wieder still. Und was sollte ich jetzt machen, solange Becca schlief? Nachdenken? Hmm, lieber nicht. Das war bei mir viel zu destruktiv. Ein Buch lesen? Dafür konnte ich mich gerade einfach nicht begeistern.

Unentschlossen nahm ich ganz unbewusst die Fernbedienung in die Hand und schaltete den Fernseher an. Die großen deutschlandweiten TV-Sender zeigten nur irgendeine Soap, Pseudokrimis oder Familien, die sich die Köpfe einschlugen. Das Übliche also. Nirgends lief eine Sendung, die mir gefiel. Ich suchte weiter nach geeigneteren Programmen. Sport, Kochshows, Musik. Na immerhin etwas. Ich kannte das Lied nicht, das gerade lief. Auch der Künstler oder das Musikvideo hatte ich noch nie gesehen, aber es war egal, solange es mich für einige Sekunden vergessen ließ, was in meinem Leben gerade vor sich ging und dass es gefährlich war, das Haus zu verlassen. Und wenn es nur Musik war, dann war das doch besser als nichts.

Ich setzte mich auf den Boden vor Becca, lehnte meinen Kopf zurück und berührte dabei versehentlich ihre Taille. Als ich zu ihr hochsah, bemerkte ich, dass sie nicht wachgeworden war und seelenruhig schlief. Nach einigen Songs schloss ich meine Augen und nickte selbst ein wenig weg. Wieder konnte ich mich den Träumen hingeben, dieses Mal sogar ohne böses Ende.

- *28* -

Als ich allmählich aufwachte, lief keine Musik mehr, sondern irgendeine belanglose Sendung, die ich nicht kannte. Amis, die sich die ganze Zeit irgendwelche Komplimente machten, bis einer ›Next‹ rief und ein neuer aus einem Bus stieg, um genauso schlechte Schmeicheleien zu machen. Ich schaltete den Fernseher aus und ließ meinen Arm auf den Wohnzimmertisch sinken.

Eine Hand strich mir durch das Haar. »Du hättest das ruhig laufen lassen können.«

Ich sah nach oben und erkannte Beccas leicht zerschundenes, aber dennoch sanft lächelndes Gesicht. Sie streichelte mir weiter den Kopf, ein wenig, wie bei einem Hund. »Seit wann interessierst du dich für sowas?«, hakte ich verwundert nach. Das, was im Fernseher gelaufen war, war doch Müll gewesen. Zumindest, wenn es nach mir ging.

»Es ist harmloser als Kämpfe gegen Pernoy und Gibsar.«

Da hat sie Recht.

Obwohl ich nickte, schob ich die Fernbedienung ans andere Ende des Tisches. Fernsehen musste doch jetzt nicht sein. Momentan kam ich auch ganz gut ohne klar.

»Willst du mir sagen, was heute Nacht passiert ist?«

Becca zog ihre Hand wieder zurück und fuhr sich über das Gesicht.

Als ich mich zu ihr umdrehte, gab mir das die Gelegenheit, sie zu mustern. Überall klebten Pflaster oder waren Verbände. Ich hatte vorher gar nicht gemerkt, dass sie *so* zerschunden war. Jeder hätte verstanden, wenn sie noch so traumatisiert gewesen wäre, dass sie darüber nicht sprechen wollte. Dennoch tat sie es.

»Bei ihnen ... «, setzte sie an, fuhr dann aber unerwartet erschrocken zusammen und stockte.

Tröstend nahm ich sie in den Arm, hatte jedoch den Eindruck, dass es nicht viel half.

Dann fuhr sie fort. »Erst dachte ich, es wäre in Ordnung und sie wüssten nichts. Selbst auf die Frage, wo ich so lange geblieben war, fiel mir etwas ein. Alle schienen mir vorerst zu glauben. Und dann kam Daniel. Er ist wirklich zum Monster geworden. Auch vor ihm wollte ich diese Show abziehen und dachte, er würde es nicht weiter hinterfragen. Aber nach einigen Stunden, in denen ich dachte, alle würden mir vertrauen, ist er auf mich zugekommen.«

»Mutig von dir.«

»Was meinst du?« Rebecca hob unsicher den Kopf.

Ein Lachen kam über Daniels Gesicht. »Was schon. Hierher zu kommen, so ganz allein als Qädro. Das ist wie das Schaf, das zu den Wölfen kommt.«

Verzweifelt selbstsicher grinste Rebecca, um ihre Unsicherheit zu verbergen. »Dann wäre ich aber ganz schön blöd, oder?«

Daniels Grinsen erstarb und sein Blick wurde eiskalt, während seine blauen Augen Rebecca fixierten und nicht mehr losließen. »Oder verliebt. Vielleicht sogar treu ihnen gegenüber. Du bist keiner von ihnen. Du wirst niemals ein Qädro sein. Und wenn du etwas auch nicht bist, dann unschuldig.«

Wütend schnaubend wandte sie das Gesicht ab. »Du kennst mich gut genug, um zu wissen, dass ich mich von ihnen weder manipulieren, noch beeindrucken lasse. Ich bin nicht erst seit gestern Pernoy. Außerdem bin ich mit Lloyd und den Qädro sowieso durch.«

»Ach was du nicht sagst«, wieder kam ein Grinsen über sein Gesicht, als hätte er eine Idee. »Beweis es. Ich habe schon die perfekte Möglichkeit. Komm mal mit.«

Er ging tiefer in den Wald, während Rebecca ihm folgte. Auch wenn sie nicht wusste, was er vorhatte, war ihr klar, dass sie mitspielen musste, um etwas über die Pläne zu erfahren. Er stoppte vor einem Lagerfeuer, das die Gibsar angezündet hatten und hob einen Stock in die Flammen. »Jetzt warten wir.«

Rebecca wurde unruhiger und malte sich aus, was sein Plan war. Sollte es das sein, was sie gerade vermutete, dann war nicht klar, wie sie aus dieser Situation wieder herauskommen würde. Wegrennen war keine Lösung und würde den Verdacht, den Daniel zu haben schien, nur noch weiter verstärken. Also einfach mitspielen und auf das Beste hoffen.

Nach kurzer Zeit zog der Gibsar den Ast aus dem Feuer und hielt die brennende Spitze wie eine Fackel nah an sein Gesicht. »Es ist viel zu leicht, den Wolf zu verlieren. Ein bisschen Feuer und man ist wieder ein Mensch. Schwach, beeinflussbar, so leicht zu töten. Findest du das nicht faszinierend?«

»Das ist doch unser Plan bei Lloyd«, gab Rebecca schauspielernd selbstsicher zu. Wenn sie Glück hatte, gelang es ihr vielleicht doch noch, Daniel zu überzeugen, dass sie auf seiner Seite stand. Leider war er so unberechenbar geworden, dass vermutlich niemand mehr wusste, was wirklich in seinem Kopf vorging. Der Gibsar war ein wahnsinniger Psychopath. Jeden Moment konnte sich seine Persönlichkeit schlagartig ändern, ohne, dass man es kommen sah.

Daniel nickte andeutungsweise und senkte den brennenden Ast ein wenig. »Du hast mal gesagt, dass du trotz der Verwandlung nicht weißt, ob dein Wolf noch lebt. Finden wir es doch raus.« Bei diesen Worten zwinkerte er unheimlich.

Rebecca tat einen Schritt zurück. »Ich stehe hier nicht auf dem Prüfstand.« Dann ging sie einen sicheren Schritt nach vorne, um ihre aufkommende Schwäche und Unsicherheit zu verbergen. »Ich habe euch nie einen Anlass gegeben, an mir zu zweif – «

»Vielleicht«, unterbrach sie Daniel, »will ich aber auch einfach nur sehen, was passiert. Wir können dich ja beißen, wenn du ein Mensch wirst. Du bist doch stark genug, über dem Wolfswahnsinn zu stehen, oder?«

Mit verschränkten Armen und gefährlich grinsend stellte sich Bran zu seinem Gefährten. »Angst, Mädchen?«

Die Pernoy zögerte erneut. Sollte sie dieses Spiel mitspielen in der Hoffnung, dass sie es nicht ernst meinten? Oder direkt fliehen, ehe sie zu dem wurde, was sie immer hatte vermeiden wollen? »Ich spüre meinen Wolf inzwischen. Als richtiger Pernoy bringe ich euch mehr, als wenn ich nur so ein Viech bin.«

Bran wollte ansetzen, aber Daniel brachte ihn mit einer Geste zum Schweigen. Seine Stimme wirkte finster und eiskalt. »Du bringst uns gar nichts mehr.« Bei diesen Worten streichelte er ihre Wange, sodass sie zusammenzuckte. »Ob wir dich neu verwandeln – und zwar zu unseren Bedingungen – oder töten, macht keinen Unterschied mehr.«

Bei diesen Worten lachte Bran, während Rebecca wieder unsicherer wurde. Ihr Blick schweifte zu den übrigen Gibsar, die allerdings nur zusahen und sich nicht einmischten. Kein Pernoy war unter ihnen. Niemand, der ihr hier noch helfen konnte, während sie langsam in eine Position gedrängt wurde, aus der sie sich nicht mehr befreien konnte.

Dieses Spiel würde sie verlieren. Wenn sie jetzt nicht floh, dann konnte sie weder den Qädro helfen, noch jemals wieder Lloyd unter halbwegs normalen Umständen unter die Augen treten.

Ehe sich die Gibsar versehen konnten, machte die weiße Wölfin kehrt und mit einem Satz verwandelte sie sich im Sprung. Diesen Schwung nutzte sie aus, um zu fliehen, während die Gibsar ebenfalls ihre Wolfsgestalt annahmen und zur Verfolgung ansetzten.

»Sie haben mich immer wieder eingeholt und gebissen, aber ich konnte mich geradeso befreien. Vor deinem Haus hatte ich nicht mehr die Kraft, um als Wolf weiterzumachen. Ich verwandelte mich und hoffte, du würdest rechtzeitig die Tür öffnen. Eine Sekunde später und es wäre vorbei gewesen.« Ein leises Schluchzen setzte ein und eine Träne glitt ihre Wange herunter.

Mit der Handfläche wischte ich sie vorsichtig weg. Becca tat mir so leid, aber wenn ich ihr helfen wollte, war es essentiell, dass wir uns einen vernünftigen Plan überlegten. »Das Wichtigste ist, dass du noch lebst.«

Als ich sie beruhigend in den Arm nehmen wollte, spürte ich weitere Tränen, die meine Haut berührten. Becca hatte viel durchgemacht und musste das Meiste wohl auch erst noch realisieren.

»Eigentlich will ich das nicht fragen, aber ich muss ... Hast du was vom Plan mitbekommen können? Irgendetwas, das uns helfen könnte?«, erkundigte ich mich. Natürlich war es taktlos, sie nach einer solchen Begegnung danach zu fragen. Wenn wir jedoch verhindern wollten, dass die Lage eskalierte, dann mussten wir irgendwie handeln. Wenn wir das nicht taten, gab es vielleicht kein ›wir‹ mehr, um das man kämpfen konnte.

Becca zögerte. Weder nickte sie, noch schüttelte sie den Kopf. »Was ich weiß ist, dass sie sich überwiegend in ihrem Bau, dieser Höhle, aufhalten. Keine Wohnung.« Als sie versuchte, aufzustehen, drückte ich sie vorsichtig in Richtung des Sofas. Sie sollte sich nicht noch mehr überanstrengen. Ich war der letzte, der einschätzen konnte oder wollte, wie es ihr gerade auch körperlich ging.

Hoffnungsvoll lächelnd streichelte ich ihren rechten Arm. »Ich hole kurz meine Mutter. Sie kann besser einschätzen, wie sehr du dich schon belasten darfst.«

Obwohl man meiner Freundin ansehen konnte, dass sie Einspruch erheben wollte, erkannte sie, dass ich es nur gut meinte und sie beschützen wollte. Ich wollte sie nicht wieder verlieren, vor allem dann nicht, wenn die Gibsar und Pernoy jetzt Jagd auf uns beide machten.

Moment. Meiner Freundin? War ich gedanklich schon an dem Punkt, sie als meine Freundin zu betrachten? Nach all dem, was bis eben passiert war? Wenn ich so darüber nachdachte, war es erschreckend, wie sehr ich mich um sie sorgte und wie wohl mir in ihrer Nähe war. Kamen allmählich die Gefühle wieder, von denen ich nicht gewusst hatte, ob ich sie zulassen durfte?

Als ich aufstand, wandte ich mich ihr noch einmal mit aufbauendem Gesichtsausdruck zu. »Es wird alles gut.« Dann schloss ich vorsichtig die Tür zum Wohnzimmer.

Erst suchte ich meine Mutter in der Küche, wo ich nur auf Sylvio traf. Dann im Bad. Leer. Die Vorratskammer? Leer. Im Schlafzimmer fand ich sie. Linda saß, angelehnt an Edward, an der Bettkante. Die beiden schienen sich den ganzen Morgen unterhalten zu haben.

Edward sah auf, als ich die Tür öffnete und das quietschende Scharnier mich ankündigte.

»Ja?« Er blickte mich verdutzt und gleichzeitig erwischt an, während er von meiner Mutter ein Stück wegrutschte. Schienen die beiden sich zu mögen? Gruselige Vorstellung auf der einen Seite. Auf der anderen waren wir alle erwachsene Menschen. Nur fühlte sich der Gedanke seltsam an, dass meine neurotische Mutter etwas mit meinem verkrampft beherrschten, ehemaligen Chef haben könnte. Wenn ich es mir so recht überlegte, passten sie vielleicht doch zusammen.

Ein wohlwollendes Lächeln kam über mein Gesicht. Das war schon in Ordnung. Linda würde schon wissen, was sie tat. Es ging mich nichts an, aber ich kannte Edward inzwischen gut genug, um zu wissen, dass er kein schlechter Mensch war. Einige Jahre hatte ich die Chance, ihn als Chef kennenzulernen. Und auch einige Tage als Freund. Ich hatte nichts dagegen, falls die beiden zusammenkommen sollten. Als ich merkte, dass meine Gedanken erneut abzuschweifen drohten, zögerte ich nicht weiter, sondern äußerte die Frage.

»Ab wann kann Becca denn wieder normal laufen?«

Edward hielt vorsichtig die Hand meiner Mutter, als er merkte, dass ich kein Problem damit zu haben schien, dass sie Zeit miteinander verbrachten.

Linda reagierte mit einem Lächeln. »Wenn sie meint, sie kann schon laufen, darf sie. Nur eben nicht überanstrengen. Sobald sie in irgendeiner Weise schwächelt, sollte sie sich hinlegen.«

»Okay.« Ich schloss wieder die Tür. Alles, was man noch hören konnte, war Edwards Lachen.

Als ich die Klinke zur Wohnzimmertür hinunterdrücken und Becca davon erzählen wollte, hörte ich plötzlich etwas. Eine Gesangsstimme, gemischt mit dem leisen Summen von meiner Freundin. Ich kannte das Lied, das sie sang. Es war einige Male im Radio gelaufen und auch jetzt musste Becca die alte Kiste in meinem Wohnzimmer angeschaltet haben. Obwohl mir das Lied zwar in Erinnerung geblieben war und ich mir sogar den Text gemerkt hatte, erfüllte es mich mit viel Freude und Trauer, als ich für mich interpretierte, worum es in diesem Song ging.

Die erste Strophe, der erste Refrain. Danach summte ich leise mit und öffnete die Tür, als wieder der Refrain folgte. Sie blickte mir ein wenig überrascht entgegen, hörte aber nicht auf, leise zu singen.

Lächelnd setzte ich mit ein.

Als ihr danach wieder die Tränen kamen, hoffte ich inständig, der Text würde nicht das widerspiegeln, was sie wirklich fühlte. Es ging darum, zu fliehen, um die andere Person nicht zu verletzen. Darum, dass man die geliebte Person verletzte, wenn man blieb. Sie sollte nicht gehen und es auch nicht wollen. Ohne sie war es für mich einfach nicht möglich, weiterzumachen.

»Und?«, fragte Becca nach einer Weile, in der wir uns nur angesehen und geschwiegen hatten, während der nächste, eher ruhige Song begann.

»Du kannst aufstehen«, erklärte ich. »Sobald du Schmerzen hast, solltest du dich wieder hinlegen.«

Becca lächelte mir entgegen. »Dieses Lied. Woher kennst du es?«

»Radio.« Ich grinste. Es war keine Lüge, aber ihr Gesicht zeigte mir, dass sie es nicht glaubte. Was sollte ich sonst sagen, außer der Wahrheit? Gut, es war schon seltsam, dass ich den Text so gut konnte, wenn er nur gelegentlich im Radio gelaufen war. Ob sie sie mir glaubte, war eine andere Sache. »Warum hast du mitgesungen?«

Eventuell ging es ihr da ja wie mir. Musik befreite und ließ einen für den Moment vergessen, was passierte. Ich war bei manchen Liedern auch deutlich emotionaler, als ich es wollte. Danach ging es mir immer besser, als zuvor. Keine Ahnung, ob ich singen konnte, aber ich tat es gerne. »Du kennst die Bedeutung?«, erkundigte sie sich.

Ich stimmte zu.

»Kommen dir die Lyrics nicht bekannt vor? Woran erinnert dich die Handlung?«

Ich musste nicht lange nachdenken, damit mir das einfiel, was Becca wissen wollte. Im Grunde war es auch mehr als offensichtlich. »Als ich dich in meinem Haus sah und beinahe ausgerastet bin. Obwohl ich dich nicht verletzen wollte, bin ich einfach gegangen und habe gedacht, dass man dir nicht vertrauen kann.«

Nickend legte sie ihre Hand auf meine Schulter.

»Es tut mir leid«, beteuerte ich. Warum nur musste sie mich daran erinnern? Es tat weh, daran zu denken, dass ich sie, obwohl ja Gefühle da waren, mehr oder weniger verstoßen hatte. Einfach zu gehen, ohne ihr die Chance zu geben, sich zu erklären, war auch nicht die Art von Fairness, wie ich sie selbst von anderen erwartete. Warum führte sie mir das noch einmal vor Augen? Damit ich aus meinem Fehler lernte?

Becca streichelte mir über die Schulter. »Dir braucht nichts leid zu tun. Es war auch meine Schuld. Ich hätte dich nicht so überraschen dürfen. Ja, du hast mich verletzt. Aber wer kann dir wirklich übelnehmen, dass du so reagiert hast? Bei unserer ersten Begegnung wollten die Pernoy, dass ich dich zu ihnen bringe. Ich glaube, das weißt du wahrscheinlich schon oder kannst es dir zumindest denken. Ich wollte dich nicht sterben sehen.« Sie umarmte mich bei diesen Worten zärtlich. »Ich liebe dich und möchte nicht, dass dir etwas passiert. Vor allem nicht bei diesen manipulativen Menschen, die dich so beeinflussen würden, wie sie es schon bei mir gemacht haben.«

»Ich bin mir nicht sicher, ob ich – «, begann ich zögernd, blickte dann jedoch in ihre erwartungsvollen Augen. Sie wusste ja schon, dass ich sie in dieser Hinsicht nicht anlügen würde. Musste ich mir wirklich noch etwas vormachen oder konnte ich einfach mal meinen Kopf für den Moment ausschalten? »Doch«, entschied ich, »ich liebe dich auch.«

Langsam näherten wir unsere Gesichter einander und küssten uns sanft, beinahe schon zögerlich. Ihre Wärme durchströmte meinen Körper bis in die hinterste Ecke. Mein Mund wurde feucht und ich … schmeckte sie. Nach einigen Sekunden, die sich wie eine Ewigkeit anfühlten, setzten wir ab und lächelten beide unsicher. Wir hielten uns noch leicht aneinander fest und genossen den Moment, ungestört mit dem anderen zusammen sein zu können. Ein Augenblick, auf den wir hingearbeitet hatten und den wir uns jetzt endlich – wenn auch nur kurz – nehmen konnten.

»Ich liebe dich wirklich«, bestätigte Becca. Es klang mehr, als müsste sie es zu ihr selbst sagen, als zu mir. »Ich hatte die ganze Zeit Angst, dich zu verlieren. Nicht, weil ich befürchtet habe, dass du sterben könntest, viel mehr, weil ich dachte, dass wir uns niemals wiedersehen und lieben könnten, so als Qädro und Pernoy.«

Auf ihre Unsicherheit reagierte ich aufbauend. »Du bist alles, aber kein Pernoy mehr. Du gehörst zu uns. Und auch wenn du nicht wie ein Qädro aussiehst, kannst du einer sein. Da ist es mir egal, was Edward oder der Anführer sagen.«

Beccas blick ging wieder Richtung Boden. »Ich glaube nicht, dass das so einfach ist.«

Bevor ihre Augen den Boden treffen konnten, hob ich ihr Kinn an und küsste zärtlich ihre Wange. »Spürst du eigentlich wirklich deinen Wolf, so, wie du es Daniel und Bran gesagt hast?«

Man konnte erkennen, dass sie den Augenkontakt mied und in Richtung des ausgeschalteten Fernsehers sah, da ich sie davon abhielt, den Blick wieder zu senken. »Ehrlich gesagt bin ich nicht sicher. Ich glaube, ja. Es ist nur so ein Gefühl.«

»Lass es zu«, versicherte ich ihr. »Schauen wir einfach, was dann passiert. Vielleicht ist es ja gut.« In mir machte sich ein wohlig warmes Gefühl breit, das aber nicht von meiner Schulfreundin auszugehen schien. Eher wirkte es, als würde sich mein Wolf darüber freuen, dass sie die Wölfin in sich entdeckte und annahm. Möglicherweise war es das, was er wollte. So könnten wir beide in dieser Hinsicht mit ihr glücklich werden.

Becca reagierte nur zögernd. »Das Gefühl kenne ich nicht. Es ist seltsam und ich glaube, dass es einfach noch Zeit braucht.«

»Na klar. Klar.«

Es war befreiend, mich in Ruhe mit ihr darüber unterhalten zu können. Jetzt waren wir beide für kurze Zeit glücklich. Auch wenn wir nicht gegen die Pernoy und Gibsar gewonnen hatten. Wir hatten einander gefunden und das war das Wichtigste überhaupt.

Ehe ich weiter darüber nachdenken konnte, knurrte Beccas Magen. Irritiert lief sie etwas rot an.

»Hunger?«

»Ein bisschen«, gestand sie verlegen.

Ich deutete in Richtung der Küche. »Ich habe nicht viel da. Vielleicht kann ich ja irgendetwas daraus machen.« Konservenfraß, ja. Aber hey, mit viel Kreativität und Gewürzen schaffte ich es vielleicht, doch etwas zu zaubern.

»Kannst du kochen?«, erkundigte sie sich etwas selbstbewusster. Wenn ich mich richtig erinnerte, hatte sie mir in der Schulzeit erzählt, dass ihre Mutter ihr schon früh gezeigt hatte, wie man kochte.

Ich spielte mit der Fernbedienung in der Hand herum. »Nennen wir es kreative und spontane Zubereitung von haltbaren Speisen.«

Becca schüttelte den Kopf. »Das klingt definitiv interessant. Weißt du, was?« Ihr Magen knurrte noch einmal kurz bestätigend. »Ich koche.«

»Kommt gar nicht in Frage«, rebellierte ich. »Ich kann dich auch bekochen.« War ich der Einzige, dem es unangenehm war, wenn man in seiner eigenen Wohnung bekocht wurde? Sie hatte in den letzten Tagen eine Menge mitgemacht. Da wollte ich sie nicht auch noch in der Küche stehen lassen.

»Du hast mir schon sehr geholfen«, erklärte sie. »Als Wiedergutmachung werde ich kochen, ob du willst oder nicht.«

Gespielt lächelnd verschränkte ich die Arme vor der Brust. »Weißt du überhaupt, wo das Essen steht?«

»Das ist eine Küche und kein Möbelhaus. Ich komm schon klar, glaub mir.«

Das konnte ja etwas werden. Aber so, wie sie sich gerade gab, konnte man mit ihr nicht mehr reden. Da waren wir uns ähnlich. Einmal etwas in den Kopf gesetzt, konnte man uns nicht mehr davon abbringen. Das Beste war es, einfach nachzugeben, damit es keinen Stress gab. Wenn sie mir schon anbot, zu kochen, dann könnte sie das doch auch einfach zulassen.

Ich deutete mit dem Finger nach vorne und dann nach links Richtung Flur. »Vorratsraum. Gleich um die Ecke. Nicht zu übersehen. Da müssten noch Reste stehen. Allerdings – « Kurz überlegte ich und ging gedanklich meine Auswahl an Lebensmitteln durch. » – habe ich eigentlich nichts mehr da. Ich kann mir nicht vorstellen, was du daraus noch machen kannst.«

»Danke. Und du bleibst *ja* hier drin. Bis ich fertig bin, will ich dich nicht in der Küche sehen. Ich organisiere mir ein paar Lebensmittel. Ich kenne Mittel und Wege.«

Ich verengte skeptisch die Augen. Wie auch immer sie Lebensmittel finden wollte. Draußen war es zu gefährlich. Woher sollte sie also das Essen nehmen? Na ja, das war ja jetzt nicht mein Problem.

Sie wurde kurz rot, ihr Ton blieb aber bestimmend. »Geh einfach nicht in die Küche, okay? Es soll eine Überraschung werden.«

Schon besser. »Überraschung klingt gut.« Wenn ich ehrlich war, mochte ich so etwas sogar. Diese vertraute Beziehung, die wir miteinander seit dem ersten Tag, an dem wir uns wiedergesehen hatten, fühlte sich toll an. Ich hoffte so sehr, dass uns nichts mehr auseinanderbringen konnte und wir es schaffen würden, Daniel aufzuhalten.

»Nur, wenn ich in deiner Küche durchsteige.«

Bei dieser Aussage musste ich wieder breit grinsen.

- 29 -

Kaum hatte ich mich umgedreht, hörte ich schon Sylvio fluchen, wie er von Becca förmlich aus der Küche geworfen wurde.

»Hey, ich hab' noch – « Ehe er ausreden konnte, wurde ihm die Küchentür vor der Nase zugeschlagen. »Becca!« Irritiert rieb er sich den Nacken und kam ins Wohnzimmer. »Was ist denn mit der los?«, fragte er mich verwundert.

»Sie hat meine Küche in Beschlag genommen. Scheint, als wäre sie in ihrem Element.«

»Na danke.«

Während ich mich zu einem Lächeln hinreißen ließ, setzte sich mein Gegenüber ans andere Ende des Sofas.

»Sie wird uns schon nicht vergiften. Becca weiß, was sie tut.«

Sylvio schnaubte leise, musste dann aber doch lachen. »Sie wird uns sowas von vergiften.« Er lehnte sich wieder ein wenig in meine Richtung. »Und, was machen wir jetzt? Edward hat mir vorhin die Verwüstung in deinem Schlafzimmer gezeigt. Sieht ganz schön schlimm aus. Was ist da denn passiert? Wir könnten mal schauen, was wir da machen können.«

Mir kam das Bild von Edward und meiner Mutter in den Kopf, die möglicherweise auf blöde Gedanken kommen könnten, wenn sie sich schon so nahekamen. Wenn sich seit vorhin nichts geändert hatte, waren sie immer noch dort. »Mein Schlafzimmer ist gerade ... belegt.«

Sylvio warf mir einen verstohlenen Blick zu. »Ah ja.«

Verlegen zuckte ich mit den Schultern und schaute in Richtung Decke.

»Mach einen besseren Vorschlag. Denk aber daran, dass wir ausnahmsweise nicht raus sollten.«

»Nicht mal zu den Wölfen im Wald«, gestand ich nachdenklich.

Bei diesen Worten wurde Sylvios Tonfall mitfühlender und seine Miene ernst. »Das mit der Fähe tut mir so leid ... «

Rastlos stand ich auf und warf einen Blick durch die Terrassentür nach draußen. »Ich weiß noch nicht so richtig, wie ich mich fühlen soll. Ich meine, irgendwo kümmert mich ihr Tod schon. Aber eine wirkliche Bindung hatte ich zu ihr nie. Es ist eher mein Wolf, den das alles nicht loslässt. Ich merke, dass er unruhig und immer noch sehr traurig ist.«

»Nachvollziehbar. Ich will mir gar nicht vorstellen, wie es ihm geht.«

Daraufhin folgte betretene Stille, in der ich darüber nachdachte. Der Gedanke an diese Fähe ließ mich nicht mehr los. Es wäre gelogen, zu sagen, dass sie mir egal gewesen war. Und dass sie meinem Wolf so viel bedeutete, war ja nicht irrelevant. Seine Trauer spürte ich, auch wenn es den Eindruck erweckte, als wollte er sie vor mir verstecken. Der Gedanke an Bran machte mich wütend, der an Daniel umso mehr. Nur durften wir nicht einfach die Kontrolle verlieren und blind in eine Falle rennen. Das hatten wir beide verstanden.

»Hmm.« Gar nicht so einfach, sich in einem Haus zu beschäftigen, in dem man früher seine Zeit lediglich zum Essen und Schlafen verbracht hatte. »Sollen wir Karten spielen? Über irgendwas reden?«

Die Antwort war ein Kopfschütteln. »Kein Bedarf. Sehe ich aus wie jemand, der Mau-Mau oder Rommé spielt?«

»Keine Ahnung. Ist gerade auch nicht so meins.«

So. Und jetzt? Was sollten wir die Zeit über machen, während Becca sich in der Küche austobte? Linda und Edward holen, damit wir irgendetwas zu viert machen konnten? Uns einen genauen Plan überlegen, wie wir weitermachen würde? Sich einen Überblick über die Lage verschaffen? Ich konnte fernsehen, mir war aber nicht wirklich danach. Viel lieber wäre ich lieber als Wolf durch den Wald gestreift und hätte mich noch etwas mehr mit meinem inneren Seelentier beschäftigt, um es besser kennenzulernen. Ja, Linda hatte Recht. Es war gerade einfach nicht sicher genug. Wir mussten Kräfte sammeln und uns einen Plan überlegen.

Sylvio sah auf die Uhr. »Wir haben gleich zwei. Mach mal den Fernseher an. Vielleicht kommt in den Nachrichten etwas, von dem wir noch nichts wissen. Es ist schon bedenklich genug, dass bislang nichts passiert ist. Und außerdem hatten wir keine Möglichkeit, uns einen richtigen Überblick über die Lage zu verschaffen. Ich finde es besorgniserregend, dass militärisch noch nichts passiert ist.«

»Die Reporter werden wohl kaum einfach so draußen herumlaufen und eine Live-Reportage machen. Die sind auch nicht lebensmüde.«

»Dafür gibt es Helikopter. Ich denke, dieser Fall ist ernst genug, um welche zu benutzen.« Sylvio drückte auf den Startknopf der Fernbedienung. Dann überlegte er kurz. »Auch wenn das eher so ein Ami-Ding ist.«

»Wahrscheinlich.« Ich zuckte mit den Schultern und ließ ihn einen geeigneten Sender suchen.

Die Öffentlich-Rechtlichen waren eventuell eine gute Wahl, aber ich wollte mich nicht einmischen und beobachtete Sylvio dabei, eine Sendung zu suchen, die nichts überdramatisierte oder boulevardmäßig alles ausschlachtete. Immer wieder blinkten die Senderlogos einiger Kanäle auf, mal englisch, mal deutschsprechende Personen. Empfehlungen zu einer gezielten Berichterstattung hätte ich bei der seltenen Zeit, die ich vor dem Fernseher verbrachte, sowieso nicht aussprechen können. Wenn ich es wirklich hätte machen können, dann an den Wochenenden, die ich aber doch öfter mit Daniel verbracht hatte. Und das würde nie wieder passieren. Komisch, dass sich Dinge, die vor einer Woche noch grauer Alltag waren, so schlagartig änderten. Irgendwie musste ich zugeben, dass ich es ... vermisste. Nicht, dass jetzt nicht die Chance bestünde, Zeit mit Edward, Sylvio oder Becca zu verbringen, nur der Gedanke, einfach nie mehr einen normalen Alltag führen zu können, fühlte sich in meinem Kopf immer noch nicht richtig an. Ja, ich hatte mich damit arrangiert. Mit einiger Zeit könnte ich mich daran auch gewöhnen, aber ein wenig mehr Routine in meinem Leben wäre schön. Aktivitäten, die sich außerhalb von Clans, Verrat und Tod abspielten.

Sylvio blieb bei einem Programm stehen, das ich nicht kannte. Es könnte ein regionaler TV-Sender sein, bei dem es wahrscheinlicher war, dass die Nachrichten nicht künstlich aufgebläht waren und man regionale Details erfuhr, die die großen Sender gegebenenfalls nicht hatten.

Wir lauschten gebannt der Stimme der Reporterin, die gerade außerhalb der Stadt zu sein schien. Wenn ich es richtig einschätzte, war es ein Ort knappe zehn Kilometer entfernt.

» ... und daher ist stark anzunehmen, dass es sich bei den Kreaturen in Salbrun um Werwölfe handelt.«

»Also doch Helikopter!«, unterbrach ich ihre Worte, auch wenn ich mir nicht wirklich sicher war. Aber wie sollte man sonst davon wissen? Augenzeugenberichte waren ja eher schwierig.

Sylvio funkelte mich böse an. »Pscht.«

Wir fixierten uns wieder auf das, was die Reporterin von sich gab.

» ... Es lässt sich jedoch nicht ausschließen, dass es in den Häusern von Salbrun noch Menschen gibt, die dort ausharren und hoffen, dass die Polizei sie evakuiert. Es wurden schon erste Versuche unternommen, diese Wesen aus Salbrun zu vertreiben. Bislang ohne Erfolg. Es scheint, diese Kreaturen haben es nicht gezielt auf die Bevölkerung abgesehen, aber es konnten schon Personen beobachtet werden, die versuchten, ihre Häuser zu verlassen und es nicht bis zur Stadtgrenze schafften. Die Regierung rät dringend: Bleiben Sie Zuhause, behalten Sie die Nachrichten im Blick und warten auf weitere Empfehlungen der Kanzlerin. Und damit gebe ich wieder zurück ins Studio.«

Als Sylvio meine Hand zur Fernbedienung greifen sah, kam er mir zuvor und behielt sie bei sich, damit ich nicht umschalten konnte. Einerseits beunruhigten mich die Nachrichten, andererseits schien die Regierung noch keinen Plan zu haben, wie mit dem Zustand Salbruns umgegangen werden sollte. Das verschaffte uns vielleicht die Zeit, das alles zu beenden, bevor die Bundeswehr eingreifen konnte.

»He, was soll das?!«, rief ich Sylvio rebellierend zu. Diese Nachrichten zogen mich nur weiter runter und ich war aktuell ganz froh, für einen Moment nicht mit dem Zustand da draußen konfrontiert sein zu müssen. Außerdem war das meine Wohnung und nicht seine. Auf der Klingel stand Lloyd Vargen und nicht Sylvio ... ööhhmm ... wie hieß er überhaupt mit Nachnamen? Hatte er mir das je verraten? Alle Welt schien ja bereits meinen zu kennen. Edward musste ihn als mein Vorgesetzter kennen, Becca durch unsere Schulzeit und Sylvio durch einen der beiden.

Aber wie hieß Sylvio mit Nachnamen? Wie war er aufgewachsen? Als was genau arbeitete er? Hatte er überhaupt einen Job? Oder besser gefragt: War er jetzt nicht genauso arbeitslos wie ich? Wenn sich einmal die Gelegenheit bot, würde ich ihn das alles fragen, ihn kennenlernen. Dann würde sich die Freundschaft mit ihm für mich auch richtig anfühlen. Er hatte gesehen, dass ich Becca liebte. Durch Edward wusste er ebenfalls, wo und als was ich gearbeitet hatte. Und was wusste ich von ihm? Er hieß Sylvio. Eine Narbe durch den Kampf mit Bran zierte sein rechtes Auge. Und weiter? Mehr fiel mir nicht ein. Weil es nicht mehr über ihn zu wissen gab? Ich konnte mir vorstellen, dass er sich nicht so gern in der Öffentlichkeit zeigte, aber Sylvio war ein offener Typ, ein Draufgänger. Als normaler Mensch wäre er von Event zu Event gerannt. Nur war er genauso wenig normal, wie ich es inzwischen geworden war.

Während ich in Gedanken vertieft war, fuhr der Mann am Studiopult fort. »Inwieweit hier innere Unruhen eine Rolle spielen, ist noch nicht geklärt, aber es lässt sich sagen, dass diese Wesen auch untereinander zu kämpfen scheinen.« Im Hintergrund wurde ein Bild gezeigt, auf dem sich zwei dieser skurrilen Halbwölfe vor einem Haus bekämpften. Wenn ich es nicht besser wüsste, könnte man denken, es wurde ein Bild aus einem Fantasy-Horrorfilm verwendet. »Diese Bilder erreichten uns soeben. Das Innenministerium berät aktuell die Lage. Über Salbrun wurde eine Ausgangssperre verhängt. Bis die Verteidigungsministerin mit der Bundeswehr hier eine Lösung gefunden hat, darf die Stadt weder betreten, noch verlassen werden.« Leicht apathisch griff der Sprecher nach seinen Papieren und stützte sich etwas auf dem Tisch ab. Nach einer kurzen Pause setzte er mit der nächsten Nachricht ein. »Drei Kinder fielen der

Alkoholsucht ihres Vaters zum Opfer. Dieses Schicksal erlebte eine Familie aus
– «

Sylvio unterbrach den Sprecher durch Ausschalten des Fernsehers und ließ
sich nach hinten fallen. »Das war es, was ich gehofft habe, *nicht* zu hören. Als
ob jetzt keine Krise ausbricht«, gab er sarkastisch zu. »Menschen werden fliehen, wenn sie in umliegenden Städten und Dörfern wohnen, damit sie ja nicht
die Nächsten sind. Was mit den Salbrunern passiert, weiß niemand.«

Auch wenn ich mir solch einen Bericht schon gedacht hatte, machte es die
Lage nicht besser. Mein Gefährte hatte Recht. Bald würde hier eine unaufhalt-
same Panik ausbrechen. Und wir konnten sie wahrscheinlich nicht einmal verhindern.

»Du, Sylvio. Ich wollte dich was fragen«, meinte ich zögernd.

»Ja?«

»Es geht um dich«, stellte ich mit mulmigem Gefühl in der Magengegend
fest. Mit etwas Glück konnte ich jetzt die Minuten nutzen, endlich ein wenig
mehr über ihn zu erfahren, wenn ich mir eben schon die Frage gestellt hatte.
Warum warten?

Sylvio blickte mir fragend entgegen, während ich versuchte, eine Frage zu
formulieren. Wenn ich ihn ein wenig besser kennenlernen wollte, dann war das
doch eine mögliche Gelegenheit.

Plötzlich klingelte es an der Tür. Unterbrechend stand ich auf und ging zur
Tür. Seltsamerweise war nicht die Außenklingel betätigt worden, sondern die
innere vor meiner Wohnungstür.

»Warte!«, rief mir der Qädro hinterher.

Im Flur kamen mir Edward und Linda entgegen, die ebenfalls sehen wollten,
wer geklingelt hatte. Sein Hemd hing etwas schief, die Haare meiner Mutter
waren ein wenig zerzaust.

Ehe ich die Tür öffnete, drehte ich mich zu Sylvio im Wohnzimmer um.
»Was ist?«

»Denk doch mal nach. Es könnte was weiß ich wer an der Tür stehen und
du machst sie einfach so auf?«

Er hatte Recht. Solch einen Fehler konnte ich mir beim besten Willen nicht
leisten. Mein Leben war nach wie vor nicht außer Gefahr. Wer konnte schon
wissen, wann Daniel, Bran oder einer der übrigen Gibsar oder Pernoy vor der
Tür standen und mich anfielen, sobald sie die Gelegenheit dazu bekamen?
Wenn ich mich nicht vorsah, würde mein Leben entweder eine komplett andere
Wendung nehmen oder schneller vorbei sein, als es mir lieb war.

Sylvio gab mir ein Taschenmesser aus seiner Jackentasche. »Pass ja auf«,
warnte er mich eindringlich.

Mit ausgeklappter Klinge hinter meinem Rücken sah ich durch den Spion und erkannte nichts. Ganz behutsam öffnete ich die Tür.

War es Daniel oder vielleicht Bran? Welcher normale Mensch würde jetzt – wenn auch tagsüber – durch Salbrun wandern, nur, um mich zu besuchen? Salbrun war werwolfverseucht. Niemand war hier noch sicher.

Meine Augen weiteten sich, als ich erkannte, wer vor mir stand.

»Darf ich reinkommen?«

Ich blickte an der Person vor mir vorbei und warf einen Blick in ihr Haus. Es sah vollkommen gewöhnlich aus, weder zerstört, noch verunstaltet. Warum wollte sie mich dann besuchen? Es kam gerade ziemlich ungelegen, aber, wenn ich bei ihr etwas nicht konnte, war es nein sagen. Vielleicht würde sie die Nächste sein, die angegriffen wurde.

Skeptisch zog ich die Augenbrauen hoch. Sie erweckte nicht gerade den Eindruck, als ob sie schon angegriffen worden wäre oder sich auf irgendeine andere Art Sorgen machte. Ihr Verhalten war ungewöhnlich normal, beinahe schon gruselig.

Sylvio spähte hinter mir hervor und stellte sich neben mich. »Wer ist das?«, flüsterte er mir ins Ohr und zwar so leise, dass sie es wahrscheinlich nicht hören konnte.

Höflich ignorierte ich die Frage des Qädro, um die alte Frau nicht zu verunsichern. »Hallo, Frau Morrison.«

Das ist doch ein schlechter Scherz! Nicht, dass es nicht beruhigend war, Frau Morrison zu sehen. Aber warum war sie hier? Für eine alte Frau wie sie war es brandgefährlich, selbst nur einen Schritt vor die Tür zu gehen. Klar, zu mir war es nicht weit und eigentlich auch ungefährlich. So ein Verhalten wirkte aber eher verdächtig, als dass es in mir das Gefühl von Normalität weckte. Oder war sie doch ein Gibsar oder Pernoy, der uns ausspionieren wollte? Den Gedanken verwarf ich jedoch schnell. Nicht Frau Morrison.

»Schön, dich zu sehen, Lloyd. Hast du noch Urlaub?« Sie lächelte mich an und jede Sekunde, die verging, wurde unangenehmer für mich. Auf welchem Mond lebte sie? Hatte sie nicht mitbekommen, was hier überhaupt abging? *Urlaub, schön wär's.* Wenn das vorbei war, brauchte ich erst einmal Urlaub vom Leben. Es war einfach unglaublich, dass sie alles, was passiert war, nicht mitbekommen hatte.

Sylvio und ich warfen uns gegenseitig fragende Blicke zu. Während Edward und Linda ins Wohnzimmer gingen, wandte ich mich wieder meiner Nachbarin zu. »Frau Morrison, das ist gerade ein schlechter Zeitpunkt.«

Als sie zu bemerken schien, dass es mir gerade wirklich nicht recht war, redete sie nicht lange um den heißen Brei herum. »Eigentlich wollte ich dich fragen, ob du noch etwas Toilettenpapier übrighast.«

Das ist nicht ihr Ernst. »Also das geht jetzt echt ni – «

»Ich habe keins mehr und gleich geht meine Krimiserie los. Darf ich mir im Bad von dir zwei Rollen nehmen?«

Verzweifelte rieb ich mir die Stirn und wusste erst nicht, was ich darauf antworten sollte. Diese Frau lebte einfach hinter dem Mond. Wobei, das reichte nicht. Hinter dem Jupiter. Hatte sie alles verpasst, was die letzten Tage passiert war? Der erste Angriff der Gibsar, die Unruhen in der Stadt, die Verwandlung der Menschen, die Folgen für alle von uns? Aber Hauptsache, sie konnte ihre Krimiserie schauen und auf die Toilette gehen, was auch sonst.

Mit einer Geste zeigte ich ihr, wo das Bad war und ließ sie passieren. Wenn das ihre geringste Sorge war, wollte ich sie nicht weiter in Panik versetzen. Dort schloss sie für einen Moment hinter sich die Tür.

»Wer ist das?«, wiederholte Sylvio.

Ich behielt die Badezimmertür sicherheitshalber im Blick. Auch wenn ich nicht wusste, ob man Frau Morrison wirklich trauen konnte, wollte ich einfach glauben, dass wenigstens sie noch die nette Rentnerin war, die mich immer am Briefkasten abgefangen hatte. Lustigerweise trieb sie mich durch ihre Anwesenheit auch wieder in alte Verhaltensweisen zurück, von denen ich dachte, sie eigentlich abgelegt zu haben. Sarkasmus und Unmut. »Meine Nachbarin. Wir kennen uns schon ewig. Sie hat wohl von allem, was die letzten Tage passiert ist, nichts mitbekommen.«

Mein Gegenüber zog die Stirn kraus und kniff die Augen zusammen. »Als ob. Auf mich hat sie nicht den Eindruck gemacht, als wäre sie angegriffen worden. Sicher, dass sie keine von den anderen ist?«

Ein Lächeln kam über meine Lippen. »Sie könnte keiner Fliege was zuleide tun, nicht einmal als Wolf.«

»Wenn du meinst.« Zweifelnd wandte sich Sylvio ab und ging zu den Qädro. Ich folgte ihm.

Auf der Couch blickten wir uns dann alle etwas fragend an. Edward konnte man anmerken, dass er der Situation recht wenig traute. Linda saß wieder etwas teilnahmslos neben ihm und sah auf die Uhr.

»Wir haben Nachrichten gesehen«, merkte Sylvio an. »Wenn hier nicht bald etwas passiert, wird es eine Panik geben.«

Edward warf einen Blick auf den ausgeschalteten Fernseher, als ob er die Nachrichten noch sehen könnte. »Das dachte ich mir schon. Und da werden wir nicht mehr drum rumkommen. Das Ganze ist uns ganz schön aus dem Ruder gelaufen. Wenn der letzte Kampf vorbei ist, bleibt uns wohl nichts anderes übrig, als zu gehen.«

»Gehen? Das alles hier hinter uns lassen? Können wir das denn einfach so?«, warf ich unsicher ein.

»Wir haben keine Wahl.« Edward wirkte so, als hätte er sich schon verschiedene Alternativen überlegt, die aber alle wenig erfolgversprechend schienen. War es denn der letzte Weg, zu fliehen? Ja, ich hatte auch schon daran gedacht, nur es jetzt noch einmal von ihm zu hören, machte auf mich den Eindruck, dass es endgültig wäre und wir nichts dagegen tun konnten. Der Ort, an dem ich groß geworden war und den ich nie wirklich verlassen hatte: Salbrun. Konnte ich einfach so gehen?

»Aber dafür könnt ihr nichts«, tröstete uns Linda, die die Einzige war, die nicht verstand, was es hieß, ein Qädro zu sein.

Ich hoffte nur, dass Edward bei ihr nicht denselben Fehler beging, wie bei seiner Lisa. Nach der damaligen Erfahrung konnte ich sicher sein, dass das nicht noch einmal passierte. Er würde meiner Mutter schon nichts tun.

Frau Morrison klopfte an die Wohnzimmertür und öffnete leise.

»Ja?«, fragte ich. Beinahe hätte ich vergessen, dass wir doch nicht so ungestört waren, wie es den Anschein erweckt hatte. Die alte Dame hier im Haus zu haben, sorgte bei mir nur für Unruhe. Es war besser, sie zum Gehen zu bringen und sich zu vergewissern, dass sie in ihrer Wohnung blieb, solange es in Salbrun derart gefährlich war.

»Störe ich?«

Ja. Abwehrend beschloss ich, nicht ganz so ehrlich, sondern eher höflich zu sein. »Ich habe gerade einige Sachen zu besprechen. Es käme ungelegen, wenn Sie noch bleiben.«

In ihrem Gesicht veränderte sich jedoch keine Miene. Mein Versuch, sie freundlich abzuwimmeln, kam wohl nicht so richtig bei ihr an. Oder sie wollte nicht verstehen. Sollte ich es ihr so deutlich sagen, wie es mir in den Sinn kam?

»Es wäre besser, Sie würden jetzt gehen«, fügte ich hinzu, um der Aussage Nachdruck zu verleihen.

Trotzdem bewegte sich meine Nachbarin keinen Meter, blickte mich immer noch mit einer Mischung aus Gefühl- und Hilflosigkeit an, was eine zunehmende Nervosität in mir auslöste. Warum konnte sie nicht einfach gehen, wenn ich es sagte? Wieso tat sie es nicht?

Lag es daran, dass sie doch wusste, was draußen vor sich ging? War sie senil? Oder hatte sie große Angst und war einfach froh, in meiner Anwesenheit so etwas wie Alltag und Normalität zu spüren? Das konnte ich ihr aber nicht bieten und wenn es brenzlig wurde, wollte ich nicht riskieren, dass auch sie in Gefahr gebracht wurde.

»Wir haben zu tun. Sicher kommt bald Hilfe und wir alle werden in Sicherheit sein«, mischte sich Sylvio zu meiner Erleichterung ein. »Kommen Sie. Ich begleite Sie noch bis zur Tür.« Er stand auf und schob Frau Morrison behutsam vorwärts. Die Tür zwischen uns schloss er wieder.

Edward, Linda und ich beschlossen wortlos, nichts mehr zu sagen, bis die Rentnerin draußen und Sylvio zurück im Raum stand. Erst, als wir uns sicher waren, dass meine Nachbarin nichts mehr hören konnte, fuhren wir fort. »Das war ganz schön knapp«, stöhnte Sylvio erleichtert auf. »Sie wollte gar nicht gehen. Was wäre, wenn sie mitbekommen hätte, was eigentlich vor sich geht?«

»Vielleicht hat sie das sogar. Aber selbst, wenn, denke ich, dass sie sich darum weniger sorgen wird, als um ihre eigene Sicherheit.« Edward kaute auf seiner Lippe herum. Hoffentlich würde er Recht behalten. Andernfalls könnte das noch zu Problemen führen und uns dazu zwingen, nach den Ereignissen Salbrun hinter uns zu lassen.

Nichtsahnend öffnete Becca die Wohnzimmertür, in der einen Hand Gabeln und Messern, die andere mit Tellern belegt. »Hey, kann mir das mal einer abnehmen?«

Linda nahm Teller und Besteck und platzierte alles vorsichtig auf dem Tisch für uns fünf.

»Was gibt es denn?«, rief ich Becca hinterher, die sich schon wieder umgedreht hatte.

Während sie erneut die Küche betrat, rief sie ihre Antwort durch die Wohnung: »Das wirst du gleich sehen. Sylvio, kannst du mir kurz tragen helfen?«

Gespielt schwerfällig erhob sich mein Freund vom Sofa. »Wieso ich?«, brummte er, was in mir ein Grinsen auslöste. Sylvio war anscheinend ziemlich faul, wenn es mal nicht um Leben und Tot ging. Das kam mir erstaunlich bekannt vor.

Beide betraten wieder das Wohnzimmer, die Hände belegt mit Soßen, einer geschlossenen Schale, Salat und noch zwei Schalen, bei denen ich nicht wusste, was sich darin befand.

Edward holte die beiden Stühle aus der Küche und bot einen Linda an, damit schlussendlich alle am Wohnzimmertisch essen konnten.

Nach und nach wurden die geschlossenen Schalen geöffnet, sodass ich endlich sehen konnte, was sich darunter befand. Auf jeden Fall roch es toll. Der säuerliche Zitronengeruch mischte sich mit dem einer würzigen Bratensoße. Der Geruch von Schnitzel stieg so deutlich und penetrant in meine Nase, dass ich es beinahe schon schmecken konnte. Becca hatte wohl nicht gelogen, als sie gesagt hatte, sie würde kochen können: Schnitzel mit Nudeln und Soße, sowie Gemüse und Salat.

Mein Magen reagierte mit einem ungewollt lauten Knurren auf das Essen vor mir. Wann war denn die letzte Mahlzeit gewesen? Das Essen vor einigen Tagen bei Frau Morrison? Die paar Kekse von meiner Nachbarin kürzlich waren nicht ansatzweise ein Ersatz für etwas Richtiges. Da ich selbst nicht kochen konnte, hatte sich mein Essen auch eher auf Fertiggerichte beschränkt. Mal ein

Pfannengericht, dann etwas aus dem Tiefkühler, zwischendrin ein Granatapfel. Und oh ja, ich liebte den sauren Geschmack der Früchte, am besten mit Naturjoghurt. Aber ich musste zugeben: Das Essen, das Becca hier gezaubert hatte, war um Welten besser als alles, was meine ungeschickten Hände fabriziert hätten.

Sylvio starrte ungläubig die Schnitzel an, als wüsste er nicht, was da vor ihm stand. »Ich habe ewig kein Schnitzel mehr gegessen.« Er leckte sich die Lippen und musste sich sichtlich beherrschen, nicht über den Teller mit dem Fleisch herzufallen.

Becca lächelte und ich tat es ihr gleich.

»Das sieht klasse aus. Aber wo hast du das alles her?«, erkundigte ich mich ungläubig.

»Ich sagte doch, ich kenne Mittel und Wege.«

Das war sicher nicht die ganze Geschichte. »Ach komm schon«, lachte ich.

»Na gut. Ich war kurz bei deiner Nachbarin und habe mir das alles geliehen.«

»Dann überrascht es mich auch nicht, dass sie vorhin noch mal hier war«, mischte sich Sylvio ein, der sich nicht mehr hatte zurückhalten können und auf dessen Teller zwei Schnitzel, übergossen mit Soße, lagen.

Das schien Becca zu überraschen. »War sie? Ich dachte, sie würde in ihrer Wohnung bleiben. Habe ich ihr zumindest empfohlen.«

Mit einer Gabel angelte ich während des Gesprächs ebenfalls ein Schnitzel und schöpfte einige Nudeln auf meinen Teller. Anschließend goss ich Soße darüber und bediente mich am Gemüse.

»Hat wohl nicht so gut geklappt«, gab Sylvio leise schmatzend zu. »Ich habe ihr dasselbe aber auch nochmal geraten. Ich bin mir nur nicht so sicher, ob sie es wirklich verstanden hat.«

Becca nahm sich zuletzt ihre Portion, die sie skeptisch betrachtete, ehe sie sich ein Stück des Schnitzels abschnitt. Offensichtlich beurteilte sie ihre eigenen Kochkenntnisse doch kritischer, als es den Anschein gemacht hatte. In der Zeit war es Sylvio schon gelungen, ein halbes Schnitzel zu verschlingen. Und dabei dachte ich, mein Hunger wäre schon ungebrochen.

»Schmeckt es denn wenigstens allen?«, unterbrach Linda die gefräßige Stille, die sich auszubreiten schien.

Gruseligerweise erinnerte mich genau diese Aussage an meine eigene Kindheit. Linda hatte diese Frage bei fast jeder Mahlzeit gestellt, um sich zu vergewissern, dass alle ihr Essen gut fanden. Vermutlich die verzweifelte Suche nach Bestätigung.

»Klar, Linda. Du glaubst gar nicht, wie lange unsere letzte richtige Mahlzeit her ist«, warf Edward ein, der sich das ganze Gespräch über zurückgehalten hatte. »Die Soße ist aber ein ziemlich sauer geworden.«

»Das ist Absicht«, entgegnete Becca. »Lloyd hatte noch so eine von diesen Zitronenkonzentraten im Vorratsraum. Ich finde, das macht die Soße, in Kombination mit ein paar Kräutern, auch wesentlich würziger. Außerdem können wir so auf Maggi verzichten. Ist sie denn ansonsten in Ordnung?«

»Na klar.« Ich nickte und schluckte das Fleisch herunter. Mein Hunger war so groß, dass ich mir ebenfalls ein zweites Stück schnappte. »Ich finde sie super.« Gleich danach schob ich mir noch ein Stück hinein und wir genossen diesen familiären Moment.

Als Becca begann, zusammen mit Linda den Tisch abzuräumen, lag ich zufrieden auf der Couch. Sylvio besah die Wohnzimmerschränke mit den Bildern meiner Eltern. Edward rauchte auf dem Balkon, den Blick in die Ferne gerichtet, und meine Mutter wusch sich im Bad.

Dann kam mir der Gedanke, dass es doch sinnvoller war, Becca zu helfen, das Chaos aufzuräumen, das wir verursacht hatten.

Anschließend setzten wir uns gemeinsam an den Wohnzimmertisch. Es war schon wieder früher Abend, knapp 17 Uhr, aber wir widerstanden alle dem Drang, rauszugehen, wie es die letzten Tage immer passiert war. Allen war klar, was das bedeuten konnte.

»So. Und was machen wir jetzt? Wir können doch nicht die ganze Zeit hier im Haus bleiben«, warf ich nach einer Pause ein, in der wieder einmal niemand etwas sagte.

Was sollten wir schon tun? Rausgehen und das Schicksal herausfordern? Darauf warten, dass sie zu uns kamen? Beides klang nicht sehr einleuchtend.

Keiner gab eine richtige Antwort. Während Edward zu überlegen schien, war Sylvio wohl noch mit Verdauen beschäftigt.

»Kommt schon. Wir brauchen einen Plan«, forderte ich sie auf, doch bisher gab es keinerlei nennenswerte Reaktion. Keinem fiel etwas ein, was einen vernünftigen Plan hergab. Einfach dasitzen und darauf warten, dass einem einer einfiel, war auch nicht intelligent.

Gerne hätte ich offen gesagt, dass es mir selbst reichte, wenn Daniel aus dem Verkehr gezogen wurde, selbst wenn das gegen das Versprechen meiner Mutter verstieß. Zumindest, wenn es um das Thema Rache ging. Aber genau das war der Grund, weswegen ich ihn nicht mehr hier auf der Welt tolerieren wollte. Er war schlimmer, als die anderen Werwölfe. Er hatte meine Mutter vergewaltigt, dafür gesorgt, dass die Fähe starb, mich irregeführt und bis in meine Träume verfolgt. Daniel kannte lediglich den Sieg. Sein Leben lang hatte er immer gewonnen und erst jetzt begann er, zu verlieren und mir war klar, dass er damit nicht umgehen konnte. Möglicherweise machte ihn das schwächer und angreifbar. Oder noch unberechenbarer.

Es hatte nicht viel gefehlt und er hätte mein Leben beendet. Einfach so, ohne zu zögern. Auch wenn ich es mir nicht gerne eingestand, durfte ich ihm gegenüber kein Mitleid mehr zeigen. Wenn wir es schlau genug anstellten, war es vielleicht möglich, ein größeres Blutvergießen zu verhindern, einfach dadurch, dass er als Kopf der Schlange den Rest der Gibsar und Pernoy mit seinem Ableben orientierungslos machen und zerschlagen würde. So musste vielleicht, aber auch nur vielleicht, niemand Weiteres sterben.

Also war es klar. Daniel musste sterben. Mein ehemaliger Arbeitskollege, bester Freund, fast schon Bruder. Wenn ich ihn nicht zur Vernunft bringen konnte, dann führte kein Weg mehr daran vorbei. Daniel musste ... sterben.

30

»Daniel ist mehr oder weniger derjenige, der die Gibsar und Pernoy anzuführen scheint. Ohne ihn glaube ich, dass sie nicht mehr handlungsfähig sind«, stellte Becca fest, die von uns allen diesen Clan noch am ehesten einschätzen konnte.

»Ich weiß, wo er wohnt«, fügte ich an.

Edward schüttelte den Kopf. »Das wird uns nicht helfen. Es wäre zu einfach, wenn er daheim wäre.«

»Und die Höhle der Gibsar? Vielleicht ist er ja da.«

Sylvio lehnte sich nach vorne, um genau zuhören zu können, während Edward sichtlich an meinen Lippen hing.

»Das ist der Teil vom Wald, der am nächsten zu meiner Wohnung liegt. Dort muss man über einen Bach und schon nach kurzer Zeit sieht man eine Höhle. Alles wirkt dort wie aus Schnee und Eis.«

»Eis. Und natürlich haben wir gerade Winter. Das macht es nicht leichter. Wir sind an solche Bedingungen nicht gewöhnt.« Er warf einen Blick auf den Balkon, wo er auch den Himmel erkennen konnte. »Und es sieht nicht danach aus, als ob das in nächster Zeit schmelzen würde.«

Unsicher zuckte ich mit den Schultern. War es also der schlauste Plan, die Gibsar offensiv dort anzugreifen, wo sie im Vorteil waren?

Man sah Becca an, wie sie immer ruhiger zu werden schien und zunehmend die Charakterzüge von ihr einsetzten, die ich zuletzt in unserer Schulzeit hatte sehen können: Unsicherheit und Angst.

Aufbauend streichelte ich ihre Schulter. Sie sollte keine Angst haben oder sich irgendwo verstecken müssen. »Was ist denn los?«

Ihre Reaktion war ein Zusammenzucken, ehe sie ihren Blick hob. »Wenn ich so daran denke, was die Gibsar und Pernoy als Nächstes machen, könnte es sein, dass sie mich ... umbringen wollen, verstehst du? Ich bin die, die nach dir auf der Abschussliste steht. Ich kann nie wieder zu ihnen zurück. Daniel wird mich töten wollen, wenn wir aufeinandertreffen.«

Da sind wir schon zwei. Ich atmete tief ein und aus. Ihre Aussage erinnerte mich an den Traum, den ich am liebsten vergessen würde. Die gleiche Person hatte es auf uns beide abgesehen. Daher war es umso wichtiger, dass wir zusammenhielten. Je mehr ich darüber nachdachte, desto eher wurde mir bewusst, wie wichtig mir Becca geworden war. Keine Schwärmerei wie am Anfang, kein ›wir können nicht zusammen sein‹ wie noch vor wenigen Tagen. Ich wollte auf sie aufpassen und umgekehrt.

»Angst ist in diesem Zusammenhang völlig normal. Die haben wir alle«, merkte Sylvio an. »Aber wisst ihr, was? Wir sind ein Rudel, ein Clan. Und auch wenn wir nur ein Teil des Ganzen sind, halten wir zusammen, stimmt's, Ed?«

Mein ehemaliger Chef nickte mit einem Lächeln.

»Also. Wir werden hier weder sitzen und Tee trinken, noch uns vor Angst verstecken. Wir finden einen Weg, wie wir das beenden können.«

Becca und ich blickten uns beide an. Vielleicht machten wir uns zu viele Sorgen. Der Tod war allgegenwärtig und wenn wir nichts taten, war es nur eine Frage der Zeit, bis Daniel uns unvorbereitet erwischte. Über diese Angst mussten wir uns hinwegsetzen. Wenn wir den nächsten Zug machten, konnten wir ihm möglicherweise zuvorkommen.

»Also sollten wir sie einfach angreifen? Ist das denn klug?«, erkundigte ich mich.

Edward stimmte zögernd zu, auch wenn es ihm nicht leichtzufallen schien. »So dumm es klingt, aber ja. Über das ›Wie‹ müssen wir uns noch Gedanken machen.«

»Wir sind zu viert. Die Gibsar sind ... vermutlich viele. Konzentrieren sollten wir uns primär auf Daniel und Bran. Aber wie locken wir ihn von den anderen weg? Es gibt ja nicht nur die Gibsar und Pernoy, sondern auch die verwandelten Menschen.« Bei diesen Worten stand ich auf und lief einige Meter im Wohnzimmer herum.

»Die Qädro werden uns schon helfen«, erklärte Sylvio. »Nutzen wir doch den Vorteil der Nacht. Es ist ja jetzt schon Abend. Wenn wir in den frühen Morgenstunden dort sind, erwischen wir sie genau dann, wenn sie es vielleicht nicht erwarten und vergleichsweise unvorbereitet sind.«

»Wer garantiert denn, dass Daniel da ist?«, warf Edward ein.

Bei diesen Worten erinnerte ich mich daran, wie viel ich über meinen ehemaligen Freund wusste und ihn einschätzen konnte. Auch wenn er wahnsinnig war, glaubte ich, Daniel zumindest bis zu einem gewissen Grad doch zu kennen. »Er wird nicht zu Hause sein, das kann ich mir in dieser Lage nicht vorstellen. Er plant. Er weiß, was er tut. Und er braucht Raum. Seine Wohnung ist klein und zweckmäßig. Dort kann er weder kämpfen, noch fliehen oder uns eine

Falle stellen. Wenn ich Becca richtig verstanden habe, dann macht es am meisten Sinn für ihn, mit den Gibsar in der Höhle zu sein.«

»Sicher?«, zweifelte Edward. »Und warum nicht in der Wohnung von einem der anderen Gibsar oder Pernoy, die wir nicht kennen?«

»Weil er dort auch keinen Heimvorteil hat. Wir würden ihn zwar nicht finden, aber er kann uns nach wie vor keine Falle stellen«, erklärte Becca.

»Daniel liebt es, Fallen zu stellen. Denk nur daran, was Bran gemacht hat. Das war ganz sicher sein Plan.«

Edward lehnte sich nachdenkend nach vorne, während Sylvio ebenfalls aufstand. »Also doch die Höhle. Und wir können mit einer Falle rechnen.«

Dann kam mir eine Idee. »Daniel hält sich für überlegen. Er denkt, dass ich mich immer noch nicht wehren könnte, wenn er vor mir steht. Dass ich den Freund in ihm sehe und deswegen handlungsunfähig bin. Selbst wenn er uns erwarten sollte, schaffe ich es vielleicht, ihn zu provozieren und aus der Höhle zu locken.«

»Mal angenommen, das klappt«, fuhr mein ehemaliger Chef fort. »Bist du ihm denn gewachsen?«

»Ich muss. Er wird mich unterschätzen. Das könnte meine Chance sein.«

Sylvio, der sich an der Stuhlkante festhielt, stimmte zu. »Gut. Ich kläre das mit den anderen Qädro. Wir treffen uns alle heute um vier Uhr morgens vor dem Wald.« Dabei ging Sylvio in den Flur und tippte auf seinem Smartphone.

Auf wie viel Unterstützung konnten wir denn schlussendlich hoffen? Alle Qädro, die ich kannte, waren Edward, Sylvio, der Anführer ... *Denk nach, Lloyd.* Waren da nicht noch mehr? Der eine, der mich zu dem gemacht hatte, was ich jetzt war. Der mit diesem unheimlichen Akzent. Und dann gab es Leila, die Ärztin, die mich behandelte, als es mir schlecht gegangen war. Also kannte ich schon fünf. Beim Stadtangriff waren außerdem noch die drei Clanmitglieder in meiner Wohnung, die ich vorher nie gesehen hatte. Also acht. Acht Qädro gegen eine unbekannte Anzahl an Gibsar und Pernoy. Das weckte nicht viel Hoffnung.

»Erholen wir uns einfach noch ein bisschen. Wir sollten nur Folgendes im Blick behalten: Es geht nicht darum, mit den Clans zu kämpfen. Unser Ziel ist einzig und allein Daniel. Wenn er aus dem Verkehr gezogen wird, haben wir es geschafft.«

Das war also der Plan. Ein schwacher Plan. Hoffentlich übernahm ich mich damit nicht, denn er warf viel zu viele Risiken und Unsicherheiten auf.

Linda, die die ganze Zeit stumm neben Edward gesessen hatte, stupste diesen zögernd an der Seite an. »Hast du einen Moment? Unter vier Augen?«

Der Qädro stimmte zu und die beiden standen auf. Sie gingen vorbei an Sylvio, der nach wie vor auf seinem Smartphone tippte und zwischendrin

Sprachnachrichten versandte. Im Schlafzimmer zog meine Mutter vorsichtig die Tür hinter sich zu.

Nach einigen Sekunden konnte ich mich nicht mehr zurückhalten und folgte bis vor die Zimmertür. »Ich muss einfach wissen, was sie jetzt besprechen.«

Becca blickte mich so fassungslos an, als würde ich gleich eine Straftat begehen.

»Pscht. Ich habe da so einen Verdacht.«

Dennoch schüttelte sie den Kopf. »Das kannst du nicht machen.«

»Das musst du nicht verstehen. Falls ich richtig liege, muss ich unbedingt eingreifen.«

Becca schien nicht zu wissen, was ich ahnte, blieb aber sitzen und ließ mich machen.

Leider konnte ich nicht sehen, was im Zimmer vor sich ging, daher musste ich es dabei belassen, an der Tür zu lauschen. Vielleicht hatte ich noch nichts verpasst.

»Ich will euch auch helfen können.« Man konnte das traurige Seufzen meiner Mutter selbst durch die geschlossene Tür ausmachen.

Dann konnte man Edwards Stimme hören. »Du hast uns schon so sehr geholfen. Denk doch mal an Lloyd. Was würde er nur ohne dich machen?« Seine Stimme wurde sanft. So viel Einfühlungsvermögen hatte ich von ihm nicht erwartet. Ich hatte ihn immer für zu kühl gehalten, um Gefühle zuzulassen, die sich in Extremen abspielten, wie Trauer oder Angst. Vor allem als Herr Lanker hatte ich ihn noch nie so erlebt. Nur das hier war Edward. Im Grunde ein und derselbe Mensch in zwei verschiedenen Rollen, die ihn auszeichneten.

»Du weißt, was ich meine. Ich bin die Einzige, die euch nicht helfen kann. Soll ich hier sitzen, warten und hoffen, dass ihr alle wiederkommt?«

Einige Sekunden hörte ich nichts, sodass ich befürchtete, sie hätten mich gehört. Nach einer kurzen Pause fuhr Edward dann aber mit einer Aussage fort, die ich nicht erwartet hatte. »Wenn du dir das zutraust, kann ich dir eine Waffe geben.«

Auch wenn ich ihre Reaktion nicht sehen konnte, war mir klar, wie fassungslos Linda auf diesen Vorschlag reagieren würde. Selbst wenn sie in meiner Kindheit nicht hatte verhindern können, dass mein Vater gewalttätig gewesen war, wollte sie nicht zur Täterin werden. »Damit ich euch am Ende noch aus Versehen erschieße? Das kann ich nicht machen.«

Man konnte Edwards lautes Ausatmen selbst durch die Tür hören. Möglicherweise konnte er sich schon denken, dass meine Mutter sich schon einen anderen Plan überlegt hatte.

Es raschelte. Ich glaubte, ein Pullover wurde ausgezogen. Vermutlich ihrer.

Gänsehaut machte sich bei mir breit, als der Verdacht, Recht zu behalten, sich immer weiter erhärtete.

Edward schien nur wenig begeistert, sein Tonfall klang sogar eher nach Verzweiflung. Fast so, als würde er es in Erwägung ziehen, wenn kein Risiko bestünde. »Das geht nicht. Ich habe damals meine Frau genau auf diese Weise verloren. Ich kann dich nicht auch in so ein Monster verwandeln. Denk doch mal an die Salbruner. Sie sind jetzt diese blutrünstigen Ungeheuer. Willst du etwa genauso sein?«

»Das ist mir egal.« So trotzig und starrköpfig wie eh und je. Nur wenn das wirklich nach hinten losging: Den Preis dafür mussten wir alle bezahlen. Verdammt, warum dachte ich mit so einer Gleichgültigkeit über meine eigene Mutter nach? Hier ging es um ihr Leben und wenn ich mir genau das ausmalte, was Edwards Frau passiert war, konnte und wollte ich so etwas nicht selbst erleben müssen. Vielleicht würde sie uns helfen können, ja. Aber sie könnte niemals wieder die werden, die sie einmal gewesen war. Die Möglichkeit, dass sie damit ihr Leben ruinierte und jeden von uns in Gefahr brachte, war einfach zu hoch.

Genau deswegen belauschte ich die beiden. Um Edward aufzuhalten, falls er tatsächlich so weit gehen und meine Mutter verwandeln würde.

»Hör zu. Das kann und werde ich nicht tun, auch wenn du mich noch so sehr darum bittest. Du musst verstehen, dass du kein Wolf sein musst. Dieses Risiko ist zu – «

»Psst!«

Mit einem Mal drehte ich mich um und sah Becca, wie sie mich in die Küche winkte.

»Was geht da drüben vor sich?«, erkundigte sie sich.

Meine Lippen verengten sich zu einer schmalen Linie, als ich über das Gespräch nachdachte. Vielleicht teilte Becca je meine Meinung. »Linda möchte, dass Edward sie beißt.«

»Was?!«, flüsterte sie laut. »Ist sie verrückt geworden?«

Abwehrend hielt ich ihre Arme fest, um sie vom Gestikulieren abzuhalten. »Ich habe genau dasselbe gedacht. Und Edward will sie ja auch nicht beißen.«

Trotz meiner beruhigenden Worte fiel es Becca schwer, die Fassung zu behalten. »Wir sollten eingreifen, oder? Zumindest unsere Bedenken äußern. Sie wird es verstehen.«

»Die schaffen das schon allein. Ich kenne Edward gut genug, um zu wissen, dass er sich da nicht überreden lässt«, wisperte ich.

»Na gut.« Becca ließ zwar nur widerwillig locker, hielt mich aber auch nicht auf, als ich wieder zur Schlafzimmertür schlich.

Es war still. Ein wenig zu still, also versuchte ich, durch das Schlüsselloch zu spähen.

»Wenn das alles vorbei ist«, sagte Edward leise, »können wir schauen, ob wir dafür einen anderen Weg finden. Du hilfst Lloyd und mir am meisten, wenn du am Leben bleibst.«

Linda streichelte seine Wange und nickte verständnisvoll. »Dann machen wir das so.«

In den wenigen Sekunden, in denen ich nicht hatte zuhören können, musste Edward wohl genügend Überzeugungsarbeit geleistet haben, um sie von diesem irren Gedanken abzubringen. Selbst als ›frisch verwandelter Wolf‹ war sie keine Hilfe für uns. Wenn ich an meinen ersten Tag – auch wenn er noch nicht lange zurücklag – dachte, dann war ich sicher, dass sie uns eher behindern würde.

Edward besah sie mit einem liebevollen Blick und küsste die Hand, die sie zuvor an seine Wange gelegt hatte. »Bleib in Sicherheit und halte dich von den Gibsar und Pernoy fern.«

Ich hatte genug gehört. Schnell verzog ich mich wieder ins Wohnzimmer, wo inzwischen auch Sylvio saß und mir einen ›Ich weiß, was du getan hast‹-Blick zuwarf.

Unsicher reagierte ich mit einem Schulterzucken. »Hey, ich mache mir nur Sorgen um die beiden.«

»Natürlich.« Er zwinkerte kurz. »Kein bisschen Eigeninteresse, ich weiß.«

»Ach komm schon.«

Kurz nach diesen Worten hörte ich, wie die Klinke meiner Schlafzimmertür heruntergedrückt wurde.

»Alle erreicht?«, erkundigte sich Edward.

»Läuft. Die Qädro werden ab heute Nacht in der Nähe sein«, war die prompte Antwort.

Edward lächelte zufrieden. Er wirkte generell etwas hoffnungsvoller, als er sich neben mich auf die Couch fallen ließ und meine Mutter neben ihm stehen blieb. »Linda hat einen Vorschlag gemacht. Auch wenn sie nicht aktiv helfen kann, hat sie eine Idee.«

»Echt?« Hatte ich doch einen wichtigen Teil des Gesprächs verpasst? Was konnte sie denn tun, wenn sie schon nicht als Wolf helfen konnte? Alles andere würde sie in Gefahr bringen.

»Ja. Sie nimmt das Auto, um uns, falls notwendig, aus dem Gefahrenbereich zu bringen. Gegebenenfalls kann sie uns direkt versorgen, wenn es darauf ankommt. Leila wird ja bei den übrigen Qädro sein. Da ist es gut, jemanden zu haben, der sich um die Verletzungen kümmern kann.«

Das klang nach einem erstaunlich sinnvollen und durchdachten Plan, auch wenn das nicht hieß, dass sie so komplett aus der Schussweite war. »Bitte bring dich nicht unnötig in Gefahr, Mama.«

»Werde ich nicht.«

Auch Sylvio und Becca stimmten zu. »Wir können jede Hilfe gebrauchen. Bran und ich haben noch eine Rechnung offen. Und so, wie ich die Lage einschätze, wird das nicht schön. Es gibt da etwas, wofür ich mich revanchieren muss.« Dabei deutete Sylvio auf die Narbe über seinem rechten Auge.

»Es sind nur noch ein paar Stunden«, merkte ich an. »Unser Ziel heute ist Daniel. Glaubt ihr, dass ihr es schafft, die Gibsar und Pernoy von uns abzulenken?«

»Wir werden es müssen«, gestand Edward.

»Streich das ›müssen‹, Ed.« Sylvio nickte mir zu. »Die übrigen Qädro und wir verschaffen dir die Zeit, die du brauchst.«

So viel Hoffnung. Vor allem Sylvio schien sich so unfassbar sicher zu sein, dass ich das schaffen würde, selbst wenn ich davon noch nicht so überzeugt war.

Nacheinander musterte ich die Gesichter der anderen. Sie lächelten mir Mut machend zu. Auch wenn nicht alle so zuversichtlich waren wie Sylvio, glaubten sie an unseren Plan und wollten mindestens so sehr wie ich, dass wir das heute schafften.

Ich glaubte, ich war bereit, mich ihm entgegenzustellen. Keine Angst mehr von ihm, keine Manipulation, auf die ich reinfallen würde. Ich kannte ihn so gut, wie er glaubte, mich zu kennen. Und wenn meine Einschätzung richtig war, sah er in mir immer noch diesen unsicheren und ängstlichen Mann.

Gut, also war das entschieden. Ich schloss mich dem Lächeln an, was mich ein wenig bestärkte.

31

Als die Tür ins Schloss fiel, wurde mir noch einmal deutlich bewusst, dass es jetzt kein Zurück mehr gab. Draußen war es dunkel, aber vor allem ruhig. Keine herumfahrenden Autos, Menschen oder Tiere. Einfach niemand. Gelegentlich nur der Wind, der durch die Gassen und Straßen fegte und sich eisig kalt auf der Haut anfühlte. Der Himmel war wolkenbefreit, sodass der leuchtend helle Mond auf uns hinunterscheinen konnte und den Weg aus der Stadt wies. Wir konnten unseren Atem sehen, wie er in den Himmel aufstieg und sich nach einigen Metern verflüchtigte. Die Sterne schienen zusammen mit dem Mond auf uns herunter zu leuchten. Ich glaubte, sogar den kleinen Wagen erkennen zu können. In den Häusern war es überwiegend dunkel, die Straßenlaternen brannten jedoch noch und ließen das leere Salbrun zumindest ein bisschen weniger wie eine Geisterstadt erscheinen. Einige Schneehaufen funkelten im Licht. Der Boden wurde nur noch an vereinzelten Stellen von Eis bedeckt. Einfach alles an diesem Augenblick fühlte sich an, als ob die Zeit stillstand. Ein unendlich wirkender Moment, beinahe surreal, als würde man träumen und das alles passierte lediglich in meinem Kopf.

Mit einem tiefen Atemzug sah ich gen Himmel. Das war wohl der entscheidende Moment, das letzte Mal, dass ich so durch Salbrun gehen konnte. Und selbst dieser fühlte sich weniger nach einem Abschied an. Eher wie der Moment, in dem ich die Stadt nicht mehr erkannte, weil sie sich zu einem so unwirklichen Ort verändert hatte, der für mich kein Ort mehr war, an dem ich leben wollte. Wenn das hier vorbei war, dann konnten wir nicht mehr zurück. Kaum zu glauben, dass dieses Kapitel in meinem Leben so schnell hatte enden müssen. Eine einzige Woche. Mehr Zeit war quasi nicht vergangen.

Mein Blick ging wieder nach unten. Je länger ich darüber nachdachte, wie stark sich alles verändert hatte und in den nächsten Stunden auch würde, desto schmerzhafter wurde mir bewusst, dass es kein Zurück mehr gab.

Edward nickte uns zu. »Linda kommt nach, sobald wir ein wenig aus der Reichweite sind.« Dann sah er selbst noch einmal nach oben. »Nach der heutigen Nacht haben wir es geschafft.«

»Auf dass es nicht unsere letzte Nacht wird«, erwiderte Becca.

»Wird es nicht«, ergänze Sylvio.

»Wir werden nicht die Menschen hier oder Salbrun retten können. Aber immerhin können wir dafür sorgen, dass es mit Salbrun endet.«

»Mit Daniel.« Ich konnte kaum verhindern, wie meine Stimme ruhiger wurde.

Um uns herum war es gespenstisch ruhig, als wären wir die einzigen lebenden Wesen, die sich gerade in der Stadt befanden. Dabei waren wir kaum aus dem Haus draußen.

Die finale Entscheidung war heute. Egal, wie es ausgehen würde, für uns veränderte sich danach alles. Wir mussten nur auf uns vertrauen. Und auf mich.

Als ich zustimmte, verwandelten wir uns in unsere Wolfsgestalt und gingen langsam los, vorsichtig und behutsam die Straße entlang.

Jedes Haus, an dem wir vorbeischritten, weckte in mir Erinnerungen an all das, was ich in dieser Stadt in den vergangenen Wochen, Monaten und Jahren erlebt hatte. Die Bäckerei, in der ich vielleicht drei Mal gewesen war, die Schule, die ich als Kind immer gehasst hatte, die Post, der Supermarkt um die Ecke.

Meine Kindheit, Jugend und die Zeit als Erwachsener. Das Café, in dem ich mit Becca war. Die Bar, in die mich Daniel eingeladen hatte. Alles vorbei. Orte, an die ich nie wieder gehen und Dinge, die ich nie wieder erleben konnte.

Ein lauter und tiefer Seufzer kam mir über die Lippen, sodass ich kurz stehen blieb.

»Lloyd, ist alles okay?«, erkundigte sich Becca, die sich zurückfallen ließ.

»Wir müssen weitermachen. Wir haben gemeinsam entschieden, dass wir Salbrun nach der heutigen Nacht verlassen werden. Fällt mir nur immer noch schwer, das alles zu realisieren. Die letzten Tage vergingen viel zu schnell.«

»Für uns alle.«

Sylvio und Edward blieben stehen und ließen uns die Zeit, kurz zu reden, auch wenn alle wussten, dass wir jetzt nicht stehenbleiben sollten.

Die Wölfin stupste mich an. »Du kannst das, Lloyd. Wir stehen hinter dir.«

»Und dein Wolf. Wir werden dir alle helfen«, fügte Sylvio an.

Mein Wolf? Die letzten Stunden war ich so sehr mit allem beschäftigt, dass ich mir gar nicht bewusst war, was er darüber dachte.

»Was denkst du, Wolf?«, fragte ich für alle hörbar in mich hinein. Aber erwartete ich tatsächlich eine Antwort? Er hatte ein Bewusstsein, konnte sogar nach außen dringen, wenn ich es nur zuließ. Sogar sprechen, wenn es dazu kam, dass er die Kontrolle übernahm. Eine Stimme konnte ich gerade nicht hören.

Jedoch war da so ein Gefühl. Das Wissen, dass die von uns getroffene Entscheidung die richtige war. Es fühlte sich nicht falsch an. Also war der Wolf wohl damit einverstanden, diesen Weg mit mir bis zum Ende zu gehen.

Becca musterte mich neugierig. »Was sagt er?«

»Wir machen das Richtige.«

»Ja, das denkt meine Wölfin auch, glaube ich.«

Ich wurde stutzig. »Konntest du mit ihr Kontakt aufnehmen?«

Die Fähe nickte. »Zumindest denke ich das.« Dann deutete sie auf die wartenden Wölfe. »Komm, lass uns weitergehen.«

Während die Pfoten uns weiter geradeaus führten, fragte ich mich, ob die Gibsar und Pernoy wirklich alle halb oder komplett verwandelten Menschen aus der Stadt geholt hatten, um genau für einen solchen Angriff vorbereitet zu sein. Aber auch die Qädro standen bereit. Das hieß, dass sie uns warnen würden, wenn uns bei der Höhle der Gibsar eine unangenehme Überraschung erwartete.

Ich konnte nur hoffen. Ich wollte nicht umdrehen und die Chance, die wir uns geschaffen hatten, verstreichen und ungenutzt lassen. Der Plan stand und das hieß, dass es vielleicht die letzte Möglichkeit war, das zu beenden, bevor es das Militär tun würde.

Sylvio traf anscheinend ähnliche Abwägungen, denn er wirkte weniger fokussiert als zuvor und schien sich in Gedanken zu verlieren.

Edward war jetzt derjenige, der ein wenig vorauslief und uns allein durch seinen aufrechten und selbstbewussten Gang dazu antrieb, motivierter weiterzugehen.

Nur ... Es fühlte sich wie ein Ende an. Je öfter ich darüber nachdachte, desto unwiderruflicher wurde dieses Gefühl. Wichtig war es, sich in dieser Lage nicht beirren zu lassen und an meiner Entscheidung zu zweifeln. Auch wenn ich weiterlief, machte mich jeder überwundene Meter nervöser. Würde ich Daniel, diesen Psychopathen, besiegen können? Und die übrigen Gibsar und Pernoy? Waren wir nicht ein wenig planlos vorgegangen? Würden uns unsere Gegner nicht erwarten? Waren sie überhaupt da oder stellten sie uns eine Falle? Ich würde es wohl erst herausfinden, wenn wir vor der Höhle des Löwen standen.

Wir überquerten den Bach, der uns von der Tiefe des eisigen Waldes trennte, in dem die Gibsar ihr Lager hatten.

Wenn jetzt nur Sommer wäre, dann würde es dieses Problem gar nicht in solch einem Ausmaß geben. Es war quasi ein Heimvorteil der schwarzen Wölfe, die sich gerne hier aufhielten und mit dieser Umwelt klarkamen.

»Wir haben es beinahe geschafft«, merkte Becca an, aber ich wusste es schon. Als ich meine Schnauze hob und tief Luft holte, konnte ich auch den Geruch anderer Wölfe ausmachen. Die Qädro waren also schon hier, wie Sylvio gesagt hatte.

Wir tapsten weiter vorwärts. Unsere Pfoten wurden nass, das machte uns jedoch nichts aus. Der Schnee war nicht geschmolzen und wurde mit jedem Schritt spürbarer, als unsere Pfoten in dem wenige Zentimeter hohen Boden einsanken. Wir waren auf Schnee und Eis nur schlecht vorbereitet. Unterwegs traten wir immer wieder auf Flächen aus Eis, die so glatt waren, dass es selbst für die beiden geübten Qädro eine Herausforderung war, das Gleichgewicht zu behalten und sicher weiterzulaufen.

»Ich glaube, sie haben hier absichtlich Wasser verschüttet. Geregnet hat es zumindest nicht«, grummelte Sylvio.

»Schon möglich«, gestand Becca. »Wäre ihnen auf jeden Fall zuzutrauen.«
Das ist schlecht für uns. »Fast da«, merkte ich an.

Die Wölfe nickten mir zu und wir liefen weiter.

Allmählich fanden wir Stellen, an denen es nicht mehr so rutschig war. Mit der Zeit gewöhnten wir uns an das unwegsame Terrain und konnten uns schneller fortbewegen.

Als wir um die letzte Kurve bogen, die uns dann nur noch wenige Meter von der Höhle trennte und die Rasenfläche davor preisgab, kam die erwartete, aber trotzdem verunsichernde Überraschung. Eine Reihe schwarzer und weißer Wölfe, sicher ein Dutzend, die Zähne gefletscht, die Ruten erhoben, die Augen auf uns gerichtet. Genau vor dem Eingang der Höhle.

Mir blieb die Schnauze offen. »Scheiße«, keuchte ich leise, als ich die Situation vor mir genauer unter die Lupe nahm.

Edward tat einen Schritt nach vorne und sah mir in die Augen. »Du schaffst das, Lloyd. Wir sind bei dir.«

»Bis zum Ende«, ergänzte Sylvio.

Becca stimmte zu, sodass wir uns ebenso nebeneinander hinstellten, die Ohren aufgerichtet, die Ruten horizontal, bereit für den Angriff oder die Verteidigung.

Keine der beiden Seiten agierte, was mir die Möglichkeit gab, für einen Moment abzuschätzen, womit wir es überhaupt zu tun hatten.

Acht schwarze und vier weiße Wölfe. Fokussiert, konzentriert, leicht müde wirkend, ganz sicher keine kürzlich verwandelten Menschen aus Salbrun. Unter ihnen waren weder Daniel, noch Bran. War ja fast schon klar, dass sie nicht an der Spitze stehen würden. Die beiden hatten sicher andere Pläne.

Die Qädro waren versteckt und wohl auch noch nicht entdeckt worden, was uns das Überraschungsmoment sichern würde. Jetzt, konfrontiert mit den Gibsar und Pernoy, schwand allmählich meine Angst. Ich hatte schon gegen sie kämpfen müssen und wusste, dass ich es inzwischen auch schaffen konnte. Und so sehr ich mich an ihnen für all das, was mir angetan worden war, rächen wollte, wusste ich, dass es nicht meine Aufgabe war, das zu tun, sondern mich rein auf Daniel zu konzentrieren.

Anstatt uns angreifen zu lassen, waren es Sylvio und Edward, die vor uns traten und langsam auf unsere Feinde zugingen.

Schon nach wenigen Sekunden stürmten die Gibsar und Pernoy voran, um die beiden aufzuhalten. Und dieses Mal war es unsere Falle.

Kaum sprangen die schwarzen und weißen Wölfe nach vorne, stürmten die Qàdro von beiden Seiten aus den Schatten und schnitten ihnen den Weg ab, sodass die Angreifer zurückruderten und der Falle schutzlos ausgeliefert waren.

Unser Clan trieb die Feinde von der Höhle weg, sodass wir vier den Weg schneller fortsetzen konnten. Noch während wir uns näherten, strömten aus dieser weitere Gibsar und Pernoy heraus, dieses Mal die Menschen, die sich aus der Stadt zurückgezogen hatten. Wie Bienen, die ihr Nest verließen, preschten sie schnell und unkontrolliert nach vorne. Noch mehr groteske Kreaturen, denen man lediglich den Tod wünschen konnte. Menschen mit Wolfsschnauzen, Wölfe mit menschlich anmutenden Beinen. Alles Wesen, wie man sie sich nur in einem Albtraum oder einem Fantasyroman ausmalen wollte.

Wütend schnaubend sprangen sie direkt auf uns zu, wurden jedoch jäh von einem deutlich mächtigeren Gegner unterbrochen, der zusammen mit zwei weiteren Wölfen aus dem Nichts gesprungen kam.

Der Anführer! So sehr ich nicht darauf gebaut hatte, ihn hier in dieser Schlacht tatsächlich zu sehen, sorgte seine Anwesenheit dafür, dass ich Hoffnung schöpfte. Zusammen mit ihm sprang auch Edward nach vorne.

»Geht weiter! Wir halten sie auf!«, rief er nach hinten zu, während der Anführer mich kurz eindringlich ansah.

Selbst wenn dieser Moment nur den Bruchteil einer Sekunde dauerte, schien die Zeit kurzweilig stillzustehen. Sein Blick strahlte wieder diese Kraft und Entschlossenheit aus, die mir zeigte, dass er sich nicht aufhalten ließ. Zeitgleich schien er mir aber etwas mitteilen zu wollen.

»Wir sind ein Rudel und halten zusammen«, flüsterte ich die Worte, die er mir mit seinem Blick vermittelte. Er nickte zustimmend, als hätte er es hören können.

'Geh, Lloyd!', rief eine Stimme in mir. Der Wolf! Wir mussten weiter, sonst war es vielleicht zu spät!

»Los!« Ich ergänzte die Aussage des Wolfs mit meiner und stürmte in einem Bogen um die kämpfenden Tiere herum. Sylvio und Becca folgten mir unmittelbar, bis wir in die Höhle rannten.

Am Eingang wurde ich langsamer, um mich orientieren zu können. Die roten Kristalle leuchteten pulsierend an der Wand und ließen das innere der Höhle noch bedrohlicher wirken. Das weckte unwiderruflich Erinnerungen an den Moment, als Daniel mich hier hineingelockt hatte, um mich zu einem Gibsar zu machen.

Noch konnten wir nicht viel sehen. Allerdings hallte eine zu bekannte Stimme in mein Ohr.

»Lloyd, du bist so berechenbar.«

Wir näherten uns langsam, bis man im Hintergrund einen Sockel aus Eis erkennen konnte, auf dem ein rot leuchtender Kristall lag. Hinter ihm ließ sich die Kontur eines Wolfs erkennen; schwarzes Fell, stechend gelbe Augen, finstere Gesichtszüge, ein Grinsen, bei dem alle möglichen Zähne gezeigt wurden. Beängstigend, grotesk, unmenschlich. Ein Wolf sollte nicht auf diese Weise grinsen. Außer Daniel, der es zu lieben schien, durch abstruse Erscheinungen und Gesichtszüge sein Gegenüber verunsichern zu wollen.

»Ich könnte jetzt sowas sagen, wie ›Ich habe dich erwartet‹, aber das wäre zu abgedroschen, oder?« Während ich seine Stimme hörte, merkte ich, dass sich etwas verändert hatte. In ihm musste etwas passiert sein, wovon ich nicht wusste. Sein Gesicht war vorher schon finster gewesen, nun jedoch irgendwie ... *anders*. Die Art, wie er sprach, strahlte einen noch stärkeren Wahnsinn aus, als ich es geglaubt hatte.

Als er keine Antwort erhielt, verfinsterte sich sein Gesicht wieder und Bran trat zusammen mit einer weißen Wölfin neben ihn. Auch wenn ich sie nicht kannte, wusste ich, dass sie nur wenig mit allen weißen Fähen gemeinsam hatte, die ich kannte. Sie ähnelte weder der ... toten Wölfin, noch Becca.

»Ich werde dich töten, Lloyd«, fuhr er mit finsterem Gesicht und ohne Emotionen fort. »Und du kannst nichts dagegen tun.«

Wieder antwortete ich nicht und kämpfte erfolgreich gegen das aufkeimende Gefühl an, Daniel unterlegen zu sein. Garantiert war ich es auch, nur mit dem Überraschungsmoment auf meiner Seite hatte ich eine Chance.

Selbstbewusster richtete ich den Kopf auf. »Das steht noch aus.«

Daniel lachte kurz, beinahe bösartig. »Oh, das sind aber große Worte! Seit wann bist du dir denn so sicher? Ich weiß, wie du wirklich bist. Und deine kleine Rebecca weiß das auch.«

Mein Blick fuhr zu Becca, die kurz zusammenzuckte und sich dann ebenfalls wieder aufrichtete. Nach ihrer Erzählung konnte ich mehr als gut verstehen, dass sie inzwischen Angst vor ihm hatte. Das Problem war, dass wir ihn nicht einschätzen konnten. Ob er bloß bellte und nicht biss oder ob seinen Aussagen auch Taten folgten, wusste wohl nur er selbst. Ich musste unbedingt dafür sorgen, dass Becca nicht den Mut verlor.

»Wenn du mich so gut kennst, solltest du wissen, dass ich keiner von euch werde.« Mit den Augen folgte ich den Bewegungen meines ehemaligen Freundes eindringlich wie ein Jäger, der sich auf die Beute konzentrierte.

Diese Aussage löste in Bran lediglich ein Lachen aus. »Du denkst echt, dass uns das noch interessiert? Schau dich doch an. Die Qädro kennen doch nichts außer Wegrennen.«

Sylvio machte einen Schritt nach vorne. »Bist du nicht weggerannt, um Lloyd in eine Falle zu locken, Bran? Sieht so aus, als seien die Gibsar feige. Guckt euch – «

»Halt dein Maul!«, knurrte der Wolf. »Denk an deine – «

»Narbe?«, unterbrach Sylvio. »Die habe ich auch nur, weil du mich hinterrücks angegriffen hast.«

»Du ... « Brans Knurren wurde lauter und allmählich verstand ich, was Sylvio vorhatte.

Wenn der Gibsar wütend war und sich auf ihn konzentrierte, dann hatten Becca und ich die Möglichkeit, Daniel zu isolieren. Dazu musste noch die andere Pernoy aus dem Weg.

Bran setzte bereits zum Sprung an, als Daniel eingriff. »Lass dich doch nicht provozieren. Der spielt nur mit dir.«

So sehr Daniel zu versuchen schien, Bran zu beruhigen, brachte es weniger, als er sich wohl erhoffte. Es fiel dem Wolf sichtlich schwer, sich unter Kontrolle zu halten, während Sylvio einen Schritt nach vorne gegangen war und ihm in die blutrünstigen Augen blickte.

»Die Gibsar unterstehen meinem Befehl«, fuhr Daniel fort. »Wenn ich will, kann ich sie euch jederzeit töten lassen.« Angesichts der hilfloser werdenden Lage für ihn wirkte diese Aussage eher wie eine leere, als eine ernst gemeinte Drohung. Um ihn aber weiter zu provozieren, ging ich darauf ein.

»Warum sollten sie dir gehorchen?«

»Weil sie das bei ihrem Alpha eben machen.« Seine Lefzen verzogen sich wieder zu einem grotesken Grinsen. »Jetzt tu nicht so, als würde es dich überraschen.« Bei diesen Worten griff sich Daniel an den Hals und berührte sein Halstattoo, was zur sofortigen Rückverwandlung in einen Menschen führte.

Das erste Mal seit Tagen sah ich Daniel so, wie ich ihn in Erinnerung haben sollte. Dabei wirkte er aber wie ein Fremder. Etwas abgemagerter, seine Augen wach, gleichzeitig ebenso erschöpft wie die Gibsar und Pernoy vor der Höhle. Die Kleidung war verdreckt, die Haare zerzaust.

»Hallo Lloyd.« Bei diesen Worten setzte er dieselbe vertraute Miene auf, wie ich sie jahrelang von ihm gewohnt war.

Was sollte das? Seine Stimme klang anders als zuvor. Gab es bei ihm Daniel und den Wolf, wie bei mir? Hier sprach eindeutig der Mensch, was in mir Erinnerungen an die Zeit vor den Clans hervorrief. Aber dieses Leben war vorbei. Alles davon.

Instinktiv entschied ich mich gegen eine Rückverwandlung.

»Willst du mir denn nicht als Mensch gegenüberstehen? So wie früher? Du willst doch sicher, dass wir wieder das Leben führen können, wie es vorher gewesen ist. Wir wissen doch beide, dass du kein Wolf sein willst. Also lass uns auf zwei Beinen miteinander reden.«

Der Drang wurde größer, aber dieses Mal wusste ich, was er bezweckte. Also blieb ich, wie ich war. Sich jetzt zurückzuverwandeln, machte mich nur zu leichter Beute. Vielleicht war es Zeit, meinen Wolf die Kontrolle übernehmen und Daniel im Glauben zu lassen, dass er ich war. So konnten wir ihn möglicherweise weiter in die Irre führen.

Mein Fell stellte sich auf, als ich spürte, wie meine animalische Seite die Oberhand übernahm und ich wieder in diesen virtuellen Kinosaal im Kopf gezogen wurde, von dem aus ich die Lage beobachten und notfalls einschreiten konnte. Jetzt hatte der Wolf die bewusste Kontrolle und ich konnte mitentscheiden. »Nicht heute. Wir können nicht mehr zum Status Quo zurück.«

Erneut musste er kurz lachen. »Wie lange bist du ein Wolf, Lloyd? Eine Woche? Zwei? Ich bin es schon seit mehreren Jahren. Und du glaubst ernsthaft, du kannst mich besiegen?« Dann wandte er sich wieder Becca zu. »Aber zuerst gibt es da noch eine kleine Verräterin, um die ich mich kümmern muss.«

Wie in meinem Traum. Wir drehten uns zu Becca, die jedoch jegliche Angst abgestreift zu haben schien und einen selbstbewussten Schritt nach vorne tat. »Ich habe keine Angst vor dir.«

Ihre Stimme schien verändert. Die Wölfin, von der sie geglaubt hatte, sie wäre weg?

Daniel kam ein wenig näher an das Licht des Kristalls heran und fletschte kurz die Zähne.

Gut, gleich haben wir ihn soweit.

Ehe der Gibsar oder wir reagieren konnten, spürte ich Sylvio pfeilschnell an mir vorbeischießen und sich auf Bran stürzen, der so überrascht war, dass die beiden in den tieferen Teil der Höhle rollten und Daniel ihnen mit fassungslosem Blick hinterher sah. Das hatten weder Becca, ich, Daniel oder die Pernoy erwartet. Und vor allem nicht Bran, der von dieser Situation so überrumpelt wurde, dass er sich gegen Sylvios Angriff nicht sofort wehren konnte.

Daniel realisierte nach einer Sekunde, was passiert war. »Tessa, schnapp dir den Quä – !«

Das war unser Moment! Noch bevor er aussprechen konnte, hatten mein Wolf und ich uns schlagartig auf ihn gestürzt und umgeworfen. Er hatte vergessen, sich zurückzuverwandeln. Das mussten wir ausnutzen, um ihn endgültig aus der Fassung zu bringen!

Wir überschlugen uns wiederholt und bemerkten, wie Daniel sich zu wehren schien, um die Schnauze von seinem Kopf fernzuhalten. Seine Augen waren weit aufgerissen. Ja, er hatte uns unterschätzt. Und so, wie ich ihn kannte, würde dieser Schock ausreichen, um ihn dazu zu bringen, jetzt auch anzugreifen.

Noch während des Gerangels bekam er sein Mal am Hals zu fassen und verwandelte sich augenblicklich wieder in den schwarzen, knurrenden Wolf zurück.

Aus dem Augenwinkel konnten wir beobachten, wie Bran und Sylvio sich aufrichten konnten und sich nun selbst wütend in die Augen sahen, ehe der schwarze Wolf auf den Qädro zusprang.

Becca hatte in der Zwischenzeit die Aufmerksamkeit der Pernoy auf sich gezogen und Distanz zwischen sie und uns geschaffen. Nun stand nichts mehr zwischen uns und Daniel. Drei Kämpfe, die wir alle gewinnen mussten.

Ehe ich weiter darüber nachdenken konnte, stürzte sich der Gibsar auf uns und schnappte nach unserer Kehle. Sein Kiefer war stark und es fiel uns schwer, ihn fernzuhalten. Er schien beinahe die Kontrolle verloren zu haben. Jetzt mussten wir diese Schwelle nur noch überschreiten und ihn komplett zum Ausrasten bringen.

Mit einem beherzten Schlag kratzten wir Daniel ins Gesicht, sodass er aufjaulte und nach hinten taumelte.

Diesen Augenblick nutzten wir nicht zum Angriff. Stattdessen legten wir den Kopf in den Nacken und heulten. Laut, kräftig, selbstbewusst und Mut machend. Das Zeichen, dass wir es als ein Rudel schaffen konnten.

Wir wagten nicht, Daniel auch nur eine Sekunde aus den Augen zu lassen. Stattdessen schien er kurz zurückzuschrecken und sich mit einer Pfote die Kratzspuren im Gesicht zu reiben. Ein wenig Blut lief ihm in die Augen und er konnte anscheinend nicht fassen, dass gerade Lloyd es war, der ihm diese Wunde zugefügt hatte.

Dann setzte ein Stechen ein. Furchtbare Schmerzen jagten durch unseren Körper, als der Gibsar vorgeprescht war und seine Zähne in unserem Fleisch vergrub. Wir schlossen für den Bruchteil einer Sekunde schmerzerfüllt die Augen. Nach und nach verließ uns ein Teil der Kraft und das Gefühl von Erschöpfung breitete sich im gesamten Körper aus.

Als Daniel bemerkte, dass wir schwächer wurden, ließ er ab, um sich der Pernoy zuzuwenden, um ihr gegen Becca zu helfen. Ehe er einen Schritt in ihre

Richtung machen konnte, hatten wir uns aufgerappelt und bissen in seinen Schwanz.

Der Wolf jaulte erneut auf und drehte sich wieder hektisch zu uns um. Ehe er nach uns schnappen konnte, sprangen wir einige Meter zurück.

»Daniel!«

Auf das Rufen meines Wolfs reagierte der Gibsar mit einem Knurren.

»Du willst mich? Dann komm und hol mich.« Bei diesen Worten machten wir auf dem Absatz kehrte und rannten zum Eingang der Höhle. Ein kurzer Blick zurück und wir erkannten, dass der wilde Wolf uns folgte, ungebremst und ohne Rücksicht auf sein Rudel oder Verluste.

Unsere geplante Flucht führte zurück nach Salbrun. Hinein in die Stadt, in der alles begonnen hatte und in der wir es auch beenden würden. Selbst wenn ich nicht wollte, musste ich darauf vertrauen, dass wir es schafften, Daniel von den anderen Gibsar zu trennen und in die Stadt zu kommen. Becca und Sylvio mussten allein klarkommen. Das war der Plan. Und sie würden es schaffen, das wussten sowohl mein Wolf, als auch ich selbst.

Ein Blick nach hinten reichte, um zu erkennen, dass der Gibsar uns weiterhin völlig unbeherrscht nachjagte. *Sehr gut.* Er schaffte es auch nicht, uns einzuholen, sodass wir den Ort erreichen konnten, an dem wir es zu Ende bringen wollten. Den Ort, den ich inzwischen viel zu gut kannte und der sich hierfür richtig anfühlte. Die Versicherungsagentur.

- 32 -

Als Bran zu Sylvio sprang, wich dieser im letzten Moment aus, um ein wenig Abstand zwischen sich und seinen Rivalen zu bekommen.

Der schwarze Wolf war wütend, kaum kontrolliert und lechzte nach Sylvio. Die Tatsache, dass er den Qädro nicht zu greifen bekam, machte ihn nur noch unbeherrschter. Sämtliche menschliche Vernunft schien der bloßen Wut gewichen zu sein.

»Hör auf, wegzurennen!«, brüllte der Gibsar, während Sylvio weiter darauf achtete, sich nicht von Bran überrumpeln zu lassen und genügend Abstand zu halten.

Erst, als Bran zum weiteren Sprung ansetzte, um dann mit einem gewaltigen Satz auf den grauen Wolf zu springen, nutzte dieser seine Chance.

Der Qädro wich zur Seite aus, wesentlich knapper als zuvor, und holte mit seiner Pfote so schnell und tödlich aus, dass die Krallen sich tief in das Fleisch von Brans Hals bohrten.

Der Gibsar sprang zurück und taumelte leicht, während er keuchend Blut spuckte. Sein Blick war gen Boden gerichtet, als er immer wieder würgte und dann langsam den Kopf hob, um den grauen Wolf wütend anzufunkeln.

»Du wirst nicht gewinnen, Bran«, gab Sylvio ruhig zu.

»Halt die Schnauze!« Der Wolf knurrte und brüllte erneut, um sich auf den Qädro zu stürzen.

Dieser wich jedoch, wie einige Sekunden zuvor, aus und schaffte einige Meter Distanz zwischen die beiden, während Bran den Sprung nur schwer abfedern konnte und beinahe mit der Höhlenwand zusammenstieß. Es war klar, wer überlegen war. Und so langsam schien Bran zu begreifen, dass er auf diese Weise nicht gewinnen konnte.

Mühevoll richtete er sich auf. »Du ver – !« Ehe er aussprechen konnte, sah er, wie Sylvio sich zähnefletschend auf ihn stürzte und seine Zähne im Fell des schwarzen Wolfs vergrub. Überrumpelt jaulte er und versuchte, den Qädro abzuschütteln, doch dieser ließ nicht los.

Jede Sekunde bohrten sich die Zähne des grauen Wolfs tiefer in das Fleisch des Gibsar, der sich unter ihm beinahe hilflos wand und es nur unter Schmerzen schaffte, Sylvio von sich abzuschütteln, der einen Satz nach hinten machte und Bran abfällig musterte. »Es ist vorbei.«

Der schwarze Wolf fletschte erneut die Zähne, während das Blut seinen Hals hinunter und teilweise auch in seine Augen lief. Er schüttelte frustriert den Kopf. »Du! Du wirst mich nicht töten!« Dann wischte er sich mit der Pfote das Blut aus den Augen und taumelte leicht. Der Gibsar schwächelte sichtlich und es fiel ihm schwer, das Gleichgewicht zu behalten, als aus der Bisswunde immer wieder Blut austrat. Doch dann änderte sich schlagartig etwas an Bran. Als er nach unten sah, verzog er seine Lefzen zu einem Grinsen und richtete den Kopf auf, obwohl das Blut immer noch über seinen Körper lief.

Das Nackenfell des Qädro stellte sich schlagartig auf. Etwas musste sich verändert haben. Sylvio spürte sofort, dass der Bran, der nun vor ihm stand nicht mehr derjenige war, den er vor einem Moment angegriffen hatte. Der Gibsar war zu stark, um so einfach zu sterben. Sein Geruch, Blick und Wesen schienen sich verändert zu haben. Hatte er dem Wolf die Kontrolle übertragen? Bran hatte seinem inneren Tier doch nie genügend Raum gegeben, um sich zu zeigen. Jetzt, dem Tode nahe, schien sich das jedoch zu ändern.

Bran machte einen Schritt nach vorne und knurrte tief. »Komm schon, Wolf. Lass uns spielen.«

**

Unruhig musterte Rebecca die Wölfin vor ihr, die sie zähnefletschend durch ihre hellen, gelben Augen betrachtete. Der letzte Kampf, den die Pernoy hatte führen müssen, lag lange zurück. Sie war nicht die stärkste und es war immer besser, die direkte Konfrontation zu vermeiden, wenn es denn ging.

»Tessa, wir müssen nicht kämpfen. Du kennst mich doch. Ich bin nicht dein Feind.«

Doch der weiße Wolf reagierte auf ihre Worte nicht und knurrte bedrohlich weiter.

Rebecca wusste, wen sie vor sich hatte. Die Pernoy kannten sich gegenseitig ähnlich gut wie die Gibsar und Qädro. Tessa war eine Fanatikerin, naiv genug, Daniel alles zu glauben, was er ihr erzählt hatte, aber gerissen genug, sich stets ihren eigenen Vorteil zu verschaffen. Und sie liebte ihn. Selbst wenn er sie vermutlich immer ausgenutzt hatte und sie das wusste, hatte sie nie auch nur eine Sekunde an seinen Worten gezweifelt. Selbst wenn nicht alle Pernoy diese Ansicht teilten, zweifelte Tessa immer wieder an den Menschen und fühlte sich ihnen immer überlegen. Dass die Stadt von den Clans überrannt wurde, gefiel ihr wahrscheinlich wirklich. Tessa war außergewöhnlich stark und wusste, wie man kämpfte. Allerdings war sie nicht sehr vorsichtig und ging wie Bran viel zu brutal vor, wenn es darum galt, die gesetzten Ziele durchzupeitschen. Das war womöglich ihr einziger Schwachpunkt.

Der weiße Wolf tat mutig einen Schritt nach vorne, auf den die Pernoy wieder mit einem Knurren reagierte.

'Rebecca, du schaffst das. Vertrau mir und ich helfe dir.'

War das die Wölfin? Das Wesen, das sie die ganze Zeit gesucht und nicht gefunden hatte? Leider war keine Zeit, daran zu zweifeln. Rebecca nickte zögernd, während sie allmählich die Kontrolle an ihr Seelentier übergab.

Ihre Nackenhaare stellten sich auf, der Blick wurde wie der eines Jägers. Konzentriert und die Fähe keine Sekunde aus den Augen lassend.

Selbst als Tessa auf Rebecca losstürmte, verzog sie keine Miene und versuchte lediglich, den Aufprall abzufedern. *'Warte auf den richtigen Moment.'*

Für einen Augenblick der Angst schloss sie die Augen und sah sich der Wölfin in ihrer Seele gegenüber. Was passierte hier? Wo war sie und warum konnte sie die Augen nicht mehr öffnen? Die Zeit schien förmlich stillzustehen, während Rebecca an sich heruntersah und nur ihren menschlichen Körper erkennen konnte, während ihr wölfischer vor ihr zu stehen schien. Wo war Tessa? Wo die Höhle? So sehr sie es auch wollte, dieser Moment schien unausweichlich und es war das erste Mal, dass sie dem Tier gegenüberstand, das gleichzeitig fremd und vertraut schien. Diese Situation fand in ihrem Kopf statt, aber sie konnte davor nicht fliehen.

»Bist du die, die ich glaube?«

Die Wölfin nickte.

Rebecca sah erneut an sich herunter und ging einen Schritt auf das Wesen zu. »Wo warst du die ganze Zeit?«

»Ich war nie weg. Die Entscheidung, mich als Teil deines Lebens zu akzeptieren und dich von den Gibsar und Pernoy zu distanzieren, hat dir die Möglichkeit gegeben, wieder mit mir zu kommunizieren.«

Diese Aussage irritierte Rebecca. »Wir sind Pernoy. Wie kannst du damit einverstanden sein, dass ich zu den Qädro halte und mich gegen mein eigenes Rudel stelle?«

»Weil ich mir genau das für dich gewünscht habe, Rebecca. Du gehörst zu den Qädro und nicht zu den Pernoy. Und ich möchte dich noch einmal sehen.«

»Was soll das heißen? Gehst du?« Kaum hatte sie wieder die Möglichkeit, Kontakt zu ihrer Wölfin zu haben, sollte sie sie direkt verlieren? Warum?

Die weiße Wölfin stimmte zu. »Denk daran: Wer einen Wolf seines Rudels tötet, verliert den eigenen für immer. Auch wenn du das nicht willst, sind wir Pernoy. Wenn du Tessa tötest, werde ich mit ihr sterben.«

Rebecca riss ungläubig die Augen auf. Das sollte das Ende ihrer Wölfin sein? Lloyd helfen, diesen Konflikt zu beenden und dabei den eigenen Wolf verlieren? »Dann töte ich sie einfach nicht«, erwiderte sie unsicher.

»Du hast keine andere Möglichkeit. Rebecca, wir haben nicht viel Zeit. Beiß zu!«

»Was?«

»Beiß zu! Jetzt!«

Ehe sie etwas einwenden konnte, war die Wölfin weg und Rebecca schlug die Augen auf, um ohne die geringste Kontrolle ihre Zähne in Tessas Fleisch zu jagen.

***

Keuchend kam ich vor der Agentur an und fuhr mit den Krallen über das Mal, um aus mir wieder den Menschen Lloyd zu machen. Mein Wolf hatte mir die Kontrolle zurückgegeben und hielt sich bereit, jederzeit einzugreifen, wenn es notwendig war. Die Rückverwandlung trat unmittelbar ein und ich spürte beinahe direkt, wie ich schwächer wurde. Die Tür öffnete sich, als ich meine Karte an das Lesegerät hob. Mir war übel und ich konnte die Kratzer von Daniels Krallen auf der Haut spüren. Es blieb nicht mehr viel Zeit.

Dann stand ich im Flur und hechtete mit einem Satz zum Fahrstuhl. Der Knopf war blitzschnell gedrückt, aber die Tür öffnete sich nicht. Stattdessen brummte der Lift stetig, als ob er sich vom obersten Stock ins Erdgeschoss bewegte. Verdammt, so viel Zeit hatte ich nicht!

»Komm schon! Komm schon! Komm schon! Scheiße!« Ich drehte mich hektisch nach hinten, um abzuschätzen, wie viel Zeit mir blieb. Daniel war nur noch wenige Meter von mir entfernt, kurz vor dem Eingang des Gebäudes.

Frustriert schlug ich mit der Hand so stark gegen den Knopf, dass er stecken blieb und nicht mehr reagierte. Das Brummen verstummte. Okay, Planänderung. Dann musste eben die Treppe her. Zwei Stockwerke waren doch zu schaffen.

Obwohl ich jede zweite Stufe ausließ, kam mir jede einzelne vor wie hundert. Jeder überwundene Meter ließ mich langsamer werden und als ich oben war, war ich völlig außer Puste. Trotzdem vernahm ich noch das Knurren von Daniel, vermischt mit seinem Hecheln und dem Geräusch der Pfoten, wie sie die Treppenstufen beinahe mühelos erklommen.

Mein Herz schlug schneller mit jeder Sekunde, in der mein Verfolger den Abstand zu mir verringern konnte. Dieses heftige Pochen überdeckte selbst den Schmerz, der deutlich spürbar war. Und diese enorme Angst, wie ich sie noch nie zuvor erlebt hatte. Schweiß rann aus jeder Pore meines Körpers.

Als ich die Tür zu unserem Großraumbüro aufstieß und hineinrannte, erkannte ich kaum etwas wieder. Papiere lagen auf den Schreibtischen quer verteilt, Stühle durcheinander geschoben und umgefallen, Dreck auf dem Boden, ein Fenster geöffnet, der Platz von Edward komplett verwüstet.

Die Gibsar.

Mir blieb jedoch nicht die Zeit, sich darüber Gedanken zu machen. Hektisch sprang ich in die Ecke und versteckte mich hinter einem Schreibtisch.

Nur noch ein paar Sekunden. Schnell zog ich einen Schuh mitsamt der Socke aus und verwandelte mich in den Wolf zurück. Jetzt galt es, konzentriert zu bleiben und dem Plan zu folgen. Wir hatten eine Chance. Aber lediglich eine einzige.

Aus dem Versteck behielt ich die Eingangstür im Blick und wartete darauf, dass Daniel das Büro betrat.

Erst passierte nichts, doch dann wurde ein dunkler Schatten erkennbar, der Wolfsgestalt annahm und langsam durch die Tür schritt. Es bestand wohl nicht mehr die Notwendigkeit, mich einzuholen, wenn ich geradewegs in eine Sackgasse gelaufen war. Und es war davon auszugehen, dass er sich etwas gefangen hatte.

Mein Herz schlug so laut, dass ich befürchtete, Daniel konnte es hören können. Dieses Büro war so gefüllt von all den Gerüchen unserer Arbeitskollegen, dass er mich vermutlich gar nicht direkt ausmachen konnte und das Überraschungsmoment trotzdem auf meiner Seite war. Oder wäre es sinnvoller, ihm direkt gegenüberzutreten und es darauf ankommen zu lassen?

Der Gibsar setzte eine Pfote in den Raum und sog die Luft ein. »Ist das wirklich der letzte Ort, den du sehen willst, Lloyd? Soll ich dir vielleicht ein paar Akten abnehmen, weil du es nicht allein schaffst?« Diese Selbstgefälligkeit in seiner Stimme war einfach nur widerwärtig.

So schwer es mir auch fiel; ich hielt mich zurück. Er wollte mich provozieren und hatte sich anscheinend selbst wieder genug beruhigt, um mit seinen Psychospielchen weiterzumachen. Allerdings würde ich nicht mehr mitspielen.

»Siehst du? Ihr Qädro seid doch alle Feiglinge. Komm raus und zeig mir, dass du anders bist, Lloyd.«

Lloyd? Sehr gut. Er vermutete wohl immer noch, dass ich nicht mit meinem Wolf zusammenarbeitete und nach wie vor auf mich allein gestellt war. Nur war ein Gespräch vielleicht doch die Möglichkeit, ihm ein letztes Mal zu beweisen, dass ich nicht mehr derjenige war, den er noch vor einer Woche in mir gesehen hatte. Diese eine Woche hatte gereicht, um mich zu verändern. Aus mir den Menschen zu machen, der ich vielleicht immer sein sollte. Dank den anderen und meinem Wolf.

So intelligent es auch war, ihn mit einem Sprung aus dem Nichts zu überraschen, wollte ich ihm noch einmal gegenübertreten, ihn zur Rede stellen, ihm das letzte Mal in die Augen sehen.

Langsam atmete ich tief durch und schloss die Augen. Mein innerer Wolf saß vor mir. Ruhig, den Kopf aufgerichtet, stolz. Er nickte mir vertrauensvoll zu. Es war nicht nötig, ihn anzusprechen oder mir Klarheit über ihn zu verschaffen. Das Wissen, dass er da war, trieb mich voran. Zusammen würden wir das schaffen. Daniel sollte nur nicht bemerken, dass wir einen Plan verfolgten. Eine unserer Pfoten steckte in der Socke, die ich vorher als Mensch getragen hatte. Und mit dem, was sich darin befand, konnte ich es beenden.

Umsichtig trat ich aus dem Versteck hervor und zog die Hinterpfote unauffällig hinter mir her, sodass er sie nicht sehen konnte.

Inmitten des Büros stand er. Seinen Kopf erhoben, die Lefzen zu einem unnatürlichen Lächeln verzogen, während er mich betrachtete, als wäre ich ihm nach wie vor unterlegen.

»Na sieh mal an. Bist wohl doch mutiger, als ich dachte.« Dann wurde sein Gesicht wieder finster. »Ich werde dich heute Nacht töten, Lloyd.«

Oder ich dich.

Nur eine Sache verstand ich nicht. Jetzt war wohl die letzte Chance, ihn danach zu fragen. Auch wenn ich darüber hinweg sein sollte, ließ mich dieser Gedanke noch nicht los. »Hast du mir echt all die Jahre im Büro etwas vorgespielt? War das alles eine Maske und du wusstest immer, dass der Tag kommen würde, an dem wir gegeneinander kämpfen, so wie heute?«

Der Wolf tat einen Schritt nach vorne, was mich einen Moment zurückweichen ließ. »Das interessiert dich wirklich, hmm?« Dann dachte er kurz nach. »Nein, ich wusste es nicht. Das heißt jedoch nicht, dass es mir keinen Spaß gemacht hat, mit dir zu spielen. Ich war nie dein Freund, Lloyd.«

So eiskalt und berechnend. Eigentlich hätte ich es besser wissen müssen, aber die Erkenntnis tat irgendwie doch weh, als er sie so aussprach. Beinahe, als wäre es ihm tatsächlich egal. Oder wollte er mich nur wieder verletzen?

'Lass dich nicht einschüchtern, Lloyd. Du bist stärker als er.'

»Jetzt schau dich doch an«, fuhr der Gibsar fort. »Du hattest nie wirkliche Freunde. Tut mir fast leid, dass der einzige Freund, den du je hattest, ich war. Du solltest dich geehrt fühlen.«

»Es war wohl schlechte Menschenkenntnis«, gab ich trocken zurück. Daniel lag falsch. Auch wenn ich ihm mal vertraut hatte, wusste ich, dass es ein Fehler gewesen war. Außerdem hatte ich inzwischen Freunde. Edward, Sylvio, Becca. Meinen Wolf, auch wenn dieser ein Teil war, dem ich wohl niemals direkt gegenüberstehen würde. Und wen hatte er? Bran? Nein, das war sicher keine Freundschaft.

Daniel entgegnete mit einem Lachen. »So schlagkräftig hätte ich dich gar nicht eingeschätzt. Aber weißt du, was? Du wirst hier ganz allein sterben und niemand wird dich finden.«

Mit jedem seiner Worte wurde mir klarer, wie wenig er mich zu kennen schien. So seltsam es sich anfühlte: Auch ich ließ mich jetzt zu einem wölfischen Lächeln hinreißen.

Der Gibsar legte den Kopf schief und wirkte irritiert. »Was ist? Wartest du förmlich auf den Tod?«

»Nein.« Für einen kurzen Augenblick musste ich sogar lachen. »Du kennst mich schlechter, als ich dachte.«

»Ist das so, ja?«

Schaffte ich es gerade wirklich, das Katz-und-Maus-Spiel umzudrehen und ihn in die Verteidigung zu zwingen? Gut, dann musste ich genau so weitermachen. »Ja, ist es. Mach dir keine Sorgen. Ich habe akzeptiert, dass es keinen Weg mehr zurückgibt. Und dass ich mich dir entgegenstellen werde.«

»Ach so? Tja, manchmal werde auch ich überrascht.« Der Wolf wurde merklich unsicherer, was mir die Sicherheit gab, weiterzusprechen.

»Daniel, du hast bis jetzt immer nur gewonnen. In deinem ganzen Leben hast du stets das bekommen, was du wolltest. In der Versicherungsagentur, als du deine Akten immer wieder an die anderen weitergeben konntest. Du hattest immer die Freundinnen, die du wolltest. Du hast über unsere gemeinsame Zeit mehr entschieden, als ich es je wollte. Wir Qädro haben dir gezeigt, was es heißt, zu verlieren. Erst, als du mich nicht verwandeln konntest. Dann, als wir meine Mutter befreien konnten. Später, als ich Bran nicht in deine Falle gefolgt bin. Du hast verloren, Daniel.« Ich war selbst überrascht, wie selbstbewusst mir diese Aussage über die Lefzen gekommen war.

Für eine Sekunde schien mein ehemaliger Freund nach einer Antwort zu suchen und machte einen Schritt zurück.

Dann kam sie wieder. Diese Gänsehaut. Meine Nackenhaare stellten sich auf und ich überließ dem Wolf die notwendige Kontrolle über unseren Körper. »Und wir werden dafür sorgen, dass es das letzte Mal sein wird.« Bei diesen Worten preschten wir geradeaus in Richtung des irritierten Wolfs, der nach einer Schrecksekunde knurrte und uns entschlossen entgegenrannte.

- 33 -

Obwohl Bran ohnehin schon gefährlich war, machte sein Wolf ihn noch viel unberechenbarer. Was sollte Sylvio jetzt tun? Sich ihm entgegenstellen? Fliehen? Doch der Qädro hatte eine bessere Idee.

Der schwarze Wolf schoss nach vorne und erwischte Sylvio beinahe an der Flanke. Dessen Ausweichmanöver war so knapp, dass Brans Zähne über die Haut unter dem Fell kratzten und der Schmerz deutlich zu spüren war.

Aber Bran war verletzt. Das war der Vorteil, den Sylvio nutzen konnte.

Zähnefletschend setzte der Gibsar zum Sprung an und stieß sich mit den Hinterpfoten ab. Kaum genügend Zeit für Sylvio, um rechtzeitig zu reagieren. Verdammt, war Bran schnell.

Während des Sprungs versuchte der Qädro, die Wunde auszumachen, die er zuvor hinterlassen hatte. Wenn er hier noch einmal herankam, dann würde er es schaffen, dem Gibsar den letzten Schlag zu versetzen, sodass ihm auch sein inneres Tier nicht mehr helfen konnte.

Brans Krallen fuhren ins Fleisch, als der Wolf auf ihm landete und seine Zähne sich in die Flanke bohrten. Doch so stark, wie er zubiss, war es auch Sylvio, der die Gelegenheit nutzte.

Seine Zähne färbten sich mit Brans Blut, als sie sich in das Fleisch des Gibsar bohrten und er spürte, wie die Knochen darunter knackten und brachen.

Der Griff von Brans Schnauze wurde schwächer und Sylvio gelang es, ihn von sich wegzustoßen.

Mit einem lauten Schlag landete der schwarze Wolf auf dem Rücken und schnaufte laut.

Einige Sekunden passierte nichts. Nur mühsam kamen beide Rivalen auf die Beine. Bran schwankte und brach beinahe wieder zusammen, wohingegen Sylvio schnaufend sein Gegenüber betrachtete und den Augenblick dazu nutzte, sich einen Überblick über die Lage zu verschaffen.

Lediglich ein kurzer Moment und es war vorbei. Hinter Sylvio lagen Becca und Tessa, die Pernoy über der ‹Qädro›, die sich nicht zu wehren schien. Hoffentlich war es noch nicht zu spät. Aber vielleicht konnte er die Situation auch zu seinem Vorteil nutzen.

Bran spuckte Blut, sein Blick war wild und ungebrochen, der Körper zeigte jedoch starke Erschöpfung.

»Ist ... das alles, Wolf?!«, brüllte der Gibsar eher keuchend, als mit der sonst so eindringlichen Stimme.

Sylvio senkte den Kopf. »Noch lange nicht.«

Die Reaktion darauf war wieder ein lautes Schnaufen, das Brans Körper eher ungewollt entwich. Er offenbarte dadurch, dass er nicht mehr lange durchhalten würde und sein Wille schien sich gegen diese Schwäche wehren zu wollen.

»Du ... wirst steeerben!!!« Er schien all seine restliche Kraft zusammenzunehmen und sich noch einmal aufzubäumen. Das Adrenalin, das durch seinen Körper schoss, schien ihn die Schmerzen vergessen zu lassen und er rannte mit einer solchen Wucht und Raserei auf Sylvio zu, dass er nicht darauf vorbereitet war, dass sein Rivale ausweichen könnte.

Zähnefletschend realisierte er erst zu spät, was er tat und fuhr ungewollt seine scharfen Zähne tief in den weiß befellten Körper der Pernoy, die sich selbstbewusst über der Qädro aufgebaut hatte.

***

Rebeccas Zähne bohrten sich in Tessas Oberschenkel. Der Geschmack des Blutes löste unweigerlich einen Würgereflex aus. Obwohl ihr der Geschmack von Blut von der Zeit als Clanmitglied vertraut sein sollte, war er fremdartig und ekelerregend. Ob es daran lag, dass sie noch nie einen Pernoy gebissen hatte? Unweigerlich lockerte sie den Griff mit ihrem Maul.

Ehe Tessa darauf reagieren konnte, drehte sie sich unerwartet um, als ein lautes Zähnefletschen näherzukommen schien. Der schwarze Wolf traf sie mitten in der Drehung, sodass sie nicht schnell genug ausweichen konnte und von Bran erwischt wurde, der in voller Rage ungewollt ihren Hals packte und wild zubiss. Er schüttelte sie und ließ nicht von ihr ab.

Im verzweifelten Todeskampf schlug Tessa nach allen Seiten und versuchte, sich irgendwie von ihrem Angreifer zu befreien, der für ihren eher zierlichen Körper viel zu stark war. Sie hustete, keuchte und schlug immer wieder nach

Bran, der sie loslassen sollte, doch dieser bemerkte erst viel zu spät den Fehler, den er begangen hatte. Mit ihren Krallen traf sie seinen verwundeten Körper, verletzte ihn dabei auch mehrere Male an der Stelle, wo bereits Knochen gebrochen waren.

Erst, als die Pernoy leblos von seiner Schnauze herabhing, ließ Bran ab und realisierte, was er getan hatte.

Sylvio stellte sich schützend neben Rebecca und beobachtete den schwarzen Wolf, wie seine fassungslosen Augen erst die beiden und dann Tessa betrachteten, die inzwischen auf dem Boden lag und sich nicht mehr rührte.

»Das ... ich – was hast du gemacht?!«, brüllte er verzweifelt und drehte sich zu dem Qädro um.

Sylvio ging einen Schritt nach vorne und knurrte leicht. »Das warst ganz allein du, Bran. Du hast sie getötet.«

Unfähig, zu realisieren, was er getan hatte, schabte der schwarze Wolf kurz im Boden und ließ seine Gegner nicht aus den Augen. Den beiden wurde deutlich, wie bestürzt der Gibsar über die tote Wölfin vor ihm war. Nicht, dass sie ihm viel bedeutete, aber er hatte sich damit die letzte Chance genommen, Sylvio und Rebecca zu töten. Und das schien er gerade zu realisieren.

Mit wackeligen Beinen drehte er sich um und wollte sich Sylvio wieder nähern, als seine Pfote jedoch nachgab und er zusammenbrach. Sein Körper konnte nichts mehr gegen die Verletzung tun. Brans Versuch, sich aufzurichten, blieb erfolglos, sodass er mit weit aufgerissenen Augen zu Sylvio sah. »Nghhh! Du wirst nicht – « Dann versagte ihm auch die Stimme.

Brans stämmiger Körper lag beinahe regungslos am Boden und offenbarte, wie verletzt er tatsächlich war. An der verwundeten Stelle konnte man Teile eines Knochens erkennen, der blutverschmiert war. Teile seines Körpers waren übersät mit den Kratzern, die Tessas Pfoten hinterlassen hatten. Es war kaum zu glauben, dass der Wolf trotz der gebrochenen Knochen noch durchhalten und sogar springen konnte. Aber als das Adrenalin in dem Moment nachließ, als er Tessas Leichnam vor sich sah, zeigte sich für Bran auch, dass sein Körper den Strapazen nicht mehr gewachsen war.

Allmählich bildete sich eine kleine Pfütze aus Blut am Boden, die sich langsam ihren Weg in Richtung der Schnauze des Wolfs bahnte. Man konnte noch erkennen, wie es um seine Nase zuckte, als er sein Blut riechen konnte. Sein Blick veränderte sich schlagartig und man konnte die pure menschliche Angst vor dem Tod in ihnen sehen. Dann rührte er sich nicht mehr.

Vorsichtig stand Becca auf und blickte zu den Tieren, die regungslos am Boden lagen. »Sind sie ... tot?«

Der graue Wolf näherte sich den beiden und umkreiste sie langsam. »Ja. Auch Bran scheint nicht mehr zu atmen.«

»Ich ... Kann nicht glauben, was eben passiert ist.«

Sylvio hob den Kopf. »Oh glaub mir, ich auch nicht.«

»Aber jetzt hat Bran sie getötet. Meine Wölfin – «

Bleibt bei dir, hallte es in ihrem Kopf, sodass sie erleichtert seufzte.

»Komm, Becca«, rief Sylvio ihr zu, als er sich bereits auf dem Weg zum Ausgang der Höhle machte. »Wir müssen schnell zu Lloyd!«

***

Daniels Knurren war so laut, dass meine Ohren sich taub anfühlten. Wir überschlugen uns mehrfach, hämmerten mit den Körpern gegen die Tische und Stühle, während wir beide versuchten, die Schnauze des Gegenübers von unserer Kehle fernzuhalten.

Mit einem Mal presste er, als er meine Kehle nicht zu greifen bekam, seine Zähne in die Schulter und bohrte sie tief ins Fleisch, sodass mein Arm stark pochte und ich aufschrie.

Der Gibsar wusste, dass er stärker war und nur auf Zeit spielen musste, bis mich meine Kraft verließ.

Immer wieder drückte ich meine Vorderpfoten gegen seinen Oberkörper, bekam ihn jedoch nicht weit genug von mir weg.

Er grinste erneut und drückte erst die eine und dann die andere Pfote neben meinen Kopf, sodass sich unsere Nasen beinahe berührten.

»Wo ist dein Mut jetzt, Lloyd?«

Knurrend wand ich mich unter ihm und versuchte, mich zu befreien, worauf mein Gegenüber lachte.

»Hör auf, Lloyd. Es ist vorbei.« Sein Griff lockerte sich langsam, was er vermutlich in seiner Arroganz gar nicht mitbekam.

Gut, aber ich musste stark bleiben. Wenn er das Gefühl bekam, dass ich ihm deutlich unterlegen war, würde er mir vermutlich nicht die Chance geben, noch etwas zu tun. Daraufhin bemerkte ich, dass nicht nur ich allein hier mit Daniel war, sondern mein Wolf mich unterstützte. Ich musste mich auf ihn verlassen, dann konnten wir das auch schaffen. Also war es sinnvoller, mich ihm mutig entgegenzustellen.

»Weißt du, was?«, antwortete ich.

Sein Griff wurde wieder schwächer, als er den Kopf schief legte. »Was denn?«

»Du bist nicht mehr stärker, als ich.« Augenblicklich befreite ich den linken Arm und fuhr mit den Krallen über mein Mal, während ich die Hinterpfoten in Richtung meines Gesichts hob. Als meine Hand bereits normal war, zog ich das vorbereitete Messer aus der Socke, die ich mir als Wolf übergestreift hatte und stach zu.

Keine Sekunde verging, bis Daniel realisierte, was geschehen war, jedoch viel zu spät.

»Aghh – !« Seine Stimme stockte, als die lange Klinge sich in seinen Hals bohrte.

Mit aller Kraft drückte ich sie so tief ich konnte in den Körper und stach erneut zu.

Der Griff um meine rechte Hand lockerte sich ebenfalls und langsam drückte ich seinen Körper nach oben, bis er von mir hinunterrutschte.

Als ich mich aufrichtete, stand der Wolf vor mir. Eine der Pfoten lag an seinem Hals, um die Wunde vergeblich abzudrücken, mit der anderen konnte er sich nur geradeso aufrecht halten.

In meiner Hand war das Messer, bespritzt und getränkt in Daniels Blut. Ich konnte es kaum glauben. Wir hatten es wirklich geschafft. Die Fassungslosigkeit stand mir ins Gesicht geschrieben, als Mensch, der ich jetzt war, vermutlich noch viel mehr, als vor einigen Sekunden in Wolfsgestalt.

»Es ... ist nicht ... zu Ende«, würgte der Gibsar hervor, während bei jedem seiner Worte Blut aus seinem Maul quoll.

Obwohl man als Mensch einem ausgewachsenen Wolf unterlegen war, wirkte diese Situation für mich mehr als bizarr. Vermutlich lag es daran, dass sich die Rollen geändert hatten, ich stärker war als er und vor ihm auch nicht mehr der Lloyd stand, für den er mich die ganze Zeit noch gehalten hatte.

Der Wolf vor mir konnte sich geradeso auf den Beinen halten, während er immer mehr Blut verlor und ich in meiner menschlichen Gestalt mit Kratzern und Verletzungen vor ihm stand. Der Plan war tatsächlich gelungen. Ich konnte es kaum glauben.

Gänsehaut. Gut, in Ordnung. Wenn der Wolf sich zeigen wollte, dann würde ich ihn nicht zurückhalten. Das Messer war nicht mehr notwendig, also verwandelte ich mich wieder, als mein inneres Seelentier mich implizit dazu aufforderte. Die Socke wurde zusammen mit der Kleidung zum Fell des grauen Jägers, die Stichwaffe hatte ich auf den Boden fallen lassen.

Nach wenigen Sekunden stand der Wolf, der mich gerade zur Verwandlung gebracht hatte, vor dem Gibsar und sah ihm in die Augen. Als Daniel den Blick abwandte, wurde uns klar, dass er sich eingestehen musste, dass dieser Kampf verloren war.

»Du kannst nicht mehr gewinnen, Wolf«, entgegnete mein Seelentier ruhig zu Daniel, dessen Blick immer nervöser wurde.

Der Gibsar wollte sich vom Boden abstoßen, doch dieses Mal kamen wir ihm zuvor. Er kam durch seine Verletzung nicht schnell genug vom Fleck und wurde von uns mitten im Flug erwischt.

Wir überschlugen uns erneut. Im Gerangel wurde klar, dass Daniel sich nicht mehr verteidigen würde. Nachdem wir gegen einen Tisch stießen, standen wir schlussendlich auf dem Gibsar, der es nun nicht mehr schaffte, seine Wunde am Hals mit der Pfote abzudrücken und vergeblich nach Luft rang.

In dem Moment, als er uns in die Augen sah, wurde klar, dass sein Wille beinahe gebrochen war. Aus seinem Maul lief immer mehr Blut, seine Wunde am Hals schien sich durch unseren Angriff vergrößert zu haben. Aber er lebte noch, gerade so.

Hustend wand er sich unter uns, wobei er mit jeder vergangenen Sekunde schwächer zu werden schien. »Jetzt töte mich endlich, Lloyd.«

Bedrohlich öffnete mein Wolf sein Maul und entblößte die spitzen Zähne, als ich ihn jedoch aufhielt.

Wir können ihn nicht töten. Ich kann das nicht.

'Aber ich kann es.'

Du solltest nicht. Er stirbt vermutlich von allein. Sieh dir seine Wunde an.

Der Wolf wusste, dass ich Recht hatte, also stieg er langsam von Daniel hinunter.

Dieser brachte nur ein irritiertes Lächeln heraus, gepaart mit einem weiteren Würgen. »Nghh, du bist doch noch der Gleiche. Du hast nicht die Eier, mich zu töten.« Dabei hielt er es nicht mehr für notwendig, seine Wunde abzudrücken, sondern starrte uns lediglich mit offenen Augen an.

»Wir müssen dich nicht töten, Gibsar. Es gibt keinen Grund, so zu werden wie du.«

Danke.

Würgend versuchte Daniel, sich noch einmal hochzustemmen, brach aber wieder zusammen.

Daraufhin traten wir näher an ihn heran, bis wir unmittelbar vor ihm standen und seine schwächer werdende Atmung erkennen konnten. Wir beugten uns zu ihm herunter und sahen ihm tief in die Augen.

Er wich unserem Blick nicht mehr aus, auch wenn seiner glasiger zu werden schien, als er dabei eine Träne hervorpresste. »Ich habe ... verloren?«

Wortlos nickten wir. Ja, Daniel hatte noch nie richtig verloren, deswegen war es umso fassungsloser, dass es jetzt so gekommen war. Und das schien er nun auch auf schmerzliche Weise zu realisieren, als er mit jedem Tropfen Blut, den er verlor, schwächer wurde.

»Töte mich«, forderte er verkrampft, als würde es für ihn doch einen Sieg bedeuten, wenn ich das tat, was er von mir verlangte.

Nein. »Nein.«

Mit einem lauten Keuchen wandte der Gibsar seinen Blick ab. »Lloyd ... Der, der es nicht schafft, einen anderen Wolf zu töten ... Egal, ob Qädro oder nicht ... du bleibst derselbe ... « Eine weitere Träne lief seine Wange hinunter, als er hustend und gequält weitergesprochen hatte und seinen Kopf auf die Seite legte.

»Leb' wohl, Daniel.«

Seine Reaktion darauf war nur noch ein angestrengtes Lächeln, das für einen Wolf nach wie vor falsch aussah, aber so zu ihm so passte, wie zu sonst niemandem. Der Gibsar war ein Psychopath gewesen. Und auch wenn ich erst spät herausgefunden hatte, wer er wirklich war, tat es weh, ihn so da liegen zu sehen. Die Erinnerung an all die schönen Zeiten, die wir erlebt hatten, so falsch sie auch gewesen waren, ließ mich selbst daran zweifeln, ob es die richtige Entscheidung gewesen war, ihn auf diese Weise zu töten oder ob es noch einen weiteren Weg gegeben hätte. Nein, es war die einzige Möglichkeit. Der Wolf vor mir schloss langsam seine Augen, als eine letzte Träne herunterlief und blieb dann regungslos liegen.

Wir betrachteten ihn einen Moment, als ich spürte, wie der Qädro in mir sich langsam zurückzog. »Weißt du, ich wollte das alles nicht«, sagte ich, als ob er mich noch hören konnte. Seine Ohren zuckten bei den Worten jedoch nicht mehr.

Egal, ich will das loswerden. »Ich wollte einige Tage wirklich zu unserem alten Leben zurück. Mit dir ein Bier trinken gehen, einfach vergessen, was du getan hast. Aber ich kann es einfach nicht hinter mir lassen, als wäre nie etwas passiert.« Dann lief mir selbst auch eine Träne herunter und ich spürte, wie die Verletzungen einen stechenden Schmerz in meinem Körper auslösten. Er hatte mich wohl doch stärker verwundet, als ich angenommen hatte. »Fuck, warum musstest du so sein?!« Ich spürte einen Druck um meinen Augenbereich. Wenn ich weiter darüber nachdenken würde, dann würde ich wohl auch weinen. *Scheiß drauf.* »Du wolltest mich doch dazu bringen, mein neues Leben nicht zu akzeptieren. Du warst der Arsch, der mich dazu gezwungen hat, so werden zu müssen ... Gegen dich zu kämpfen.«

Der Wolf vor mir regte sich nicht, als ich weitersprach.

»Und jetzt bist du weg. Der letzte Rest, der mich an diese verkackte Stadt erinnert.« War das tatsächlich so? War die Stadt für mich so? Durch die Schmerzen konnte ich kaum klar denken. »Du hast mich an meinem alten Leben und dieser Stadt festhalten lassen. Scheiße, warum? Ich wollte dein Freund sein und mit dir noch mehr erleben.« Ich seufzte. »Du bist ein Gibsar und hast diesen ganzen Mist gemacht. Wir konnten beide nicht mehr zurück. Du hast alles verändert. Die Clans, Salbrun, mich. Mann! Ich hasse dich. Und ich werde dich auch vermissen ... «

Und immer noch keine Reaktion, kein Zucken um die Lefzen, keine Bewegung der Ohren, nichts. Nun war er nur ein toter Wolf. Er hatte mich als Wolf herausgefordert und war als solcher gestorben.

Ich drehte mich um. »Es ist vorbei«, flüsterte ich, während ich die Tränen nicht mehr zurückhalten konnte. »Für immer.«

Schwermütig legte ich meinen Kopf in den Nacken und jaulte. Nicht so beunruhigend, wie es Daniel in der Vergangenheit gemacht hatte. Eher erschöpft und glücklich, diesen Kampf hinter mir gelassen zu haben. Und, um dem Gibsar die letzte Ehre zu erweisen.

Es wurde Zeit, zu gehen. Meine Pfoten trugen mich vorwärts, raus aus diesem Büro in das benachbarte, um dieser Szenerie nicht weiter ausgesetzt sein zu müssen. Je weiter ich ging, desto deutlicher kamen die Schmerzen in meinen Armen, Pfoten und Brust zurück. Daniel hatte mir übel zugesetzt. Mein Herz schlug rasend schnell, ich konnte mich kaum noch unter Kontrolle bringen.

Würde ich jetzt sein Schicksal teilen?

Blut tropfte aus meinen Wunden und hinterließ im Teppichboden rote Spuren. Als ich nicht mehr genügend Kraft besaß, mich auf den Beinen zu halten, brach ich zusammen. Mit meinen Pfoten voll Blut und Schweiß lag ich keuchend am Boden. Ich schnüffelte an ihnen, wie ein Hund, der eine Fährte aufnahm. Sie rochen nach Daniel. Alles an mir roch nach ihm.

Ich versuchte, mich ein wenig zu beruhigen und starrte in Richtung der Tür, durch die ich diesen schrecklichen Ort hätte verlassen können. Wenn ich doch nur noch die Kraft dafür besäße ... Doch ich konnte mich kaum bewegen.

Meine Augen schlossen sich ein wenig. Eine weitere Träne rollte meine Wange hinunter. Würde ich die anderen noch einmal wiedersehen? Meine Mutter, Edward, Sylvio, Becca?

Dann schloss ich sie gänzlich. Mir entwich eine letzte Träne, als ich mich der Bewusstlosigkeit hingeben wollte. Minutenlang lag ich regungslos auf dem Boden und spürte, wie mich der Überlebenswille meines Wolfs von der Ohnmacht fernhalten wollte.

Das Geräusch von Schuhen, die die Treppe hinaufrannten. Stimmen, die sprachen. Sie kamen mir so bekannt vor ...

»Kommt mit!«, forderte eine weibliche Stimme die Anwesenden auf. Es waren zwei weibliche und zwei männliche, die sich daraufhin unterhielten. Aber ich konnte nicht mehr identifizieren, wer was sagte. Die Töne drangen nur noch schwach und dumpf an meine Ohren.

»Da ist er!«, rief eine männliche Stimme erfreut und zeitgleich besorgt.

»Lloyd!!!«, ertönte eine weibliche Stimme.

Ich wollte mich bewegen, mein Körper versagte mir jedoch den Dienst. Lediglich die Ohren zuckten, um zu signalisieren, dass ich noch nicht tot war.

Eine Frau beugte sich über mich und hob meinen Kopf. »Steh auf, bitte!« Die Stimme klang flehend.

Es kostete mich viel Anstrengung, aber ich schaffte es, die Augen zu öffnen und blickte in Beccas verzweifeltes Gesicht.

»Ich wollte dich nochmal sehen«, brachte ich keuchend hervor.

Sie strich mir über das Fell. »Das wird nicht das letzte Mal sein, okay?« Dann drehte sie sich nervös um.

Sylvio, Edward und Linda standen hinter ihr, glaubte ich. Alle hatten es geschafft? Das war schön zu sehen.

»Ich ruf sofort Leila an«, schlug Edward vor, als er nach seinem Smartphone in der Hosentasche zu greifen schien.

Dann beugte sich meine Mutter über mich. »Halt durch.«

Es kostete mich große Mühe, die Augen aufzuhalten, also ließ ich sie wieder zufallen und versuchte, ruhiger zu atmen. Ich machte mir keine Sorgen mehr darum, ob ich sterben würde. Becca und die anderen waren da. Ich hatte sie gesehen, mit ihnen gesprochen.

Während ich einschlief, lächelte ich und eine allerletzte Träne entwich meinen Augen.

- 34 -

Meine Hände zuckten. Ich kniff die Augen zusammen, als mir Sonnenlicht ins Gesicht schien. Auf meiner Brust und an den Armen lag ein seltsamer Druck. Über mir lag eine Decke, glaubte ich.

Dann kamen allmählich die Erinnerungen zurück. Daniel. Die letzte Nacht. Ich hatte es geschafft, er war für immer weg. Alles davon fühlte sich an wie in einem Traum. Ich konnte Edward, Sylvio und Becca sehen. Sie hatten es demnach auch geschafft.

Jede Erinnerung fühlte sich an, als wäre sie nicht passiert und wäre geträumt. Ein abstruser Traum, der noch wie ein Damoklesschwert über mir zu schweben schien.

Müde öffnete ich die Augen, schloss sie jedoch gleich wieder, da der Raum so stark von Licht erfüllt wurde.

»Wo bin ich?«, fragte ich schlaftrunken, aber es gab keine Antwort.

Als ich mich an das Licht gewöhnt hatte, erkannte ich mehr. Das hier war mein Schlafzimmer. Licht schien durch das Fenster, die Vögel zwitscherten fröhlich, der Wind blies sanft hinein.

»Hallo Schlafmütze.«

Beccas Stimme. Ich wollte mich aufrichten, bemerkte dabei aber, dass meine Arme bandagiert waren und sich kaum bewegen ließen.

Meine Freundin ging zu mir und streichelte mir über den Kopf. Sie trug andere Klamotten, ein blaues Oberteil und eine Jeans. »Wir haben uns schon Sorgen gemacht. Leila war sich nicht sicher, wie schnell sie deinen Zustand in den Griff bekommt.«

Ein Lächeln kam mir über die Lippen. Wenigstens war mein Gesicht nicht verbunden worden. Ich wollte nicht aussehen, wie eine Mumie. »Kannst du mir die Verbände abnehmen?«

Becca erwiderte meine Frage leicht grinsend. »Sicher.« Sie schob die Bettdecke beiseite und wickelte nach und nach vorsichtig die Verbände auf, um meine

Wunden nicht zu verletzen. »Leila meinte, dass wir die Verbände sowieso wechseln sollten, sobald du wach wirst. Mit viel Glück brauchst du gar keine neuen mehr. Je nachdem, wie gut dein Körper auf ihr ›Wundermittel‹ reagiert«, erklärte sie nebenbei.

Luft drang an meine Wunden und ließ mich einen Moment frösteln. Sie waren teilweise feucht vom Verband und der Wundflüssigkeit, großflächig aber auch nur noch Flecken, die an Schürfwunden erinnerten. Wenigstens konnte ich mich wieder bewegen. Abgestützt auf meinen Händen stemmte ich mich nach oben und blieb an der Bettkante sitzen.

Im Flur konnte man Edward, Sylvio, meine Mutter und Leila erkennen, alle, die mir so sehr geholfen hatten. Ohne sie wäre ich vermutlich nicht hier und auch nicht mehr am Leben.

Nachdem Becca einen Schritt zurückging, kamen sie in mein Zimmer herein.

Plötzlich wurde Sylvios Miene ernst und bedrohlich. »Mach so was nie wieder.« Für einen kurzen Moment glaubte ich ihm diese Ernsthaftigkeit, doch dann begann er, zu lachen. »Wir hätten dich fast nicht mehr gefunden.«

Sylvio war ein Spinner. Genau deswegen mochte ich ihn ja auch. »Das habt ihr doch. Ohne euch wäre ich jetzt wahrscheinlich tot.«

Er deutete auf Leila. »Sag ihr das. Linda und sie haben dich verarztet, als du geschlafen hast.«

Die Ärztin kam selbstbewusst auf mich zu und setzte sich ans Bett. Ihren Kittel hatte sie gegen eine gelbe Bluse getauscht. »Herzchen, ich weiß nicht, wie oft ich dich zusammenflicken muss. Aber ich werde es wieder tun, wenn es notwendig ist. Wenn ihr Jungspunde meint, euch halb umbringen zu müssen, dann braucht ihr Menschen mit Vernunft, die hinter euch stehen.«

»Leila«, warf Edward vorwurfsvoll ein.

Die Ärztin stand auf und drehte sich mit grimmigem Blick zu ihm um. »Ich meine auch dich, Freundchen.« Dann betrachtete sie Linda, die beinahe beiläufig den Arm ihres Freundes streichelte. »Wobei ich ja schon sehe, dass du gut versorgt bist.«

Meine Mutter reagierte mit einem verlegenen Lächeln. »Du nimmst uns das aber nicht übel, oder?«

»Sehe ich so aus?« Sie richtete ihre Haare und stolzierte in ihren hochhackigen Schuhen aus dem Zimmer.

»Was für ein Theater«, bemerkte Becca, die sich wieder neben mich gesetzt hatte.

Edward rieb sich die Stirn. »So war sie schon immer.« Dann warf er einen Blick in den Flur, um zu sehen, ob Leila zuhören konnte. »Wir waren mal zusammen. Deswegen passt ihr das nicht«, flüsterte mein ehemaliger Chef.

Auch wenn ich mir so etwas schon gedacht hatte, war dieses Bild in meinem Kopf befremdlich. »Ihr beide? Niemals.« Ich konnte bei diesen Worten ein Grinsen nicht unterdrücken.

»Sag nichts, okay?«

»Kein Wort.« Als ich aufstehen wollte, fiel mir auf, dass ich lediglich in Unterwäsche bekleidet war. Hektisch hielt ich die Decke vor meinen nackten Körper. Die Kleidung von gestern lag auf dem Boden. Sie war voll Blut, Schweiß und roch zu sehr ... zu sehr nach Daniel. »Was ist eigentlich mit den Gibsar und Pernoy?«

»Das muss wirklich ein harter Kampf gewesen sein«, gab Sylvio nachdenklich zu.

Erst dann fiel mir auf, dass auch er verwundet war. Er trug ebenfalls Verbände, die man an den Armen erkennen konnte. Ob es noch mehr waren, ließ sich aufgrund der Kleidung nicht sagen.

»Jedenfalls haben sowohl die Gibsar, als auch die Pernoy die Flucht ergriffen«, fuhr Edward fort. »Dass Bran und Daniel tot waren, müssen sie irgendwie gespürt haben. Hat er nicht gesagt, er wäre der Anführer?«

»Was für ein Unsinn, wenn man so darüber nachdenkt«, mischte sich Sylvio ein.

»Daniel war krank. Falls er wirklich der Anführer der Gibsar war: Jetzt ist er es nicht mehr.« Klar war er mein Feind gewesen und ich hatte ihn töten müssen, nur konnte ich nicht einfach darüber hinwegsehen, was früher gewesen war. Dass alles geschauspielert war, was er mir gesagt hatte. Irgendwie konnte ich daran nicht glauben, aber es war zu spät, etwas davon infrage zu stellen. Es würde keine Gelegenheit geben, mich noch einmal mit ihm darüber zu unterhalten. Schade. Dieses Kapitel würde für immer vorbei sein.

»Und noch erstaunlicher ist – «

»Jetzt gib ihm doch mal einen Moment, das alles auf sich wirken zu lassen, Edward«, mischte sich meine Mutter ein. Leider hatte sie irgendwie Recht. Vielleicht würde ich das alles nie ganz begreifen können. In meinem Wissen über die Wölfe, die Gibsar, Pernoy und Qädro gab es noch viele Lücken. Unklarheiten, die ich nicht verstand, aber nun war das erst einmal vorbei. Der harte Kampf hatte zeitweilig ein Ende gefunden. Dann kam der Gedanke zurück, den ich immer beiseitegeschoben hatte.

Ich blickte zu Linda und Edward. »Wir müssen bald gehen, oder?«

Für einen Moment wurde es still, während der Qädro nur stumm nickte.

Sylvio legte eine Hand auf seine Schulter und übernahm das Wort. »Ja, sogar sehr bald. Wenn es geht, sogar heute.«

»Wenn ich so daran denke, wie es mit der Stadt weitergeht ... Wird nicht bald das Militär zur Evakuierung der Anwohner kommen?«

»Und dann können wir nicht erklären, was hier passiert ist. Und vermutlich sind wir durch unsere Male und den Wolf in der Agentur verdächtig genug«, erklärte Edward.

Auch wenn ich es nicht sein wollte, wusste ich, dass es keine Alternative mehr gab. »Mich hält hier nicht mehr viel.«

»Weil Daniel dich an Salbrun gebunden hat?« Becca nahm tröstend meine Hand.

»Ihr beide.«

Beccas Griff wurde fester. »Lass uns noch ein paar Meter gehen, bevor wir Salbrun verlassen.«

War das eine gute Idee? Wobei, die paar Minuten würden keinen Unterschied mehr machen und so konnten wir einschätzen, wie gut wir die Stadt später verlassen konnten. »Sicher.« Ich wandte mich den anderen zu. »Kommt ihr nicht mit?«

Sylvio winkte ab. »Geht ihr nur. Wir packen schon mal die Koffer. Beschränkung auf das Nötigste.« Sein Tonfall wirkte nicht so, als ob es ihm leicht fiel. Schön zu wissen, dass ich nicht der Einzige war, der sich schwer damit tat, einfach alles hinter sich zu lassen. Und wenn ich mir Edward so ansah, war das auch bei ihm der Fall.

Als die Sonne auf uns schien, bemerkte ich, dass es heute etwas wärmer war als sonst. Der Schnee war weitestgehend geschmolzen, auch wenn die Straßen nach wie vor leer waren. Die Gefahr war zwar gebannt, aber das wussten die Salbruner ja nicht. Dass der Schnee schmolz, war jedoch gut. Mit ihm schienen jetzt selbst die Gibsar und Pernoy weg zu sein.

Becca nahm instinktiv wieder meine Hand, weniger aus Furcht, als auf der Suche nach Nähe. »Salbrun wird nie mehr wie früher sein.«

»Ein komisches Gefühl, zu gehen. Das war es schon heute Nacht«, gab ich zu. Irgendwie konnte ich mich mit dem Wissen, gehen zu müssen, nicht so richtig anfreunden. Klar war das eine einerseits harte, aber auch gefühlvolle Zeit gewesen. Und nun sollte es einen Neustart geben. Einfach so? »Wie spät ist es eigentlich? Wie lange habe ich geschlafen?«

»Nachmittag, kurz nach halb fünf«, meinte Becca. »Machst du dir Sorgen? Also was mit der Stadt passiert und wie es für uns weitergeht?«

Mein Blick schweifte über die Häuser. Viele Fenster und Türen waren geschlossen, teilweise standen Menschen am Glas, die nicht sicher waren, ob sie das Haus nun wieder verlassen konnten oder nicht. Keine Feuerwehr oder Polizei auf den Straßen. Alles so ausgestorben, wie in der letzten Nacht.

Ich schüttelte den Kopf, als ich mich an Beccas Frage erinnerte. »Keine Ahnung. Ich bin mir nicht sicher, was ich überhaupt denken soll.«

Becca sah in Richtung Sonne. »Es wird alles anders, aber wir bleiben zusammen und nichts wird uns aufhalten. Wir sind beide noch zur Hälfte Wölfe. Das heißt, ein normales Leben können wir vielleicht nie führen.«

»Du schaffst es wirklich, einem Mut zu machen.« Ich lachte über meine sarkastische Aussage. »Einfach mal schauen, was passiert.«

Becca nickte. »Ja.«

Nach einigen Minuten kam uns eine bekannte Person entgegen, ihre Handtasche um die Schulter hängend. Um ihre faltigen Mundwinkel zuckte es, als sie uns sah, und sie ließ sich zu dem Lächeln hinreißen, das ich von ihr nie anders gewohnt war.

»Hallo, Frau Morrison«, begrüßten wir sie.

Wahnsinn. Diese Frau war einfach durch nichts aus der Ruhe zu bringen. Jetzt lief sie auch noch durch die Stadt, als wüsste sie, dass es hier nun sicher war.

»Hallo, Lloyd. Hallo Rebecca. Hat das Fleisch gestern gereicht?«

Erst kam ich ins Grübeln, doch dann erinnerte ich mich. Das Fleisch. Becca hatte für uns gekocht. War das tatsächlich erst gestern gewesen? Es fühlte sich wie eine Ewigkeit an. Jeder der letzten Tage lag in meinem Kopf mehrere Wochen zurück. Vermutlich, weil ich noch nicht wirklich realisiert hatte, was passiert war.

»Ja, das war super, vielen Dank«, entgegnete Becca freundlich.

Sollten wir ihr sagen, dass sie uns wahrscheinlich nie wiedersehen würde? Auch wenn ich mich immer über ihre Nachbarschaft beklagt hatte, war sie die einzige Person in dieser Stadt, die ein Lebewohl verdiente.

»Frau Morrison, wir müssen – «

» – gehen?«, unterbrach sie mich. »Das ist in Ordnung, Lloyd. Ich kann verstehen, dass es dich nicht in Salbrun hält. Es hat mich gewundert, dass du nicht schon eher weggezogen bist.«

Ahnte sie etwas? Gott, diese Frau machte mich fertig. Ich versuchte, sie nicht weiter zu verunsichern. »Nach all dem, was passiert ist, möchte ich woanders neu anfangen.«

»Das verstehe ich«, entgegnete sie. »Reisende soll man nicht aufhalten. Es war schön, dich kennenzulernen, Lloyd. Du bist ein toller Kerl. Rebecca kann sich glücklich schätzen.«

Als ich mich Becca zuwandte, grinste diese nur. Ich wollte gar nicht wissen, wie rot ich wohl gerade anlief.

»Das tue ich.«

Die alte Frau lächelte und umarmte erst mich und dann Becca herzlich. »Macht es gut, ihr beiden. Lloyd, du hast meine Nummer. Ruf mich doch mal an, wenn du ein neues Zuhause gefunden hast.«

»Mach ich.«

»Schön. Dann macht es gut.«

Wir winken ihr noch hinterher, als sie den Weg zu ihrer Wohnung fortsetzte. Einige Dinge veränderten sich wohl doch nie. Nur der Abschied war schwer und tat weh.

Als ich mir zitternd auf die Lippe biss, um nicht wieder emotional zu werden, umarmte mich Becca sanft.

»Ich bin für dich da, Lloyd.«

Dann nahm ich sie liebevoll in den Arm, als eine Träne meine Wange hinunterlief.

Der Weg durch die Stadt war nicht lang, endete aber an dem Ort, den ich noch einmal sehen wollte: Dem Seepark. Er wirkte wunderschön. Die Sonne spiegelte sich in dem Wasser, in dem ich als Wolf mit Sylvio geschwommen war. Im Hintergrund sah ich den Bau des Rudels, still und verlassen. Die Höhle der Qädro war noch ein wenig weiter hinten.

»Hier hat alles angefangen«, stellte ich fest.

Becca nickte, selbst wenn sie zu diesem Ort keine solche Bindung hatte wie ich. »Es hat dich zu dem gemacht, was du jetzt bist.«

Ich seufzte. »Auch wieder wahr. Vielleicht werde ich irgendwann zurückkommen. Es ist nur einfach ... schwer, Abschied zu nehmen.«

Becca drehte mich zu ihr und drückte ihre Lippen langsam auf meine. Ich gab nach, küsste sie ebenfalls und spürte, wie ihre Wärme in mich eindrang. Das war ein schönes Gefühl, das mich kurzzeitig vergessen ließ, welche Strapazen hinter uns lagen.

Wir ließen uns wieder los, entfernten die Gesichter einige Zentimeter voneinander und lächelten uns an.

»Ich schätze, wir sind zusammen?« Ich wurde rot, als ich das so erwähnte. Aber es war meine erste Beziehung und ich wusste bislang nicht, ob wir nun tatsächlich die Vergangenheit hinter uns lassen und zusammen sein konnten oder nicht.

»Sind wir. Zusammen stehen wir das durch, was vor uns liegt.« Becca deutete hinter sich. »Gehen wir wieder zurück?«

»Klar.«

Also gingen wir ein allerletztes Mal durch die Stadt, die so gefüllt von Erinnerungen war und uns im Licht der Sonne zu zeigen schien, dass es schade war, dass wir gehen mussten. Und das war es auch.

Auf dem Tisch vor mir lag ein weißes Blatt Papier, in der Hand hielt ich einen Kugelschreiber. Je länger ich darüber nachdachte, desto schwerer fiel es mir, die richtigen Worte zu Papier zu bringen.

Seufzend warf ich einen Blick nach oben und suchte nach einem geeigneten Anfang. Dann entschloss ich mich, einfach drauf los zu schreiben:

Hiho Eric,

ich weiß, ich schreibe dir viel zu spät.
Aber in den letzten Tagen ist so viel passiert,
dass ich es dir einfach erzählen möchte.
Hoffentlich geht es dir gut soweit. Wir haben
uns ja schon eine gefühlte Ewigkeit nicht
mehr gesehen.
Salbrun hat sich verändert und ich genauso.
Du kannst dir gar nicht vorstellen, wie die
letzten Wochen waren. Vielleicht hast du es
auch im Fernsehen schon mitbekommen.
Keine Sorge, ich bin sicher aus Salbrun
rausgekommen.
Zu schade, dass ich dich nicht sehen kann.
Ich denke, du wärst überrascht, wie sehr ich
mich verändert habe.
Auch wenn ich lange bereute, nicht zu dir nach
England mitgekommen zu sein, bin ich inzwischen
ganz glücklich darüber, dass ich hier bin.
Wenn wir uns sehen, muss ich dir zeigen, dass
ich nicht mehr derselbe bin. Es ist, als hätte
ich einen Teil von mir gesehen, der schon lange
da war und endlich nach draußen kommen
konnte.
Das klingt jetzt ganz sicher bescheuert, aber ich
kann es nicht anders beschreiben.
Ich freue mich einfach, dich bald mal wiederzusehen.
Bleib gesund und genieße den Tag. Ich habe
zu spüren bekommen, dass jeder der letzte sein kann.
Mach's gut und pass auf dich auf.
Liebe Grüße,

Lloyd